本书列入

2017年国家社会科学基金重大委托项目
“十三五”国家重点图书出版规划项目

中华传统文化百部经典

元好问集（节选）

元好问 著
狄宝心 解读

国家图书馆出版社

图书在版编目（CIP）数据

元好问集：节选／（金）元好问著；狄宝心解读．—北京：国家图书馆出版社，（2025.8 重印）
（中华传统文化百部经典／袁行霈主编）
ISBN 978-7-5013-7515-8

Ⅰ．①元… Ⅱ．①元… ②狄… Ⅲ．①古典文学－作品综合集－中国－金代 Ⅳ．①I214.642

中国版本图书馆 CIP 数据核字（2022）第 009884 号

国家图书馆出版社官方微信

书　　名	元好问集（节选）
著　　者	（金）元好问 著　狄宝心 解读
责任编辑	于春媚
重印编辑	张　也
特约编辑	吴麒麟
封面设计	敬人设计工作室
出版发行	国家图书馆出版社（北京市西城区文津街 7 号　100034） 010-66114536　63802249　nlcpress@nlc.cn（邮购）
网　　址	http://www.nlcpress.com
印　　装	北京科信印刷有限公司
版次印次	2022 年 6 月第 1 版　2025 年 8 月第 3 次印刷
开　　本	710×1000　1/16
印　　张	34.5
字　　数	439 千字
书　　号	ISBN 978-7-5013-7515-8
定　　价	104.00 元（精装）

本册审订

李修生　　王能宪　　胡传志

中华传统文化百部经典

编纂办公室

张　洁　　梁葆莉　　张毕晓　　马　超　　华鑫文

编纂缘起

文化是民族的血脉，是人民的精神家园。党的十八大以来，围绕传承发展中华优秀传统文化，习近平总书记发表了一系列重要讲话，深刻揭示出中华优秀传统文化的地位和作用，梳理概括了中华优秀传统文化的历史源流、思想精神和鲜明特质，集中阐明了我们党对待传统文化的立场态度，这是中华民族继往开来、实现伟大复兴的重要文化方略。2017 年初，中共中央办公厅、国务院办公厅印发《关于实施中华优秀传统文化传承发展工程的意见》，从国家战略层面对中华优秀传统文化传承发展工作作出部署。

我国古代留下浩如烟海的典籍，其中的精华是培育民族精神和时代精神的文化基础。激活经典，熔古铸今，是增强文化自觉和文化自信的重要途径。多年来，学术界潜心研究，钩沉发覆、辨伪存真、提炼精华，做了许多有益工作。编纂《中华传统文化百部经典》（简称《百部经典》），就是在汲取已有成果基础上，力求编出一套兼具思想性、学术性和大众性的读本，使之成为广泛认同、传之久远的范本。《百部经典》所选图书上起先秦，下至辛亥革命，包括哲学、文学、历史、艺术、科技等领域的重要典籍。萃取其精华，加以解读，旨在搭建传统典籍与大众之间的桥梁，激活中华优秀传统文化，用优秀传统文化滋养当代中国人的精神世界，提振当代中国人的文化自信。

这套书采取导读、原典、注释、点评相结合的编纂体例，寻求优秀传统文化与社会主义核心价值观之间的深度契合点；以当代眼光审视和解读古代典籍，启发读者从中汲取古人的智慧和历史的经验，借以育人、资政，更好地为今人所取、为今人所用；力求深入浅出、明白晓畅地介绍古代经典，让优秀传统文化贴近现实生活，融入课堂教育，走进人们心中，最大限度地发挥以文化人的作用。

《百部经典》的编纂是一项重大文化工程。在中宣部等部门的指导和大力支持下，国家图书馆做了大量组织工作，得到学术界的积极响应和参与。由专家组成的编纂委员会，职责是作出总体规划，选定书目，制订体例，掌握进度；并延请德高望重的大家耆宿担当顾问，聘请对各书有深入研究的学者承担注释和解读，邀请相关领域的知名专家负责审订。先后约有500位专家参与工作。在此，向他们表示由衷的谢意。

书中疏漏不当之处，诚请读者批评指正。

2017年9月21日

凡　例

一、《中华传统文化百部经典》的选书范围，上起先秦，下迄辛亥革命。选择在哲学、文学、历史、艺术、科技等各个领域具有重大思想价值、社会价值、历史价值和学术价值的一百部经典著作。

二、对于入选典籍，视具体情况确定节选或全录，并慎重选择底本。

三、对每部典籍，均设“导读”“注释”“点评”三个栏目加以诠释。导读居一书之首，主要介绍作者生平、成书过程、主要内容、历史地位、时代价值等，行文力求准确平实。注释部分解释字词、注明难字读音，串讲句子大意，务求简明扼要。点评包括篇末评和旁批两种形式。篇末评撮述原典要旨，标以“点评”，旁批萃取思想精华，印于书页一侧，力求要言不烦，雅俗共赏。

四、原文中的古今字、假借字一般不做改动，唯对异体字根据现行标准做适当转换。

五、每书附入相关善本书影，以期展现典籍的历史形态。

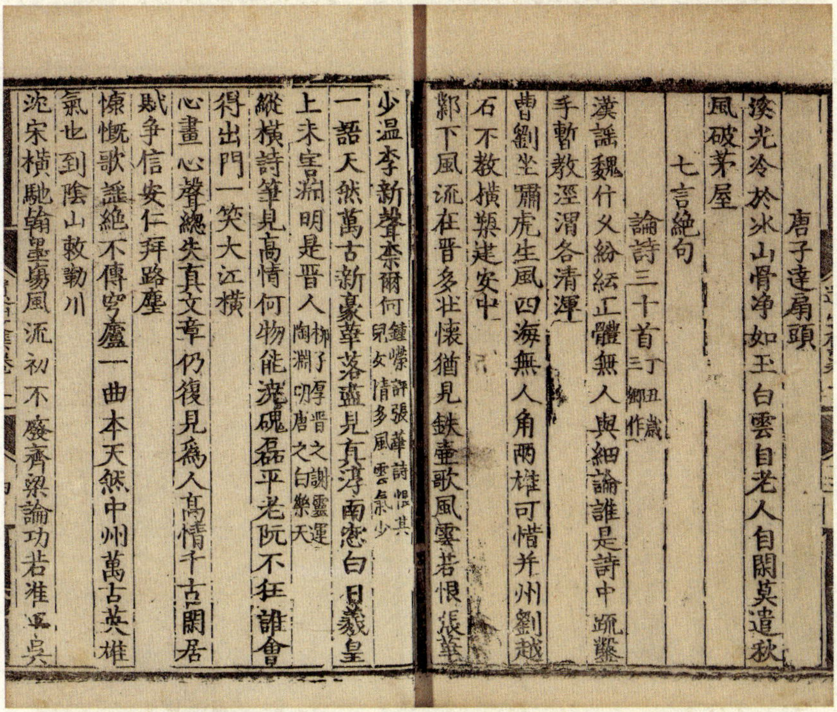

唐子達扇頭
淡光冷於冰山骨淨如玉白雲自老人自閑莫遣秋
風破茅屋
七言絶句
論詩三十首 丁丑歲三鄉作
漢謡魏什久紛紜正體無人與細論誰是詩中疏鑿
手暫教涇渭各清渾
曹劉坐嘯虎生風四海無人角兩雄可惜并州劉越
石不教橫槊建安中
鄴下風流在晉多壯懷猶見缺壺歌風雲若恨張華
少温李新聲奈爾何 鍾嶸評張華詩恨其兒女情多風雲氣少
一語天然萬古新豪華落盡見真淳南窗白日羲皇
上未害淵明是晉人 柳子厚晉之謝靈運陶淵明唐之白樂天
縱橫詩筆見高情何物能澆磈磊平老阮不狂誰會
得出門一笑大江橫
心畫心聲總失真文章仍復見為人高情千古閑居
賦爭信安仁拜路塵
慷慨歌謡絶不傳穹廬一曲本天然中州萬古英雄
氣也到陰山敕勒川
沈宋橫馳翰墨場風流初不廢齊梁論功若准平吳

遗山先生文集四十卷附录一卷　（金）元好问撰
明弘治十一年（1498）李瀚刻本　国家图书馆藏

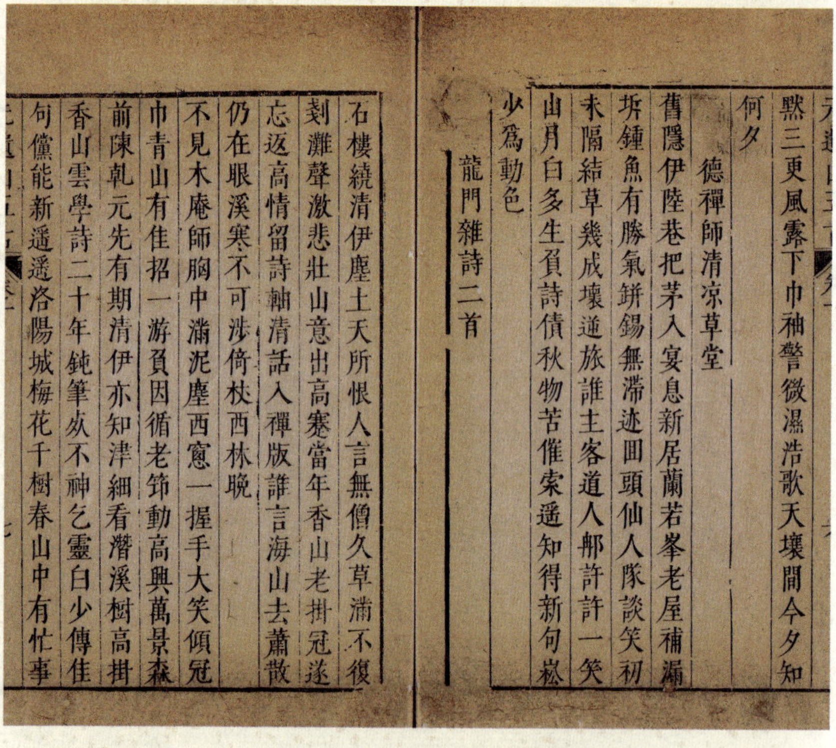

默三更風露下巾袖警微濕浩歌天壤間今夕知
何夕
德禪師清涼草堂
舊隱伊陸巷把茅入宴息新居蘭若峯老屋補漏
圻鍾魚有勝氣鉼錫無滯迹回頭仙人隊談笑初
未隔結草幾成壞逆旅誰主客道人郝許許一笑
出月白多生負詩債秋物苦催索遥知得新句崧
少爲動色
龍門雜詩二首
石樓繞清伊塵土天所恨人言無僧久草滿不復
剗灘聲激悲壯山意出高寒當年香山老掛冠遂
忘返高情留詩軸清話入禪版誰言海山去蕭散
仍在眼溪寒不可涉倚杖西林晚
不見木庵師胸中滿泥塵西窻一握手大笑傾冠
巾青山有佳招一游負因循老筇動高興萬景森
前陳乹元先有期清伊亦知津細看潛溪樹高掛
香山雲學詩二十年鈍筆欻不神乞靈白少傳佳
句儻能新遥遥洛陽城梅花千樹春山中有忙事

元遗山诗集十卷 （金）元好问撰

明万历四十三年（1615）刻天启二年（1622）重修本 国家图书馆藏

本书凡例

一、为减省文字，引常用书用简称，如李瀚刊文集本、朱孝臧《彊村丛书》本称“底本”，李瀚刊诗集本称“李诗本”，张穆刊本称“张本”，方戊昌刊本称“方本”，施国祁《元遗山诗集笺注》称“施本”等；如引用诸家所撰元氏年谱，如李光廷《广元遗山先生年谱》、缪钺《元遗山年谱汇纂》、狄宝心《元好问年谱新编》，简称李《谱》、缪《谱》、狄《谱》。

二、为恢复元著原貌，对底本的错误，判定为后世刊刻讹误者，则据校本或本集内证等径改，并随注出校记说明理由；如属元氏本人的失误，则不改，只出校说明理由。

三、底本、校本两通的重要异文，出校，必要时分析优劣，但不改底本。

四、底本正确、校本错误者，不出校；对文意理解关系不大、艺术表现不很出色的校本异文，也不出校。

五、对作品的注释、评判及作年的确定有争议且比较重要者，予以分析，明辨是非。

六、对前人成果的使用，特别重要的指明出处，以便读者进一步延伸阅读；其他则总附于书末“主要参考文献”中，初引标著者与书名，再引只示著者。

目　录

导　读

元好问集

元好问诗文集

元好问词

导 读

一、元好问的生平事迹

元好问（1190—1257），字裕之，号遗山，秀容（今山西忻州忻府区）人。系出鲜卑族拓跋氏，北魏常山王遵十五代孙——唐代著名诗人元结是其先祖。五代时自汝州（今属河南）迁平定（今属山西）。高祖谊，宋宣和（1119—1125）间官忻州神虎军使。曾祖春，隰州（今属山西）团练使，靖康（1126—1127）末，自平定迁忻。祖滋善，金正隆二年（1157）赐出身，曾任柔服（金县名，今内蒙古呼和浩特土默特左旗西北）丞。生父德明，举试不中，居系舟山福田精舍十五年，教书为业，以诗自娱，有《东岩集》三卷。嗣父元格为其叔父，曾任掖县（今山东莱州）、冀县（今河北冀州）、陵川（今山西陵川县）、陇城（治今甘肃秦安县东北）等地县令，在邻近南宋的陇城兼任凤翔府路第九处正将，也能诗。兄长元好古也有诗名。

“大定明昌五十年”是金朝的鼎盛阶段，时尊崇儒教，偃武修文，“文治既洽，教育亦至”，国家兴学养士，学校由京、路、府、州向县普及，科举取士多至公卿高官，“捷径所在，人争走之”，“乡校、家塾弦诵之音相闻”（《寿阳县学记》，姚奠中、李正民《元好问全集》卷三十二，下引本集皆用此本）。元好问生于明昌元年（1190），教育兴盛和家学渊源使其幼年便受到良好的文化熏陶。他“自初学语，先夫人教诵公（金中叶著名诗人王庭筠）五言”（卷十六《王黄华墓碑》），对父兄的诗作更是近水楼台先得月，记诵颇多。“在昔学语初，父兄已卜邻”（卷一《古意》），“自四岁读书，八岁学作诗”（卷三十七《南冠录引》），记述了其幼时随生父元德明、兄长元好古的学习状况。好古《读裕之弟诗稿，有“莺声柳巷深”之句，漫题三诗其后》(《中州集卷十》)：“阿翁醉语戏儿痴，说着蝉诗也道奇。吴下阿蒙非向日，新篇争遣九泉知。”“莺藏深树只闻声，不着诗家画不成。惭愧阿兄无好语，五言城下把降旌。”“传家诗学在诸郎，剖腹留书死敢忘。背上锦囊三箭在，直须千古说穿杨。”自注：“先人临终有‘剖腹留书’之语。”由此可知其所得家传诗学之精髓。十一岁至冀州，学士路宣叔“赏其俊爽，教之为文”（郝经《遗山先生墓铭》）。十四岁开始准备学习“举子业”时，嗣父特意选择学风浓厚、状元辈出的陵川为官，让他师从郝天挺问学。金朝取士重视词赋科，尤其重律赋，故学者对诗、策、论俱不留心。郝天挺深知其弊，令遗山“肆意经传，贯穿百家，六年而业成”，其一生人品学问奠基于此。

卫绍王大安二年（1210），嗣父元格病卒于陇城官任，时遗山二十一岁，扶柩还乡。此后五六年间，成吉思汗率蒙古大军频频南下，河朔州县大半残破，遗山也“避兵阳曲、秀容之间，岁无宁居”（卷三十七《南冠录引》）。金宣宗贞祐二年（1214），忻州被屠，死者十万，兄长好古死于屠城之祸，遗山因避兵阳曲幸免于难。眼看金都由中都（今北京）南迁汴京（今河南开封），遗山也于贞祐四年（1216）蒙古兵再次南下时携家避乱南迁，客居福昌县三乡镇（今属河南宜阳县）。这时，深厚的文学素养和饱经战乱的生活遭遇使其诗作大放异彩，“为《箕山》《琴台》等诗，礼部赵秉文见之，以为近代无此作也。于是名震京师”（《金史·元好问传》）。诗人二十八岁所作《论诗三十首》，以“诗中疏凿手”自任，对自汉至宋的诗人、流派进行评价，褒扬风雅正体，贬斥唯美柔弱诗风，成为后来诗学批评史上的重要人物。而就在这一年，他参加府试又名落孙山，于是反思自十六岁以来屡试屡败的教训，“遗山山人伎俩拙，食贫口众留他乡。五车载书不堪煮，两都觅官自取忙。无端学术与时背，如瞽失相徒伥伥。……卖刀买犊未厌早，腰金骑鹤非所望”（卷三《雪后招邻舍王赞子襄饮》）。他深感所学与当时科考陋习不合，特别是南迁后一家老小嗷嗷待哺而生计已无保障，这两者迫使他暂且放弃举试为官的夙愿，次年移居嵩山，并在叶县等地买田，转向农耕生涯。然遗山历时已久的用世之心并未就此中断，金宣宗兴定四年（1220），他又赴汴京府试，次年词赋进士及第。其所以如此，与座主赵秉文勇于改革科考陋习密切相关，赵“又谓当有所成就也，力为挽之，奖借过称，旁有不平者。宰相师仲安班列中倡言，谓公与杨礼部之美、雷御史希颜、李内翰钦叔为元氏党人”（卷三十八《赵闲闲真赞》）。遗山对此谤议非常气愤，作诗谓“舐痔归来位望尊，骎骎雷李入平吞”（卷九《感事》），因而未就吏部选官，“往来箕（山）、颍（水）者数年而大放厥辞，于是家累其什，人嚼其句，洋溢于里巷，吟讽于道途，巍然坡（苏轼）、谷（黄庭坚）复出也”（郝经《遗山先生墓铭》）。金哀宗正大元年（1224），遗山经赵秉文等举荐再试博学宏词，中选，任国史院编修官。按说夙愿已偿，史馆又与翰林院合署办公，为群英荟萃之地，可与师友朝夕相处，但他在史馆郁郁寡欢，次年辞官归隐嵩山。此后不久，他曾被征聘入商帅完颜鼎幕府，到方城、南阳等地，但历时几月即辞归。

正大四年（1227），遗山携家离开居住近十年的嵩山赴任内乡县令，这是他一生最为中意的时期。其时金朝国土日缩，军费日巨，所需皆赖河南一地供给，横征暴敛，民不堪负，四处离散，田地荒芜。诗人长期受儒家思想的熏陶，践行前辈“宁为循吏，不为能吏”的教诲，采取请免租赋、招抚流亡、恢复农耕等措施。《内乡县志》载其政绩有“劳抚流亡，边境宁谧”语，《内乡通考》认为他是“循吏也，不当徒以诗人目之”。闲暇之际，诗人饱览内乡山水，饮酒作诗，放浪形骸，“昨夜半山亭下醉，洼尊今日留题。放船直到淅江西。冰壶天上下，云锦树高低”（《遗山乐府》卷二《临江仙·内乡寄嵩前故人》）；“山城官事少，日放淅江船。菊潭秋花满，紫稻酿寒泉”；“归路踏明月，醉袖风翩翩。父老遮我留，谓我欲登仙”（卷二《九日读书山，用陶诗“露凄暄风息，气清天旷明”为韵，赋十诗》）。正因这种无官场习气的亲民情怀，内乡父老与这位父母官感情甚厚：“父老书来招我隐，临流已盖茅堂。白头兄弟共论量。山田寻二顷，他日作桐乡。”（《遗山乐府》卷二《临江仙·夏馆秋林，在内乡北山》）五年（1228）冬，因丁母忧出居菊潭山白鹿原。这时张澄、麻革、杜仁杰等好友亦“同隐内乡山中，以作诗为业。人谓东南之美，尽在是矣”（卷三十九《麻杜张诸人诗评》），以遗山为核心的诗人群体，使内乡成为当时的诗坛重镇。六年，他在秋林建别业营耕，后代任镇平令，应征入邓州帅移剌瑗幕府。八年，出任南阳令，他以享“前有召父，后有杜母”之誉的汉代著名循吏南阳太守召信臣、杜诗为榜样（卷三十三《南阳县令题名记》），依旧请免租赋，招抚流亡，恢复农耕。当时上司康锡《按部南阳有赠》“鲁山佳政沾邻邑，白水欢谣见路人”（《中州集》辛集第八），用元德秀任鲁山令之仁政爱民赞扬遗山的政绩，《南阳县志》也谓其“善政尤著”（孙灏等编《河南通志》卷五十六《名宦下·南阳府》）。

这年七月，遗山调任尚书省掾。时妻子张氏卒葬南阳，次女严也因婿卒随父，三女秀思母日夜哭泣（次年卒），随行的还有三岁的长子阿千及稍大些的侄孙伯安。他心境凄怆，然而一场更大的灾难即将降临。

自金宣宗兴定三年（1219）蒙古主力西征，只留少量部队在汉地作战，金朝得以苟延残喘。正大三年（1226）以来，蒙古西征主力回师，以雷霆万钧之势扫灭西夏，攻克陕西重镇凤翔。鉴于金军退守潼关，蒙军又分兵借道南宋，顺汉水东下，从南北两面进军河南。金哀宗天兴元年（1232）正月，蒙军在钧州（今河南禹州）消灭金军主力，三月围攻汴京，激战十六昼夜不克，遂转攻其他州县。年底，汴京食尽，金哀宗出奔。其间遗山在“围城十月鬼为邻”“壬辰困重围，金粟论升勺”中备受惊惧、饥饿之苦。

天兴二年春夏间，遗山接连参与了三件有关名节的大事。先是冒天下之大不韪，向留守二执政转达“推立皇兄荆王，以城降，庶可救一城生灵”之民意。刘祁《归潜志》卷十一《录大梁事》载：“朝士皆知，莫敢言。二守臣但曰：‘当以死守。’众愤二人无他策，思有一豪杰出而为之救士民。余夕见左司郎中杨居仁白其事，杨云：‘是事固善，然孰敢倡者？’”由此可知当时遗山为数百万汴京官民免遭屠城勇担重任、当仁不让的情怀。紧接着，汴京西面元帅崔立发动兵变，以城降蒙古。崔党以“其有救一城生灵功”，欲立功德碑，先让翰林学士王若虚撰文，被王冒死以属下为上司立碑难以取信于后世为由拒绝后（见卷十九《内翰王公墓表》），遂责成太学生刘祁、麻革以京城父老意代写。刘祁也不愿担负为叛逆歌功颂德的恶名，先是推辞，后迫不得已遂草率成文敷衍了事。时遗山任左司员外郎，身处机要，恐杀人成性的崔立因朝士不认可自己兵变恼羞成怒大开杀戒，遂当机立断，召集王、刘、麻等晚上在尚书省仓促成文（见刘祁《归潜志》卷十二《录崔立碑事》）。继而在蒙古大军入城之前夕，遗山又上书主持军前事的蒙古中书令耶律楚材，罗列了五十四个优秀文人名单，恳请免奴为良，分处赡养，以备他日蒙古再兴汉唐盛世聘用人才之需。王国维《耶律文正公年谱余记》言“此数十人中，皆蒙古之驱口也，不但求免为民，而且必求‘聚养之，分处之’

者，则金亡之后，河朔为墟，即使免驱为良，亦无所得食，终必馁死故也。遗山此书，诚仁人之用心”，对遗山保全文人的良苦用心予以充分肯定。这时，白朴（元曲四大家之一）时年八岁，因父亲白华随驾出征，崔立“托以军前索随驾官吏家属，聚之省中”（《金史·崔立传》），遂寄居遗山家。当时汴京大疫，染疾而殁者近百万（卷三十七《李氏脾胃论序》），白朴“尝罹疫，遗山昼夜抱持，凡六日，竟于臂上得汗而愈，盖视亲子弟不啻过之”（王博文《天籁集序》）。四月末，他作为亡金官员被押解至汴京外之南青城，“瞑目就束缚。毫厘脱鬼手，攘臂留空橐”。五月初，被羁管山东聊城。

这是遗山一生最为凄惶的人生低谷。“聊城千里外，狼狈何所托”，“一冬不制衣，缯纩如纸薄。一日仅两食，强半杂藜藿”（卷二《学东坡移居八首》），一家人住在“尽室寄寻丈”的破庙中，孤独寂寞，饥寒交迫，由朝官沦为囚徒的失落感及次年正月金哀宗自杀、金朝彻底灭亡的绝望感使他悲伤欲绝。幸亏“诸公颇相念，余粒分凫鹤”，遗山得到喜欢延致儒士的东平万户严实、冠氏帅赵天锡等的接济（卷八《秋夕》“寄食且依严尹幕”），尽管“得损不相偿，抔土填巨壑”，但总算得以勉强维持生存，使得在羁居聊城的两年间，他能够安心从事文事，开始编《中州集》，自编《遗山新乐府》，校勘唐陆龟蒙《笠泽丛书》，撰《南冠录》与《壬辰杂编》等史书。《中州集》是金代诗词总集，诗十卷，词一卷，共收约二百五十人的作品两千五百多首。遗山“念百余年以来，诗人多为苦心之士，积日力之久，故其诗往往可传。兵火散亡，计所存者才什一耳。不总萃之，则将遂湮灭而无闻，为可惜也。乃记忆前辈及交游诸人之诗，随即录之”（《中州集序》）。经十七年补充完善，《中州集》于蒙古海迷失后元年（1249），在真定府提学赵振玉的资助下刻印。此书保存了金代诗词，尽管“所录未能赅备”（《四库全书总目提要·全金诗提要》），“去取尚不尽精”（《四库全书总目提要·遗山集提要》），但一代诗词规模奠基于此，为后世之了解和研究做出了很大贡献；所作二百多篇诗人小传，不仅为元人修史，尤其是文艺传提供了丰富史料，而且成为后世研究金代文人行迹仕履、文艺风尚的渊薮。《壬辰杂编》是针对金哀宗朝实录未成而收载的金末时事，“国史经丧乱，天幸有所归。但恨后十年，时事无人知”（《学东坡移居八首》），《金史·完颜奴申传》谓本书及刘祁《归潜志》“虽微有异同，而金末丧乱之事犹有足征者焉”。

蒙古太宗七年（1235）正月，遗山徙居冠氏（今山东冠县），初租赁民居，“卧榻碍盆盎”，十分窘迫，冬始营造新居，“废地三亩余，十年长蒿莱。瓦砾杂粪壤，白骨深苍苔”，“伐木荒林中，运甓古城隈。辛勤八十日，吾事乃得谐”（《学东坡移居八首》），“去冬作舍谁资助，县侯雅以平原故。贤郎检视日复日，规制从头尽牢固”（卷三《戏题新居二十韵》）。承蒙雅爱文士的冠氏帅赵天锡多方惠顾，再加此地多亡金故旧，遗山的心情逐渐好转。他先应友人邀请，秋游历济南二十余日，纵情山水，“看山看水自由身，着处题诗发兴新。日日扁舟藕花里，有心长作济南人”（卷十二《济南杂诗十首》）。次年三月，赵天锡将会严实于泰安，知遗山“宿尚游观，拉之偕行”，路经长清县，观灵岩寺，“冠氏帅赵侯、齐河帅刘侯率将佐来游，好问与焉”（《山左金石志·灵岩寺碑》），继游平阴龙泉寺，登临泰山，凡三十日。太宗九年秋，遗山羁管山东之期将满，先只身自冠氏经山阳北上太行返乡安置迁家事宜，南迁二十多年来初次踏上归途，沿路即物兴感，悲喜交集，感慨万千。经卫州，他联想到金哀宗出奔北渡攻卫失利大军溃散事，其“神龙失水困蜉蝣，一舸仓皇入宋州。紫气已沉牛斗夜，白云空望帝乡秋”（卷八《卫州感事二首》），有奸臣误国朝代更迭之痛；经太原，其“梦里乡关春复秋，眼明今得见并州。古来全晋非无策，乱后清汾空自流。南渡衣冠几人在，西山薇蕨此生休”（卷九《太原》），昔日思乡之苦、今日归乡之欣、沧海桑田之伤、劫后余生之幸五味杂陈。回到忻州，他谒见州将张安宁，回应其“挽予之归为甚力”时说：“予不忘还归，犹痿者之于起，而盲者之于视也。他日幸脱縶维，以从吾侯游，实夙昔之愿。”（卷三十一《州将张侯墓表》）因家中旧居被焚，遂至阳曲建外家别业，作《外家别业上梁文》时，乘机回应了当时士林因崔立碑事对自己的非议，表露了自己的初衷与良苦用心不被理解反遭谤伤的感伤。

蒙古太宗十年（1238）秋，遗山携家返乡，“蝗旱相仍岁已荒，伶俜十口值还乡”（卷九《再到新卫》），“单车我东来，尘土满归鬓。裹粮失先具，闭籴困余吝”（卷二《戊戌十月山阳雨夜二首》），谓时值蝗旱，预先没有准备够吃的，沿路亦无人出售，以致陷于断粮境地。因此途经济源休养半年，至五十岁秋冬之交始到家。按卷四《读书山雪中》“前年望归归不得，去年中途脚无力。残生何意有今年，突兀家山堕眼前”，诗人是直接回到读书山的，并未在阳曲新建的外家别业安家。

遗山归乡后原拟是要隐居故里颐养天年的。次年春，他与九原府（治忻州）左副元帅周献臣等游定襄七岩山，“尝赠侯乐府，有‘关心老来姻嫁，要与君、邻屋共烟霞’”（《山右石刻丛编》卷二十七《故左副元帅权四州都元帅宣授征行千户周侯神道碑》）。乃马真后元年（1242）正月初九作《晨起》诗，自注“时欲经营神山别业”。野史亭当在此前一二年建，成为遗山晚年以为故国修史为己任、独力扛鼎、矢志不渝精神的实物载体，特为后世所重。《金史》本传言：“晚年尤以著作自任，以金源氏有天下，典章法度几及汉、唐。国亡史作，己所当任。时金国实录在顺天张万户家，乃言于张，愿为撰述，既而为乐夔所沮而止。好问曰：‘不可令一代之迹泯而不传。’乃构亭于家，著述其上，因名曰‘野史’。凡金源君臣遗言往行，采摭所闻，有所得辄以寸纸细字为记录，至百余万言。”《四库全书总目提要·遗山集提要》谓“元人纂修《金史》，多本所著，故于三史（《辽史》《金史》《宋史》）中，独称完善”，高度评价遗山对《金史》的贡献。为此，他往来于晋冀鲁豫，周旋于新朝权贵间。乃马真后二年（1243），诗人应耶律楚材之请，至燕京为其父兄作碑，经受了汹汹谤议，“悠悠者若谓凤池被夺，百谤百骂，嬉笑姗侮，上累祖祢，下辱子孙。与渠辈无血仇，无骨恨，而乃树立党与，撰造事端，欲使之即日灰灭”（卷三十九《答中书令成仲书》），遂再次作《感事》（卷九）诗以泄愤。三年春，自燕归乡，秋又至燕，旋即经洛西至内乡迁母葬。《望卢氏西南熊耳岭》（卷九）“不到中乡十五年，忽惊行色是卢川。……时为顾存惭吏报”下自注：“先夫人墓，乱后故吏辈岁时致祭。”诗人四十二岁离内乡，中经汴京沦陷、羁管山东、晚年返乡，至五十五岁时再回内乡为母迁葬，原想坟茔久荒，恐难辨认，没想到内乡故吏在故国久亡、遗山生死未卜的情势下，仍每年在上坟时节代其祭奠，诗人对这种滴水涌泉之“报”甚感惭愧。四年春，诗人离开内乡时所撰《为邓人作诗》（卷九）“再见州人本不期，相留相挽忍相违”“事去恍疑春梦过，眼明还似故乡归”，将内乡视为自己的第二故乡，与县民真是鱼水情深。是年夏扶殡归乡，秋为营葬缺钱事再往东平，冬率东平幕府文士至曲阜瞻拜孔庙，次年春自东平返乡。定宗二年（1247），忽必烈召真定总府参佐张德辉北上，诗人作《耀卿西山归隐图三首》（卷十四），有“傅岩只道无人识，已落君王物色中”，以商朝贤相傅说指张德辉，高宗武丁指忽必烈，认同之理、欣慰之情溢于言表。海迷失后元年（1249），忽必烈令旨重修的真定庙学以“教胄子”（《元史·张德辉传》），“移来河东万卷堂”（卷五《寿张复从道》），由史天泽幕下文士白华、李治等执教，遗山亦赫然在列。《元史·王思廉传》所载“幼师太原元好问”即此时事。因此，诗人遂常居真定，频繁往来于燕京、顺天（今河北保定）、东平间。当时身为文坛巨匠，四方请求撰写碑文者尽趋其门，他周旋于汉人世侯之间，借机褒奖仁政，倡导文教，为保全儒者、延续传统文化奔走呼号。宪宗元年（1251），蒙哥命忽必烈总治漠南汉地，“岁壬子（1252），帝驻桓（金州名，治今内蒙古锡林郭勒盟正蓝旗）、抚（金州名，治今河北张家口张北县）间”（《元史·世祖本纪》），遗山以六十三岁的高龄，与张德辉到金莲川（今内蒙古正蓝旗上都镇及河北沽源县滦河上源闪电河地区，原为金世宗时纳凉地，忽必烈开府于此），“请世祖为儒教大宗师，世祖悦而受之。因启：‘累朝有旨蠲儒户兵赋，乞令有司遵行。’从之”（《元史·张德辉传》），使耶律楚材优待儒者的政策得以延续。宪宗四年（1254），遗山在获鹿（今河北石家庄鹿泉区）建成鹿泉新居，遂移家定居于此。宪宗五年（1255），东平府重建新校，遗山来此执教，选拔阎复等四人（《元史·阎复传》），并嘱咐弟子姜彧等：“某身死之日，不愿有碑志也。墓头树三尺石，书曰‘诗人元遗山之墓’，足矣。”宪宗七年（1257）秋九月卒，马昇归葬故乡韩岩村。

二、元好问的思想

元好问的生平事迹，尤其是“立心于毁誉失真之后而无所恤，横身于利害相磨之场而莫之避”（卷三十八《写真自赞》）之意志，不惧谤伤、勇往直前、坚韧不拔、坚定不移之行事，与其思想息息相关。纵观其思想的形成，他对当代思潮的接受远多于对古贤遗产的接受。郝经《祭遗山先生文》谓其“收有金百年之元气，著衣冠一代之典刑”，即强调元好问充分吸收了有金一代的优秀文化，遂成为那一时代精英人物的代表。从我国现在的民族、疆域等格局看，辽金元是我国历史发展进程的重大转型时期与中华民族多民族一体的成型时期。其标志，一是北方少数民族频频入主中原，认同中国，进而统一全国，多族一体联合执政；二是以龙兴之地为内地，与汉地共为直接管辖的行政区，将原来主管农耕区的“小中国”变为兼包游牧区的“大中国”，特别是元代将漠北、东北、新疆、西藏合一，奠定了中国的疆域；三是改变了北魏姓汉姓、服汉服等全面汉化的轨迹，既吸收中原优秀文化传统，亦保留本民族的风尚，创制本民族的文字。金元之际文坛领袖元好问在这一历史进程中，取诸时代又反哺时代，引领了时代的潮流。其精要可从三方面来概括：民生至上的理念，代表了当时中原人民的最大利益；以儒家道统定正统、多民族一体的“大中国”观念，及以胡汉文化互动互补的中华文化共同体之“中州”观，代表了中华各民族的整体诉求与历史发展方向；以救世济民为真儒、重求志轻守节的理念，代表了当时北方振臂高扬的士人人生价值观之主流取向。

（一）民生至上的理念

《尚书·泰誓》说：“民之所欲，天必从之。”“天视自我民视，天听自我民听。”这种天从人欲的观念，至孟子上升到民生至上的高度：“民为贵，社稷次之，君为轻。……诸侯危社稷，则变置。牺牲既成，粢盛既絜，祭祀以时，然而旱干水溢，则变置社稷。”（《孟子·尽心下》）他认为君和社稷都是为民设置的，有违人民利益的就应该被废弃。对得罪于“丘民”的天子亦应如此，这从其“闻诛一夫纣矣，未闻弑君也”等言论中即可知悉。金人继承弘扬了先秦儒家的这些理念，在哲学、史学的主流话语中屡屡发出黄钟巨吕般的声音。

赵秉文言：“尽天下之道，曰仁而已矣。……所贵乎中天地而应帝王者，谓其为生灵之主也。苟争地以战，杀人盈野；争城以战，杀人盈城。不顾逆顺，是生人之仇也。”（《滏水集》卷十四《论·总论》）他认为最能体现天意的是仁，帝王作为上天之子应代天行仁，关爱人民，这是“生灵之主”之可贵所在。他沿用孟子“争地以战，杀人盈野；争城以战，杀人盈城。此所谓率土地而食人肉，罪不容于死”（《孟子·离娄上》）之说，对依仗武力、不惜战争死人以求开疆拓土的霸道行径深恶痛绝，认为这就是逆天行事、违背民心的无道暴君。王若虚肯定孟子的民贵君轻理念，批驳信奉君国至上的宋儒之非议孟子赞扬武王伐纣的论调，进而高扬“杀一不辜而得天下，仁者不为”理念。他以唐代忠臣张巡守睢阳为例，认为其食人三万是残暴不仁的害道之举，“天下只有一个是”（《滹南王先生文集》卷二十九《臣事实辨》）。为此，他对为民而降之举予以赞颂：“萧铣被围，谓群下曰：‘天不祚梁，数归于灭。若待力屈，必害黎元，岂以我一人致伤百姓？及城未拔，宜先出降。……诸人失我，何患无君？’乃以太牢告庙，率官属诣军门降，曰：‘当死者唯铣，百姓非有罪也。请无杀掠。’铣虽草窃一时，而颠沛之际，其言可爱如此，可以为万世法，岂得不载？”（《滹南王先生文集》卷二十二《〈新唐书〉辨》）

元好问“十八，先府君教之民政。从仕十年，出死以为民”（卷三十七《南冠录引》），由此可见其为官以民为本的家学渊源。恩师郝天挺的民本思想也是重要渊源：“贞祐初，人争南渡而厄于（黄）河，河阳三城至于淮泗，上下千余里，积流民数百万。饥疫荐至，死者十七八。先大父曰：‘坐视天民之毙，仁者不为。’乃贻书讯察使范元直，使闻诸朝，曰：‘昔昭烈（刘备）当阳之役，既窘甚，犹徐其行，以俟荆襄遗民。曰：成大事者必资于众，人归而弃之，不祥。君子谓汉统四百年，此一言可以续之。……救遗民，结人心，固天命，中兴之期庶几可望。’”（郝经《先大父墓铭》）在郝天挺看来，“天民”就是天所爱惜的子民（本集卷二十八《大丞相刘氏先茔神道碑》有“惟天爱民甚，一物暴陵，则天气为之舛错”之语，可知遗山亦作如是观），得民心者得天命。遗山深受其师影响，本集卷八《新野先主庙》所言“一军南北几扶伤，长坂安行气已王”“再世中兴事可常”，其民本思想显然与恩师郝天挺一脉相承。当然这也可远及王庭筠“先主，仁人也。当阳之役，不以身而以民；永安之命，不以家而以贤”（《金文最》卷三十六《涿州重修汉昭烈帝庙碑》）之说。

遗山为官时的民本理念与师友教诲砥砺关系密切。他赴任内乡县令后，嵩山友人张仲升《寄人宰县》有“莫教循吏传，独载鲁山翁”（《中州集》壬集第九）语，要他效法元德秀任鲁山县令以循吏名垂青史。在此之前，王若虚对循吏和能吏有旗帜鲜明的褒贬："君子有德政而无异政，史不传能吏而传循吏。若夫趋上而虐下，借众命以易一身，流血刻骨而求干济之誉，今之所谓能吏，古之所谓民贼也。"（《滹南王先生文集》卷四十四《答张仲杰书》）正大四年（1227），赵秉文撰《故叶令刘君遗爱碑》引述王说，对刘从益在叶县的爱民政绩极口称道。遗山《内翰王公墓表》（卷十九）从时代背景着眼揭示其内蕴："高琪当国，崇奖吏道。从政者承望风旨，以榜掠立威。门人张仲杰为县，公书喻之曰：民之憔悴久矣，既不能救，又忍加暴乎。……史传循吏而不传能吏，宁得罪于人，无获罪于天，可也。"这些师友的褒贬取向，也促使遗山为政以循吏自励。

县令的首要职责就是催交税赋，《内乡县斋书事》（卷八）即写官民两难的纠结："吏散公庭夜已分，寸心牢落百忧熏。催科无政堪书考，出粟何人与佐军。"合观卷三《宛丘叹》"苍髯长官错料事，下考大笑阳城拙"，"催科"句用唐阳城在道州任"抚字（安抚体恤）心劳，追科政拙，考下下"（《新唐书·阳城传》）典，表明诗人要以阳城为榜样，在催缴赋税方面以安抚体恤百姓为重，宁肯政绩最差，也不榨尽民膏。当然他明白没有国哪有家之理，"出粟"句就表达了不忍逼民、军粮何以筹措的担忧。遗山的爱民之心在《宿菊潭》（卷一）中表达得非常真切："田父立马前，来赴长官期。父老且勿往，问汝我所疑。民事古所难，令才又非宜。到官已三月，惠利无毫厘。汝乡之单贫，宁为豪右欺？聚讼几何人？健斗复是谁？官人一耳目，百里安能知！东州长官清，白昼下村稀。我虽禁吏出，将无夜扣扉？教汝子若孙，努力逃寒饥。……"他首先敬称治下县民为"父老"，继而惭愧地自我检讨，到任业已三月，尚无一点利益惠及，将其为官一地造福一方的急切心愿和盘托出。从后面的访贫问苦中，也可以看出他在力所能及的情况下，是如何惩治豪恶、约束下吏、为民撑腰而使之安心农耕的。《宛丘叹》诗末自注"髯李令南阳，配流民以牛头租，迫而逃者余万家。刘云卿御史宰叶，除逃户税三万斛，百姓为之立碑颂德。贤、不肖用心相远如此”，褒贬旗帜鲜明。诗云“如我碌碌当何成。荒田满眼人得耕，诏书已复三年征”，知其将“宁为循吏，不为能吏”的理念付诸实践。《金史·宣宗本纪中》兴定元年二月下载：“诏定州、县官虽积阶至三品，坐乏军储者，听行部决遣。”《中州集》辛集第八《吕陈州子羽传》载：“仕至陈州防御使。元光末为酷吏所诬，以乏军兴系狱。比赦至，唐卿自缢死。”由此可知，遗山这种“宁为循吏，不为能吏”之思想实践，在“宣宗南渡，吏习日盛，苛刻成风，殆亦多故之秋，急于事功，不免尔欤”（《金史·选举志一》）的官场时习中，是多么难能可贵。

天兴元年（1232）三四月，蒙古兵围攻金都汴京未克而转攻附近州县。时汴京军民有数百万之众，不久发生粮荒，“米升直银二两，贫民往往食人，殍死者相望，官日载数车出城，一夕皆剮食其肉净尽”（刘祁《归潜志》卷十一《录大梁事》）。十二月底，金哀宗率军外出就粮，次年正月兵败卫州逃往归德。汴京内无食粮，外无救兵，且按蒙古国制，城凡以兵得者屠。在城民濒临饿死、面临屠城无力抵抗、嗷嗷求生之际，遗山不忍数百万城民成为殉葬品，遂冒天下之大不韪，献言以降求存，《金史·完颜奴申传》载其始末：天兴二年正月，省令史许安国至讲议所言：“古者有大疑，谋及卿士，谋及庶人。今事势如此，可集百官及僧道士庶，问保社稷、活生灵之计。”左司都事元好问将安国之言禀告汴京留守丞相奴申，奴申曰：“此论甚佳，可与副枢议之。”副枢完颜习捏阿不亦以安国之言为然。好问曰：“自车驾出京，今二十日许，又遣使迎两宫。民间汹汹，皆谓国家欲弃京城，相公何以处之？”阿不曰：“吾二人惟有一死耳。”好问曰：“死不难，诚能安社稷、救生灵，死而可也。如其不然，徒欲一身饱五十红衲军，亦谓之死耶？”阿不款语曰：“今日惟吾二人，何言不可。”好问乃曰：“闻中外人言，欲立二王监国，以全两宫与皇族耳。”阿不曰：“我知之矣，我知之矣。”元氏所说“闻中外人言”，指《奴申传》下文所载“或曰是时外围不解，如在陷阱，议者欲推立荆王以城出降，是亦《春秋》纪季入齐之义，况北兵中已有曹王也”。从合观《外家别业上梁文》（卷四十）“爰自上书宰相，所谓试微躯于万仞不测之渊；至于喋血京师，亦常保百族于群盗垂涎之口”，可以得知遗山当时舍己为民的动机决心。此事未及行，崔立兵变以城降。尽管如此，蒙古主将速不台因攻城不克死伤甚多，仍奏请以旧法屠城，太宗也“怒其后服，拔将甘心。公（耶律楚材）怫逆，曲折陈解，城赖不屠”（王国维《耶律文正公年谱余记》）。可知当时耶律楚材也在为百万京民免遭屠戮竭力劝导，甚至不惧与蒙古太宗据理力争，最终使其改变旧法，下诏“罪只及完颜氏”。由此可见，这场惨祸的避免是南北双方不约而同努力应变的结果，虽说耶律楚材的努力更为直接重要，但假如汴京坐等蒙古军攻取，耶律楚材的劝阻屠城也不一定会奏效。

对他人以降求存及为民请命，遗山也多次撰文称颂。《濮州刺史毕侯神道碑铭》（卷三十）言：“丁亥（1227），国兵围益都，城中食尽。保宁（时李全任宋保宁节度）计无所出，闭户将自经。侯排户直前，曰：‘公死，城即破。大兵一纵，城中无噍类矣。太师日望公降。公降，必不死。何惜屈一身，而不为数十万生聚之地乎？’保宁悔悟，随诣军前。太师受其降，悉以全境付之，而不戮一人。”山东久为战地，生民无几，属金属宋，反复不已。面临此境，遗山以民命为重，对劝说主将为民而降的举动予以肯定。《故帅阎侯墓表》（卷二十九）载：“壬午（1222）三月，东平行台严公偕国兵略地上党，公选懦不能军，乘夜溃围而遁。载之醉，不及从。明日，父老请载之主州事，遂以城降。行台授宣武将军、潞州招抚使。当是时，州人数万，八县又以千百计，非载之知权变，则其祸有不可胜言者矣。”此时上党（今山西长治一带）仍属金，但遗山仍以民命至重，肯定了阎载之降蒙求保民之举。至于对汉人世侯劝谏蒙古将帅以免屠戮之行事，元氏在碑文中更是大书特书。《东平行台严公神道碑》

（卷二十六）：“彰德既下，又破水栅。郡王怒其反复，驱老幼数万欲屠之。公解之曰：‘此国家旧民。吾兵力不能及，为所胁从，果何罪邪？’王从公言，释不诛。继破濮州，复有水栅之议。公为言：‘百姓未尝敌我，岂可与兵人并戮之？……’濮人免者又数万。其后于曹、于定陶、于楚丘、于上党，盖未有不然者。”在遗山看来，这些人民属于金、南宋还是蒙古并不重要，重要的是，他们属于古来中原大地上生存的华夏同胞，今已百不余一，是存种延文的命脉所在，故对拯救者的功德之大充满敬意，赞不绝口。

面对金元之际的空前浩劫，遗山的目光多集中于生灵涂炭方面。如《壬辰十二月车驾东狩后即事五首》（卷八）“惨淡龙蛇日斗争，干戈直欲尽生灵”，《癸巳五月三日北渡三首》（卷十二）“红粉哭随回鹘马，为谁一步一回头”，《续小娘歌十首》（卷六）“山无洞穴水无船，单骑驱人动数千”“风沙昨日又今朝，踏碎鸦头路更遥”。所以他以一代文豪的身分恳切劝勉蒙古新贵施行仁政：“延致儒士，道古今成败。至前人良法美意，所以仁民爱物者，辄欣然慕之。故虽起行伍间，严厉不可犯，至于仁心为质者，亦要其终而后见也。”（卷二十六《东平行台严公神道碑》）“日与文儒考论今古，见仁民爱物之事，辄欣然慕之。恩抚吏民，恒若不及；虽笞罚之细，亦未尝妄加。所谓仁心为质，要其终而后见者也。”（卷二十六《顺天万户张公勋德第二碑》）“惟天爱民甚，一物暴陵，则天气为之舛错，故爱人者必有天报。报施所不及者，特十百而一耳。”（卷二十八《大丞相刘氏先茔神道碑》）“惟公历事三朝，再秉钧轴，本诸仁以内养，发于诚而外见。吾儒之兼善，内教之利它，皆得之性分自然，廓而充之，有不期合而合者。”（卷三十五《龙门川大清安禅寺碑》）遗山与这位主持汉地的燕京行省长官刘丞相虽属新交，亦及时捕捉时机，处心积虑地劝导其为民解困：“烟梢露叶卷秋山，挥洒纵横意自闲。莫问笔头龙未化，看看霖雨满人间。”（卷十三《龙门公墨竹风烟夕翠二首》）

尽管如此，他仍对自己空怀壮志而无能为力感到十分内疚："举杯为问谢安石，苍生今亦如卿何。"（卷五《涌金亭示同游诸君》）"空令姓字喧时辈，不救饥寒趋路旁。"（卷九《再到新卫》）"出门览民风，惨惨愁肺腑。……呼天天不闻，感讽复何补。"（卷二《雁门道中书所见》）千载而下，从这些一而再再而三之爱莫能助的自叹自责中，我们足以感受到诗人那颗充满苍生情怀使命感的心灵在严酷现实的扭曲下是如何痉挛颤抖的。

其实，遗山矢志金史，除对故国的眷恋外，更主要的是延续历代修史传统，为蒙古统治者提供借鉴，使中原人民早日摆脱奴隶制之苦，其最终的价值取向还是为民。

本集卷二十七《漆水郡侯耶律公墓志铭》："呜呼！世无史氏久矣。辽人主盟将二百年，至如南衙不主兵，北司不理民，县长官专用文吏，其间可记之事多矣。"所言"辽人主盟"应指在辽政权下契丹与汉地儒士联合执政，"南衙""北司"云云，是指契丹旧制与汉地郡县制双轨并行的制度，针对的正是蒙古在汉地之统治军政不分、武人理民的社会现实，这些都是遗山特别关注之所在。将此与《金史》本传所云"晚年尤以著作自任，以金源氏有天下，典章法度几及汉、唐。国亡史作，己所当任"合观，可以认为元氏撰金史重在展示女真入主中原后"典章法度几及汉、唐"的设施，为蒙古以汉治汉提供借鉴。《与枢判白兄书》（卷三十九）言"惟有《实录》一件，只消亲去顺天府一遭，破三数月功，披节每朝终始及大政事、大善恶系废兴存亡者为一书，大安及正大事则略补之。此书成，虽溘死道边无恨矣"，王恽《帝王镜略序》言"近读遗山先生《镜略》书，所谓'立片言而得要'者也。其驰骋上下数千载之间，综理繁会数百万言之内，骈以四言，叶以音韵，世数代谢，如指诸掌，历代之能事毕矣"（《秋涧先生大全文集》卷四十一）。二者合观，遗山治史为后世提供借鉴的宗旨甚明。忽必烈《中统建元诏》"稽列圣之洪规，讲前代之定制”(《元史·世祖本纪》)，王恽《中堂事记·中》：“诸相入见，进《大定政要》，因大论政务于上前。圣鉴英明，多可其奏。”可见中统初朝臣在确定制度时除继承唐宋外，尤其注重对金朝大定年间制度设施的借鉴。元氏先知先行，功不可没。

(二)以王道仁政定正统不辨夏夷的中国观与胡汉文化互动互补的中华文化共同体之“中州”观

1.以王道仁政定正统不辨夏夷的中国观

古来的中国观从中原四边的地域方位关系逐渐扩展到民族、文化、政治等层面。儒家所谓的夏夷之辨，重在文化文明的考量：“孔子之作《春秋》也，诸侯用夷礼则夷之；进于中国则中国之”(韩愈《原道》)。西晋后，匈奴、羯、鲜卑、氐、羌相继入主中原，皆自视为中国。特别是北魏以来推行全盘汉化政策，后来官修史书将北朝与南朝同视为中国的合法王朝。五代之后唐、后晋、后汉皆为沙陀族建立的政权，五代史亦视其为中原正统王朝。

辽朝称宋为南朝，以北朝自居，也自称中国。《辽史·耶律倍传》：“神册元年春，立为皇太子。时太祖问侍臣曰：‘受命之君，当事天敬神。有大功德者，朕欲祀之，何先？’皆以佛对。太祖曰：‘佛非中国教。’倍曰：‘孔子大圣，万世所尊，宜先。’太祖大悦，即建孔子庙，诏皇太子春秋释奠。”可知辽立国之初，即认同中国，尊崇儒教。太宗灭后晋称帝，改国号，建年号，以中原正统自居。景宗、圣宗、兴宗、道宗推行科举，皇室的诗文亦斐然成章。辽道宗针对“夷狄之有君，不如诸夏之亡也”所说“上世……荡无礼法，故谓之夷。吾修文物，彬彬不异中华，何嫌之有”(洪皓《松漠纪闻》)，显示出以衣冠礼乐典章制度为衡量标准而不分血统、区域的中国理念。当时汉官也认同辽为中国，并以正统待之：“西边诸番为患，士卒远戍，中国之民疲于飞挽。”进而上书：“宋欧阳修编《五代史》，附我朝于四夷，妄加贬訾。……臣请以赵氏初

起事迹，详附国史。”（《辽史·刘辉传》）

金太祖立国之初就延续辽南面官制，重用降金汉官，且屡称北宋为南朝，自视金为中国的正统王朝。金太宗继位之初，进一步落实以汉治汉方略，遂有开科取士之举。金熙宗得燕人韩昉及中国儒士教之，“徒失女真之本态耳。由是则与旧大功臣君臣之道殊不相合，渠视旧大功臣则曰‘无知夷狄也’”（《三朝北盟会编》卷一百六十六引张汇《金虏节要》），以华人自居。海陵王“渐染中国之风，颇有意于书史，一日读《晋书》至《苻坚传》，废卷失声而叹曰：‘雄伟如此，秉史笔者不以正统帝纪归之，而以列传第之，悲夫。’”（《三朝北盟会编》卷二百四十二引张棣《正隆事迹记》）认同中国，以立国为政之业绩定正统。《金史》中的大臣文人亦以本朝为中国。《独吉思忠传》：“思忠曰：‘宋虽羁栖江表，未尝一日忘中国，但力不足耳。’”《完颜纲传》：“（吐蕃）至青宜可，尤劲勇得众，以宋政令不常，有改事中国之意。”此“中国”皆指金朝。王寂《送刘子高宰新安》“但喜时平由圣主，不忧县小选中男”、《送田元长接伴高丽告奏使》“圣朝万里息烽烟，冀马吴牛尽稳眠”，因天下太平，人民安居而称金为圣主圣朝。刘昂《上平西·泰和南征作》称颂金朝为“舜山川，周礼乐，唐日月，汉衣冠”，将南宋败盟北伐斥为南蛮妖魔。赵秉文认为王室与列国、华与夷、中国与四境的关系都是可变的：“仲尼编《诗》，列《王·黍离》于《国风》，为其王室卑弱，下自同于列国也；《春秋》，诸侯用夷礼则夷之，夷而进于中国则中国之。西蜀，僻陋之国，先主、武侯有公天下之心，宜称曰‘汉’。‘汉’者，公天下之言也。”（《蜀汉正名论》）文中的“汉”非就刘备为帝室之胄言，而是由“公天下”判定之。杨奂《正统八例总序》“以德行仁者王，王不待大。汤之七十里，文王之百里，以王道为正也。王道之所在，正统之所在也”，视民本仁政之王道为认定国家政权合法性的准则。

元好问继承了古来特别是辽金以来的中国理念，并将其发扬光大。

其“识者以为中国之大，平治之久，河岳炳灵，实生人杰”（卷十八《内相文献杨公神道碑铭》），“壬辰之乱极矣！中国之大，百年之久，其亡也，死而可书者……”（卷二十五《聂孝女墓铭》），皆称金朝为中国。“游骑北来尘满城，月明空照汉家营”（卷十一《家山归梦图》），将镇守在石岭关的金军营寨称为“汉家营”。“禹贡土田推陆海，汉家封徼尽天山”（卷八《岐阳三首》），谓金初疆域辽阔，这是对金朝奠定中国疆域的认可。其“浮云西北是神州”（卷八《横波亭》）、“谁谓神州遂陆沉”（卷八《癸巳四月二十九日出京》），又用“神州”这一指华夏世居之地的概念称金国及其失地。值得注意的是，辽代以初兴之地为内地，迁移中原人口，引进农业技术、习染文化风俗，文学板块也大幅北移。金朝初期也以上京（今黑龙江阿城市南白城）为内地，行政区划设置五京十四路直接管辖。这种状况不仅突破了唐朝在边疆设羁縻州间接管属的模式，更与宋人的中国观有别。（石介《中国论》：“居天地之中者曰中国，居天地之偏者曰四夷。四夷，外也；中国，内也。”）

在蒙金更迭之际，元好问深知金朝将亡，转而考虑千百年来生存于中华大地的祖国、人民、民族、文化的延续，遂上书以“礼乐中原乃吾荣”为理想抱负的蒙古中书令耶律楚材，期望储蓄治具，以儒治国，再现汉唐盛世，赋予了蒙古建设华夏王朝的合法身份。他对忽必烈在潜邸延见儒士、欲大有为于天下十分关注，因其“忠国抚民，一出圣学”而称“吾贤王”（卷三十二《令旨重修真定庙学记》）。在忽必烈主政漠南后，又亲自谒见，奉之为“儒教大宗师”，恳请蠲免儒户兵赋。故《刘时举节制云南》（卷四）“云南山高去天尺，汉家弦声雷破壁。九州之外更九州，海色澄清映南极”，把蒙古称为“汉家”，视忽必烈平定大理为中华大一统之“大九州”的正当之举。其弟子郝经将这一理念提炼得更明确：“今日能用士，而能行中国之道，则中国之主也。”（《郝文忠公陵川文集》卷三十七《与宋国两淮制置使书》）

2. 胡汉文化互动互补的中华文化共同体之“中州”观

从考古成果看，在中国大地上先民的初期发展水平层次相近，后来黄河中下游地区因居中，先民们便于吸收四方文化，其文明层次率先提升。第一个王朝“夏”，其中就包含了“大”“五色”之文化属性。西周时始自称“中国”和“华”，“中”是就其地域方位而言，“华”以花之茂盛喻文明程度，遂形成“中夏四夷”以区域区分文明等级贵夏贱夷的文化理念。春秋时，南夷北狄交侵，孔子所倡“夷夏大防”旨在保护先进文化，至于四夷对中华文化的认同进化，则持开放欢迎态度。

辽、金、元时期不同于北魏时之全盘汉化，而是同华不同汉，强调各民族之政治认同、国家认同的多元一体，以及游牧、农耕文明并存互补、各族文化并行不悖的一体多元，超越“夷而进于中国则中国之”的以中原传统文化为衡量标准的贵夏贱夷理念。这种华化产生的积极效应，一者是北族政权接受中原文明时，形成开放改革集成自信的时代风尚；再者是为古来贵夏贱夷、自给自足、封闭自守的汉文化输入新基因，形成结构互补的新质文化。

辽朝虽自称中国，但在治理体系上游牧区用“国制”，农耕区用汉制，分属南北院两大系统；在文化层面保留本民族语言，创制契丹字，与汉字并行。金代的汉化程度比辽深广，但迁至中原的女真人仍用猛安、谋克制，也自创女真字，与契丹字、汉字共行。世宗、章宗针对金初君位传承之杂乱及抢夺之血腥，大力提倡儒家忠孝观念，实施了以儒家经典为科考内容的女真进士科，同时又注重保留女真之尚武、俭朴、淳厚之风，以消解汉人文弱、软熟、奢华之弊。所以说，就文化层面言，辽金不同于北朝时期的全盘汉化，而是力求胡汉并存、双向交流、互补共荣。辽太祖明言“吾能汉语，然绝口不道于部人，惧其效汉而怯弱也”（赵永春辑注《奉使辽金行程录·姚坤使辽》），对汉化弊端十分警惕。辽道宗诗《君臣同志华夷同风》（《辽史·道宗本纪》），倡导的就是在国家认同的基础上，各民族在政治上齐心协力同舟共济、文化上互动互补共同繁荣。金世宗说“亡辽不忘旧俗，朕以为是。海陵习学汉人风俗，是忘本也。若依国家旧风，四境可以无虞，此长久之计也”（《金史·移剌子敬传》），通过辽之保留本族文化与海陵王之全盘汉化的比较借鉴，决定对中原文化的接受是取长补短。尤需关注的是，契丹、女真君主不再讳言其北族身份，突破了贵夏贱夷的传统观念，将华夷文化的关系从势同水火零和博弈上升到并行不悖互补共荣的层面，迈向文化并存一体多元的大中华家庭境地。忽必烈《中统建元诏》“稽列圣之洪规，讲前代之定制”（《元史·世祖本纪》），表明了将“祖宗法度”与中原汉法相结合的治国方略。

元好问属鲜卑后裔，对此直言不讳，且引以为荣：“白塔沉沉插翠微，魏家宫阙此余基。……长松想是前朝物，及见诸孙赋《黍离》。”（卷八《会善寺》）“山上离宫魏故基”“应记诸孙赋《黍离》”（卷十四《台山杂咏十六首》之六）。时人也以此称誉之：“寺元魏离宫，十日来凡两。……今同魏诸孙，再到风烟上。……”（《中州集》己集第六冯璧《同裕之再过会善寺有怀希颜》）“魏帝儿孙气似龙”“元氏从来多慷慨”（耶律楚材《和太原元大举韵》）。所以他的贵夏贱夷、夷夏大防观念比较淡漠，比传统的汉族文士更容易接受辽、金、元执政者所倡导的一体多元、游牧文化与农耕文化优势互补理念。其“慷慨歌谣绝不传，穹庐一曲本天然。中州万古英雄气，也到阴山敕勒川”（卷十一《论诗三十首》），对北朝敕勒民歌尽情赞美，认为《敕勒歌》吸收了汉魏以来雄浑苍莽的英雄气，其诗学主张持胡汉互补的华化取向。《自题〈中州集〉后五首》（卷十三）“若从华实评诗品，未便吴侬得锦袍”及“北人不拾江西唾”，认为如果从华美和实用两方面评价诗歌，那么胡汉互补的金诗胜于单一片面、多华少实的南宋诗。他缅怀“神功圣德三千牍，大定明昌五十年”（卷八《甲午除夜》）的文治，对有金“一代制作，能自树立唐宋之间”（《金史·文艺传序》）的文学成就特别重视，称金中期以来胡汉文化交融所成就的文坛巨匠蔡珪、党怀英、赵秉文为“国朝文派”(《中州集》甲集第一《蔡珪传》)。其《中州集》收录了女真、契丹、渤海等族的诗人之作，冠名为“中州”，在诸族之上赋予了更高层次的中华文化共同体之义。家铉翁《题〈中州诗集〉后》“壤地有南北，而人物无南北，道统、文脉无南北，虽在万里外，皆中州也”(苏天爵《国朝文类》卷三十八)，认为元氏命名的“中州”不是地域方位概念，而是以“道统”“文脉”为基准的。合观海陵王“朕每读《鲁论》，至于‘夷狄虽有君，不如诸夏之亡也’，朕窃恶之。岂非渠以南北之区分，同类之比周，而贵彼贱我也”(《三朝北盟会编》卷二百四十二引张棣《正隆事迹记》)，可知“壤地有南北，而人物无南北”之“南北”有特定的含义，指汉胡世居的地域。遗山“正赖天民有先觉，岂容文统落私权”(卷十《病中感寓赠徐威卿兼简曹益甫高圣举》)，与“道统、文脉无南北”有内在联系，旨在强调超越种族歧视，唯贤不唯亲，认可中华各族之先知先觉的“天民”都有继承道统、文统正脉的正当权利，与南宋诗人诋毁女真、蒙古为“逆胡”“丑虏”“蛮夷杂种”之贵夏贱夷截然不同。

(三)以救世济民为真儒的人生价值取向

金元之际，中原儒者大声疾呼的人生价值取向，与其民生至上的核心价值观以及以王道仁政定正统的中国理念密切相连。他们在道统的认定上与宋人所持十六字心传“人心惟危，道心惟微，惟精惟一，允执厥中”的内涵分道扬镳，直承韩愈《原道》“博爱之谓仁，行而宜之之谓义，由是而之焉之谓道”的核心理念，所以在救世济民与为君国殉节守节的抉择中往往向前者倾斜。

遗山对此有明确的轩轾：“死生之际大矣，可以死，可以无死。一失其当，不以之伤勇，则以之害仁。然自召忽、管仲折衷于圣人之手，斯不必置论。……《语》有之：‘君子无终食之间违仁，造次必于是，颠沛必于是。’信斯言也。匹夫为谅，自经于沟渎，其可与求仁而得仁者一概论乎？”（卷二十七《恒州刺史马君神道碑》）他以原始儒家理念为依据考量仁与忠、求志与守节之利害轻重，肯定了孔子所持“管仲相桓公，霸诸侯，一匡天下，民到于今受其赐。微管仲，吾其被发左衽矣。岂若匹夫匹妇之为谅也，自经于沟渎而莫之知也”（《论语·宪问》）的评判。正是这种人生价值理念，支撑着元氏在中原板荡时以救世济民为重的人生抉择。“秋风不用吹华发，沧海横流要此身”（卷八《壬辰十二月车驾东狩后即事五首》），这是欲为救世济民而隐忍负重的宣言，其《癸巳岁寄中书耶律公书》就是这一理念下的产物。“一怒屠城一说留，书生刚为范增羞。军中老子关何事？付与儿曹调沐猴”（卷十二《内黄道中楚王庙，荆公有“谁合军中称亚父，却须推让内黄儿”之句，因为范增解嘲》），这是借古言今，通过批评军师范增没有劝阻项羽屠城的暴行，呼吁中原士人应该担负起时代赋予劝导蒙古改变旧习的责任。所以他对全真教首领丘处机劝说成吉思汗勿滥杀之功予以高度评价：“往赴龙庭之召，亿兆之命，悬于好生恶死之一言。诚有之，则虽冯瀛王（道）之对辽主不是过。”（卷三十五《清真观记》）其《醉中送陈季渊》（卷五）“残民假息仍疮痏，谁作东山谢安起”、《送崔梦臣北上》（卷四）“由来草创资润色，况复天造须经纶”，这些对友人参与新朝的劝勉亦基于此。

这种以救世济民为重的人生价值取向在当时的亡金士大夫中成为高唱入云的主流。先仕金后仕蒙古的耶律楚材卒，麻革“砥柱中流折，藏舟半夜移。世贤高允相，人叹叔孙仪”（《中书大丞相耶律公挽词》）、曹益甫“虎啸龙兴际，乘时自有人。风云开惨淡，天地入经纶。……斯民感无极，洒泪叫苍旻”（《中书耶律公挽词》）等，对其掌秉钧轴、礼乐中原的功绩予以充分肯定。杨鹏《送王魏二学士应聘》“三十年来只用兵，蒲轮才始聘贤英。……政要文章致太平”，对曾仕金的王鹗、魏璠应忽必烈之征佐王“致太平”充满期待。段克己《正月十六日夜雪》“方今廊庙已备具，左有夔龙右有皋。爱民亲贤急先务，朱轮皂盖驰英豪。遗黎幸脱疮痍厄，讴吟圣世心坚牢”，视忽必烈为爱民亲贤的尧舜，将其招纳的儒臣誉为舜帝时的夔、皋。李俊民《赠张仲一》“丹凤衔书下九霄，山城和气动民谣”，“万里江山归一统，百年人事见清朝”，热情歌颂忽必烈招贤纳士、万里一统的王朝。刘祁金亡归乡筑归潜堂，以寓归隐之意,《归潜志》附录陈时可、薛玄、兰光庭、张纬文等诗皆有意劝仕，李俊民、段克己、段成己也多有诗劝勉后学出仕以经世致用。段克己痛心“生民冤血流未尽，白骨堆积如山丘。……遗黎纵复脱刀儿，忧思离散谁与鸠”(《癸丑中秋之夕与诸君会饮山中，感时怀旧，情见乎辞》)，在《送李山人之燕并序》中对“真儒”赋予了新的理念：“儒者事业非常人所能知，要不过适用堪事而已。议者至谓不能取舍于当世，岂不厚诬哉！……以是而名其儒，岂真儒者耶？”他以“适用堪事”为“真儒”，把“弹冠远游”之类独善其身者皆排斥在“真儒”之外。其诗中“孰能忍饥学夷齐”，否定了伯夷、叔齐为殷商守节不仕西周之举，将人生价值取向向经世济民、存种续文方面倾斜。郝经“尝以为士之为学，期于有用”，“安视天民之毙而莫之顾，使天地万物坏而俱不能以用，可以为士乎哉”，“士于此时而不自用，则吾民将膏铁钺，粪土野，其无孑遗矣”(《与宋国两淮制置使书》)，将何为“真儒”说得更明确。

在金元之际中原士人再次面临迎新恋旧的抉择时，他们与南宋灭亡时谢翱、郑思肖等或殉节或守节的取向迥异，以救世济民为真儒、重求志轻守节成为那一时代士人摇旗呐喊价值取向的主流。其中遗山最先意识到保护儒士储蓄治具的重要性，以文坛盟主的身份上书耶律楚材，觐见忽必烈，并在蒙古上层及汉人世侯间进行了长期大量的活动，为新朝保护、培育、输送了大量人材，功效最著。这些认识与行动，与当时士人以救世济民为真儒之主流价值取向的形成有千丝万缕的内在联系，可以说他顺应时代的需求，又反哺于时代，引领了时代的潮流。

三、元好问的文学创作与成就

元好问一生著述甚丰，文学方面有《锦机》《杜诗学》《东坡诗雅》《诗文自警》等书，已佚。今存诗（包括赋）十四卷、文二十六卷、词《遗山新乐府》五卷、小说《续夷坚志》四卷，编选《中州集》十卷附乐府一卷，《唐诗鼓吹》十卷。其诗词文等量多质高，不仅代表了金代的最高成就，而且在中国文学史上，亦可入一流作家的行列。

（一）诗

元好问一生以诗人自许，对此用心最多，成就最高，现存近一千四百首。

“诗人元遗山”是其自我定位，他认为自己的诗歌成就高于其他。他还曾将自己与苏轼相比，说“论人虽甚愧，诗亦岂不如”（《学东坡移居八首》）。清初诗评家查慎行对此评曰：“自负如此，后人不能赞一辞矣。”后于《戏题新居二十韵》（卷三）下批“七古中，唯髯苏一人，得先生而两，宜其高自位置也”（《初白庵诗评》）。郝经“上薄风、雅，中规李、杜，粹然一出于正，直配苏、黄氏”（《遗山先生墓铭》），谓其诗远继《诗经》中“国风”“小雅”，近宗法李白、杜甫，成就可与苏轼、黄庭坚并驾齐驱。清人沈德潜《宋金三家诗选》陈明善“例言”谓“东坡、放翁、遗山为宋金大家”。王士祯谓其“七言妙处，或追东坡而轶放翁”（《带经堂诗话》卷四）。翁方纲进而将其与陆游比较高低：“遗山七言歌行，真有牢笼百代之意。而却亦自有间笔、对笔，又搀和以平调之笔，又突兀以叠韵之笔，此固有陆务观所不能到者矣。”（《石洲诗话》卷五）“苏、黄之后，放翁、遗山两家并驰词场，而遗山更为高秀。”（《七言诗三昧举隅》）赵翼将苏、陆、元细加比较，说：“元遗山才不甚大，书卷亦不甚多，较之苏、陆，自有大小之别。然正惟才不大、书不多，而专以精思锐笔清炼而出，故其廉悍沉挚处，较胜于苏、陆。……苏、陆古体诗，行墨间尚多排偶，一则以肆其辨博，一则以侈其藻绘，固才人之能事也。遗山则专以单行，绝无偶句，构思窅渺，十步九折，愈折而意愈深，味愈隽，虽苏、陆亦不及也。”（《瓯北诗话》卷八）在赵翼看来，苏、陆才气大，作品多，属于大家之列。但因逞才斗学的稀释，部分作品在思路的深度与感情的力度方面不及遗山诗。陶玉禾谓“其独绝处，正如长江大河，浑浩流转，曲折变化，惟意所及。律句格法严密而纵横洒落，绝去雕饰，有龙跳虎卧之观。不特独步两朝，即在唐、宋间，亦足自竖一帜”（顾奎光《金诗选·例言》），对其独特成就亦给予高度评价。

元好问的诗作之所以获得后世如此高的评价，主要归功于他的那些感慨乱亡的纪乱之作。他少承家学即尊崇杜诗，避乱南渡时所作《石岭关书所见》，宗杜造诣已初露峥嵘。二十八岁时所作《箕山》等诗，“赵礼部见之，以为少陵以来无此作”（《遗山先生墓铭》）。金亡前夕所作《岐阳三首》《壬辰十二月车驾东狩后即事五首》，是学界公认学杜诗卓有成就的代表作。家国情怀尤易感人，故后代对这类诗评价极高，认为它们代表了遗山诗的主要特色与最高成就，并据此考量判定其诗在诗歌史上的重要地位。“遗山诗佳者极多，大要笔力苍劲，声情激越。至故国故都之作，尤沉郁苍凉，令读者声泪俱下。如‘白骨又多兵死鬼，青山原有地行仙’‘蛟龙岂是池中物，虮虱空悲地上臣’之类，于极工炼之中，别有肝肠迸裂之痛，此作者所独绝也”（沈德潜《宋金三家诗选》赵翼手批）。清人徐继畬书遗山祠门内额匾，誉之为“杜林嫡派”；桐城派大家吴汝纶也称“遗山沉痛激烈，神似杜公，千载以来不可再得者。读之最能增长笔力，是少陵嫡派也”①。

遗山纪乱诗按题材体裁风格的演变可分三个阶段。

1. 早期（1211—1231）

南渡之前所作《阳兴寨》，“年年避营马，几向此山行”及自注“避骑兵夺马者，多由此路”，不仅反映了诗人多次避兵于忻州、阳曲之间的状况，而且具体记载了《金史·卫绍王本纪》大安三年下所载“括民间马”的史实。《避兵阳曲北山之羊谷题石龛》“冥鸿正恐纬疑网，脱兔不忘投茂林”，是恐怖至极、惊魂未定之心态的记录，从侧面反映了贞祐二年（1214）忻州被屠城死者十万的历史惨剧。《石岭关书所见》写贞祐四年（1216）诗人避乱南渡路经石岭关的所见所感，“连营突骑红尘暗，微服行人细路高”，同框截取金军全力备战守土与难民源源不断外逃这两幅画面，其不再信任的寓意就在字里行间。“已化虫沙休自叹，厌逢豺虎欲安逃”，与屠城死者对比，表达了生不如死的悲痛之情。流亡到河南三乡后，其纪乱诗作多抒发故乡沉沦有家难归的难民情怀。如《八月并州雁》“南来还北去，无计得随君”，《家山归梦图三首》“别却并州已六年，眼中归路直于弦”“卷中正有家山在，一片伤心画不成”，《落魄》“行役鱼赪尾，归期乌白头”，《秋怀》“黄华自与西风约，白发先从远客生”“何时石岭关头路，一望家山眼暂明”等。移居嵩山（1218—1227）后，他虽曾出仕，但为期很短，主要身份是农民，同样缴纳赋税。《秋蚕》先写诸女因无衣而养蚕，后“东家追胥守机杼，有桑有税吾犹汝。官家恰少一絇丝，未到打门先自举”，不仅交代了自己与“东家”一样缴纳赋税，而且用特写镜头记录了诸女因追胥屡至而生成的习惯性心态举止。正因诗人与下层人民朝夕相处，患难与共，这时的纪乱诗多从农民的角度着笔。《驱猪行》先将豪猪、田鼠、蝗虫食稼的惨状络绎写来，诗末“旱干水溢年年日，会计收成才什一。资身百备粟豆中，儋石都能几钱直。儿童食糜须爱惜，此物群猪口中得，县吏即来销税籍”，端出人祸不减天灾的主旨，揭露了金末“军租星火急”，不顾灾民死活的苛政，由点到面，视野宽广，用笔辛辣。《蟾池》针对金宣宗以近侍局为耳目的特务统治，运用特殊的形象作绝妙讽刺，在诗歌史上别具一格。诗人将批判的矛头间接指向最高统治者，这在古代诗人中比较罕见。三为县令（1227—1231）期间，其纪乱诗的内容与情调又发生了变化。上面催征赋税的公文纷繁，督责严苛，下面民不堪命，四处逃亡，田地荒芜，国库军需难以为继。诗人在这一矛盾中既忧国更忧民："催科无政堪书考，出粟何人与佐军。"（《内乡县斋书事》）国难当头，诗人对"军租星火急"表示理解，对民力疲惫不堪更深感揪心。《宛丘叹》"当年万家河朔来，尽出牛头入租帖。苍髯长官错料事，下考大笑阳城拙。至今三老背肿青，死为逋悬出膏血"，诗末自注"髯李令南阳，配流民以牛头租，迫而逃者余万家"，这里的"牛头租"与《金史·食货志二》所载专门针对女真猛安、谋克部设立的"牛头税"显然有别，反映了金末赋税严重、民不堪命、大量外逃的弊政，揭露了酷吏竭泽而渔以致"至今三老背肿青"的残暴行径。

2. 中期（1231—1238）

这一时期国家由危急到灭亡，个人由朝官成囚徒，沧桑巨变成就了诗人的辉煌，其诗作成就达到登峰造极的地步，赵翼《题元遗山集》"国家不幸诗家幸，赋到沧桑句便工"即就此而言。正大八年（1231）四月，诗人在南阳县任听到陕西重镇凤翔沦陷的消息，深感金朝大势已去，亡国末日即将来临，遂作《岐阳三首》，学界历来所看重的"丧乱诗"从此拉开序幕。随后的《雨后丹凤门登眺》《读〈靖康佥言〉》《壬辰十二月车驾东狩后即事五首》《俳体雪香亭杂咏十五首》《癸巳四月二十九日出京》《癸巳五月三日北渡三首》《淮右》《癸巳除夜》《即事》《甲午除夜》《卫州感事二首》诸作，将汴京保卫战、金哀宗出奔、两宫北迁、汴京沦陷、淮右战局、蔡州城破、崔立被诛等时事，用诗史笔法将一幕幕惊心动魄的历史画卷奔赴笔底。丧乱即死亡祸乱。遗山这时的诗作，如"偃蹇鲸鲵人海涸，分明蛇犬铁山围""野蔓有情萦战骨，残阳何意照空城""长虹下饮海欲竭，老雁叫群秋更哀""沧溟不掩蛟龙窟，大地同归鼠雀乡""惨淡龙蛇日斗争，干戈直欲尽生灵。高原水出山河改，战地风来草木腥""沧海横流万国鱼，茫茫神理竟何如"，皆感时触事，抒发末日来临的悲哀。从诗作的命题、体式与意象、风格看，自《岐阳三首》开始，诗作的题材转向记述重大时事，命题特别注重时、地、人等要素的记载；多用组诗体式，特别是“戴着镣铐跳舞”的七律，既要紧密联系又要各有侧重，并且达到“不求工而自工”的地步，这是诗艺炉火纯青的标志，赵翼对此给予高度评价：“七言律则更沉挚悲凉，自成声调，唐以来律诗之可歌可泣者，少陵十数联外，绝无嗣响，遗山则往往有之。”（《瓯北诗话》卷八）在意象方面，多用超现实的事物囊括丰富的史实，构成阔大的境界，张晶对此特色成就评价中肯：“以‘诗史’称杜诗，有一个重要原因是诗人善于用客观化的、叙事性的笔法来反映社会现实。……遗山诗对于金末丧乱的写照不同于是。诗人是以在这历史惨剧中所激起的强烈主体感受，来摄取当时的客观情景，熔铸成有巨大历史容量的审美意象。这些意象不以指实某些具体史实为目的，却又有着深刻的时代内容，因而，这些意象显得颇为厚重。”② 在语言方面，日本吉川幸次郎说：“他是个富有激情的、具有对外来的刺激反应敏锐的诗人气质的人。但他不喜欢把那敏锐的反应立即轻率地表现出来，而是认真地审视这些刺激，审视到对象的各个部分。因此，在他的诗中，无意义的句子，是很少的。这种深思熟虑的表达，被认真地反复提炼，就显得越发浑重淳厚。在浑重淳厚这一点上，他也许堪为杜甫以后的第一人。”③ 在情调方面，并州豪侠的地域习尚及女真政权下的胡汉文化互补，使他生性多禀雄刚豪壮之气；忧国忧民的儒者情怀、巢倾卵覆的悲惨遭际，致使他摧刚为柔、沉痛激烈；深沉悲凉的感情基调、百转千回反复咏叹的表达方式、苍凉壮阔的意境及字字如重锤撞击心扉的千钧笔力，使他的丧乱诗在杜甫沉郁顿挫诗风的基础上别具一格。

羁管山东以后，遗山的丧乱诗在五律方面仍宗法杜甫，如“白骨丁男尽，黄金甲第高”“龙移失鱼鳖，日食斗麒麟”（卷七《十二月六日二首》），七律则兼融李白的奔放，“律切精深而有豪放迈往之气”（徐世隆

《遗山先生文集序》），笔法由凝重顿挫转向酣畅淋漓。如《即事》（卷八）“逆竖终当鲙缕分，挥刀今得快三军。燃脐易尽嗟何及，遗臭无穷古未闻”，诗人初闻崔立被杀事，大快人心，诗情如大堤溃决，倾泻而出，一路浩荡流转，用墨如泼，一气呵成。《卫州感事二首》（卷八）“神龙失水困蜉蝣，一舸仓皇入宋州。紫气已沉牛斗夜，白云空望帝乡秋”，写金哀宗卫州兵败及蔡州自缢事，因果衔接，蝉联而下，语气畅达。至于书写个人情致，如“贫里有诗工作祟，乱来无泪可供愁”（卷八《梦归》）、“老来行路先愁远，贫里辞家更觉难”（卷九《羊肠坂》）、“南渡衣冠几人在，西山薇蕨此生休”（卷九《太原》）等，达到随意挥洒出神入化的境地，这与前期丧乱诗重视字斟句酌、一字一顿吞吐回旋、多斩绝而少横放不同。

这一时期的七绝，悲悼金亡的《俳体雪香亭杂咏十五首》（卷十二），如“为向杏园双燕道，营巢何处过明年”“重来未必春风在，更为梨花住少时”“宫园深闭无人到，自在流莺哭暮春”，皆以小见大，寄寓遥深，情致凄婉，韵味绵长。《癸巳五月三日北渡三首》（卷十二）从亡金遗臣的角度反映蒙军入汴大肆掳掠的暴行，多用白描手法直写所见，用语浅显而内涵隽永。乐府诗《续小娘歌十首》（卷六），依照南宋青年妇女被掳北迁时所唱民歌接写歌词，反映她们的痛苦心声，浅俗易懂，堪称人民的代言人。

3. 晚期（1239—1257）

这一时期金亡已久，时过境迁，遗山之纪乱诗不再像中期那样刻意书写重大时事，精心制作，佳作密集，而是“其天怀所感激，偶遇一物焉而伸之；其孤愤所郁结，偶遇一事焉而发之”，因其境遇，随感而发。较为重要的名篇，旧地重游者如《出都二首》（卷九）“汉宫曾动伯鸾歌，事去英雄不奈何。但见觚棱上金爵，岂知荆棘卧铜驼”“断霞落日天无尽，老树遗台秋更悲。沧海忽惊龙穴露，广寒犹想凤笙归”，《洛阳》（卷九）“千年河岳控喉襟，一日神州见陆沉”“拟就天公问翻复，蒿莱丹碧果何心”，

《为邓人作诗》（卷九）“携盘渭水堪流涕，种柳金陵已合围。事去恍疑春梦过，眼明还似故乡归”，《龙兴寺阁》（卷十）“空闻赤帜疑军垒，真见金人泣露盘。桑海几经尘劫坏，江山独恨酒肠干”；友人重逢者如《镇州与文举、百一饮》（卷八）“翁仲遗墟草棘秋，苍龙双阙记神州”“日月尽随天北转，古今谁见海西流”，《留赠丹阳王炼师三章》（卷十四）“烂醉玄都有旧期，百年人事不胜悲。桃花一簇开无主，留着东风与兔葵”，这种深藏于心底的今昔兴亡之感、巢倾卵覆之悲，触物兴感时形成伤疤重揭、无往不在的思维定势，意象内蕴由横向阔大的横断面向金朝百年之盛衰兴亡的纵向延展，情怀由前一阶段一时一地引发的剧烈阵痛，变为缅怀往昔感时伤逝之深沉苍凉。此时也有主动揭露蒙古时政弊端的力作，如《雁门道中书所见》（卷二）：“去年夏秋旱，七月黍穗吐。一昔营幕来，天明但平土。调度急星火，逋负迫捶楚。网罗方高悬，乐国果何所。食禾有百螣，择肉非一虎。”诗人由今及昔，把无限时空中发生的事织入，表述了人祸更甚于天灾的愤慨，毫不留情地鞭挞了蒙古时期的暴政。《题刘紫微尧民野醉图》（卷五）“不见只今汾水上，田翁鞭背出租钱”，由画面联系到现实，主动暴露蒙古官吏催缴赋税、鞭笞家乡父老的残暴不仁。

这一时期遗山的纪乱诗虽不及中期，但其山水诗却量多质高。诗人以遗民心态放怀畅游山水间，以文为诗，多酣畅淋漓的长篇巨制，寄寓了悲壮苍凉的情怀，开创了山水诗的新境界。“湍声汹汹转绝壑，雪气凛凛随阴风。悬流千丈忽当眼，芥蒂一洗平生胸。雷公怒击散飞雹，日脚倒射垂长虹。骊珠百斛供一泻，海藏翻倒愁龙公。轻明圆转不相碍，变见融结谁为雄”（卷三《游黄华山》），着重写景，移步换形，穷形尽相，笔力雄劲；“是时山雨晴，平田绿油油。并山凉气多，况得通深幽。山泉谷口出迎客，石罅戛击琳琅球。蜿蜒入微行，渐觉藤萝罥衣树打头。恶木拉飒栖，直干比指稠。石门无风白日静，自是林响寒飕飕。一峰忽当眼，仰看看不休。一峰一峰千百峰，虽欲一一顾揖知无由。金城偃蹇不得上，瑶瓮回合如相留”（卷五《游龙山》），夹叙夹议，将“诗人爱山爱彻骨”的情致络绎写来，妙趣横生；“神祠水之浒，仪卫盛官府。颇怪祠前碑，稽考失莽鲁。吾闻允格、台骀宣汾洮、障大泽，自是生有自来归有所。假而自经沟渎便可尸祝之，祀典纷纷果何取。子胥鼓浪怒未泄，精卫衔薪心独苦。楚臣百问天不酬，肯以诞幻虚荒惊聋瞽。宇宙有此水，万古万万古。人言主者介山氏，且道未有介山之前复谁主。山深地古自是有神物，不假灵真谁敢侮”（卷五《游承天镇悬泉》），如此恣肆汪洋的长篇大论，以雷霆万钧的情感气势，裹挟翻江倒海般的才学，像天风海雨，汹涌澎湃。诗人在学习唐人以吟咏情性为指归外，兼承宋人以才学为诗、以议论为诗，驱遣典故，意到笔随，寄慨万端，使诗情与才学相得益彰，遂成为其诗的又一高峰。“我来适与风雨会，世界三日漫兜罗。山行不得山，北望空长哦。今朝一扫众峰出，千鬟万髻高峨峨”（卷五《涌金亭示同游诸君》），与韩愈《谒衡岳庙遂宿岳寺题门楼》之“我来正逢秋雨节”诸句如出一辙，可见遗山之以文为诗与韩愈一脉相承。刘熙载谓其“诗兼杜、韩、苏、黄之胜，俨有集大成之意”（《艺概》卷四），即着眼于此。还需关注的是，幽并豪侠与故国遗民叠加的悲壮情怀与北国高山大川的雄伟气概互动互补，形成“遗山诗境更高寒”（卷十四《雪谷早行图二章》）的境界，如《台山杂咏十六首》“西北天低五顶高，茫茫松海露灵鳌。太行直上犹千里，井底残山枉叫号”等，寄寓了一代伟人高视一世、不畏谤议而我行我素的伟岸情怀。“三馆才名天下闻，乱来俗议漫纷纭。两朝文笔谁争长，一代诗人独数君”（杨鹏《送元遗山》）、“诗到夔州老更工，只今人仰少陵翁”（曹之谦《寄元遗山》），这是当时的诗人对遗山晚年诗作的评价。

（二）词

遗山词的成就仅次于诗，现存三百三十余首。

遗山对其词有一段幽默的陈述：“予所录《遗山新乐府》成，客有谓予者云：‘子故言宋人诗大概不及唐，而乐府歌词过之，此论殊然。乐府以来，东坡为第一，以后便到辛稼轩，此论亦然。东坡、稼轩即不论，且问遗山得意时，自视秦、晁、贺、晏诸人为何如？’予大笑，拊客背云：‘那知许事？且啖蛤蜊。’客亦笑而去。”（《遗山自题乐府引》）从隐隐自负中，可以体味出遗山是以苏、辛之后第一人自居的。这一看法徐世隆已明白说出：“乐府则清雄顿挫，闲婉浏亮，体制最备。又能用俗为雅，变故作新，得前辈不传之妙，东坡、稼轩而下不论也。”（《遗山先生文集序》）两宋词人或崇尚婉约，或偏重豪放，能将两者之长融为一体者极少，清人刘熙载亦谓遗山词达到了这种境地：“疏快之中，自饶深婉，亦可谓集两宋之大成者矣。”（《艺概》卷四）况周颐特别看重遗山在金亡前后写的那种摧刚为柔、婀娜中含刚健的词作：“元遗山以丝竹中年，遭遇国变。……憔悴南冠二十余稔。神州陆沉之痛，铜驼荆棘之伤，往往寄托于词。……此等词宋名家如辛稼轩固尝有之，而犹不能若是其多也。”（《蕙风词话》卷三）今人邓绍基等将遗山列入中国古代十大词人中[④]。遗山论诗颇细，论词则颇粗，只强调抒发情性而已。他推崇苏轼的词作，肯定其以诗为词抒发士人情怀的成就，不赞同词为艳科、只写儿女情长之说，故其词作大半自抒胸臆，作品中的抒情主人公即词人自身，可视为一部个人传记。其词作或遣兴山水、或求仕为官、或羁旅行役、或登临怀古、或酬唱赠别，其量多质高者，还是感伤乱亡之类。其分期大致可与纪乱诗类比，但记事的成分少。就抒情内容言，也不像纪乱诗那样多着眼于国计民生，而是侧重于个人内心深处的隐衷。下面略作比较鉴别。

遗山避乱三乡时的伤乱词很少，其移居嵩山时的词作，绝不像同期诗如《秋蚕》《蟾池》等主动刻意揭露乱世时弊，而是多写畅游山林时隐逸陶醉的感受，如《水调歌头》（山家酿初熟）、同调（滩声荡高壁）等。即使写壮志难酬之悲，也由外转内，倾向于写个人命运不济。如在史馆时所作《水调歌头》（长安夏秋雨）之“判司官，一囊米，五车书。骑驴冠盖丛里，鞍马避僮奴”，直抒自己位卑俸微、被人贱视的心酸。虽然也有“长安自古歧路，难似上青天”（《水调歌头·史馆夜直》）等对外部环境的感叹指责，但不同于同时之诗《寄钦用》（卷八）“虫臂偶然烦造物，獐头何者亦求官”，把矛头指向现实中的用人制度，抨击时弊，义愤填膺。三为县令时亦如此，大多词作写游山玩水之乐，纯属感情层面的情趣支配。而同时那些忧国忧民的诗作则满载社会责任感，倾向于理性。词亦写到政务的繁忙，“三年间为一官忙，簿书愁里过，笋蕨梦中香”（《临江仙·夏馆秋林，在内乡北山》），但不是把它当作正事，而是作为隐逸情趣的反衬，与《帝城二首》（卷八）“悠悠未了三千牍，碌碌翻随十九人”之厌烦公文堆积如山淹没人生价值的严正关怀同中有异。这时偶尔也有关怀时局国势之作，如“江山憔悴，鬓华先觉。人到中年原易感，眼看华屋归零落”〔《满江红》（老树荒台）〕，对蒙古主力回师扫灭西夏进取关中忧心忡忡，但最终仍归结到“算世间，惟有醉乡民，平生乐”之如何消忧解愁，与《岐阳三首》“穷途老阮无奇策，空望岐阳泪满衣”之痛惜国亡不同。京官时期身处围城，其诗多关心时局，感伤丧乱，词只有《玉漏迟·壬辰围城中有怀浙江别业》“浙江归路杳，西南仰羡、投林高鸟”，虽涉及国事，然仍局限于个人命运的不幸。汴京沦陷期间，遗山词多为两宫北迁事而发，多用比兴，且抒情主人公也多换为女性，感伤红颜薄命，格调含蓄凄婉，与取材相似的《俳体雪香亭杂咏十五首》等诗作相较，寄托遥深，混融迷离，多婉约情致。羁管期的词作也不写时事，即使是抒亡国之悲，也与诗的格调不同。如同是写故友相会所兴发的情怀，其《临江仙》（昨日故人留我醉）“九万里风安税驾，云鹏悔不卑飞”、《定风波》（白发相看老弟兄）“少日龙门星斗近，争信，凄凉湖海寄余生”，感慨深沉中多凄婉，不同于诗“荡荡青天非向日，萧萧春色是他乡”（卷八《徐威卿相过，留二十许日，将往高唐，同李辅之赠别二首》）、“日月尽随天北转，古今谁见海西流”（卷八

《镇州与文举、百一饮》）那样大气包举、悲壮激越。写初返家乡的悲慨，《鹧鸪天》（华表归来老令威）之"旧时逆旅黄粱饭，今日田家白板扉"，着眼于个人生存窘况，而卷九《太原》之"南渡衣冠几人在，西山薇蕨此生休"，则侧重写故国遗民的感慨。写重返燕都之感，《南乡子·九日同燕中诸名胜登琼华故基》仅抒发兴亡之悲，《朝中措》（卢沟河上度旃车）只联想宫娃被掳事，而《出都二首》（卷九）"汉宫曾动伯鸾歌，事去英雄不奈何"，则有亡国原因的反思与英雄无奈的悲恸。以上只就大概而言，旨在说明其诗词同可视为个人传记，但侧重面有所不同，二者需对照品味，才能对作者有更深入的了解。还需指明的是，遗山之文如卷三十九《寄中书耶律公书》等多出于对祖国人民传统文化生存发展的社会责任感，其诗既出于对社会的关心，也注重自我的情志，其词则侧重于关顾自我情趣。明乎此，对其既认可新朝又眷恋旧朝，二者并行不悖之矛盾，就不至于迷惑不解了。

遗山的情词约占其总数的六分之一。在爱情词方面，他是一个早熟的天才，思想也很开放，与谦谦君子温文尔雅的儒士风范判然有别，对封建礼教多有批判。《摸鱼儿·雁丘辞》，将"生命诚可贵，爱情价更高"之价值取向高唱入云。同调"问莲根、有丝多少"，对青年男女相爱却因家长阻挠双双投水而死的遭遇表示同情，谴责迫使这种悲剧发生的封建势力。这种爱憎鲜明的理念，突破了父母之命媒妁之言的礼教，也超越了《孔雀东南飞》之婚后婆媳矛盾及《董西厢》之为报恩而嫁的反封建题材主旨，在文学史上将肯定自由恋爱提到前所未有的高度。《江城子·观别》，不同于柳永《雨霖铃》"执手相看泪眼，竟无语凝噎""今宵酒醒何处，杨柳岸、晓风残月"之始终着眼于当事人的情结，其"为问世间离别泪，何日是、滴休时"，能将个人情事扩展到世界的、永恒的高度，类似杜甫"安得广厦千万间，大庇天下寒士俱欢颜，风雨不动安如山"之情怀。这类词即事兴感，"疏快之中自饶深婉"，熔婉约、豪放于一炉，激荡澎湃，特别脍炙人口，尤其是“问世间（姚本作“恨人间”，朱彝尊《词综》等作“问世间”）、情是何物，直教生死相许”，被电视剧《神雕侠侣》选作歌词后，广为传播，几乎妇孺皆知。中年丧妻后所作的悼亡词，如“闲衾香易冷，孤枕梦难圆”（《三奠子·离南阳后作》）、“绣被留欢香未减，锦书封泪红犹湿”〔《满江红》（一枕余醒）〕、“东风正有去年花，柔条去作谁家柳”〔《踏莎行》（微步生尘）〕，低徊往复，缠绵凄恻。金亡之际所作《鹧鸪天·薄命妾辞》等借宫女之情写亡国之悲，“蓄艳其外，醇至其内，极往复低徊、掩抑零乱之致”（况周颐《蕙风词话》卷三）。

遗山的山水词以气势磅礴酣畅见称。有些作品以山水为主要审美对象，描述其雄壮之景及动态之美，词人的情怀寄寓其中，且具有时代色彩。如《水调歌头·赋三门津》，既铺陈渲染黄河的雄壮，更突出它的为患之烈，用以反衬中流砥柱的坚定不移，寄寓了时代的悲慨和个人的抱负。《清平乐·泰山上作》之“江山残照”“长松悲啸”景象的摄取，皆与其遗民心理有关，打上了时代的烙印。至于“井蛙瀚海云涛，醯鸡日远天高。醉眼千峰顶上，世间多少秋毫”，抒写登临泰山绝顶后人生境界的瞬间升华，与上述《台山杂咏》“太行直上犹千里，井底残山枉叫号”同致，也是其高视一世之伟岸气度的外射。遗山山水词更多的是身临其境，即物起兴，歌颂山水之美，抒发隐逸情趣。《水调歌头》（空濛玉华晓）、同调（石坛洗秋露）这类词，往往酣畅淋漓，脍炙人口。

总体而言，遗山受北方文化豪迈粗犷、率真任情风尚的习染，为人豪爽不羁，不拘小节，其词属苏、辛豪放一派。但他既主张词咏情性，也强调言外之意，味外之味，故其词虽奔放酣畅，却不一泻无余，而是摧刚为柔，将豪放与婉约熔为一炉。后人对此也有持批评态度者，如陈廷焯言“遗山词，刻意争奇求胜，亦有可观。然纵横超逸，既不能为苏、辛，骚雅清虚，复不能为姜（夔）、史（达祖），于此道可称别调，非正声也”（《白雨斋词话》卷三），虽说评价尺度不同、褒贬不同，但对遗山词风特质的把握却殊途同归。

（三）散曲

元好问现存散曲不多，隋树森《全元散曲》录其小令九首，残套两首。《人月圆》二首用宋词牌名，隋氏加曲牌“[黄钟]”，知此二首亦词亦曲；《仙侣 · 后庭花破子》二首、《中吕 · 喜春来》四首，是按当时的俗曲填写的曲词。前者与词牌《后庭花破子》体制相同，后者已与词全无瓜葛，纯属为当时的小曲作的歌词；《双调 · 骤雨打新荷》乃“元遗山先生好问所制，而名姬多歌之”（陶宗仪《辍耕录》卷九），属金元之际散曲渐盛时的产物，但其牌名亦叫《小圣乐》，且多有宋康伯可《大圣乐 · 初夏》之痕迹，与宋词仍有千丝万缕的联系；残套《双调 · 新水令》《乔牌儿》，全从当时俚谣俗曲中来，雅化取向也很明显。《人月圆》《骤雨打新荷》，结合自己身世之感抒发个性化情怀，“以林下风度，消融其膏粉之气”（王博文《天籁集序》），属变俗为雅之作。刘祁言“唐以前诗在诗，至宋则多在长短句，今之诗在俗间俚曲也，如所谓《源土令》之类”（《归潜志》卷十三），可见当时民间的散曲之盛及艳情之俗。从现存曲作看，遗山散曲的主源是民间的俚谣俗曲，由宋金词而来者仅占较少比重。他以文坛领袖的身份创制散曲，歌女争相传唱，其朋友、学生如杜仁杰、杨果、白朴等皆元初散曲作家，可以说遗山曲作在由雅向俗与变俗为雅两方面对散曲初期士大夫的创作起了推动引领的作用。罗忼烈认为“变宋词为散曲始于遗山”⑤，从历来视散曲为“词余”的角度给予了高度评价，多为学界引用，可惜没有从当时俗曲的角度作考察，十分遗憾。

（四）文

元世祖中统三年（1262），严忠杰刊刻张德辉类次的遗山文共二十六卷，经历代增补，现存文二百六十篇（《中州集》小传不计）。

历代对遗山文的评价也高。郝经《遗山先生墓铭》云：“汴梁亡，故老皆尽，先生遂为一代宗匠，以文章伯独步几三十年。铭天下功德者尽趋其门，有例有法，有宗有趣。”徐世隆《遗山先生文集序》云：“文宗韩、欧，正大明达，而无奇纤晦涩之语。”《四库全书总目提要·遗山集提要》云：“好问才雄学赡，金元之际，屹然为文章大宗。……至古文，绳尺严密，众体悉备，而碑版志铭诸作，尤为具有法度。……元人纂修《金史》，多本所著，故于三史中，独称完善，亦可知其著述之有裨实用矣。”施国祁《元遗山诗集笺注·例言》云：“遗山先生，诗文大家，杰出金季，为一代后劲。上接杜、韩，中揖欧、苏，下开虞、宋，其精光浩气，有决不可磨灭者。”李祖陶《元遗山文选引》云：“元遗山先生文似韩、欧，诗宗李、杜，当时称为东坡之后一人。”并认为其“所著文集则宪章北宋，接欧、苏正轨，屹然为一大宗。集中碑志最多，直书所见所闻，论定一代，可与欧公《五代史》并观。他文亦格老气苍，无讲学家冗沓腐烂之习”（《金元明八大家文选》）。缪钺《元遗山年谱汇纂》谓其“诗文史学，萃于一身，非第元明以后无与颉颃，两汉以来，固不数数觏也”。

从以上引文可以看出，评者特别看重遗山的墓志文。该类文现存九十九篇，原厘为十六卷，占总卷数的一半以上，具有很高的文学价值和史学价值，代表了遗山文的最高成就。

遗山早期（汴梁沦陷前）所撰的墓志承司马迁传记笔法，重视刻画墓主的性格，如《刘景玄墓铭》《族祖处士墓铭》等，通过不为后世史家所重却能揭示人物性格特征、人生理念的细节描写，使墓主的形象活灵活现，栩栩如生。金亡前夕，他已自觉担当以文存史之责，如为其师友所作《闲闲公墓铭》《希颜墓铭》，不仅情文并茂，且有史学价值。汴梁沦陷后，遗山痛惜史籍散亡，认为一代人物“不随世磨灭者，唯金石是赖”，遂转向有补于史的墓碑撰作，主动为崔立兵变中的死节之士作碑。在《金漆水郡侯耶律公墓志铭》（卷二十七）中曾言为十三位烈士烈女作碑，现仅存完颜良佐、聂元吉及其女舜英三篇，遗佚之多由此可见一斑。晚年返乡后的十八年中，“铭天下功德者尽趋其门”，所以此期撰写的碑文约占总数的三分之二，且多鸿篇巨制。为金代名臣作碑，他往往站在亡金的终点，总结其兴衰盛亡的成因，或批评其用人的官制，或抓住关系到兴废存亡的大事进行评论。如在《平章政事寿国张文贞公神道碑》（卷十六）中，他抨击了金代尚书省权要多用种人、少用进士的种族偏见，对括民田得军心而失民心的祸端及由此引发民族仇视而最终导致乱亡之祸予以痛心的揭示。这类文章视野广阔，议论中肯，大开大合，纵横驰骋，具有史学家的眼力和文学家的风采。《金史》人物传记亦视之为取材渊薮。卷二十七《龙虎卫上将军术虎公神道碑》，着重记述女真族术虎筠寿由亲卫军出身，听从一个女真策论老生教导，学习法律、《春秋》、史传，最终成为按照儒家人生价值观行事的奇士名臣，女真士官的汉化进程可见一斑。他为蒙古新贵所作碑文，如卷二十六《东平行台严公神道碑》《顺天万户张公勋德第二碑》等，多从历史长河的角度，看待新旧王朝的更替，对乘时而起为蒙古王朝立下汗马功劳的英雄给予赞扬，特别是对他们在辖区内施行仁政、兴学养士给予充分的肯定，劝勉殷切，有补于时。这些墓碑充分体现了一代巨匠的史德、史学、史识，具有独特的史学价值。

遗山墓碑宗法韩愈、欧阳修，如在题称方面，名位著者称公，有文名者称先生，友人则称字，此皆韩、欧心法所在。序文（即题后铭前的文字）也继承了韩、欧记大节，发议论，设对话，托感慨的传统。铭文亦如韩、欧，多用参差不齐的语句抒发悼念之情，具有深厚的故国情结，可谓情调深沉凄婉的挽歌。在语言方面则以韩济欧，在明达晓畅中充溢着慷慨淋漓之气，“而无奇纤晦涩之语”。遗山生长于云朔，崇尚雄健，又值宗社丘墟，故多悲壮慷慨之辞，这是其文的一大特色。

遗山其他文体的成就亦高。大致说来，其前期（汴梁沦陷前）的散文以感情充沛、文采飞扬见称，《兴定庚辰太原贡士南京状元楼宴集题名引》(卷三十七)、《写真自赞》(卷三十八)、《秦王擒窦建德降王世充露布》(卷十五)、《秋望赋》(卷一)等都是这方面的杰作。后期的散文格老气苍，以见解精当取胜，如《跋国朝名公书》品评金代历朝书法家的特点，高屋建瓴，体察入微，妙论迭出，可视为金代书法史纲要。但最有价值的还是那以文坛领袖的立场，面对社会现实的需求，从救世济民、延续中原文化、清理理学是非和指引文学创作的角度所作的应用体散文。如《癸巳岁寄中书耶律公书》(卷三十九)之恳请保全中原文士以备将来文治之需；《令旨重修真定庙学记》(卷三十二)基于蒙古改革派人物忽必烈的尊孔重教之举，称之为“贤王”，呼唤其鉴古知今，顺应民心，改旧图新，竭力倡导儒家文化的价值；《清真观记》(卷三十五)记录了全真教在金元之际对乱世人心大有补益事，充分肯定了丘处机往赴中亚劝止成吉思汗滥杀的功绩；《送高雄飞序》(卷三十七)奖掖年轻志士出仕蒙古新朝建功立业；《东平府新学记》(卷三十二)抨击理学家“居山林，木食涧饮，以德言之，则虽为人天师可也，以之治世则乱”之无补于世的迂腐；《新轩乐府引》(卷三十六)从词史角度肯定苏、辛“情性之外不知有文字，真有‘一洗万古凡马空’气象”的功绩，表达了自己尽情抒发悲愤、不畏议论的词作主张。《麻杜张诸人诗评》(卷三十九)、《逃空丝竹集引》(卷三十六)对诸诗友诗作的长短有贴切形象的设喻，并指出“绝长补短”之向上一路。

(五)文学批评

元好问是金代最杰出的文学批评家，许多文学批评史把他列入中国古代杰出批评家的行列。奠定这一崇高地位的，主要是其二十八岁时在《锦机》的基础上完成的《论诗三十首》。组诗承杜甫《戏为六绝句》之“别裁伪体亲风雅”，对建安至北宋千余年来的诗歌分辨正、伪，肯定曹操、曹植、刘桢的雄豪刚健及陶渊明、谢灵运、元结的平淡自然，否定潘岳之为文造情、陆机之斗靡夸多、卢仝之险怪、李贺之凄冷、孟郊之艰涩、苏黄之次韵唱酬、陈师道之闭门觅句、秦观之女郎诗等。其中多数观点已略见于前人的评说，但组诗说得更加精辟到位，且自成体系，堪称一家之言。学界称道其贡献可分为两端：一是着眼于形式。郭绍虞《中国文学批评史》言："自杜少陵《戏为六绝句》开论诗绝句之端，于是作者纷起。其最早者，在南宋有戴石屏的《论诗十绝》，在金有元遗山的《论诗三十首》。……戴氏所作，重在阐述原理；元氏所作，重在衡量作家。这正开了后来论诗绝句的两大支派。到清代，王渔洋规仿元氏之作，于是论诗绝句遂多偏于论量方面。"二是着眼于衡量标准，大多认为元氏见解精到，具有重要指导意义，对后世影响很大。

此外，针对千年来诗史上善而不真或真而不善的痼疾，他在《杨叔能小亨集引》中标举"吟咏情性之谓诗"，主张以诚为本来提升诗人的品德修养，从而取得真情感人又善性化人的效果。他也深知言之不文、行之不远之理，在《陶然集诗序》（卷三十七）中对"或病吾飞卿追琢功夫太过者"予以肯定，强调诗人在吟咏情性的基础上以诗为专门之业，经长期的惨淡经营，技进于道，达到不烦绳削而自合的境地，使真善美有机统一。其《自题二首》之"共笑诗人太瘦生，谁从惨淡得经营""镜中自照心语口，后世何须扬子云"，就是这一理念的现身说法。还有《论诗三首》《〈杜诗学〉引》及为时人写的大量序引中也发表了许多珍贵而发人深思的见解。在《中州集》小传中，他以一代巨擘的鉴识，摘引佳句，辨别风格，评述得失，探讨源流。其晚年所写的《答聪上人书》言："进而学古诗，一言半辞，传在人口，遂以为专门之业，今四十年矣。见之之多，积之之久，挥毫落笔自铸伟词以惊动海内则未能，至于量体裁、审音节、权利病、证真赝，考古今诗人之变，有戆直而无姑息，虽古人复生，未敢多让。"由此可见其对诗学批评的自信程度。总体而言，当时北南双方诗歌创作和诗学批评都向舍宋宗唐方向发展，南方严羽诗学的宗唐指向盛唐的比兴意象等艺术韵味方面，而遗山则侧重于"眼处心生”、反映现实、有补于时，提倡儒家伦理的价值及其诗学的教化功能，强调真善。其特殊价值在于超越古来中夏四夷、贵夏贱夷之汉族本位观念，以集成理念强调胡汉互补华化。其“中州万古英雄气，也到阴山敕勒川”（《论诗三十首》）及“若从华实评诗品，未便吴侬得锦袍”（《自题〈中州集〉后五首》）之论，便是这一理念的产物。

（六）笔记小说

元好问有笔记小说《续夷坚志》四卷，多属晚年搜集史料时的副产品，主要记述金代的奇闻轶事，尤其是所记金末灾异，保存了许多珍贵史料，反映了乱世之际的世人心态，是以怪言真的纪实性文言小说，与南宋洪迈《夷坚志》等荒诞的志怪小说性质不同。在写法上大多也延续了晋代干宝《搜神记》引述道听途说、简述故事梗概的志怪模式，但也多有重视故事主人公性格的刻画，如《戴十妻梁氏》，有行动描写、对话描写；《狐锯树》更是把狐作人语作绘声绘色的描写，使其狡猾诡诈的本性跃然纸上。还有用唐人传奇小说笔法写人叙事篇幅较长的，如《京娘墓》长达500多字，人物性格鲜明，故事情节层次曲折。由此可知，《续夷坚志》继承干宝的志怪模式而有所发展，在鬼通人情、狐懂世故方面已向蒲松龄《聊斋志异》过渡，语言还保留时人传说的痕迹，接近白话，但还没有自己有意虚构为小说的意识，在文言笔记小说发展史上有里程碑意义，对金代小说有填补空白的重要价值。

四、元好问集的版本源流、收编范围及校注情况

《遗山先生文集》四十卷本初刻于元世祖中统三年（1262），由好友张德辉类次，弟子严忠杰付梓，仅收赋、诗、文，按古赋、五古、七古、五律、七律、五绝、七绝及碑志、记、序引等分体编排。卷首李冶（本名“治”，后改名）序谓忠杰“独能求得其全编，将锓之梓”，徐世隆序

谓忠杰“雅敬遗山，求其完集，刊之以大其传”，可知当时所刊《遗山集》是全集性的，未收词、曲、小说，应属体类问题，在理念上仍视之为难登大雅之堂。该本今存最早的是明弘治戊午（1498）李瀚据中统本再刻的四十卷本，商务印书馆《四部丛刊初编》影印此本，传布较广。清康熙四十六年（1707）华希闵据李瀚本翻刻，《四库全书》亦祖此本。至道光三十年（1850），平定张穆刊《元遗山先生全集》，增入施国祁《元遗山诗集笺注》另据元至元七年（1270）刊曹益甫编诗集本补入的八十多首诗及《遗山新乐府》四卷、《续夷坚志》四卷。光绪七年（1881）方戊昌据张穆本再刻，增佚补缺。20 世纪末，山西大学姚奠中先生主编《元好问全集》，以方本为底本，词在原四卷的基础上，据唐圭璋《全金元词》补设第五卷，由山西人民出版社 1990 年出版。后经李正民增订，又增入《中州集》小传，2004 年由山西古籍出版社出版，这是现今搜罗最多、流传最广的全集本。

遗山诗的版本有文集、诗集两个系统。至元时曹益甫搜编的二十卷诗集本不仅比文集系统本多八十多首，而且异文亦多。清钱仪吉《跋遗山诗集》指出二十卷诗集优于文集本。近人王永祥列出明弘治李瀚刊文集本与明末毛氏汲古阁刊诗集本的异文三百多处⑥，实际还不止于此。然而包括施国祁《元遗山诗集笺注》，虽兼收诗集系统多出之诗，但仍以文集本为底本。我将两者全面比较，觉得虽然互有短长，但总体上诗集本好于文集本。如《赠答刘御史云卿四首》中，文集本“惜君别匆匆”，诗集本作“别君惜匆匆”。我考定诗作于兴定四年（1220）元氏至汴京参加府试，刘云卿以监察御史监考之后，认为诗集本所言符合元氏与刘赠别回嵩山之情况，而文集本所言则是刘氏离开汴京，这与其时任监察御史之职不合。元至元七年曹益甫诗集本今已失传，明弘治戊午李瀚刊《元遗山先生诗集》是现存最早的诗集本，明末毛氏汲古阁诗集本、清吕氏南阳讲习堂本亦属诗集系统（《四库全书总目提要·遗山诗集提要》

谓毛晋从文集摘出，误）。施国祁《元遗山诗集笺注》首次对遗山诗作全面系统的校勘，他所用的主校本是今已不存的至元曹益甫本，在资料的占有上优于后人，但他径改元著，不出校记，致使后人不敢以之为据。特别是他用校勘正史的方法校勘诗集，求善不求真，离元著原貌益远。如《论诗三十首》其二十四“无力蔷薇卧晚枝”，施国祁据秦观《春日》诗改“晚”为“晓”，而李瀚刊文集本、诗集本、元氏《诗文自警》及《中州集·王中立传》引此句皆作“晚”，足见原著如此。故狄宝心《元好问诗编年校注》（中华书局 2011 年版，2012 年再印，2018 年典藏版）即以汲古阁诗集本为底本，以李瀚刊全集本为主校本，施国祁本只能作参校本。瑕不掩瑜，施国祁是著名的金史专家，他首次通注遗山诗，不仅对所及有关史实详注其事，而且对所及人物也罗列甚广，尽管其文学方面学力欠丰，多有失注、误注处，但筚路蓝缕，功不可没。

散文方面，祖本亦多有形讹、音讹处，后世重刻亦多因校益讹处。如《致乐堂记》“古人所以愿为兄之日长”，《三国志》裴注引《华阳国志》：李密奉使聘吴，吴主与群臣泛论道义，谓宁为人弟。密曰：愿为人兄矣，为兄供养之日长。句用此典。《四库》本改“兄”为“儿”，误。狄宝心《元好问文编年校注》（中华书局 2012 年）以李瀚刊文集本为底本，以方戊昌本及《元文类》《金文最》为主校本，恢复元著原貌处较多。

《遗山新乐府》的版本，从现今刊印诸本之词调、篇目的编排顺序看，分属两系：明弘治高丽刊三卷本，与明初凌云翰选编的一卷抄本属一系，民国初朱孝臧《彊村丛书》精校三卷本较佳。五卷本与四卷本属另一系统。五卷本编辑人不详，明叶盛菉竹堂有藏本，清有何焯藏校补本、卢文弨增补本、阮元《宛委别藏》本、瞿镛校跋本、张梅生校刻本等。四卷本有康熙华希闵剑光阁本，全集收入之道光张穆本、光绪方戊昌本等皆祖此本。其同卷同调末所示“续增”及“新添”词调诸作，取自五卷本。由此看来，原四卷本不及五卷本全，并非前人所说因五卷本之第五卷词调重排、重出且多误收他作，故四卷本只截取前四卷。光绪末石莲庵汇刻《九金人集》本及今通行的姚奠中主编本，前四卷据张穆本、方戊昌本，续补五卷本之第五卷，又从一、三卷本中收五卷本之未载者为补遗。唐圭璋《全金元词》以朱孝臧本为底本，据一卷本、五卷本及《九金人集》《词综》《御定历代诗余》等校补。赵永源《遗山乐府校注》（凤凰出版社 2006 年版）也以朱孝臧本为底本，以五卷本等为校本。杨镰《全元词》以台北“中央图书馆”藏高丽旧刊三卷本为底本，以《宛委别藏》五卷本补三卷本未备之词，从任德魁《词文献研究》所举第五卷后半羼入宋人词之说，删去四十九首。

笔记小说《续夷坚志》，按元王起善《跋》“予钞北地枣本《续夷坚志》四册”，知此前在北方有枣木版刻本印行，共四卷。王钞本壬申（1332）宋无《跋》也谓四卷，而至正二十三年（1363）孙道明《跋》则言二卷，纪昀《四库全书总目提要》也收《续夷坚志》二卷。嘉庆戊辰（1808）余秋室据王起善二卷本厘为四卷，付刻于大梁书院。道光十年（1830）荣誉据书院本再刻。张穆也据余秋室所刻四卷本收入全集，方戊昌本、姚奠中本承之。

五、本书的底本校本、体类比重、选篇标准

本书诗文以今存最早的明弘治李瀚刊《遗山文集》四十卷本为底本，诗以现存最早的李瀚刊《遗山先生诗集》二十卷本为主校本，郭元釪《全金诗》、狄宝心《元好问诗编年校注》为参校本；文以张穆本、方戊昌本、《元文类》《金史》《金文最》等为参校本；词以朱孝臧《彊村丛书》为底本，以天津古籍出版社《百家词》所收凌云翰本、阮元《宛委别藏》本、张穆本《石莲庵汇刻九金人集》本等为校本。

体类比重以其成就而定。除导读外，按书稿篇幅划定比重，诗占百

分之五十，文与词合占百分之五十，力求布局合理，重点突出。入选的标准：元好问诗文词的选本较多，如苏天爵《元文类》、庄仲方《金文雅》、李祖陶《金元明八大家文选》、凌云翰《遗山乐府》、朱彝尊《词综》等。近现代选本更多，不一一列出。入选频率高及历代学者重点点评的名篇要首先考虑；其次是最能展示导读中所言"元好问的思想"的名篇；再次是最能显示其亲情、乡情、爱国之情与个性及各阶段、各体类的代表性成果，力求使本书成为思想内容的广度深度与艺术成就的高度兼顾、学界共识与自己的特识兼具的选本。

① 高步瀛《唐宋诗举要》，上海古籍出版社 1978 年版，第 697 页。
② 张晶《辽金诗史》，东北师范大学出版社 1994 年版，第 391 页。
③ [日] 吉川幸次郎《中国诗史》，章培恒等译，复旦大学出版社 2001 年版，第 306 页。
④《中国古代十大词人精品全集 · 元好问卷》，王树林选注，大连出版社 1998 年版。
⑤ 罗忼烈《元曲三百首笺 · 叙论》，台北文光图书有限公司 1978 年版。
⑥ 王永祥《元遗山诗集校勘记》，《东北丛刊》第 18 期，1931 年 6 月，第 1–48 页。

元好问诗文集

卷一　古赋一首五言古诗五首

秋望赋

步裴回而徙倚[1]，放吾目乎高明。极天宇之空旷，阅岁律之峥嵘[2]。于时积雨收霖，景气肃清。秋风萧条，万籁俱鸣。菊鲜鲜而散花，雁杳杳而遗声。下木叶于庭皋[3]，动砧杵于芜城[4]。穹林早寒[5]，阴崖昼冥。浓淡霏拂[6]，绕白纡青。纷丛薄之相依[7]，浩霜露之已盈。送苍苍之落日，山川郁其不平。

紧扣赋题写秋望所见，给人以身临其境的立体感受，年末将至时不我待之想、木叶摇落万物萧瑟之悲、砧杵遥响捣衣念远之思，种种凄凉感伤的情怀寓于景物之中。末句承上启下，暗示情感的波动。

［注释］

[1] 裴（péi）回：来回走动。徙倚：彷徨不前。　[2] 岁律之

峥嵘：此以山之高峻形容岁月将尽。《文选·鲍照〈舞鹤赋〉》：“岁峥嵘而愁暮，心惆怅而哀离。”李善注：“岁之将尽，犹物之高。”岁律，岁月季节。峥嵘，高峻貌。 [3]下木叶于庭皋：屈原《湘夫人》：“袅袅兮秋风，洞庭波兮木叶下。”庭皋，水边平地。 [4]砧杵：捣衣石和棒槌，亦指捣衣。芜城：荒凉的城区。 [5]穹林：幽深的树林。 [6]霏：弥漫的云气。 [7]丛薄：丛生的草木。

作者的视线由西、西南、南、东北、西北，所摄景物是有选择性的，与强敌入侵、故土沉沦的时代背景和自视不凡、以时代需求为己任的个性心理密切相连。

瞻彼轘辕[1]，西走汉京[2]。虎踞龙蟠[3]，王伯所凭。云烟惨其动色[4]，草木起而为兵。望嵩少之霞景[5]，渺浮丘之独征[6]。汗漫之不可与期[7]，竟老我而何成。挹清风于箕、颍[8]，高巢、由之遗名[9]。悟出处之有道[10]，非一理之能并。繄南山之石田[11]，维景略之所耕[12]。老螭盘盘[13]，空谷沦精。非云雷之一举[14]，将草木之偕零。太行截天，大河东倾。邈神州于西北[15]，恍风景于新亭。念世故之方殷[16]，心寂寞而潜惊。激商声于寥廓[17]，慨涕泗之缘缨[18]。

[注释]

[1]轘辕：山关名，在今河南登封西北三十里。因山路有十二曲，盘旋往还而得名。 [2]汉京：指东汉都城洛阳。 [3]“虎踞龙蟠”二句：谓洛阳是成就王霸之地。虎踞龙蟠，诸葛亮出使吴都，目睹秣陵山阜，叹曰：“钟山龙盘，石头虎踞，帝王之宅也。”

(《说郛》卷五十九下)后因以形容地形雄壮险要，宜作京都。王伯，王霸。 [4]“云烟惨其动色”二句：暗示国家动乱不安。动色，变色。草木起而为兵，用“草木皆兵”典。 [5]嵩少：嵩山的别称。霞景：透过云霞的日光。 [6]渺浮丘之独征：谓未看到浮丘在云霞中独自远行的踪影。浮丘，古仙人，居嵩山。旧题汉刘向《列仙传》卷上载，周灵王太子晋游伊、洛之间，道士浮丘公接其上嵩山。 [7]“汗漫之不可与期”二句：言神仙之说虚无缥缈，不能尽信而至老无所成就。这类情怀亦见于本集卷一《后饮酒五首》之三“客从嵩少来，贻我招隐诗。为言学仙好，人间竟何为。一笑顾客言，神仙非所期”。汗漫之不可与期，《淮南子·道应训》：“吾与汗漫期于九垓之外。”高诱注：“汗漫，不可知之也。”后附会为仙人的名字。 [8]挹（yì）：舀。箕、颍：箕山、颍水，在今河南登封西南。 [9]巢、由：指巢父和许由。相传二人皆为尧时居箕、颍之隐士。晋皇甫谧《高士传》载，尧让天下于许由，由不受，告巢父。巢父曰：“汝何不隐汝形，藏汝光，若非吾友也。”后用作超然尘外、不慕荣利的典故。 [10]“悟出处之有道”二句：谓仕隐这两种截然相反的人生价值取向各有道理，不可以此否彼。出处，谓出仕和隐居。 [11]繄（yī）：语气助词。 [12]景略：前秦王猛字景略，曾至嵩山拜见异人。后事苻坚为丞相，前秦日强盛，削平诸国，封其为清河郡侯。《晋书》有传。 [13]“老螭（chī）盘盘”二句：喻王猛胸怀大志，暂且隐居，待时而出。螭，古代传说中无角的龙。沦精，隐藏精明。 [14]“非云雷之一举”二句：谓王猛如未乘时而起，则与草木同腐，无声无息。云雷，《易·屯》卦象为云雷聚，象征世事变乱之时，君子创经纶之业。 [15]“邈神州于西北”二句：南朝宋刘义庆《世说新语·言语》：“过江诸人，每至美日，辄相邀新亭，藉卉饮宴。周侯中坐而叹曰：‘风景不殊，正自有山河之异！’皆相视流泪。

唯王丞相愀然变色曰：'当共勠力王室，克复神州，何至作楚囚相对！'" 神州，指华夏沦陷区。下选《横波亭》有"浮云西北是神州"句。恍，仿佛。新亭，亭名。故址在今江苏南京江宁区南。三国吴建，名临沧观。东晋安帝隆安中丹阳尹司马恢之重修，名新亭。后作为典故用指怀念故国或忧国伤时。 [16] 世故：世事变故，变乱。方殷：谓正当剧盛之时。 [17] 商声：秋声。寥廓：空旷深远。 [18] 慨涕泗之缘缨：郭璞《游仙诗》其五："悲来恻丹心，零泪缘缨流。" 缨，系于下巴下的帽绳。

吁咄哉[1]！事变于已穷[2]，气生乎所激[3]。豫州之士[4]，复于慷慨击楫之誓；西域之侯[5]，起于穷悴佣书之笔。谅生世之有为[6]，宁白首而坐食？且夫飞鸟而恋故乡[7]，嫠妇而忧公室[8]，岂有夷坟墓而剪桑梓[9]，视若越肥而秦瘠？天人不可以偏废[10]，日月不可以坐失。然则时之所感也[11]，非无候虫之悲。至于整六翮而睨层霄[12]，亦庶几乎鸷禽之一击[13]。

［注释］

[1] 吁咄：叹词。表示感慨。 [2] 事变于已穷：谓事物发展到了极点，就会发生变化。《易·系辞下》："《易》，穷则变，变则通，通则久。" [3] 气生乎所激：谓人的志气生于困窘欲变之时。《孔子家语·困誓》："吾闻之，君不困不成王，烈士不困行不彰，庸知其非激愤厉志之始于是乎在。" [4] "豫州之士"二句：指晋

"豫州"二句：遗山早年常以刘琨、祖逖自励，如《雪后招邻舍王赞子襄饮》："君不见，并州少年作轩昂，鸡鸣起舞望八荒。"《并州少年行》："著鞭忽记刘越石，拔剑起舞鸡鸣歌。"

"谅生"句：与李白"天生我材必有用"（《将进酒》）之自视不凡略同，遗山自信之个性由此可见。

侧重抒感，景随情出。作者视通万里，思及千载，用典密集，纵横捭阖，意气风发，壮怀激烈。结尾鸷鸟一击的亮相定格，具有高唱入云、戛然而止、余音袅袅、意味无穷之致。

祖逖渡江击楫发誓收复河南事。《晋书·祖逖传》载，晋元帝任逖为奋威将军、豫州刺史。逖渡江中流，击楫而誓曰："祖逖不能清中原而复济者，有如大江！"楫，底本作"节"。"击节"与"豫州"无关联，此当后世刊刻因音近而讹，据《金文雅》、张本等改。 [5]"西域之侯"二句：东汉班超少时家贫，常受雇为人抄书以养家糊口。后立功西域，封定远侯。 [6]谅：思量。 [7]飞鸟而恋故乡：《文选·古诗十九首·行行重行行》："胡马依北风，越鸟巢南枝。" [8]嫠（lí）妇而忧公室：《左传》昭公二十四年："嫠不恤其纬，而忧宗周之陨，为将及焉。"意谓寡妇尚且忧国忘家。 [9]"岂有夷坟墓而剪桑梓"二句：谓蒙古军侵占家乡，挖掘祖坟，毁灭家园，这哪能无关痛痒！桑梓，桑树与梓树。古时父母植之于宅院边以供子孙给蚕食、具器用。后亦作故乡的代称。越肥而秦瘠，古代越国与秦国相距遥远，比喻痛痒与己无关。 [10]天人不可以偏废：谓不可一味顺从天命而无所作为，也即人们常说的应当尽人事而听天命。天人，指不由自己左右的外部际遇与自己的主观努力。 [11]"然则时之所感也"二句：谓其秋望所见有"寒蝉凄切"之悲苦。其《秋怀》有"吟似候虫秋更苦"句。候虫，随季节而生或发鸣声的昆虫，如夏天的蝉、秋天的蟋蟀等。 [12]六翮（hé）：鸟类双翅中的正羽。用以指鸟的两翼。 [13]庶几：希望。鸷禽：猛禽，如鹰、雕之类。

［点评］

张德辉类编《遗山先生文集》时标目为"古赋"，其体制与科考时的词赋不同。南北朝骈赋偏重辞藻，唐人律赋偏重格律，宋人文赋注重说理，金元之际人提倡汉人注重抒情、词语朴实的古赋。此赋既是元氏赋的代表作，也代表了金赋的最高成就。按"望嵩少"语，知作于家居嵩山（1218—1226）时。

此赋旨在展示作者在仕隐纠结中由避世转向用世的抉择。纵观遗山的一生，其感情深层特喜山水隐逸，但自信不凡的个性、救世济民的使命感又促使他不愿与草木同腐，求志在仕隐矛盾中占主导地位。他初移居嵩山时隐居情怀确实占了上风，这有其自述“旧隐嵩山阳，笋蕨丰馈饷”“乾坤两茅舍，气压华屋上”（卷二《学东坡移居八首》）可证。但隐居嵩山的起因是举试屡败，出仕无望，其“五车载书不堪煮，两都觅官自取忙。无端学术与时背，如瞽失相徒伥伥”（卷三《雪后招邻舍王赞子襄饮》）、“一寸名场心已灰，十年长路梦初回”“卖剑买牛真得计，腰金骑鹤恐非才”（卷九《示崔雷诗社诸人》）及乡友赵元《书怀寄元弟裕之》“有子罢读书，求种山间田”（《中州集》戊集第五），足可证明其内在的因果联系。包括后来进士及第“不就选，往来箕、颍者数年而大放厥辞”，也是因官场谤议所致。金哀宗“新即大位，宵衣旰食，思所以弘济艰难者为甚力”（卷二十一《希颜墓铭》），这与其《后饮酒五首》“一笑顾客言，神仙非所期”之否定学仙的时间相近，可以说这是遗山在嵩山时期由避世转向用世的重要节点，诗人那“人生只作张骞、傅介子，远胜僵死空山阿。……著鞭忽记刘越石，拔剑起舞鸡鸣歌”（卷六《并州少年行》）的用世志向又重新抬头。作者在清秋登高四顾之际，木叶落引发了一年将尽虚度年华老大无成之悲；雁南归引发了避乱南渡有家难归之悲；虎踞龙盘王伯所凭的地形引发了国家尚可复兴的希望；南山石田引发了对王猛隐而复出名垂青史的联想，使其人生价值取向由高许由之洁行向志士仁人救世济民倾斜；遥望北、西方向的沦陷区，使其联想到东晋过江诸人新亭泪落之悲及祖逖渡江击楫收复故土之誓。在诸种因素的合力作用下，最终使作者的志向凝结于鸷禽振翅高翔奋力搏击的意象中，其情怀由感伤向悲壮崇高升华，在深沉似杜甫、郁勃近陆游的基础上，又别具苍凉激越之味。本赋情随景出，所见所思，兴发感动，如风生水起；层次清晰，转折步步深入，水到渠成；语言朴实无华，如胸中自然流出而无雕琢之感；情景交融，意境高远。

饮酒五首　襄城作[1]

其　一

西郊一亩宅[2]，闭门秋草深[3]。
床头有新酿，意惬成孤斟[4]。
举杯谢明月[5]，蓬荜肯相临。
愿将万古色[6]，照我万古心。

首二句：贫士之居，无人问津。下言所感，扣此而发。

总评：日本小松直之进《元遗山诗选》（下引简称“小松”，省略书名）：“陶然得醉中之趣。”

［注释］

[1] 襄城：即今河南襄城县。　[2] 一亩宅：古人用以喻贫士所居。《礼记·儒行》：“儒有一亩之宫，环堵之室，筚门圭窬，蓬户瓮牖。”　[3] 闭门秋草深：谓无人来往，有门常闭，长满秋草。　[4] 惬（qiè）：满足。　[5]“举杯谢明月”二句：致谢月光

普照，不嫌贫爱富。蓬荜（bì），用草荆编成的门户，指居室简陋的穷苦人家。 [6]“愿将万古色”二句：希望月亮将万古不变的光色，照耀自己崇尚古人之朴实真诚的心灵。

首二句：本陶渊明《饮酒》“羲农去我久，举世少复真”，怀古伤今。沈德潜《宋金三家诗选》评：“与陶公《饮酒》各有怀抱。”

次二句：想见先生眼沉舌僵之醉态。

“圣教”二句：看得远，见得真。

末二句：醉中犹有淑世情怀。

其　二

去古日已远，百伪无一真[1]。
独余醉乡地[2]，中有羲皇淳[3]。
圣教难为功[4]，乃见酒力神[5]。
谁能酿沧海[6]，尽醉区中民[7]。

[注释]

[1] 百伪无一真：陶渊明《感士不遇赋并序》：“自真风告逝，大伪斯兴。闾阎懈廉退之节，市朝驱易进之心。” [2] 醉乡地：指醉酒后神志不清的境界。唐王绩《醉乡记》：“阮嗣宗、陶渊明等十数人，并游于醉乡。” [3] 羲（xī）皇淳：羲皇时代民风淳朴真率。羲皇，伏羲氏，上古时人。陶渊明《与子俨等书》：“常言五六月中，北窗下卧，遇凉风暂至，自谓是羲皇上人。” [4] 圣教难为功：谓儒家仁义之教效果不佳，难使风俗淳朴。 [5] 酒力神：酒力作用的神奇。 [6] 谁能酿沧海：相传汉代郑弘于沈酿埭遇友无酒，投钱水中，依口酣饮，皆大醉，因更此水名“沈酿川”（晋崔豹《古今注·草木》）。此句暗用此典，谓又有何人能酿沧海之水为酒。 [7] 区：区宇，天下。

[点评]

本集卷三十九《酒里五言说》谓组诗作于三十六七

时。时诗人辞史官职置田营耕，行迹情怀与陶渊明相似，遂仿其《饮酒》组诗，以酒为话题，表达对社会人生的观点，诗风也极相似，写景抒情，如拉家常，娓娓道来，朴实自然。上古民风真率淳朴，后世人多趋利避害，精巧奸诈，故“百伪无一真”。遗山从陶渊明等酷爱饮酒的古贤言行中，发现酒力的作用远比儒学的效力大，是走向真善美的最佳途径，这一惊世骇俗的奇谈怪论当然是愤世嫉俗的矫枉过正，兴之所至，不必当真。末尾由己及人，由近及远，生发出愿天下人都能返璞归真的妙想，与杜甫“安得广厦千万间，大庇天下寒士俱欢颜，风雨不动安如山”的热切呼唤殊途同归。

后饮酒五首　阳翟作[1]

其　一

少日不能觞[2]，少许便有余。
比得酒中趣[3]，日与杯杓俱[4]。
一日不自浇，肝肺如欲枯。
当其得意时[5]，万物寄一壶[6]。
作病知奈何[7]，妾妇良区区。
但愧生理废[8]，饥寒到妻孥。

“少许”句：与陶渊明《饮酒》其十之“倾身营一饱，少许便有余”语同而命意不同。遗山胸中前人成句甚多，随意挥洒时往往不自觉奔赴笔端，故挪用其《〈杜诗学〉引》（卷三十六）之“谓不从古人中来亦可也”评之甚妥，非如黄庭坚“夺胎换骨”之有意取之。

“但愧”四句：查慎行《初白庵诗评》（下引省略书名）：“情挚语神似陶公。”前二句，自责之语，真挚痛切，在为夫为父的主体责任感方面与杜甫相似。

小松："'万物'五字，曲生趣味，写出入神。'但愧'四句，雅怀亦存此中。"

吾贫盖有命，此酒不可无。

[注释]

[1] 阳翟：金县名，治今河南禹州。 [2] 觞（shāng）：酒杯。此指饮酒。 [3] 比：近。酒中趣：饮酒的乐趣，偏指情怀方面。陶渊明《晋故征西大将军长史孟府君（嘉）传》："好酣饮，逾多不乱。至于任怀得意，融然远寄，傍若无人。（桓）温尝问君：'酒有何好，而卿嗜之？'君笑而答曰：'明公但不得酒中趣尔！'" [4] 杓（sháo）：勺子。 [5] 得意：指进入佳境领悟到旨趣。 [6] 万物寄一壶：寄世间万物于一壶。意谓除饮酒尽兴之外，不再挂念其他。 [7] "作病知奈何"二句：《世说新语·任诞》载，"竹林七贤"之刘伶好酒成癖，导致生病。妻子劝他戒酒，他佯装应允，要向神发誓断酒时，又让妻子准备酒肉供奉。妻子供上酒肉后，刘伶跪而祝曰："天生刘伶，以酒为名。一饮一斛，五斗解酲。妇人之言，慎不可听。"随即饮酒食肉，大醉倒地。二句谓饮酒得病又当如何，妇道人家的见识太短浅了。区区，小貌。 [8] "但愧生理废"二句：惭愧自己因饮酒而荒废生计，使妻子儿女忍饥受饿。生理，谋生之道。孥（nú），儿女。

[点评]

此与《饮酒五首》为系列组诗，作于同一时期，但与前作舒缓平和不同，此诗比较痛快淋漓，如倾泻于酒酣耳热之后，表露出诗人的饮酒情趣和人生理念。"当其"二句与上首"独余醉乡地，中有羲皇淳"之意大同小异，合观《后饮酒五首》其四"酒中有胜地，名流所同归。人若不解饮，俗病从何医"及其五"饮人不饮酒，正自可饮泉。饮酒不饮人，屠沽从击鲜”“我爱靖节翁，于酒得其天”，可知遗山特别重视酒之对于返璞归真、恢复人性、提升人生高雅境界的作用，把文人饮酒有别于凡夫的旨趣说得非常精辟。此与苏轼《於潜僧绿筠轩》“可使食无肉，不可使居无竹。无肉令人瘦，无竹令人俗。人瘦尚可肥，俗士不可医”可谓殊途同归。从章法看，一路推进，曲折回旋。先以少日衬托如今，言酒趣既着眼于生理需求，更强调情怀陶醉。进而将饮酒置于人生幸福指数的数量与质量及家庭责任上来考量，最后表明自己的艰难抉择。遗山性嗜酒，时人“一杯欲洗兴亡恨，为唤穷途阮步兵”（雷渊《荥阳古城登览寄裕之》）、“青云一别阮家郎”（辛愿《寄裕之》），皆以阮籍目之，其个性由此也可见一斑。

种 松

百钱买松羔[1]，植之我东墙。
汲井涴尘土[2]，插篱护牛羊[3]。
一日三摩挲[4]，爱比添丁郎。
昨宵入我梦，忽然变昂藏[5]。
昂藏上云霄[6]，惨淡含风霜[7]。
起来月中看，细鬣错针芒[8]。

首句，查慎行：“‘松羔’二字新。”

首六句：铺陈不惜重金购买松苗、频频浇灌细心呵护之珍重。

“昨宵”四句：神来之笔。中间两“昂藏”用顶针法，凸显梦境的跳跃性。

小松：“托梦说变化昂藏，极是先生无聊自宽处，宜为处穷之一慰法。”

“惘然”八句：查慎行评：“意象从渊明‘种桑长江边’一首来。”

赵翼《宋金三家诗选》手批“惘然”二句：“全神注此二句。”

惘然一太息[9]，何年起明堂[10]。
邻叟向我言，种木本易长[11]。
不见河畔柳，顾盼百尺强[12]。
君自作远计，今日何所望。

[注释]

[1] 松羔：松树苗。 [2] 汲井涴（wò）尘土：谓汲井浇树次数太多，以致井水浑浊。涴，污染。 [3] 护：防范。 [4] 三摩挲（suō）：多次抚摸。 [5] 昂藏：高昂。 [6] 霄：底本作“雨”，李诗本、毛本作“霄”，据改。 [7] 惨淡含风霜：言长松枝叶繁盛，树下有风声冷气。惨淡，阴暗貌。 [8] 鬣（liè）：指马、狮等动物颈上的长毛，喻指松针。错：状松枝针叶排列如雁飞“人”字线。李诗本、毛本作“攒”，簇聚貌，不及“错”细腻逼真。 [9] 惘然：失意貌。太息：大声叹气。 [10] 何年起明堂：谓等到哪年它才能成为构建明堂施行王政的栋梁之材呢？明堂，古代天子宣明政教之地。 [11] 种木本易长：种树本应选择容易生长快速成材的。 [12] 顾盼（xì）：回头转眼之间，形容时间短暂。

[点评]

沈德潜《宋金三家诗选》云：“种松喻修德裕后，种柳喻立时显荣也。勿误认柳胜于松。”谓其寓意在于立德修身为子孙后代造福的长远大计。钱锺书《谈艺录》据《杨叔能小亨集引》（卷三十六）“予既以如上语为集引，又申之以种松之诗”，认为“诗为杨叔能弘道作也”，并征引白居易《栽松》“栽植我年晚，长成君性迟。如何过四十，种此数寸枝。得见成荫否，人生七十稀”及《东溪种柳》“松柏不可待，楩楠固难移。不如种此树，此树易荣滋”，谓“此意屡见前人诗中，遗山敷陈酣放耳”，视遗山此诗为感慨人生长远的理想与迫切的现实需求之间的抉择。合观卷三十九《癸巳岁寄中书耶律公书》“夫天下大器，非一人之力可举。而国家所以成就人材者，亦非一日之事也。……喻如修明堂、总章，必得楩楠豫章、节目磥砢、万牛挽致之材，预为储蓄数十年之间，乃能备一旦之用。非若起寻丈之屋，欂栌椳楔、楹杙甍桷，杂出于榆柳槐柏，可以朝求而暮足也”，也可以把它理解为一首寓意于培养人才方面的说理诗。

此诗之说理不同于邵雍“一阳初动处，万物未生时”之以理学语为诗，也不同于朱熹《观书有感》“半亩方塘一鉴开，天光云影共徘徊。问渠那得清如许，为有源头活水来”之喻体与喻意关系明确，而是先写对松苗的购买种植浇灌呵护，次以梦境与实境的对比写期盼与失落，最后借邻人之口比较松柳的优劣，以世俗之急功近利反衬，寓理于叙事状物抒情之中，通篇仅限于喻体，语言浅近，寓意深微，余味无穷。

宿菊潭[1]

田父立马前[2]，来赴长官期[3]。

父老且勿往[4]，问汝我所疑。

“民事”四句：先自我检讨，“古”“又”“已”“无”递进转折，层层展示循吏仁心的耻辱感。

“教汝”八句：此县令职责所在，大敌压境之际尤如此。《金史·宣宗中》兴定元年二月下载：“诏定州、县官虽积阶至三品，坐乏军储者，听行部决遣。”《中州集》辛集第八《吕陈州子羽传》载：“仕至陈州防御使，元光末为酷吏所诬，以乏军兴系狱。比赦至，唐卿自缢死。”

民事古所难[5]，令才又非宜。
到官已三月，惠利无毫厘。
汝乡之单贫[6]，宁为豪右欺[7]？
聚讼几何人[8]？健斗复是谁[9]？
官人一耳目，百里安能知！
东州长官清[10]，白直下村稀。
我虽禁吏出，将无夜叩扉？
教汝子若孙[11]，努力逃寒饥。
军租星火急，期会切莫违[12]。
期会不可违，鞭朴伤汝肌[13]。
伤肌尚云可，夭阏令人悲[14]。

[注释]

[1] 菊潭：菊水之源，位于今河南内乡县西菊潭山北麓。 [2] 田父：老农。 [3] 期：约会。 [4] 父老：对村里年老且德高望重者的尊称。 [5]“民事古所难”二句：意谓造福一方之民事头绪纷繁，自古以来较为难办，我的才能与部民对县令的期待相去甚远。王鹗《汝南遗事·总论》载正大中行举主法，以六事课县令：田野辟、赋税均、军民和、户口增、盗贼息、狱讼止。 [6] 单贫：势力孤单经济贫困的人。 [7] 豪右：豪族。古以右为上，豪族居闾右，故称。 [8] 聚讼：聚众吵闹。 [9] 健斗：好斗、善斗。 [10]“东州长官清”二句：谓内乡东面州县的长官清廉，小吏下村勒索之事罕见。按卷三《宛丘叹》“刘君

宰叶海内称，饥摩寒拊哀孤茕，碑前千人万人泣。父老梦见如平生，冰霜纨袴渠有策"，疑二句指刘从益在正大初任叶县令之事。白直，在官当值无薪的小吏。直，张本、方本作"昼"，与下面"夜"对应，语义更晓畅。 [11] 若：与，和。 [12] 期会：指定的期限。 [13] 鞭朴：皆刑具名，属刑之轻者。此处名词作动词用。 [14] 夭阏（è）：摧折而死。

总评：小松："此盖先生为内乡令始巡视管内作。叙次井然有法。""'汝乡'以下六句，穿得奸民及猾吏之状态尽矣。言言忠爱，抱负如此，可为牧民官；见识如此，而可称名家也。""'我虽禁吏出'二句，何等炯眼，看破入微。""落句一诵，觉毛骨悚然。"

［点评］

正大四年（1227）春，遗山任内乡令，此诗是其上任三月下乡走访时所作，节录了当时的部分谈话内容，具有诗史意义。前四句交代了留宿菊潭、察问民情的起因。察问前先自我检讨，自歉自愧。调查问题则从县民的切身利害出发，一问是否受乡里土豪欺负，再问县里胥吏是否来勒索。诗人在力所能及的范围内尽量为官一任造福一方。对于急需的军租，这是国家赋予县令的首要职责，遗山自然不敢懈怠延误，故末四句劝勉乡民努力耕织，如期交纳赋税，谆谆告诫，语重心长，一颗宁为循吏不为能吏的爱国爱民之心跃然纸上。

卷二　五言古诗十二首

学东坡移居八首[1]

其　一

废地三亩余，十年长蒿莱[2]。
瓦砾杂粪壤[3]，白骨深苍苔[4]。
孤客无所投，即此营茅斋[5]。
垦劚岂不苦[6]，寝处亦可怀[7]。
辱身贱者事[8]，宁当惜筋骸[9]。
伐木荒林中，运甓古城隈[10]。
辛勤八十日，吾事乃得谐[11]。
买宅必万钱，一钱不天来。
今晨见此屋，一笑心颜开。

[注释]

[1] 诗题：宋神宗元丰四年（1081），被羁管黄州的苏轼亲自筑室东坡，作《东坡八首》，时年四十六。蒙古太宗窝阔台七年

戴明说、范士楫《历代诗家》："元氏平生，略具八诗，披之起慕。"

前十句：扣题言在此建宅之由，寓巢倾卵覆羁管他乡的身世际遇之悲，间接反映了浩劫之后荒芜恐怖的时代灾难。前六句效仿《东坡八首》其一"废垒无人顾，颓垣满蓬蒿。谁能捐筋力，岁晚不偿劳。独有孤旅人，天穷无所逃"。

"伐木"四句：写建宅经过，娓娓道来，语言浅近，意蕴深厚。

总评：小松："坡仙营地数亩，不过才种菜。这翁隙地数十弓，可稍造花栏，风人之淡生涯如此。此篇学坡，而其面目自不同，所以为作家。结句望外喜，叙来真情可掬，风格似渊明。"

（1235），被羁管的遗山亦四十六岁，由聊城移置冠氏（今山东冠县），在县令赵天锡的帮助下自造新屋。年龄、身份、处境、行事如此相似，于是遗山仿效苏轼《东坡八首》而作此诗。 [2] 蒿莱（hāo lái）：杂草。 [3] 瓦砾（lì）：破碎的砖头瓦片。 [4] 白骨深苍苔：言野草茂盛处所苦死人的白骨上长满青苔。苔：苔藓植物，生长在阴湿的地方。 [5] 茅斋：简陋的房舍。 [6] 劚（zhǔ）：砍。 [7] 寝处（chǔ）：坐卧止息。怀：爱慕向往。 [8] 辱身贱者事：谓放下身段屈辱其身做贫贱者干的事。《论语·微子》："不降其志，不辱其身，伯夷、叔齐与！"《史记·刺客列传》："聂政曰：'臣所以降志辱身居市井屠者，徒幸以养老母。'" [9] 宁当惜筋骸（hái）：岂当怜惜力气。骸，骨，代指身体。 [10] 甓（pì）：砖。城隈（wēi）：城墙弯曲的地方。 [11] 谐：和合。此指（把事办）妥当，如愿以偿。

其　四

壬辰困重围[1]，金粟论升勺[2]。
明年出青城[3]，瞑目就束缚[4]。
毫厘脱鬼手[5]，攘臂留空橐[6]。
聊城千里外[7]，狼狈何所托[8]。
诸公颇相念[9]，余粒分凫鹤。
得损不相偿[10]，抔土填巨壑。
一冬不制衣，缯纩如纸薄[11]。
一日仅两食，强半杂藜藿[12]。
不羞蓬累行[13]，粗识瓢饮乐[14]。

前十六句：追述前年、去年之困窘悲惨事，重点陈述了羁管聊城时的贫困之状，语气沉痛，形色惨然，痛彻肺腑。

“不羞”六句：志士与仁人的内心冲突，较之“门堪罗雀仍未害，釜欲生鱼当奈何”（卷八《寄西溪相禅师》）更为难耐。

总评：小松：“坎坷流离，先生实录。‘敌贫’四句，非真经饥寒者，不能道只字。余曾多口赤贫，尤觉此句妙。”

敌贫如敌寇[15]，自信颇亦悫[16]。
儿啼饭箩空，坚阵为屡却[17]。
沧溟浮一叶[18]，渺不见止泊。
五穷果何神[19]，为戏乃尔虐[20]。

[注释]

[1] 壬辰困重围：指金哀宗天兴元年（1232）汴京被围事。 [2] 金粟论升勺：贵如黄金的粮食买卖时用升勺交易。汴京被围十月，城中人多，发生粮荒。刘祁《归潜志》卷十一《录大梁事》述当时情形云：“百姓食尽，无以自生。米升直银二两，贫民往往食人。殍死者相望，官日载数车出城，一夕皆剐食其肉净尽。缙绅士女多行丐于街，民间有食其子。锦衣宝器不能易米数升。人朝出不敢夕归，惧为饥者杀而食。”勺，古时容量单位，一勺等于一升的百分之一。 [3] 明年出青城：本集卷八有《癸巳四月二十九日出京》诗，言其被押解至汴京外之南青城。 [4] 瞑目：闭目。形容迫不得已，无可奈何。 [5] 毫厘脱鬼手：意谓与死神相距仅毫厘之间，侥幸脱离。柳宗元《寄韦珩》：“鬼手脱命争纤毫。” [6] 攘（ráng）臂留空橐（tuó）：刘祁《归潜志》卷十一《录大梁事》载：“（癸巳）四月二十日，使者发三教医匠人等出城，……在青城侧亦被剽夺无遗。”“明年出青城”四句所言事可由此想见。攘臂，捋衣袖出臂，此指举起双臂。橐，口袋。 [7] 聊城：今山东聊城。 [8] 狼狈：困顿窘迫貌。托：依靠。 [9]“诸公颇相念”二句：按本集卷八《秋夕》“寄食且依严尹幕，附书谁往邓州城”及卷三十七《南冠录引》“岁甲午，羁管聊城，益之兄邈在襄汉，遂有彼疆此界之限”，遗山在聊城时曾得到蒙古汉人世侯严实等的关照。凫（fú），野鸭，指自己及

家人。[10]“得损不相偿”二句：言众人资助如杯水车薪。抔（pēi），用两手掬。壑（hè），沟谷或大水坑。[11]缯纩（zēng kuàng）：丝织品和丝绵的合称。此指棉袄中的填充物。[12]强半杂藜（lí）藿：大半掺杂着野菜。藜，草本植物，嫩叶可吃。藿，豆类作物的叶子。[13]蓬累行：行迹如飞蓬一样被外力所驱，不由自主、转移不定。《史记·老子韩非列传》：“君子得其时，则驾；不得其时，则蓬累而行。”张守节正义：“蓬，沙碛上转蓬也。累，转行貌也。言君子得明主则驾车而事，不遭时则若蓬转流移而行。”[14]瓢饮乐：《论语·雍也》：“一箪食，一瓢饮，在陋巷，人不堪其忧，回也不改其乐。”后用为安贫乐道的典故。[15]敌：抵抗。[16]悫（què）：笃实。[17]坚阵：指坚守“瓢饮乐”之安贫乐道的信念。[18]沧溟：大海。[19]五穷：韩愈《送穷文》把智穷、学穷、文穷、命穷、交穷称为虐害自己的“五鬼”。[20]为戏乃尔虐：把人戏弄得如此残酷。

其　五

旧隐嵩山阳[1]，笋蕨丰馈饷[2]。
新斋淅江曲[3]，山水穷放浪[4]。
乾坤两茅舍[5]，气压华屋上[6]。
一从陵谷变[7]，归顾无复望[8]。
樵渔忆还往[9]，风土梦闲旷。
恍如悟前身[10]，姓改心不忘。
去年住佛屋[11]，尽室寄寻丈。
今年僦民居[12]，卧榻碍盆盎。

“乾坤”二句：顾奎光选陶玉禾评《金诗选》（下引省略选者与书名）：“大为茅舍生色。”

查慎行评：“顾盼生风，值得一傲！”小松：“吾庐读吾书，虽蜂衙蜂窝茅舍，足养吾浩然之气。”

“一从”六句：由昔转今，喜悲对比，感怀之情深入骨髓。

静言寻祸本[13]，正坐一出妄[14]。
青山不能隐，俯首入羁鞅[15]。
巢倾卵随覆[16]，身在颜亦强。
空悲龙髯绝[17]，永负鱼腹葬[18]。
置锥良有余[19]，终身志惩创[20]。

“静言”八句：陶玉禾评：“国破家亡，言之有余恫矣。”

[注释]

[1] 旧隐嵩山阳：遗山于兴定二年（1218）春自三乡移居嵩山，至正大四年（1227）初赴任内乡县，寓居于此近十年。其移居嵩山之初所言“一寸名场心已灰，十年长路梦初回”“卖剑买牛真得计，腰金骑鹤恐非才”（卷九《示崔雷诗社诸人》），说出舍仕隐居之心。 [2] 笋蕨：竹笋和蕨菜。馈饷：赠送食物。 [3] 新斋：即“长寿新居”，诗人在内乡丁母忧后所建。本集卷一《新斋赋》序：“予既罢内乡，出居县东南白鹿原，结茅菊水之上。”淅江曲：淅江弯曲处。淅江源出金内乡熊耳山。淅，底本及李诗本、毛本皆作“浙”，刊刻讹误。据施本、张本等改。 [4] 穷放浪：尽情游玩。 [5] 乾坤：天地。 [6] 华屋：豪华的住宅。 [7] 陵谷变：《诗·小雅·十月之交》：“高岸为谷，深谷为陵。”此指金国灭亡。 [8] 归顾：指回去看望嵩山、内乡的旧居之地。 [9]“樵渔忆还往”二句：谓回忆当时打柴钓鱼的隐逸生涯与淳朴的民风、优美的景物，心旷神怡，常常如梦。还往，李诗本、毛本作“往还”，是。 [10] 恍（huǎng）：恍惚。前身：佛教语，指上辈子。 [11] 去年住佛屋：遗山被羁管聊城时寓居于寺庙中。本集卷三《密公宝章小集》诗末注：“甲午三月二十有一日，为辅之书于聊城至觉寺之寓居。” [12]“今年僦（jiù）民居”二句：乙未

年（1235），遗山至冠氏县，先租赁民居，后盖新居。僦，租赁。盎，盆类盛器。 [13] 静言：犹静然，仔细地。言，语气词。祸本：祸根。 [14] 坐：因。一出妄：指隐后复出仕之抉择不智。卷八《怀秋林别业》谓“茅屋萧萧淅水滨，岂知身属洛阳尘”“西南遥望肠堪断，自古虚名只误人”，可合观。 [15] 羁靮：套在牛马头颈上的绳索。此指上诗所言“明年出青城，瞑目就束缚”被羁押聊城事。 [16]“巢倾卵随覆”二句：谓自己作为亡国之臣，因忍辱偷生而深感厚颜羞耻。巢倾卵随覆，汉孔融被曹操逮捕时，有女七岁，子九岁，正下棋，仍坐不动。人问父被捕，为何不起，答道：“安有巢毁而卵不破乎！”后俱被杀。见《后汉书·孔融传》。 [17] 龙髯绝：《史记·封禅书》：“黄帝采首山铜，铸鼎于荆山下。鼎既成，有龙垂胡髯下迎黄帝。黄帝上骑，群臣后宫从上者七十余人，龙乃上去。余小臣不得上，乃悉持龙髯，龙髯拔，堕，堕黄帝之弓。百姓仰望黄帝既上天，乃抱其弓与胡髯号。”后用为皇帝去世之典，此指金哀宗出奔死于蔡州之难而自己未能追随事。 [18] 鱼腹葬：用屈原忠国赴江而死事。《楚辞·渔父》：“宁赴湘流，葬于江鱼之腹中。” [19] 置锥：安放锥子的地方，比喻地方狭小。亦喻赖以安身立命之地。 [20] 惩创：忏悔。

其　六

国史经丧乱[1]，天幸有所归。
但恨后十年[2]，时事无人知。
废兴属之天[3]，事岂尽乖违。
传闻入仇敌[4]，只以兴骂讥。
老臣与存亡[5]，高贤死兵饥。

身死名亦灭，义士为伤悲。
哀哀淮西城[6]，万夫甘伏尸。
田横巨擘耳[7]，犹为谈者资。
我作《南冠录》[8]，一语不敢私。
稗官杂家流[9]，国风贱妇诗。
成书有作者[10]，起本良在兹。
朝我何所营，暮我何所思。
胸中有茹噎[11]，欲得快吐之。
湿薪烟满眼，破砚冰生髭[12]。
造物留此笔，吾贫复何辞。

“朝我”八句：小松：“万感交臻，曲折尽致。‘我何所’三字连下，句法耸拔，骨力老苍。结句慨然，更点出抱负，见真本领。”

总评：陶玉禾：“岛夷索虏，互相诋諆，南北朝史如是。”“遗山不死，盖以国史为己任，野史亭撰述十余万言，是诗殆其小序。”

李慈铭《元遗山诗集二十卷》本批：“此遗山修史之本怀，忠爱可谅，非后世太朴（危素）蒙叟（钱谦益）辈所得借口。”

狄宝心《元好问诗词选》：“诗艺已到炉火纯青的境地，格调近似苏而成就有超越。”

［注释］

[1]“国史经丧乱”二句：“国史”指《金实录》。本集卷三十七《南冠录引》载：壬辰冬金哀宗逃离汴京时，自己曾建议请以小字誊写国史一本，随车驾所在，时相以为然而不及行。卷二十七《漆水郡侯耶律公墓志铭》又谓：“辽人主盟将二百年，至如南衙不主兵，北司不理民，县长官专用文吏，其间可记之事多矣。泰和中诏修《辽史》，书成，寻有南迁之变，简册散失，世不复见。……正大初，予为史院编修官。当时九朝《实录》已具，正书藏秘阁，副在史院。壬辰喋血之后，又复与《辽书》等矣，可不惜哉。”按此，诗人起初以为国史已毁于兵火，后知“历朝《实录》，皆满城帅所取”（《南冠录引》），即被参与汴京战的蒙古汉军帅张柔运归保定，由此可知“天幸有所归”蕴含《金实录》免遭《辽史》厄运之

侥幸，以及其记载女真入主中原以儒治国的政绩可供新朝借鉴的庆幸。 [2]“但恨后十年”二句：谓憾恨唯有哀宗朝《实录》尚未成书，金亡前十年的重要政事未为世人知晓。《金实录》中的每朝《实录》大致由继位者完成，历朝《实录》仅止于宣宗，尚缺哀宗朝（1224—1234）。 [3]“废兴属之天”二句：言国家的兴亡自有天数（这一神秘历史观可参见本集卷三十五《清真观记》），当时国政不全是违背事理一无是处，而是多有记载价值的。 [4]“传闻入仇敌”二句：谓道听途说的事情传到敌国，只能引起他们的谩骂讥笑。 [5]“老臣与存亡”以下四句：朝廷重臣与国共亡，在野高人贤士也死于战乱饥荒，身死名灭，恪守大义之士为之伤悲。 [6]“哀哀淮西城”二句：金哀宗天兴三年（1234）正月，淮西蔡州城破，金君臣将士自杀殉国者众多（《金史·完颜仲德传》）。伏尸，倒在地上的尸体。 [7]田横：秦末山东狄县人，与兄田儋起兵重建齐国。汉朝建立后，他率徒党五百人逃亡海岛。汉高祖命他赴洛阳。田横不愿称臣，途中自杀。留在海岛上的党羽闻讯一齐自杀。巨擘（bò）：大拇指，比喻在某一方面居于首位的人物。 [8]《南冠录》：遗山被拘管聊城时作《南冠录》一书，其中一部分记录金朝时事，其书已佚。另有《壬辰杂编》专记哀宗朝事，元修《金史》谓此书与刘祁《归潜志》“虽微有异同，而金末丧乱之事犹有足征者焉”（“完颜奴申”条）。合观“但恨”二句，疑《壬辰杂编》即从《南冠录》中辑出。 [9]“稗（bài）官杂家流”二句：言稗官、杂家、民间歌谣亦都属《南冠录》采录的范围。稗官，小官。《汉书·艺文志》：“小说家者流，盖出于稗官。街谈巷语、道听途说者之所造也。”后称野史、小说为稗官。杂家，古代学派之一。《汉书·艺文志》：“杂家者流，盖出于议官，兼儒、墨，合名、法。”国风，《诗经》中有十五国风，采自各地的民间歌谣。贱妇诗，民间妇女所作的诗歌。 [10]“成书有作者”二句：

编写史书自有史家为之，其所用基本史料则由此提供。起本，起因，由来。 [11] 茹：吞咽。噎：食塞咽喉。 [12] 破砚冰生髭：破裂的砚台结冰形成胡须纹。

［点评］

组诗其七谈苏轼被贬黄州事及其移居学东坡诗，有“论人虽甚愧，诗亦岂不如”之比较评价。上句就其“空悲龙髯绝，永负鱼腹葬。置锥良有余，终身志惩创”言，合观《看山》之“不采西山薇，即当葬江鱼”，可知未能忠君死节是诗人灵魂深处根深蒂固的心结，它与救世济民、延续中原治统之志长期纠结，使儒家文化中两种人生价值理念不断斗争撕裂，造成人格分裂的深伤剧痛。关于下句，究竟是特指本组诗还是泛指？按本集卷三十七《张仲经诗集序》所言张有《移居学东坡八首》，疑遗山之作先亦为《移居学东坡八首》，是则“诗亦岂不如”乃特指本组诗。若就此而言，遗山确实有胜于苏，并非到查慎行所云“自负如此，后人不能赞一辞矣”的境地。在诗作造诣方面，二人皆兴之所至，畅所欲言，语言浅近，意蕴深厚，达到炉火纯青的境地，难分高低。起决定因素的主要体现在情怀方面。苏轼《东坡八首》主要陈述其不畏困窘苦中找乐的乐观心态和不惧贬斥任真固穷的人格志趣，遗山此诗也无往不在。如其一之“今晨见此屋，一笑心颜开”、其二之“我贫不全贫，尚有百本书”等。但从总体看，远非诗题所言“学”之亦步亦趋，其视域内涵更为深广。如其四从“壬辰困重围”写起，有诗史价值。“不羞蓬累行，粗识瓢饮乐”“儿啼饭箩空，坚阵为屡却”，在贫士与慈父的对立统一中充满张力。其五的主旨是“一线微官误半生”，以“旧隐嵩山阳”之喜等反衬“俯首入羁靮”之悲，更加沉痛。特别是其六“传闻入仇敌，只以兴骂讥”“朝我何所营，暮我何所思。胸中有茹噎，欲得快吐之”，写国亡史兴，己所当任，全力以赴，时不我待的情形，志士仁人形象巍然屹立。遗山之撰金史的意义不限于保存史料，而在于保全中原传统文化的绵延不绝，明初危素撰元史，清初万斯同撰明史，包括民国初撰《清史稿》，都有遗山“国亡史兴，己所当任”之影响在。以古代君臣父子纲常理念喻之，东坡不过是暂时失宠的弃儿，而遗山则是巢倾卵覆永远失怙的孤儿。“空悲龙髯绝，永负鱼腹葬”所表达的孤臣孽子深沉激烈之痛，事关家国，尤宜感人，比苏诗之以平常心对待厄运，力求荣辱不惊的平淡冲和更有深度、力度，这就是本组诗青出于蓝而胜于蓝之所在。

与张仲杰郎中论文[1]

文章出苦心，谁以苦心为。
正有苦心人，举世几人知。
工文与工诗，大似国手棋[2]。
国手虽漫应[3]，一着存一机[4]。
不从着着看，何异管中窥。
文须字字作，亦要字字读。

“文须”二句：承上启下，转折自然。

总评：查慎行："士衡（陆机）《文赋》落笔太早，此等境界，甘苦想未及尝。"

潘德舆："真道尽作文览文者利病，后生所不可不知也。"（《养一斋诗话》卷八）

小松："起手二十字，先生隐然自许处。'国手'四句，奇想妙喻！文家秘诀不外此。'言语''眷属'四字颇新，未经人道。结句唐突如不关，而玩味觉更奇。"

咀嚼有余味，百过良未足。
功夫到方圆[5]，言语通眷属。
只许旷与夔[6]，闻弦知雅曲。
今人诵文字，十行夸一目。
阏颤失香臭[7]，瞀视纷红绿[8]。
毫厘不相照[9]，觌面楚与蜀。
莫讶荆山前[10]，时闻刖人哭。

[注释]

[1] 张仲杰：顺天万户张柔第八子张弘略，字仲杰，有谋略，通经史，曾官元顺天路管民总管，行军万户。《元史》卷一四七有传。 [2] 国手棋：国家级水平的棋手下棋。 [3] 漫应：漫不经心地随便应对。 [4] 着（zhāo）：下棋落子的招数。机：棋局各子的内在联系。 [5]"功夫到方圆"二句：谓读书只有从多方面下足功夫，才能通过文字媒介品味到作者所寄寓的情怀以及艺术造诣方面的旨趣妙法。眷属（zhǔ），亦作"眷瞩"，眷顾，属望。 [6]"只许旷与夔"二句：典出《三国志·吴书·周瑜传》裴松之注引《江表传》："瑜曰：'吾虽不及夔、旷，闻弦赏音，足知雅曲也。'"旷，指师旷，春秋时晋国乐师。夔，尧时乐官。雅曲，典雅纯正之曲。 [7] 阏颤（è shān）：鼻孔堵塞，丧失嗅觉。《列子·杨朱》："鼻之所欲向者椒兰，而不得嗅，谓之阏颤。" [8] 瞀（mào）视纷红绿：谓读者停留在文字层面而被弄得眼花缭乱昏头转向。瞀视，色盲。 [9]"毫厘不相照"二句：谓对所读作品无毫厘领悟，迎面相逢竟像楚与蜀一样遥遥相望。觌（dí）面，迎面。 [10]"莫讶荆山前"二句：用卞和

献玉以欺君之罪断足典。详见《韩非子·和氏》。刖（yuè），断足，古代酷刑。

［点评］

遗山续妻毛氏与张柔妻毛氏有同宗姻亲之旧，故其晚年路经顺天府（今河北保定）时过从甚密，此诗当此时作。作为在文坛久享盛名的老者，面对热心文学的少年新贵，诗人以长辈的身份谆谆告诫，语重心长，循循善诱。前十句谈诗文的创作，强调需胸有长志、不畏艰辛、反复揣摩，才能体会其中奥妙，进入意到笔随的境地。次八句侧重谈如何精读，强调文学是语言的艺术，需要反复斟酌，仔细品味艺术品之匠心独运的深微美妙。末尾八句从反面立说，告诫今人一目十行，难为知音。全诗从正面反面立说，精要深入，针对时弊，深中肯綮，娓娓道来，如拉家常，属炉火纯青之作，至今仍具有重要的教育价值。

别李周卿三首[1]

其　一

行路涩于棘[2]，单车望千山。
歌君归云曲[3]，清涕留余潸[4]。
六年河朔州，动辄得谤讪[5]。
惟君笃高义[6]，日来款柴关[7]。

首二句：比喻新警，对比新奇，较《诗·蒹葭》“道阻且长”更真切可畏。相距遥远，后会无期，惆怅感慨，由此而生。

“歌君”二句：小松：“朋友慰藉之情可掬。”

“六年”四句：高贤孤寂，幸赖此君，有空谷足音之慰。“惟君”“日来”，珍惜、亲近之情见矣。

"古交"四句：陶玉禾："感慨语，以淡荡出之。"小松："不独当时，今日见，益甚慨又叹。"

古交松柏心[8]，今交桃李颜。
古人去不返，古道挽不还。
相思一樽酒，幽恨寄山间[9]。

[注释]

[1] 李周卿：东平万户严实幕府从事，诗人，学有渊源，本集卷九《别周卿弟》有"晚岁论诗辱见收，相从许久重相留"句，知其敬仰遗山诗学，经常请教。 [2] 行路涩于棘：本杜甫《逼侧行赠毕曜》"行路难行涩如棘"，意谓归乡路上险阻艰难甚于荆棘之遍布。 [3] 归云曲：指友人的赠别诗。《汉书·礼乐志》："筞归云，抚怀心。" [4] 清涕：泪水。潸（shān）：流泪状。 [5] 讪（shàn）：讥讽。 [6] 笃：忠实。高义：深情厚谊。《魏书·李谐传》："奉盛王之高义，游兔园而容与。" [7] 款：叩。 [8]"古交松柏心"二句：意谓古人交谊如松柏一样一如既往，坚定不移；今人之交趋炎附势，唯利是图，利尽则散，不能持久。 [9] 幽恨：此指埋在心里的思念与不能相见的怅恨。

[点评]

蒙古太宗十年（1238）秋，遗山准备举家返乡，去东平告别了诸友，学友李周卿前来送行，遂作此诗赠别。"六年河朔州，动辄得谤讪"内涵深广，也是此诗的关键根基所在。按本集卷三十七《南冠录引》"岁甲午，羁管聊城"及卷三十一《州将张侯墓表》"岁丁酉秋八月北来。……予承间为侯言：'予不忘还归，犹痿者之于起，而盲者之于视也。他日幸脱縶维，以从吾侯游，实夙昔之愿。'"诗人自金哀宗天兴二年（1233）羁管山东，滞留长达六年。山东是亡金士大夫集中安置之地，金元之际的蒙古时代又是道统与政统分隔、士大夫人生价值取向多元并尖锐对立的时期。在此非常之地和非常时期，遗山不仅身受羁系流放之苦，而且心受误解诽谤之伤。推测其根由，一是崔立碑事，二是上书蒙古中书令耶律楚材，三是交结汉人世侯严实等。在其一生最为沮丧的时期，他也得到崇文重道者的关爱，李周卿即其中之一。"惟君笃高义，日来款柴关"，这一情谊源于道义志趣的认同，"古交松柏心"及"相思一樽酒，幽恨寄山间"亦奠基于此。

看　山

惨惨悲去国[1]，郁郁赋卜居[2]。
不采西山薇[3]，即当葬江鱼[4]。
今日忽有得，荡如脱囚拘[5]。
青山坐终日，忘读案上书。
皋壤与山林[6]，使我欣然欤。
我身天地间，托宿真蘧庐[7]。
无穷阅有限，万期亦须臾[8]。
坎止及流行[9]，何计疾与徐。

首四句：开篇抒感，将人生价值取向之久存于心的复杂焦灼心态和盘托出。"不采""即当"连贯而下，用毋庸置疑的语气表示未能为国殉节的惭愧羞耻。

"今日"六句：转入正题，陈述"看山"后的感悟。"囚拘"，切身体验，刻骨铭心！

"我身"六句：以庄子相对论之宇宙时空观为思想武器来超越人生的苦难阶段，此亦哲人给我等的启迪。党怀英《村斋遗事》："人生天地真蘧庐，外物扰扰吾何须。"

“百年”六句：强调挫折在人生长路上的重要作用，此不限于解说超越磨难，也像“失败是成功之母”一样的至理名言，见地深而发语透。

“我身”至“赋分”句：充分运用五古这一语简意丰、长短不拘的长处，从容舒缓地将心理跋涉的艰难历程娓娓道来，递进转折，波澜起伏。

“孔墨”十四句：从古到今，铺排类比，总结概括，简明扼要。可作达观人生之谚语铭记。

“作计”二句，查慎行：“几于怨矣，然而不怒。”

百年险与夷，又似万里途。
良驭驰康庄[10]，九折亦摧车。
必惟易之就[11]，遇险当何如。
化化复生生[12]，体异理不殊。
鹭非浴而白[13]，乌岂黔而乌。
谁续长胫鹤[14]，谁截短足凫。
孔墨不暖席[15]，盗跖华堂居[16]。
公车困方朔[17]，太仓饱侏儒[18]。
杜子露双肘[19]，朝参出无驴[20]。
软裘与快马，照耀舆台躯[21]。
天随隐笠泽[22]，杞菊供盘盂[23]。
击鲜日为具[24]，大嚼皆屠沽[25]。
乖逢自乖逢[26]，赋分无贤愚。
作计穷一我[27]，造物良区区。
向也忧不足，乃今乐有余。

[注释]

[1] 惨惨悲去国：暗用《楚辞·渔父》“屈原既放，游于江潭，行吟泽畔，颜色憔悴，形容枯槁”事，描述汴京沦陷后自己被羁押聊城的凄惨心态。去国，离开国都。 [2] 郁郁：忧伤沉闷貌。卜居：《楚辞》篇名，言“屈原既放，三年不得复见”，“往见太卜

郑詹尹，曰‘余有所疑，愿因先生决之’”。卜，占卜以决疑。居，指处世的方法和态度。 [3] 西山薇：用伯夷、叔齐采薇首阳山饿死不食周粟典，见《史记·伯夷列传》。 [4] 葬江鱼：用屈原感伤国家将亡投江而死典，见《史记·屈原贾生列传》。 [5] 囚拘：既指纠缠于上述效忠死节理念的思想困境，也指被羁管聊城的现实处境。 [6]“皋壤与山林”二句：《庄子·知北游》：“山林与，皋壤与，使我欣欣然而乐与！”皋壤，泽边之地。 [7] 蘧（qú）庐：古代驿传中供人休息之室。常用来比喻人生短促。 [8] 万期亦须臾：三国魏刘伶《酒德颂》：“天地为一朝，万期为须臾。”期，百岁。须臾，片刻。 [9] 坎止及流行：遇坎而止，乘流则行。比喻依据环境的逆顺确定进退行止。 [10] 良驭：精湛的驾车技术。康庄：四通八达的大道。 [11] 易之就：就易之，趋向于平易之境。 [12]“化化复生生”二句：用“理一分殊”理念，谓万物相生不绝，变化不已，但其所寓之理是相同的。 [13]“鹭非浴而白”二句：《庄子·天运》：“夫鹄不日浴而白，乌不日黔而黑。”黔，底本作“点”，据李诗本等改。 [14]“谁续长胫鹤”二句：《庄子·骈拇》：“是故凫胫虽短，续之则忧；鹤胫虽长，断之则悲。” [15] 孔墨：指孔子和墨子。暖席：久坐而留有体温的坐席。指安坐闲居。 [16] 盗跖：跖，传为与孔子同时人，因反抗贵族，被冠之以“盗”。语本《庄子·盗跖》。 [17] 公车：汉代官署名。方朔：即西汉东方朔。 [18] 太仓饱侏儒：《汉书·东方朔传》载其上书言：“朱儒长三尺余，奉一囊粟，钱二百四十。臣朔长九尺余，亦奉一囊粟，钱二百四十。朱儒饱欲死，臣朔饥欲死。”太仓，古代京师储粮的大仓。 [19] 杜子露双肘：杜甫《述怀》：“麻鞋见天子，衣袖露两肘。” [20] 朝参出无驴：杜甫《逼仄行》：“东家蹇驴许借我，泥滑不敢骑朝天。”朝参，古代百官上朝参拜君主。 [21] 舆台：古代十等人中两个低微等级的名称。舆为第六等，台为第十等。泛指操贱业者，奴仆。 [22] 天随：晚唐诗人陆龟蒙之号。笠泽：今江苏吴淞江的别称。 [23] 杞菊供盘盂：陆龟蒙《杞菊赋》："天随子宅荒，少墙屋，多隙地，著图书所前后皆树以杞菊。春苗恣肥，日得以采撷之，以供左右杯案。"杞菊，枸杞与菊花，皆为益寿延年的药材。 [24] 击鲜日为具：《陈书·始兴王叔陵传》："令庖厨击鲜，日进甘膳。"击鲜，宰杀活的牲畜禽鱼，用新鲜肉充作美食。具，饮食之器，引申为筵席、酒食。 [25] 大嚼皆屠沽：曹植《与吴季重书》："过屠门而大嚼。"大嚼，大口咬嚼。屠沽，宰牲和卖酒的人。 [26]"乖逢自乖逢"二句：谓命运的背顺与人的天赋贤愚无关。 [27]"作计穷一我"二句：谓老天特意令我困窘，实在是太偏执不公了。

［点评］

天兴二年（1233）汴京沦陷，遗山由京官羁管聊城，巨大的落差致使其心情低落，悲苦凄凉，此诗反映了这位前哲在其一生最痛苦凄惶时是如何解脱心结、超越逆境的。开篇四句与《学东坡移居八首》所言"空悲龙髯绝，永负鱼腹葬"心态相似，出于儒家从一而终、忠君殉节的价值观念。下六句言看山后的忘怀与欣慰，其解脱心结的动力来自庄子回归自然、以山水证道悟道、物我合一之理。继六句进一步以庄子的齐物论、相对论为思想武器，从宇宙无限时空的角度看待沧海一粟般的短促人生，将深重的灾难予以缩微化、虚幻化，又从坎止流行角度强调以平常心坦然面对人生际遇，随遇而安，不因身处逆境壮志难酬而纠结悲叹。"百年"六句言人生长途不可能一帆风顺，如一味寻求平途直达，一旦遇到曲折险仄就会不知所措一蹶不振，强调受挫耐压是人生的财富。“鹭非”四句强调万物各有长短、各得其所，天性使然，不宜人为损益，应顺从自然。“孔墨”而下征引前人事例，旨在认可“赋分无贤愚”，不必怨天尤人。末二句总结体悟思考的结果，完成了由纠结困惑到释然欢欣之人生境界的升华。全诗四十六句，一韵到底，在狭窄的韵部中能如此腾挪跳跃、舒展自如，这也是诗艺达到炉火纯青地步的重要标志。

九日读书山，用陶诗“露凄暄风息，气清天旷明”为韵，赋十诗[1]

其　三

山腰抱佛刹[2]，十里望家园[3]。
亦有野人居[4]，层崖映柴门。
昔我东岩君[5]，曾此避尘喧[6]。
林泉留杖履[7]，岁月归琴樽[8]。
翁今为飞仙[9]，过眼几寒暄[10]。
苍苍池上柳[11]，青衫见诸孙。
疏灯照茅屋，新月入颓垣。二句，先人诗也。
依依览陈迹，恻怆不能言[12]。

“林泉”二句：高怀雅致，寓行迹中；隐者形象，呼之欲出。

“翁今”四句：亲人早逝，故地重游，儿时情景，历历在目。俯仰今昔，低回惘然。

“疏灯”二句：颇具陶诗风味，杨叔玉所撰《元德明墓铭》谓其“作诗不事雕饰，清美圆熟，无山林枯槁之气”，信然！

“依依”二句：物是人非，百感苍茫。

[注释]

[1] 九日：指九月初九重阳节。读书山：原名系舟山，在忻州城东，因遗山生父元德明读书于此，故改称。按《中州集》丙集第三赵秉文《系舟山图裕之先大夫尝居此山之东岩》“名字不经从我改，便称元子读书山”及本集卷十三《初挈家还读书山杂诗四首》自注“系舟，先大夫读书之所，闲闲公改为元子读书山”，诗人称系舟山为读书山有深长的纪念意味。陶诗“露凄暄风息，气清天旷明”：今本陶渊明《九日闲居》作“露凄暄风息，气澈天象明”。曾本云“‘澈’一作‘清’”。旷，或别本如此，或为遗山误记。 [2] 山腰抱佛刹：谓福田寺在读书山山腰的怀抱中。 [3] 十里望家园：遗山祖辈所居韩岩村，在读书山以西十里处。 [4] 野人居：乡野之人的房舍。 [5] 东岩君：遗山生父元德明号东岩。 [6] 避尘喧：躲避城市红尘喧哗。元德明隐居于读书山福田寺十五年。 [7] 林泉留杖履：谓生父隐居福田寺时游憩林泉，留下杖履踪迹。 [8] 岁月归琴樽：言父弹琴饮酒以度人生。《中州集》癸集第十《先大夫诗》：“放浪山水间，未尝一日不饮酒赋诗。” [9] 飞仙：指去世。 [10] 过眼几寒暄（xuān）：言生父在世时的音容笑貌仍历历在目，转眼已过几十年。寒暄，冬季与夏季。 [11] “苍苍池上柳”二句：意同卷十三《初挈家还读书山杂诗四首》“老树婆娑三百尺，青衫还见读书孙”，谓昔日看着自己长大的柳树现在又看到读书年纪穿着青衫的儿辈。是时长子阿千虚岁十二。 [12] 恻怆：悲伤。

其　八

首四句：回忆总是美好的，况且如此乐事，怎不怀念？

我在正大初[1]，作吏淅江边。
山城官事少，日放淅江船[2]。

菊潭秋华满[3]，紫稻酿寒泉[4]。
甘腴入小苦[5]，幽光出清妍。
归路踏明月，醉袖风翩翩。
父老遮我留，谓我欲登仙。
一别半山亭[6]，回头余十年。
江山不可越，目断西南天。

次四句：先生嗜酒，故对此记忆深切。

“归路”四句：酒好情长，眼沉舌僵。父老好意留宿，劝辞称醉步踉跄为翩翩登仙，委婉含蓄。先生之谑，令人捧腹。

“一别”四句：今昔对比，以乐衬哀，倍觉沉痛！

总评：陶玉禾：“遗山诗于潇洒俊逸之中，极沉郁顿挫之味。”

［注释］

[1]“我在正大初”二句：遗山于正大四年（1227）任内乡县令。淅江，源出卢氏县，南流经金内乡（治今河南内乡县西之西峡县）城西侧。 [2] 日放淅江船：谓天天在淅江上放船游玩。 [3] 菊潭秋华满：见前《宿菊潭》。秋华，指菊花。 [4] 紫稻酿寒泉：用紫稻寒泉酿成的酒。 [5]“甘腴入小苦”二句：言酒甘甜醇厚稍含苦味，在深幽的酒坛中散发出清冽的芬芳。 [6] 半山亭：在内乡城西淅江边，遗山常光顾此地。嘉庆《大清一统志》“半山亭”下载“金元好问有乐府”。

［点评］

诗人于蒙古太宗十年（1239）冬归乡，次年重阳节来临时，恰值过境兵尽，道途平静，有几位朋友齐来相邀登高赏秋，遂诗兴大发，赋长诗十首。组诗以此十字为韵，一则显示出他的诗艺高超，能随意用韵，畅所欲言；再则显示出他此时的心境诗趣追慕陶渊明。诗人在怀旧中内心昔景与眼里今景叠映比照，劫后余生、落叶归根之庆幸，沧海桑田、物是人非之悲凉，五味杂陈，百感交集，内蕴深广，情怀深沉。其三由今及昔，主写物是人非之感。生父元德明隐居读书山福田寺十五年，放浪山水间，饮酒赋诗，今寻访先人故迹，追忆其诗中的此景此情，遥想当年林泉留下的杖履身影，怀念不已，凄恻悲伤。其八由昔及今。内乡官任是诗人一生最快乐的时期，“昨夜半山亭下醉，洼尊今日留题。放船直到淅江西。冰壶天上下，云锦树高低”（《临江仙·内乡寄嵩前故人》），由此可见其“山城官事少，日放淅江船”之冰山一角。菊潭周围遍生菊花，滋液入潭，水极甘冽，饮之长寿，历代骚人墨客如孟浩然、李白、司马光、王庭筠等曾来游，为内乡著名胜地。诗人上任之初即到此地探访，丁忧后又移居于此，与乡民情谊深厚。诗中只选及其酒味美、人情美，可管中窥豹。末四句转写对往昔的怀念及一去不复返的悲伤，前扬之愈高，后抑之愈重，言短情长，余音绕梁。组诗思绪在巨大的时空中往复回环，有杜甫《秋兴八首》腾挪跳跃、深沉低回之致。

雁门道中书所见[1]

首四句：城乡对比，苦乐不均；因果联系，剑指上层。

金城留旬浃[2]，兀兀醉歌舞[3]。

出门览民风，惨惨愁肺腑。

去年夏秋旱，七月黍穗吐[4]。

一昔营幕来[5]，天明但平土。

调度急星火[6]，逋负迫捶楚[7]。

网罗方高悬[8]，乐国果何所[9]。

食禾有百螣[10]，择肉非一虎。

呼天天不闻[11]，感讽复何补。

单衣者谁子，贩籴就南府[12]。

倾身营一饱[13]，岂乐远服贾。

盘盘雁门道[14]，雪涧深以阻。

半岭逢驱车，人牛一何苦[15]。

“网罗”二句：提及“乐国”就想到“硕鼠”矣。

总评：小松：“从久旱饥馑入，税吏苛刻，使人惨怆不能卒读。落句险隘艰难，叙得简而明。”

[注释]

[1] 雁门：山名，在山西代县北。山顶有雁门关，是雁北盆地到忻州盆地的重要关口。 [2] 金城：县名，金元时属应州，治今山西应县。旬浃（jiā）：满十天。浃，周遍。 [3] 兀兀：昏沉貌。 [4] 黍（shǔ）：谷物名。性粘，去皮后称黄米。生长期短，是雁北主要农作物。 [5] 昔：通“夕”，夜晚。 [6] 调度：征敛赋税。 [7] 逋（bū）负：拖欠租税。迫：逼迫。捶楚：用杖捶打。楚，木名，即牡荆，枝干坚劲，可以作杖。 [8] 网罗：捕鱼用网，捕鸟用罗。此喻压榨人民的各种赋税制度和强迫措施。 [9] 乐国果何所：谓没有可逃避苛政之处。《诗·魏风·硕鼠》：“逝将去女，适彼乐国。”乐国，安乐的地方。 [10] “食禾有百螣（tè）”二句：谓吃人民庄稼的害虫有成百上千，吃人民之肉的也不仅是老虎一类。螣，吃禾苗的害虫。择肉，选取肉食。 [11] “呼天天不闻”二句：白居易新乐府之《寄唐生》“惟歌生民病，愿得天子知”，这就是二句将“呼天”与“感讽”前后勾连的潜在联系。感讽，犹讽喻。 [12] 贩籴（dí）：收买粮食。籴，买进。南府：雁南府县。 [13] “倾身营一饱”二句：言贩籴者竭尽全力经营

只为求得一饱，他们难道乐意到远地做买卖吗？服贾（gǔ），从事商业买卖。 [14]“盘盘雁门道”二句：谓雁门山路曲折盘旋，涧深路滑，艰险难行。 [15]一何：多么。杜甫《石壕吏》：“吏呼一何怒，妇啼一何苦。”

［点评］

诗人晚年多次往返此路，诗作于某年冬自雁北返乡时。诗前四句点明出发地及途经雁门道的路线，通过城市与乡村两个世界的对比，凸显“朱门酒肉臭，路有冻死骨”的巨大差距。中间十二句织入其沿路观察民情的所闻和所思。蒙古军将帅的游牧习惯残存较多，秋来率军南下时，不懂得像曹操那样下令禁止军士毁坏庄稼，遂致大军过后一片狼藉。地方政要对此无动于衷，繁重赋税尤其是军需物资照收不误，而且新账旧账一起算，刻不容缓，甚而动用刑法，无所不用其极，根本不管人民的死活。对此“食禾有百螣”的天灾与“择肉非一虎”的人祸，诗人虽然非常痛恨却又无可奈何。用诗歌反映民瘼对委婉劝说执政者有所补益，这是《诗经》以来诗人的重要担当。儒家认为民本天生，帝王是苍天选派代其管理万民的，选择的准则是“德”，其重要内涵是善待民众，“天视自我民视，天听自我民听”，《诗经》中的“风”就是反映民间心声的重要载体，故统治者有意采集以“听天命”。但现在蒙古执政，时代不同了，于是诗人才发出“呼天天不闻，感讽复何补”这一悲天悯人、沉痛绝望的呼喊。末八句回扣题目，写雁门道中之所见，如同“苛政猛于虎”及柳宗元《捕蛇者说》之无奈选择。此诗把无限时空中发生的事与眼前的事交相叠映，从而像杜甫“三吏三别”一样由点到面，展示了蒙古统治区内广大人民的悲惨生活，把批判的锋芒直指最高统治者，诗人以民为本的立场也和盘托出。

野史亭雨夜感兴[1]

私录关赴告[2]，求野或有取[3]。
秋兔一寸毫[4]，尽力不易举。
衰迟私自惜[5]，忧畏当谁语。
展转天未明[6]，幽窗响疏雨。

[注释]

[1] 野史亭：本集卷七《己亥元日》有“野史才张本”，卷四《鹿泉新居二十四韵》有“明年高筑野史亭”，知先生建野史亭不只一处。此诗指老家之野史亭。野史，指私家编撰的史书。按本诗首二句，也含史料取材于民间之义。 [2] 私录：私人记述。赴告：谓往来相赴告。薨崩曰赴，祸福曰告。此指国家大事。 [3] 求野：向民间调查。《汉书·艺文志》：“仲尼有言：‘礼失而求诸野。’” [4]“秋兔一寸毫”二句：意谓毛笔虽轻而责任重大，力不从心。 [5]“衰迟私自惜”二句：意谓年老力衰、行动迟缓、工作效率不高尚能凭借自我珍惜时光、竭尽全力来弥补，而面临外力阻挠，忧虑工程中断之畏惧又能向何人倾吐呢？衰迟，衰年迟暮。 [6]“展转天未明”二句：忧心忡忡，彻夜难眠，天色未明，从幽暗的窗户中传来稀疏的雨声。

诗题：戴明说、范士楫《历代诗家》：“金亡未几，胜国之臣，公然构亭，纠朋修史，几同开局，时亦不之怪，见元德之宽大。”

“求野”句：若知朝中事，山中问野人。

“秋兔”二句：举轻若重，非体力不支。正话反说，诗宜当如此弯弯绕，才有余味。小松：“深叹不能举史迹，乱后苦心可想。

“展转”二句：又是一个不眠的长夜，以仁为己任，日暮途远啊！小松：“忧心耿耿难就寐，疏雨檐滴肠欲断。”

总评：陶玉禾：“想见慎重。”

[点评]

《金史》本传："晚年尤以著作自任，以金源氏有天下，典章法度几及汉、唐，国亡史作，己所当任。时金国实录在顺天张万户家，乃言于张，愿为撰述，既而为乐夔所沮而止。好问曰：'不可令一代之迹泯而不传。'乃构亭于家，著述其上，因名曰'野史'。凡金源君臣遗言往行，采摭所闻。有所得辄以寸纸细字为记录，至百余万言。"由此可知遗山撰修金史之曲折复杂和艰难困苦。史家强调史德、史识、史学、史才，王恽《遗山先生口诲》言"文章，千古事业，如日星昭回，经纬天度，不可少易。顾此握管，铦锋虽微，其重也，可使纤埃化而为泰山；其轻也，可使泰山散而为微尘。可见其柄用有如此者"，可见其郑重斟酌之态度。本诗首二句谈撰史的内容与取材的渠道，突出了史书要求刊载大事要事与求真求是。他四处奔波收集史材，不免要接触新朝权贵，在新朝眼皮下为故国修史，书中表达自己的观点见解及政治立场也易招惹是非，次二句所言举轻若重即着眼于此。五六句进而言年老力衰、时不我待、任重道远、忧谗畏讥的焦虑之感，末二句写在彻夜难眠忧思中再加秋雨敲窗心绪繁杂的情形，将一代伟人的形象塑造得十分丰满。野史亭是遗山晚年人生价值取向以时代需求为己任的实物标志，以一己之力完成纷繁复杂的巨大工程，矢志不移、坚韧不拔、不畏艰险、不惧诋毁，可谓是遗山精神的一面旗帜。此诗是其思想深处感情激流中一朵浪花的载体，由此可管中窥豹，见微知著，这就是其重要价值所在。

梦 归

虚庭霜夜寒，落叶风自扫。
怳如南窗月，坐失西山道[1]。
长安佳丽地[2]，游子自枯槁[3]。
人生家居乐，学稼苦不早[4]。
衡门眼中见[5]，归意满秋草。
夜长梦已尽，愁绝令人老。

首二句：孤寂凄凉、闲看无聊之情态毕现。

次二句：有似是而非之感、物是人非之悲。

“长安”二句：京城米贵，居之不易，古来如此！先生也有京漂之感，这真是“赋分无贤愚”啊！

“人生”二句：仕途不通，先生不得已而求其次，但欲隐又顾虑缺粮乏术，其懊悔令人心酸！一代雄才尚有此想，国运可知。士生斯世，可悲可叹。

［注释］

[1]坐失：徒失。西山：指嵩山。 [2]长安：代指汴京。 [3]游子自枯槁：《战国策·秦策一》载苏秦说秦王，书十上而说不行，资用乏绝，去秦而归，形容枯槁。 [4]学稼：学种庄稼。《论语·子路》：“樊迟请学稼。子曰：‘吾不如老农。’” [5]“衡门眼中见”二句：《诗·陈风·衡门》：“衡门之下，可以栖迟。”衡门，横木为门，喻简陋的房屋。此指嵩山隐居之所。

［点评］

读诗不可只着眼于字面义，还要联系上下文全篇以及诗人的行迹思想来判断，这就是《孟子·万章上》所说的“不以辞害志，以意逆志”。此诗李《谱》据“长安佳丽地”，定为金章宗泰和八年（1208）十九岁在长安时作，缪《谱》从之。其时遗山方事科举，且嗣父尚在陇城任，家境优越，不会有“学稼苦不早”的悔恨。本集常以“长安”代指汴京，如卷一《送钦叔内翰并寄刘达卿郎中、白文举编修》“举头望长安，游子从此归”、《遗山乐府》卷一《水调歌头·史馆夜直》“长安自古歧路，难似上青天”、同调《水调歌头·与钦叔饮，时予以同州录事判官入馆，故有“判司”之语》首句“长安夏秋雨”。此诗中“西山”应指嵩山，卷八《出山》之“休道西山不留客”、《遗山乐府》卷二《浣溪沙·史院得告归西山》及“万顷风烟入酒壶，西山归去一狂夫”即是。诗人正大元年（1224）秋在汴京任国史院编修，按上引诸词，初上任就厌仕思归，遂于次年夏辞官归嵩山，本诗也旨在弃仕归隐，且作于秋，故认定遗山在国史院之初作比较符合情理。由此可见，诗题《梦归》指在汴京梦归嵩山。诗前四句写梦境，由于久离故居，所以庭院空旷，落叶无人打扫，任风四处乱吹。“恍如”“坐失”将梦境时而隐隐绰绰，时而脱节断链的朦胧化、碎片化描述得活灵活现。下四句写梦醒后的反思。文人相轻斗争激烈矛盾上交以致水火难容，使自己处于两难之地，这是《中州集·李汾传》明载的。但以本集卷八《帝城二首》之“悠悠未了三千牍，碌碌翻随十九人”及此诗用苏秦典推测，繁冗无效、枯燥无味的文字工作与有才无用、浪费生命的价值取向，才是诗人决意辞官的主因。儒家主张邦有道则仕，无道则隐；既然“达则兼济天下”希望渺茫，就只好考虑“穷则独善其身”辞官隐居了。然而归隐尚需具备基本的生活资料，遗山前此已躬耕，大概也像陶渊明“种豆南山下，草盛豆苗稀”一样收获可怜，所以现在反思，才有书生家居虽乐而“学稼苦不早”的为难懊悔。末四句言两害相较取其轻之难。“衡门”栖迟是贫士任真固穷的象征，“归意满秋草”说明其人生取向的天平已向归隐倾斜，然而这牵扯到志向抱负、家庭责任、社会义务等方方面面，确实是两难的抉择，“愁绝令人老”说明史馆这一“鸡肋”尚未决意放下，仕隐矛盾仍在无休无止地斗争，以致醒后再难成眠，形容憔悴衰老。此诗不仅将诗人内心深微复杂的矛盾心理表达得淋漓尽致，而且其艺术造诣也十分老到。如“游子自枯槁”，即使不知用典也不妨碍其意的理解，知道苏秦典故，则在情态的层面上又加入有才无用、壮志难酬的内涵，这种用典即前贤所称道的着盐水中，浑化无迹。

卷三　七言古诗六首

画马为邢将军赋[1]

总评：小松："起从'龙种'，一转'何处得'，三字凄婉又劲直，竟归'无光芒'，顿宕尤妙！""末段自'战场'直写挟策'旌旗上太行'，将军能解此意否？句法从老杜'河南河北'之作来。"

大宛城下战骨满[2]，驽骀入汉龙种藏[3]。
将军此纸何处得，便觉房驷无光芒[4]。
人中马中两勍敌[5]，天门雁门皆战场[6]。
并州父老应相望[7]，早晚旌旗上太行。

[注释]

[1] 邢将军：其人不详。按诗末二句，应为屯驻于河南一带的金军将领。　[2] 大宛城下战骨满：《史记·大宛列传》载，汉武帝好大宛马，拜李广利为贰师将军，发数十万人伐大宛，死伤惨重。　[3] 驽骀（tái）入汉龙种藏：《史记·大宛列传》："宛乃出其善马，令汉自择之。……汉军取其善马数十匹，中马以下牡牝三千余匹。"驽骀，劣马。龙种，指汗血马。传言为天马子，故称。　[4] 房驷：星宿名。二十八宿之一，苍龙七宿之第四宿。古时以为主车马，故称之为天驷、房驷。《尔雅·释天》："天驷，房也。"郭璞注："龙为天马，故房四星谓之'天驷'。"　[5] 人中马中两勍（qíng）敌：谓邢将军与所画之马都很优秀。勍敌，劲敌。　[6] 天门：苍龙七宿角宿中之两星。雁门：关名，在今山西

代县北。 [7] 并州：古九州名，魏晋以后指太原一带。

［点评］

此诗对金朝收复并州尚存幻想，应为南渡后早期之作。前四句接题，想落天外，收束有力，大开大合，笔力雄劲，驰骋于古今天地之间，有龙腾虎跃之势，深契苏轼“论画以形似，见与儿童邻。赋诗必此诗，定非知诗人”之论，真是大家手笔。后四句从“房驷无光芒”生发开来，由马及人，由画面到现实，与杜甫《题壁上韦偃画马歌》诗尾“时危安得真致此，与人同生亦同死”类似，在结穴处推出期愿时局艰危之际人马同为国为民效力的主旨，大气磅礴，壮色沉声，故查慎行谓此诗“真得杜之神髓，他手为之，仅得皮骨耳”。

赤壁图 [1]

马蹄一蹴荆门空 [2]，鼓声怒与江流东 [3]。
曹瞒老去不解事 [4]，误认孙郎作阿琮。
孙郎矫矫人中龙 [5]，顾盼叱咤生云风。
疾雷破山出大火 [6]，旗帜北卷天为红。
至今图画见赤壁 [7]，仿佛烧虏留余踪。
令人长忆眉山公 [8]，载酒夜俯冯夷宫。

“马蹄”四句：沈德潜《宋金三家诗选》赵翼手批：“起雄劲。”

“事殊”二句：赵翼《陔馀丛考》卷二十三：“元遗山‘白首放歌行纵酒，清朝有味是无能’‘黄鹤一去不复返，白鸥万里谁能驯’‘事殊兴极忧思集，天淡云闲今古同’，皆凑泊如无缝天衣”。

总评：方东树《昭昧詹言》卷十二：“‘令人’句抗坠不测。两事合并处，接得神气凑泊，音响明彻。‘得意’二句，再出一层。‘可怜’二句，收束密而有弦外之音。纯是神来之候，而后幅尤胜。遗山他篇，皆不逮此。”

事殊兴极忧思集[9]，天淡云闲今古同。
得意江山在眼中[10]，凡今谁是出群雄。
可怜当日周公瑾[11]，憔悴黄州一秃翁。

［注释］

[1]《赤壁图》：金武元真（亦作“直”）所画。本集卷四十《题闲闲书赤壁赋后》：“夏口之战，古今喜称道之。东坡《赤壁》词，殆戏以周郎自况也。词才百许字，而江山人物无复余蕴，宜其为乐府绝唱。……赤壁，武元真所画。” [2]马蹄一蹴（cù）荆门空：写曹操率军南下势如破竹的气势。蹴，踩踏。荆门，山名，在今湖北宜昌以东长江南岸。诗指荆州之地。时刘琮投降，刘备南逃，故云“荆门空”。 [3]鼓声怒与江流东：形容曹军练习水军准备南侵，势在必得的情形。 [4]“曹瞒老去不解事”二句：《三国志·吴书·吴主传》裴松之注引《吴历》：曹操见孙权舟船军队整肃，喟然叹道：生子当如孙权，刘表的儿子像猪狗一样。曹瞒，曹操小字阿瞒。孙郎，指孙权。阿琮，刘表之子。 [5]“孙郎矫矫人中龙”二句：谓孙郎英姿矫健，是人中雄杰；他环视怒喝，不畏强敌，决意抗曹，调集大军，于是风云四起。 [6]“疾雷破山出大火”二句：言吴军以排山倒海迅雷不及掩耳之势火烧战船，江北山寨被毁，林火把天照得通红，曹军旗帜卷裹，在火光中向北溃逃。《三国志·吴书·周瑜传》：“（瑜部将黄盖）乃取蒙冲斗舰数十艘，实以薪草，膏油灌其中。……盖放诸船，同时发火。时风盛猛，悉延烧岸上营落。顷之烟炎张天，人马烧溺，死者甚众。” [7]“至今图画见赤壁”二句：直到今天从图画中看到赤壁，就会联想到当年火烧曹军所留的遗踪。虏，对敌人的蔑称。 [8]“令人长忆眉山公”二句：苏轼《后赤壁赋》：“携酒与鱼，复游于赤壁之下。……

俯冯夷之幽宫。”眉山公，苏轼是四川眉山人，故称。冯夷，传说中的水神名。 [9]“事殊兴极忧思集”二句：用杜甫《渼陂行》与杜牧《题宣州开元寺水阁》原句，言自然景物古今相同而世事变迁不一，兴致勃发之余不禁百感交集。 [10]“得意江山在眼中”二句：造就风流人物的江山就在眼中，如今谁是出类拔萃的英雄呢？凡今谁是出群雄，出杜甫《戏为六绝句》。 [11]“可怜当日周公瑾”二句：合观苏轼《念奴娇·赤壁怀古》借周瑜赤壁之战建功立业以抒发自己怀抱及遗山“东坡《赤壁》词，殆戏以周郎自况也”之语，谓可惜苏轼有当年周瑜的才华，竟然怀才不遇神情憔悴，成为黄州的一个秃发老头。周公瑾，周瑜字公瑾。

小松：“起十四字，英雄壮图，写出伟丽。‘疾雷’二句，何等雄浑！千载下使读者呼快。‘眉山公’句，甚唐突，如巨人排挞来。‘出群雄’便借老杜句，颇慨慷。而折落不称起，可惜！”

[点评]

赤壁山在今湖北赤壁市西北长江南岸。汉献帝建安十三年（208），曹操率大军南下，孙权和刘备联军在此隔江对峙，在周瑜的指挥下，用火攻击败屯军于乌林的曹兵，从而形成曹、刘、孙三方鼎峙的局面，这就是著名的赤壁之战。苏轼被贬黄州（今湖北黄冈）时，在位于长江岸的赤鼻矶作《赤壁赋》及《念奴娇·赤壁怀古》词，后人遂将二者合于一体。金代武元直所画赤壁图，上有赵秉文书苏轼《赤壁赋》。蒙古宪宗元年（1251），遗山在太原见此轴，作《题闲闲书赤壁赋后》及此诗。其实这两地相去甚远，苏轼也并非不知，词中“人道是”即已点出此属传言。其诗“论画以形似，见与儿童邻。赋诗必此诗，定非知诗人”，即强调文学艺术不同于史著之如镜中照形，而是源于生活又高于生活，如灯下之影，重在意到兴会。元好问亦知此理，故沿用苏轼之“误”，其“意到兴会”的慧眼独到之处，则可从苏轼词赋未及的“曹瞒老去不解事，误认孙郎作阿琮。孙郎矫矫人中龙，顾盼叱咤生云风”来管中窥豹。刘琮无主见，被投降派裹挟，不战而降，为曹所杀，遂致荆州名将无英雄用武之地；孙权则相反，在主降与主战两派争论不休中当机立断，放弃幻想，敢于抗争，自信必胜。方针既定，不仅大胆破格选用年轻的周瑜为主帅，而且其他如后勤军需、后备兵源等组织措施也很得力。由此可见，遗山以气势汹汹、志在必得的曹操来铺垫，以刘琮为反面典型来反衬，将火烧赤壁、以弱胜强之功归于孙权，表现出其高瞻远瞩的眼光。后八句由画面苏轼游赤壁生发开来，在吊古伤今中赋予更为深广的历史和时代内涵。苏轼才华横溢，抱负远大，被贬黄州，壮志难酬，遂借周瑜“谈笑间，强虏灰飞烟灭”之战绩以抒发怀才不遇之悲。“得意江山在眼中，凡今谁是出群雄”，在向苍茫大地的叩问中，有“江山代有才人出”之人杰地灵、隐隐自负意。末二句感叹苏轼有周瑜之才而无周瑜之用，也有诗人自悲之感叹。周瑜之成就，关键在于孙权的知人善任，大力支持。苏轼、遗山之悲，关键就在于缺乏君臣际遇这一重要条件，“事殊兴极忧思集，天淡云闲今古同”即着眼于此。此诗前面主写孙权之英明，旨在反衬后世帝王之昏庸。古来南北割据政权，大多北强南弱，晋灭吴、隋灭陈、宋灭南唐，皆北吞并南。北宋徽、钦二帝昏庸，在和战两派中徘徊不定，频换主帅，多方掣肘，甚至自毁长城，遂被金灭。金末面临蒙古攻势，虽主战派占上风，但金廷偏信族类，任人唯亲，主将多飞扬跋扈的纨绔子弟，故时人有“得一李勣贤长城，莫道世间无李勣”（《中州集》戊集第五赵元《修城去》）的感慨。遗山《太原》之“古来全晋非无策”、《出都二首》之“事去英雄不奈何”，皆谓金亡于英雄无用武之地。对朝廷文臣亦如此，参见下选卷十六《平章政事寿国张文贞公神道碑》。卷二十一《希颜墓铭》沉痛陈述了故国毁弃英才遂致灭亡之悲，这是英雄之悲、时代之悲，也是“忧思集”“今古同”在字里行间的应有之义。从艺术方面看，诗中“事殊”“天淡”“凡今”皆袭用杜甫、杜牧诗句，诗人信手拈来，随意挥洒，如同己出，天衣无缝，这是其“以故为新”的一大特色。赵翼《瓯北诗话》谓遗山诗“专以精思锐笔清炼而出，故其廉悍沉挚处，较胜于苏（轼）、陆（游）”，由此诗可见一斑。

西 园 兴定庚辰八月中作[1]

西园老树摇清秋，画船载酒芳华游。
登山临水祛烦忧[2]，物色无端生暮愁[3]。
百年此地旃车发[4]，易水迢迢雁行没[5]。
梁门回望绣成堆[6]，满面黄沙哭燕月[7]。
荧荧一炬殊可怜[8]，膏血再变为灰烟。
富贵已经春梦后，典刑犹见靖康前。

总评：翁方纲《苏斋丛书·七言诗歌行》卷十三：“起处三句，皆以下三字纯用平声正调，撑空而起，一似通篇皆用此调者矣，而岂知第四句却用谐句振转，以变换音节，而气格愈加劲放。此诗之作，虽是咏叹金初破宋，而其时去天兴之亡不远，先生胸中，亦已刻刻有覆巢之惧，宜其音节激昂，不得已于转变者矣。”

小松：“起得从盛世摇曳入时况，尤见苦心。”“‘满面黄沙哭燕月’七字，千载仍不胜读，况于目击其人乎？”“‘铜人’句，借魏王最凄绝故事，折入‘人生无情’，何等感慨！”

姚范《援鹑堂笔记》卷四十评："蒙古破燕都，焚宫室，火一月不灭。此诗作于庚辰，距祸变才数年耳。下以靖康艮岳为殷鉴，故曰'千年是非同一笑'。"

由西园想到艮岳者，本集《云峡》（卷四）"故都乔木今如此，梦想熙春百花里。膏血纲船祸九州，亡国愁颜为谁洗"、《从孙显卿觅平定小山》（卷十三）"爱杀熙春万玉峰，纲船回首太湖空"、《鹧鸪天·隆德故宫同希颜、钦叔、知幾诸人赋》"临锦堂前春水波，兰皋亭下落梅多。三山宫阙空瀛海，万里风埃暗绮罗"。熙春阁，西园的标志性建筑。

当时三山初奏功[9]，三山宫阙云锦重[10]。
璧月琼枝春色里[11]，画栏桂树雨声中[12]。
秋山秋水今犹昔，漠漠荒烟送斜日。
铜人携出露盘来[13]，人生无情泪沾臆。
丽川亭上看年芳，更为清歌尽此觞[14]。
千古是非同一笑，不须作赋拟阿房[15]。

[注释]

[1] 西园：即宋徽宗由潜邸扩建的龙德宫，入金后亦称隆德宫、同乐园、西园。赵秉文《游西园赋》："赵子独游西园，盖故苑'同乐'之地。"刘祁《归潜志》卷七："南京同乐园，故宋龙德宫。"《宋史·地理一·东京》下载："景龙江北有龙德宫。初，元符三年（1100），以懿亲宅潜邸为之。及作景龙江，江夹岸皆奇花珍木，殿宇比比对峙，中途曰壶春堂，绝岸至龙德宫。"合观元陆友仁《研北杂志》"汴梁熙春阁，旧名壶春堂，宋徽宗称道君时居撷芳园中，俗呼为八滴水阁"及《归潜志》所言"（龙德宫）其间楼观花石甚盛""正大末，北兵入河南，京城作防守计，官尽毁之……所存者，独熙春一阁耳"、本集《题刘才卿湖石扇头》（卷十二）"幽涧云凝雨未干，曲池疏竹共荒寒。扇头唤起西园梦，好似熙春阁下看"，知金人所说的西园除潜邸龙德宫外，还包括位于汴京旧城北门景龙门外景龙江两岸的撷芳园熙春阁一带，元许有壬《龙德宫记》谓其"有十洲三岛，亭台楼观极土木之奢"，当就此而言。兴定庚辰：金宣宗兴定四年（1220），岁次庚辰。　[2] 袪（qū）：消除。　[3] 物色：景物的形体颜色。暮愁：日暮之愁，没落之感。　[4] 百年此地旃（zhān）车发：靖康二

年（1127），徽、钦二宗被金人押往北方。此指徽宗一路。另一路钦宗经山西到北京。旃，同“毡”。 [5] 易水迢迢雁行没：谓徽宗一行进入原辽地渐行渐远。易水，源出今河北易县，南入拒马河。 [6] 梁门回望绣成堆：本杜牧《过华清宫》“长安回望绣成堆”，谓宋徽宗等北行时回望汴京城楼宫阙等建筑，壮丽密集如锦绣堆积。梁门，北宋汴京旧城西门阊阖门之旧称。按徽宗至南青城投降及经易水北迁之行迹，此用以泛指汴京城门。汴京一带为战国魏都大梁，故称。 [7] 满面黄沙哭燕月：状徽宗一行皇室宫妃白日苦行夜晚悲泣的凄苦。哭燕月，在燕地月下哭泣。燕，古国名，包括今河北北部，北京、辽宁西部。 [8]“荧（yíng）荧一炬殊可怜”以下四句：谓名园虽经火焚毁坏百年，从其遗址痕迹中仍可想象到当时的盛况。荧荧，火光闪烁貌。殊，极。膏血再变为灰烟，谓民脂民膏一变而为园林，再变而为灰烟。北宋灭亡时许多名园被毁坏。《宋史・地理志一》“万岁山艮岳”下载，金人再至，围城日久，艮岳园被人拆屋为薪，凿石为炮。富贵已经春梦后，昔日富贵繁华已如一场短暂的春梦，匆匆而逝。典刑，同“典型”，指旧貌旧事。靖康（1126—1127），宋钦宗年号。 [9] 三山：艮岳园有万岁山、寿山、西岭（万松岭）“三山”之说，见宋僧祖秀《华阳宫纪事》。宋徽宗欲求多子，听信方士之说，在汴京皇城外东北建万岁山，周十余里，峰高九十步，分东西二岭直接南山。政和七年（1117）兴建，宣和四年（1122）竣工。移置江南奇花异石及他方禽兽，竭尽财力。奏功：成功。 [10] 云锦重：形容宫阙建筑群巍峨壮丽、云蒸霞蔚、彩云缭绕。 [11] 璧月琼枝春色里：《南史・后妃下・张贵妃传》载，陈后主使诸贵人及女学士与狎客共赋新诗，采其尤艳丽者，以为曲调，被以新声。其曲有《春江花月夜》《临春乐》等。其略云：“璧月夜夜满，琼树朝朝新。”大抵所归，皆美张贵妃、孔贵嫔之容色。 [12] 画栏桂树雨声中：李贺《金铜仙人辞汉歌》："画栏桂树悬秋香，三十六宫土花碧。" [13] "铜人携出露盘来"二句：李贺《金铜仙人辞汉歌引》：魏明帝诏宫官赴长安取汉武帝所铸捧露盘铜人至洛阳，铜人潸然泪下。金修中都时，曾从汴京拆运大量宫殿木料与太湖石，或指此。人生无情泪沾臆（yì），本杜甫《哀江头》"人生有情泪沾臆"。臆，胸。 [14] 清歌：无音乐伴奏的歌。 [15] 阿房：指杜牧《阿房宫赋》。

［点评］

兴定四年（1220）秋，诗人到汴京府试，诗作于此时。诗人本因忧心国事而来西园消遣，却又睹物兴感，追寻宋徽宗奢侈荒淫以致亡国的往事，以及如今蒙古大敌当前，金廷苟且偷安的现状，担心亡宋故事再度重演，情怀反而更加深沉悲凉。全诗每四句换韵，分六组，意随韵转，思绪在今昔之间往复回环。第一组紧扣诗题，交待游园的缘起及兴感的指向。第二组由今及古，写皇室后宫被掳之耻辱悲哀，着眼于"人"；第三组写今之所见，言名园被焚毁，遗制规模犹存，着眼于"物"；第四、五组遥想当初名园的盛况及其改朝换代后进而被拆走的悲哀。第六组回扣篇首，点明吊古伤今的主旨，即杜牧《阿房宫赋》之"秦人不暇自哀而后人哀之，后人哀之而不鉴之，亦使后人而复哀后人也"，谓金不鉴宋，重蹈覆辙，又坠入李商隐《咏史》所说"历览前贤国与家，成由勤俭破由奢"的历史循环中，你方唱罢我登台，诗人的思绪随历史的长流绵延无尽。《续资治通鉴》卷一百六十载贞祐三年（1215）五月金中都沦陷时，"宫室为乱兵所焚”，合观本集卷九《出都二首》“汉宫曾动伯鸾歌”，亦可知“茕茕一炬殊可怜，膏血再变为灰烟”及“千古是非同一笑，不须作赋拟阿房”之意蕴了。诗布局大开大合，今昔盛衰金宋多层对比，情致深沉苍凉，格调回环往复，令人抚卷叹息，感慨深长。

雪后招邻舍王赞子襄饮[1]

去年春旱百日强[2]，小麦半熟雨作霜。
青山无情不留客，单衣北风官路长。
遗山山人伎俩拙[3]，食贫口众留他乡。
五车载书不堪煮[4]，两都觅官自取忙[5]。
无端学术与时背[6]，如瞽失相徒伥伥[7]。
今年得田昆水阳[8]，积年劳苦似欲偿。
邻墙有竹山更好，下田宜秫稻亦良[9]。
已开长沟掩乌芋[10]，稍学老圃分红姜[11]。
宋公能诗雅好客[12]，劝我移家来水旁。
一闲入手岂易得[13]，梦中我马犹玄黄[14]。
君不见[15]，并州少年作轩昂，
鸡鸣起舞望八荒，夜如何其夜未央。
卖刀买犊未厌早[16]，腰金骑鹤非所望[17]。

“遗山”句：樊焕章《元遗山志》载，平地垒石，孤峰独峙，突兀如盘，似所遗而成，故称遗山。山顶旧有佛寺，规模壮丽，下俯滹沱、牧马二河，为古定襄八景之一。金泰和八年（1208）重修山顶佛寺，余赀新建山房十余所，以备读书者居。

前十句：欲扬先抑，追述去年力田及此前科考屡败之往事，辛酸悲愤，不堪回首。

“今年”至“腰金”十六句：地产甚丰，景色亦美，兼得雅邻，再加李汾反衬，出处之意决矣。层层递进，折愈深，味愈隽。

末八句：瑞兆频出，丰年在望，酒熟花香，兴致勃勃，怎能不邀邻共饮，放声高歌，尽情任性，大醉一场！其诗兴如顾恺之食甘蔗，自尾至本，渐入佳境。

河南冬来已三白[18]，土膏坟起如蜂房[19]。
嵩山东头玉斾出[20]，父老知是丰年祥。
南溪酒熟梅花香[21]，高声为唤墙东王[22]。
便当过我取一醉，听歌《长安金凤凰》[23]。

邻舍宋可，字予之，隐君子也。并州少年，谓李汾长源。《长安金凤凰》者，齐、梁间田舍儿所歌。

总评：小松："'书不堪煮'，似谐谑而实悲惨！""'已开'二句，田园佳境宛然在目。""'并州'句，志士奔走国事者不可无此气概。""'夜如何'单句，萦拂转换。""'土膏坟起'四字，颇新奇，早春光景如睹。""'南溪'句绝佳，余久不见此花，今诵此句，如闻其香，不胜神往。""末段折落逸宕，长篇须如此洒脱。"

[注释]

[1] 王赞子襄：登封人，儒士，年岁稍小于遗山。本集卷二《学东坡移居八首》之八谓其"王生旧邻舍，穷达心不移"。元王恽《祭子襄先生》"先生隐德居嵩丘，得号'墙东'四十秋"（《秋涧集》卷十六），按此，王赞对本诗所称之"墙东王"引以为豪，且因以为号。 [2]"去年春旱百日强"以下四句：《金史·宣宗本纪》载，兴定二年（1218）六月，"上以久旱，谕宰臣治京冤狱"，七月，"以旱灾，诏中外"。遗山是年春由三乡移居嵩山后躬耕于此，因山地遇旱成灾，次年又买田他方。 [3] 遗山：诗人之号始见于此。今山西定襄县神山村之神山又称"遗山"，诗人扶嗣父柩回乡后读书于此，因以为号。山人：山居者，多指隐士。 [4] 五车载书：《庄子·天下》："惠施多方，其书五车。"后用此形容藏书多或读书多、著书多。 [5] 两都觅官：指中都（今北京）和汴京赴试。 [6] 无端学术与时背：《金史·赵秉文传》："金自泰和、大安以来，科举之文，其弊益甚。盖有司惟守格法，所取之文卑陋陈腐，苟合程度而已。稍涉奇峭，即遭绌落，于是文风大衰。"遗山之"学术"与此迥异，见郝经《遗山先生墓铭》。无端，无奈。 [7] 瞽：目盲。相：引导扶助者。伥伥：无所适从。 [8] 今年得田昆水阳：《遗山乐府》卷二《临江仙·寄德

新丈》言买田事："自笑此身无定在，北州又复南州。买田何日遂归休？向来元落落，此去亦悠悠。　赤日黄尘三百里，嵩丘几度登楼。故人多在玉溪头。清泉明月晓，高树晚蝉秋。""德新丈"指王革，遗山于兴定二年（1218）秋与之初交，买田种植属下年事。昆水阳，昆水北。今河南叶县古称昆阳，句指此地。　[9]下田：下等田地。秫（shú）：高粱（多指黏高粱）。　[10]乌芋：荸荠的别称，也称地梨。其根如芋，多年生草本植物，通常栽培在水田里。　[11]老圃：老菜农。分红姜：将肥大多瓣的红姜掰开分别埋种。　[12]宋公：宋可，字予之，武陟（今河南武陟县）人，隐居叶县。　[13]一闲入手：指躬耕罢读不再科考事。　[14]玄黄：疾病的通称。《诗·周南·卷耳》："陟彼高冈，我马玄黄。"句用此典，谓多年科考失望纠结于此，梦中犹及已成心病。　[15]"君不见"以下四句：用祖逖与刘琨闻鸡起舞典，强调李汾虽励志苦学、积极进取，但壮志难酬、夜不能寐。未央，未尽。　[16]卖刀买犊未厌早：言弃仕躬耕之决策明智及时不嫌早。　[17]腰金骑鹤：发财成仙。典出南朝梁殷芸《小说》："有客相从，各言所志。或愿为扬州刺史，或愿多资财，或愿骑鹤上升。其一人曰：'腰缠十万贯，骑鹤上扬州。'欲兼三者。"　[18]三白：三场雪。农谚："今冬三场雪，来年好收麦。"《朝野佥载》作："要宜麦，见三白。"　[19]土膏：土中之膏腴。形容土地肥沃。坟起：凸起。　[20]"嵩山东头玉旆出"二句：本集卷九《望嵩少二首》有"田父占年惊玉旆"句。玉旆，形容山崖积雪似白旗。　[21]南溪：发源于登封少室山南麓，为颍水的上源之一。遗山移居嵩山，家住南溪附近。本集卷三有《南溪》诗，《遗山乐府》卷一《摸鱼儿》（笑青山不解留客）有"山僧乞我溪南地"句。酒熟：做酒的原料和酒曲装瓮数月后发酵成熟。　[22]墙东王：《后汉书·逸民传·逢萌》："君公遭乱独不去，侩牛自隐。时人谓之论曰：'避世墙东王君公。'"后因以"墙东王"指隐居之士。此指诗题所言王赞子襄。　[23]《长安金凤凰》：南朝梁简文帝《上留田行》："正月土膏初欲发，天马照耀动农祥。田家斗酒群相劳，为歌《长安金凤凰》。"

［点评］

兴定三年（1219）冬在嵩山作。上年春，遗山自三乡移居嵩山，是其屡试不第失望至极舍仕归隐的人生重大抉择，本集卷二《学东坡移居八首》其五"旧隐嵩山阳"、赵元《书怀继元弟裕之韵四首》"有子罢读书，求种山间田"（《中州集》戊集第五）对此点明，本诗较为详细地陈述了这一阶段的人生反思与抉择。"遗山山人"旨在强调自己性喜野逸、不善营生；"无端学术与时背"是对自十六岁以来前后六次科考失利的反思总结。他认为自己虽然学富五车，但与科举评判的陋习陈规格格不入，遂致十几年的勤奋学习、四处奔波徒劳无功，以后中举的希望非常渺茫。再加上家人"食贫口众"，嗷嗷待哺，避乱他乡又无其他经济来源，燃眉之急迫使自己不可以一误再误，于是只能"卖刀买犊未厌早"了。合观其初上嵩山时所作《示崔雷诗社诸人》（本集卷九）所言"一寸名场心已灰，十年长路梦初回"，"卖剑买牛真得计，腰金骑鹤恐非才"，可知这是遗山在极为纠结的情况下历经多次考虑后对人生道路的重大抉择。本诗以此为主旨，其他如买田昆阳之"积年劳苦似欲偿"以及瑞雪兆丰年的期望，皆旨在衬托抉择之正确，插入李汾执迷不悟之悲惨事例，亦旨在起反衬作用。纵观遗山一生，在仕与隐的倾向中始终时此时彼，其心理纠结之纷繁复杂当以此诗为最。需要说明的是，遗山这一人生道路并非最终抉择，他后来也审时度势，又参加了三次考试，都顺利过关，由此可见其屡败屡战、顽强拼搏夺取最后胜利的坚毅性格。此诗由过去到现在再到将来，思绪往复回环，情感悲喜交加，波澜起伏，结构大开大合，长诗一韵到底，将纷繁复杂的心情表述得淋漓尽致，且有十步九折、意深味隽之致。

宛丘叹[1]

秦阳陂头人迹绝[2]，荻花茫茫白于雪。
当年万家河朔来[3]，尽出牛头入租帖[4]。
苍髯长官错料事[5]，下考大笑阳城拙[6]。
至今三老背肿青[7]，死为逋悬出膏血。
君不见，
刘君宰叶海内称[8]，饥摩寒拊哀孤茕。
碑前千人万人泣[9]，父老梦见如平生。
冰霜纨袴渠有策[10]，如我碌碌当何成[11]。
荒田满眼人得耕，诏书已复三年征[12]。
早晚林间见鸡犬，一犁春雨麦青青。

曩李令南阳，配流民以牛头租，迫而逃者余万家。刘云卿御史宰叶[13]，除逃户税三万斛，百姓为之立碑颂德。贤、不肖用心相远如此。李之后十年，予为此县，大为逋

首四句：先描述“人迹绝”，再追述“当年万家河朔来”“迫而逃者余万家”，金末之暴政惨状可以想见。

次四句：此官比“去岁曾经此县城，县民无口不冤声。今来县宰加朱绂，便是生灵血染成”的那位更狠更坏。竭泽而渔以致无鱼可渔，美其名曰“为国”，可乎？或曰治世任吏重德，乱世任吏重能，若使对部民敲骨吸髓从而邀功进官者大行其道，定会饮鸩止渴，加速政权的灭亡进程！

“碑前”句：赵翼《宋金三家诗选》手批：“贤吏之入人心如此，真写得透。”

末五句：延续任内乡令时“劳抚流亡”的有效措施，深得民本仁政之要领。

总评：小松："从眼前荒凉光景叙民疲罢，便观风要诀。万家牛头入租税，苛税可想。'至今'二句，何等惨状？'苛政猛于虎'，正谓此也！'君不见'四句，如逢春风，写刘之美政，反映入微。盖从孟子说梁惠仁政章得来。一结蔼然，更觉有民人苏生之色，神来之笔！"

悬所困。辛卯七月[14]，农司檄予按秦阳陂田[15]，感而赋诗。李与刘皆家宛丘，故以《宛丘叹》命篇。

[注释]

[1] 宛丘：金县名，今河南周口淮阳区。叹：乐府诗体名。 [2] 秦阳陂（bēi）头：疑为金时在南阳境内名称"秦水"之河的北岸。 [3] 当年万家河朔来：金宣宗贞祐二年（1214）迁都汴京后，河朔官民大量南迁，句指此。 [4] 尽出牛头入租帖：《金史·食货志二》"牛头税"条载，猛安谋克部女直户所输之税，其制每耒牛三头为一具，赋粟一石。句谓让迁徙之民全部按"牛头税"制交租。租帖，缴纳租税的官方文书。 [5] 苍髯长官：指尾注所言"髯李"。[光绪]《南阳县志》卷四"职官"："李国瑞，宣宗兴定五年知南阳县。"卷九"沟渠"："兴定四年十一月庚寅，有诏募民兴南阳水田。……明年五月，南阳令李国瑞报创开水田四百余顷，诏升职二等。……正大七年七月，农司檄县令元好问按秦阳陂田。"此与尾注李、元二人募民开发秦阳陂田事合。本集卷十六《沁州刺史李君神道碑》所载长子国瑞"任南阳县令，以惠爱见称"，与上述皆为一人而评价相反，看来遗山为人撰碑也有为死者讳，曲笔说违心的话。料事：处理政事。 [6] 下考大笑阳城拙：耻笑阳城因不忍逼民而政绩考核最差。《新唐书·阳城传》载，城爱百姓，政绩考核，自署曰："抚字（安抚体恤）心劳，追科政拙，考下下。" [7]"至今三老背肿青"二句：谓县令严刑拷打三老，迫使其拼命为完成逃户所拖欠的租税而榨尽未逃者的民脂民膏。三老，《汉书·高帝纪上》："举民年五十以上，有修行，能帅众为善，置以为三老，乡一人。"合观下句，知此指为完成赋税而确定负责摊派催缴如里长、村长之年高望重者，古时农村基层组织大多如此。逋悬，指逃亡户拖欠的租税。膏血，犹言民脂民膏。唐陆贽《论

叙迁幸之由状》："吏不堪命，人无聊生，农桑废于征呼，膏血竭于笞捶。"金末税赋繁多，民不堪命而外逃，所欠租税定制由未逃者代交。 [8]"刘君宰叶海内称"二句：赵秉文《故叶令刘君遗爱碑》："起为叶令。下车，修学讲义，耸善抑恶。一之曰励而教之，二之曰惠而安之，奸吏恶少，望风革面。君曰：'未也，事有大于此者。叶，剧邑也。路当要冲，岁入七万余石。自扰攘之后，户减三之一，田不毛者千七百顷，而赋仍旧，可乎！'请于大司农，减二万石，民赖以济，流民自归者数千。"《金史》据此为刘从益立传。饥摩寒拊，抚慰饥寒交迫者。哀孤茕（qióng），同情哀怜孤单无靠者。 [9]"碑前千人万人泣"二句：谓叶县民为刘从益立碑并大哭，梦中仍见到他像亲友一样关怀自己。《金史·刘从益传》："未几被召，百姓诣尚书省乞留，不听。入授应奉翰林文字，逾月以疾卒，年四十四。叶人闻之，以端午罢酒为位而哭，且立石颂德，以致哀思。"平生，旧交老友。 [10]冰霜纨袴：指刘从益对当地豪恶无情打击，"奸吏恶少，望风革面"事。 [11]碌碌：平庸无能。成：完成所规定赋税额度的政绩。 [12]诏书已复三年征：谓自己恳请朝廷下旨恢复免征三年租赋的优惠政策，招抚流亡，恢复农耕。《金史·食货志二》泰和八年（1208）下载："诏诸路农民请佃荒田者，与免租赋三年。" [13]刘云卿：刘从益，字云卿，曾任监察御史，兴定五年（1221）因敢言罢任。元光二年（1223）任叶县令，正大二年（1225）离任。 [14]辛卯：金哀宗正大八年（1231），岁次辛卯。 [15]农司：即司农司，掌劝课天下力田事。按：巡视。陂田：指秦阳岸边的荒田。

［点评］

诗作于正大八年（1231）七月任南阳县令时。金廷南渡以后，兵事日兴，费用日增，所需多仰给河南一地，苛捐杂税多如牛毛，弊政百出。民不堪命，逃亡山林，其所欠赋税皆由未逃者负担，更使县民雪上加霜。而县令的首要职责就是催交税赋，如何在为国与为民两难之间寻得最大公约数，这是考量官吏德能兼备的标志。王若虚在《答张仲杰书》中这样告诫其弟子：“君子有德政而无异政，史不传能吏而传循吏。若夫趋上而虐下，借众命以易一身，流血刻骨而求干济之誉，今之所谓能吏，古之所谓民贼也。”赵秉文《故叶令刘君遗爱碑》也称引此说。遗山任县令后以循吏自励，卷八《内乡县斋书事》“催科无政堪书考”即用唐阳城不忍逼民典。《内乡通考》卷五《职官考》谓其“哀宗正大四年丁亥为内乡令，劳抚流亡，边境宁谧。寻以艰去，吏民怀之”。评曰：“元好问劳抚流亡，循吏也，不当徒以诗人目之。”《南阳县志》也谓其“善政尤著”。当时上司康锡《按部南阳有赠》“鲁山佳政沾邻邑，白水欢谣见路人”（《中州集》辛集第八），对其政绩予以充分肯定。这首诗将能吏与循吏对比、前任与己任对比、眼中景与胸中景对比，大开大合，褒贬鲜明，具体而真切地展示出诗人的为官理念，这在“宣宗南渡，吏习日盛，苛刻成风，殆亦多故之秋，急于事功，不免尔欤”（《金史·选举志一》）的官场习气中，确属难能可贵，时至今日仍有重要借鉴价值。

游黄华山[1]

首二句：此翁为渤海族人，先生“自初学语，先夫人教诵公五言”（卷十六《王黄华墓碑》），由此可知先生不辨夏夷、兼收并蓄的诗学渊源。陶玉禾：“空际领起全首。”

黄华水帘天下绝，我初闻之雪溪翁[2]。

丹霞翠壁高欢宫[3]，银河下濯青芙蓉[4]。
昨朝一游亦偶尔，更觉摹写难为功[5]。
是时气节已三月，山木赤立无春容[6]。
湍声汹汹转绝壑[7]，雪气凛凛随阴风[8]。
悬流千丈忽当眼，芥蒂一洗平生胸[9]。
雷公怒击散飞雹[10]，日脚倒射垂长虹[11]。
骊珠百斛供一泻[12]，海藏翻倒愁龙公。
轻明圆转不相碍[13]，变见融结谁为雄。
归来心魄为动荡[14]，晓梦月落春山空。
手中仙人九节杖[15]，每恨胜景不得穷。
携壶重来岩下宿，道人已约山樱红。

［注释］

[1] 黄华山：原名隆虑山，在今河南林州西北，山势险要，瀑布悬挂，有“太行之秀”的美誉。 [2] 雪溪翁：王庭筠，字子端，号雪溪，金中叶杰出诗人，曾隐居黄华山。 [3] 高欢宫：东魏高欢在黄华山插天峰下建筑的避暑宫。高欢执魏政十六年，其子以北齐代魏，追尊高欢为神武帝。 [4] 濯（zhuó）：洗。青芙蓉：形容山色青翠，形似莲花。王庭筠《游黄华山》诗有“挂镜台西挂玉龙，半山飞雪舞天风。寒云直上三千尺，人道高欢避暑宫”“一派湍流漱石崖，九峰高倚翠屏开”诸语，元诗当有所借鉴。 [5] 难为功：难以描绘得穷形尽相。 [6] 赤立：无树叶，光秃秃的。 [7] 汹汹：形容水声盛大。绝壑（hè）：深

“悬流”二句：扑面而来，沁人心脾，洗涤一空，比李白“飞流直下三千尺，疑是银河落九天”之远观更多清爽之感！

“雷公”六句：陶玉禾：“实赋水帘，承‘摹写难为工’句来。”

“归来”二句：沈德潜《宋金三家诗选》赵翼手批：“上半写景太用力，此处却衬一笔淡语，倍觉萧逸。”

“手中”四句：卒章显志，表达了放怀山水、回归自然的遗民心态，在自然景观中植入时代人文的底色。

总评：小松："起手从闻雪溪翁叙来，与实见对照，取姿致甚好！'昨朝'二句虚写，伏笔苍鹰将搏先收翼处。'悬流'以下八句，飞泉壮观，写来欲奕奕射眼，亦足以散余平生郁勃之气矣。'归来'二句，入山极紧切，无此句，只观飞瀑耳。落句，后再游张本。"

谷。　[8]雪气凛凛随阴风：冰雪一样凛冽的寒气伴随着阴冷的风扑面而来。　[9]芥蒂（jiè dì）：梗塞的东西，比喻郁积在胸中的不快。　[10]雷公怒击散飞雹：形容瀑布悬空而下，水花四溅，其声势之大，如雷神空中怒击，冰雹漫天飞散。　[11]日脚倒射垂长虹：阳光透过云层倒射到高空瀑布上，形成一道垂天长虹。日脚，穿过云层缝隙下射的日光。　[12]"骊珠百斛（hú）供一泻"二句：瀑布喷珠溅玉，如千斗骊珠倾泻，把海底宝藏都倒空，使龙王也发愁。骊珠，宝珠，传说出于骊龙的颔下，故名。斛，古时容量单位，十斗为一斛。海藏（zàng），龙宫中的储宝之所。　[13]"轻明圆转不相碍"二句：水珠轻盈、晶莹、圆转，起初颗颗飘散，紧接着三五成群，瞬息万变，不知它为谁有意展示其壮丽之美。　[14]"归来心魄为动荡"二句：言回到住所仍对瀑布心驰神往，夜有所梦，直到清晨梦断，所见春山落月，空谷绝响，暗含留恋不舍之意。　[15]"手中仙人九节杖"二句：自恨手中无仙人九节拐杖，无法尽览天下美好的景区。九节杖，《列仙传》载，王烈授赤城老人九节苍藤杖，拄之而行，飞马难追。

［点评］

蒙古太宗十三年（1241）春，遗山自山东返乡时作（作年考证详见狄宝心《元好问诗编年校注》卷五《水帘记异》下）。诗写黄华山瀑布的雄奇景观，首四句写游前所闻，中十四句写亲眼所见，后六句写观后之感。诗以时间的推移、空间的转换为序，从移步换形的角度切入，重点刻画了瀑布的声、气、形，视角独特，想象丰富，比喻美妙，随物赋形，穷形尽相，笔力苍劲，气势磅礴，是元氏晚年长篇山水诗的代表作之一。

卷四　七言古诗五首

读书山雪中

前年望归归不得[1]，去年中途脚无力[2]。
残生何意有今年[3]，突兀家山堕眼前。
东家西家百壶酒[4]，主人捧觞客长寿。
先生醉袖挽春回[5]，万落千村满花柳。
山灵为渠也放颠[6]，世界幻入兜罗绵[7]。
似嫌衣锦太寒乞[8]，别作玉屑妆山川。
人言少微照乡井[9]，准备黄云三万顷[10]。
何人办作陈莹中[11]，来与先生共炊饼。

陈先生贬官后答京师人书，云："南州有何事？今年好雪，明年炊饼大耳！"

［注释］

[1] 前年望归归不得：遗山《州将张侯墓表》载其前年（1237）只身返乡见侯时言："予不忘还归，犹痿者之于起，而盲者之于视

"堕"，下字猛重，欣喜寓于其中，堪称"诗眼"。

"残生"二句：合观《家山归梦图》"别却并州已六年，眼中归路直于弦"、《秋怀》"何时石岭关头路，一望家山眼暂明"，可知诗人当时的激动心情。

"先生"二句：有岑参《白雪歌送武判官归京》"忽如一夜春风来，千树万树梨花开"之兴致。"挽"字甚妙，醉态十足，似辛弃疾"昨夜松边醉倒，问松：'我醉何如？'只疑松动要来扶，以手推松曰'去！'"查慎行谓此句"笔挟仙气"。

"山灵"四句：再转一境，用"似嫌"二字承上启下，勾连控送，风神备具。

“人言”四句：借乡亲之口以自夸，其隐隐自负及生不逢时、唯话桑麻之情于此可见。

邹弢《五朝诗学津梁》：“一往如注，其气盛也。状雪处，……妙在无点染痕迹。”

也。他日幸脱絷维，以从吾侯游，实夙昔之愿。”由此可知其“望归”之急切与“归不得”之原因。时诗人羁管期未满。 [2] 去年中途脚无力：去年秋，遗山携家返乡，行至河南，滞留济源，至本年夏始北上。《再到新卫》（卷九）“蝗旱相仍岁已荒，伶俜十口值还乡”“河平千里筋骸尽，更欲驱车上太行”，言及“中途脚无力”的成因，《戊戌十月山阳雨夜二首》（卷二）“单车我东来，尘土满归鬓。裹粮失先具，闭籴困余吝”，谓预先没有准备够吃的，沿路亦无人出售，以致陷于断粮境地，这是“中途脚无力”的主因。 [3]“残生何意有今年”二句：在所剩无几的人生中哪里想到会有今年，家山竟忽然掉落在眼前。突兀，忽然出现，出乎意外。 [4]“东家西家百壶酒”二句：言乡亲们携酒齐来庆贺，祝福归客长寿。由卷十三《初挈家还读书山杂诗四首》，知遗山返乡初居读书山。 [5]“先生醉袖挽春回”二句：写醉眼蒙胧中由雪花飘飘引发的奇思豪情。先生，文人学者的通称，可自称。《文选·皇甫谧〈三都赋序〉》“玄晏先生曰”李善注：“谧自序曰：‘始志乎学而自号玄晏先生。’”此诗人自指。 [6] 山灵：山神。渠：他，此指诗人归乡。放颠：放纵颠狂。 [7] 兜罗绵：木棉，似柳絮，喻雪。 [8] 似嫌衣锦太寒乞：《新五代史·吴越王世家》载，唐昭宗升钱镠所居营曰“衣锦营”，后又为“衣锦城”。镠游其城，山林皆覆以锦。此句反用此典，言山神嫌山林披红挂绿太寒酸。 [9] 人言少微照乡井：本集卷十《答郭仲通二首》“惭愧诗人比少微”自注：“来诗有‘少微星’之句。”少微，古星名，又名处士星，书载少微星照耀之地即有处士隐居。处士指有才能而隐居不仕的人，遗山以文坛领袖归乡，故当时诗友如此称呼他。 [10] 黄云：雪天之云。宋曾巩《咏雪》：“黄云半夜满千里，大雪平明深一尺。”依“瑞雪兆丰年”之预兆，亦兼喻成熟的稻麦。王安石《同陈和叔游齐安院》：“缲成白雪桑重绿，割尽黄云稻正青。” [11]办：打算。陈莹中：名瓘（guàn），北宋学者。因与章惇、蔡京不和，被放还乡里。

［点评］

蒙古太宗十一年（1239）冬，五十岁的诗人行程几千里，历时一年多，终于携家返回故乡。遗山早年避乱他乡，恋乡情结特别强烈，如今“梦里乡关春复秋，眼明今得见并州”，其欣喜若狂之情可以想见。诗开篇四句欲扬先抑，昔今对比，用重叠排比句式，着重衬托喜出望外如愿以偿的兴奋激动。次四句描绘出一幅有面有点的画面，通过乡邻热烈欢迎、携酒庆贺的场面描写，烘托诗人开怀畅饮及眼花耳热后舞袖助兴的醉态。进而又借助酒兴突发奇思妙想，谓自己长袖善舞，盛情相邀，竟然将春神挽回，以致出现“万落千村满花柳”的满园春色。后半部分着重写诗题之“雪中”。前四句以我观物，谓山神也被自己的情绪感染而癫狂起来，竟然嫌花红柳绿之景寒酸，索性用玉屑将山川银装素裹，分外妖娆。后四句从“人言”角度立说，谓一代文宗归乡，吉人天相，如今老天特意降雪，明年定会丰收，预料届时还有志同道合患难与共的挚友共吃炊饼，“把酒话桑麻”，奇思逸想，妙趣横生。诗由昔、今到将来，其久客归乡后之欣喜激情至此写得分外饱满，又添加了享誉归乡、隐隐自负与唯说农家语、不关心时政的复杂情感，此所谓“篇终及微茫”。全诗笔势纵放，奇思横逸，兴会所至，风生水起，峰回路转，大有诗仙李白的飘逸神韵。

过晋阳故城书事[1]

惠远祠前晋溪水[2]，翠叶银花清见底。
水上西山如卧屏[3]，郁郁苍苍三百里。
中原北门形势雄[4]，想见城阙云烟中。
望川亭上阅今古[5]，但有麦浪摇春风。
君不见，
系舟山头龙角秃[6]，白塔一摧城覆没[7]。
薛王出降民不降[8]，屋瓦乱飞如箭镞。
汾流决入大夏门[9]，府治移著唐明村[10]。
只从巨屏失光彩[11]，河洛几度风烟昏。
东阙苍龙西玉虎[12]，金雀觚棱上云雨。
不论民居与官府，仙佛所庐余百所。
鬼役天财千万古[13]，争教一炬成焦土[14]。
至今父老哭向天[15]，死恨河南往来苦。
南人鬼巫好禨祥[16]，万夫畚锸开连冈。
官街十字改丁字[17]，钉破并州渠亦亡。
几时却到承平了，重看官家筑晋阳。

“东阙”六句：不只是物质文明被毁，并州唐代著名诗人王勃、王瀚、王之涣、王维及柳宗元、白居易等人才辈出，至中唐以后便销声匿迹，本集卷十三《感兴四首》言“并州未是风流域，五百年中一乐天”即就此而言。这一文学重心的转移，也与晋阳故城被毁有关。

“至今”二句：郝树侯先生说，晋阳城被毁后，宋将当地居民大量南迁。他们眷恋故土，每年都要回来祭奠祖宗坟墓，往返时顺便贩卖些土特产以赚取路费，明清以来晋商的兴起与此有关。

[注释]

[1] 晋阳故城：遗址在今山西太原西南晋源街道附近。晋阳城

始建于春秋末，历经北齐、隋、唐的扩建，成为北方的军事重镇。五代时，后唐、后晋、后汉、北汉皆于此勃兴。宋太平兴国四年（979），宋军围攻晋阳，北汉主刘继元投降。宋太宗因此地久为龙兴之地，乃把晋阳城彻底毁坏。[2] 惠远祠：即晋祠，祀西周成王弟叔虞。祠在今太原西南悬瓮山麓。晋水发源于此。[3] 西山：即悬瓮山，太原盆地西缘山脉。卧屏：横放的屏风。谓西山绵延起伏于吕梁、太行两大山脉之间，言外有其横亘于太原盆地与忻州盆地间成为阻挡北兵南下之屏障的寓意。[4]“中原北门形势雄”二句：谓故晋阳城高大雄伟，是中原北面的门户。清顾炎武《日知录》载：“太原府在唐为北都。《唐书·地理志》曰：晋阳宫在都之西北，宫城周二千五百二十步，崇四丈八尺。都城左汾右晋，潜丘在中，长四千三百二十一步，广三千一百二十二步，周万五千一百五十三步，其崇四丈。汾东曰东城，贞观十一年长史李勣筑。两城之间有中城，武后时筑，以合东城。宫南有大明城，故宫城也。”[5]“望川亭上阅今古”二句：怀古伤今，有《黍离》《麦秀》之悲。箕子朝周，过故殷墟，感伤宫室毁坏，满目禾黍，因作《麦秀》之诗歌之。二句暗用此典。望川亭，在悬瓮山顶，北齐时建造。[6] 系舟山：在太原盆地之北。传说大禹治水曾系舟于此，故名。龙角秃：传说系舟山为龙角，悬瓮山为龙尾，晋阳城为龙城。宋太宗为破其风水，所以毁晋阳城后，又把系舟山头铲平，谓拔“龙角”。[7] 白塔：《中州集》癸集第十载元德明《太原古城惠明寺塔秋望》诗。《元一统志》谓太平兴国年间晋阳城毁，此寺与塔同时倾圮。后因显灵光，重建木塔、砖塔。元氏对其父所言应熟知，“白塔”疑指此。[8] 薛王出降民不降：《宋史·太宗本纪》载，太平兴国四年五月，北汉主刘继元遣使纳款。薛王，北汉主刘继元之母先嫁薛钊，生继恩，再嫁何氏，生继元。北汉主刘承钧收二人为养子，改从刘姓。遗山误以为继元本姓薛，

“南人”四句：顾炎武《日知录》：“及刘继元之降宋，太宗以此地久为创霸之府，又宋主大火，有参辰不两盛之说，于是一举而焚之矣。”宋徽宗为了多子长寿，听从方士建议，在宫城东北堆山，名为艮岳，从南方运太湖石及花草树木，倾竭国力，致使国防空虚，民怨沸腾，金人入侵，北宋灭亡。本集卷十二《陈德元竹石二首》“万石纲船出太湖，九州膏血一时枯。阿谁种下中原祸，犹自昂藏入画图”即批判其事。由此可见此处虚实互补，明暗兼具。古来中原以南的先民好巫，遗山此处不言“宋人”而言“南人”，在文化层面上予以鄙视，有以中原文化正统自居之意。

故称。 [9] 汾流决入大夏门：《宋史 · 太祖本纪》载，开宝二年（969）三月，宋军北引汾水灌太原城。闰五月，城墙坍塌，水注城中。大夏门，晋阳古城城门之一。 [10] 府治移著唐明村：《宋史 · 太宗本纪》载，太平兴国七年（982）二月，徙并州治唐明镇（今太原大南门西）。宋陆游《老学庵笔记》载太宗太平兴国四年（979）平太原，降为并州，废旧城，徙州于榆次。今太原则又非榆次，乃三交城也。城在旧城东北三十里，亦形胜之地。本名故军，又尝为唐明镇，有晋文公庙，甚盛。平太原后三年，帅潘美奏乞以为并州，从之。以是徙晋文公庙，以庙之故址为州治。 [11]“只从巨屏失光彩”二句：言自从晋阳重镇被毁，中原失去屏障，辽、金、蒙古军队长驱直入黄河、洛河流域。 [12]“东阙苍龙西玉虎”二句：言晋阳宫阙高大壮丽。中国古代风水学中青龙主东方，白虎主西方，因以苍龙、玉虎为宫阙屋脊上的雕饰物。阙，突出于城门、宫门两侧的高楼。金雀，金凤。班固《两都赋》：“上觚棱而栖金爵（雀）。”知金雀为宫殿屋脊的装饰物。觚棱，宫殿屋脊。 [13] 鬼役天财：鬼神的制作，上天的材物。形容建筑的精美，工程的浩大。财，通“材”。 [14] 争教一炬成焦土：《宋史 · 太宗本纪》载，太平兴国四年五月占领太原，以榆次县为新并州，筑新城，尽徙太原余民于新城，遣使督之。既出，即命纵火。 [15]“至今父老哭向天”二句：《宋史 · 太祖本纪》载，开宝二年（969），宋军水注晋阳不克，“命兵士迁河东民万户于山东”。开宝九年（976），党进败北汉军于太原城北，命忻、代行营都监郭进迁山后诸州民。 [16]“南人鬼巫好禨（jī）祥”二句：谓南人迷信鬼神巫师，相信阴阳家所说的吉凶预兆，役使万民毁城断山，破坏风水。《列子 · 说符》：“楚人鬼而越人禨。”禨祥，原指祈禳求福，此指风水之吉凶。 [17]“官街十字改丁字”二句：宋人为了截断龙脉，筑新城时把路建成“丁”字形。丁，与“钉”谐音，寓意钉破晋阳龙城的风水。渠，指北宋。

总评：小松：“起，直从地形入，是长篇当然。此作气格与《秦川图》（指本集卷三《范宽〈秦川图〉》）相似，然输数筹。‘望川亭’二句，佳丽中寓感慨之意，故风咏不浅。‘鬼役天财’四字甚奇，乃万古兴亡所系。”末段不扬，可惜。

[**点评**]

本集卷三十九《故物谱》谓贞祐四年（1216）“予将奉先夫人南渡河，举而付之太原亲旧家”，知诗人避乱南迁路经太原时曾在亲旧家寄存藏书，短暂逗留，诗作于是时。

这首登临怀古诗写吊古伤今的悲慨。诗人从迫使自身背井离乡的现实出发，进而联想到北宋入侵以来广大人民的被迁之苦，把导致灾难的成因归结于晋阳故城被毁，批判的矛头直指北宋最高统治者。诗人从军事、文物、文化等角度对宋廷的野蛮残暴、愚昧无知予以无情鞭挞，特别是站在千百年来生长于此的父老乡亲与祖国的立场上，不分夏夷，对宋朝攻灭沙陀族建立的北汉政权没有视为正义的统一行动，表现出以民为本、超越以汉族政权为本位评判是非的立场，与欧阳修《晋祠》诗所说“顽民尽迁”“祖宗圣功”之完全站在宋朝立场上一味歌功颂德截然不同。这首七古除末二句外，四句一节，节节换韵转意，真是“愈折而意愈深，味愈隽”。

蟾　池 [1]

老蟆食月饱复吐[2]，天公一目频年瞽。
下界新增养蟾户[3]，玉斧谁怜修月苦。
郡国蟾池知几所[4]，碧玉清流水仙府[5]。

首四句：问题在下边，根子在上边，先生真是火眼金睛！

次四句：由皇帝老儿到皇亲国戚、膏粱子弟一锅煮！

“渠家”四句：以此辈为亲信耳目搬弄是非，三人成虎，正人君子明哲保身，道路以目，国将不国矣！

末三句：小人得志、甚嚣尘上之情形可以想见。

总评：小松：“寓意深厚，措词微婉。假月食论近侍之跋扈，切冀君家之留意，犹读陆敬舆（贽）之奏议，真得风人之旨矣。‘小蟾’四句，内官恩宠得意状写出如睹。插‘向来’单句，暗寓将来覆灭之意，垂戒深，收结警语炼逸。”

小蟾徐行腹如鼓[6]，大蟾张颐怒于虎。
渠家眉间有黄乳，膏粱大丁正须汝。
何人敢与月复仇[7]，疾过池头不容语。
向来属私今属官[8]，从今见蟆当好看[9]，
爬沙即上青云端[10]。

[注释]

[1] 蟾池：养蟾蜍的池子。此喻豢养膏粱子弟以待进近侍局之贵戚世家。蟾，蟾蜍，俗称癞蛤蟆。《后汉书·天文志上》“言其时星辰之变”刘昭注引神话传说：羿从西王母处取得不死之药，嫦娥窃取后奔月，变为蟾蜍。此喻近侍局官员。 [2]“老蟆（má）食月饱复吐”二句：言因蟾蜍食月，天公一只眼连年失明，难以洞察秋毫，于是公道不行。老蟆食月，《淮南子·说林训》：“月照天下，蚀于詹诸。”高诱注：“詹诸，月中虾蟆，食月。”天公一目频年瞽，唐卢仝《月蚀诗》有“传闻古老说，蚀月虾蟆精”“皇天要识物，日月乃化生。走天汲汲劳四体，与天作眼行光明。此眼不自保，天公行道何由行”语。 [3]“下界新增养蟾户”二句：谓如今世间又增添了养蟾蜍的专业户，玉斧修月者尽管辛苦也无补于事，令人可怜。玉斧谁怜修月苦，唐段成式《酉阳杂俎》前集卷一《天咫》载，大和中，郑仁本表弟与王秀才游嵩山，迷路，见一人，衣甚洁白，枕一包袱。二人问其所自，其人笑曰：君知月乃七宝合成吗？常有八万二千户修之，予其一。打开包袱，有斧、凿等物，玉屑饭两包。 [4] 郡国：郡和国的并称。汉初兼采封建与郡县制，郡直属中央，国分封诸侯。后世用以泛指地方行政区。 [5] 水仙府：水中神仙的府第。 [6]“小蟾徐行腹如鼓”

以下四句：谓近侍局颐指气使，仗势欺人的奉职、奉御皆属描眉画额的公子哥。刘祁《归潜志》卷七："金朝近习之权甚重，置近侍局于宫中，职虽五品，其要密与宰相等，如旧日中书，故多以贵戚、世家、恩倖者居其职，士大夫不预焉。南渡后，人主尤委任，大抵视宰执台部官皆若外人，而所谓心腹则此局也。其局官以下，所谓奉御、奉职辈，本以传诏旨、供使令，而人主委信，反在士大夫右。故大臣要官往往曲意奉承，或被命出外，帅臣郡守百计馆馈，盖以其亲近易得言也。然此曹皆膏粱子弟，惟以妆饰体样相夸，膏面镊须，鞍马、衣服鲜整，朝夕侍上，迎合谄媚。"膏粱大丁，指富贵人家的子弟。 [7]"何人敢与月复仇"二句：谓人们路经蟾池时疾走躲避，都明哲保身，不敢为恢复月明挺身而出兴利除弊。《金史·抹捻尽忠传》载，平章政事尽忠、参知政事德升上奏近侍局干预政事，宣宗面责之，"未几，德升罢相，尽忠下狱，自是以后，中外蔽隔，以至于亡"。由此可见金末臣僚畏惧近侍避而不言之状况。 [8]向来属私今属官：言膏粱子弟摇身一变为近侍局官员。《晋书·惠帝纪》："帝又尝在华林园，闻虾蟆声，谓左右曰：'此鸣者为官乎，私乎？'或对曰：'在官地为官，在私地为私。'" [9]好看：善视，另眼相看。 [10]爬沙：今忻州俗语指爬行快，用于仕途则有贬义，指向上爬。唐韩愈《月蚀诗效玉川子作》："爬沙脚手钝，谁使汝解缘青冥。"

［点评］

刘祁《归潜志》卷七："南渡之后，近侍之权尤重，盖宣宗喜用其人为耳目以伺察百官，故使其奉御辈采访民间，号'行路御史'。或得一二事即入奏之，上因切责台官漏泄，皆抵罪。又，方面之柄虽委将帅，又差一奉御在军中，号'监战'。每临机制变，多为所牵制。辄遇敌先奔，故其军多丧败。”诗人对金宣宗重用近侍局大搞特务统治切齿痛恨，对奉御监战以致败军丧地更有切肤之痛。此诗初用蟾蜍食月的古老传说略加点染，随即推出新意，从天上转入下界，侧重于食月之蟾，笔锋直指近侍局，讽刺时弊，指斥奸佞，取比贴切；特别是对“膏粱大丁”金玉其外败絮其中之丑态作刻骨镂形、摄神撮魄的刻画，用鲜明、夸张的艺术形象，活灵活现地描绘出此辈充当皇帝耳目、颐指气使、气焰嚣张的情形，堪称一幅色调冷峻、阴森恐怖的漫画。这一针对特定的历史、特定的矛盾，塑造了特殊的艺术形象，在古代文学史上别具一格。诗人深入钩稽金廷南渡后近侍局人员之所以得势之成因，对其后台即皇帝也予以义正词严的批判，这种敢于冒犯纲常的勇气，在古代诗人中较为少见。尤其是诗中尖刻的语言、辛辣的味道、冷嘲热讽玩世不恭的笔调，在古来诗人遵从儒家温柔敦厚诗教“责之愈深，其旨愈婉；怨之愈深，其辞愈缓”的诗作中更是罕见。

天涯山[1]

首四句：先抑后扬，为下文发感慨预埋伏笔。

九州上游推大卤[2]，独恨山形颇椎鲁[3]。
天涯一峰今日看[4]，快似昂头出环堵。

次六句：评议下语猛重，描述妙笔生花。

何年气母此融结[5]，鬼凿神镵未奇古[6]。
八窗玲珑透朝日[7]，洞穴惨淡藏雷雨[8]。

苔花锦石粲可喜[9]，乞与云烟相媚妩。
半空掷下金芙蕖[10]，想得飞来自玄圃[11]。
传闻绝顶更灵异[12]，云是清都群玉府[13]。
五云飞步吾未能[14]，风袂泠泠已轻举。
东州死爱华不注[15]，向在陋邦何足数[16]。
敬亭不着谢宣城[17]，断岸何缘比天姥[18]。
酒船何时朝复暮[19]，倒卷滹沱浣尘土。
唤起山灵撾石鼓[20]，汉女湘妃出歌舞[21]。
诗狂他日笑遗山[22]，饭颗不妨嘲杜甫。

山有石鼓神祠[23]。

［注释］

[1] 天涯山：在今山西原平市东。奇峰并立，状似牙齿，故名天牙山，后演变为今名。因山形峭立，雪花不挂，故有“天涯扫雪”奇誉，为旧崞县八景之一。 [2] 九州上游推大卤（lǔ）：谓古并州位居九州之上游。大卤，古地名。在今山西太原市西南约二十五里。《春秋》昭公元年：“晋荀吴帅师败狄于大卤。”杜预注：“大卤，太原晋阳县（即旧晋阳故城并州治所之地）也。”后借指并州。唐刘禹锡《唐故相国赠司空令狐公集纪》：“始公参大卤记室，以文雄于边。” [3] 椎（chuí）鲁：唐颜师古《匡谬正俗》卷六：“关中俗谓发落头秃为椎。”鲁，笨钝。二字互文，本有朴陋笨钝义。此指山形光秃平缓。 [4]“天涯一峰今日看”二句：谓今日看到天涯山峭壁耸立，如翘首挺出于四周土墙中，在北方的丛山中别具一格，

“半空”六句：奇思横逸，除“飞来”本西湖灵隐寺灵鹫峰自天竺国灵鹫山飞来之说外，余皆出道教典故，多带仙气！

“东州”四句：关于华不注山李白有“绿翠如芙蓉”句，天姥山主峰南有莲花峰，故与天涯山莲花峰来比较。景物因境而胜，因人而名，名不副实，何止于此，先生感慨深矣。

“酒船”四句：美酒佳肴，名山胜水，好不惬意！“倒卷滹沱”，有水漫金山寺之豪情壮思！召唤山灵，驱使神女，有睥睨一世、挥斥八极之气，如此疯狂发飙乃遗山一绝。

总评：小松："'昂头出环堵'句，叙快心妙甚！'八窗'四句，风光绝佳，气格亦雄浑。'五云'二句，恍然如入仙境。落句，谐谑中足见气焰万丈！"

有南方山峰的峻秀之美。快，笨钝的反义词，形容山形峭拔峻秀。环堵，四周土墙。 [5] 气母：元气的本原。古人认为山水万物皆由元气生成。融结：融聚凝结。孙绰《游天台山赋》："融而为川渎，结而为山阜。" [6] 鬼凿神镵（chán）未奇古：谓天涯山峰峦玲珑剔透，纵使鬼神斧凿也难有如此奇巧无雕凿之痕的古朴。鬼凿神镵，犹鬼斧神工。镵，古代铁制的一种刨土工具。 [7] 八窗：形容山峰豁口。 [8] 洞穴：天涯山豁口背后深藏云气，雷雨由此而来。 [9]"苔花锦石粲可喜"二句：斑斑苔藓生长于石上，将山石装饰得色彩鲜明可爱，期望与云烟为伍互动讨人喜欢。 [10] 金芙蕖：荷花的美称。天涯山峰峦形似莲花，又名莲花山。 [11] 玄圃：《水经注》：昆仑山分三级，中曰玄圃。 [12] 传：底本作"傅"，形讹，据李诗本、毛本改。 [13] 清都：天帝所居的宫阙。群玉府：群玉山西王母府第。 [14]"五云飞步吾未能"二句：谓我虽然不能驾御五色彩云飞上天涯山绝顶，但清凉之风吹拂衣袖已觉得有飘飘欲仙之感。五云飞步，北周庾信《道士步虚词》："东明九芝盖，北烛五云车。"倪璠注引《汉武帝内传》："汉武帝好仙道，七月七日夜漏七刻，王母乘云车而至于殿。"泠泠，底本作"冷冷"，据李诗本、毛本改。 [15] 东州：指今山东。死：特，极。华不注：山名，在今山东济南。 [16] 向：如果。陋邦：边远之地。 [17] 敬亭：山名，在安徽宣城宣州区。谢宣城：南齐诗人谢朓曾任宣城太守，故称。其诗有《游敬亭山》。 [18] 断岸：江边绝壁。天姥（mǔ）：山名，在今浙江新昌县东。 [19]"酒船何时朝复暮"二句：意谓何时乘船载酒及美食朝夕观赏天涯山，再让滹沱河水倒卷，把天涯山的尘土洗清，以便尽情漂游其间。酒船，供客人饮酒游乐的船。《晋书·毕卓传》："卓尝谓人曰：'得酒满数百斛船，四时甘味置两头，右手持酒杯，左手持蟹螯，拍浮酒船中，便足了一生矣。'"句用此典。滹沱，即滹沱河，流经天涯山前。 [20] 石鼓：天涯山脚“有石形似鼓，风荡石窍，如闻鼓声”（[乾隆]《崞县志》）。建有石鼓神庙，为县名胜。 [21]汉女湘妃出歌舞：晋张华《游仙》诗：“湘妃咏《涉江》，汉女奏《阳阿》。”汉女，汉水的女神。湘妃，舜二妃娥皇、女英，死后为湘水之神。 [22]“诗狂他日笑遗山”二句：谓将来有飙狂的诗人评论我，像李白嘲笑杜甫那样也无妨。遗山晚年山水诗的风格似李白，身材清瘦似杜甫，故云。唐孟棨《本事诗·高逸》载：李白才逸气高，作诗戏杜甫曰：“饭颗山头逢杜甫，头戴笠子日卓午。借问别来太瘦生，总为从前作诗苦。”盖讥其拘束也。 [23]有：底本作“川”，据李诗本、毛本改。

[点评]

蒙古乃马真后三年（1244）夏，遗山与友人将游崞县、代县诸山，顺路至天涯山时作此诗。

天涯山不同于北方山势的巍峨，近似于南方山势的奇秀。诗人紧扣这一特点，前四句言其挺拔特出，次六句言其玲珑秀丽，“半空”六句谓其仙境下凡，状物穷形尽相，想象丰富奇特。后十句因物兴感，气势奔放，意味深长。山东人特爱华不注山，是因李白“昔我游齐都，登华不注峰。兹山何峻秀，绿翠如芙蓉”诗而驰名，假如它处于偏远无人光顾之地就微不足道了；敬亭山假如没有谢朓写诗歌颂，它的名气怎能与陡峭峻秀的天姥山比并？这些名山只是沾了名人的光，其本身名不副实。同理，西晋左思《咏史》其二“郁郁涧底松，离离山上苗。以彼径寸茎，荫此百尺条”，强调所处地位高低的决定性作用，遗山《读〈汉书〉》（卷十四）“室方隆栋非难构，水到颓波岂易回。丰沛帝乡多将相，莫从兴运论人材”，强调时代形势君臣际遇的关键作用。由此可知，本诗此处既为故乡之山未能因人而名抱打不平，也有作者自己空有才学、壮志难酬的悲慨。正因如此，他遂效仿李白《江夏赠韦南陵冰》“我且为君捶碎黄鹤楼，君亦为吾倒却鹦鹉洲”之以醉后狂语发泄怨愤，故有“酒船何时朝复暮，倒卷滹沱浣尘土”的奇思异想了。

刘时举节制云南[1]

首四句：突出多民族中国理念的认同，赞扬蒙古不畏山高路远而大一统之举。此“汉家”非指汉族，与“中国”“中夏”“中华”的含义基本相同。

次四句：凸显刘氏勇于进取的威猛之气。

末二句：期待刘氏多些劝化的仁爱之心。损有余，补不足，恩威兼顾。诗人用心良苦！

云南山高去天尺[2]，汉家弦声雷破壁[3]。
九州之外更九州[4]，海色澄清映南极[5]。
幽并豪侠喜功名，咄嗟顾盼风云生[6]。
今年肘后印如斗[7]，过眼已觉乌蛮平[8]。
谕蜀相如今老矣[9]，不妨铜柱有新名。

［注释］

[1] 刘时举：疑即刘时中。《元史・世祖本纪》载，蒙古宪宗三年（1253）十二月克大理，留大将兀良合台戍守，以刘时中为宣抚使，与段氏同安辑大理，遂班师。节制：管辖。云南：蜀汉时置云南郡，五代时段氏建都大理，其国辖今云南全省和贵州、广西、四川部分及缅甸、老挝邻近之地。 [2] 云南山高去天尺：形容山极高。［雍正］《陕西通志》引梁清宽《贾大司马修栈歌》：“君不见，栈道高去天尺五，马尽缩足人咸伛。” [3] 汉家：指蒙

古军。雷破壁：唐张彦远《历代名画记》记载，张僧繇画金陵安乐寺四白龙不点眼睛，说点睛即飞去。人以为妄诞，执意让他点之。须臾，疾雷破壁，被点睛的两龙腾天。句用此典形容蒙古军的声威。 [4] 九州之外更九州：《书・禹贡》分中国为九州。战国时邹衍称中国为赤县神州，谓“中国外如赤县神州者九，乃所谓九州也”，此谓大九州。见《史记・孟子荀卿列传》。 [5] 海色澄清映南极：化用苏轼《六月二十日夜渡海》“云散月明谁点缀，天容海色本澄清”，有统一云南，使其重见天日之意。 [6] 咄嗟顾盼风云生：状刘氏威猛有龙虎之声势。咄嗟，呵叱。顾盼，环视。 [7] 今年肘后印如斗：《晋书・周𫖮传》：“𫖮不与言，顾左右曰：‘今年杀诸贼奴，取金印如斗大系肘。’”肘后，指随身携带。 [8] 过眼已觉乌蛮平：《元史・兀良合台传》：“宪宗即位之明年，世祖以皇弟总兵讨西南夷乌蛮、白蛮、鬼蛮诸国。”过眼，喻迅疾短暂。乌蛮，大理国主要民族之一，大多居东部，时尚未下。 [9] “谕蜀相如今老矣”二句：谓自己也有像司马相如那样替皇帝拟旨安抚西南夷的想法，可惜年已老迈，无法成行，故期待刘时举实现此意愿，留新名于铜柱。谕蜀相如，《史记・司马相如传》载相如奉旨作《喻告巴蜀檄》，以“陛下即位，存抚天下，辑安中国”安抚西南夷。铜柱，铜制的作为边界标志的界桩，后汉马援平定西南交趾时立。《后汉书・马援传》“峤南悉平”李贤注引《广州记》：“援到交阯，立铜柱，为汉之极界也。”

［点评］

诗作于蒙古宪宗三年（1253）。元苏天爵《元朝名臣事略》卷八《左丞姚文献公》载，忽必烈受命征大理，姚枢“陈宋祖遣曹彬取南唐，敕无效潘美伐蜀嗜杀。及克金陵，未尝戮一人，市不易肆，以其主归。明日早行，上据鞍呼曰：‘汝昨所言曹彬不杀者，吾能为之，吾能为之。’公马上贺曰：‘圣人之心，仁明如此。生民有幸，国之福也。’”《元史·姚枢传》载，忽必烈克大理，以高祥拒降，且杀使者，怒欲屠其城。姚枢等竭力谏止。姚“裂帛为旗，书止杀之令，分号街陌。由是民得相完保”。忽必烈并未因所派劝降使被杀就像三弟旭烈兀率军征西亚那样依蒙古旧例大肆屠城，而是听从了儒士的建议以止杀令全军，故而诗人认同蒙古为“汉家”，预料大理未下之“乌蛮”会顺应王师望风而降，将忽必烈率军攻占云南视为中华大一统的正当正义行为予以歌颂。这也是当时中原杰出文士的共识。李俊民《赠张仲一》“丹凤衔书下九霄，山城和气动民谣。……万里江山归一统，百年人事见清朝”，即热情歌颂忽必烈大一统的丰功伟绩。在中国进入十三世纪后半叶初期之际，中原领袖元好问明察秋毫，高瞻远瞩，在这首诗中顺势大声疾呼，表明了“九州之外更九州”的中国疆域观、尊重民生以王道定正统的中华一统观及“汉者，公天下之言也”（赵秉文《蜀汉正名论》）之夏夷皆可主政的中华民族平等观。

卷五　杂言七首

此日不足惜

此日不足惜，此酒不可无。
颇怪昌黎公[1]，亦复为世儒。
天生至神物[2]，与人作华胥。
一酌舌本强[3]，二酌燥吻濡[4]。
三酌动高兴[5]，四酌色敷腴[6]。
连绵五六酌，枯肠润如酥。
眼花耳热后[7]，万物寄一壶。
十酌未渠央[8]，百觚亦奚拘[9]。
人生一世间[10]，忽若过隙驹。
有酒不解饮[11]，问君谁与娱？
君不见，东家骑鲸李[12]，胆满六尺躯。
万言黄石策[13]，八阵夔州图。
酒酣起舞不称意，长吁青云指夷吾[14]。

首四句：先亮观点，惊世骇俗。

“天生”十六句：与唐卢仝《七碗茶》近似，铺陈排比，以酣畅淋漓之语极言美酒之妙，有顾恺之倒吃甘蔗渐入佳境之口舌美感。

“君不见”至“怜君愚”：以时人为证，具体真切，说服力强；说事取材典型，铺张扬厉，辞气雄肆，此亦韩欧碑志“文称其人”之心法。

又不见，西家紫髯郎[15]，老气雄万夫。
狂歌饮燕市[16]，击筑声呜呜。
倚天长剑插少室[17]，颇欲四海皆东湖[18]。
鹰扬虎视今焉如[19]，河山永隔黄公垆。
衔杯直待秋井塌[20]，青苔白骨怜君愚。
少年觅计生白须[21]，扪参历井无危途[22]，
荣不满睫良区区[23]。
就令一朝便得八州督[24]，争似高吟大醉穷朝晡[25]。
余名安得润枯骨[26]，四十岂不知头颅。
此日不足惜，此酒不可无。
太虚为室月为烛[27]，醉倒不用春风扶。

"少年"五句：反面例证，泛泛之谈，并不空泛。

总评：这是一时气极激愤的话，敢于反驳大儒之说，并将偏激的观点说得言之成理、头头是道，确实不易。

小松："一酌二酌，逐次入佳。如是和畅之妙，未经人道。""畏首畏尾惴惴者，盖一诵'鹰扬'四句，不恢宏其气？""'少年'单句以结上起下，此句接不可缺。""末段，磊落之状写得快绝，丈夫不可无此襟怀。"

[**注释**]

[1]"颇怪昌黎公"二句：针对韩愈《此日足可惜赠张籍》"此日足可惜，此酒不足尝"诗句而发。昌黎公，韩愈郡望为昌黎，故称。世儒，举世闻名的儒师。[2]"天生至神物"二句：合观《饮酒五首》"独余醉乡地，中有羲皇淳。圣教难为功，乃见酒力神"，言酒能把人带入上古时期真诚朴实民风淳厚的境地。华胥，寓言中的理想国。《列子·黄帝》言黄帝梦游华胥氏之国，其国无帅长，民风自然古朴。[3]一酌：饮一杯。酌，酒杯。舌本强：语本《晋书·殷仲堪传》："每云三日不读《道德论》，便觉舌本间强。"本指舌头说话僵直不清。此就舌头的辨味感觉言，形容初尝酒后味

道特别强烈的感觉。强，底本作“疆”，形讹。据李诗本、毛本改。　[4] 燥吻濡：苏轼《次韵袁公济谢芎椒》：“燥吻时时著酒濡，要令卧疾致文殊。”燥吻，干燥的嘴唇。濡，湿润。　[5] 高兴：高雅的兴致。　[6] 色敷腴：容光焕发。　[7]“眼花耳热后”二句：李白《侠客行》：“眼花耳热后，意气素霓生。”眼花耳热，眼睛昏花，耳朵燥热。多形容酒酣兴高的感觉。万物寄一壶，见《后饮酒五首》诗注。　[8] 十酌未渠央：意谓仓促中断未能尽兴，有所不甘难忍。未渠央，亦作“未遽央”，未能立即停止。宋张孝祥《水调歌头·泛湘江》：“莫遣儿辈觉，此乐未渠央。”　[9] 觚（gū）：大酒杯。奚：何。　[10]“人生一世间”二句：《庄子·知北游》：“人生天地之间，若白驹之过郤（隙）。”极言人生短暂。隙，缝隙。驹，喻日光。　[11]“有酒不解饮”二句：谓有酒不喝，哪还有什么欢娱呢？　[12] 骑鲸李：李白自称骑鲸客，以骑鲸游海上表示豪迈。此指李纯甫。他是金末文坛尚奇派领袖，有“宏杰之士”之誉，也像李白一样狂傲不羁，招致非议，被朝廷所弃，纵酒自放，卒死于酒。　[13]“万言黄石策”二句：言李纯甫献策朝廷，其谋略可比黄石公和诸葛亮。万言黄石策，李纯甫在泰和年间金兵攻南宋时两上书策其胜负，被金章宗赏识，给送军中。黄石，秦时隐士，授张良《太公兵法》，遂以为王者师。八阵夔（kuí）州图，诸葛亮曾在夔州（今重庆奉节）布八阵图练兵。　[14] 长吁（xū）青云指夷吾：意谓长叹空有青云壮志而未能像管仲那样为人所识。夷吾，管仲之名，赖友鲍叔牙相知推荐，佐齐桓公为霸主。曾言：“生我者父母，知我者鲍子也。”　[15] 紫髯郎：以孙权气概喻张伯玉。张与李纯甫交密，性格也类似。刘祁《归潜志》卷二谓其“有俊才，美丰姿，髯齐于腹”，“尚气任侠”，“尝衣紫绮裘，半醉坐堂上，人望之如神”。　[16]“狂歌饮燕市”二句：《史记·刺客列传》：“荆轲既至燕，爱燕之狗屠及善击筑者高渐离。荆轲嗜酒，日与狗屠及高渐离饮于燕市，酒酣以往，高渐离击筑，荆轲和而歌于市中，相乐也，已而相泣，旁若无人者。”《归潜志》载张伯玉诗：“日日饮燕市，人人识张胡。”《中州集》丁集第四李纯甫《送李经》诗有“髯张元是人中雄”“纵饮高歌燕市中”语。筑，古乐器，击之以和歌。 [17] 倚天长剑：《古文苑·宋玉〈大言赋〉》：“方地为车，圆天为盖，长剑耿耿倚天外。”卷三《范宽秦川图》有“紫髯落落西溪君，长剑倚天冠切云”句，形容张伯玉伟岸自信的英雄气概。少室：嵩山西峰。 [18] 东湖：本集卷四《东湖次及之韵》用韩愈《奉和虢州刘给事使君三堂新题二十一韵》典，指虢州（今河南灵宝）之东湖。诗有“竹溪、花岛要君诗，醉墨几番枯研滴”，按此，句有欲变四海之水为酒，以供豪饮赋诗之意，与前选《饮酒五首》“谁能酿沧海，尽醉区中民”兴致近似。 [19]“鹰扬虎视今焉如”二句：意谓威武勇猛的李、张二人今已去世，阴阳永隔空使人伤感。黄公垆，晋王戎与阮籍、嵇康曾饮于黄公酒垆，后阮、嵇亡，戎再过此店，为之伤感。后人遂用为伤逝忆旧之辞。 [20]“衔杯直待秋井塌”二句：化用杜甫《苏端薛复筵简薛华醉歌》“忽忆雨时秋井塌，古人白骨生苍苔，如何不饮令心哀”诗意，谓李、张二人“今朝有酒今朝醉”，卒以乐死，今虽已白骨生青苔，其愚可爱。秋井，陵墓。 [21] 少年觅计生白须：谓少年为生计发愁而未老先衰。觅计，寻求生计。 [22] 扪参（mén shēn）历井无危途：李白《蜀道难》有“扪参历井仰胁息，以手抚膺坐长叹”句，极言蜀道之高险。参、井皆星宿名，由秦入蜀之地属其分野。句反其意而用之，谓少年为生计无所畏惧。 [23] 睫（jié）：眼睑上下边缘的细毛。良区区：太微小。 [24] 八州督：晋陶侃曾任都督荆江雍梁交广益宁八州诸军事，位极人臣。督，都督，东晋时军事长官，由权重者任之。 [25] 穷朝晡（zhāo bū）：从辰时到申时，意为终日。 [26]“余名安得润枯骨”二句：意为身死余名与枯骨无关，年近四十，人生基本定型，已知自己的前景命运了。苏轼《送段屯田分得于字》：“四十岂不知头颅。”王十朋注引南朝陶弘景与从兄书云：昔仕宦，期四十左右作尚书郎，即弃仕归隐。今三十六，才做到奉朝请的小官。头颅可知，不如早去。 [27]太虚为室月为烛：《新唐书·张志和传》：“陆羽常问：‘孰为往来者？’（张）对曰：‘太虚为室，明月为烛，与四海诸公共处，未尝少别也，何有往来？’”太虚，宇宙。

［点评］

按“四十岂不知头颅”之典故出处，诗当遗山三十六七岁闲居嵩山时作，其纵酒自放的情致，也与该时期所作前后饮酒五首相同。“少日漫思为世用，中年直欲伴僧闲”（卷八《出山》），这是遗山隐居嵩山时的心情，可以想见其中有多少无奈不甘。这种郁勃之气如骨鲠在喉不吐不快，有时矫枉过正，不避偏激，此诗即这种情绪极端化下的产物。诗前四句先用重叠句反复急促地申述自己的观点，再批驳大儒成说，从而引发读者对其奇谈怪论何以能言之成理的关注。下十六句排比铺陈，以自己的亲身体验现身说法，极言饮酒之妙趣作用；再下十八句举李纯甫、张伯玉事来证明己说之不误；“少年”以下五句从反面假设刻意功名而不得高吟大醉之谬；末六句回扣主旨，再次用重叠句申明自己及时行乐的人生观。末二改长句，为酒后狂语，让人联想到辛弃疾《西江月》（醉里且贪欢笑）“昨夜松边醉倒，问松：‘我醉何如？’只疑松动要来扶，以手推松曰：‘去！’”的醉态来。

全诗直抒胸臆，笔势纵放，汪洋恣肆，充满疾愤之气，这是才人志士在不合理的社会现实中虚度岁月壮志难酬的苦闷所致。

诗题注“甲午岁”有误。按“阳平”句及本集卷七《续阳平十爱》诗末自注“杏园，指纪子正家园为言”，诗作于冠氏。遗山癸巳夏五月羁管聊城，乙未春正月已至冠氏（本集卷八《乙未正月九日立春》“十度新正九处家”及之），本集卷十二《聊城寒食》唯当作于甲午。诗有“城外杏园人去尽，煮茶声里独支颐”句，与本诗不仅地点不同，心境兴致也大有区别，绝非同年之作。集中有多处诗题注有误或自相矛盾，不可尽信。诗应为蒙古太宗七年乙未（1235）在冠氏作。

纪子正杏园燕集　甲午岁

纪翁种杏城西垠[1]，千株万株红艳新。
今年寒食好天色，晓气郁郁含芳津[2]。
天公自爱此花好，朝熏暮染烦花神。
融霞晕雪一倾倒[3]，非烟非雾非卿云[4]。
未开何所似？乳儿粉妆深绛唇。
能啼能笑痴复骙[5]，画出百子元非真[6]。
半开何所似？里中处女东家邻[7]。
阳和入骨春思动[8]，欲语不语时轻颦。
就中烂熳尤更好[9]，五家合队虢与秦。
曲江江头看车马[10]，十里罗绮争红尘。
阳平一邑多诗豪[11]，主人买酒邀众宾。
花时有成约[12]，恨少杨子张吾军[13]。
落花着衣红缤纷，四坐惨淡伤精魂[14]。
花开花落十日耳，对花不饮花应嗔[15]。

爱花常苦得花晚，争教行乐无闲身。

芳苞一破不更合[16]，且看锦树烘残春[17]。

首八句：雅人、盛事、美景、佳节、良辰并具。酝酿渲染，笔挟仙气；神思发酵，空际翻转，才人能事！

“未开”十二句：状容穷形尽相，传神探幽抉微。美女眉目传情之喻尤为精彩！如此着力铺排描述杏花，古今罕见！下选《杏花杂诗十三首》之“杏花墙外一枝横，半面宫妆出晓晴。看尽春风不回首，宝儿元自太憨生”，与此喻意相似。

“阳平”十二句：写“燕集”，力主及时行乐，不免消极低沉，打上遗民心态的时代烙印。

［注释］

[1] 纪翁：即诗题中之纪子正。其杏园在今山东冠县城西，本集卷九《别冠氏诸人》“西城红艳杏园春”即指此，可合观。垠(yín)：边际。 [2] 晓气：清晨的雾气。郁郁：浓厚貌。芳津：芳液，芳味。 [3] 融霞：融化彩霞。晕雪：涂抹白雪。一倾倒：十分爱慕。 [4] 非烟非雾非卿云：《史记·天官书》：“若烟非烟，若云非云；郁郁纷纷，萧索轮囷，是谓卿云。”卿云，亦作“庆云”，古人以为祥瑞。 [5] 骙(ái)：愚，呆。 [6] 百子：百子图，画花百朵以祝愿子孙众多之图。辛弃疾《鹧鸪天·祝良显家牡丹一本百朵》：“恰如翠幕高堂上，来看红衫百子图。” [7] 东家邻：含情脉脉的多情美女。宋玉《登徒子好色赋》言，登徒子在楚王面前说宋玉好色。宋玉否认，说：“天下之佳人，莫若楚国。楚国之丽者，莫若臣里。臣里之美者，莫若臣东家之子。……然此女登墙窥臣三年，至今未许也。” [8] “阳和入骨春思动”二句：形容半开杏花像情窦初开的少女一样满面春风，欲说还休，暗送秋波。阳和，春日的暖气。颦(pín)，皱眉。 [9] “就中烂熳尤更好”以下二句：形容杏花盛开，簇簇拥挤，阵容浩大。语本杜甫《丽人行》：“三月三日天气新，长安水边多丽人。”“就中云幕椒房亲，赐名大国虢与秦。”五家合队，《旧唐书·杨贵妃传》：“玄宗每年十月幸华清宫，国忠姊妹五家扈从，每家为一队，著一色衣，五家合队，照映如百花之焕发。”虢(guó)与秦，杨贵妃三姊虢国夫人与八姊秦国夫人。 [10] 曲江：曲江池，游赏胜地，在今陕西西安市东南。 [11] 阳平一邑多诗豪：按卷九《别冠氏诸人》“东舍茶浑酒味新，西城红艳杏园春。衣冠会集今为盛，里社追随分更亲”，“多

总评：小松："'烦花神'三字奇，高启《梅花》诗'几看疏影低徊处，只道花神夜出游'。""'何所似'连下，波澜逸宕，句便不平弱。'阳和'二句，杏花含露处写来何等妙绝！觉脉脉逼真。'花开'四句，爱惜低徊。'芳苞一破'，更入恋恋之情，欲泣花神。"

诗豪"指羁管于冠氏的亡金士大夫，参见卷三十七《送李辅之之官济南序》"诸公从衎圣孔公（元措）赋诗赠别"。阳平，冠氏县为汉馆陶县地，魏置阳平郡。故遗山屡称冠氏为阳平。［12］花时：毛本下有"此游"二字。［13］杨子：杨奂，陕西学者，有"关西夫子"之誉。金亡北渡，冠氏帅赵天锡待以师友礼。张吾军：壮大吾军（游园人士）的声势。［14］坐：座。惨淡：凄凉悲惨。精魂：精神魂魄。［15］嗔（chēn）：生气。［16］芳苞：花蕾。［17］烘：渲染。

［点评］

甲午年寒食节，遗山在聊城寓所孤寂中度过。乙未年（1235）正月遗山移居冠氏后，得到冠氏帅赵天锡的照顾，心境好转。寒食节杏花盛开，杏园主人纪子正买酒邀请寓居冠氏的亡金士大夫及当地文人赏花赋诗。按本集卷十二《冠氏赵庄赋杏花四首》"闻道纪园千树锦，一尊犹及醉清明"，诗人曾蒙预邀，且拟届时赴约，自然会运思酝酿，大显身手。合观《续阳平十爱》"我爱阳平酒，兵厨酿法新。百金难著价，一盏即醺人。色笑榴华重，香兼竹叶醇。为君留故事，唤作杏园春"及自注（见旁批），知纪子正"买酒邀众宾"，嗜酒如命的遗山异常兴奋，即兴将兵厨酒命名为"杏园春"，从而"为君留故事"，使之成为后世流传的佳话，其热情洋溢的情形可知。此诗描述纪氏杏园盛况，激情四射，铺陈排比，酣畅淋漓，很像宿构。诗前八句概述"纪子正杏园"的地理位置与杏树的繁华似锦，末十二句扣"燕集"写高朋满座，赏花惜花，中十二句用笔最重亦最为精彩。诗人用吃奶幼儿比含苞欲放的蓓蕾，既描绘出柔嫩深红的形色，更强调其哭笑痴呆的神情；继用妙龄美女比半开花朵，突出其少女怀春、欲言又止、眉目传情的娇羞矜持；对盛开的杏花则以衣容光鲜体态丰腴的贵妇人作比，着眼于场面描写，凸显其簇簇拥拥、争奇斗艳、寄望恩宠的性格特征。全诗层层渲染，想象丰富，意象新奇，语言华美，是诗人心境由阴转晴之后的一次激情大释放。

王黄华墨竹[1] 为郭辅之赋

古来画竹尊右丞[2]，东坡敛袂不敢评[3]。
开元石本出摹写[4]，燕市骏骨留空名。
亦有文湖州[5]，画意不画形。
一为坡所赏[6]，四海知有筼筜亭。
深衣幅巾老明经[7]，老死不敢言纵横。
岂知辽江一派最后出[8]，运斤成风刃发硎[9]。
雪溪仙人诗骨清[10]，画笔尚余诗典刑。
月中看竹写秋影，清镜平明白发生。
娟娟略似萱草咏[11]，落落不减丛台行[12]。
千枝万叶何许来，但见醉帖字欹倾。
君不见，忠恕大篆草书法[13]，赵生怒虎噀墨成[14]。
至人技进不名技[15]，游戏亦复通真灵[16]。

“雪溪”四句：查慎行：“入题取径自别。”

“至人”句：遗山的这一诗作理念也见于本集卷三十七《陶然集诗序》：“子美夔州以后，乐天香山以后，东坡海南以后，皆不烦绳削而自合，非技进于道者能之乎？诗家所以异于方外者，渠辈谈道，不在文字，不离文字。诗家圣处，不离文字，不在文字。唐贤所谓‘情性之外，不知有文字’云耳。”

“游戏”句：本集《郭熙溪山秋晚二首》“烟中草木水中山，笔到天机意态闲。九十仙翁自游戏，不应辛苦作荆关”，亦指出“游戏”与“天机”（即真灵）的内在联系。这是诗人对诗画创作理论的贡献。

百年文章公主盟[17]，屏山见之跽且擎[18]。
声光旧塞天壤破[19]，议论今着儿曹轻[20]。
有物于此鸣不平，悲耶啸耶谁汝令。
只恐破窗风雨夜，怒随雷电上青冥[21]。

"声光"六句：查慎行评："意不在赞画，只代写不平之气耳，而墨竹生动之态自在。"

总评：小松："将写辽江一派之画法，先从右丞着笔，反振法。'岂知'二句，承上起下，点本题，转折甚妙！""'雪溪'四句自诗仙并入画，描出月中之竹影，参差欲动。""'至人'二句，从昌黎（韩愈）文法得来。""'声光'以下，借墨竹淋漓之笔，吐平生之奇气。落句反映极有力。"

[**注释**]

[1] 王黄华：王庭筠，字子端，盖州熊岳（今辽宁盖州）人。曾隐居河南林州黄华山，自号黄华山主。王在金中期文名甚著，诗、书、画皆精，书画学宋米芾，"墨竹殆天机所到，文湖州已下不论也"（《中州集》丙集第三）。郭辅之，彰德（今河南安阳）人。施国祁注引《彰德志》："金郭辅之得邺南城注雨瓦筒，以之支琴，王庭筠为之赋诗。" [2] 右丞：盛唐诗人兼画家王维，官尚书右丞，世称王右丞。其画偏重神似，开文人画之先河。 [3] 东坡敛袂（mèi）不敢评：苏轼《王维吴道子画》："门前两丛竹，雪节贯霜根。交柯乱叶动无数，一一皆可寻其源。吴生虽妙绝，犹以画工论。摩诘得之于象外，有如仙翮谢笼樊。吾观二子皆神俊，又于维也敛衽无间言。"苏轼论画重神似，故特别推重王维。东坡，苏轼号。敛袂，整饬衣袖，行礼拜揖的准备动作。 [4]"开元石本出摹写"二句：以书喻画，针对重形似的画派而言。开元石本，清倪涛《六艺之一录》卷一四八："尝见开元石本，褚河南（褚遂良）临本。……其后模者日益，楷而小，非复故步矣。"开元，唐玄宗年号。石本，石刻的拓本。燕市骏骨留空名，用燕昭王千金买骏骨典，谓开元石本摹写呆板无神，空有其名。 [5]"亦有文湖州"二句：谓文同的画摆脱形似派画家的局限，向文人画重神似重意味的方向迈进。文湖州，北宋画家文同，守湖州，故称。 [6]"一为坡所赏"二句：文同守洋州时，曾在筼筜谷建筼筜亭，朝夕游处，画竹愈工。苏轼也主"论画以形

似，见与儿童邻”（《书鄢陵王主簿所画折枝二首》），其《文与可画筼筜谷偃竹记》对文同画竹赞赏备至。［7］“深衣幅巾老明经”二句：以死啃经书的儒生喻循规蹈矩严守重形似之传统派画者，谓其不敢越雷池半步，缺乏创新精神。北宋宫廷画院是此派的典型代表。深衣，上衣、下衣相连缀的一种服装，为古代诸侯、大夫、士家居时常穿的衣服。幅巾，古代男子以全幅细绢裹头的头巾。明经，通晓经术。汉代以明经射策取士，隋唐设经义科。［8］辽江一派：按本集《东丹骑射》（卷十四）、《右丞文献公着色鹿图》（卷十三），知辽太宗之兄东丹王及其后裔耶律履等皆会画，王庭筠为熊岳人，“辽江一派”盖指此。［9］运斤成风刃发硎：喻才思敏捷，技艺娴熟。运斤成风，《庄子·徐无鬼》说，楚国郢人的鼻尖上有白灰，若蝇翼，让匠石削之。匠石运斧成风，砍掉白灰而鼻不伤。刃发硎，《庄子·养生主》：“今臣之刀十九年矣，所解数千牛矣，而刀刃若新发于硎。”硎，磨刀石。［10］“雪溪仙人诗骨清”二句：谓王氏有诗人的气质，且能本着“诗画本一律”的理念，将其诗的风骨气韵融入画中。雪溪，王庭筠号。诗骨清，诗歌风骨清美。典刑，旧法，常规。［11］娟娟略似萱草咏：谓王氏墨竹之叶细长弯曲，像其《狱中赋萱》中的金针叶一样委屈悲伤如泣如诉。娟娟，长曲貌。萱草咏，《中州集》丙集第三王庭筠《狱中赋萱》：“沙麓百战场，舄卤不敏树。况复幽圄中，万古结愁雾。寸根不择地，于此生意具。……晚雨沾濡之，向我泫如诉。忘忧定漫说，相对清泪雨。”萱草，俗称金针菜。［12］落落不减丛台行：谓王氏墨竹又寄寓其桀骜不逊之气。落落，形容孤高，与人难合。丛台行，王庭筠诗作，《中州集》未收。王若虚《滹南诗话》卷三引王庭筠《丛台》绝句：“猛拍栏杆问废兴，野花啼鸟不应人。”丛台，战国时赵国筑，在今河北邯郸城内。数台相连，故名。［13］忠恕：郭忠恕，后周洛阳人。能属文，工篆隶，而楷法尤精。［14］赵生怒虎噀（xùn）墨成：元王恽《玉堂嘉话》卷三载，赵邈龊《噀墨虎》，至两目夹镜，睛随人转。赵邈龊，也称赵邈龊，宋代画家。亡其名，朴野不事修饰，故人以邈龊称。见《宣和画谱》。噀，含在口中而喷出。 [15] 至人技进不名技：典出《庄子·养生主》："庖丁释刀对曰：'臣之所好者道也，进乎技矣。'"谓技艺进入出神入化境地的艺术家能随心所欲而不逾矩，就不用再刻意于技术了。 [16] 游戏亦复通真灵：谓游戏式的创作心态使其天赋灵机和艺术个性注入作品当中。 [17] 百年文章公主盟：《金史·王庭筠传》："从游者如韩温甫、路元亨、张进卿、李公度，其荐引者如赵秉文、冯璧、李纯甫，皆一时名士。"《金史·文艺传赞》："王庭筠、党怀英、元好问自足知名异代。" [18] 屏山见之跽（jì）且擎（qíng）：刘祁《归潜志》卷十："李屏山于前辈中止推王子端庭筠，尝曰：'东坡变而山谷，山谷变而黄华，人难及也。'"屏山，金末文坛领袖李纯甫之号。跽，双膝着地，上身挺直。擎，举。 [19] 声光旧塞天壤破：本集卷十六《王黄华墓碑》："冯内翰（璧）挽章云：'诗名摩诘画绝世，人品右军书入神。'人以为实录云。" [20] 议论今着儿曹轻：刘因《静修集》卷十二《书王子端草书后》："'子端振衣起辽海，后学一变争奇新。黄山惊叹竹溪泣，钟鼎骚雅潜精神'，默翁语也。"言章宗时王庭筠引领诗坛，文学家赵沨与党怀英对其新变的诗风十分不满。其后赵秉文、王若虚等对王也颇有微词。 [21] 怒随雷电上青冥：用"画龙点睛"典。

[点评]

诗当作于蒙古定宗元年（1246）诗人自东平返乡路经彰德时。元好问不仅是一流诗人，其书法也有很高的造诣。按其《题樗轩九歌遗音大字后》（卷四十）"胙国公诗笔圆美，字画清健。……予意公画亦必入品，而世未尝见。盖诗与画同源，岂有工于彼而不工于此者"，他对绘画也兼通。

本诗着眼于王庭筠的画、诗、书与其个性人品的内在联系，对当时的相关争议发表见解：一是在重形似、神似方面，肯定苏轼等文人画之“画意不画形”；二是肯定诗、画、书的互通互动、优势互补；三是“至人技进不名技”，它整合了金末李纯甫主“师心”与赵秉文主“师古”，主张艺术造诣炉火纯青后之“情性之外，不知有文字”；四是将“游戏”视为艺术家在艺术创作中应有的态度，主张摆脱一切束缚，真正表现其艺术活动的审美本质，并且与天赋灵机人品个性沟通，形成因果联系，使之成为展示艺术家自由思想与个性襟怀的重要途径，末四句即用“画龙点睛”典喻其墨竹中的桀骜不平之气；五是对王庭筠的争议，党怀英、赵秉文、王若虚等原宋文化圈人多非议，而以李纯甫为首的原辽文化圈人则力挺之，元氏对此分辨是非，旗帜鲜明；六是“辽江一派”，这一命题未见他人提及，说明他重视辽文化圈的艺术成就，没有宋文化圈贵己贱彼的优越感，郝经《祭遗山先生文》谓其“收有金百年之元气，著衣冠一代之典刑”，正是从这些方面着眼的。刘因《书王子端草书后》还引此诗中“百年”四句，并对庞铸（自号“默翁”，见《中州集》戊集第五小传）与遗山这两种冰火不容的评价对举，提出一个有争议的诗学议题，值得关注。

泛舟大明湖　待杜子不至[1]

长白山前绣江水[2]，展放荷花三十里。

看山水底山更佳，一堆苍烟收不起。
山从阳丘西来青一湾[3]，天公掷下半玉环。
大明湖上一杯酒，昨日绣江眉睫间[4]。
晚凉一棹东城渡[5]，水暗荷深若无路。
江妃不惜水芝香[6]，狼藉秋风与秋露。
兰襟郁郁散芳泽[7]，罗袜盈盈见微步。
晚晴一赋画不成[8]，枉着风标夸白鹭。
我时骖鸾追散仙[9]，但见金支翠葆相后先。
眼花耳热不称意[10]，高唱吴歌叩两舷[11]。
唤取樊川摇醉笔[12]，风流聊与付他年。

“水暗荷深”：荡船秋荷中的传神之笔。

“江妃”四句：怜香惜玉，虚处传神！

“我时”四句：披头散发、醉眼惺忪之态尽出，风流不减竹林七贤。

总评：陶玉禾：“诗人之赋丽以则。”小松：“起势飘逸。直从长白山入湖光，遥写仙葩亭亭，映水云来，笔致伟丽。‘日照新妆水底明，风飘香袂空中举’，此谪仙《采莲曲》。此诗‘看山水底’盖本兹。‘兰襟’二句从‘江妃’一转入，风神着想敻别。‘我时’以下，竟拟唤樊川共摇醉笔，何等卓落！”

[注释]

[1] 大明湖：在山东济南旧城北部，由珍珠泉、芙蓉泉等汇成，有“四面荷花三面柳，一城山色半城湖”之美誉。本集卷三十四《济南行记》：“初至齐河，约杜仲梁俱东。……泛大明，待杜子，不至。”杜子：杜仁杰，字仲梁，元代著名散曲家，济南长清区人。 [2] 长白山：在山东章丘市东北，因山中云气常白而得名。绣江：发源于长白山，与大明湖相通。 [3]“山从阳丘西来青一湾”二句：谓长白山从阳丘向西呈半圆形走势，绣江随顺山势走向延伸，像天公扔下的半个玉环。阳丘，旧县名，故城在章丘东南侧。 [4] 昨日绣江眉睫间：卷三十四《济南行记》：“泛大明湖者再，遂东入水栅。栅之水名绣江，发源长白山下，周围三四十里。府参佐张子钧、张飞卿觞予绣江亭，漾舟荷花中十余里。乐府皆京国之旧，剧谈

豪饮，抵暮乃罢。”句指此事。眉睫间，犹言历历在目。 [5] 棹（zhào）：船桨。东城：济南之城东。 [6]“江妃不惜水芝香”二句：谓江中女神不爱惜芬芳的荷花，任它在秋风秋露中凋落飘零。水芝，荷花的别名。 [7]“兰襟郁郁散芳泽”二句：以江妃的华衣步履喻荷花的浓郁芬芳与摇曳姿态。兰襟，香美的衣襟。罗袜盈盈见微步，曹植《洛神赋》：“凌波微步，罗袜生尘。”微步，碎步，轻步。 [8]“晚晴一赋画不成”二句：谓这样美的荷花，杜牧的《晚晴赋》也描绘不出，它只是夸夸白鹭的风采而已。杜牧《晚晴赋》有“复引舟于深湾，忽八九之红芰”“白鹭潜来兮，邈风标之公子”诸语。枉着，徒然。风标，风采。 [9]“我时骖（cān）鸾追散仙”二句：我这时如在天上，乘着三只鸾凤拉的车，追随没有官职自由散漫的仙人，只见成行成队的歌女用装饰精美的乐器前后进退，表演大型歌舞。骖，古以车前两侧的驾马为骖。散仙，未经玉皇授职的仙人。金支翠蕤（ruí），乐器上的装饰品。《汉书·礼乐志》：“金支秀华，庶旄翠旌。”颜师古注引臣瓒曰：“乐上众饰，有流溯羽葆，以黄金为支，其首敷散，若草木之秀华也。”南朝梁江淹《丽色赋》：“翠蕤羽钗，绿秀金枝。”杜甫《渼陂行》：“湘妃汉女出歌舞，金支翠旗光有无。” [10] 眼花耳热：眼睛昏花，耳朵燥热。多形容酒酣兴高的感觉。李白《侠客行》：“眼花耳热后，意气素霓生。” [11] 舷（xián）：船身的侧面。 [12]“唤取樊川摇醉笔”二句：要叫杜樊川来此醉中赋诗，记述这段风流事以传后世。樊川，杜牧有樊川别业，故称。此指杜仁杰。

[点评]

蒙古太宗七年（1235）秋游济南时作。本集卷三十四《济南行记》载，诗人应故人李辅之邀请，畅游济南二十余日，两游大明湖，泛舟绣江，后又返回济南。

时遗山为文坛巨擘，所至皆有当地官员文士陪同款待，故有看花把酒、陶醉山水之情怀。诗前六句概述绣江山水的景致，高屋建瓴；中十句铺叙泛舟大明湖秋荷的盛丽暮景，意境清新优美，以女神的兰襟芬芳、盈盈微步形容荷花风姿，清韵翩然；末六句写其醉游狂态，披头散发，效法散仙，身边荷花来回晃动，引发美女歌舞的幻觉，眼花耳热，雅兴大发，索性手拍船帮，高唱吴歌，想象丰富奇特，情调纵放豪迈，移情于山水的遗民心态跃然纸上。全诗刚柔并济，优美壮美兼备，是诗人豪爽个性与悲惨遭际共振合成之产物。

涌金亭示同游诸君[1]

前四句：运奇思于九天之上，囊千里于尺幅之中，雄伟壮阔！

太行元气老不死[2]，上与左界分山河[3]。
有如巨鳌昂头西入海[4]，突兀已过余坡陀[5]。
我从汾晋来[6]，山之面目腹背皆经过。
济源盘谷非不佳[7]，烟景独觉苏门多[8]。

“烟景”二字，不可轻过。山之灵秀，归功于水。泉湖蒸腾，更增迷蒙之致。以“烟景”概括苏门特色，慧眼独具！

涌金亭下百泉水[9]，海眼万古留山阿[10]。
觱沸泺水源[11]，渊沦晋溪波。
云雷涵鬼物[12]，窟宅深蛟鼍。
水妃簸弄明月玑[13]，地藏发泄天不诃。

“地藏”句：陶玉禾评：“横豪倚放中，时出劲特之句，不致一泻无余地。”

平湖油油碧于酒[14]，云锦十里翻风荷[15]。

我来适与风雨会，世界三日漫兜罗[16]。
山行不得山[17]，北望空长哦。
今朝一扫众峰出，千鬟万髻高峨峨[18]。
空青断石壁[19]，微茫散烟螺[20]。
山阳十月未摇落[21]，翠蕤云旓相荡摩。
云烟故为出浓淡[22]，鱼鸟似欲留婆娑。
石间仙人迹[23]，石烂迹不磨。
仙人去不返，六龙忽蹉跎[24]。
江山如此不一醉[25]，拊掌笑煞孙公和。
长安城头乌尾讹[26]，并州少年夜枕戈。
举杯为问谢安石[27]，苍生今亦如卿何，
元子乐矣君其歌[28]。

“石间”句至末，沈德潜《宋金三家诗选》评：“全学太白。”赵翼手批：“淋漓飒拉。”“长安”四句：卒章显志，苍生情怀，可敬可叹！末句：篇终及微茫，“乐”中凄酸无限。

总评：小松：“‘我来’四句，似从《孙子·军形（应作‘行军’）篇》脱化，借风云变化鼓舞诗气。‘今朝’四句，此篇主眼，而最为神来之笔。斯亭得先生诗，其名逾高；先生作斯亭诗，其才益彰矣。人与亭之奇遇，岂偶然也耶？‘江山’以下豪横，入兴处宜一气读。江山变幻既如此，而碌碌不一醉，却所笑杀于孙隐者，情韵双绝！以‘元子’单句收结，犹《军形（行军）》。末段点出千仞之势，意象超绝，全篇更觉振动。”

［注释］

[1] 涌金亭：在河南辉县市西北苏门山（又名百门山）下，旁近百门泉，泉眼甚多，从地中涌出，日照如金，故名。有苏轼书“苏门山涌金亭”六个大字。同游诸君：按《寰宇访碑录》载：《涌金亭》诗，元好问撰，正书，定宗后称制元年（1249）三月立于辉县。诗当此前一二年间作，狄《谱》定在蒙古定宗二年（1247）诗人再游黄华山时。本集十三《黄华峪十绝句》有“同游尽佳客”语，卷五《水帘记异》题注有“同杜仲梁赋”语，卷二《宝岩纪行》有“同来二三子”“况有杜紫薇”语，“同游诸君”指诸诗所及杜仲梁等。　[2] 元气：阴阳未分时的浑沌之气，古人认为它是形成山川

小松：“顾（奎元）云：‘奇气洋溢，青莲（李白）复生。’查（初白）云：‘前半有气势，后半铺排稍平。’”

万物的本原。 [3] 上与左界分山河：谓太行山高入云天，上为天界划分山河。左界，天界。《春秋纬》：“天左旋，地右动”。 [4] 巨鳌：海中大龟或大鳖。古代仙话中言海上有巨鳌背负神山。 [5] 突兀：高耸突出貌。坡陀：倾斜不平貌。 [6] 汾晋：指山西中部地区。汾水源出山西宁武县，流经太原。 [7] 济源：金县名，今河南济源。盘谷：在济源城北二十里。韩愈《送李愿归盘谷序》谓其“泉甘而土肥，草木藂茂”。 [8] 烟景：烟霭迷蒙的美景。 [9] 百泉：百门泉的简称。《彰德府志》：“山下流泉无数，因名百门泉。” [10] 海眼：即泉眼。古人认为井泉之水，潜流地中，通江海，随潮涨退，故称海眼。山阿（ē）：山的曲角。 [11] “觱（bì）沸泺（luò）水源”二句：用泺水、晋溪比喻百门泉水势。觱沸，泉水涌出貌。《诗·小雅·采菽》：“觱沸槛泉，言采其芹。”泺水，水名，源出今山东济南。《水经注》：“水出历城县故城西南，泉源上奋，水涌若轮。”渊沦，波浪回旋貌。晋溪，晋水，源出太原市西南晋祠。 [12] “云雷涵鬼物”二句：云雷纷呈，容含着鬼怪；洞穴幽深，匿藏着蛟鼍。蛟，蛟龙。古代传说中兴风作浪、能发洪水的龙。鼍（tuó），鼍龙，即扬子鳄，通称猪婆龙，穴居江河岸边。 [13] “水妃簸弄明月玑”二句：像水中女神在摆弄夜明珠，把地下宝藏尽数抖露出来，上天也不责怪。明月玑，古人谓珍珠随明月而盈虚。玑，不圆的珠，诗中以喻泉水喷涌时的水泡和水花。诃（hē），大声斥责。 [14] 平湖：由百泉水汇聚而成的宽广湖面。油油：平静光润貌。 [15] 云锦：彩霞，比喻荷花。 [16] 兜（dōu）罗：兜罗树生的兜罗绵，似柳絮。喻云雾。 [17] 山行不得山：在山中行走而看不到山。 [18] 千鬟（huán）万髻（jì）：古时妇女梳盘的一种鬟形发髻，在头顶高高耸起。古诗词中常以喻秀美的山峰。 [19] 空青断石壁：本杜甫《不离西阁》“江云飘素练，石壁断空青”，谓山谷中青色天空如被峭壁截断。空青，青空。 [20] 烟螺：喻青山。范成大《邢台驿》：“太行东麓照邢州，万叠烟螺紫翠浮。”螺，底本、毛本等皆作“萝”，今存元墓野史亭中遗山所书此诗石刻作“螺”，据改。 [21]“山阳十月未摇落”二句：谓山的阳面十月时树叶尚未摇落，山坡上的树林有的像饰有翠羽的旗，有的像绘有云彩的旗，多彩多姿，互相辉映。翠蕤（ruí），用翠羽做的旗饰。云旓（shāo），亦作“云梢”，绘有云彩的旌旗。 [22]“云烟故为出浓淡”二句：云烟故意有浓有淡为山林打扮；鱼鸟飞跃，似乎也想为它留下起舞的倩影。婆娑，盘旋舞蹈貌。 [23]仙人迹：苏门山西岭大方石，号仙人岩，上有仙人足迹及“仙人迹”三字。 [24]六龙忽蹉跎：谓时光迅速流逝，错失观光名胜的良机。六龙，古代神话，日乘车，以六龙驾之。古诗常用来指时光流逝。蹉跎，失时。三国魏阮籍《咏怀》：“娱乐未终极，白日忽蹉跎。” [25]“江山如此不一醉”二句：谓面对此大好河山不能归隐畅饮，被高人孙登看到就会击掌嘲笑死了。拊（fǔ）掌，拍手。煞，用在动词后，表示程度深。孙公和，孙登，字公和，西晋人，隐居苏门山中。 [26]“长安城头乌尾讹”二句：言时局不定，战乱未息。乌尾讹，乌鸦尾巴摇动。杜甫《日暮》“日落风亦起，城头乌尾讹”，有虏将入寇之象。讹，通“吪”，动貌。夜枕戈，枕着兵器以待天明，表示时刻准备作战。 [27]“举杯为问谢安石”二句：与《雁门道中书所见》之“呼天天不闻，感讽复何补”意近，谓时至今日，如果谢安再世东山再起，面对蒙古治下的苍生，你还能如何拯救？《晋书·谢安传》载：谢安中年隐居东山，后被桓温请为司马。临行，有人戏之曰：“卿累违朝旨，高卧东山，诸人每相与言：‘安石不肯出，将如苍生何？’苍生今亦将如卿何？”谢安石，东晋政治家谢安字安石。 [28]元子乐矣：元结《五规·心规》载，元结游于世间很伤心，归商於山中，以酒自肆。有《醉歌》曰：“元子乐矣！”俾和者曰：“何乐亦然？”元子曰：“我云我山，我林我泉。”句借此自指。君：指诗题中“同游诸君”。

［点评］

诗碑摹刻存今遗山墓旁野史亭中，诗、书皆炉火纯青，属先生晚年的代表性名作，弥足珍贵。诗前八句从太行山的全景落笔，由面到点。太行山有“华北屋脊”之誉，首二句写其高。“老不死”从元气生成理念立说，谓其山的形成不仅历史悠久，而且至今仍在升高，有入天之势；次二句写其长。太行山脉起河北涞源拒马河谷，自东北向西南逶迤绵延至晋豫边境黄河北岸，而以长治、晋城一带为主峰。苏门山南临平原，山势渐趋平缓，为太行余脉。诗人以海中大龟比喻太行山的山势走向、高低起伏，活灵活现。这四句大气磅礴、想落天外、壮色沉声、笔力千钧，全景有立体纵深感，尤其是对高与长的动态描写，真是写活了。次四句侧重于述，旨在衬托“烟景独觉苏门多”。此为诗眼，全诗主体皆承此而来。“涌金亭”以下十句写百门泉之壮观，联想丰富，想象奇特，声色兼备；“我来”以下十二句写苏门山之阴晴景色与峰峦秀丽，浓笔重彩，变化多端，情怀亦随之先抑后扬，起伏不平。末十一句即景兴感，吊古伤今。“同游诸君”杜仲梁等皆亡金文士故交，故遗山敢于直言不讳地对社会动荡、民不聊生抒发感慨，在士人群体中引发共鸣。诗人对比前贤，空怀壮志而于世无补，只能以隐逸自娱，其对民的不忍心，对己的不甘心，对时势的无可奈何、无能为力之悲尽在不言中。其“挟幽并之气，高视一世”的志士仁人情怀与太行山朗出天外、巍然屹立之雄伟气度默契互动，遂构成一首气势磅礴、悲壮苍凉的灵魂交响曲，声如黄钟巨吕回荡于北方中国的上空，久久不绝。清人刘熙载谓“元遗山诗兼杜、韩、苏、黄之胜，俨有集大成之意”(《艺概》)，此诗与韩愈《谒衡岳庙遂宿岳寺题门楼》近似，开篇从宏大视野着笔，由高远背景到突出主体，与韩诗先写五岳次中岳次南岳络绎而来的思路一致；“我来”八句，直接套用韩“我来正逢秋雨节，阴气晦昧无清风”“须臾静扫众峰出，仰见突兀撑清空”。而其“长安城头乌尾讹，并州少年夜枕戈。举杯为问谢安石，苍生今亦如卿何”之关注乱世民瘼的苍生情怀，则从杜甫“戎马关山北，凭轩涕泗流”“穷年忧黎元，叹息肠内热”中来，且具有现今已不同于谢灵运所处社会之悲凉的时代色彩。此诗“专以单行，绝无偶句，构思窅渺，十步九折，愈折而意愈深，味愈隽”(赵翼《瓯北诗话》)，语言奇崛，格调苍劲，境界壮阔，在韩愈改骈为散、以文为诗的基础上扬长避短、推陈出新。

南冠行　癸巳秋为曹得一作[1]

南冠累累渡河关[2]，毕逋头白乃得还[3]。
荒城雨多秋气重[4]，颓垣败屋深茅菅[5]。
漫漫长夜浩歌起[6]，清涕晓枕留余潸[7]。
曹侯少年出纨绮[8]，高门大屋垂杨里。
诸房三十侍中郎[9]，独守残编北窗底[10]。
王孙上客生光辉[11]，竹花不实鹓鸰饥。

首二句：切肤之痛，无望之悲。

“曹侯”二十句：对比今昔苦乐，落差愈大，悲痛愈深。

丝桐切切解人语[12]，海云唤得青鸾飞[13]。
梁园三月花如雾[14]，临锦芳华朝复暮。
阿京风调阿钦才[15]，晕碧裁红须小杜。
长安张敞号眉妩[16]，吴中周郎知曲误。
香生春动一诗成，瑞露灵芝满窗户。
鱼龙吹浪三山没[17]，万里西风入华发。
无人重典鹔鹴裘[18]，展转空床卧秋月。
宝镜埋寒灰[19]，郁郁万古不可开。
龙剑出地底，青天白日驱云雷。
层冰千里不可留[20]，离魂楚些招归来。
生不愿[21]，朝入省，暮入台，
愿与竹林嵇阮同举杯。
郎食猩猩唇[22]，妾食鲤鱼尾，
不如孟光案头一杯水[23]。
黄河之水天上流[24]，何物可煮人间愁。
撑霆裂月不称意[25]，更与倒翻鹦鹉洲[26]。
安得酒船三万斛[27]，与君轰醉太湖秋[28]。

“宝镜”四句：晴天霹雳，惊恐万分。亲身所经，见得真，道得切。

“郎食”九句：沈德潜《宋金三家诗选》：“淋漓泼墨，光怪陆离，才可以斗石计耶！”陶玉禾：“意到笔随，古语如自己出，横恣逸宕，淋漓满志。”“波澜相推，若无终穷。”

总评：小松：“博览宏才，能驱使典故而无蹈袭之痕，敬服！”“‘龙剑’单句，突兀而出，句调更一振。”“落句奇气横溢，即自前单句（指“何物”句）波澜动荡来。”

［注释］

[1] 南冠：《左传》成公九年载，晋侯视察军中府库，看到羁押的楚国俘虏钟仪，问：“南冠而絷者谁也？’有司对曰：‘郑人所献楚

囚也。”后用作囚犯的代称。行：乐府古诗的一种体裁。癸巳秋为曹得一作：底本无，据李诗本、毛本补。曹得一，施注疑指曹通甫（字居一）之弟吉甫。按本集卷七《送曹吉甫兼及通甫》“意气羡君豪，怜君屈骑曹”，“骑曹”是卑微小官，距京官被羁管聊城的职级相去甚远。曹之谦，字益甫，应州（今山西应县）人。其外祖父高汝砺，贞祐南渡后官至平章政事。岳父王纲是大安元年词赋科状元，累官翰林院修撰。父恒南渡后居汴京，与雷渊、李纯甫诸贤交欢。曹益甫兴定间弱冠登科，“昔与元遗山为东曹同舍郎，虽在艰危警急之际，未尝一日不言诗”（段成己《遗山诗集引》），二人同为尚书省掾，同处汴京围城，理应同时被羁管聊城。诗中所言曹氏身世情事，亦与益甫合。 [2] 南冠累累渡河关：言一个个被绳束缚的囚犯连续不断地北渡黄河。累累，接连成串貌。 [3] 毕逋头白乃得还：《史记·刺客列传》司马贞《索隐》引《燕丹子》：“（燕太子）丹求归，秦王曰‘乌头白，马生角，乃许耳’。”句用此典谓归期渺茫。毕逋，乌鸦的别称。 [4] 荒城：指聊城。 [5] 颓垣败屋：本集卷三《密公宝章小集》言“甲午三月二十有一日，为辅之书于聊城至觉寺之寓居”，卷二《学东坡移居八首》言“去年住佛屋，尽室寄寻丈”，知遗山时居佛寺。茅菅（jiān）：草名，《本草》谓夏花者为茅，秋花者为菅，多并用以指野生杂草。 [6] 浩歌：放声歌唱。 [7] 清涕：泪水。潸（shān）：形容流泪。 [8] 纨绮（wán qǐ）：很细和有花纹的丝织品，富贵人所穿。 [9] 诸房三十侍中郎：谓曹侯同宗兄弟中有多人官职显贵。侍中郎，汉代在原官上特加的荣衔，兼任这种官衔的经常在皇帝左右侍奉。 [10] 独守残编北窗底：谓曹侯独自在家潜心读书。 [11] “王孙上客生光辉”二句：言曹侯被贵族子弟奉为贵宾，其光辉形象像《庄子·秋水》所言非梧桐不栖、非竹实不食的凤凰那样清高脱俗。鹓鸰（yuān chú），凤凰一类的鸟。 [12] 丝桐：指琴。古多用桐木制琴，练丝为弦，故名。切切：急促而细碎。

解人语：表达出人的心声。 [13] 海云：海立云垂，比喻文辞雄伟。此形容琴声引人入胜。杜甫《朝献太清宫赋》："九天之云下垂，四海之水皆立。"青鸾（luán）：传说中的神鸟。 [14]"梁园三月花如雾"二句：指曹侯在汴京纵情游赏。梁园，在汴京东南，汉梁孝王筑。此代指汴京。临锦，指临锦堂，在汴京隆德故宫。隆德宫亦称龙德宫，宋徽宗继位后在其潜邸增建，在里城北门外景龙江一带。《遗山乐府》卷三《鹧鸪天》"临锦堂前春水波"，其词序云："隆德故宫，同希颜、钦叔、知幾诸人赋。"刘祁《归潜志》卷七："南京同乐园，故宋龙德宫，徽宗所修。其间楼观花石甚盛。每春三月花发及五六月荷花开，官纵百姓观。虽未尝再增葺，然景物如旧。" [15]"阿京风调阿钦才"二句：言曹侯在汴诸友的风度才情。阿京，指冀京父，曾任应奉翰林文字。风调，风度。阿钦，指李钦叔，曾任应奉翰林文字。晕碧裁红，欧阳詹《春盘赋》以"裁红晕碧，巧助春情"为韵。晕，涂抹。小杜，指杜仁杰，正大初曾居汴京，有诗名。 [16]"长安张敞号眉妩"以下四句：指曹侯温馨的爱情经历及其诗乐的旖旎情调。长安张敞号眉妩，《汉书·张敞传》载，张敞为京兆尹，无威仪，常为妻画眉，长安中传张京兆眉妩。后用作夫妻相爱的典故。吴中周郎知曲误，《三国志·吴书·周瑜传》："瑜少精意于音乐，虽三爵之后，其有阙误，瑜必知之，知之必顾。故时人谣曰：'曲有误，周郎顾。'"后用作饮酒听乐咏妓的典故。唐王绩《咏妓》："不应令曲误，持此试周郎。"香生春动一诗成，瑞露灵芝满窗户，托名韩偓《香奁》自序："咀五色之灵芝，香生九窍；咽三危之瑞露，春动七情。"本集卷十一《杏花杂诗十三首》末注与《彊村丛书》本《摸鱼儿》（问莲根）词序皆引之（二者"危"作"清"，凌云翰本、《宛委别藏》本等作"危"，"春"作"美"），诗云"春动香生不自由"，词云"香奁梦，好在灵芝瑞露"。 [17]"鱼龙吹浪三山没"二句：以鱼化龙吹风作浪淹没海上三座仙山，喻蒙古势力迅速崛起，长驱直入侵犯中原，汴京沦陷，曹侯饱受战乱之苦。 [18]“无人重典鹔鹴（sù shuāng）裘”二句：言曹侯遭难后落魄无依，生计窘迫，忧心忡忡，彻夜难眠。鹔鹴裘，用鹔鹴鸟羽做的外衣。《西京杂记》载：汉司马相如贫困，出赁鹔鹴裘换酒，与文君为欢。 [19]“宝镜埋寒灰”以下四句：言蒙古南下如晴天霹雳，迅不及防，使人惊慌失措，束手无策。宝镜，本集卷十二《姨母·陇西君讳日作三首》末注：“阳曲刘氏家大宝镜，能照天地四方，以前知休咎。其家埋地中，人不得见也。明昌、泰和中，北方兵动，渠父子欲卜之。一日，先以旃幕障中庭，乃扃闭门户甚严。及掘镜出，光耀灿然，一室尽明，如初日之照。镜中见北来兵骑，穰穰无数，余三方都无所睹。因大骇曰：‘不可，不可！’即埋之。姨母时伏床下，得窃窥焉。兵火后，此家惟一儿子在。姨母能指镜处，存否则不知也。”龙剑，《晋书·张华传》：吴灭晋兴之际，斗牛间常有紫气。晋尚书张华以此请教雷焕。雷焕说是宝剑之精，上彻于天，在豫章丰城。华任焕为丰城令，掘狱屋基，入地四丈余，得一石函，光气非常。中有双剑，一名龙泉，一名太阿。其夕，斗牛间气不复见。焕得剑，一送华，一自配。焕卒，其子持此剑行经延平津，剑忽从腰间跃出坠水。继见两龙各长数丈，光彩照水，波浪惊沸，于是失剑。 [20]“层冰千里不可留”二句：《楚辞·招魂》：“北方不可以止些。增冰峨峨，飞雪千里些。归来兮，不可以久些。”用此典，谓所居聊城为北方苦寒之地，冬日冰雪千里，难耐思归。 [21]“生不愿”以下四句：谓高官不足羡，唯愿隐逸，自由自在。省、台，是古代朝中要害部门。竹林嵇阮，三国魏末嵇康、阮籍等七人常宴集于竹林之下，人称“竹林七贤”。 [22]“郎食猩猩唇”二句：唐李贺《大堤曲》：“郎食鲤鱼尾，妾食猩猩唇。”猩猩唇，《吕氏春秋·本味》：“肉之美者，猩猩之唇。”清纪昀《阅微草堂笔记·姑妄听之一》称其为食品中的八珍之一。 [23]孟光案头：《东观汉记·梁鸿传》：梁鸿隐居避患，寄居别人廊屋下，为人春米。每次回家，妻子孟光将饭菜盘举到齐眉高处，恭敬地放在他面前。后以“举案齐眉”形容夫妻相敬。 [24]“黄河之水天上流”二句：言愁多如黄河下倾，滔滔不绝，无法消除。 [25] 撑霆裂月：本形容声气惊人，此处指积愤迸发时声嘶力竭的情形。 [26] 鹦鹉洲：在湖北武汉汉阳区西南江中。东汉黄祖为江夏太守，其子大会宾客，有人献鹦鹉，祢衡作赋，洲因以为名。 [27] 安得酒船三万斛：典出《晋书·毕卓传》，详见前《天涯山》注 [19]。 [28] 轰醉：痛饮烂醉。太湖：位于江苏、浙江两省之间，是我国第三大淡水湖。

[点评]

金哀宗天兴二年癸巳（1233）夏，遗山由京官沦为囚徒，被羁押山东聊城，处境艰难，前景黯淡，是其一生最为悲伤凄凉之时。诗作于是年秋，因事为题，名为同羁聊城的难友曹氏而作，实也注入自己遭际沧桑之感与巢倾卵覆之悲。诗前六句写共同的囚徒生涯，中二十六句追述曹氏的身世、才情及乱后凄凉，结尾抒发共同遭际的感慨，由前之夹叙夹议变为纯议论，将急流涌动、波浪起伏的情思推向汹涌澎湃的高潮。“生不愿”四句旨在强调不求富贵但望自由的囚徒之愿；“郎食”三句凸显遭际沧桑后对妻子仍能礼敬如宾的欣慰，对免遭“夫妻本是同林鸟，大难临头各自飞”的厄运暗自庆幸；末六句化用李白诗句，前二句本《将进酒》“君不见黄河之水天上来”及《宣州谢朓楼饯别校书叔云》“举杯消愁愁更愁”，中二句本《江夏赠韦南陵冰》“我且为君捶碎黄鹤楼，君亦为吾倒却鹦鹉洲”，末二句本《陪侍郎叔游洞庭醉后》“刬却君山好，平铺湘水流。巴陵无限酒，醉杀洞庭秋”。需要深入体味的是，遗山遭际鼎革，所抒巢倾卵覆的亡金士人群体之悲，比李白《江夏赠韦南陵冰》之被放夜郎之怨愤更为沉痛剧烈，故其“撑霆裂月不称意，更与倒翻鹦鹉洲”之毁物泄愤更激烈，“黄河之水天上流，何物可煮人间愁”更奇横，“安得酒船三万斛，与君轰醉太湖秋”更恣肆。

本集卷三十六《新轩乐府引》假借屋梁子的口说：“《离骚》之《悲回风》《惜往日》，评者且以‘露才扬己，怨怼沉江’少之。若《孤愤》《四愁》《七哀》《九悼》绝命之辞，《穷愁志》《自怜赋》，使乐天知命者见之，又当置之何地耶？治、乱，时也；遇、不遇，命也。衡门之下，自有成乐。而长歌之哀甚于痛哭。安知愤而吐之者非呼天称屈耶？世方以此病吾子，子又以及新轩，其何以自解？”这种理念重诗人的理性持择，故其审美理想趋向平淡平和，而遗山的性格更近唐人，诗作理念走上屈原、李白一路，重个人感情的倾泻，长歌痛哭，不顾后果。这类诗以真诚为本，以个性为重，以奇肆为尚，任性使才，纵横驰骋，想象丰富，天风海雨，奔放酣畅，郝经谓其“出奇于长句、杂言”（《遗山先生墓铭》），沈德潜谓其七言古诗“气王神行，平芜一望时，常得峰峦高插、涛澜动地之慨”（《说诗晬语》），陶玉禾谓“其独绝处，正如长江大河，浑浩流转，曲折变化，惟意所及”（顾奎光《金诗选·例言》），此诗可视为印证诸说的典型事例。

驱猪行　黄台张氏庄作[1]

首四句：紧扣诗题，由面到点；未见其人，先闻其声。

沿山莳苗多费力[2]，办与豪猪作粮食[3]。

“长箭”句：凸显箭猪来势的迅速猛烈与悍然无忌。

“放教”四句：是田夫叫号称屈的延伸，这些心理活动使诗的内蕴更加深广，具有立体感。

“旱干”七句：这是妇人的心里独白，也是新乐府“卒章显其志”的重心所在。

草庵架空寻丈高[4]，击板摇铃闹终夕。
孤犬无猛噬[5]，长箭不暗射[6]。
田夫睡中时叫号，不似驱猪似称屈。
放教田鼠大于兔，任使飞蝗半天黑。
害田争合到渠边[7]，可是山中无橡术。
长牙短喙食不休[8]，过处一抹无禾头。
天明垄亩见狼藉，妇子相看空泪流。
旱干水溢年年日，会计收成才什一[9]。
资身百备粟豆中[10]，儋石都能几钱直[11]。
儿童食麋须爱惜[12]，此物群猪口中得，
县吏即来销税籍[13]。

[注释]

[1] 驱猪行：即事名篇的新题乐府。黄台：东魏置县，唐复置又废，在今河南禹州东北四十里。按《后饮酒五首》题注，遗山在阳翟即禹州有耕地。 [2] 沿：毛本作“洽”，有周遍义，亦通。莳：栽种。 [3] 办：预备，具备。豪猪：全身黑色，自肩部以后长着长硬如刺的棘毛。穴居，昼伏夜出，以草为食，伤禾稼。 [4] 草庵：田里搭的草棚。连下句可知为晚上驱赶豪猪用。寻：八尺为寻。 [5] 噬：咬。 [6] 长箭不暗射：豪猪又名箭猪，平时毛向后，遇敌则竖毛以防御。言豪猪公然前来食禾，肆无忌惮。 [7]“害田争合到渠边”二句：谓豪猪也跑出山林至山下民田作害，令人奇怪。争合，怎应。渠边，这边。橡术，橡栗和术

草。[8] 喙：鸟兽的嘴。[9] 会计收成才什一：谓合算一年的收成，仅是原计划的十分之一。会计，总计。[10] 资身百备粟豆中：谓农家所用的各种生活资料皆靠粮食换取。资身，资养自身。[11] 儋石："儋"通"甔"，容一石，故称儋石。[12] 麋：通"糜"，粥。[13] 县吏即来销税籍：谓县吏就要来按税籍规定的数额征收租税了。销税籍，注销税籍。

[点评]

诗当移居嵩山（1218—1227）时作。此诗堪称一幅金末河南山区民家护稼伤农图：山坡上长满垦荒耕种的庄稼，但历经田鼠、蝗虫特别是豪猪的作害，禾穗残留者十不余一。在此背景中，重点凸显离地寻丈高的小屋，屋里聚焦于护稼的田夫与妻、子，他们击板摇铃，整夜呼号，仍未能阻止豪猪肆无忌惮的侵害，平明看着无禾头的庄稼无可奈何泪流满面。诗人的笔触更伸向画面难以表现的主人公之广阔的内心世界：一是旱涝等自然灾害频仍，年年歉收；二是农家的一切生活资料皆靠用粮交换，然因官商勾结压低粮价，谷贱伤农，不得已需卖出更多粮食；三是家中口粮所剩无几，只能更加节俭，孩子也不例外；四是官府日益严苛的赋税，这是最要命的。诗人将此置于诗末结穴处，如回马枪，瞬间返身刺喉夺命，戛然而止，收到反客为主，言此意彼，言有尽而意无穷之效，将人祸更甚于天灾的严正主旨和盘托出，批判的锋芒指向金末弊政。

卷六　古乐府九首

望归吟

首句：得秦观“山抹微云”之妙，勾勒出辽阔边塞的纵深感。

“少年”四句：顺叙中有插叙，加入其人生的纵深感。

“寒衣”二句：悲思再朝横向拓展，扩大容量。

末四句：扣题，思绪进而由今昔延伸至将来。失望中有希望，此所谓“怨而不怒，哀而不伤”。

塞云一抹平如截，塞草离离卧榆叶[1]。
长城窟深战骨寒[2]，万古牛羊饮冤血。
少年锦带佩吴钩[3]，独骑匹马觅封侯。
去时只道从军乐[4]，不道关山空白头[5]。
北风吹沙杂飞雪，弓弦有声冻欲折。
寒衣昨夜洛阳来，肠断空闺捣秋月。
年年岁岁望还家，此日归期转未涯。
谁与南州问消息，几时重拜李轻车[6]。

［注释］

[1] 离离：稠密貌。　[2] 长城窟：汉陈琳《饮马长城窟行》：“饮马长城窟，水寒伤马骨。”　[3] 少年锦带佩吴钩：南朝宋鲍照《结客少年场行》：“骢马金络头，锦带佩吴钩。”锦带，以锦制带，用以系刀。明何景明《七述》：“缀以锦带，悬以吴钩。”吴钩，一种弯形的刀。　[4] 去时只道从军乐：汉王粲《从军诗五首》其

一：“从军有苦乐，但问所从谁。所从神且武，焉得久劳师。”《遗山乐府》卷二《江月晃重山·初到嵩山时作》：“少年鞍马适相宜。从军乐，莫问所从谁。” [5] 不道：没料到。 [6] 李轻车：汉李广从弟李蔡。因其英勇善战，拜为轻车将军，故称。

［点评］

诗题也为唐以后“新题乐府未尝被管弦者”，属“别离”类（清乾隆《钦定续通志》卷一二七）。诗写一位士兵大半辈子在北方边疆戍守征战久久难返的思归之情，感叹将非其人，把批判的矛头指向最高决策层，当作于金亡前。全诗每四句换韵，意随韵转。首四句写边塞秋季早临的荒凉与兵士尸骨未能入土为安的寒心，由天到地，由古到今，构成一幅纵横深远、阴冷凄凉的画面。次四句将青年时雄心勃勃之乐与老年来壮志难酬之悲对比，用“只道”和“不道”勾连呼应，表达了巨大落差下失望的痛心。再次四句写北边苦寒与家人寄衣，遥想妻子“空闺捣秋月”而“肠断”，使怨者的范围进一步扩展。末四句变寓情于景为直接抒情议论，与首段“冤”字遥相呼应，将全诗的积怨都发泄在最高统治者头上，真是一针见血入木三分之论。遗山假借戍卒之口，抱怨金廷偏私族类、将帅所用非人的时弊，无所避忌，完全站在广大人民的立场上代替他们抒发心声，可谓是人民的诗人。

梁园春五首[1]　车驾迁汴京后作

其　一

军从南去三回胜[2]，雪自冬来二尺强[3]。
今岁长春多乐事[4]，内家应举万年觞[5]。

长春，德陵诞节名[6]。

［注释］

[1] 梁园：西汉梁孝王之东苑，故址在今河南开封东南，后用指汴京。　[2] 军从南去三回胜：言金宣宗南迁汴京时军队保护，层层设防。　[3] 雪自冬来二尺强：《诗·邶风·北风》："北风其凉，雨雪其雱。"朱熹《诗集传》认为象征国家危乱。句为蒙古军趁隙而入，占领中都，步步紧逼。　[4] 长春：金宣宗生日节名。　[5] 内家：皇家。皇宫称大内，故名。万年觞：祝寿的酒杯。《金史·宣宗本纪》贞祐三年三月下载，"壬申，长春节，宋遣使来贺"。　[6] 德陵：金宣宗陵。诞节：诞辰之节。

诗题：翁方纲《石洲诗话》卷五："《梁园春》《续小娘歌》《雪香亭杂咏》，皆关系金源史事与遗山心事。"

"今岁"二句：由已知推未知。宋遣使节来贺长春节，这是外人可知的，但内家举万年觞，则绝对不容遗山等看到。着一"应"字表示推测，其推测理由、过程尽在不言中，令人遐想。

总评：小松："转结，叙当年之盛事，尤入情。"

其　五

双凤箫声隔彩霞[1]，宫莺催赏玉溪花。
谁怜丽泽门边柳，瘦倚东风望翠华[2]。

龙德宫有玉溪馆[3]。丽泽，燕都西门名。

"谁怜"二句：组诗主旨借故都之柳托出，无理而妙，韵味深长。"瘦倚""望"云云，传神之笔！责之愈深，其旨愈婉；怨之愈深，其辞愈缓。得唐诗神韵。

［注释］

[1] 双凤箫声隔彩霞：谓高空中传来歌舞升平如双凤和鸣般祥和的音乐声。双凤箫声，代指音乐演奏。《尚书·虞书·皋陶谟》："箫韶九成，凤皇来仪。"旧题汉刘向《列仙传》载：萧史与秦穆公之女在凤台吹箫作凤鸣，数年后皆随凤凰飞去。凤箫之称本此。 [2] 翠华：天子的旗以翠羽为饰，故称。 [3] 龙德宫：亦名隆德宫，宋徽宗时建，继位后在其潜邸基础上扩建，在汴京里城北门外景龙江一带。

总评：小松："见春柳金丝伤心，忽思旧都，是骚人忠孝之至。"

［点评］

贞祐二年（1214）夏，金宣宗由中都迁汴，次年春三月宣宗诞辰长春节后，遗山因府试在汴京，作此诗。组诗所写多着眼于迁汴的皇宫，而且侧重写其一片升平、盛丽安宁，可知《梁园春》属于即事名篇的新题乐府，古乐府无此题。

组诗为诗人亲临其地有感而发之作，对金廷不思恢复、苟且偷安的批评寄寓于字里行间。其一将蒙古凌厉的攻势与皇宫的祝寿、饮酒对举，其五将依旧吹奏、赏花的原宋徽宗龙德宫与破落寂寞的旧都对举，对宣宗满足现状、不思恢复的不满尽在不言中。"谁怜"二句，说出沦陷区人民对金廷卧薪尝胆的期盼与光复旧都的等待，是满腔怨恨直指君主的诛心之论，这与宋人君父至上、以顺为正的政治伦理判然有别。

续小娘歌十首[1]

其　二

其二：将村庄与城池对举，谴责南宋官方只顾自己、不管人民的卑鄙行径。

北来游骑日纷纷[2]，断岸长堤是阵云[3]。
万落千村藉不得[4]，城池留着护官军。

[注释]

[1]续小娘歌：清乾隆《钦定续通志》卷一二七谓唐以后"新题乐府未尝被管弦者"，属"佳丽"类。小娘，年轻妇女，被掳掠北上的南宋人。[2]游骑：流动的骑兵。[3]断岸长堤是阵云：以断岸长堤般的阵云喻蒙古兵杀来的阵势。断岸，江边绝壁。阵云，浓重厚积形似战阵的云，古人以为战争之兆。[4]"万落千村藉不得"二句：言官军有城池庇护，乡村无险可凭，故而平民被掳。藉，凭借。

其　三

其三：将今年与明年对举，揭示被掳人没有自由、前景暗淡的凄凉悲酸。

山无洞穴水无船[1]，单骑驱人动数千[2]。
直使今年留得在[3]，更教何处过明年。

[注释]

[1]山无洞穴水无船：言百姓被掳北行，露天夜宿，淌水过河。[2]动：常常。[3]"直使今年留得在"二句：蒙古军掳掠人口，有的留在河朔的封地，有的则押解漠北。故有前二句。直使，即使。

其　四

青山高处望南州，漫漫江水绕城流[1]。
愿得一身随水去，直到海底不回头。

其四：将眼前的北方与心中的南方叠映，突出其生不如死的心理。

［注释］

[1] 漫漫：长远无际貌。

其　五

风沙昨日又今朝，踏碎鸦头路更遥[1]。
不似南桥骑马日[2]，生红七尺系郎腰[3]。

其五：将眼下与往昔、将来比观，以最欣喜的情景反衬最痛苦的悲哀。

［注释］

[1] 鸦头：袜头拇趾与其他四趾分开呈“丫”形的袜子，古时妇女所穿。　[2] 南桥：代指南方水乡。　[3] 生红：大红。

其　六

雁雁相送过河来，人歌人哭雁声哀。
雁到秋来却南去，南人北渡几时回。

其六：以雁之春来秋归反衬南人之有来无回，往复回环，极感伤低徊掩抑零乱之致。

其　八

太平婚嫁不离乡，楚楚儿郎小小娘[1]。
三百年来涵养出[2]，却将沙漠换牛羊。

其八：将被掳人放在农耕文明与游牧文化的深广背景下比照，揭示其由自由人沦为奴隶竟然不如牛羊的悲哀。

[注释]

[1] 楚楚：整洁鲜明貌。 [2] 三百年：宋自太祖赵匡胤建隆元年（960）立国，至此（1238）将近三百年。

[点评]

蒙古太宗十年（1238），诗人携家自山东返乡，途经今河南卫辉时作此诗。这年，蒙古军大举进攻南宋，“察罕帅兵号八十万围庐州”（《续资治通鉴》），本集卷二十九《千户赵侯神道碑铭》也言“军行河平，予与之偕”。按诗中所言“竹溪梅坞静无尘，二月江南烟雨春”“吴儿沿路唱歌行”“三百年来涵养出”等句，被掳难民属南宋人。诗人看到蒙古军掳掠南宋人口北归，听到被牵押的南方妇女唱着凄惨的小娘歌，感慨不已，遂模仿江南民歌格调，以小女子的口吻续作组诗。他没有因为南宋为虎作伥而对其民被掳有幸灾乐祸之感，而是对她们像历来华夏被北族掳掠之人一样充满人文关怀，再加上诗人对羁押之悲有亲身的体验，因而能设身处地深入到她们的内心，反映其心声，感情真挚，如出肺腑，十分感人。作者以人民易懂的语言、喜见的情调，反映人民最痛苦的心声，堪称人民的诗人。

卷七　五言律诗八首

老　树

老树高留叶，寒藤细作花[1]。
沙平时泊雁，野迥已攒鸦[2]。
旅食秋看尽[3]，行吟日又斜。
干戈正飘忽[4]，不用苦思家[5]。

［注释］

[1] 寒藤：深秋之藤。　[2] 迥（jiǒng）：远。攒（cuán）：聚集。　[3] 旅食：客居寄食。　[4] 干戈正飘忽：谓金蒙交战如疾风飘忽，时局变化莫测前景难料。　[5] 苦思：底本作"若回"，不通。据李诗本、毛本改。

［点评］

兴定二年（1218）秋，蒙古木华黎率军自西京（今山西大同）入河东，克太原、平阳及忻、代、泽、潞、汾、霍等州，遗山时居嵩山，作此诗。诗以首二字为题，近乎"无题"，属因物起兴即景抒情之作。前四句从高低近

"老树"二句：潘德舆《养一斋诗话》卷八举遗山五律"老树高留叶，寒藤细作花""风雪貂裘暗，关山马骨高"，谓"真少陵苗裔，然不多见也"。

前半：择动情之景而"互藏其宅"，此谓"中的"。

颈联：写寒士囊罄、志士无奈之悲。"秋看尽"与"高留叶"息息相通。

尾联：放眼时局，揭示苦难悲伤的根源，由小我到大我。"苦思"之情由过去到现在再到将来，可谓"篇终及微茫"。

远着笔，构成一幅有声有色的立体画面。诗人以我观物，特意选择老树叶落归根、寒藤依附生花、大雁秋来南归、群鸦傍暮喜聚，这些物象与后半所兴发的情思都有对比、反衬的内在联系，而且诸物象互相映衬，共同营造萧索、凄凉之境，渲染悲秋思乡的浓郁氛围。后四句写被秋景引发出旅食将尽、游子思乡、战乱不息、有家难归的悲伤，情思由近及远，由个人到时代，既有眼前景，也有心中景，层次递进而有纵深感。全诗前半景中有情，后半情中有景，情景交融，意境浑成。

少室南原

颈联：效杜甫“绿垂风折笋，红绽雨肥梅”（《陪郑广文游何将军山林十首》）、“青惜峰峦过，黄知橘柚来”（《放船》）等，将浓彩字眼置于句首，侧重突出最初的视觉直感，而后再具体予以说明，使语句挺拔，色彩鲜明。

尾联：沟通物我，另拓心境，全赖“直拟”二字，为全诗关键所在。

地僻人烟断[1]，山深鸟语哗。
清溪鸣石齿[2]，暖日长藤芽。
绿映高低树[3]，红迷远近花。
林间见鸡犬[4]，直拟是仙家。

［注释］

[1] 地僻：地势偏僻。 [2] 石齿：齿状石头。 [3]“绿映高低树”二句：高树、低树绿叶相映，一片碧色；远花、近花红遍山野，令人着迷。 [4]“林间见鸡犬”二句：汉王充《论衡·道虚》言，淮南王刘安得道成仙，全家升天，畜产皆仙。犬吠于天上，鸡鸣于云中。诗人由林间见鸡犬，联想到“一人得道，鸡犬升天”

事，遂有置身于仙境之感。直，真，简直。拟，李诗本、毛本作“疑”，较佳。

［点评］

少室南原，遗山家居嵩山之所在地。兴定二年（1218）春，诗人因举试屡次失败，深感仕途渺茫，决意隐居，以耕田为生，遂自三乡移居嵩山少室山南麓的南溪附近。本集卷三有《南溪》诗，《遗山乐府》卷一《摸鱼儿》（笑青山不解留客）有“山僧乞我溪南地”句。诗当移居初作。首联言少室南原地处僻壤远离红尘的幽静之美；二、三联直承不转，用浓彩重墨描绘出一幅五彩缤纷的山水画；至尾联始因物兴感，结穴处端出主旨，使前面之景语皆为情语。全诗表达了超脱名利的隐逸情趣，言外还有对自己移居抉择充满沾沾自喜、洋洋自得之欣慰。

落魄[1]

落魄宜多病，艰危更百忧[2]。
雨声孤馆夜[3]，草色故园秋。
行役鱼赪尾[4]，归期乌白头[5]。
中州遂南北[6]，残息付悠悠[7]。

前半：小松：“起句，余所常经来；‘更’字，转折尤有力。‘孤馆夜’，‘故园秋’，妙对绝伦。”

中二联：描述景事，有声有色；使事用典，对偶精工。

尾联：急转急收，有常山蛇首尾相顾之阵势。

[注释]

[1]落魄：潦倒失意。 [2]艰危：此指国事的艰难困境与时势的危机四伏。 [3]“雨声孤馆夜”二句：谓秋夜在驿馆中孤独听淅沥的雨声，催人遥想家乡草色。 [4]行役：因服役或公务而跋涉在外。鱼赪（chēng）尾：《诗·周南·汝坟》：“鲂鱼赪尾，王室如毁。”毛传：“赪”，赤也，鱼劳则尾赤。后用指劳苦忧心。 [5]归期乌白头：典见前《南冠行》注[3]。 [6]中州遂南北：谓此后中州便以黄河为界南北隔绝了。《金史·宣宗本纪》兴定元年九月下载：“辛卯，大元兵徇隰州及汾西县。癸巳，攻沁州。”“丁酉，薄太原城，攻交城、清源。癸卯，立沿河冰墙鹿角。”中州，指黄河中下游地区。 [7]残息：余年。悠悠：即不可预测的未来。

[点评]

兴定元年（1217），诗人秋试落第，情绪低落，故以“落魄”为题，抒发穷困失意之悲。首联直接抒怀，以自己的“落魄”加时局的“艰危”提领全诗。中二联直承不转，多着眼于个人的“落魄”，言其独在外地的凄苦、徒劳无功的失意、故乡家园的荒芜、归期渺茫的绝望，选择了具有典型意义的场景及出入经史的典故，表现得形象生动喻意深刻。末联由《金史·宣宗本纪》所载是年九月蒙古军攻太原等地，金防守黄河南岸修筑工事生发，照应首联对句所说国势的“艰危”，使“落魄”之悲的分量倍加，前景更为黯淡。“悠悠”形容愁思的深长，有余音绕梁之致。

十二月六日二首

其　一

伥鬼跳梁久[1]，群雄结构牢[2]。
天机不可料[3]，世网若为逃[4]。
白骨丁男尽[5]，黄金甲第高[6]。
阊门隔九虎[7]，休续楚臣骚。

［注释］

[1] 伥鬼：传说被老虎咬死的人变成鬼后，又做助虎吃人的帮凶，这种鬼叫伥鬼。此喻南宋。跳梁：同“跳踉”，跳跃。 [2] 群雄结构牢：指蒙、宋各路兵马合力围攻蔡州。结构，连结构筑。 [3] 天机：神秘的天意。 [4] 世网：比喻社会上的法律、礼教、风俗等。此指蒙古侵占区的严刑峻法。若为：如何。 [5] 丁男：成年男子。古时二十岁以上为丁。 [6] 甲第：豪门贵族的宅第。第，底本作“地”，讹。据毛本改。 [7] “阊（chāng）门隔九虎”二句：谓自己人微言轻，难达天听，无需写像屈原那样尽忠规谏徒然伤怀的《离骚》了。阊门，天门，喻指朝廷。屈原《离骚》：“吾令帝阍开关兮，倚阊阖而望予。”九虎，喻指层层的权力机构。

首联：喻蒙古与南宋为恶虎、伥鬼，将其合力灭金定性为不义之战，充满愤怒之气。

颔联：指责转向不分善恶的苍天及天意扶持下的新朝，有“逝将去女，适彼乐土”（《诗·硕鼠》）而不得之悲。

颈联：对比尖锐，寓意深刻。

尾联：对金廷也充满怨言，哀其不幸，怒其不争。

总评：陶玉禾：“遗山诗有逼近少陵者。”

其　二

海内兵犹满，天涯岁又新。
龙移失鱼鳖[1]，日食斗麒麟[2]。

首联：与王勃“海内存知己，天涯若比邻”暗合，意新语工。

颔联：用超现实意象，此乃杜甫诗史的新突破。

草棘荒山雪[3]，烟花故国春。

聊城今夜月，愁绝未归人。

颈联：出句实写，对句虚写，眼中景与心中景叠映。在陈与义“每岁烟花一万重”基础上改“重”为“春”，以故为新，推陈出新。

总评：小松：“三、四悲壮，有老杜口吻。七、八自况，更凄绝。”

陆次云《五朝诗善鸣集》：“纪事诗，语甚精警。”

［注释］

[1] 龙移失鱼鳖：指金哀宗出逃，丢失臣民。本韩愈《龙移》：“天昏地黑蛟龙移，雷惊电激雄雌随。清泉百丈化为土，鱼鳖枯死吁可悲。” [2] 日食斗麒麟：以天色惨淡日月无光喻蒙金战争的酷烈。《淮南子·天文训》：“麒麟斗而日月食，鲸鱼死而彗星出。”日食，日蚀。 [3]“草棘荒山雪”二句：谓自己身在聊城的雪草荒凉中，心中却回想怀恋金都昔日繁荣的景象。烟花，春日浓丽的景色。

［点评］

天兴二年（1233）六月，金哀宗自归德迁往蔡州。腊月，蒙古与南宋合力攻蔡，初六破外城。哀宗处境险恶，困兽犹斗，战况惨烈。遗山虽已沦为囚徒羁管聊城，但仍密切关注时局，及时捕捉有关信息，心系故国，感慨万端。诗人对这场空前绝后惨绝人寰的战争深恶痛绝，他站在广大人民的立场上，对为攫取财富肆意侵略的蒙古贵族予以控诉，“白骨”二句即着眼于此，“欲高甲第，必须黄金，未有不从丁男白骨来者”（《宋金三家诗选》沈德潜评语），可以说比杜甫“朱门酒肉臭，路有冻死骨”的指斥更震撼人心。令诗人特别愤慨的是南宋的为虎作伥、助纣为虐。是年八月，金哀宗遣人赴宋转警告：蒙古灭国四十，以及西夏，夏亡及于我，我亡必及于宋。但南宋不思百年前联金灭辽以致靖康之祸的因由，不自强自尊而一味借助于人，为报复女真不惜重蹈前辙，这类国家哪有什么国格可言。以此推之，遗山对北宋的灭亡，与南宋文人站在君国立场上耿耿于怀于“靖康之耻”的态度大不相同。诗用意象化笔法叙史，时空跨度大，语言极简练，耐人寻味。诗题点明具体时间，具有为重大历史事件记述的意味，这也是杜甫诗史体例的新发展。尾联插入腊月初六蛾眉弯月西落意象，使未能西归之人的哀怨之情如泣如诉，委婉空灵，诗味浓郁，真是诗人之诗而非学人之诗也。

己亥元日[1]

五十未全老[2]，衰容新又新。
渐稀头上发，别换镜中人。
野史才张本[3]，山堂未买邻[4]。
不成骑瘦马[5]，还更入红尘。

［注释］

[1] 己亥：蒙古太宗十一年（1239），岁次己亥。元日：正月初一。 [2] 五十：己亥年，遗山虚岁五十。未全老：《礼记·曲礼上》“七十曰‘老’”，孔颖达疏：“六十至老境而未全老。” [3] 野史才张本：谓自己撰写野史之基础性工作已展开。张本，预先为后来的事做工作。前选《学东坡移居八首》之六：“国史经丧乱，天幸有所归。但恨后十年，时事无人知。……朝我何所营，暮我何所思。胸中有如噎，欲得快吐之。” [4] 山堂未买

前二联：衰容日新而心不服老，较之曹操《步出夏门行》“烈士暮年，壮心不已”及杜甫《江汉》“落日心犹壮，秋风病欲苏”，稍觉气馁，但更觉敞开心扉，洞见肺腑，真诚自然。如挚友恳谈，淡化了距离感。

尾联：诗人晚年并没有成为洁身自好、不管世事的隐者，返乡后不久即四处奔波，周旋于蒙古新贵间，但始终未再仕新朝，于此可见其有所为与有所不为。

总评：小松：“国史编纂，先生晚节所存。元日复出探史料，何其意气壮！‘还更入红尘’五字，胜千万言。”

邻：谓尚未选定归乡后安顿遗民生涯的居所。山堂，隐士的山中居所。宋曹组《艮岳赋》：“效隐士之山堂，取逸人之三径。”买邻，择邻而居。《南史·吕僧珍传》载，宋季雅罢官，买宅居僧珍宅侧。僧珍问宅价，曰“一千一百万”。珍怪其贵，季雅答：“一百万买宅，千万买邻。” [5]“不成骑瘦马”二句：谓再不愿像以前“骑驴冠盖丛里，鞍马避僮奴”（《水调歌头·长安夏秋雨》）那样四处奔波结交权贵了。年末返乡后再次重申“乞得田园自在身，不成还更入红尘”（卷十三《初挈家还读书山杂诗四首》之四）。不成，犹云难道。

[点评]

常言道五年六月七日八时，人生至五十岁，衰老步伐进入快车道。诗人在其人生新阶段即将开始之际，又值携家返乡百事待举，不免要统筹兼顾从长计议，遂于大年初一这一“一年之计在于春”的重要节点，设想如何终老余生的人生计划。诗前四句揭示其心理与生理的反差。刚迈进五十岁之老年，壮年惯性思维尚存，故有“未全老”之想，但在面容衰老加快的自然规律面前只能节节败退。颔联选择最引人注目的细微变化予以证明，兼寓杜甫“勋业频看镜”（《江上》）之壮志未酬身先老的感慨。后半说计划择其要者。写“野史”工程的艰巨及任重道远，从“才”字中可以体味到时不我待的急迫；返乡后的住所尚未确定，选择志同道合的精神伴侣以安顿其遗民情怀尤其重要。无论如何，自己再不会踏入仕途，身陷是非之地了。从以上三者的取舍中可以看出其有机的内在联系，这就是为国修史与不仕二朝。由此可知，这首诗是诗人在特殊时间节点作继往开来打算的心灵记录。

旧 国[1]

旧国分崩久[2]，孤儿展省初。
客衣留手线[3]，驿传失肩舆。
梦拜悲兼喜[4]，心飞疾亦徐。
殷勤南去雁[5]，先为到商於。

诗题：与主写内容关系不大，属以首二字为题，类似无题的体例。

总评：在迁坟旅途中，抓住某一瞬间的横切面，立体展示其所为、所思、所忆、所感、所盼，思绪纵横驰骋，情感深厚真切。

小松：“起句已销魂。三、四，转不堪缠绵之情。”

［注释］

[1] 旧国：故国。 [2]“旧国分崩久”二句：谓故国灭亡被分割已久，多年后自己才初来河南为母亲迁葬。分崩，分割离散。蒙古与南宋联合灭金后，南宋曾一度割占洛阳、开封等河南地。孤儿，古时无父或无父母者称孤儿。展省（xǐng），省视，看望。 [3]“客衣留手线”二句：写物是人非之感，谓如今我还穿着慈母缝补的衣裳，但以前旅途中母亲乘车随行的情形却一去不复返了。客衣留手线，语本孟郊《游子吟》：“慈母手中线，游子身上衣。”驿传，驿站。肩舆，亦作“肩舁”，用人力抬扛的代步工具。 [4]“梦拜悲兼喜”二句：言梦到拜见母亲悲喜交加，心驰神往，尽管快速赶路，但仍觉得很慢。 [5]“殷勤南去雁”二句：暗用鸿雁传书之典，把远去南方的大雁视为先到商於为己报信。商於（wū），古地名，在今河南淅川县西南，即战国末年秦遣张仪诱使楚怀王与齐绝交许割之地。诗中指内乡。遗山母葬于内乡西北熊耳山。

［点评］

诗作于蒙古乃马真后三年（1244）秋赴内乡迁嗣母旅殡时，表达了对嗣母张氏的感恩怀念之情。遗山三十九岁官内乡时，嗣母去世暂葬于此，后来赴官南阳、汴京，金亡前夕被羁管山东，五十岁返乡后又四处奔波，十六年后始迁葬。首联回顾丧乱以来久未展省祭扫的成因，表示其内疚及期待。次联继写恩思。诗人出生七月后随嗣母，四岁读书，嗣母教诵王庭筠五言诗，后来又“殷勤教汝孙”，在近四十年间里母子相依为命，辗转四方，情深似海。诗人从纷繁的怀旧情思中选择了两个典型细节，由此以点带面，见微知著。三联承首联，写迫不及待的心情。其“悲”除母久卒而未祭扫外，还有故国灭亡巢倾卵覆的根由；“喜”主要指将千里之外的嗣母孤榇迁回故乡与嗣父元格合葬，孝子的夙愿终于能如愿以偿。“心飞疾亦徐”，将这种按捺不住的喜悦被刻画得活灵活现。末联宕开一笔，由叙事抒情变为以景结情，从秋雁南飞联想到鸿雁传书，又以我观物寄情于物，赋予其“殷勤”“先为”的心态行动，真是妙笔生花，余意无穷。

首联，《遗山乐府》卷一《摸鱼儿·雁丘辞》曾写太原汾水边大雁夜宿事，诗人对此情景记忆深刻。

颔联：暗用“惊弓之鸟”典，传神之笔更深刻。这与本集卷十四《避兵阳曲北山之羊谷题石龛》“冥鸿正恐纽疑网，脱兔不忘投茂林”所言侥幸逃脱忻州屠城之祸的惊恐心态是何等相似。

小松：“‘入’，一字写雁影远景，画亦恐难及。”

八月并州雁　三乡时作[1]

八月并州雁，清汾照旅群[2]。
一声惊晚笛，数点入秋云。

灭没楼中见，哀劳枕畔闻[3]。

南来还北去，无计得随君[4]。

［注释］

[1] 并州：古九州之一，属地包括今山西大部及内蒙古、河北之一部。三国之后则以今太原附近地区为并州。三乡：镇名，在今河南宜阳县西，金属福昌县。 [2] 清汾：清澈的汾水。汾水是黄河支流，流经太原。 [3] 哀劳：大雁的哀鸣声。 [4] 君：指雁。

［点评］

诗当贞祐四年（1216）秋在三乡作。在历代诗人中，思乡诗写得较多且好的，应推遗山。诗人五月至三乡，八月望到从家乡方向飞来的大雁，遥想这些大雁由北往南路经蒙古军占领区，傍晚才在汾河岸边休息，不料一声笛响，疑是劲弓，立即起飞，径入高云，直至河南，余悸仍在，高空奋飞，力竭声哀。尾联言自己比雁更可怜，思致与唐韦承庆《南中咏雁诗》“万里人南去，三春雁北飞。未知何岁月，得与尔同归”近似，但说得更为简明精要，收画龙点睛之效。从章法看，前三联直承不转，皆属铺垫，至尾联结穴处衬跌，推出全篇重心所在，且只点明结果。至于其成因是蒙古势力太强大，还是金廷苟且偷安不思进取，则引而不发，篇终接微茫，言有尽而意无穷。这首诗前三联寓我于物，使所写之雁具有自我际遇和时代悲剧

颈联，近承生父元德明《同侯子晋赋雁》：“楼中见新过，夕照送明灭。敧枕数声来，疏窗耿残月。”远承杜甫《孤雁》：“孤雁不饮啄，飞鸣声念群。”“望尽似犹见，哀多如更闻。”

总评：陆次云《五朝诗善鸣集》：“遗山五律俱清老，佳处直逼少陵。”

的色彩；尾联暗用唐卢照邻《昭君怨》“愿逐三秋雁，年年一度归”及唐李峤《汾阴行》“不见只今汾水上，唯有年年秋雁飞”典，直抒由雁兴发的感慨，但又不脱离雁，切合前人所谓咏物诗贵在物中有我、我中有物、不接不离、言近旨远的审美范式。

卷八　七言律诗二十四首

秋怀　嵩山中作

凉叶萧萧散雨声[1]，虚堂淅淅掩霜清[2]。
黄华自与西风约[3]，白发先从远客生。
吟似候虫秋更苦[4]，梦和寒鹊夜频惊[5]。
何时石岭关头路[6]，一望家山眼暂明[7]。

尾联：何绍基批万廷兰刊《元遗山诗集》本："一望眼明，怀何深也。"

总评：小松："霜鬓易感西风，半宵耿不眠，得先生意良苦矣。三、四'约''生'二字，字法极精炼。"

[注释]

[1]萧萧：落叶声。 [2]虚堂淅淅掩霜清：言空堂中细风淅淅，霜气侵人，十分清冷。 [3]黄华：菊花。 [4]吟似候虫秋更苦：吟诗声如秋季虫鸣微弱凄苦。 [5]梦和寒鹊夜频惊：谓梦中情境与寒夜鹊鸣互动交织，频频惊醒。 [6]石岭关：在忻州城南六十里处，为前往阳曲、太原之要隘。 [7]眼暂明：眼光突然发亮，感情激动貌。

[点评]

兴定二年（1218）春，遗山自三乡移居嵩山。秋，蒙古木华黎自西京（今山西大同）入河东，克太原、平阳（临汾）及忻、代等州。诗人有感于国势益微，归乡渺茫，遂作此诗。首联扣诗题之"秋"，用叠词"萧萧""淅淅”的浓笔渲染，侧重刻画秋景的苍凉与居处的凄冷。颔联扣诗题之“怀”，写秋日念远、游子思乡之感，用“自与”“先从”前后勾连，构成具有因果关系的流水对，将即景兴情的心物交感层次鲜明地展示出来。颈联直承不转，继写客居他乡无时不在之悲，选取“吟似候虫”“梦和寒鹊”之昼夜情节有机联系，收力透纸背、入木三分之效。尾联急转而收，联想时事国情，将故乡沉沦、他乡流落、生计艰难以及白发催人、时不我待等感慨与收复故地、终还家乡的愿景合为一体，变前三联的顿挫回环为纵放横流，使全诗有长江自三峡而出之势。

横波亭 为青口帅赋[1]

孤亭突兀插飞流[2]，气压元龙百尺楼[3]。
万里风涛接瀛海[4]，千年豪杰壮山丘。
疏星澹月鱼龙夜[5]，老木清霜鸿雁秋。
倚剑长歌一杯酒[6]，浮云西北是神州。

“万里”二句：套用杜甫《登高》“万里悲秋常作客，百年多病独登台”句式，壮色沉声，笔力千钧。

“疏星”二句：陶玉禾“清壮。”

总评：小松：“气格雄浑，造语精绝，可与坡仙驰骋。”

[注释]

[1] 横波亭：在今江苏连云港赣榆区，濒临黄海。青口帅：指金将移剌粘合（汉名瑗）。瑗好文，幕府延致名士。兴定初奉旨在嵩山少室山顶建御营，与遗山有交。兴定四年（1220），移剌瑗驻防青口（在江苏连云港赣榆区东南十里海州湾内，小沙河入海之口），屡败宋军。 [2] 孤亭：指横波亭。突兀：高耸特出貌。飞流：湍急的

河流，此指流经青口的小沙河。 [3] 气压元龙百尺楼：陈登，字元龙，《三国志·魏书·陈登传》载：许汜与刘备言："昔遭乱，过下邳，见元龙。元龙无客主之意，久不相与语，自上大床卧，使客卧下床。"刘备说："君求田问舍，言无可采，是元龙所讳也，何缘当与君语？如小人，欲卧百尺楼上，卧君于地，何但上下床之间邪！"后人习惯将刘备所言百尺楼安置于陈登名下。 [4]"万里风涛接瀛海"二句：亭东与浩瀚的大海相接，千年一遇的豪杰镇守于此，更使山河增添雄壮之色。 [5] 鱼龙夜：指秋季。杜甫《秦州杂诗二十首》其一"水落鱼龙夜"，杜修可注引《水经注》："鱼龙以秋日为夜。龙秋分而降，蛰寝于渊，故以秋日为夜也。"古来北方民族往往在秋高马肥之季进兵中原，合观对句及下联，此句寓有凶猛的强敌及潜在的危险之意。本集卷八《岐阳三首》"偃蹇鲸鲵人海涸"、《壬辰十二月车驾东狩后即事五首》"惨淡龙蛇日斗争"即以鱼龙喻蒙古。 [6]"倚剑长歌一杯酒"二句：谓被蒙古铁蹄摧毁践踏的河朔沦陷区原为繁华盛丽之地，英雄豪杰对此怎能不义愤填膺，慷慨悲歌，以酒浇胸中块垒呢。辛弃疾《水龙吟·过南剑双溪楼》："举头西北浮云，倚天万里须长剑。"前选《秋望赋》："邈神州于西北，怅风景于新亭。"倚剑，《古文苑·宋玉〈大言赋〉》："方地为车，圆天为盖，长剑耿耿倚天外。"遗山常以"倚天剑"写豪情壮志。如卷八《岐阳三首》："三十六峰长剑在，倚天仙掌惜空闲。"卷五《此日不足惜》："倚天长剑插少室，颇欲四海皆东湖。"长歌，放声高歌。

[点评]

诗作于兴定四年（1220）秋。诗题中正题与副题的关系，如唐孟浩然《洞庭湖·赠张丞相》、朱庆馀《闺意·呈张水部》，即明写正题，暗写副题，言在此而意在彼，以横波亭的高峻特立，来赞颂移剌瑗的功高望重。此地为抗击南宋的前线重镇，诗人在称誉移剌瑗威震南疆的雄才大略时，着重指出当前国家最危险的敌人是蒙古，希望他收复西北失地。金宣宗时往往失地于蒙古，取偿于南宋。在朝汉人明知金实力不比从前，难以如愿，且两面作战，有腹背受敌之忧，但唯恐招来疑忌，噤若寒蝉，只有杨云翼直言极谏，诗人对此推崇盛赞（见本集卷十八《内相文献杨公神道碑铭》）。《遗山乐府》卷四《水龙吟》（少年射虎名豪）"江淮草木，中原狐兔，先声自远。……问元戎早晚，鸣鞭径去，解天山箭"，也希望当时名将完颜鼎率精兵良将从南线调往北方大显身手。诗人卒章显志，表现出战略家的眼光与以国事为己任的担当。"浮云西北是神州"可谓是其心结所在，可合观卷一《秋望赋》"邈神州于西北，怅风景于新亭"、卷三《邓州城楼》"隆中布衣不复见，浮云西北空悠悠"及《八声甘州·同张古人观许由冢》（许君祠）"百年来，神州万里，望浮云、西北泪沾襟"、《江城子》（醉来长袖舞鸡鸣）"短歌行，壮心惊。西北神州，依旧一新亭"等。

李屏山挽章二首[1]

其　一

世法拘人虱处裈[2]，忽惊龙跳九天门[3]。
牧之宏放见文笔[4]，白也风流余酒尊[5]。
落落久知难合在[6]，堂堂元有不亡存[7]。
中州豪杰今谁望[8]，拟唤巫阳起醉魂[9]。

首联：爱憎分明，设喻新警。"忽惊"二字，凸显对文坛领袖英年暴卒的意外与惋惜。

颔联：承"龙""门"而来，以张扬其才能、个性。

颈联：承"世法"句，卒者之我行我素、耿耿自信亦于此可见。

"中州"句：《中州集》丁集第四《屏山李先生纯甫》："迄今论天下士，至之纯（纯甫字）与雷御史希颜，则以中州豪杰数之。"

［注释］

[1] 李屏山：名纯甫，字之纯，号屏山居士，金末文坛尚奇派领袖。挽章：挽词。 [2] 世法：人世间约定俗成的习惯常规。此偏指待人接物交际应酬方面。虱处裈（kūn）：三国魏阮籍《大人先生传》："世人所谓君子，惟法是修，惟理是克。……君子之处域内，何异夫虱之处裈中乎！"（《晋书·阮籍传》）以虱处裤裆中喻虚伪迂腐守礼求荣的"正人君子"。裈，古时称外套无裆的裤为"袴"，贴身有裆的裤称"裈"。 [3] 忽惊龙跳九天门：谓李纯甫之死如龙归天上。刘祁《归潜志》卷一"李纯甫"条谓其"士大夫归附，号为当世龙门"。 [4] 牧之宏放见文笔：《归潜志》卷一"李纯甫"条载，泰和南征，李纯甫两上奏章，预算其胜负。章宗召询惊异，派人送军中。后多如所料。宰执奇其文，荐入翰林。牧之，杜牧字。《旧唐书·杜牧传》："牧好读书，工诗为文，尝自负经纬才略。……上宰相书论兵事。"宏放，宏伟奔放。文笔，文章。 [5] 白也风流余酒尊：言李纯甫在狂放豪饮、才思敏捷、以诗酒名世等方面似李白。杜甫《春日忆李白》："白也诗无敌。飘然思不群。"《饮中八仙歌》："李白一斗诗百篇，长安市上酒家眠。" [6] 落落久知难合在：本集卷二十一《希颜墓铭》："泰和中，朝廷无事，士大夫以宴饮为常。之纯于朋会中，或坚坐深念，咄咄嗟唶，若有旦夕忧者。或问之故，之纯曰：'中原以一部族待朔方兵，然竟不知其牙帐所在，吾见华人为所鱼肉去矣。'闻者讪笑之，曰：'四方承平余五六十年，百岁无狗吠之警，渠不以时自娱乐，乃妖言耶？'未几，北方兵动。之纯从军还，知大事已去，无复仕进意，荡然一放于酒，未尝一日不饮，亦未尝一饮不醉，谈笑此世若不足玩者。贞祐末，尝召为右司都事，已而摈不用。"句当就此而言。按此，"落落"指李氏先知先觉而不为世人所认同的独到才识与孤高情怀。《后汉书·耿弇传》："帝谓弇曰：

‘……将军前在南阳建此大策，常以为落落难合。’”宋李纲《辞免尚书右仆射第一表》：“志广才疏，自笑落落而难合。” [7] 堂堂元有不亡存：谓其堂堂正正的品行与有志于学的造诣成就永存人世。 [8] 中州豪杰：《希颜墓铭》：“南渡以来，天下称宏杰之士三人：曰高廷玉献臣、李纯甫之纯、雷渊希颜。”中州，本指豫州（河南）或中原，按遗山《中州集》收有金一代之诗的命意，指金朝。 [9] 拟唤巫阳起醉魂：言拟请巫阳招还他那醉死的英魂吧。巫阳，古代传说中的神巫，见《楚辞·招魂》。

[点评]

李纯甫于元光二年（1223）卒，年四十七。刘祁就其病因言：“及其属疾，盖酒后伤寒，至六、七日发黄，遍身如金，迄卒色不变，医所谓酒疸者。”（《归潜志》卷九）诗旨在为国哭英才。首联写初听到这位文坛领袖暴卒的惊讶、惋惜之情，追思其生不逢时、怀才不遇以致英年早逝之成因，归咎于“世法”。它不仅包括《希颜墓铭》所言其政治方面有才无用以致纵酒自放的因果联系，与下首多着笔于文化方面合观，它还应指李纯甫“以诸葛孔明、王景略自期”之张扬狂傲、“出礼法外，或饮数月不醒”之放荡不羁、“使酒玩世，人忤其意辄嫚骂之”之玩世不恭等性格之所以招致非议的文化层面。诗人对这些内容集中概括，用阮籍语典“世法拘人”来比喻，精当形象，内蕴深厚，为全诗奠定基础。颔联、颈联所言逝者的才气、性格及其命运皆承此而来。尾联对这位恃才傲物、抑郁而死的友人表示沉痛哀悼，但不作寻常悲酸凄怆之语，其壮色沉声与逝者的宏伟气概、豪爽个性相辉映，如黄钟巨响，震人心魄。

内乡县斋书事

吏散公庭夜已分[1]，寸心牢落百忧熏[2]。
催科无政堪书考[3]，出粟何人与佐军[4]。
饥鼠绕床如欲语，惊乌啼月不堪闻[5]。
扁舟未得沧浪去[6]，惭愧舂陵老使君[7]。

远祖次山《舂陵行》云：“思欲委符节[8]，引竿自刺船。”故子美有“兴含沧浪清”之句。

首联：扣题，总领全诗。

颔联：既忧民亦忧国。

颈联：深夜所见所闻，恐怖凄戾，其成因非止自己处境的穷窘。

尾联：仕隐矛盾至深更半夜仍交战不已，优柔寡断，与远祖之果断品行形成反差。

总评：小松：“三、四，始为令，先欲大矫苛税收贿之弊，不负平生；五、六，先生庖厨萧然，自见清廉之风。”

[注释]

[1] 夜已分：古时一夜分五更，三更（晚十一点至一点），是前半夜与后半夜的分界。 [2] 牢落：孤寂，无所依托。 [3] 催科无政堪书考：谓自己拙于催科，无政绩可考。前选《宿菊潭》有“民事古所难，令才有非宜”句。《新唐书·阳城传》载：城爱百姓，政绩考核时，自署曰：“抚字（安抚体恤）心劳，追科政拙，考下下。”前选《宛丘叹》有“下考大笑阳城拙”语。催科，催租。租税有法令科条，故称。书考，簿书记载官吏考核的政绩。 [4] 出粟何人与佐军：《汉书·萧何传》：“黥布反，上自将击之。数使使问相国何为，曰：‘为上在军，拊循勉百姓，悉所有佐军。’”出粟佐军，金代的一种买官制度。本集卷二十九《信武曹君阡表》：“椿大安中出粟佐军，仕为绥德令。”同卷《千户赵侯神道碑铭》又称“入粟佐军”。 [5] 惊乌啼月：曹操《短歌行》：“月明星稀，乌鹊南飞。绕树三匝，何枝可依。”清沈德潜《古诗源》谓此“喻客子无所依托”。 [6] 扁舟未得沧浪去：按诗末引远祖元结及杜

甫诗句，谓未能像元结一样辞官归隐。沧浪，指江湖隐居之所。《孟子·离娄上》："沧浪之水清兮，可以濯我缨；沧浪之水浊兮，可以濯我足。" [7] 春陵老使君：唐诗人元结任道州（春陵故地）刺史（汉时称刺史为使君），同情人民疾苦，作《春陵行》。 [8]"思欲委符节"二句：原出元结《贼退示官吏》诗，此诗人误记。

［点评］

正大四年（1227）初，遗山任内乡县令，作此诗。金内乡县辖地包括今内乡、西峡、淅川三县，县衙在今河南西峡县。受强敌蒙古蚕食，金国土日缩，费用日巨。尤其是军费浩大，全仗河南一地供给，而且严加督责，刻不容缓。县令的首要任务就是催交赋税，但面对朝廷赋税繁多、催索无度和民力疲惫、无人出粟佐军的困境，诗人上下为难，百忧交攻，夜不成寐，想起不忍敛民的阳城和弃官归隐的元结，深感惭愧。诗作沉郁悲伤，流露出诗人正直善良的情怀。《金史·宣宗中》兴定元年二月下载："诏定州、县官虽积阶至三品，坐乏军储者，听行部决遣。"《中州集》辛集第八《吕陈州子羽》载："仕至陈州防御使，元光末为酷吏所诬，以乏军兴系狱。比赦至，唐卿自缢死。"由此可知遗山这种以循吏阳城为榜样"宁为循吏，不为能吏"的为官理念与实践，在"宣宗南渡，吏习日盛，苛刻成风，殆亦多故之秋，急于事功，不免尔欤"（《金史·选举志一》）的官场时习中，是多么难能可贵。

张主簿草堂赋大雨[1]

淅树蛙鸣告雨期[2]，忽惊银箭四山飞[3]。
长江大浪欲横溃[4]，厚地高天如合围。
万里风云开伟观[5]，百年毛发凛余威[6]。
长虹一出林光动[7]，寂历村墟空落晖[8]。

［注释］

[1] 张主簿：遗山官内乡时的僚属。其名不详，家居内乡县板桥镇，濒临淅江。 [2] 淅树蛙鸣告雨期：树声淅淅，蛙鸣阵阵，预告暴雨将来临。淅，象声词，轻微的声音。 [3] 银箭：喻色白粗急的雨柱。 [4] 长江：指淅江。横溃：横流溃决堤岸。 [5] 万里风云开伟观：闪电中显露出壮阔的云层景观。 [6] 百年毛发凛余威：谓自己虽涉世已久历经艰险，却仍被迅雷的威势所震慑，极度恐惧，连毛发也在它的余威中颤抖。 [7] 林光：树林经雨水清洗后流光溢彩的色泽。 [8] 寂历：寂静冷清。

［点评］

本集卷三十七《张仲经诗集序》："及来内乡，尝阻雨板桥张主簿草堂，同赋《淅江观涨》诗。……是年出居县西南白鹿原。"知诗作于正大五年（1228）夏，记录了一场来去急速的特大暴雨。首联之树淅蛙鸣、四山银箭，绘声绘色地描述出大雨来临的情形；中二联直承不转，江水咆哮欲冲垮大堤，乌云低压如天地合围，一道

总评：陈沚斋《元好问诗选》："翻开南宋人方回编的《瀛奎律髓》，光是咏雨的七律就有四十首，哪一首有元遗山这样的气魄？""诗人着力去发掘自然的秘奥，他那雄奇旷荡的胸怀都表现在诗中，使我们感到他就是真正的'自然之子'。"

小松："三、四，如闻大雨滂沱之声，乾坤觉凄绝。五、六，雨后丽景如绘。第七'林光动'三字，精警。"

道云层闪电，一声声远近惊雷，将这场特大暴雨的肆虐描述得穷形尽相、惊心动魄。末联之雨过天晴、彩虹高挂、夕阳西照、村沐斜晖，急转急收，写得景色如画，余韵深长，有苏轼“云散月明谁点缀，天容海色本澄清”（《六月二十日夜渡海》）之哲理禅味，变幻多端，意趣新奇。值得注意的是所用比喻“箭”“合围”，像蒙古军围猎的情形，有诗人亲历骇人听闻之忻州被屠的余悸在。

别程女[1]

芸斋淅淅掩霜寒[2]，别酒青灯语夜阑[3]。
生女便知聊寄托[4]，中年尤觉感悲欢[5]。
松间小草栽培稳[6]，掌上明珠弃掷难[7]。
明日缑山东畔路[8]，野夫怀抱若为宽[9]？

首联：扣题叙事，渲染气氛，酝酿感情，为下面层层感慨的抒发张本。

颔联：提炼俗语，运用典故，浑化无迹。语浅情深，诗家高境。

颈联：设喻精切，下字新警。

尾联：有《诗·邶风·燕燕》“之子于归，远送于野。瞻望弗及，泣涕如雨”及苏轼送弟“登高回首坡陇隔，惟见乌帽出复没”之想，先生泪眼望穿之态可见。

［注释］

[1] 程女：诗人长女真，嫁程震子思温，故称。 [2] 芸斋：书斋。古人用芸香祛除书虫，故名。淅淅：象声词，形容细微的风声。 [3] 阑：晚，残尽。 [4] 生女便知聊寄托：古来重男轻女，修家谱世系视女儿为外人，民间有“嫁出去的女，泼出去的水”之俗语。句谓从女儿一生下来就知道她是暂时在自己家寄居托身的。本集卷二《示程孙四首》：“吾母河南君，闺门静无哗。殷勤教女孙，乃今成汝家。老我何足道，外舍尽得夸。”亦将自己家视为女儿的外家。聊，姑且。 [5] 中年尤觉感悲欢：谓人到中年，

伤感之情更加强烈。《世说新语·言语》载谢安与王羲之语：中年特别伤感，与亲友别，心情就不好，连续数天，不能平静。 [6] 松间小草栽培稳：言对小草一样柔弱的娇女，家人悉心照料，无微不至，并提供良好教育以栽培。《示程孙四首》谓长女“吾女在吾家，先以安卑弱。虽然适贵门，一味甘俭薄。财廉出仁让，语省见端悫”，可知其柔和温顺的性格。此可与上引“吾母”四句合观。 [7] 掌上明珠弃掷难：言女儿出嫁，如掌上明珠那样难以舍弃。语本晋傅玄《短歌行》：“昔君视我，如掌中珠；何意一朝，弃我沟渠。”后用指极受父母珍爱的儿女。江淹《伤爱子赋》：“曾悯怜之惨凄，痛掌珠之爱子。” [8] 缑（gōu）山：缑氏山，在登封西北通往偃师的路上。 [9] 野夫：田野之人。遗山时归耕嵩山，因以自称。若为：如何。

［点评］

按本集卷二《示程孙四首》“生女四十年，今有为父乐”及“明年吾六十”语，遗山十九岁时生长女。亲家程震卒于正大元年三月（见本集卷二十一《御史程君墓表》），时长女年十七，在此前出嫁似觉太小，应在程思温守父孝期满后。诗当作于正大三年（1226）秋家居嵩山送女出嫁时（元陆文圭《墙东类稿》卷十六《题程子充少监家藏二首遗墨。前一诗，程御史临终遗其子端甫诗也；后一诗，元遗山女初适端甫时送别诗也。端甫，子充之父；元氏，子充之母。翰苑诸公题述遍矣》诗有“各赠骊珠五十六”“正大去今八十年”句）。首联写出嫁前一日夜晚话别的情景，诗人在霜气飕飕的书斋中为女出嫁饯行，母亲、妻子及二女、三女不顾夜深气寒没完没了地千叮咛万嘱咐，自己的伤别之情在此氛围中也渐趋高潮。领联承上写别情之“难分”，但不决堤而下，一泻无余，而是以“便知”“尤觉”前后勾连呼应，先衬托，然后说出正意，犹如举高后再下摔，显得更有力量。颈联直承不转写“难舍”，从意思看属连贯而下的流水对，使得感情波涛更加汹涌澎湃。末联将感情推上最高潮，诗人预想第二天的送别路上眼望女儿渐行渐远的情形，遂发出痛彻心扉情何以堪的悲恸。全诗用奔迸式表情法，将疼女之情写得激流汹涌、一波三折，舐犊之情和盘托出，一个慈父形象跃然纸上。

首句：以我观物，故有“松门”而“无关”之语，赏爱之情自在其中。

“布袜青鞋”多指隐者或平民装束，所谓“细处见精神”由此可见。

颔联：小松：“慨事违志，不能伸怀抱，深为先生惜。”

颈联：坦诚相告，不以平凡小我为嫌，却觉得可爱。

总评：李慈铭批汲古阁《遗山先生诗集》二十卷本（下省略书名）：“和婉如人意中所欲出，风格亦极似韦左司‘身多疾病’一律。”

出　山

松门石路静无关[1]，布袜青鞋几往还。
少日漫思为世用[2]，中年直欲伴僧闲。
尘埃长路仍回首[3]，升斗微官亦强颜[4]。
休道西山不留客[5]，数峰如画暮云间。

[注释]

[1]“松门石路静无关”二句：言松树夹石路枝叶交搭如门静谧常开，我穿青布鞋袜如山野之人多次来往于此。　[2] 漫思：不切实际地随意思想。　[3] 尘埃长路仍回首：谓放弃清高的隐逸生涯再次出仕。　[4] 升斗微官亦强颜：言斗米之俸的小官也不以为

耻。强颜，厚颜。 [5] 西山：指嵩山。

［点评］

正大四年（1227）自嵩山携家赴任内乡县令时作。诗题含双重义，既指出离嵩山，也指舍隐出仕。诗人移居嵩山近十年，此前虽然也曾供职史馆，但京居不易，没有迁家打算。至于应聘幕府，更是临时短暂之举。现在要正式成为执掌一方的地方官了，遂在临别之际作此诗概括这段隐逸生活，指明离别的原因，抒发难以割舍的感情。首联写景叙事，通过往事历历在目的回忆，表达了对嵩山的一草一木都充满留恋的深厚感情。颔联抒怀，诗人的思绪在巨大的时空中往复驰骋，通过强烈的对比，再现了其半生有才无用、壮志难酬的悲哀。颈联转写不得已而出仕的成因，不以为贫而仕为嫌，真率自然，洞见肺腑，极似陶渊明为饮食故而任彭泽令。尾联与首联环合，仍用拟人手法，末句以景结情，余味绵长。

岐阳三首[1]

其　一

突骑连营鸟不飞[2]，北风浩浩发阴机[3]。
三秦形胜无今古[4]，千里传闻果是非[5]。
偃蹇鲸鲵人海涸[6]，分明蛇犬铁山围[7]。

总评：陶玉禾："与后《车驾东狩后即事五首》皆苍凉沉郁，上希少陵（杜甫），下掩义山（李商隐）、致尧（韩偓）。"

穷途老阮无奇策[8]，空望岐阳泪满衣。

[注释]

[1] 岐阳：旧州县名，因在岐山之南，故名。唐时为凤翔府，金置总管府，是陕西的军事重镇。 [2] 突骑连营鸟不飞：脱胎于杜甫《潼关吏》"连云列战格，飞鸟不能逾"，谓包围凤翔的蒙古铁骑营帐彼此相连，连鸟也难以飞越。 [3] 北风浩浩：《诗·邶风·北风》："北风其凉，雨雪其雱。"朱熹《诗集传》认为此象征国家为乱。发阴机：降雪。韩愈《辛卯年雪》："翕翕陵厚载，哗哗弄阴机。" [4] 三秦：秦朝亡后，项羽三分关中，分封章邯等领秦故地，因称关中为三秦。形胜：地理形势优越。 [5] 千里传闻果是非：凤翔被屠，金方得不到官员牒报，只能据民间传闻，故诗人对此半信半疑。 [6] 偃蹇（yǎn jiǎn）：巨大凶暴貌。鲸鲵（ní）人海涸（hé）：唐末司空图诗佚句"鲸鲵人海涸，魑魅棘林幽"，见其《与李生论诗书》"得于丧乱"所引诗例。鲸鲵，世界上最大的动物，雄为鲸，雌为鲵。此喻蒙古军。《左传》宣公十二年："古者明王伐不敬，取其鲸鲵而封（埋葬）之。"杜预注："鲸鲵，大鱼名，以喻不义之人吞食小国也。"人海涸，人群绝灭。 [7] 分明蛇犬铁山围：指蒙古军紧围凤翔，势如铁桶。蛇犬，喻凶恶的强敌。 [8]"穷途老阮无奇策"二句：《晋书·阮籍传》载，阮籍驾车时信马由缰，不走大路，至穷巷无出处，乃痛哭而返。此用以感叹国家已至穷途末路，回天乏力。

其　二

百二关河草不横[1]，十年戎马暗秦京[2]。

岐阳西望无来信，陇水东流闻哭声[3]。

野蔓有情萦战骨[4]，残阳何意照空城[5]。
从谁细向苍苍问[6]，争遣蚩尤作五兵[7]。

总评：李慈铭批："通篇沉郁刻至中，浑浩流转，是老杜高境。"

小松："此三首因元兵自凤翔徇京兆而作。悲壮淋漓，得老杜神髓。""怀古慨今，感叹发之，皆出乎忠爱之至情。若其声调铿锵，真足嗣响乎少陵矣。"

[注释]

[1] 百二关河草不横：意谓关中虽为四塞之地易守难攻，但金军却未能拒敌于关河之外，以致旷野无人，任草自生，一片荒芜。百二关河，《史记·高祖本纪》："秦，形胜之国，带河山之险，县隔千里，持戟百万，秦得百二焉。"谓秦地形险固，用二万兵可敌天下诸侯百万兵。草不横，《汉书·终军传》："军无横草之功。"颜师古注："言行草中，使草偃卧，故云横草也。"句用此典，写景中寓叙事。《中州集》己集第六雷渊《洛阳同裕之钦叔赋》："事去关河不横草，秋来陵寝但飞蓬。"其"不横草"与"但飞蓬"对举，属写景句。　[2] 十年戎马暗秦京：自金宣宗兴定五年（1221）蒙古军进攻陕西起，至此已十年。秦京，秦都咸阳，此代指关中大地。　[3] 陇水东流闻哭声：凤翔被围，金军迁京兆民数十万于河南。《中州集》庚集第七雷琯有诗记其事。古乐府《陇水歌辞》："陇头流水，鸣声幽咽。遥望秦川，心肝断绝。"陇水，渭河的上游，经甘肃，故名。哭声，既形容流水声，亦指沦陷区难民流离失所的哭声。　[4] 野蔓（màn）有情萦（yíng）战骨：南朝江淹《恨赋》："试望平原，蔓草萦骨。"蔓，蔓生植物的枝茎。萦，缠绕。　[5] 残阳何意照空城：按蒙古国法"凡城邑以兵得者悉坑之"（元姚燧《牧庵集·序江汉先生事实》），屠保州，"尸积数十万，磔首于城，殆与城等"（郝经《陵川集·须城县令孟君墓铭》），屠忻州，"倾城十万口，屠灭无移时。敌兵出境已逾月，风吹未干城下血"（《中州集》戊集第五赵元《修城去》）。凤翔久攻才克，以例当屠，窝阔台"诏从臣分诛居民，违者以军

法论”（刘因《中顺大夫彰德路总管浑源孙公先茔碑铭》），故诗人如此想象其被屠后的惨烈状况。何意，有何用意。 [6] 苍苍：苍天。 [7] 争：同“怎”。蚩尤作五兵：传说蚩尤是上古时东方九黎族首领，好争战，以金属作兵器，与黄帝战于涿鹿。五兵，五种兵器。

［点评］

正大八年（1231）正月，蒙古大军围攻凤翔，二月攻破屠城。这一消息至四月才传到金廷。此时遗山任南阳县令，得知这一噩耗，深感蒙古主力横扫亚欧，回灭西夏，今又克凤翔，金军退缩潼关，陕西已失，金朝亡在旦夕，悲痛欲绝，故精心撰作组诗以记录这一重大转折时期的标志性事件，成为其感伤丧乱之诗的开端，也是其代表作之一。

危在旦夕的时势、忧国忧民的情怀及以诗为史的志向、诗艺素养的积淀诸因素，使遗山效法杜甫以致成为杜甫的化身。其二“十年戎马暗秦京”本杜《愁》“十年戎马暗万国”，“岐阳西望无来信”本杜《自京窜至凤翔喜达行在所》“西忆岐阳信，无人遂却回”，“野蔓有情萦战骨”本杜《遣兴三首》“朽骨穴蝼蚁，又为蔓草缠”，一首律诗如此密集地化用杜甫诗句，可见杜之行迹诗声萦绕其脑海之状。其深沉悲凉的感情基调、百转千回反复咏叹的表达方式、苍凉壮阔的意境及字字如重锤撞击心扉的千钧笔力，与杜沉郁顿挫的诗风完美契合。此后，元氏沿此一脉顺势而发，撰就了一系列声情并茂的伤乱诗，评者亦往往溯源于杜，与其相提并论。

雨后丹凤门登眺[1]

绛阙遥天霁景开[2]，金明高树晚风回[3]。
长虹下饮海欲竭[4]，老雁叫群秋更哀。
劫火有时归变灭[5]，神嵩何计得飞来[6]。
穷途自觉无多泪[7]，莫傍残阳望吹台[8]。

尾联：高步瀛《唐宋诗举要》吴汝纶评："此等处沉痛入骨，是遗山独绝处，乃从杜公得来。"

总评：小松："三、四，直抒胸臆，入时事，音节自激楚。七、八，多泪之极，却如无泪，苦语中觉正气凛然。"

陆次云《五朝诗善鸣集》："银钩铁画，柳骨颜筋。"

［注释］

[1] 丹凤门：汴京里城的正南门。 [2] 绛阙遥天霁（jì）景开：言站在绛红色的城门楼上遥望，雨过天晴，视域开阔。阙，宫门前的望楼。霁，雨后转晴。 [3] 金明：指金明池，汴京西南宫苑，五代后周世宗凿此以习水战。 [4] 长虹下饮海欲竭：《汉书·燕刺王刘旦传》："是时天雨，虹下属宫中饮井水，井水竭。"古人把虹霓视为怪兽，认为长虹下饮是不祥之兆。句意近似前诗"偃蹇鲸鲵人海涸"。 [5] 劫火：佛家语，指世界毁灭时的大火。南朝梁慧皎《高僧传·竺法兰》载，汉武帝开凿昆明池，得黑灰。竺法兰说："世界终尽，劫火洞烧，此灰是也。" [6] 神嵩何计得飞来：有期待军事屏障式的人物出现以解救汴京之意。《金史·哀宗本纪上》天兴元年七月下载："参知政事完颜思烈、恒山公武仙、巩昌总帅完颜忽斜虎率诸将兵自汝州入援。"神嵩，按卷九《望嵩少二首》"嵩少飞来崑阆山"，当时应有这一民间传说，故称之谓"神嵩"。 [7] 穷途：以阮籍穷途而哭自比。用典详见《岐阳三首》其一注[8]。 [8] 吹台：在汴京南，相传古代音乐家师旷等在此奏乐，故名。

[点评]

天兴元年（1232）秋作。是年三月蒙古军围攻汴京，激战十六昼夜不克，四月始退而转攻其他州县。诗人时在京任职左司，亲历其事，雨后登丹凤门眺望，兵燹之后，满目疮夷，心伤国之将亡，预料巢倾卵覆，哀痛不已；同时又心存幻想，希冀救兵忽来，寒灰复燃。此属伤心欲绝时迷离恍惚的心态，堪称特殊时期特定心理及时记录下的诗史。诗多用象喻，寓悲壮苍凉之情于宏大的境界中，深得杜诗之精髓。

壬辰十二月车驾东狩后即事五首[1]

其　二

首联：将空前惨烈的史实用超现实意象囊括，真切恐怖！

颈联：以精卫自喻、包胥自比，岂可以爱憎分明概之，真可谓惊天地泣鬼神矣。

惨淡龙蛇日斗争[2]，干戈直欲尽生灵。
高原水出山河改[3]，战地风来草木腥[4]。
精卫有冤填瀚海[5]，包胥无泪哭秦庭[6]。
并州豪杰今谁在[7]，莫拟分军下井陉？

[注释]

[1]壬辰：天兴元年（1232），岁次壬辰。车驾东狩：《金史·哀宗本纪下》是年十二月下载，二十五，“上发南京”。次日，“巩昌元帅完颜忽斜虎至自金昌（洛阳），为上言京西三百里之间无井灶，不可往。东行之议遂决”。 [2]“惨淡龙蛇日斗争”二句：言蒙金

战争之持久、频繁与酷烈。杜甫《喜晴》:“干戈虽横放，惨淡斗龙蛇。”惨淡，凄惨暗淡。龙蛇，《阴符经》:“天发杀机，龙蛇起陆。”日，天天。 [3] 高原水出山河改：典出《诗·小雅·十月之交》:“百川沸腾，山冢崒崩；高岸为谷，深谷为陵。”言战争带来沧海桑田般的变化。 [4] 草木腥：杜甫《垂老别》:“积尸草木腥，流血川原丹。” [5] 精卫：《山海经》载，炎帝女儿溺海，冤魂化为精卫鸟，衔西山木石以填东海。瀚海：大海，暗指蒙古高原的大沙漠。 [6] 包胥无泪哭秦庭：《左传》定公四年载，吴伐楚，破郢都。申包胥求救于秦，在秦庭哭了七日七夜，感动了秦王，遂发援兵救楚。句反用此典感叹金国无援可求。 [7]“并州豪杰今谁在”二句：意谓并州健儿如今不知还有谁在，他们莫不是打算要像韩信那样分兵下井陉出奇制胜？并州地近北边，民风尚武，英雄辈出，金末多有地方豪杰在太行山依据堡寨聚众抗蒙者。井陉（xíng），在今河北井陉县西，是太行山中部的险要关口。韩信背水为阵大破赵兵于此，见《史记·淮阴侯列传》。

“蛟龙”二句，李慈铭批：“老泪可掬。”

沈德潜《宋金三家诗选·元遗山诗选》卷首批语赵翼评：“遗山诗佳者极多，大要笔力苍劲，声情激越。至故国故都之作，尤沉郁苍凉，令读者声泪俱下。如‘白骨又多兵死鬼，青山原有地行仙’‘蛟龙岂是池中物，虮虱空悲地上臣’之类，于极工炼之中别有肝肠迸裂之痛，此作者所独绝也。”

其　四

万里荆襄入战尘[1]，汴州门外即荆榛[2]。
蛟龙岂是池中物[3]，虮虱空悲地上臣[4]。
乔木他年怀故国[5]，野烟何处望行人[6]。
秋风不用吹华发[7]，沧海横流要此身[8]。

总评：小松：“敌入荆襄，汴京未战而溃。起句‘入’‘即’二字，写瓦解状，转折甚妙。三、四，强弱对照，自《孙子》来，造语精炼凌苏、陆。五、六，从眼前切迫忽入‘他日’荒凉，何等凄绝！”

[注释]

[1] 万里荆襄入战尘：正大八年（1231），蒙古拖雷率军破南宋大散关，沿汉水东下，从南面攻金。次年正月在钧州三峰山与金军

主力决战，败之，遂会合蒙古北路军合攻钧州，金精兵健将损失殆尽。荆襄，指湖北、河南一带。 [2] 汴州门外即荆榛（zhēn）：言汴京鏖战后的荒芜之状。荆榛，泛指野地丛生的小灌木。 [3] 蛟龙岂是池中物：指金哀宗逃出汴京事。《三国志·吴书·周瑜传》载瑜奏言：刘备以枭雄之姿，必非久屈为人用者，恐蛟龙得云雨，终非池中物。 [4] 虮虱空悲地上臣：指在京城中的小官。陆游《杂兴十首以贫坚志士节病长高人情为韵》之一："区区牛马走，龊龊虮虱臣。"唐卢仝《月蚀诗》有"地上虮虱臣，仝告愬帝天皇"句，以虱卵和虱子喻微小卑贱之臣。 [5] 乔木他年怀故国：谓往年看到高大的树木就会想到京都汴梁。《孟子·梁惠王下》："所谓故国者，非谓有乔木之谓也，有世臣之谓也。"乔木，高大的树木。古人常在都城外种树，后用以象征旧日的都城。 [6] 野烟何处望行人：谓旷野烟雾迷茫，到哪儿去瞭望仓惶外逃行踪不定的故主呢？唐昭宗被朱全忠挟持，在兴元作《菩萨蛮》词，有"野烟生碧树，陌上行人去"语。行人，出行和出征之人。 [7] 秋风不用吹华发：意谓萧杀的秋风不要吹折我衰弱之身。华发，黑白相间的苍发。 [8] 沧海横流要此身：谓国亡世乱，正需要我辈保存华夏文明。沧海横流，范宁《〈穀梁传〉序》：孔子睹沧海之横流，乃喟然而叹曰："文王既没，文不在兹乎！"

[点评]

天兴元年（1232）腊月底作。这年三月汴京久攻不克，蒙古军转攻附近州县。十二月，汴京粮尽，金哀宗不得已率军到外地就食，前途难卜，都城空虚，危在旦夕。诗人精心撰作组诗以郑重记录这一大事抒发感慨，五首诗既互相联系，又各有侧重，形成有机的整体，是其"诗史"的代表作。

组诗对"惨淡龙蛇日斗争"所造成的空前浩劫予以

沉痛控诉，其“高原水出山河改”“精卫有冤填瀚海”及“沧海横流”，将批判矛头指向蒙古军，以祸水横流的源头喻之。“包胥无泪哭秦庭”，则包含了对金宣宗四处树敌与南宋开战以致无援可求之战略失误的批判，特别是“蛟龙岂是池中物，虮虱空悲地上臣”，批评金哀宗逃出汴京置广大臣民于不顾，将诛心笔锋直指当今皇上，敢于冒天下之大不韪，确实难能可贵。更为难能可贵的是“秋风不用吹华发，沧海横流要此身”所表现出的以时代需求为己任的使命情怀。汴京不守，标志着蒙金鼎革已至尾声，进入金元之际，中原华夏农耕文明及其治理模式也即“道统”与“正统”的关系渐趋脱节，诗人要以文坛领袖的身份自觉担当起延续传统文化救世济民的历史重任，在“道统”空档、社会失范之历史时期发挥应有的作用，并且为此不惜违背尽忠死节之传统理念，忍辱负重，在儒家人生价值取向中属于“圣达节”的层次。

在艺术风格方面，组诗不同于杜甫“三吏”“三别”着眼于具体事件的叙述，而是用意象典故高度概括纷繁的历史事件，构成浑融苍茫的意境，抒情气氛更为强烈。张晶《辽金诗史》认为：“以‘诗史’称杜诗，有一个重要原因是诗人善于用客观化的、叙事性的笔法来反映社会现实，诗人的主体心态、情感是隐藏在叙事性的文字后面的，诗人将巨大的历史变故凝缩为一个个叙事性片断，真实地显示出那一时代的风貌。如《兵车行》《新婚别》《垂老别》等篇什皆然。遗山诗对于金末丧乱的写照不同于是。诗人是以在这历史惨剧中所激起的强烈主体感受，来摄取当时的客观情景，熔铸成有巨大历史容量的审美意象。这些意象不以指实某些具体史实为目的，却又有着深刻的时代内容，因而，这些意象显得颇为厚重；同时，这些意象又有鲜明的主体倾向，带着诗人的激情与个性，易于使人受到强烈的感染与震撼。”日本吉川幸次郎《中国诗史》也说：“他不喜欢把那敏锐的反应立即轻率地表现出来，而是认真地审视这些刺激，审视到对象的各个部分。因此，在他的诗中，无意义的句子是很少的。这种深思熟虑的表达，被认真地反复提炼，就显得越发浑重淳厚。在浑重淳厚这一点上，他也许堪为杜甫以后的第一人。”从这些论说角度切入观照此等诗，对遗山诗之成就地位的重新定位十分重要。

癸巳四月二十九日出京

塞外初捐宴赐金[1]，当时南牧已骎骎。
只知灞上真儿戏[2]，谁谓神州遂陆沉[3]。
华表鹤来应有语[4]，铜盘人去亦何心[5]。
兴亡谁识天公意，留着青城阅古今[6]。

国初取宋，于青城受降。

首联：站在金史的终点追思其国亡的成因，批判矛头指向最高决策层，有胆有识。

颔联：用“只知”“真”双重复指，揭示金廷明知大臣文恬武嬉而执意用之，任人唯亲，不惜亡国，堪为诛心之论。

末二句：高步瀛《唐宋诗举要》：“顿挫往复，一结尤沉痛。”

“只知”六句，李慈铭：“哀至之情，以蕴藉出之，益觉其沉痛。”

［注释］

[1]“塞外初捐宴赐金”二句：本集卷二十一《希颜墓铭》：“泰和中，朝廷无事，士大夫以宴饮为常。之纯于朋会中，或坚坐深念，

咄咄嗟嗟，若有旦夕忧者。或问之故，之纯曰：‘中原以一部族待朔方兵，然竟不知其牙帐所在，吾见华人为所鱼肉去矣。’闻者讪笑之，曰：‘四方承平余五六十年，百岁无狗吠之警，渠不以时自娱乐，乃妖言耶？’未几，北方兵动。”文作于上年冬，可与此合观。宴赐金，金朝向镇守北方边境诸将赏赐宴会用的钱，从金章宗明昌二年（1191）起，规定五年一次，由朝官赴边主持其事，详见《金史·李愈传》。郝树侯《元好问诗选》谓金“为了和好蒙古，常常举行宴赐”，亦通。南牧，到南面放马，指蒙古南下中原。骎（qīn）骎，马快行貌。 [2] 只知灞上真儿戏：指金朝将帅无能，武备松弛。《史记·绛侯周勃世家》载：汉文帝视察灞上、棘门的驻军营地，直驰而入。来到周亚夫的驻地，将士戒备森严，不得入。文帝说：“此真将军矣！曩者霸上、棘门军若儿戏耳。”灞上，地名，在长安东郊。 [3] 神州遂陆沉：指金国灭亡。《世说新语·轻诋》载：东晋大将桓温眺望中原，慨然说：遂使神州陆沉，百年丘墟，王夷甫诸人不得不任其责。神州，战国时齐人邹衍称华夏之地为“赤县神州”，后用为中国的别称。 [4] 华表鹤来应有语：指国家沧桑巨变。华表，树立在宫殿、广场等处饰有花纹的标柱。鹤来应有语，旧题晋陶潜《搜神后记》载：辽东人丁令威学道成仙，千年后化作白鹤回到故乡，落在城门的华表上，歌曰：“有鸟有鸟丁令威，去家千年今始归。城郭如故人民非，何不学仙冢累累！” [5] 铜盘人去：用李贺《金铜仙人辞汉歌引》典，详见前选《西园》诗注 [13]。 [6] 青城：此指南青城，宋祭天斋宫所在地，在汴京城南五里处。金国初，粘罕、宗望受降于此。蒙古亦于此地杀戮金皇室，遣送后妃于漠北。

[点评]

金天兴二年癸巳（1233）正月，汴京西面元帅崔立兵变，以城降。蒙古大将速不台因汴京曾激战，主张按例屠城，请示太宗窝阔台。太宗也“怒其后服”，经耶律楚材等力争苦谏，诏令“罪只及完颜氏”。四月，耶律楚材始到汴京主持其事，杀戮皇室，后妃遣送龙庭，四月二十九日押解亡金官员至青城。此时金哀宗虽流亡于归德，但苟延残喘，国亡已成定局。诗写亡国之悲，诗人回顾了金朝灭亡的历程，点出金亡的原因，具有史学家的见识。首联从金国由盛转衰的章宗时说起，祸端直指金廷妄自尊大、盲目乐观、耽于安乐的愚昧无知；颔联进而揭示了边将的儿戏无能与国家节节败退终至沉沦的内在联系，这些论断皆着眼于金国内部，笔锋指向文恬武嬉，真可谓高屋建瓴，入木三分。颈联转写汴京的沧桑巨变，以铜盘人去自比，悲痛欲绝。尾联将蒙古灭金与金灭北宋相对照，在“你方唱罢我登场”之相似的历史中感叹相似的成因，除文恬武嬉外还有其他，可谓是“言有尽而意无穷”矣。

喜李彦深过聊城[1]

围城十月鬼为邻[2]，异县相逢白发新。
恨我不如南去雁，羡君独是北归人[3]。
言诗匡鼎功名薄[4]，去国虞翻骨相屯[5]。
老眼天公只如此[6]，穷途无用说悲辛。

首联：喜中有悲，百感丛生。

颔联：比上不足，比下有余，与浩劫中死难的众友比，足可庆幸矣！

颈联：用典寄慨，以一寓万。

尾联：怨天尤人，欲说还休。

［注释］

[1] 李彦深：《遗山乐府》卷二《浣溪沙》十一题序：“怀李彦深。李，济南人。”词有“金马玉堂梁苑客”句，知李曾在汴京翰林院任职，与遗山有交。 [2] 围城十月鬼为邻：汴京自天兴元年（1232）三月被围，至次年正月崔立以城降，长达十个月。其间历经激战、粮荒、兵变、瘟疫，死者上百万人。鬼为邻，指随时有死亡的危险。 [3] 羡君独是北归人：李彦深是济南人，汴京沦陷后北归故里，故云。 [4] 言诗匡鼎功名薄：匡鼎即匡衡，西汉元帝时经学家，善于解说《诗经》。《汉书·匡衡传》：“无说《诗》，匡鼎（一说“鼎”为匡衡的小字，一说“鼎”犹“当”“方”）来。匡说《诗》，解人颐。”后衡因上书直言被免官。此谓自己懂诗而不懂政，仕途坎坷。杜甫《秋兴八首》之三：“匡衡抗疏功名薄，刘向传经心事违。” [5] 去国虞翻骨相屯（zhūn）：谓由于自己命运不好，遂有亡国之臣被羁管聊城之灾。去国，离开国都。虞翻，三国时吴人，任骑都尉，多次犯颜进谏。孙权不喜，把他贬至丹阳，后又因他好酒，再贬交州。骨相屯，迷信所说的骨相不好。 [6]“老眼天公只如此”二句：暗用阮籍“穷途恸哭”典，谓老天爷老眼昏花，向来贤愚不分，走上穷途末路的我等不用诉说悲痛辛酸了。

［点评］

诗当天兴三年（1234）羁管聊城时作。遗山拘留聊城，孤单凄凉，老友来访，十分欣慰。诗首联述劫后余生后他乡遇故知之欣喜；颔联感慨己不如友，有家难归；颈联哀怨自己有才而无命；尾联将无限悲酸归罪于天，故作宽慰之语而情调凄酸。全诗并非紧扣诗题之“喜”，故友来访只是给诗人带来短暂之喜，与故友对照比较后，其悲远远溢出“喜”外。诗人至聊城后的七律纪乱诗，与在南阳、汴京时所作一味效法杜甫一字一顿、用语凝重斩绝不同，多横放流畅淋漓尽致之变，进入徐世隆所言“诗祖李、杜，律切精深，而有豪放迈往之气”那种更具个人风格的境界。如颔联从诗意看属反对，但加入诸多动词、副词前呼后应；颈联从仕履与命相的内在联系看又属因果关系的流水对；至于首、尾二联之内在联系也属此类。诗人把曲折幽微的感情用近似散语又极为工练的字句表达出来，将杜甫之沉郁顿挫、深刻精工与李白之纵放恣肆、浑灏流转融为一体，达到了“学至于无学”“情性之外不知有文字”的境地。

“归心”句：比喻夸张，近似李煜“问君能有几多愁？恰似一江春水向东流”。

中二联：小松：“三、四，悲凉。五、六，从杨万里句（“睡去恐遭诗作祟，愁来当遣酒行成”）脱化，翻觉有新味。”

末联：晚年奢望，低得可怜，真切可叹。

梦　归

憔悴南冠一楚囚[1]，归心江汉日东流[2]。
青山历历乡国梦[3]，黄叶潇潇风雨秋[4]。
贫里有诗工作祟[5]，乱来无泪可供愁。
残年兄弟相逢在[6]，随分齑盐万事休。

[注释]

[1] 南冠：囚徒的代称。用典详见《南冠行》注 [1]。　[2] 归心江汉日东流：本集卷三十七《南冠录引》云：“岁甲午，羁管聊城。益之兄（好谦）邈在襄汉，遂有彼疆此界之限。”谓同胞亲

爱之心追随远在襄汉的兄长，想念之情如汉江一般日夜东流不息。 [3] 历历：分明可数。乡国：家乡故国。 [4] 潇潇：形容刮风下雨。 [5] 贫里有诗工作祟：谓贫困中思如泉涌，灵感来得奇怪，诗不求工而自工。 [6] “残年兄弟相逢在”二句：言晚年最大的愿望是与兄长聚在一起，至于生活，随便吃些粗糙的饭菜即可。残年，晚年。随分（fèn），随便。齑（jī），调味用的姜、蒜或韭菜碎末。

［点评］

遗山在羁管聊城期间，十分悲戚孤寂，其最强烈的念想就是思忆故国故乡亲人旧友。岁甲午（1234），诗人听说兄长好谦逃往南宋，有感于异国分隔，难以再见，思念之情更为强烈，遂作此诗。首联叙事抒怀，重在显示处境的孤独凄苦与思念的强烈持久。颔联承“归心”，出句言梦中所见，对句写醒来所闻，一虚一实，欣慰与悲凉形成巨大反差，以喜衬悲悲更悲。颈联承“憔悴”句，顺沿欧阳修“诗穷而后工”之说，“贫里”“乱来”互动互补，在巢倾卵覆的沧桑之悲中，夹带着塞翁失马焉知非福的意外之“喜”。尾联表达了此生如能兄弟团聚，粗茶淡饭都无所谓，别无他求的愿望，将阶下囚的心境和盘托出。

淮 右[1]

淮右城池几处存[2]，宋州新事不堪论[3]。

前半：形势每况愈下，事事如同晴天霹雳；忧国心急如焚，次次更像锥刺刀剜。绝望之极，沉痛之极。

李慈铭：“当日大势了如。”

后半：用古人之酒杯，浇自己之块垒，一气而下，间不容发，此等七律酣畅淋漓，真觉过瘾。

陶玉禾："遗山诗，每全用杜句，盖熟极后不觉耳。此全用致尧（韩偓字）语，而结处明点出，另是一体。"

辅车谩欲通吴会[4]，突骑谁当捣蓟门[5]。
细水浮花归别涧[6]，断云含雨入孤村。
空余韩偓伤时语[7]，留与累臣一断魂[8]。

［注释］

[1] 淮右：指淮河西侧一带临近南宋的边境地区。 [2] 淮右城池几处存：《金史·武仙传》载：天兴二年（1233）五月邓州总帅移剌瑗举城降宋。七月，武仙兵败淅川，七万余人降宋。 [3] 宋州新事：宋州，隋、唐、北宋置，金置归德府，治今河南商丘市南。天兴二年正月金哀宗逃入归德。二月，元帅官奴率忠孝军兵变，杀尚书左丞等官员三百余人，囚哀宗于照碧堂，独揽大权。六月，金哀宗诛官奴及其党。 [4] 辅车谩欲通吴会：《金史·哀宗本纪上》天兴二年八月下载，哀宗遣使借粮于南宋，言："大元灭国四十，以及西夏，夏亡及于我，我亡必及于宋。唇亡齿寒，自然之理。若与我连和，所以为我者亦为彼也。"至宋，宋不许。辅车，《左传》僖公五年："晋侯复假道于虞以伐虢。宫之奇谏曰：'虢，虞之表也。虢亡，虞必从之。……谚所谓"辅车相依，唇亡齿寒"者，其虞虢之谓也。'"辅，面颊。车，牙床骨。谩，徒，枉。吴会，吴郡，会稽。此代指南宋。 [5] 突骑谁当捣蓟（jì）门：可与《壬辰十二月车驾东狩后即事五首》之"并州豪杰今谁在，莫拟分军下井陉"合观。蓟门，古地名，即蓟丘，今北京。此代指蒙古军后方。 [6]"细水浮花归别涧"二句：借用韩偓《春尽》诗句，喻其巢倾卵覆的悲惨处境，如落花流水、断云无根一般漂泊无依。下选《杏花落后分韵得归字》"残阳淡淡不肯下，流水溶溶何处归"即以落花漂水寄寓自己亡国遗臣之际遇。断云，片云。 [7] 韩偓（wò）：晚唐诗人。昭宗时官兵部侍郎、翰林学士承旨，愤朱温

跋扈，诗多伤时之作。偓，底本作“渥”，当刊刻之讹，据施本改。 [8] 累臣：拘系之臣。诗人时被羁管聊城，故云。

［点评］

天兴二年（1233），南宋乘金之危，攻打淮西州县。五月，金邓州节度使等降宋。遗山虽被羁管聊城，仍密切关注时事，故以此为题，但并非专咏淮右事，还写到金哀宗逃入归德后的悲惨遭遇及南宋和议等事，将大厦将倾、人心涣散、兵乱四起的亡国趋势作了高屋建瓴的扫描，并对金朝亡国命运难以挽回表示极度的悲痛哀伤。顾嗣立评后四句云：“五、六全用韩致光（韩偓之字，《唐书》本传作“致光”，计有功《唐诗纪事》作“致尧”。后者是）语，即于结联标出，自成一体。”蔡立甫谓此乃学苏轼之“峨眉山月半轮秋，影入平羌江水流。谪仙此语谁解道，请君见月时登楼”，其浸染之深由此可见一斑。

即 事

逆竖终当鲙缕分[1]，挥刀今得快三军。
燃脐易尽嗟何及[2]，遗臭无穷古未闻。
京观岂当诬翟义[3]，衰衣自合从高勋。
秋风一掬孤臣泪[4]，叫断苍梧日暮云。

首联：述中有评，正气磅礴。

颔联：下笔狠重，恨仍难消。

颈联：笔伐之后，又欲口诛。

尾联：于事无补，时过境迁。心怀故君，悲情无限。

总评：小松：“起句，不觉慷慨。发于衷情，作此激语。五、六对句，义气凛然。七、八呜咽欲绝。”

[注释]

[1]“逆竖终当鲙（kuài）缕分”二句：《金史・崔立传》载：李伯渊刺杀崔立后，用马拖其尸于皇宫前，当众问曰：“立杀害劫夺，烝淫暴虐，大逆不道，古今无有，当杀之不？”万口齐应曰：“寸斩之未称也。”乃枭立首，军民皆恸，或剖其心生噉之。逆竖，叛逆的家伙。鲙缕，将肉切成细丝。 [2]燃脐（qí）：《后汉书・董卓传》载：汉末董卓被王允、吕布所杀，尸体陈于长安市上。卓体肥胖，油脂溢出，看守者在他的肚脐上点火以照明。嗟何及：叹息怎样才能达到目的。 [3]“京观（guàn）岂当诬翟义”二句：谓因反抗崔立被诬害的烈士可以正名，他们的家属也应群起响应声讨罪逆。京观岂当诬翟义，王莽篡汉时，东郡守翟义起兵声讨，失败被杀。莽收其尸，筑为京观，以夸耀己功。京观，把敌兵尸体堆积，用土封盖，以示战功。衰（cuī）衣自合从高勋，《契丹国志・嗣圣皇帝下》载：契丹人张彦泽嗜杀成性，与阁门使高勋有隙，杀其叔及弟。辽太宗后闻张劫掠，判处死刑，命高监斩。被张所害的家属，穿衰衣持杖哭随诟骂。处刑后高命剖其心以祭死者。衰衣，丧服。 [4]“秋风一掬孤臣泪”二句：意谓秋风萧瑟中，我老泪纵横，朝着故主葬地的方向禀告报仇雪恨的消息，唯恐听不到遂高叫以致断其上方的日暮行云。孤臣，亡国之臣。苍梧，《礼记・檀弓》谓舜葬于苍梧之野。后因指帝王远死之所。此指金哀宗葬所。《金史・哀宗本纪下》载，奉御绛山收哀宗骨瘗之汝水之上。

[点评]

天兴二年（1233）正月，汴京西面元帅崔立发动兵变，杀留守二执政，以城降蒙古。次年正月，蒙古与南宋攻破蔡州（今河南汝南县），金哀宗自缢，金朝至此灭亡。六月，叛将崔立被其部下安平都尉李伯渊刺死。李剖裂崔尸于汴京皇城正南承天门下，以祭哀宗，一军哀嚎。诗人在聊城闻知这一大快人心的壮举，作诗以记。首联扣题叙事，用“逆竖”予以定性，表达了对恶贯满盈者的深恶痛绝和罪有应得终于报仇雪恨的激动心情，为全诗奠定了基调。颔联谓其罪恶滔天，罄竹难书，死有余辜，难以解恨。颈联、尾联告慰反抗叛逆的烈士与壮烈殉国的故君。它与杜甫《闻官军收河南河北》初闻喜讯后的兴奋之作相似，专就突发的事件方面发挥，内容单纯，线型推进，气势纵放，属于奔迸式表情法。这种在七律中即事抒情淋漓尽致的诗作属极为罕见的神品逸品，注入诗人初闻喜讯时的四射激情和全部生命力。不同之处是杜诗直至尾联仍有迫不及待的欢快喜悦，而元诗则在痛快淋漓的基础上又加入于国无补的痛心，在感情的纬度与张力方面更觉震撼人心。

秋 夜

九死余生气息存[1]，萧条门巷似荒村[2]。
春雷谩说惊坯户[3]，皎日何曾入覆盆。
济水有情添别泪[4]，吴云无梦寄归魂[5]。
百年世事兼身事，尊酒何人与细论[6]。

首联：灰心丧气，心境黯淡。

颔联：忍辱负重，横遭谤伤。化用典故新加成分，以多增激昂不平之气。

颈联：受委屈而思君，欲诉冤而无门。小松：“五、六，从柳柳州‘零落残魂倍黯然，双垂别泪越江边’脱化。”

尾联：国事身事，无不悲催；浮想联翩，无可告语。

总评：郭元釪《全金诗》引《金诗纪事》语：“诗中悲衔坯户，冤抱覆盆，伤九死之余生，慨百年之身世，曹听耳食，实繁有徒，罇酒细论，所以叹息于告语之无人也。”

[注释]

[1] 九死余生：指历经汴京沦陷前后的艰险，劫后余生。气息存：气息奄奄，勉强生存。 [2] 萧条门巷似荒村：谓聊城城门街巷萧条冷落如同荒村。 [3]“春雷谩说惊坯（pī）户”二句：化用骆宾王《幽縶书情通简知己》“覆盆徒望日，蛰户未经雷”句，言沉冤难白。春雷谩说惊坯户，《礼记·月令》谓仲春之月“日夜分，雷乃发声，始电，蛰虫咸动，启户始出”；仲秋之月“雷始收声，蛰虫坯户”。谩，徒。坯户，用泥土把洞穴封闭。皎日何曾入覆盆，日光何曾射进覆盖的盆中。 [4] 济水有情添别泪：谓很遗憾当初未能随从故主出行以致永别，多情的济水亦为我的感伤增添泪水。济水，源出河南济源，东流经山东。别泪，应指与金哀宗的伤别之泪。 [5] 吴云无梦寄归魂：南天之云不愿负载我的梦魂，使我无法向故君表明心迹。时金哀宗已在蔡州自焚归天，蔡州在聊城之南，故云。 [6] 尊酒何人与细论：与何人边喝酒边细细讨论？

[点评]

天兴三年（1234）秋在聊城作。诗因为崔立撰功德碑事蒙冤含屈而发。天兴二年正月，汴京西面元帅崔立以拯救一城生灵为名发动政变，杀死汴京二留守，自封郑王，投降蒙古。四月，崔立党人献媚邀宠，责令翰林院学士王若虚撰写碑文歌颂崔立兵变的功德。王若虚以理拒之，言学士是为国家起草诏令的，而且下属为官长歌颂功德，难以取信于世间。于是崔党又让太学生刘祁、麻革作碑文。刘、麻认为此事有污名节，再三推辞。遗山时为左司员外郎，位处机要，深知触怒嗜杀成性的崔立之危害已迫在眉睫，故主动参与其事，采取果断手段急促完事。天兴三年六月崔立被诛后，士议纷纷指责遗山。诗人在此诗中吐露其身为囚徒、独在他乡、孤独凄凉的处境，不为世人所知的良苦用心，故君已死沉冤无法倾诉的悲哀，感慨身事、世事双重煎熬下独自承受无可告语的凄惨，伤心欲绝，委婉隐幽，极往复低回、掩抑零乱之致。

甲午除夜

暗中人事忽推迁[1]，坐守寒灰望复燃[2]。
已恨太官余曲饼[3]，争教汉水入胶船[4]。
神功圣德三千牍[5]，大定明昌五十年[6]。
甲子两周今日尽[7]，空将衰泪洒吴天[8]。

首联：国家已亡而仍望复兴，心不死如此，痴迷之至！

颔联：累加不幸，失望之至，沉痛之至。

“神功”四句：李慈铭：“醇质逼近浣花（杜甫）。”

总评：小松：“金源一旦勃兴于朔北，灭辽驱宋，其势有不可侮者矣。然章、宣之际，骄兵苛税，国民疲罢，哀宗遂以亡，亦所自招焉耳。”

［注释］

[1] 暗中：冥冥之中。推迁：发展变化。　[2] 坐守寒灰望复燃：用“死灰复燃”典，语出《史记·韩长孺列传》。寒灰，已燃尽的冷灰，喻指已亡的金朝。　[3] 太官：掌管皇帝饮食之官。曲饼：用麸皮等做成的饼子，发酵以酿酒制酱等。《晋书·愍帝纪》：“京师饥甚，……太仓有麴数十饼，麴允屑为粥以供帝。”句用此典，指汴京被围、城中粮尽，金哀宗不得已弃守事。　[4] 争教汉水入胶船：指金哀宗出奔身死蔡州事。《史记·周本纪》张守节正义引《帝王世纪》：周昭王南攻楚国，兵渡汉水，当地人用胶粘船以进，船至中流分解，昭王等俱没水中而卒。争，怎。汉水，

源出陕西，经湖北注入长江。 [5] 神功圣德：多用以称颂帝王。神功，神一般的功绩。《金史·太祖本纪》："天会十三年，……立开天启祚睿德神功之碑于燕京城南。"圣德，圣人般的帝德。三千牍：形容记述功德的文书之多。 [6] 大定：金世宗完颜雍的年号（1161—1189）。明昌：金章宗完颜璟的年号（1190—1195），此为章宗在位十九年之明昌、承安、泰和三个年号的代称。 [7] 甲子两周：古人用十天干和十二地支依次搭配纪年，一周为六十年。金自太祖完颜阿骨打收国元年（1115）至金哀宗天兴三年（1234），正好两周。 [8] 吴天：南方的天空。金哀宗死于蔡州，为金国南边之地。

［点评］

金天兴三年（1234）岁次甲午。这年正月蔡州城破，哀宗自杀，金朝灭亡，除夕遗山在聊城羁所作此诗。诗人站在金朝的终点，回顾了金朝由兴到盛至亡的全过程，昔日的武功文治更激起他对时事的感伤，孤臣孽子之悲油然而生。前二联小起小落，以"望复燃"之希冀反衬"余曲饼""入胶船"之失望、绝望；后二联大起大落，以金朝开国初的丰功伟绩和金朝中叶的繁荣昌盛反衬今日终致灭国的哀伤。通过波浪起伏的衬跌，加大了诗作的悲痛力度。特需注意的是，"大定明昌五十年"是金朝大兴文治、国泰民安的繁盛时期，世宗、章宗尊孔重教，以儒治国，治绩远超前此北族入主中原的所有朝代。《金史·世宗本纪赞》："当此之时，群臣守职，上下相安，家给人足，仓廪有余，刑部岁断死罪，或十七人，或二十人，号称'小尧舜'。"章宗"承世宗治平日久，宇内小康，乃正礼乐，修刑法，定官制，典章文物粲然成一代治规”(《金史·章宗本纪赞》)。诗人所言“神功圣德三千牍”，多着眼于胡汉同心同德、励精图治以致太平盛世的诏诰章奏。以此来比观金亡之际的空前浩劫，以及蒙古沿用草原奴隶制模式大肆裂土分民给予可汗皇室与军功贵族，就可以理解诗人的失落与痛心了。

杏花落后分韵得归字

獭髓能医病颊肥[1]，鸾胶无那片红飞。
残阳淡淡不肯下，流水溶溶何处归[2]。
煮酒青林寒食过[3]，明妆高烛赏心违。
写生正有徐熙在[4]，汉苑招魂果是非。

[注释]

[1]“獭（tǎ）髓能医病颊肥”二句：谓美人脸上的伤痕尚有獭髓可医，而杏花的凋落即使用鸾胶粘合也无济于事。獭髓能医病颊肥，《拾遗记》载：吴国孙和舞水晶如意伤邓夫人颊，医生说得白獭髓和琥珀屑敷之，当灭痕。獭，水兽，捕鱼为食。鸾胶，旧题汉东方朔《海内十洲记》载，凤喙麟角合煮成膏，其黏性极强，能续弓弩已断之弦、刀剑断折之金。无那，无奈。 [2] 溶溶：水盛貌。 [3]“煮酒青林寒食过”二句：谓寒食节后，人们将在青杏林中煮酒，这种秉烛赏花惜花之事欲求不得了。煮酒，古以青杏煮酒，以取其酸。青，底本作“清”，讹。据李诗本、毛本改。

首联：写景不宜用典，此属文人小圈中炫耀才学的产物，诗人偶而为之。

颔联：写尽乱世之人不由自主、前途渺茫的身世之感，可与前选《学东坡移居八首》“沧溟浮一叶，渺不见止泊”合观。查慎行：“此画家传神手也。‘残阳’一联，遂为杏花绝唱，千古无对。”

颈联：以设想将来之衰落来珍惜现在之美好，这种思维方式不仅可以用于赏花惜花，也可以用作珍重当下的人生哲理。

尾联：回扣诗题，以重神似的评诗标准与众诗友共勉，不愧为文坛盟主风范。

明妆，梳妆鲜明的美女，此喻指杏花。 [4]“写生正有徐熙在”二句：谓现在正有像画家徐熙一样的诗人把凋落时的杏花穷形尽相地描绘，但是否能将其凄惨哀怨可望不可及的神态写出，就不得而知了。写生，描绘实物。徐熙，五代南唐画家，善画花卉虫鱼。汉苑招魂果是非，《汉书·外戚传》载：汉武帝自宠妃李夫人死后，日夜思念。方士为其招魂，帝望见李夫人来而不可近视，作诗曰：“是邪？非邪？立而望之，偏何姗姗其来迟！”

[点评]

蒙古太宗七年（1235），遗山移居冠氏，多朋聚之欢（前选《纪子正杏园燕集》有“阳平一邑多诗豪，主人买酒邀众宾”语），诸诗友以“杏花落后”为题，分韵赋之，诗人分得“归”字韵，作此诗。

律诗讲究平仄、对偶、押韵、字数，可谓是戴着镣铐跳舞。文人们为斗才逞巧，更有分韵、次韵等习尚，束缚了思想感情的表达。遗山在此诗中没有被文字游戏所限制，因难见巧，为所欲为。咏物诗贵在物中有我，浑然一体，言近旨远，写出个性。此诗紧扣“杏花落后”四字展开，颔联既写出杏花凋落时的神态，也传达出诗人之亡国孤臣无可奈何、渺无止所的凄伤，在古来咏杏花的诗中别具一格，风神兼备。诗人喜用叠词，善用叠词。“淡淡”不仅刻画出夕阳西下时抹上残红的色调，而且状写出杏花恋恋不舍无可奈何地从树枝上下落时黯然失色的凄惨神情。“溶溶”不仅描绘出河水的盛大，而且凸显飘落在漩涡激流中的花瓣随势驱使、无法抗拒、渺无止泊的悲惨命运。这可谓是画龙点睛，境界全出，立象寓意，曲尽幽微，既搀入自己的人生际遇之感，又囊括亡国之臣的巢倾卵覆之悲，还寓有顾炎武所言“亡天下”后的华夏不知走向何方的悲凉。如此看来，象外有象，言外有意，不着一字，尽得风流，含蓄委婉，情韵缠绵，在咏物诗中确属不即不离、妙合浑融的高格了。王安石《北陂杏花》“一陂春水绕花身”“纵被春风吹作雪，绝胜南陌碾成尘”，以杏花暗随流水到天涯寓洁身自好、志向长远，抉择明确坚定，口气悲壮，但直接跳出来议论，不及只再现情境丰腴，所谓唐诗之美在情韵，宋诗之美在气骨，以及元氏如何由宋转唐，由此可见一斑。

送杜招抚归西山　杜乱后为黄冠师[1]

少日先声慑虎貔[2]，只今骑马欲鸡栖[3]。
邯郸枕上人初觉[4]，秋水篇中物已齐[5]。
父老樵渔知有社[6]，将军桃李自成蹊。
因君唤起思乡意，君在西山我更西[7]。

首联：昔今对比，威风扫地；如此衬跌，更觉悲催。

颔联：终成道士，沉沦之至；何以化解，归心《秋水》。

小松：“三、四，从邯郸枕上入乾坤，一新，隽永可味。”

颈联：设想将来，有画饼充饥之慰，亦题中应有之意。

尾联：由人及己，以人衬己；别转一境，凄惶不已。

[注释]

[1] 杜招抚：《金史·宣宗本纪》：元光元年（1222）十月，徙彰德招抚使杜先于卫州。《张开传》：林州乱，逐招抚使康瑭，推杜先为招抚使。疑“杜招抚”即此人。招抚，按《金史·崔立传》所载其部将药安国“尝为岚州招抚使”，属武官职。西山：也应指

今河南林州市西之太行山一带。黄冠师：道士。 [2] 先声：兵家指先张扬声势，以威慑敌人。诗指素有的威名。虎貔（pí）：比喻凶猛的敌人。貔，古书记载的一种猛兽。 [3] 只今骑马欲鸡栖：谓如今身份低下，骑马也像鸡入窝上架一样畏缩。杜甫《晚出左掖》："避人焚谏草，骑马欲鸡栖。"宋黄希《补注杜诗》："《文选》：鸡登栖而敛翼。" [4] 邯郸枕上人初觉：谓如今巢倾卵覆，回忆昔日的辉煌，如黄粱一梦。唐沈既济《枕中记》载：卢生于邯郸客店中遇道士吕翁，自言有志于学，欲建功树名，而今犹穷困。翁授之枕，生昏然入睡，梦中历经荣华富贵。及醒，店主人所蒸黄粱饭尚未熟。 [5] 秋水篇中物已齐：谓杜沦为道士潜心玄学以超脱尘世名利富贵。《庄子·秋水》认为，从"道"的角度看，世间万物无大小贵贱之别。物已齐，语本《庄子·齐物论》。 [6]"父老樵渔知有社"二句：料想杜招抚归乡后与故乡父老打柴捕鱼成群结队，深受乡亲的敬爱拥戴。社，群体组织。桃李自成蹊，语本《史记·李将军列传》引谚："桃李不言，下自成蹊。"谓桃李以华实招人喜爱，不期而至。 [7] 君在西山我更西：遗山家乡忻州在杜招抚所归的太行山之西，故云。

［点评］

按末句，诗当羁管山东时作。杜招抚应该亦属被羁管山东的亡金官员，因成为道士，故受到特别的优待提前释放回乡。杜昔日掌领一州兵马，叱咤风云，声威显赫，如今栖迟零落，遁入空门，凄凉无限。诗人身世与杜类似，兔死狐悲，故诗明为怜人实也自怜。前二联先以杜招抚昔日之声威与如今之狼狈、昔日的积极入世与如今的消极出世多层对比，悲慨在巨大的时空中往复回荡，十分沉痛。颈联着眼于送别，设想友人归乡后之追随乡社的欣慰前景。尾联再将杜与自己对比，抒发其遥羁他乡、归期渺茫之悲。全诗从意脉的内在联系看多属反对、流水对，衬跌有力，衔接紧凑，有波浪起伏、淋漓酣畅之致。

镇州与文举、百一饮[1]

翁仲遗墟草棘秋[2]，苍龙双阙记神州。
只知终老归唐土[3]，忽漫相看是楚囚。
日月尽随天北转[4]，古今谁见海西流。
眼中二老风流在[5]，一醉从教万事休。

首联：睹物兴怀，铜驼荆棘之伤与《黍离》《麦秀》之悲兼而有之。

颔联：多用虚词紧密勾连呼应，动宕流走一气呵成，对偶平仄不烦绳削而自合，语言浅近，寄意深远，情感大起大落，衬跌有力，律诗造诣能达此炉火纯青境地者，确不多见

颈联：无复依傍，自铸伟辞，感情激越，境界壮阔，确为神来之笔。

中二联：赵翼《宋金三家诗选》手批："沉郁顿挫。"小松："此作两联，老境历语，满腔热血，直发得如许句，真是风骨凛然。敬起。"

尾联：扣题写人叙事，由往昔、现在关联将来，余意深长。

［注释］

[1] 镇州：唐宋时州名，金置真定府，蒙古时期汉人世侯史天泽万户府所在地，治所在今河北正定县。文举：白华，字文举，仕金至右司郎中。金亡前夕随邓州帅移剌瑗入宋，蒙古太宗八年（1236）北归，寓居镇州。百一：王鹗，字百一，金正大元年（1224）状元，官至左右司员外郎。金亡，蒙古万户张柔迎请至保州（今河北保定）。 [2]"翁仲遗墟草棘秋"二句：谓废墟上的野草荆棘在秋风中萧瑟，高大的翁仲令人想起昔日金都壮丽的宫阙。翁仲遗墟草棘秋，柳宗元《衡阳与梦得分路赠别》："伏波故道风烟在，翁仲遗墟草树平。"翁仲，传说为秦时巨人，勇力过人，后指铜像或墓道石像。苍龙双阙，《三辅旧事》载，未央宫有苍龙阙。阙，宫门前两

边供瞭望的楼。神州，指京都。左思《咏史诗》“皓天舒白日，灵景耀神州”，吕向注：“神州，京都也。” [3]“只知终老归唐土”二句：当初南渡以为能收复失地终老故乡，不料如今忽然相遇，彼此都沦为囚徒。唐土，周成王弟叔虞封于唐，后为晋国，诗指金国统治下的山西。忽漫，忽而，偶然。楚囚，囚徒。用典详见《南冠行》注[1]。 [4]“日月尽随天北转”二句：以日月倒转、河海西流喻世事的倒行逆施，特别是蒙古以草原奴隶制治理中原农耕地区开历史倒车事。可合观本集卷十二《俳体雪香亭杂咏十五首》其一：“沧海横流万国鱼，茫茫神理竟何如。六经管得书生下，阔剑长枪不信渠。”日月尽随天北转，《春秋元命苞》：“天左旋，地右动。”宋蔡槃《金陵》：“星河天北转，江汉水东流。”日月东升，经南而西落，此言反向而运行。 [5]“眼中二老风流在”二句：谓二位老友的气度不减当年，一醉解千愁，世间万事任其自然吧。从教，听任。

［点评］

诗当遗山晚年在镇州与白华、王鹗初聚时作。劫后余生，老友相见，抚今追昔，感慨万千。首联由题中之地而来，将“镇州”所见的眼中景与引发的心中景叠映，抒昔盛今衰的沧桑之感。颔联由题中之事而来，将昔日之愿望与今日之身份对比，抒巢倾卵覆的孤臣之悲。颈联转写倒行逆施、文明倒退的时代灾难，思绪骤然腾飞，在巨大时空中纵横驰骋，而后缘事造境，寓意于象，视域宏阔，意象雄奇，诗风沉痛激越，悲壮苍凉。尾联回扣诗题，叙事抒怀，以“一醉从教万事休”来化解时事、国事、身事之悲，余味深长。诗大开大合，确为大家手笔、集中名作。

卫州感事二首[1]

其　一

神龙失水困蜉蝣[2]，一舸仓皇入宋州[3]。
紫气已沉牛斗夜[4]，白云空望帝乡秋[5]。
劫前宝地三千界[6]，梦里琼枝十二楼[7]。
欲就长河问遗事[8]，悠悠东注不还流。

首联：事因境想，感随事发。心底旧伤，重揭疮疤。

颔联：由卫及蔡，因果联系。国亡君死，念念不已。

颈联：太平盛世，物华天宝。时过境迁，魂萦梦绕。

尾联：悲伤欲绝，神情恍惚。所问非人，更怨不答。

总评：小松："过宗国颠覆之地，不觉恸哭，有此作。沉炼警句，不减老杜。"

［注释］

[1] 卫州：金末置河平军节度，治今河南卫辉，为汴京北面门户。 [2] 神龙失水：《后汉书·隗嚣传》："鱼不可脱于渊，神龙失势，即还与蚯蚓同。"此指天兴元、二年（1232—1233）之交金哀宗出汴京后听信邪说误导遂致卫州兵败事。蜉蝣（fú yóu）：小虫名。《诗经·曹风》有《蜉蝣》篇，以之比小人，此喻官奴、白撒等人。 [3] 一舸（gě）仓皇入宋州：指卫州兵败后哀宗仓皇逃到归德事。舸，船。宋州，隋唐北宋时州名，金置归德府，治所在睢阳，即今河南商丘市南。 [4] 紫气已沉牛斗夜：《晋书·张华传》："吴之未灭也，斗牛之间常有紫气。" [5] 白云空望帝乡秋：《庄子·天地》："乘彼白云，至于帝乡。"唐李群玉《自澧浦东游江表途出巴丘投员外从公虞》："何由首西路，目断白云乡。"帝乡，本指天帝所居之处，此指哀宗死葬处。《金史·哀宗本纪下》载，蔡州沦陷，金哀宗自缢，"诸禁近举火焚之，奉御绛山收哀宗骨瘗之汝水上"。与上联合观，二句有强调卫州兵败直接导致金朝灭亡之意。 [6] 劫前宝地三千界：言金国未亡前国力强盛，疆域辽阔。劫，佛教将天地的形成到毁灭称为一劫。三千界，

三千大千世界。佛家认为，以须弥山为中心被同一日月照临的四天下为一小世界，一千小世界为中千世界，一千中千世界为大千世界，又称三千大千世界。 [7] 梦里琼枝十二楼：谓故国繁荣昌盛的景象常常在梦里萦绕，令人神往。琼枝，玉树。传说生长在昆仑山中，食其花可保长生。十二楼，《汉书 · 郊祀志》载，黄帝建五城十二楼以待神人。 [8] 长河：黄河，当时黄河流经卫州南。遗事：前代留下的事迹。

首联：扣题叙事，由今及昔。

颔联：亡国遗臣，残年归乡。身心疲惫，情怀失落。

颈联：国事身事，幻如泡影。巢倾卵覆，托身渺茫。

尾联：掉笔写景，寄意深远。

总评：凌廷堪《元遗山先生年谱序》："遗山先生，金亡不仕几三十年，其旧都之感，故君之思，幽忧慷慨之端，悱恻缠绵之故，不可明言者悉寓之于诗。……其天怀之所感激，偶于一物焉而伸之；其孤愤之所郁结，偶于一事焉而发之。身处于元而心在乎金，言尽乎此而意系乎彼。"

其　二

白塔亭亭古佛祠[1]，往年曾此走京师。
不知江令还家日[2]，何似湘累去国时。
离合兴亡遽如此[3]，栖迟零落竟安之。
太行千里青如染[4]，落日栏干有所思。

"落日"，一作"独凭"。

[注释]

[1] "白塔亭亭古佛祠"二句：金贞祐二年（1214），遗山自忻州到汴京应试，曾途经卫州。本集卷三《天井关》有"二十年前走大梁，当时尘土困名场"语，此行与贞祐四年举家南迁三乡路经虞坂、三门津一线不同，由晋城天井关至汴京当路经卫州。 [2] "不知江令还家日"二句：谓我像江令那样乱后还家时，心情与屈原遭贬离开国都，悲痛欲绝身心憔悴相近。江令，六朝时诗人江总曾为陈朝尚书令，世称江令。他在梁时遭侯景之乱，逃难至广东，辗转数年，始北归还家与亲人相会。湘累，指屈原。《汉书 · 扬雄传》"钦

吊楚之湘累”，颜师古注引李奇曰：“诸不以罪死曰累。……屈原赴湘死，故曰湘累也。” [3]“离合兴亡遽（jù）如此”二句：谓人生的离失与国家的灭亡如此仓促，自己失意飘零，将去何地安顿余生。离合，偏指人生的离散。杜甫《垂老别》：“人生有离合，岂择衰老端。”萧涤非注：“有离合，实际是说有离散。”兴亡，专指衰亡。杜甫《壮游》：“国马竭粟豆，官鸡输稻粱。举隅见烦费，引古惜兴亡。”遽，匆忙。栖迟，游息。语本《诗·陈风·衡门》：“衡门之下，可以栖迟。”此指失意漂泊。 [4]“太行千里青如染”二句：眼前绵延千里的太行山，色青如染，凭栏遥望落日，陷入沉思。

[点评]

蒙古太宗九年（1237）秋，遗山羁管山东的期限将尽，先只身返乡安置迁家事宜，途经卫州，有感于卫州兵败事，遂作诗以寄慨。天兴元年（1232）腊月底，金哀宗出离汴京，次年正月初至黄河南岸黄陵岗，听从元帅官奴之计，北渡黄河，攻打卫州。金军半渡之际，南岸万余人遭到蒙古军的突然袭击，将士多战死。继而北岸军也因蒙古军渡河追击而溃逃。金哀宗又听从丞相白撒谋，夜弃六军南渡，逃往归德，诸军遂溃。此战金兵剩余不多的精锐部队也损失殆尽，汴京守将崔立闻讯以城降蒙古，致使金朝迅速灭亡。卫州兵败事是诗人当时在汴京听到，这是其最迫切的期望被彻底毁灭的一刻，如今路经此地，有撕心裂肺之痛、巢倾卵覆之伤。这种难以弥合的剧痛深伤，使元氏形成敏感性、倾向性、稳定性的悲凉心理，这种感时触事、无往不在的思维定势，固化为睹物思人伤今怀昔之心物交流兴发感动的诗作模式。组诗其一之“感事”着眼于“巢倾”。首联以“神龙”喻金哀宗，将兵败事归结于受小人蒙蔽。颔联写蔡州沦陷国亡君死，从因果联系的角度暗衬卫州兵败的痛心。颈联以“劫前”“梦里”领起，转写金朝全盛时的情形，以暗衬劫后现实的悲哀，思绪缠绵凄恻。尾联问“遗事”于“长河”，无理而妙。有问而无答，有欧阳修“泪眼问花花不语，乱红飞过秋千去”层层递进、浑然一体之妙。组诗其二之“感事”着眼于“卵覆”。前二联以昔之京师赶考、胸怀壮志反衬今之羁期将满、落魄还家的失落。颈联将个人的“离合”与国家的“兴亡”紧密联系，写巢倾卵覆后对前景黯淡、托身无所的担忧。尾联寓情于景，面对巍巍太行、落日长河，这位伟人之“有所思”，除国事、身事外，顺此思想轨迹及其心志行迹推之，应当还有华夏的命运、自己的担当，等等。如此以景结情，有继往开来、韵味悠长之效。

卷九　七言律诗九首

羊肠坂[1]

浩荡云山直北看[2]，凌兢羸马不胜鞍。
老来行路先愁远，贫里辞家更觉难。
衣上风沙叹憔悴[3]，梦中灯火忆团圞。
凭谁为报东州信[4]，今在羊肠百八盘[5]。

颔联：陶玉禾："真至。"小松："'先''更'二字，照应斡旋，极有力！"

颈联：小松："非真经行路难者，不知有团圞之乐。"

尾联：小松："余韵不尽。"

［注释］

[1] 羊肠坂：在今山西晋城天井关南之太行山上，因山坡道路曲折形似羊肠而得名。　[2]"浩荡云山直北看"二句：意谓北上雄伟的太行，路长且险，瘦弱的坐骑恐惧战栗，连马鞍也承载不起。直北，正北。凌兢（jīng），恐惧貌。羸（léi），瘦弱。　[3]"衣上风沙叹憔悴"二句：谓衣上扑满了风沙，感叹身心憔悴，脑中还追忆着梦里与家人在灯下团聚的情形。团圞（luán），月圆貌，喻阖家团圆。　[4] 东州：指山东。时遗山家在冠氏，故有此句。　[5] 百八盘：形容羊肠坂的山道曲折。

［点评］

蒙古太宗九年（1237），遗山只身返乡，由河南北上太行山时，有感于山路险阻、坐骑瘦弱及自身老弱贫困等旅途艰难，作此诗。诗叙事抒怀，层层展开，语言浅显如话而对仗精工自然，在要求极为严格的七律中舒展自如，堪称炉火纯青。如颔联将年老力衰、疲惫不堪未“行路先愁远”以及临行因经济拮据精打细算、取舍艰难的复杂心情和盘托出，精粹深刻，且娓娓道来，不假思索，看不出任何推敲痕迹，真正进入其《陶然集诗序》（卷三十七）所言“子美夔州以后，乐天香山以后，东坡海南以后，皆不烦绳削而自合。……唐贤所谓‘情性之外，不知有文字’云耳”的艺术境界。

“眼明”：本集卷八《秋怀》：“何时石岭关头路，一望家山眼暂明。”卷九《为邓人作诗》：“眼明还似故乡归。”《晋书·文苑传·顾恺之》：“恺之每画人成，或数年不点目睛。人问其故，答曰：‘……传神写照，正在阿堵中。’”

太　原

梦里乡关春复秋[1]，眼明今得见并州[2]。
古来全晋非无策[3]，乱后清汾空自流[4]。
南渡衣冠几人在[5]，西山薇蕨此生休[6]。
十年弄笔文昌府[7]，争信中朝有楚囚。

颔联：小松：“从当年雄胜说来，不胜今昔之感。”

中二联：对偶精工而浑化无迹，属“情性之外不知有文字”“不烦绳削而自合”的炉火纯青之境。

尾联：小松：“满腔悲愤，写出蕴藉。”

［注释］

[1]乡关：犹故乡。　[2]眼明：惊喜貌。并州：指太原。　[3]古来全晋非无策：谓自古以来晋地表里山河，易守难攻，不乏守卫良策。　[4]清汾：指汾河，流经太原。　[5]南渡衣冠几人在：谓追随金宣宗贞祐二年（1214）南渡的大批官僚士绅如今存活的还有几人？南渡衣冠，西晋末，晋元帝渡江，建都建业（今江苏南京），

中原士族相随南逃，史称“衣冠南渡”。 [6] 西山薇（wēi）蕨（jué）此生休：《史记·伯夷列传》：孤竹君两子伯夷、叔齐认为周武王伐纣是以下犯上。周灭商后，二人耻食周粟，隐居首阳山，歌：“登彼西山兮，采其薇矣。”句用此典，表示将以伯夷、叔齐自勉，归隐故乡，以度残年。薇，菜名，又名野豌豆。蕨，菜名，又名拳菜，嫩叶可食。 [7]“十年弄笔文昌府”二句：谓当年仕金踌躇满志，怎么也没料到竟会成为蒙古的阶下之囚。十年弄笔文昌府，遗山于金亡前在尚书省供职三年，自正大元年（1224）出仕史馆至天兴二年（1233）被囚，仕金恰好十年，本集卷三十七《南冠录引》所言“从仕十年”即指此。文昌府，尚书省的别称。争，怎。中朝，汉武帝时有外朝、中朝之分，中朝侍中多用文士，此当指翰林院。楚囚，囚徒，典出《左传》，详见《南冠行》注 [1]。

[点评]

蒙古太宗九年（1237），遗山只身返乡安置迁家事宜，路经太原时作此诗。诗人自金宣宗贞祐四年（1216）离乡避乱河南，至此始回故土，这二十年间世事沧桑，自己也由书生、官员沦为囚徒，青年时期的壮志成为泡影，如今只能以遗民身份终老故里，故诗中既有终于叶落归根的庆幸，也有晚年凄惶落魄的悲伤。首联以昔日对故乡魂萦梦绕为衬垫，凸显目前如愿以偿的异常欣喜。颔联之承续对接“出乎意料之外，合乎情理之中”，出句由上联出句之早年离乡避乱生发，谓晋地表里山河，因金廷用人不当，遂致失守。对句承上联对句，写太原的现状及自己的观感，有杜甫《春望》首句所说“国破”之后唯“山河在”，其他已面目全非之意（卷七《娄生北上》

有“大城似荒村”诗句），加“乱后”“空”，暗寓汾水对金廷无能的哭诉幽怨。颈联由国事转到身事，以劫后余生之侥幸反衬怀才不遇壮志未酬，只能以故国遗民身份了结残生之失落。尾联再以昔衬今，凸显其由朝官沦为囚徒之巨大落差下的剧烈悲恸。全诗出句写昔，对句写今，今昔盛衰层层对比，诗人思绪纵横驰骋，国事身事纷至沓来，喜悲交集往复回环，情调抑扬起伏一唱三叹，思维空间阔大，风格悲壮苍凉，属沉郁顿挫之高境。

外家南寺 在至孝社，予儿时读书处也。

郁郁楸梧动晚烟[1]，一庭风露觉秋偏。
眼中高岸移深谷[2]，愁里残阳更乱蝉。
去国衣冠有今日[3]，外家梨栗记当年[4]。
白头来往人间遍，依旧僧窗借榻眠[5]。

颔联：查慎行：“萧瑟峥嵘。”

颈联：陶玉禾：“律句不可作板对，遗山浑浩流转，独不为律所缚，其对句每出意外。”

小松：“怀古入情。”

［注释］

[1] 郁郁：树荫高密貌。楸：底本作“秋”，与下句“秋”字重复，据李诗本、毛本改。 [2] 眼中高岸移深谷：典出《诗·小雅·十月之交》：“高岸为谷，深谷为陵。”谓历经丧乱，周边环境事物变化很大。 [3] 去国衣冠有今日：指自己贞祐四年（1216）避乱南迁举试从仕事。去国，离开国都或朝廷。南朝宋颜延之《和谢灵运》：“去国还故里，幽门树蓬藜。”前选《看山》有“惨惨悲去国”句。指离开故乡亦可。苏轼《胜相院经藏记》：“有一居士，其先蜀人。……

去国流浪，在江淮间。” [4] 梨栗：指幼时索要果实。陶渊明《责子》诗：“通子垂九龄，但觅梨与栗。” [5] 榻：狭长而较矮的床。

［点评］

遗山生母王氏是定襄人，嗣母张氏是阳曲人。其诗词中所及“外家”，皆指阳曲。《阳曲县志》载阳曲县东北六十里有至孝都中社村，“至孝社”当指此。蒙古太宗九年（1237）秋遗山回乡安置迁家事宜，因先人旧庐已为一片焦土，故在外家旧墙基上搭建成屋，以期了此残生。诗作于暂居外家村南的寺庙时。受环境影响，诗人的感情不像《太原》那样沉痛激烈，好像进入宁静的港湾，有温馨之感。其主观上也有意避开人生的灾难，主动寻找熨平心灵创伤的乐事，在“去国衣冠有今日”之际，去选择回忆在外祖家索要梨栗之童年趣事。特别是尾联，诗人站在儿时的端点，回顾大半生“来往人间遍”之坎坷经历，往事如过眼云烟，有佛家所谓人生如梦的幻灭感，由此可见“南寺”对他的影响及其用佛理超越苦海的思想轨迹。全诗前二联写景，后二联叙事，大开大合，互藏其宅。如颔联写景包括今昔盛衰之景，兼及沧桑巨变之世事。上下句互文，“眼中”之景包括“愁里”句中的残阳惨淡、秋蝉凄切，状景、叙事、抒情融为一体，互动互补，相得益彰。尾联之叙事亦有“僧窗”之景，还包括窗外之“梧”“庭”以及“儿时读书处”之情形，这些事中之景，象外有象，情景相生。在“高岸”“深谷”“今日”“当年”“梨栗（童年）”“白头”之变中，唯有“依旧僧窗借榻眠”之不变，事往人非的感叹感伤，以平淡语出之，是时过境迁伤痕深藏之情感的流露。

颔联：凸显文坛领袖的人文关怀、价值取向，非限于舞文弄墨而已！

颈联：由怨天转向尤人，主旨深藏于泛泛的叙述中，用笔老辣。

总评：小松："'往时文采动人主，此日饥寒趋路旁'，此老杜感叹语，第四句用之。五、六，乱后荒凉惨绝。七、八，有跨马顾盼之慨。"

再到新卫[1]

蝗旱相仍岁已荒[2]，伶俜十口值还乡[3]。
空令姓字喧时辈[4]，不救饥寒趋路傍。
行帐马嘶尘澒洞[5]，空村人去雨淋浪。
河平千里筋骸尽[6]，更欲驱车上太行。

[注释]

[1] 新卫：卫州（治今河南卫辉）。治所原在汲县，贞祐三年（1215）移治宜村新城，故名。 [2] 蝗旱相仍岁已荒：《元史·太宗本纪》载，戊戌（1238）"秋八月，陈时可、高庆民等言诸路旱蝗，诏免今年田租"。 [3] 伶俜（pīng）：孤单貌。与同时同地所作《续小娘歌十首》（卷六）其七"伤心此日河平路，千里荆榛不见人"合观，可知"伶俜"所赋予的史实内蕴。十口：本集卷二《学东坡移居八首》其二有"谁谓我屋小，十口得安居"语。 [4]"空令姓字喧时辈"二句：与杜甫《暮秋枉裴道州手札率尔遣兴寄递呈苏涣侍御》"虚名但蒙寒温问，泛爱不救沟壑辱"及《莫相疑行》"往时文采动人主，此日饥寒趋路旁"暗合，表示对难民死亡的自责惭愧。趋路傍，倒向路旁。 [5]"行帐马嘶尘澒洞（hòng dòng）"二句：言调集军队、征发民夫备战。《续资治通鉴》载，戊戌九月，"蒙古察罕帅兵号八十万围庐州"。本集卷二《戊戌十月山阳雨夜二首》为后一两天所作，可知当时久旱而雨。诗有"此雨非旧雨，

春旱历夏秋。道路土三尺，今朝见浮沤”之句，雨前蒙古大军南下时之“尘澒洞”可以想见。澒洞，弥漫无际。淋浪，水不断流下貌。 [6]“河平千里筋骸尽”二句：谓自冠氏出发至新卫，早已筋疲力尽，北上太行山的路途艰难，更使人望而生畏忧心忡忡。本集卷四《读书山雪中》有“前年望归归不得，去年中途脚无力”语，卷九《雨夜》有“并州北望山无数，一夜砧声人白头”语，可合观。河平，金明昌三年（1192）升卫州为河平军节度。

［点评］

蒙古太宗九年（1237）秋，遗山先安顿迁家事宜时经卫州，作《卫州感事二首》。次年携家返乡再经卫州时作此诗。关于本诗所述之蝗灾民难，《戊戌十月山阳雨夜二首》（卷二）有“一蝗食禾尽，半菽不易求。流民四方来，断港鱼虾稠”语。关于诗人自身的困境，该诗其二“单车我东来，尘土满归鬓。裹粮失先具，闭籴困余吝”，谓预先没有准备够吃的，沿路亦无人出售，以致陷于断粮境地。徐世隆《遗山先生集序》：“窃尝评金百年以来得文派之正而主盟一时者，大定、明昌，则承旨党公；贞祐、正大，则礼部赵公；北渡，则遗山先生一人而已。”作为一代宗工，他也有对身份地位与自身困窘悬殊不公的感慨：“遗编坠简文章烂，粝食粗衣岁月长。”（卷九《入济源寓舍》）谓其诗文震耀一世，却像陶渊明所说“造夕思鸡鸣，及晨愿乌迁”（《怨诗楚调示庞主簿邓治中》）那样，因饥寒交迫而觉时长难过，感慨虽深沉激烈，但在情怀格局上不及此诗。蝗旱相继，战乱频仍，天灾人祸，民不聊生，饥殍遍野，村中无人，空有时名而无能为力，于世无补而无可奈何，作为文坛领袖之感时伤乱悲天悯人的社会责任感于此凸显。于此可见，遗山学杜，不仅注重其诗史笔法，更注重其“安得广厦千万间，大庇天下寒士俱欢颜”之儒家救世济民的仁者志向与苍生情怀。

四哀诗

李钦叔[1]

首联：由果到因，鞭辟入里。

颔联：下笔凝重，掷地有声。有此悼词，死无悔矣。

颈联：如此文采、交谊，岂能不怀念！

尾联：反用典故，倍觉情深。

赤县神州坐陆沉[2]，金汤非粟祸侵寻[3]。
当官避事平生耻[4]，视死如归社稷心。
文采是人知子重[5]，交朋无我与君深。
悲来不待山阳笛[6]，一忆同衾泪满襟[7]。

［注释］

[1] 李钦叔：李献能，字钦叔，河中府（治今山西永济市西南）人。贞祐三年（1215）以省元赐第，廷试第一，宏词优等。授应奉翰林文字，考满再留，在翰苑十年。天兴元年（1232）死于兵变。 [2] 赤县神州坐陆沉：用“神州陆沉”典，指国家灭亡。详见《癸巳四月二十九日出京》注 [3]。赤县神州，战国齐人邹衍创立“大九州”学说，中国为其一，名曰“赤县神州”。坐，遂。 [3] 金汤非粟祸侵寻：指天兴元年十一月因缺粮发生兵变事。《金史·徒单兀典传》：“时赵伟为河、解元帅，屯金鸡堡，军务隶陕省，行省月给粮以赡其军。……伟军食又尽，屡白陕省。云无

粮可给。伟私谓其军言：‘我与李员外郎（李钦叔）有隙，坐视我军饥饿，不为存恤。’……入城劫杀阿不罕奴十剌、李献能。”金汤非粟，《文选·永明九年策秀才文五首》“金汤非粟而不守”注：“神农之教，虽有石城汤池，带甲百万，而无粟者弗能守也。”侵寻，渐至。 [4]“当官避事平生耻”二句：谓李钦叔任陕州行省左右司员外郎时不畏强暴，仗义执言，一心为国，视死如归。《金史·徒单兀典传》载，河、解元帅赵伟因陕州行省所供军饷不足，以劫掠自资，员外郎李献能对此持有异议。赵伟因此憾恨，杀行省以下官属二十一人，献能最为所恨，故被害尤惨。社稷，帝王、诸侯所祭的土神、谷神，后用作国家的代称。 [5]文采是人知子重：李钦叔以省魁及第，又中宏词，在翰苑十余年，才思敏捷，词藻宏丽，赵秉文与李纯甫夸他“天生今世翰苑才”。唐姚合《赠张籍太祝》：“古风无敌手，新语是人知。”是人，人人。 [6]山阳笛：山阳为汉县名，在今河南修武县西北，魏末嵇康曾居于此。嵇康被司马昭杀害后，其友向秀经其故居，闻“邻人有吹笛者，发声寥亮。追思曩昔游宴之好，感音而叹”（《思旧赋序》）。后世用作悲悼亡友的典故。 [7]一忆同衾：兴定五年（1221）后半年，遗山与钦叔同游共眠，情同兄弟。本集卷一《送钦叔内翰并寄刘达卿郎中白文举编修五首》“我有平生怀，爱君如连枝。半年姜肱被，所乐良不赀”，即所谓“同衾”。

李长源[1]

冀都事死东州祸[2]，李翰林亡陕府兵[3]。
方为骚人笺楚些[4]，更禁书客堕秦坑[5]。
石苞本不容孙楚[6]，黄祖安能贷祢衡[7]。

首联：惨祸纷至，情何以堪？

颔联：脆弱之心，堆垛重击。

颈联：文人恃才傲物遭际不幸，自古皆然！世人皆欲杀，我独怜其才。

尾联：如此情境，怎能不惊。

同甲四人三横賈[8]，此身虽在亦堪惊。

[注释]

[1] 李长源：李汾，字长源，后唐沙陀族李克用后裔，平晋（今属山西太原）人，诗与遗山齐名，被列为“三知己”之一。累举不第，曾任史馆从事，正大末从武仙军被害。 [2] 冀都事：冀禹锡，金哀宗至归德，授左右司都事兼应奉翰林文字。东州祸：《金史・哀宗本纪下》天兴二年（1233）三月下载，官奴在归德以忠孝军为乱，杀尚书左丞、参知政事等官员三百余人。《中州集》己集第六《冀都事禹锡》言其卒于此兵变。 [3] 李翰林：指李钦叔。陕府兵：指上诗所言赵伟统领的陕州行省所属兵士。 [4] 方为骚人笺楚些（suò）：谓自己正要为李钦叔、冀京父诸诗友作招魂之诗以哀悼。骚人，诗人。笺，注释古书以表明作者之意。楚些，《楚辞・招魂》句尾皆有“些”字，故用以代指。 [5] 更禁书客堕秦坑：《金史・哀宗本纪上》天兴元年六月下载：“丁丑，恒山公武仙杀士人李汾。”禁，承受。书客，李汾以书生身份被武仙临时招聘参议幕府事，故称。堕秦坑，用秦始皇坑儒典。 [6] 石苞本不容孙楚：《晋书・孙楚传》载，孙楚才藻卓绝，爽迈不群，多所陵傲。参石苞骠骑军事，长揖曰：“天子命我参卿军事。”因此而有嫌隙。苞奏楚与吴人孙世山共讪毁时政，楚也抗表自理，纷纭经年。《金史・李汾传》载：“去客唐、邓间，恒山公武仙署行尚书省讲议官。既而仙与参知政事完颜思烈相异同，颇谋自安，惧汾言论，欲除之。汾觉，遁泌阳。仙令总帅王德追获之，锁养马平，绝食而死。” [7] 黄祖安能贷祢衡：《后汉书・祢衡传》载，祢衡少有才辩，尚气刚傲。“后复侮慢于表，表耻不能容，以江夏太守黄祖性急，故送衡与之”，遂受其害。谓李汾最终因仗义敢言不惧权贵而被武仙所杀。《中州集》庚集第七王元粹《哭李长源》：“以才见杀人皆惜，忤物能全我

未闻。” [8] 同甲四人三横霣（yǔn）：《中州集》己集第六《冀都事禹锡》：“钦与京少予二岁。……钦殁于其年（天兴元年）十一月，年四十一；京殁于又明年（天兴二年）之三月，年四十二。”《中州集》癸集第十李汾《感寓述史杂诗五十首序》：“正大庚寅（1230），予行年三十有九。”三人皆小遗山两岁。同甲，年龄相同。横霣，横遭惨祸，非正常死亡。霣，坠落。用作死亡的讳饰语。

［点评］

所哀四人依次为李献能钦叔、冀禹锡京父、李汾长源、王渥仲泽。其中冀氏卒在天兴二年（1233）三月，余皆在上年。诗应冀氏卒后不久作。

遗山之诗史除记事外，还注重写人，特别是记录亲友的死难，犹如一座座丰碑，铭记人物的群体特征以及那一骇人听闻、惨不忍睹的时代悲剧。这类群体性非正常死亡集中于两个节点，一是贞祐中，其兄元好古及好友王万钟、田德秀皆死于此时；二是天兴中，大批好友死于此时。《中州集·冀都事禹锡》言，往在京师时，与希颜、仲泽、钦叔、京父相得甚欢，不二三年，五人唯己在。本集卷十九《内翰冯公（璧）神道碑铭》对此再次忆及。《藏然子墓碣铭》又言其三知己李汾、辛愿、李钦用皆死于此时，进而说自己命单福薄，招殃致凶，使“所与游者，皆为所延及”，悲恸之剧烈更甚于贞祐时。本组诗集中抒写当时才华横溢的好友相继死于非命之阵痛，声如巨钟，震撼人心。从表情方式看，由于李钦叔卒时较早，遗山之悲伤已经过相当长时间的过滤，多种情感交错汇集起来。抒发时先从国家将亡的大背景说起，而后将卒者置于兵变事件中，在典型环境中塑造典型形象。继而又从卒者本人的才华及其与自己的交谊方面着笔，最后说悼亡怀旧，像春蚕抽丝一般，呈曲线式、多角式，属回荡法。《李长源》一首则不然，虽说他比李钦叔卒时还早，但从此诗前四句看，遗山听到这一消息在次年冀禹锡卒后，友人接二连三地死于非命，悲情堆积倾泻，一气而下，较为单纯，属直线推进、波涛汹涌之奔迸式。

《李钦叔》中“当官避事平生耻”句，习近平总书记曾在讲话中引用，肯定这一官德，强调干部的责任担当。

首联：李商隐《咏史》“历览前贤国与家，成由勤俭破由奢”，但无奈只能作旁观者，字里行间有多少悲慨与不甘！“英雄”所见也必不止于此，参见下选《读〈汉书〉》。

颔联：昔今盛衰，悲慨寓于巨大的反差中。

颈联：空灵之笔，寓意深远，不必死扣典故质实理解。尾联：至结穴处始点题，使前面片段意象浑然一体，意境宏深，情调缠绵，余音袅袅。

小松：“从《五噫歌》感叹而成句，骨力不让老杜。‘平日’二字，意甚沉痛，出之以蕴藉，老手！”

出都二首

其　一

汉宫曾动伯鸾歌[1]，事去英雄不奈何[2]。
但见觚棱上金爵[3]，岂知荆棘卧铜驼[4]。
神仙不到秋风客[5]，富贵空悲春梦婆。
行过卢沟重回首[6]，凤城平日五云多[7]。

［注释］

[1] 汉宫曾动伯鸾歌：言金廷在燕都大兴土木，宫阙壮丽。伯鸾歌，梁鸿，字伯鸾，东汉人。因事至京都洛阳，见宫城壮丽，作《五噫歌》抨击统治者的豪奢。 [2] 事去英雄不奈何：言事过境迁，英雄也无可奈何。 [3] 但见觚（gū）棱上金爵：班固《西都赋》：“设

璧门之凤阙，上觚棱而栖金爵。”觚棱，宫殿屋脊。金爵，金雀，犹金凤，宫阙上的装饰。前选《过晋阳故城书事》有“金雀觚棱上云雨”句。 [4] 岂知荆棘卧铜驼：谓哪料到燕都如今竟成一片废墟。《续资治通鉴》卷一百六十载，贞祐三年（1215）五月金中都沦陷时，“宫室为乱兵所焚”。《晋书·索靖传》载，索靖有远见，知天下将乱，指洛阳宫门铜驼叹曰：“会见汝在荆棘中耳。” [5]“神仙不到秋风客”二句：意谓明知金朝会因奢侈灭亡，但昔日的盛世繁华犹如一场短暂的春梦，确实令人悲伤。秋风客，汉武帝曾作《秋风辞》，故称。李贺《金铜仙人辞汉歌》：“茂陵刘郎秋风客，夜闻马嘶晓无迹。”富贵空悲春梦婆，宋赵德麟《侯鲭录》载，苏轼晚年被贬到海南岛，一日行吟田野，一位老婆婆对他说：“内翰昔日富贵，一场春梦。” [6] 卢沟：即卢沟桥，在北京市西南，跨永定河（金时称芦沟河）上。建成于明昌三年（1192），工程浩大，石雕精细，是金朝盛世的杰作。 [7] 凤城：京城。五云：五色云彩，古人以为祥瑞。

其　二

历历兴亡败局棋[1]，登临疑梦复疑非[2]。
断霞落日天无尽，老树遗台秋更悲。
沧海忽惊龙穴露[3]，广寒犹想凤笙归。
从教尽刬琼华了[4]，留在西山尽泪垂。

寿宁宫有琼华岛[5]，绝顶广寒殿，近为黄冠辈所撤[6]。

颈联：用逆挽法，如同李商隐《马嵬》“此日六军同驻马，当时七夕笑牵牛”，化平铺为跳脱，兼有今昔盛衰的对比作用。

后四句，李慈铭批：“悲咽凄艳。”

总评：小松：“旧都眼前光景，不觉作句，欲销魂！三、四‘天’‘秋’二字，妙对，极沉痛。五、六顿宕，自况更悲壮。”

［注释］

[1] 历历兴亡败局棋：谓金朝由兴盛到衰亡的发展轨迹如败局

之棋那样步步清晰。历历，分明可数。 [2] 登临疑梦复疑非：回想在燕都时的登高情形，登临之地即诗末自注“琼华岛”。《遗山乐府》卷二《南乡子》之六题序云：“九日，同燕中诸名胜登琼华故基。” [3]“沧海忽惊龙穴露”二句：谓忽然惊见沧海干涸，龙穴暴露，而广寒殿中吹着凤笙送天子回归的情形仍在脑际萦回。龙穴，指寿宁宫。古以皇帝为真龙天子，故称。广寒，传说月中之宫殿，此指琼华岛广寒殿。凤笙，即笙。因其有十二簧，像凤身，故名。 [4]“从教尽刬（chǎn）琼华了”二句：干脆让人把琼华岛铲平吧，仅西山留在那里就能使我把眼泪流尽。刬，同“铲”。琼华，在今北京北海公园内。元人陶宗仪《辍耕录》：“万岁山在大内西北太液池之阳，金人名琼花岛。……山上有广寒殿七间。……金亡，世皇徙都之。”西山，今北京西郊之山。金盛时在西山一带多建名园、寺观，大房山为金朝初、中期历代皇帝陵寝所在地。 [5] 寿宁宫：《金史·地理志上·中都路》载：京城北离宫有太宁宫，大定十九年（1179）建，后改名寿宁。 [6] 黄冠：道士，此指全真教。陈时可《长春真人本行碑》载，丘处机应诏觐见成吉思汗东返后，于 1223 年春住燕京大天长观。继而行省又以琼华岛为全真观。撤：拆除。

［点评］

蒙古乃马真后二年（1243）秋，遗山应耶律楚材请托至金故都燕京，秋末出都南下，路经卢沟桥作此诗。金都城在明清北京城西南，自海陵王天德三年（1151）下诏迁都燕京，至金贞祐二年（1214）宣宗移都南京（今河南开封），六十余年间作为金朝的政治中心屡加扩建，规模壮观。诗人二十岁时曾至燕都赴试，三十四年后重来饱经战乱、遗墟遍地的故都，心中充满麦秀黍离之悲。

其一写路经卢沟桥时抚今追昔的盛衰，与《黍离》之“此何人哉”一样，也追根溯源，将批判的笔锋指向最高统治者，有《韩非子·喻老》所说“纣为象箸而箕子怖”之愤慨。中二联多用典故，将不便明说、多说的事寓于其中，凝重深沉。其二首联从有金一代是如何像“败局棋子”一样一步步走向灭亡的历史反思中，转向回想九日登临琼华岛时的情形。诗人以我观物，物物皆着我之色彩。断霞落日之残缺美、老树遗台之废墟感，中二联将眼中景与胸中景叠映，在时空往复回还的对照中营造浓烈的悲剧氛围，沉重感伤的情调与壮阔苍茫的意境浑然一体，这种悲剧美是“遗山体”的独绝之处。

为邓人作诗[1]

再见州人本不期[2]，相留相挽忍相违。
携盘渭水堪流涕[3]，种柳金陵已合围[4]。
事去恍疑春梦过[5]，眼明还似故乡归。
题诗未要题名字，今是中原一布衣[6]。

总评：小松：“查（慎行）评老杜《山寺乱石》诗云：‘琢炼极工，而出之若无意，所以难到。’余于此诗尤为然。末句感极，却如无泪，不知所言。”

［注释］

[1] 邓人：此指内乡人，内乡属邓州，故称。 [2] 州人：州民。 [3] 携盘渭水堪流涕：李贺《金铜仙人辞汉歌》：“携盘独出月荒凉，渭城已远波声小。”句用此典，言故国虽已久亡，但仍

感伤流涕。堪，施本作“空”，悲情意味更强烈。 [4] 种柳金陵已合围：言重返故地，有世事沧桑之伤。《晋书·桓温传》：桓温自江陵北伐，行经金城，见少时所种柳皆已十围，慨然叹曰：“木犹如此，人何以堪。”攀枝执条，泫然流涕。陵，施本改作“城”。此当诗人误记，不宜替古人改误。 [5]“事去恍疑春梦过”二句：暗用上诗“春梦婆”典，意谓来到内乡就像回到阔别已久的故乡，往事在脑海中如短暂的春梦历历可数，心情激动，眼睛闪光。 [6] 今：李诗本、毛本作“令”。

[点评]

蒙古乃马真后三年（1244）秋，遗山为嗣母张氏迁葬事来到内乡。自正大八年（1231）至此，诗人离别内乡近十五年，中经调任南阳，入朝为官、沦为羁囚、归乡为民，身历沧桑，饱尝炎凉，原想母坟年久失修，荒芜难寻，不料竟有内乡的故吏父老岁时致祭（卷九《望卢氏西南熊耳岭》“时为顾存惭吏报”，自注：“先夫人墓，乱后故吏辈岁时致祭。”）。他深感昔日部民的厚爱，逗留此地，恋恋不舍，直至次年春始作此诗赠别。沧桑之后，再见故人，国事、家事、身事，感伤万端。临别之际，思往事如梦，伤再见难期。首联言久别重逢，喜出望外，暂聚即离，分外难舍；颔联感伤国事，虽时过境迁，深伤犹在，沉声壮色，浓重苍凉；颈联感叹身事，悲喜交集。“眼明”句由外到内，先果后因，内蕴甚丰。尾联伤今怀昔，事往人非，切身世悲，最为沉痛。

卷十　七言律诗三首

石岭关书所见[1]

轧轧旃车转石槽[2]，故关犹复戍弓刀[3]。
连营突骑红尘暗[4]，微服行人细路高[5]。
已化虫沙休自叹[6]，厌逢豺虎欲安逃。
青云玉立三千丈[7]，元只东山意气豪。

[注释]

[1] 石岭关：在山西忻州城南六十里与阳曲县交界处，是晋北到太原的交通要塞。 [2] 轧轧：车行轮轴的磨擦声。旃车：毡篷车。石槽：石路车辙因年久被碾成槽形。 [3] 故关犹复戍弓刀：谓金军依旧戍守石岭关。 [4] 连营突骑红尘暗：状金军势众兵精积极备战的情形。突骑，用于冲锋陷阵的精锐骑兵。 [5] 微服：便服。《金史·古里甲石伦传》载，贞祐四年（1216）元兵围忻州，知延安府事石伦率兵往援，以兵护其民入太原，所保军民甚众。 [6]“已化虫沙休自叹”二句：言死于屠城之祸的人犹胜于生，不用再提心吊胆四处逃难了。虫沙，《太平御览》卷九一六引《抱朴子》：“周穆王南征，一军尽化。君子为猿为鹤，小人为虫为沙。”后以虫沙喻战死的士兵与遇难的群众。豺虎，喻蒙古军。 [7]“青

首联：“犹复”二字关联今昔，甚妙！所及心中昔景，包括赵元《修城去》写甲戌忻州被屠之后的修城备战之举无济于事：“几年备外敌，筑城恐不高。”“一朝敌至任椎击，外无强援中不支。倾城十万口，屠灭无移时。”“补城残缺终何益？君不见，得一李勣贤长城，莫道世间无李勣”。

颔联：用名词形容词组成三重意象叠加累积，句法与杜甫《登高》“风急天高猿啸哀，渚清沙白鸟飞回”相近。

颈联：出句用典如盐化水中，即使未知出处亦无妨，知者还可引发联想。

云玉立三千丈”二句：谓系舟山脉高插云霄，只有它原貌仍旧，豪气不减。元，同“原”。东山，指系舟山脉，在元氏家乡之东。

尾联：《遗山乐府》卷二《感皇恩》（梦寐见并州）末四句：“故人相送，记得临行曾道：故园行乐地、依然好！”自注：“末后乡人王怀玉乐府语也。”尾联或与此有一定联系。

［点评］

本集卷三十九《故物谱》云：“贞祐丙子（1216）之兵，藏书壁间，得存。兵退，予将奉先夫人南渡河，举而付之太原亲旧家。自余杂书及先人手写春秋三史、《庄子》《文选》之等尚千余册并画百轴，载二鹿车自随。……是岁寓居三乡。”诗作于是年携家南迁时。这首诗是元氏以七律纪乱的首篇，命题与金亡之际的《癸巳四月二十九日出京》《癸巳五月三日北渡三首》相近，有记述当时重要历史事件之意。首联“犹复”二字将眼中今景与心中昔景叠映对比，流露出无补于事的担忧，一篇之起承转合皆由此生发：颔联上句写金军决心守土之情形，下句写当地居民匆匆避乱外逃，经此对比，对金军失去信心之意不言而喻，堪称一幅绝妙的讽刺漫画；颈联将屠城之祸的死者与惊恐外逃的生者对比，较杜甫“存者且偷生，死者长已矣”（《石壕吏》）更沉痛；尾联有杜甫《春望》“国破山河在”之唯山河依旧而其他都面目全非的对比之意，且“篇终接微茫”，寄寓了大好河山地灵人杰，国家还可中兴，自己还能返乡之愿望。此诗继承了杜甫诗史精神，谴责金廷任人唯亲不唯贤之弊端，对国家的保土保民之责有失望也有期望，但隐藏于字里行间，内蕴深广，情怀深沉。

清人徐继畬书遗山祠门内额匾誉为“杜林嫡派”，桐城派大家吴汝纶也称“遗山沉痛激烈，神似杜公，千载以来不可再得者。读之最能增长笔力，是少陵嫡派也”（高步瀛《唐宋诗举要》）。江西诗派有“一祖三宗”说，视黄庭坚、陈师道、陈与义为杜诗的嫡派传人，而清人为何不约而同地独将此桂冠许予元氏？除“国家不幸诗家幸，赋到沧桑句便工”（赵翼《题元遗山集》）之时代原因外，由此诗可知遗山早年就有得杜甫沉郁顿挫诗风之神髓的禀赋。

存 殁 辛老敬之，刘兄景玄[1]

行间杨赵提衡早[2]，老去辛刘入梦频[3]。
案上酒杯聊自慰[4]，袖中诗卷欲谁亲。
两都秋色皆乔木[5]，一代名家不数人。
汲冢遗编要完补[6]，可能虚负百年身[7]。

首联：成就一代宗工，师友之力功不可没。

颔联：硕果仅存，无所依傍，寂寞孤独。

颈联：史学史识，俱见于此。先生修史，不独为国，也为师友矣。《宋金三家诗选》赵翼手批：“隽炼；名句。”

尾联：任重力薄，预感成真。“有书未绝笔，有传未卒业。灵辆已西州，壮心空北阙”（郝经《获鹿新居哭元遗山》），也当常常预想之情景，何等悲壮啊！

[注释]

[1] 存殁：在世者与去世者。杜甫有绝句《存殁口号二首》。辛老敬之：辛愿，字敬之，福昌（今河南宜阳县）人。遗山寓居三乡时诗友，《中州集》癸集第十列之为“三知己”。金末被掠至山阳而卒。刘兄景玄：刘昂霄，字景玄，陵川县（今属山西）人。博闻强记，有诗名。后也寓居三乡，与遗山交密。元光二年（1223）卒。 [2] 行间杨赵提衡早：谓早年得到杨、赵的奖掖提携。本集卷三十九《答聪上人书》：“仆自贞祐甲戌南渡河时，犬马之齿二十有五，遂登杨、赵之门。”《中州集》丁集第四杨云翼

《李平甫为裕之画系舟山图，闲闲公有诗，某亦继作》：“礼部天下士，文盟今欧韩。一见折行辈，殆如平生欢。”行间，行辈之间。指文章的字句之间亦通。杨赵，指金末文坛领袖杨云翼与赵秉文。提衡，用秤称物，以平轻重。引申为衡量选拔。 [3] 老去：老来。 [4]“案上酒杯聊自慰”二句：谓师友卒后，饮酒时再不能与他们在一起兴高采烈，所写诗卷也不能向他们请教鉴别得失了。卷三十九《答聪上人书》：“平生知己，如辛敬之、李钦用、李长源辈数人，每示之一篇，便能得人致力处。”《中州集》癸集第十《溪南诗老辛愿》：“至论朋辈中有公鉴而无姑息者，必以敬之为称首。” [5] 两都秋色皆乔木：典出《孟子·梁惠王下》，详见《壬辰十二月车驾东狩后即事五首》其四注 [5]。两都，指中都（北京）与汴京。乔木，杰出人才。 [6] 汲冢遗编：《晋书·束皙传》载，晋太康二年（281），汲郡人不准盗发魏襄王墓（或谓安釐王冢），得数十车竹书，今已失传。汲冢，在今河南卫辉市西。遗编，指散佚的书籍。金实录哀宗朝事未编，遗山撰《壬辰杂编》等书即补此缺。此主要指撰修金史文艺传，其《中州集》作家小传即致力于此。 [7] 可能：岂能，怎能。宋陈师道《九日寄秦观》：“淮海少年天下士，可能无地落乌纱。”合观《野史亭雨夜感兴》“衰迟私自惜，忧畏当谁语”及郝经《获鹿新居哭元遗山》“有书未绝笔，有传未卒业。灵輀已西州，壮心空北阙”，亦可作“可能”解，以示对工程繁巨、年老体衰、赍志以殁的担忧。虚负：白白辜负。

［点评］

诗当晚年归乡后作。先生屡言“从古以来，士之有立于世，必藉学校教育、父兄渊源、师友之讲习，三者备而后可”（卷三十九《癸巳岁寄中书耶律公书》），此诗亦然。前三联偏重于“殁”，先从自身的成长出发，充分肯定了他们在培育人才方面的重大贡献，进而从有金一代着眼，肯定了他们在金代文学、文化史上的成就。尾联着眼于“存”，旨在强调自己编撰金史的历史重任，使“殁”者的成就贡献彪炳史册，再次重申了诗人以史为己任的使命感。按其羁管山东时所说“国史经丧乱，天幸有所归。但恨后十年，时事无人知。……我作《南冠录》，一语不敢私。稗官杂家流，国风贱妇诗。成书有作者，起本良在兹。朝我何所营，暮我何所思。胸中有茹噎，欲得快吐之”（卷二《学东坡移居八首》其六），当时所撰金史侧重于金实录未及编纂的哀宗朝之事，而本诗所言，则着眼于有金一代之文苑传。由此可见，元末所修《金史》吸收遗山成果之广。

人日有怀愚斋张兄纬文[1]

书来聊得慰怀思[2]，清镜平明见白髭。
明月高楼燕市酒[3]，梅花人日草堂诗[4]。
风光流转何多态，儿女青红又一时[5]。
涧底孤松二千尺[6]，殷勤留看岁寒枝[7]。

首联：怀思致生白髭，真性情中人。

颔联：大幅度跳跃对接，出乎意料之外，合乎情理之中，诗艺老到！

颈联：烘托老境心态，真切可感。

尾联：主旨和盘托出，与友共勉！

［注释］

[1] 人日：正月初七。愚斋张兄纬文：张纬，字纬文，号愚斋。

本集卷四十《外家别业上梁文》“季鹰早思命驾”，自注：“张纬文留滞燕京。”由此可见诗人与张兄的情谊之深、怀念之切。[2]“书来聊得慰怀思”二句：谓收到张兄的来信，十分欣慰，兴奋难眠，以致早晨照镜发现白髭新生。清镜，明镜。[3]燕市酒：《史记·刺客列传》：“荆轲既至燕，爱燕之狗屠及善击筑者高渐离。荆轲嗜酒，日与狗屠及高渐离饮于燕市。酒酣以往，高渐离击筑，荆轲和而歌于市中。”燕市，燕京都市。[4]梅花人日草堂诗：唐高适《人日寄杜二拾遗》：“人日题诗寄草堂，遥怜故人思故乡。柳条弄色不忍见，梅花满枝空断肠。”杜甫晚年在成都居浣花草堂，句以此自喻。[5]青红：青鬓红颜。喻少年。[6]涧底孤松二千尺：谓张纬地位低微而志向孤高。晋左思《咏史》其二：“郁郁涧底松，离离山上苗。”[7]殷勤：恳切叮咛。岁寒枝：《论语·子罕》：“岁寒，然后知松柏之后凋也。”合观晚年在乡作《鹧鸪天》（拍塞车箱满载书）“年年此日如川酒，千尺青松尽未枯”、同调（枕上清风午梦残）“鹿裘孤坐千峰雪，耐与青松老岁寒”，二句以岁寒之青松与友共勉。

[点评]

诗当晚年在乡作。首联扣题，写“有怀”的前因后果，叙事写人，用笔夸张，以示二人交谊深厚。颔联紧扣题目中“人日”用典怀友。按《荆楚岁时记》，古人在人日有登高赋诗的习俗。诗人想象张兄登上燕京酒楼望月怀远，举酒赋诗，其诗内容像高适给杜甫寄的诗一样情深意重。这种不写自己如何怀念密友，而是写密友如何怀念自己的写法，与杜甫《月夜》想象妻子在鄜州月下思念他一样曲折婉转。颈联转写春回大地，儿女成长，增岁觉老之心态油然而生，其不必再为家人闲操心之意也自寓其中，遂引出高唱入云的尾联。诗人在原有典故之人文意象的基础上，加入“孤”“二千尺”及“殷勤留看”，以凸显其遗民心态的孤高自傲、砥砺自守、不改初衷的寓意，这也可与“功名富贵知何物，风雨尘埃惜此身”（卷十《感寓》）等合观。

卷十一　七言绝句八首

论诗三十首　丁丑岁三乡作[1]

其　一

汉谣魏什久纷纭[2]，正体无人与细论。
谁是诗中疏凿手[3]，暂教泾渭各清浑[4]。

[注释]

[1] 丁丑岁：金宣宗兴定元年（1217），岁次丁丑。三乡：镇名，今属河南宜阳县。　[2]“汉谣魏什久纷纭”二句：谓汉、魏诗的优良传统被后世出现的一些伪体所搅乱，令人混淆是非，莫知所从。汉谣魏什，汉、魏时代的诗歌。什，诗篇。《诗经》中的雅、颂部分多以十篇为一组，故称。正体，与杜甫《戏为六绝句》“别裁伪体亲风雅”之“伪体”相对而言，指以《诗经》“风雅”代表的优良传统。　[3] 诗中疏凿手：像大禹开山劈岭疏通江河一样区分诗体正、伪源流的高手。　[4] 暂教泾渭各清浑：谓立即使诗的正体与伪体像泾水与渭水一样清浑明辨。暂，立刻。泾渭，泾水与渭水，泾清渭浊，流至陕西境内汇合，清浊相混。古人认为泾浊渭清，常以喻真伪是非。

“汉谣”二句，翁方纲《石洲诗话》卷七评：“正体云者，其发源长矣。由汉魏以上推其源，实从《三百篇》得之。盖自杜陵云‘别裁伪体’，法自儒家，此后更无有能疏凿河源者耳。”

“谁是”二句，查初白：“分明自任疏凿手。”

总评：宗廷辅《宗月锄先生遗著·古今论诗绝句》评：“此自伸其论诗之旨也。”

［点评］

本集卷三十六《锦机引》:“文章天下之难事，其法度杂见于百家之书，学者不遍考之，则无以知古人之渊源。……兴定丁丑，闲居汜南，始集前人议论为一编，以便观览。”由此可知，《论诗三十首》是诗人二十八岁时在系统搜集阅读古来之诗文评资料的基础上写成的，当然还包括父兄师友的言传身教及南渡诗坛的变革需求等因素。组诗直继杜甫《戏为六绝句》以风雅为正体的论诗宗旨及其以七绝论诗的批评模式，荟萃众家之长，从作家论、创作论、风格论等方面，对建安以来千余年的诗人、诗作作了系统精辟的评价，体大思精，奠定了元氏在文学批评史上的杰出地位，对后世的以诗论诗、论画等有广泛深远的影响。

纵观我国诗歌发展史，汉、魏之交的建安时期是一大分水岭。此前的诗除屈原等个别作家外，《诗经》、汉乐府诗之作者明确的极少，诗风差异主要体现在不同空间而非时间上。此后诗人辈出，诗风亦随时代的不同而变化，所谓建安体、正始体、太康体及齐梁体等，逐渐由古朴走向华丽，与风雅诗风渐行渐远。遗山论诗从建安说起，可谓深中肯綮。二十八岁刚学有所成步入社会的诗人竟然有如此识力，可知查初白所谓“分明自任疏凿手”之自信自负自有来处。

其　二

曹刘坐啸虎生风[1]，四海无人角两雄[2]。

首句：比喻夸张，凸显主旨。

“不教”句:《旧唐书·杜甫传》:“曹氏父子鞍马间为文,往往横槊赋诗。”

可惜并州刘越石[3],不教横槊建安中[4]。

[注释]

[1] 曹刘:曹植与刘桢,建安诗人中最杰出者。南朝梁钟嵘《诗品序》:“曹刘殆文章之圣。”坐啸:典出《后汉书·党锢传》:“南阳太守岑公孝,弘农成瑨但坐啸。”原指地方官善任贤能,自己闲坐吟啸,此指高朋雅座中高声吟唱。虎生风:《易·乾·文言》:“云从龙,风从虎。”《淮南子·天文训》:“虎啸而谷风至。”此喻雄壮诗风产生动人心魄的力量。 [2] 角(jué):角斗。 [3] 刘越石:西晋刘琨,字越石,官并州刺史。钟嵘《诗品》评其诗“善为凄戾之词,自有清拔之气”。 [4] 槊(shuò):长矛。建安:汉献帝年号(196—219)。其时三曹(曹操、曹丕、曹植)、七子(王粲、刘桢、孔融、陈琳、徐干、阮瑀、应玚)诗“慷慨以任气,磊落以使才”,风格刚健,有“建安风骨”之称。

[点评]

关于“曹刘”究竟指谁,学界曾有争议。合观卷十三《自题〈中州集〉后五首》“邺下曹刘气尽豪,江东诸谢韵尤高。若从华实评诗品,未便吴侬得锦袍”之“邺下”,应指曹植、刘桢。然遗山于“三曹”特推重曹操的诗,如下首“壮怀犹见缺壶歌”及《遗山乐府》卷四十五《木兰花慢》(渺漳流东下)“风流千古短歌行,慷慨缺壶声。想酾酒临江,赋诗鞍马,词气纵横”,而曹植诗风则是由质朴苍老向华丽工整转变的分水岭。以此观之,此处“曹刘”在遗山心目中兼指三曹七子代表的建安诗风。组诗在总体上褒扬豪壮,强调真、善,对精雕细琢的艺术之美不够注重。这种偏失在元氏晚年有所纠正。

其 四

一语天然万古新[1]，豪华落尽见真淳[2]。
南窗白日羲皇上[3]，未害渊明是晋人[4]。

柳子厚[5]，晋之谢灵运[6]；陶渊明，唐之白乐天[7]。

“豪华”句：《中州集·礼部闲闲赵公秉文》谓其五言诗“真淳简澹学陶渊明”。

［注释］

[1] 一语天然：谓陶渊明诗脱口而出，语言自然而不雕饰。 [2] 豪华落尽见真淳：宋葛立方《韵语阳秋》：“陶潜、谢朓诗，皆平淡有思致。……大抵欲造平淡，当自组丽中来。落其华芬，然后可造平淡之境。”合观本集卷一《送钦叔内翰并寄刘达卿郎中、白文举编修五首》之四“闻君作损斋，似觉豪华非。惩忿与窒欲，百年有良规”，则“豪华落尽见真淳”亦指为道日损、朴实无华、诚实无伪的人生境界。 [3] 南窗白日羲皇上：陶渊明《与子俨等疏》：“常言五六月中，北窗下卧，遇凉风暂至，自谓是羲皇上人。”羲皇上人，远古伏羲氏时代之人。 [4] 未害渊明是晋人：谓陶崇尚古人，任真自得，不为晋代“真风告退，大伪斯兴”的时风所习染。其诗平淡自然，与两晋以来渐趋华丽截然不同，未受时风妨害。未害，不妨碍。 [5] 柳子厚：柳宗元，字子厚。关于他与谢灵运诗风的内在联系，组诗第二十“谢客风容映古今，发源谁似柳州深。朱弦一拂遗音在，却是当年寂寞心”，言两人的山水诗都是遭受不幸命运后寄情山水的产物。 [6] 晋：李诗本、毛本作“唐”。 [7] 唐：李诗本、毛本作“晋”。

［点评］

合观其七“穹庐一曲本天然”、其二九“池塘春草谢家春，万古千秋五字新”之句，天然自然是组诗论诗在雄壮之外的另一重要标准，但此诗绝不仅止于学界所说的艺术风格方面。在遗山眼中，陶诗是真善美的完美统一。本集卷二《继愚轩和党承旨雪诗四首》：“愚轩（金末诗人赵元之号）具诗眼，论文贵天然。颇怪今时人，雕镌穷岁年。君看陶集中，饮酒与归田。此翁岂作诗，直写胸中天。天然对雕饰，真赝殊相悬。”这里的“天然”既包括真率的表达，也包括表达得风生水起自然而然。合观本集卷一《饮酒五首》之“去古日已远，百伪无一真。独余醉乡地，中有羲皇淳”，知“直写胸中天”之“天”指陶渊明为保存良知，远离名利场返璞归真任真固穷之高尚人格，所以说这种真诚表达的“天然”还包括善，这也正是其诗“万古新”“淳”的根本所在。故本诗后二句由诗即人，用特写镜头展示陶渊明之所以任真不群的根源所在。晚年所作《杨叔能〈小亨集〉引》（卷三十六）所倡“以诚为本”就是为达此目标而提出的方案。

明胡应麟《诗薮·内编》卷三：“齐梁后，七言无复古意。独斛律金《敕勒歌》……大有汉魏风骨。”沈德潜《宋金三家诗选》评：“独标北齐《敕勒歌》，特识。”

宗廷辅《元遗山论诗三十首评》：“北齐斛律金《敕勒歌》极豪莽，且本是北音，故先生深取之。”敕勒名将斛律金唱此歌也用鲜卑语，遗山对敕勒川与《敕勒歌》有特殊的感情，宗氏所言盖着眼于此。

其　七

慷慨歌谣绝不传[1]，穹庐一曲本天然[2]。
中州万古英雄气，也到阴山敕勒川[3]。

［注释］

[1] 慷慨歌谣绝不传：谓汉、魏歌谣慷慨激昂的传统到南朝

时已断绝不传。唐陈子昂《与东方左史虬修竹篇序》:“汉魏风骨，晋宋莫传。……仆尝暇时观齐、梁间诗，彩丽竞繁，而兴寄都绝。”本集卷三十七《送秦中诸人引》:“关中风土完厚，人质直而尚义，风声习气，歌谣慷慨，且有秦、汉之旧。” [2] 穹庐一曲：指北朝乐府《敕勒歌》。其诗有“天似穹庐，笼盖四野”句，故称。《乐府诗集》引《乐府广题》，言北齐高欢攻北周玉壁城，士卒死者十四五，使斛律金唱《敕勒歌》以激励士气。歌词本鲜卑语。 [3] 阴山：阴山山脉，西起河套西北，横亘于内蒙古南境，东与兴安岭相接。敕勒川：指阴山以南黄河以北一带东西走向的山川。鲜卑什翼犍时移都云中郡盛乐，道武帝迁都平城，遂安置敕勒人于此，故称。敕勒，古代北方部族名。《新唐书·回鹘上》:“回纥，其先匈奴也。俗多乘高轮车，元魏时亦号高车部。或曰敕勒，讹为铁勒。”敕勒人原居匈奴之北，后一部南迁。

[点评]

《敕勒歌》是世代积累型民歌，积淀着敕勒部的历史记忆，经敕勒名将斛律金歌唱，《北齐书》《北史》《资治通鉴》多有记载，郭茂倩《乐府诗集》及《七言古诗选》《古诗评选》《古诗源》等也多选收，是中华大地各族人民久久传唱的“同一首歌”，是我国诗歌宝库中的一颗璀璨明珠。历来著名文学家批评家对此多有品评，如黄庭坚《书韦深道诸帖》:“语奇壮如此，盖率意道事实耳。”王灼《碧鸡漫志》卷一：“能发挥自然之妙如此。”沈德潜《古诗源》卷十四：“莽莽而来，自然高古，汉人遗响也。”他们的眼光皆局限于莽苍质朴真率自然的诗风方面。而元氏此诗除充分肯定《敕勒歌》艺术风格的上述特色外，又着重强调它是秦汉古风、建安诗风与游牧民风优势互补华化的结果。这就超越了古来以汉族为本位从地域方位确定中夏四夷且贵夏贱夷的传统理念，从中国内部各族平等文化双向交流互补同华的高度揭示其重大价值。其《自题〈中州集〉后五首》（卷十三）之“北人不拾江西唾”“未便吴侬得锦袍”，又以金宋为界区分南北，认为夏夷互补的金诗胜于有封闭单一局限的南宋诗，其衡量标尺即“邺下曹刘气尽豪，江东诸谢韵尤高。若从华实评诗品”（同上）所言之“气”“韵”“华”“实”。这既有力挺北人重气骨、质实之诗学理念的倾向，也有高扬汉语诗歌与北族文化基因优势互补的华化取向。由此可见，元好问高度赞扬《敕勒歌》，与其《中州集》之大中华理念及诗学华化取向一脉相承，前后辉映，是鲜卑族后裔元好问在我国古代文学批评史上的特殊贡献。

杏花杂诗十三首

其　一

“杏花”句：宋叶绍翁《游园不值》：“春色满园关不住，一枝红杏出墙来。”

“看尽”二句：写形传神，联想贴切。

杏花墙外一枝横，半面宫妆出晓晴[1]。
看尽春风不回首，宝儿元自太憨生[2]。

[注释]

[1] 半面宫妆：《南史·梁元帝徐妃传》载：元帝一眼瞎，徐

妃“每知帝将至，必为半面妆以俟”。前人多用此典喻花，如宋钱惟演《荷花》“徐娘羞半面，楚女妒纤腰”，宋祁《落花》“将飞更作回风舞，已落犹成半面妆”。 [2] 宝儿元自太憨（hān）生：《全唐诗话》载：炀帝召虞世基起草诏令，袁宝儿注视目不转睛。炀帝命世基作诗嘲讽，有“学画鸦黄半未成，垂肩亸袖太憨生”句。宝儿，姓袁，隋炀帝杨广之妃。憨，娇痴。生，语助词。

［点评］

《遗山乐府》卷二《临江仙》（醉眼纷纷桃李过）末注云：“‘小桥南北梦幽寻，残醉瞢腾不易禁。一树杏花春寂寞，恶风吹折五更心’，此予二十年前嵩山中诗也。”此即组诗第七首。可见组诗非作于一时一地，当居嵩山（1218—1226）时作。

如同陶渊明于菊、何逊于梅、韩愈于荷、李商隐于牡丹，遗山对杏花颇偏爱，集中杏花诗多达四十多首，并明确表示“一生心事杏花诗”［见下选《临江仙》（醉眼纷纷桃李过）］。在遗山眼中，杏花是先知先达、不畏寒冷的报春女神。她探头探脑，天真好奇，对外界无限神往；她簇簇拥拥，热烈奔放，个性外向豪爽；她娇艳明媚，引人注目，憨态十足。诗人珍爱它，心疼它，惋惜它，多角度地揭示出其审美特征，构成诗情画意浑然一体的意象意境，自己的性格趋向、身世之感也寓于其中，很值得欣赏玩味。

杨　柳[1]

前二句：有声有色，赏心悦目。

后二句：联想典故，想入非非。先生此刻，多么风趣可爱！

杨柳青青沟水流，莺儿调舌弄娇柔[2]。
桃花记得题诗客[3]，斜倚春风笑不休。

[注释]

[1] 杨柳：杨树和柳树，也专指柳树。　[2] 调舌：调唇弄舌以发出清脆悦耳的啼鸣。　[3]“桃花记得题诗客”二句：唐孟棨《本事诗·情感》载：唐诗人崔护某年清明日独游长安城南，曾到一庄户人家叩门求饮，见一女子站在桃花树下注视自己，眉目传情。次年清明，他特意再来此地，只见桃花依旧盛开，而姑娘却无踪影，于是题诗门上："去年今日此门中，人面桃花相映红。人面不知何处去，桃花依旧笑春风。"

[点评]

诗以首句前两字为题，并非专咏杨柳，旨在用彩笔勾略一幅有声有色的春景图。前二句写画面的背景：杨柳近水而先绿，黄莺喜浓柳而欢唱。"调舌"二字，揭示出黄莺刻意卖弄美妙歌喉的心态。后二句写画面的主体，特别是活用典故，以花拟人，移情于彼，把桃花描写得神情别致，妙趣横生。末句是桃花在春风吹拂下的动态描写，在原典之外加入大笑不休以致前仰后翻的情态，这一近似北方女子的放怀长笑，与黄莺极力展示歌喉相辉映，共同谱写出北方早春的美好旋律，也将自己多次光顾此地的情事寓于其中。

家山归梦图三首[1]

其　一

别却并州已六年[2]，眼中归路直于弦[3]。
春晴门巷桑榆绿，犹记骑驴掠社钱[4]。

“犹记”句：选取童年记忆中最有趣的事，以乐衬哀，倍觉沉痛。

[注释]

[1] 家山归梦图：兴定五年（1221），友人李治（冶）之父李平甫所画，原名“系舟山图”。《中州集》有赵秉文《系舟山图裕之先大夫尝居此山之东嵓》、杨云翼《李平甫为裕之画系舟山图闲闲公有诗某亦继作》。赵宜之《题裕之家山图》言其事由云：“雁门一开豺虎场，驾言投迹嵩之阳”，“东岩风物知犹在，说与寄庵神已会。一挥淡墨能似之，清辉远寄形骸外”。家山，家乡之山，以此称之，突出对家乡的思念。 [2] 别却并州已六年：遗山于贞祐四年（1216）避乱到河南，至此虚算已六年。并州，太原一带。 [3] 直于弦：比弓弦还直。 [4] 掠社钱：古人于立春后第五个戊日祭祀土地神，称“春社”。祭祀时乡民饮宴，并击鼓撒钱，使儿童拾以为乐。指收取举行社事所需的摊派钱亦通，本集卷四《雪中自洛阳还嵩山》诗有“梦里西家掠社钱”句。

其　三

游骑北来尘满城[1]，月明空照汉家营[2]。
卷中正有家山在，一片伤心画不成[3]。

“月明”句：将金军营寨称为“汉家营”，显示出元氏的民族认同理念。

“一片”句：本集屡用此语。如卷九《怀州子城晚望少室》：“十年旧隐抛何处？一片伤心画不成。”卷十《十日作》：“重阳拟作登高赋，一片伤心画不成。”

[注释]

[1] 游骑：流动突袭的骑兵。此指蒙古兵。 [2] 汉家营：指金军营寨。 [3] 一片伤心画不成：唐高蟾《金陵晚望》："世间无限丹青手，一片伤心画不成。"

[点评]

这首诗有别于一般题画诗的赏画、论画或以诗补画，诗人只是把画面作为引爆诗情的导线，在过去与现在、故乡与汴京、盛世与乱世的巨大时空中，其思绪纵横驰骋，浓笔挥洒渲染，充分表达了对故乡的热爱和眷恋，字字句句都用血泪染成。将遗山思乡诗放在古代诗歌史上看，可以说量多质高，这与其爱乡恋乡的情怀密切相连。组诗其一首二句述说离乡后一日三秋的相思，真是语词悲切，如泣如诉。特别是"眼中"句，两点之间直线最短，这是公认真理。但也有这样的名言："世界上最大的是海洋，比海洋大的是宇宙，比宇宙大的是胸怀。"此句无理而妙亦正在于此。

卷十二　七言绝句十一首

俳体雪香亭杂咏十五首[1]　亭在故汴宫仁安殿西

其　二

洛阳城阙变灰烟[2]，暮虢朝虞只眼前[3]。
为向杏园双燕道[4]，营巢何处过明年。

［注释］

[1] 俳（pái）体：俳谐体的略称，内容诙谐的游戏之作，杜甫有《戏作俳谐体遣闷二首》。雪香亭：《金史·地理志中》载："仁安之次曰纯和殿，正寝也。纯和西曰雪香亭，亭北则后妃位也。"杂咏：随事吟咏，兴致不一。此诗由禁掖之地言后宫诸事。 [2] 洛阳城阙变灰烟：天兴元年（1232）三月，蒙古汗窝阔台率大军破金中京洛阳。城阙，城门两侧突出的城楼。 [3] 暮虢（guó）朝虞（yú）只眼前：谓汴京后继洛阳，即将沦陷。暮虢朝虞，虢虞皆春秋时国名，虞在今山西平陆县东北，虢在今河南三门峡市东北。《左传》僖公五年载，晋献公向虞国借道进攻虢国，回师又灭虞国。 [4]"为向杏园双燕道"二句：意谓汴京宫苑被毁，此处燕子将何处营巢。

"为向"二句：诗人名好问，也确实好问，"问世间、情是何物""问莲根，有丝多少"等名句皆出于此。此处将对亡国命运的担忧借无足挂齿的小事说出，举重若轻，深情无限。陶玉禾评其七"金缕"诗云："感时溅泪，恨别惊心，语短绪长，低徊掩抑于流丽之中，极凄凉之致。"用以评此特合适。

小松："双燕'营巢何处'，便自况，怆然！"

总评：郭元釪《全金诗》："黍离之感，触目兴怀，白发累臣，自伤故国。"李慈铭："十五首黍离麦秀之思，不堪卒读。"

其 三

落日青山一片愁，大河东注不还流。

若为长得熙春在[1]，时上高层望宋州[2]。

[注释]

[1] 若为：怎能。熙春：汴京同乐园（故宋龙德宫）楼阁名，徽宗时建。亦名壶春堂、八滴水阁（元陆友仁《研北杂志》）刘祁《归潜志》卷七载，蒙古攻汴，城中人多拆房屋以为守具。熙春阁因结构坚固未毁。 [2] 宋州：隋唐北宋州名，金置归德府，治今河南商丘市南，时金哀宗流亡于此。

其 九

琵琶心事曲中论[1]，曾笑明妃负汉恩。

明日天山山下路[2]，不须回首望都门。

[注释]

[1]“琵琶心事曲中论”二句：谓金朝宫妃曾耻笑昭君出塞弹琵琶以抒怨恨辜负皇恩。杜甫《咏怀古迹五首》：“千载琵琶作胡语，分明怨恨曲中论。”明妃，王昭君，汉元帝时宫女，赐嫁南匈奴王。晋时避司马昭讳，改称明君，亦称明妃。琵琶，乐器名，产于胡地。 [2] 天山：燕然山，即今蒙古境内的杭爱山。《金史·哀宗本纪》癸巳四月下载“两宫北迁”，诗指此事。

总评：李慈铭：“高唱入云。”

小松：“一结具见先生缱绻之至情。”王士祯《冬日读唐宋金元诸家诗偶有所感各题一绝于卷后·裕之》：“载酒西园追昔游，画栏桂树古今愁。兰成剩有《江南赋》，落日青山望蔡州。”沈德潜《宋金三家诗选·遗山诗选例言》：“王新城尚书咏遗山诗有‘落日青山望蔡州’句，缘稿本中多黍离行迈之感，后之诗人徘徊嘉赏之。”王诗末句即从本诗中囊括提炼，用以代表遗山诗的思想内容主体风格与艺术成就。

前二句：嘲笑前人，轻薄如此，故也招遗山嘲笑。

后二句：若能如此眷恋故国故君，也忠爱可嘉。

其十一

罗绮深宫二十年，更持桃李向谁妍[1]。
人生只合梁园死[2]，金水河头好墓田。

总评：李慈铭："此悲金源北去后妃也。含讽苍凉，不嫌其亵。""此诗妙在言下有余痛，而含蓄得风人之旨，较唐人意在刺隋炀者不同。或谓唐诗妙在'山光'二字，此作'河头'，便犯实者，非知言也。禅智、山光，皆扬州寺名，同是实有其地，岂得以'山光'为空灵语乎？"

[注释]

[1] 更持桃李向谁妍：谓久侍金帝的两宫女子如今又以色取悦他人争宠夺爱了。桃李，喻妃嫔艳丽的容颜。 [2]"人生只合梁园死"二句：本唐张祜《纵游淮南》"人生只合扬州死，禅智山光好墓田"，意谓宫妃与其改侍他人远死他乡，不若为君殉节，死在汴京。梁园，汉梁孝王在汴京附近曾筑庭园，此泛指汴京宫苑。金水河，源出荥阳黄堆山，导入汴京皇城。

[点评]

天兴二年（1233）正月，汴京西面元帅崔立乘金哀宗东征失败以京城降蒙古，四月两宫北迁。诗人时任左右司员外郎，入览故宫，睹物思人，感慨遥深。面对与靖康之变相似的惨痛经历，诗人严正深沉的情思，却用"俳体"抒写，意在极力挣脱悲伤的重压，勉强以调侃戏谑获取轻松一笑，属于冷峻的幽默。如其二前二句写对汴京沦陷国家灭亡的担忧，后二句却转说对燕子筑巢的关心，前后接不上茬，似痴人说梦，像范进中举后之着魔；其三前二句以夕阳西下、大河东流喻金苟延残喘一去不返，着眼于朝代更迭不断变化，后二句写对金主的眷恋，却接以永久不变的奢望，二者在理性的客观判断与感情的一厢情愿之间充满张力，令人觉得幼稚可笑，有自嘲意味；其九感伤两宫北迁后的遭际，却硬扯出“曾笑明妃负汉恩”事，好像历史故意开了一个天大的玩笑，对她们不设身处地地体会便轻易耻笑明妃予以天谴，嘲讽揶揄，故后有“不须”之挥斥；其十一从节义的角度着眼，讽刺宫妃承受皇恩既多且久，而今又忍辱偷生以色另侍他人，还不如及早在汴京寻死，与《儒林外史》中王玉辉劝女殉夫、以理杀人相近，细思极恐，或许正如诗题所示，此只是一时兴会之戏言。这种以轻松笔调表达沉重情怀的表现方法，收到酸甜苦辣百味杂陈、既出人意料又合乎情理之中的艺术效果。刘祁《归潜志》卷九谓元好问好滑稽，有贵官女入宫，后因父罪被遣，元赋《金谷怨》乐府诗，“一时士人传以为笑谈”。由此可知，其所以用“俳体”作此诗之性格方面的因素。

癸巳五月三日北渡三首

其　一

道旁僵卧满累囚[1]，过去旃车似水流[2]。
红粉哭随回鹘马[3]，为谁一步一回头。

前二句：场面描写，由近及远，浩劫之悲亦弥漫无际。

后二句：聚焦闺秀，凸显亡国奴之悲，耻辱感触目惊心。

总评：小松：“是北渡途上光景，千载读者仍有余痛。”

［注释］

[1]累囚：用绳子捆缚的囚犯，此指被蒙古掳掠的中原人。累，绳索。 [2]旃车：毡篷车。 [3]回鹘（hú）：即回纥，古代民族名，

居漠北。后迁移于新疆，今维吾尔族即其后裔。此指蒙古。

其　二

随营木佛贱于柴，大乐编钟满市排[1]。
虏掠几何君莫问，大船浑载汴京来[2]。

前二句：木佛昔尊今贱，礼乐之器沦丧，文化人伤心莫过于此！

后二句：以“虏掠”定性，诛心之论。

小松：“一结直叙目击，笔力千钧。”

［注释］

[1] 大乐（tài yuè）编钟满市排：《元史·礼乐志二》载，太宗十年（1238），衍圣公孔元措朝奏：“今礼乐散失，燕京、南京（汴京）等处，亡金太常故臣及礼册、乐器多存者，乞降旨收录。”本集卷三十二《东平府新学记》谓孔元措“癸巳之变，失爵北归，寻被诏搜索礼器之散逸者”。由此可知，蒙古入汴京，未整体搬迁太常礼乐之器，任由将士抢掠买卖，多散落在燕京、汴京的官民手中。大乐，官署名，《金史·百官志》载其隶属太常寺，职掌宫廷音乐教习。编钟，以若干个大小不同的钟按其音阶高低编排，为朝廷祭祀、宴乐时所用。市，买卖市场。　[2] 浑：全。

其　三

白骨纵横似乱麻，几年桑梓变龙沙[1]。
只知河朔生灵尽[2]，破屋疏烟却数家。

“桑梓其剪为龙沙乎”[3]，郭璞语。

前二句：惨状恐怖，变化惊心。与李白《扶风豪士歌》“天津流水波赤血，白骨相撑如乱麻”同中有异是，屠戮时久则白骨散架，“纵横”倒卧而不能“相撑”了。

后二句：以有衬无，以喜衬悲，遗山善写乱后惨状，由此可见。

［注释］

[1] 几年桑梓（zǐ）变龙沙：《晋书·郭璞传》：“惠、怀之际，

河东先扰。璞筮之，投策而叹曰：‘嗟乎！黔黎将湮于异类，桑梓其翦为龙荒乎！’”桑梓，桑树和梓树，植于村社家宅，后用作故乡的代称。此指绿野郁郁葱葱欣欣向荣之地。龙沙，泛指塞外荒漠之地。[2]河朔：黄河以北地区。[3]龙沙：《晋书·郭璞传》作“龙荒”。

［点评］

癸巳年（1233）五月三日，遗山被押往山东，自汴京南青城北渡黄河，途中看到都城沦陷后蒙古大肆掳掠的悲惨状况，触目惊心，以诗实录其事。组诗以行迹为序，随步换形，在其所见中选录了三个具有典型意义且最震撼人心的场景，极似一组连环画，语言浅近如话，感情爱憎分明，指斥对象也不再像对金廷那样隐晦曲折、心慈手软了。

第一首主写掳掠人口。在前不见头后不见尾的广阔背景中，特写“红粉哭随”镜头，且以“为谁”“回头”发问，将笔触深入到女子丰富复杂的内心世界，亡国之耻莫甚于此。第二首写劫掠买卖运输财物。在军营前“木佛贱于柴”，凸显蒙古将士对汉传佛教的漠视及其深层的文化、宗教观念之不同。“大乐编钟”是国家礼乐重器，主兵者不懂入主中原承继礼乐文化之重要，任由将士掳掠买卖，这一文化浩劫是对爱重传统文化的遗山的沉重打击，其沉痛悲凉可以想见。第三首写黄河北岸兵后惨况。金廷贞祐南迁后，以黄河为分界，重点防守，诗人对二十年来黄河以北的情况只能凭传闻想象。此首将眼前所见之景与心中所存乱前的繁荣之景及乱后的想象之景叠映比较，发现它不同于曹操《蒿里行》“白骨露于野，千里无鸡鸣”之一片死寂，末句“破屋疏烟却数家”，极似王维《使至塞上》“大漠孤烟直，长河落日圆”，辽阔肥沃的华北平原上竟然还有几缕炊烟，这一特写镜头中容含着多少凄酸悲凉。蒙古初侵时，“两河山东数千里，人民杀戮几尽，金帛子女、牛马羊畜皆席卷而去，屋庐焚毁，城郭邱墟”(《两朝纲目备要·金人告迁于南京》)，其后二十余年，蒙金宋及地方武装互相争战杀戮，“其存者以户口计，千百不一余”(元刘因《静修文集·武强尉孙君墓铭》)，本集卷三十五《清真观记》进而比较，云“苻坚、石勒、大业、广明、五季之乱，不如是之极也”，认为当时战祸之烈旷古未有。由此可见，遗山此诗比曹操诗更为真切地反映了当时历史的面貌，真是名副其实的诗史。

自题二首

其　一

共笑诗人太瘦生[1]，谁从惨淡得经营[2]。
千秋万古回文锦[3]，只许苏娘读得成。

“千秋”二句：可与上选《与张仲杰郎中论文》“文须字字作，亦要字字读。咀嚼有余味，百过良未足”合观。

陶玉禾：“文章千古，得失寸心，不必求知索解。位置极高而用笔极婉。”

[注释]

[1] 共笑诗人太瘦生：用唐孟棨《本事诗·高逸》所载李白

作诗戏杜甫典（详见前选《天涯山》注 [22]），谓自己形体太瘦是由于苦心作诗的缘故。遗山身形消瘦，人称“癯元”（《中州集》戊集第五赵元《次韵裕之见寄二首》有“欲乞癯元伴老身”句）。 [2] 谁从惨淡得经营：杜甫《丹青引赠曹将军霸》：“诏谓将军拂绢素，意匠惨淡经营中。”惨淡经营原指作画前先用浅淡颜色勾勒轮廓，苦心构思，经营位置。后用指苦心谋划并从事某项工作。 [3]“千秋万古回文锦”二句：意谓其诗谋篇布局细针密线如回文锦，只有像苏氏那样创作经验的人才能领会。《晋书·列女传·窦滔妻苏氏》载，滔，苻坚时为秦州刺史，被徙流沙。“苏氏思之，织锦为《回文旋图诗》以赠滔。宛转循环以读之，词甚凄惋，凡八百四十字。”按苏蕙《璇玑图》诗今存，841 字。回文诗指回环往复均能成义可读之诗。如南朝齐王融《春游回文诗》：“池莲照晓月，幔锦拂朝风。”回读之则为“风朝拂锦幔，月晓照莲池”。

其　二

千首新诗百首文 [1]，藜羹不糁日欣欣。
镜中自照心语口 [2]，后世何须扬子云。

无论是作品的数量还是质量，皆耿耿自信如此。诗人自处已不限于一代宗工，而是放到文学史的长河中审视论量了。陶玉禾“位置极高而用笔极婉”之说可谓搔到诗人痒处了。

[注释]

[1]“千首新诗百首文”二句：谓自己性喜作诗撰文，尽管物质生活清贫艰苦，心情却甚感欣慰。藜羹，用嫩藜煮成的羹，指粗劣的食物。糁（sǎn），以米和羹。 [2]“镜中自照心语口”二句：有自嘲意，谓自己的诗文虽然做到从心意到语言文字的统一，也只能是自慰而已，这种按照扬雄的要求所作的诗文对后世又有何

用。汉扬雄《法言·问神》：“故言，心声也；书，心画也。声画形，君子小人见矣。”何须，何必，何用。三国魏曹植《野田黄雀行》：“利剑不在掌，结友何须多？”扬，底本及李诗本等作“杨”，按西汉作家扬雄字子云，从施本、方本、姚本。

［点评］

自题即自我品题。组诗着眼于自己的体貌形神与诗文创作的内在联系，可以视为对其人生观的精彩评定。诗人晚年遗嘱“墓头树三尺石，书曰‘诗人元遗山之墓’”，这是人生价值取向的自我肯定，因此他才会有“藜羹不糁日欣欣”之感。《论语·雍也》所说颜回瓢饮之乐，即不在于口舌之乐而重在精神层面。自己的幸福感既在于诗，就不会为投入的辛劳斤斤计较、患得患失，而是甘受“经营惨淡”之苦，体味“千秋万古回文锦，只许苏娘读得成”的苦心孤诣之趣味、“千首新诗百首文”成果累累之欢欣以及“镜中自照心语口，后世何须扬子云”之成就地位的自豪。

内黄道中楚王庙，荆公有“谁合军中称亚父，却须推让内黄儿”之句，因为范增解嘲[1]

一怒屠城一说留[2]，书生刚为范增羞[3]。
军中老子关何事[4]，付与儿曹调沐猴[5]。

诗题：“谁合”二句，出王安石《范增二首》。“却”，王作“直”；“内”，王作“外”。施本据王诗及有关史事，将此诗题两“内”字皆改作“外”，不妥。遗山无由路经外黄，前一“内”字肯定无误。至于后一“内”字，应属遗山误记，不应替古人改正错误。况且若改应体例一律，“却”字也需改，这样就有失元著原貌了。

[**注释**]

[1] 内黄：金县名，今属河南。楚王庙：《嘉庆一统志·彰德府》载，内黄县西北三十里有楚王镇及楚王庙。荆公：王安石封荆国公，世称王荆公。范增：秦末时人，曾任项羽的军师，被称为“亚父”。解嘲：指被人嘲笑而自作解释，典出《汉书·扬雄传》：“时雄方草《太玄》，有以自守，泊如也。或嘲雄以玄尚白，而雄解之，号曰《解嘲》。”此处顺承王安石批评范增而言，嘲讽之意有增无减。 [2] 一怒屠城一说留：《史记·项羽本纪》：“外黄不下。数日，已降。项王怒，悉令男子年十五已上诣城东，欲坑之。外黄令舍人儿年十三，往说项王曰：‘彭越强劫外黄，外黄恐，故且降，待大王。大王至，又皆坑之，百姓岂有归心？从此以东梁地十余城皆恐，莫肯下矣。’项王然其言，乃赦外黄当坑者。” [3] 刚：只。唐温庭筠《题西平王旧赐屏风》：“世间刚有东流水，一送恩波更不回。” [4] 老子：父亲的俗称。范增被项羽尊称为亚父，故云。 [5] 儿曹：儿辈，指外黄小儿。沐猴：指项羽。《史记·项羽本纪》载，项羽攻占咸阳后，“人或说项王曰：‘关中阻山河四塞，地肥饶，可都以霸。’项王见秦宫室皆以烧残破，又心怀思欲东归，曰：‘富贵不归故乡，如衣绣夜行，谁知之者！’说者曰：‘人言楚人沐猴而冠耳，果然。’”

[**点评**]

本集卷三十七《太原昭禅师语录引》：“岁丁酉（1237）八月，予自大名还太原。”金内黄属大名府路，诗当作于此时。蒙古灭金时动辄屠城，惨烈之状更甚于项羽。遗山路经内黄楚王庙时有感而发，主张儒者应担起时代赋予的救世济民之责，为此可以参与蒙古新朝，积极引导劝说，使其放弃“凡城邑以兵得者悉坑之”（姚燧《序江汉先生事实》）之血腥屠杀的草原旧制，顺应历史发展潮流。这种人生价值取向代表了当时中国北方士人主流的“真儒”理念，与南宋灭亡时士人所张扬的重为国守节不同，在中华大地上形成两个对比鲜明的文化景观。

陈德元竹石二首

其　二

万石纲船出太湖[1]，九州膏血一时枯[2]。
阿谁种下中原祸[3]，犹自昂藏入画图[4]。

穷奢极欲，祸国殃民。刨根追底，罪在徽宗。由宋及金，以通俗平易之语，寓痛恨根诛之气。

［注释］

[1] 万石纲船出太湖：宋徽宗于东京汴梁建艮岳三山（见前选《西园》注 [9]），使朱勔（miǎn）搜刮江南的奇花异石。当时运花石的船队不断往来于淮汴之间，号称“花石纲”。纲，成群结队地运输货物。太湖，位于江苏、浙江之间，其石多窟窿和皱纹。汴京园林中堆叠假山所用之石，采自太湖。　[2] 九州膏血一时枯：《宋史·地理志一》“万岁山艮岳”下载：“自政和讫靖康，积累十余年，四方花竹奇石，悉聚于斯。楼台亭馆，虽略如前所记，而月增日益，殆不可以数计。宣和五年，朱勔于太湖取石，高广数丈，载以大舟，挽以千夫，凿河断桥，毁堰拆闸，数月乃至。”　[3] 阿：前缀，放在姓名行辈前面。中原祸：指金灭北

宋。 [4] 昂藏：气度轩昂。

[点评]

这是一首题画诗，画的作者陈德元生平不详，画面主体是竹与石。遗山对故国的沉沦十分痛心，且往往以史学家的眼光审视亡国的成因，并归结于“成由勤俭破由奢”的历史轮回。前选《西园》之“荧荧一炬殊可怜，膏血再变为灰烟”“千古是非同一笑，不须作赋拟阿房”，即对宋徽宗奢侈亡国的口诛笔伐。《出都二首》“汉宫曾动伯鸾歌，事去英雄不奈何。但见觚棱上金爵，岂知荆棘卧铜驼”，不仅将金朝败亡的根由指向大兴土木、耗竭国力的失策，而且委婉地表露出旁观者虽明而无可奈何的悲伤。但这些深伤剧痛都说得比较含蓄隐晦，不像这首诗将深恶痛绝的仇恨表达得直言不讳，痛彻心扉。诗人由画面之“竹石”联想到宋徽宗的“花石纲”以及北宋的灭亡、中原大地浩劫一空、百姓被屠杀掳掠的悲惨情景，进而站在孟子“民贵君轻”的立场上，替无辜平民抱屈申冤，对最高统治者的深重罪恶予以义正词严的鞭挞，堪称一篇为人民立言的史论。

卷十三　七言绝句六首

初挈家还读书山杂诗四首[1]

其　一

并州一别三千里，沧海横流二十年[2]。
休道不蒙稽古力[3]，几家儿女得安全。

前二句：杜甫《恨别》："洛城一别四千里，胡骑长驱五六年。"

总评：小松："起、承从子美《恨别》诗来，转、结感慨淋漓。"

［注释］

[1] 读书山：原名系舟山，因遗山生父元德明读书于此，金末文坛领袖赵秉文改为元子读书山。　[2] 沧海横流：喻世乱。《晋书·殷仲堪传》："天下，大器也。苟乱亡见惧，则沧海横流。"　[3] "休道不蒙稽古力"二句：有自己因文名震耀而得照护，赖以幸存之意。稽古力，指读古人书，考察古来人事，知为人之道。语出《后汉书·桓荣传》："荣大会诸生，陈其车马印绶，曰：'今日所蒙，稽古之力也。'"得，底本作"待"，形讹。据李诗本、毛本改。

其　三

眼中华屋记生存[1]，旧事无人可共论。

老树婆娑三百尺[2]，青衫还见读书孙[3]。

“老树”二句：承“休道”二句，寄望诗书传家之风延续不断，有“乔木未须论巨室，青衫今有读书孙”（卷十三《题商梦卿家晦道堂图二首》其一）、“耆旧风流知未减，青衫还见读书孙”（卷十四《梁氏先人手书》）可证。可惜其后代未能如其所愿。

总评：小松：“以一代名家为读书孙，元氏何其清福耶！”

[注释]

[1] 眼中华屋记生存：曹植《箜篌引》：“生存华屋处，零落归山丘。”句言旧宅毁坏而少时家居的情形记忆犹新。本集卷四十《外家别业上梁文》：“怀先人之敝庐，可怜焦土。” [2] 婆娑（suō）：盘旋貌。 [3] 青衫：古时未做官的读书人穿青衫。读书孙：指长子阿千等。本集卷七《阿千始生》有“田不求千亩，书先备五车。野夫诗有学，他日看传家”。前选《九日读书山，用陶诗“露凄暄风息，气清天旷明”为韵，赋十诗》其三有“苍苍池上柳，青衫见诸孙”句。

[点评]

蒙古太宗十一年（1239）冬挈家回乡初作。组诗紧扣诗题写初返时的抚今追昔之情，不称系舟山而称读书山，有感怀父、师之恩在。其一写即将进村时拍手相庆、心潮澎湃的激动心情，通过离乡的距离之远、时间之久以及避乱之人历经丧乱、九死一生的多层铺垫，以衬托劫后余生、晚年返家之幸运。中加“休道”句衬垫，缓和了全诗急速的语势，如李白《早发白帝城》之“两岸猿声啼不住”，有波浪起伏回旋之致。其三写初进家院的沧桑之感。诗人环视残墙断垣，回想儿时家园以及昔日母妻已埋骨他乡等情景，遂引发今之续妻子女等皆属初回，无可告语之悲。后二句是画面的主体，诗人的视线如移动镜头一样，至老树前停止且进而放大至“三百尺”，又用拟人法，视之为家院的见证人，设想其今日所见与旧日记忆叠映中悲喜交加的表情，意象奇伟，自己的“木犹如此，人何以堪”之叹亦寄寓其中。

龙门公墨竹风烟夕翠二首[1]

其 二

烟梢露叶卷秋山，挥洒纵横意自闲。
莫问笔头龙未化[2]，看看霖雨满人间。

将处心积虑之旨即兴而发，委婉得体而无刻意之痕。刘相看到一代文豪的“雅贿”，定能心领神会，欣然笑纳。

［注释］

[1] 龙门公：刘敏，字德柔，一字有功。宣德（今河北张家口宣化区）人。仕元，官至燕京行尚书省事。《元史》卷一百五十三有传。元夏文彦《图绘宝鉴》：“刘敏字有功，宣德龙门县人，赐号龙门居士，自号年丰老人。善画墨竹，学顾正之，有《风烟夕翠图》传于世。” [2] 化：布施生成化育万物，此借布雨指龙门公的施政恩泽。

［点评］

刘敏是窝阔台时期营建万邦来朝之和林城与富丽堂皇之万安宫的主持者、设计者，自太宗十三年（1241）至宪宗四年（1254）行省事于燕京，与回回人牙鲁瓦赤等主持汉地事务。蒙古乃马真后二年（1243）遗山到燕京，曾为其子作《临锦堂记》（卷三十三），诗亦当此时作。

金元之际民生涂炭，遗山念念于此，想方设法抓住一切机会为民纾困，在为蒙古世侯权贵写的碑、记中，多有施行仁政的奖掖诱导。他为刘敏所作《龙门川大清安禅寺碑》(卷三十五)，根据其信佛喜佛而因势利导，尤为恳切感人："古之任天下之重者，匹夫匹妇有不被尧舜之泽者，若己推而内之沟中。譬之群饮，一人向隅而泣，满堂为之不乐。此特为名教言，至于瞿昙氏之说，又有甚焉者。一人之身，以三世之身为身；一心所念，以万生所念为念。……惟公历事三朝，再秉钧轴，本诸仁以内养，发于诚而外见。吾儒之兼善，内教之利它，皆得之性分自然，廓而充之，有不期合而合者。"这首题画诗与前选《家山归梦图》《陈德元竹石》等诗情皆由画面内容引发不同，是诗人在救世济民人生价值取向驱动下，劝导蒙古权贵以民为本施行仁政之理念主导下的产物。前者属景在情先、即景生情的兴，后者属意在笔先、寓情于景的比，像孟浩然《临洞庭湖赠张丞相》之"坐观垂钓者，徒有羡鱼情"，希望张九龄引荐但寓意于景、语语双关一样，劝导刘敏将营造宫都，满足统治者骄奢淫逸的精巧才华转变为救济民生的及时雨，可视为一封言此意彼、语短情长、以心传心、含蓄委婉、充满艺术性的劝谏书。

前二句：本集卷十六《王黄华墓碑》："世之书法，皆师二王，鲁直(黄庭坚)、元章(米芾)号为得法。元章得其气，而鲁直得其韵。气之胜者，失之奋迅；韵之胜者，流为柔媚。而公则得于气韵之间。"此可否定昔人所谓遗山论诗有南北之见之说。

总评：查慎行："欲借前辈压到时流。使先生获见南渡诸公作，未必遂发此论也。然诗骨要自棱棱可喜。"

自题《中州集》后五首[1]

其　一

邺下曹刘气尽豪[2]，江东诸谢韵尤高[3]。
若从华实评诗品[4]，未便吴侬得锦袍。

［注释］

[1]《中州集》：金代诗词总集，诗十卷，词一卷，共收二百四十九人的作品约两千五百首，并为诗人作传。遗山于天兴二年（1233）羁居聊城时，“念百余年以来，诗人为多。苦心之士积日力之久，故其诗往往可传。兵火散亡，计所存者才什一耳。不总萃之，则将遂湮灭而无闻，为可惜也。乃记忆前辈及交游诸人之诗，随即录之”（卷三十七《中州集序》），后与魏道明所集、商衡增补的《国朝百家诗略》合为一编，目曰《中州集》。历经十七年补充完善，于蒙古海迷失后元年己酉（1249）在真定府提学赵振玉的资助下刊行，为保存金代文献及元修《金史》做出巨大贡献。 [2] 邺：古都邑名。曹操为魏王，定都于此。旧址在今河北临漳县。曹刘：指建安诗人曹植、刘桢。代指以“三曹”和“七子”为中心的建安文人集团。当时建安诗人群云集邺城，故云。 [3] 江东诸谢：长江以东的东晋诗人谢灵运、谢朓等。韵：本指音调和谐，也兼指兴象超妙，意味深长的韵味。王士祯《师友诗传续录》：“韵谓风神。” [4]“若从华实评诗品”二句：《隋书·文学传序》：“彼此好尚，互有异同。江左宫商发越，贵于清绮；河朔词义贞刚，重乎气质。气质则理胜其词，清绮则文过其意，理深者便于时用，文华者宜于咏歌，此其南北词人得失之大较也。”合观本集卷十一《论诗三十首》其八“沈宋横驰翰墨场，风流初不废齐梁。论功若准平吴例，合著黄金铸子昂”，二句乃有的放矢，针对的是隋一统南北朝及唐初亦包括后南北朝之金与南宋对峙以来诗坛贵南贱北、中原竞学南诗的状况，谓如用华美实用双重标准来衡量品评诗歌，则钟嵘等倾向于华美的诗学品评标准及其南人多获高品的定位不妥。华实，指诗歌华美的形式和实用的内容。诗品，诗的品级。南朝齐梁人钟嵘以上品、中品、下品三等品定自汉至梁诗人。未便，不适宜，不应当。吴

侬（nóng），吴人，吴地方言称人为侬。诗中指南方诗人。得锦袍，《隋唐嘉话》载：武则天皇后游龙门，命群臣赋诗，先成者赐锦袍。东方虬受赐未毕，宋之问随就，文理兼美，于是就夺锦袍赐与宋。

其 五

平世何曾有稗官[1]，乱来史笔亦烧残[2]。
百年遗稿天留在[3]，抱向空山掩泪看[4]。

查慎行："能令群公含笑九原，值得先生一泪。"

小松："先生尝曰'不可令一代之迹泯而不传'，是作即述此意也。'天留在''掩泪看'，何等悲壮！"

[注释]

[1] 平世何曾有稗（bài）官：谓太平盛世时也不再设稗官搜集当代诗歌了。稗官，古代采风的小官。《诗经》《汉乐府》中作品多由稗官到各地民间采集。 [2] 乱来史笔亦烧残：丧乱以来，朝廷的历史文献亦已被战火焚烧残缺不全了。史笔，史官记载的文献，诗中指金朝的国史。 [3] 百年遗稿：指《中州集》所收诗作。亡金一代自 1127 年灭北宋至 1234 年被蒙古所灭，凡百余年。 [4] 空山：空旷幽深的山林，喻遗民避世隐居之所。

[点评]

组诗作于蒙古海迷失后元年（1249）《中州集》付梓前夕。遗山为何要把《国朝百家诗略》改名《中州集》呢？"国朝"指金朝，商衡是从国家认同层面命名的。"中州"本指古豫州（今河南一带），后泛指中原地区，亦指中国，见《汉书·司马相如传》之《大人赋》"世有大人兮，在乎中州"注。《中州集》收录了女真、契丹、渤海诸族包括南宋人的诗作，在诸族、诸国之上赋予了更高层次的大中华、大中国多元一体之义。这种不辨夏夷内外，以文艺认同为准绳，凡符合此衡量标准者，皆视之为中国人，这就是遗山改名为《中州集》的用意所在。时人家铉翁《题中州诗集后》对此命意给予很高评价："其生乎中原，奋乎齐鲁汴洛之间者，固中州人物也。亦有生于西方，奋于遐外，而道学文章为世所宗，功化德业被于海内，虽谓之中州人物，可也。……故壤地有南北，而人物无南北，道统文脉无南北，虽在万里之外，皆中州也。……盛矣哉，元子之为此名也！广矣哉，元子之用心也。……余于是知元子胸怀卓荦，过人远甚。"此"南北"指中原农耕地区与塞北游牧地区，在元氏看来，在金朝胡汉文化互补土壤气候下孕育出的诗，具有北方诗歌重气骨的特质，与南宋诗相较，更能代表历来中原的文脉正统。所以，他厚此薄彼，其"未便吴侬得锦袍"及"北人不拾江西唾"(组诗其二)，表现出迥异于初唐北人竞效南风的文化自信。其"百年遗稿天留在"之对故国文学贡献的宝惜固护，也与唐宋诗中的爱国情怀及其贵夏贱夷的文化内蕴有异。

乡郡杂诗五首　余家自五代以后自汝州迁平定，宋末又自平定迁忻，故文字中以平定为乡郡[1]

其　一

百年乔木郁苍苍[2]，耆老风流赵与杨[3]。

再造之恩，刻骨铭心。有机可乘，即图报恩。

为向榆关使君道[4]，郡中合有二贤堂。

杨吏部之美[5]，皋落人[6]。闲闲曾守此郡[7]。

[注释]

[1] 乡郡：家乡所在之郡。汝州：金州名，治今河南汝州。平定：金州名，治今山西平定县。 [2] 乔木：高树，喻指故国耆旧中的代表性人物。典出《孟子·梁惠王下》，详见前选《壬辰十二月车驾东狩后即事五首》其四注 [5]。 [3] 赵与杨：指赵秉文与杨云翼。 [4] "为向榆关使君道"二句：元苏天爵《元朝名臣事略·内翰李文正公》引徐世隆《四贤堂记》："初，聂侯珪以土豪归国，帅平定者最久，雅亲文儒，闻敬斋李公之名而贤之，挚至郡舍。会遗山元公还太原过之，为数日留，因追忆闲闲、文献二老，作诗云：'百年乔木郁苍苍，耆旧风流赵与杨。为向榆关使君道，郡中合有二贤堂。'聂侯起谢曰：'此珪志也。'方经始而聂侯卒。"榆关，平定州城。清雍正《山西通志》："韩信击赵，驻兵于今平定州，筑城为塞，以榆塞门，遂名榆关。"使君，汉时称州刺史为使君。 [5] 杨吏部之美：杨云翼，字之美。明昌五年（1194）进士，兴定末拜吏部尚书。 [6] 皋落：古镇名，今属山西昔阳县。 [7] 闲闲：赵秉文，号闲闲，大安二年（1210）任平定州刺史。

[点评]

《山右石刻丛编》卷二十八有李冶撰《大元故平定等州大总帅聂公神道碑铭》，云"龙集辛亥之冬，平定等州大总帅聂公北觐□（应作"龙"）庭，越明年春三月，乃膺□□。无何，以勤瘁被疾，是月廿有三日，薨于和林□之寓居"，知聂珪辛亥冬离平定，壬子春卒于和林。

合观组诗其一注[4]之“方经始而聂侯卒”，诗当蒙古宪宗元年辛亥（1251）冬聂珪离平定前不久作。这是一代文宗对地方文化建设的决策性建议，至今仍有借鉴价值。地方志中的人物有名宦、乡贤两类，赵秉文属前者，杨云翼属后者。又，自古以来有境因人胜者，前选《天涯山》之“敬亭不着谢宣城，断岸何缘比天姥”即此之谓。组诗大打名人效应牌，言外之意是希望地方官重视。“二贤堂”“涌云楼”这些物质文化的载体，内蕴着一代耆旧的人文趣尚、价值取向，是本土文化教育的重要资源，应该保护修缮。徐世隆《四贤堂记》对此也有深刻的阐述：“至元二年，到侯天禄继守是州，为屋数楹，置杨、赵、元、李四公像于其中以事之。惟闲闲、文献以道德文章为一代宗师，昔在礼部、翰林对持文柄，时号‘杨赵’。遗山、敬斋皆二公门下客，自南都时才已相埒。北渡后，常往来西州，寓志于文字间，赓唱迭和，世亦谓之‘元李’。海内之人，识与不识，往往诵其诗，读其书，敬仰其人，盖所谓‘闻而不得见，见而不得亲者’。独是一郡，闲闲之桐乡、文献之梓里也。人歌清静之政，家服孝友之化，而又接见遗山、敬斋，凡僚吏士庶，每语及中州耆旧，必以四贤为称首。堂而祠之，宜矣。”（苏天爵《元朝名臣事略》卷十三《内翰李文正公》）遗山此诗也可谓着眼于此。

卷十四　七言绝句十二首

十月二十日雪

小松："清新潇洒，诗品、人品俱高。"

和气休论岁欲丰[1]，且看芜秽一时空。
临高赏雪人何限[2]，谁在琼瑶世界中[3]。

［注释］

[1] 和气：阴阳交合之气。古人认为它能导致瑞气，使五谷丰收。岁欲丰：民谚有"瑞雪兆丰年"。 [2] 何限：几何。 [3] 琼瑶：美玉。

［点评］

蒙古太宗十二年庚子（1240）冬，遗山应东平万户严忠济邀请，至东平为其父严实作神道碑，十月二十日路经石岭关，作此诗。诗人写登高赏雪的审美感受，舍弃了"瑞雪兆丰年"这一功利角度，侧重抒发在"琼瑶世界"中主客观互动下冰清玉洁之情怀。其人生境界与王昌龄《芙蓉楼送辛渐》所言"一片冰心在玉壶"相似，可以看作诗人返乡后再次决定与蒙古权贵交结的内心独白，与同时之作《十月二十日雪中过石岭关》（卷九）所言“地炉围坐惭田父，絮帽冲寒怨仆夫。故国烟花重回首，蜀橙山麝记金壶”合观，其勇负时代重任与坚守遗民底线的具体内涵显然可见。此亦“遗山诗境更高寒”（卷十四《雪谷早行图二首》）的表现之一，它与苏轼“高处不胜寒”（《水调歌头》“明月几时有”）之忧谗畏讥不同，有巍然屹立、高瞻远瞩、俯视一世的自许自信在。

同儿辈赋未开海棠二首

其　二

枝间新绿一重重，小蕾深藏数点红。
爱惜芳心莫轻吐[1]，且教桃李闹春风。

“爱惜”二句：言近旨远，深得苏轼“赋诗必此诗，定非知诗人”之旨趣。

［注释］

[1] 芳心：花蕊。

［点评］

此诗为晚年作。末二句用谐音双关言近旨远的比兴手法，其寓意不宜坐实。摘要言之，它既有“惜春长怕花开早”之意，也寄寓了诗人心存大志，不跟风随俗、争抢风头的人生经验，是其教诲儿辈如何成长成才的一条具有普遍永恒意义的人生哲理。传统家教，总是忧畏枪打出头鸟、先烂出头椽之险恶世情，劝导子女世故老成，明哲保身，不可任性尽情、锋芒毕露，但这是以牺牲童真无邪为代价的。诗人必定知此，然两害相较取其轻，其间有多少不忍与无奈啊！

己酉四月十七日度石岭[1]

前二句：小我与大我永远在战斗，这才是真实立体的伟人情怀！

“无情”句：与“何时石岭关头路，一望家山眼暂明”（前选《秋怀》）之返乡不同，故悲喜之情也迥异。

总评：小松：“行路难，写来最入情。”

四海虚名值几钱，世间何限好林泉[2]。
无情石岭关头路，行去行来又十年。

［注释］

[1] 己酉：蒙古海迷失后元年（1249），岁次己酉。石岭：石岭关的简称。 [2] 何限：多少。

［点评］

遗山己亥返乡后未能落实“西山薇蕨此生休”（前选《太原》）的心愿，“往来四方，采摭遗逸”，多次路经石岭关。是年往真定，乃为刊印《中州集》事。诗的前二句表露了志与趣的纠结。其中既有晚年四处奔波、年老体衰、精力不济、急待隐逸清闲的身心需求，也有一代宗工文坛领袖救世济民、修史传道、汲汲以求、难以割舍之使命、志业、情怀的坚守。李《谱》谓遗山是年始居真定，按下年八月将四女许配此地人（本集卷四十《为第四女配婿祭家庙文》）之事，其说可从。真定地处东平、燕都、忻州之中心，移居于此，来往甚是方便。是则此诗后二句又属从己亥返乡至己酉拟迁的阶段性总结，寓有继往开来之意义。

避兵阳曲北山之羊谷题石龛[1]

冥鸿正恐絓疑网[2]，脱兔不忘投茂林。
世故驱人真有力[3]，天公困我岂无心。

残暴嗜杀，惨绝人寰。千载而下，犹惊心动魄。遭逢此世，除怨天尤人外，还有何望！

总评：小松："转结造语何等洗练！为一代名家已见此。是时先生年仅廿五，不惟诗佳，于修养最可钦！"

[注释]

[1] 羊谷：山谷名，在今山西阳曲县。石龛：供神像的小石洞。卷四十《外家别业上梁文》："羊谷山中好石龛。" [2] "冥鸿正恐絓（guà）疑网"二句：苏轼《书韩幹〈牧马图〉》："平沙细草荒芊绵，惊鸿脱兔争后先。"冥鸿，高飞的鸿雁。絓，通"挂"，构结，羁绊。疑网，惊虑中的网罗。 [3] 世故：世事变故。

[点评]

《中州集》庚集第七《王万钟》："贞祐二年（忻）州破，死者十余万人。"卷五赵元《修城去》描述忻州被屠惨况云："倾城十万户，屠灭无移时。敌兵去境已逾月，风吹未干城下血。"诗之"冥鸿""脱兔"皆与逃脱劫难有关，当作于贞祐二年（1214）三月忻州被屠后。诗中反复陈述蒙古兵来时百姓争先恐后外逃以幸免网罗之祸，浓笔渲染劫后余生、惊魂未定之情状，具体入微地记录了当时恐怖、侥幸、悲伤、无助的复杂心理，是那一乱世幸存者群体心态的缩影，堪称“诗史”。

读《汉书》

时势造英雄，实践出真知，国家之兴时自然人才荟萃，关键在于室之方正，凝聚共识，群策群力；国家之亡，在于积弊太多，人心涣散。遗山读史，打通古今，洞见症结，此法可效。

室方隆栋非难构[1]，水到颓波岂易回[2]。
丰沛帝乡多将相[3]，莫从兴运论人材[4]。

[注释]

[1] 室方隆栋非难构：《孟子·梁惠王下》：“为巨室，则必使工师求大木。”杨伯峻注：“巨室，古代‘室’和‘宫’有时意义相同，都是房屋的意思。”室，底本作“窒”，形讹。据李诗本、毛本改。隆栋，高大的梁栋。《北史·宇文恺传》：“或以绮井为重屋，或以圆楣为隆栋。”也喻杰出的人才。宋王安石《李璋加恩制》：“以后家之洪支，为帝室之隆栋。”构，通“购”，悬赏招募。 [2] 颓（tuí）波：向下奔流的水波。比喻国家衰败的颓势。 [3] 丰沛帝乡多将相：汉高祖刘邦，沛县丰邑人，秦末起兵于沛，当地人追随，故多为将相。 [4] 莫从兴运论人材：谓评论人才的大小多少，切莫只着眼于创业之初气运兴盛之时。兴运，时运昌隆。

[点评]

遗山这首咏史诗重在抒发读《汉书》后的感慨，着眼于国运兴衰与人才的联系，不限于一朝一代，且与自身所处的亡金时代息息相关。金军与蒙古作战失败主要在于将帅软弱无能，贪生怕死，这种局面又与朝廷在军事方面只用女真人的政策有关。而这只是直接的、表面的原因。本集卷十六张万公碑（下选）中，指出金朝宰执多用族人失士人心、括田得军心失民心等深层的原因，由此可知“室方”句之寓意深长；卷二十一《希颜墓铭》（下选）对国有英才弃之不用以致亡国扼腕痛惜，更属“水到颓波岂易回”的悲叹。在此喻象的基础上，后二句就此抒发议论，扬弃时势造英雄之旧说，为金末之人才济济张目。本集卷十八《内相文献杨公神道碑铭》对此有精要的阐述：“维金朝大定已还，文治既洽，教育亦至，名氏之旧与乡里之彦，率由科举之选。父兄之渊源，师友之讲习，义理益明，利禄益轻，一变五代、辽季衰陋之俗。迄贞祐南渡，名卿材大夫布满台阁。若胥莘公和之之通明，张左相信甫之朴直，张太保敬甫、两赵礼部周臣、庭玉、冯亳州叔献、王延州从之、李都司之纯之儒学，王尚书充之、李都运有之、两杨户部正夫、叔玉、李坊州执刚之吏能，张大理晋卿之平恕，商右司平叔之雅量，许司谏道真、陈留副正叔之直言极谏，康司农伯禄、雷御史希颜之刚棱疾恶，累叶得人，于兹为盛。”《铭》文“山甫吉甫其庶而”“惜哉不遭隆准时”，谓金末多有周宣王中兴时仲山甫、尹吉甫那样的栋梁之材，可惜未遇汉高祖时代，遂致无力回天，此与诗末二句所言息息相通。卷三《赤壁图》“得意江山在眼中，凡今谁是出群雄。可怜当日周公瑾，憔悴黄州一秃翁”，卷九《出都二首》“汉宫曾动伯鸾歌，事去英雄不奈何”，有英雄无用武之地的意味。

内相杨文献公哀挽三章效白少傅体[1]

其 一

征南谏疏无多语[2]，大度高皇有至仁。

留得青囊一丸药[3]，异时犹可活斯民。

首句：关于“征南谏疏”，胥鼎、许古亦有之，见《金史》本传。在君王意向已明确的形势下，仍敢于坚持己见，明辨是非，如此风骨棱棱，确实令人敬佩！若在明哲保身者看来，恐有书生迂腐之讥。

［注释］

[1] 内相杨文献公：杨云翼，乐平（今山西昔阳县）人，明昌五年（1194）经义魁，历任礼部尚书兼翰林侍读学士、吏部尚书等职，卒谥文献。本集卷十八《内相文献杨公神道碑铭》：“（正大二年）设益政院于内廷，取老成宿德充院官，极天下之选，得六人，而公为选首。名为经筵，实内相也。”白少傅体：白居易诗体。白居易曾任太子少傅。唐元稹《白氏长庆集序》言其“讽谕之诗长于激，闲适之诗长于遣，感伤之诗长于切”。 [2]“征南谏疏无多语”二句：谓杨云翼的征南谏疏标举汉高祖刘邦将天下之民一视同仁的胸襟气度，乃属最大的仁爱。征南谏疏无多语，《金史·杨云翼传》录其文。《中州集》丁集第四《礼部杨公云翼》：“宣宗频岁南伐，事势有决不可者。论议之际，时相多以避嫌不敢言。公独直言极谏，以为两淮生灵皆陛下赤子，不能外御北兵而取偿于宋，以天下为度者，不如是也。”大度高皇有至仁，《内相文献杨公神道碑铭》：“（征南谏疏）章奏，不报。是秋，公主贡举，且取‘高帝以天下为度’命题以讽焉。”《史记·高祖本纪》：“仁而爱人，喜施，意豁如也。常有大度，不事家人生产作业。” [3]“留得青囊一丸药”二句：谓杨云翼的“正心”说对将来统治者修身治国使天下太平、百姓安康具有重要价值。留得青囊一丸药，《内相文献杨公神道碑铭》：“公自兴定、元光间病

风痹，至是稍愈。上亲问疗之之术，对曰：‘无他，但治心耳。此心和平，则邪气不干。岂独治身？至于治国亦然。人君必先正其心，然后可以正朝廷，正百官，远近万民，莫不一于正矣。’上矍然知其为‘医谏’也。”青囊，古代医家装置医书的布袋。异时，他时。

［点评］

正大五年（1228）杨云翼卒时作。其一从卒者一生之长河中抓住三朵晶莹夺目、前拥后簇的浪花聚焦透视，对其深邃的思想和高贵的品格给予高度评价。诗人赞同杨氏将江淮之民的生存需求置于国家开疆拓土利益之上的人文情怀，进而把它上升到“至仁”的哲学层面，这一理念与赵秉文所言息息相通：“尽天下之道，曰仁而已矣。……所贵乎中天地而应帝王者，谓其为生灵之主也。苟争地以战，杀人盈野；争城以战，杀人盈城。不顾逆顺，是生人之仇也。”（《总论》）赵氏认为最能体现天意的是仁，帝王作为上天之子应代天行仁，关爱人民，这就是“生灵之主”之可贵所在。他沿用孟子“争地以战，杀人盈野；争城以战，杀人盈城，此所谓率土地而食人肉，罪不容于死”（《孟子·离娄上》）之说，对依仗武力、不惜战争死人以求开疆拓土的霸道深恶痛绝，认为这就是逆天行事、违背民心的无道暴君。遗山将“以天下为度”视为衡量“仁”的具体标尺，进而肯定正心修身是抑制君王贪婪及为扩展国土不惜民命的一剂良药，高举金代士人力主民生至上的大旗褒贬是非，故而赞扬卒者从道不从君、不避偏爱南宋汉族政权之嫌仗义直言的高风亮节。再者，“不能外御北兵，而取偿于宋”，不仅从道义方面贬斥金主欺软怕硬的卑劣行为，而且也有从国家根本利益的角度把蒙古视为主要敌人的战略眼光。遗山“倚剑长歌一杯酒，浮云西北是神州”（前选《横波亭·为青口帅赋》）及“江淮草木，中原狐兔，先声自远。……问元戎早晚，鸣鞭径去，解天山箭”（《遗山乐府》卷四《水龙吟·从商帅国器猎于南阳》），也视蒙古为主要敌人，可谓英雄所见略同。

台山杂咏十六首[1] 甲寅六月

其二

视域高阔，寓意深远。用典浑化无迹，比拟信手拈来。

西北天低五顶高[2]，茫茫松海露灵鳌[3]。
太行直上犹千里[4]，井底残山枉叫号。

［注释］

[1] 台山：五台山的省称，在今山西五台县东北，境内群山中有五座山峰较高，其顶平缓如台，故名。五台山因地势高峻，上有“千年冰，万年雪”，气候奇特，植被奇异。山中寺庙星罗棋布，佛家奉之为四大佛教名山（另三座为四川峨嵋、浙江普陀、安徽九华）之首。 [2] 西北天低五顶高：《淮南子·天文训》载，西北方的不周山被共工一头撞倒，擎天之柱折断，于是天向西北倾斜，地向东南塌陷。句暗用此典，谓五台山的五座主峰高入云端，显得天也低了。 [3] 茫茫松海露灵鳌：谓五台主峰在茫茫松海中如同传说中大海上的五座神山。《列子·汤问》载，渤海之中有壑，其下无底。海上有五座仙山，常随波漂移。天帝让巨鳌稳定神山，五山始峙然

不动。　[4]“太行直上犹千里”二句：谓自太行山脉垂直而上，至五台山顶还有千里之高，那些小山丘，就像在井底枉自仰首叫喊。

其　三

万壑千岩位置雄[1]，偶从天巧见神功[2]。
湍溪已作风雷恶[3]，更在云山气象中。

从画家经营位置、重视画面整体与各部分之间的有机联系审视大自然之美，再到“诗是有声画”“诗补画外意”，以如椽巨笔写赏心悦目之景，令人神往陶醉！

［注释］

[1] 壑（hè）：山沟。　[2] 天巧：不假雕饰，自然工巧。神功：神灵的功力。　[3] 湍溪已作风雷恶：谓急泻的溪水声响如风雷，让人胆战心惊。

其　四

颠风作力扫阴霾[1]，白日青天四望开。
好个台山真面目[2]，争教坡老不曾来。

惊叹五台山顶时阴时晴的瞬息万变，联想苏诗，有感而发，思绪腾挪跳跃，有王安石“不畏浮云遮望眼，自缘身在最高层”之致。

［注释］

[1] 颠风：狂风。阴霾（mái）：指弥漫的雾气。　[2]“好个台山真面目”二句：苏轼号东坡，其《题西林壁》有“不识庐山真面目，只缘身在此山中”语。

渲染壮丽之景，浓墨重彩。活用前人语典，神思飞扬。

其　五

山云吞吐翠微中[1]，淡绿深青一万重[2]。

此景只应天上有[3]，岂知身在妙高峰。

［注释］

[1] 翠微：指青翠掩映的山腰幽深之处。 [2] 淡绿深青一万重：形容由于山势高峻气温不同，从山底到山顶形成不同颜色的植物带。 [3] “此景只应天上有”二句：套用杜甫《赠花卿》：“此曲只应天上有，人间能得几回闻。”妙高峰，此以佛国圣境须弥山喻五台山。北周庾信《秦州天水郡麦积崖佛龛铭》：“影现须弥，香闻忉利。”倪璠注引僧肇《维摩经注》：“须弥山，天帝释所在金刚山也。秦言妙高。”

［点评］

蒙古宪宗四年甲寅（1254）六月，诗人首次登上这座家乡的名山，久蓄的诗情喷涌而出，挥洒成这组体制宏伟的诗篇。组诗从散点透视的角度，对五台山的自然风光和佛教文化作了多角度的展示与评价，也寄寓了诗人的伟岸之气与身世之感。

天时不如地利，地利不如人和，内因重于外因。然历史上不图自我强大而欲凭借江河天堑以自保者屡见不鲜，亡国悲剧不断重演。诗人由古及今，从一幅图画中引发如此沉重的宏论，若无深伤剧痛岂致如此？真是“国家不幸诗家幸，赋到沧桑句便工”！

三门集津图[1]

南北争教限大江[2]，吴家才了又陈亡。
画工只说三门险[3]，不记茅津一苇航[4]。

［注释］

[1] 三门：即三门峡，在山西平陆县与河南三门峡市之间的黄

河中，由三座小山形成。北为人门，中为神门，南为鬼门。三门集津图：未详何人作。《中州集》壬集第九阎长言有《三门集津图》诗。《金史·百官志三》“孟津渡”条下云：“提举三门集津南北岸。南迁后置。”《金史·地理志中》：“湖城”下载：“镇二：三门，集津。”可知三门集津渡口在黄河南岸。 [2]“南北争教限大江”二句：南北攻战怎能受大江的限制，三国吴与南朝陈都是被北方相继攻陷灭亡的。争，怎。 [3] 画工只说三门险：画家在画中一味炫耀三门峡险要。 [4] 茅津：即茅津渡，在山西平陆县南，黄河北岸。一苇航：捆苇草当筏渡河，形容河浅窄易渡。《诗·卫风·河广》：“谁谓河广，一苇杭之。”《三国志·吴书·贺邵传》载贺上书：“长江之限，不可久恃。苟我不守，一苇可航也。”

［点评］

这首题画诗感慨深沉，当金亡后作。前二句言长江天堑阻挡不住吴、陈的灭亡，第三句回扣画面，末句忆及金末国事，其寓意与刘禹锡《金陵怀古》“兴废由人事，山川空地形”相同。贞祐二年（1214），金宣宗为躲避蒙古军，由中都（今北京市）迁都南京（今河南开封），在黄河南岸构筑工事（《金史·宣宗本纪中》兴定元年九月下载“立沿河冰墙鹿角”），企图凭借天堑自卫。贞祐四年，进入河南的蒙古军即由三门集津北渡经茅津攻太原。天兴元年（1232），蒙古汗窝阔台先遣部队由洛阳东白坡徒涉过河，黄河天堑并未起到南北阻隔的作用。

留赠丹阳王炼师三章[1]

其　二

烂醉玄都有旧期[2]，百年人事不胜悲[3]。
桃花一簇开无主[4]，留着东风与兔葵[5]。

运用杜诗成句与刘诗意象，于旧瓶之中装新酒，将江西派所谓的夺胎法用得炉火纯青。杜仁杰谓“今观遗山文集，又别是一副天生炉鞴，比古人转身处更觉省力。不使奇字，新之又新；不用晦事，深之又深；但见其巧，不见其拙；但见其易，不见其难”（《遗山先生文集后序》），对这种以故为新的诗作造诣给予高度评价。

[注释]

[1] 丹阳：道观名。本集卷十《甲辰秋留别丹阳》有“疏疏衰柳映金沟，祖道都门复此留”“后夜相思渺何许，西山西畔是并州”诸语，合观诗人甲辰秋在燕京的行迹，知此丹阳观在燕京。王炼师：其人生平不详，按组诗其三“敝尽貂裘白发新，京华旅食记前身”，遗山在汴京时曾与此人有交，应为亡金士大夫流落于燕京道观者。王鹗《玄门掌教大宗师真常真人道行碑铭》：“河南新附，士大夫之流寓于燕者，往往窜名道籍。”炼师：对道士的尊称。凡道士修行，德高思精，谓之炼师。　[2] 烂醉玄都有旧期：谓此前王炼师曾邀请来丹阳观欢聚畅饮一醉方休。烂醉，大醉。玄都，刘禹锡《再游玄都观》诗指唐长安的寺观，此指燕都丹阳观。　[3] 百年人事：合观卷十二《俳体雪香亭杂咏十五首》之七“金缕歌词金曲卮，百年人事鬓成丝”，应指百余年间金朝盛衰兴亡的世事。亦指人生一世所经朝代鼎革、巢倾卵覆、劫后余生之遭遇。　[4] 桃花一簇开无主：句出杜甫《江畔独步寻花》。刘禹锡《戏赠看花诸君子》：“玄都观里桃千树，尽是刘郎去后栽。”以桃花喻朝中新贵。《遗山乐府》卷三《鹧鸪天》（复幕重帘十二楼）“桃花一簇开无主，尽著风吹雨打休”，寄寓了亡国孤臣任由摧折之悲。　[5] 留着东风与兔葵：刘禹锡《再游玄都观》序：“重

游玄都观，荡然无复一树，唯兔葵、燕麦动摇于春风耳。”句本此。《遗山乐府》卷四《人月圆》：“玄都观里桃千树，花落水空流。”二者皆有故都丘墟黍离麦秀之悲。兔葵，草名，似葵而小。

［点评］

诗当蒙古乃马真后三年甲辰（1244）秋在燕京时作。诗人二十岁时曾至燕京赴试，目睹了金朝举全国之力兴建的宏伟壮丽的都城。历经贞祐三年（1215）蒙古陷都焚烧及三十年的衰朽破落，燕京发生沧海桑田般的变化。诗人在此与同遭巢倾卵覆厄运的昔日友人相聚，感慨万千，故其“烂醉”除因酒力外，更加人事国事，真是“醉翁之意不在酒，在乎山水之间也”！泪眼相对，目中人与心中事叠映，酒未醉人人自醉，含恨吞声，悲伤欲绝。诗后二句直用杜甫诗句及刘禹锡游玄都观诗的有关意象，用旧瓶装新酒，抒发亡国孤臣的悲哀分外沉痛。“着”，疑为“看”之讹。如是，则后二句分承前二句，寓意清晰，主谓分明，由孤单无助之人看黍离麦秀之景，主客观互动互补之悲更进一层。可惜无本可据，姑效古人之“理校法”，附志于此。

卷十六　碑文一篇

平章政事寿国张文贞公神道碑[1]

如此伟人，不能刻之金石以垂示永久，确实可憾！从为人自律与为政大业即立德、立功两处着眼，纲举目张。

故相寿国张公之孙好退谓某言："先大父之薨[2]，参知政事高公子约为神道碑[3]。碑石已具，遭贞祐之乱[4]，不克立。好退南渡二十年，乃还乡里。思卒前事，而高公之文于时事有嫌，不敢复议。惟我先人以书生起家，仕宦至宰相，身存践履之实[5]，国有经纶之业[6]。虽流风未远，而人代既迁[7]。征良史则坠简已亡[8]，怀旧俗则高年垂尽[9]。瞻言丘陇[10]，旌纪寂寥[11]。好退无所似肖，不能奉扬徽烈[12]，负衅蒙累[13]，无以自处。诚得吾子辱以第二碑赐之，则瞑目为无憾矣。敢百拜以请[14]。"

[注释]

[1] 平章政事：唐代以尚书、中书、门下三省长官为宰相，因

官高权重，不常设置，选任其他官员加同中书门下平章事之名，简称“同平章事”，同参国事。金平章政事，位次于左右丞相。寿国张文贞公：张万公，字良辅，东阿（今山东东阿县）人。金海陵王正隆二年进士，累官平章政事。封寿国公，卒谥文贞。寿国，从一品封爵。神道碑：古时天子、诸侯葬时，为了下棺平稳，在隧道立柱，其上钻孔，以贯绳索揪棺而下，事毕闭墓中。臣子书君父勋伐于柱碑上。后又立隧口，故谓之神道碑。明胡侍《真珠船·坟碑之制》：“（金石例）三品以上神道碑，五品以下不铭碑，谓之墓碣。” [2] 先大父：已逝的祖父。薨：死的别称。《礼记·曲礼下》：“天子死曰崩，诸侯曰薨。”唐代则以薨称三品以上大官之死，见《新唐书·百官志一》。 [3] 高公子约：高霖，字子约，东平人。大定二十五年（1185）进士，金宣宗贞祐二年（1214）权参知政事。留守中都，卒。 [4] 贞祐之乱：贞祐元年蒙古兵围中都，二年金宣宗迁都汴京，三年中都沦陷。 [5] 践履之实：指实践儒家的伦理之学。 [6] 经纶：整理丝缕、理出丝绪和编丝成绳，统称经纶。引申为筹划治理国家大事。 [7] 人代既迁：指蒙古灭金，朝代鼎革。 [8] 征：征引，引证。良史：指信实之史书。坠简：散落的书籍。 [9] 高年：老年人。垂：将近。 [10] 瞻：瞻望。言：助词，无义。丘陇：坟墓。 [11] 旌纪：指表彰纪念的文字。寂寥：空无。 [12] 奉扬：宣扬。徽烈：伟业。 [13] 负衅：犹负罪。蒙累：受累。 [14] 敢：谦词，犹冒昧。

某窃自念言，不腆之文[1]，顾无足以纪公之美[2]，且不能继于高公之文之后，固宜以不敏辞。所以不敢终辞者，盖金朝官制，大臣有上下四府

“盖金朝官制”至“莫不以公为称首”：李祖陶《元遗山文选》（以下省略书名）批：“先下议论，综括一代，所以为作史之才。”

之目。自尚书令而下，左右丞相、平章政事二人，为宰相；尚书左右丞、参知政事二人，为执政官。凡在此位者，内属、外戚与国人有战伐之功、预腹心之谋者为多[3]，潢霫之人以门阀见推者次之[4]，参用进士则又次之[5]。其所谓进士者，特以示公道、系人望焉尔。轩轾之权既分[6]，疏密之情亦异。孤立之迹，处乎危疑之间；难入之言，夺于众多之口。以常情度之，谓必以苟容为得计[7]，循默为知体矣[8]。然而持区区之忠[9]，以尽心于所事，如石右丞琚、董右丞师中、胥莘公鼎之流[10]，慨然以名臣自任者，亦时有之。惟公历仕四朝[11]，再秉钧轴[12]，不难于他人之所难，不徇于世俗之所徇[13]。忠信笃实，足以自结人主；名德雅望，足以师表百僚；敦庞耆艾[14]，足以填国家而抚百姓[15]。故百年以来，谈良相者，莫不以公为称首。夫善化一乡，智效一官[16]，人且喜闻而乐道之，不欲使之随世磨灭；有如我公，乃不得以著金石[17]，传永久，秉笔之士将不有任其责者乎！

站在亡金的终点，以史笔自任，着眼于金廷高层官制及其任人唯亲的积习，高屋建瓴；与在此环境下杰出的汉人宰执相较，以突出碑主在有金一代高出同辈的丰功伟绩，入木三分。

[**注释**]

[1] 不腆：谦词，犹言浅薄。 [2] 顾：发语词。 [3] 内属：指皇族完颜氏。国人：指女真族人。 [4] 潢霫（xí）：霫族，我国古代东北少数民族。隋唐时居潢水（今西拉木伦河）以北，故称。门阀：指祖先有功业而世袭的世家大族。 [5] 参用：参酌任用。 [6] 轩轾：车前高后低叫轩，前低后高叫轾。引申为高低、远近。权：秤，喻指衡量的标准。 [7] 苟容：屈从附和以取容于世。得计：计策得当。 [8] 循默：谓循常随俗而不表示意见。知体：识大体。 [9] 区区：犹方寸，形容人的心。 [10] 石右丞琚：石琚，字子美，定州（今河北定州）人。世宗朝任右丞相。《金史》有传。董右丞师中：董师中，字绍祖，洺州（治今河北邯郸永年区）人。章宗朝任尚书左丞。《金史》有传。胥莘公鼎：胥鼎，字和之，代州繁畤（今山西繁峙县）人。宣宗朝任平章政事，封莘国公。《金史》有传。 [11] 四朝：张万公历仕海陵王、世宗、章宗三朝，所言“四朝”当包括章宗之父显宗监国时期。 [12] 秉：掌握。钧轴：钧以制陶，轴以转车。比喻国家重任。 [13] 徇：曲从。 [14] 敦庞：敦厚朴实。耆艾：古称六十岁为耆，五十岁为艾。因以指年老长者。 [15] 填（zhèn）：四库本作“镇”，二字通用。典出《汉书·高帝纪》：“填国家，抚百姓，给饷馈，不绝粮道，吾不如萧何。”《史记·高帝本纪》作“镇国家”。 [16] 智效一官：智能足以胜任一项工作。 [17] 金石：指古代镌刻文字、颂功纪事的钟鼎碑碣之属。

……元妃李氏有宠[1]，上欲立为后，台谏以为不可[2]，交攻之。监察御史宗端修、右拾遗路铎、翰林修撰赵秉文皆得罪去[3]。一日，上遣中

不顾台谏得罪君王的前车之鉴，不屑于国主信使私下交流意见，而是在朝堂大庭广众之下公开发表自己的主张，刚直不阿，大公无私，高风亮节，无愧古人。千载之下，凛然如生。

使密访公[4]："吾欲立后，何所不可，而台谏乃不相容。卿以为如何？"公言："此大事，明日当面奏。"及对，因为上言："国朝立后[5]，非贵种不预选择。元妃本出太府监户，细微之极，岂得母天下？"上默不言。明日，出公为彰国军节度使兼应州管内观察使[6]。其后立后议寝，上思公言，召为大兴府尹[7]。二年九月，拜参知政事。以太夫人年过八十，表乞就养，不许。未几，复申前请，乃授山东西路兵马都总管兼判东平府事[8]，以便亲。岁余，复以亲老为言，乃听归侍。六年，起为河中府尹[9]。时属军兴，调度百出。公为之平物价，宽民力，比它州所费，省者什六七。承安三年正月，上以太夫人之故，移公济南尹[10]。河中之人为建去思堂，画像事之。九月，丁内艰[11]。卒哭[12]，诏以明年正月朝京师。起复授平章政事[13]，超资善大夫[14]，封寿国公。

[注释]

[1] 元妃李氏：《金史·后妃传下·李师儿》载，元妃李氏名师儿，父母皆微贱，其家因有罪，没入宫籍监。大定末以监户（指因犯罪入官为奴的民户）女入宫，聪明好学，受章宗宠爱，明昌五年

（1194）晋封为淑妃。承安四年（1199）因立后不果，进封为元妃（事见《金史·章宗本纪》承安四年下，墓碑置于明昌元年有误），位在皇后下诸妃上。 [2] 台谏：唐宋时以专司纠弹的御史为台官，以职掌建言的给事中、谏议大夫等为谏官。两者虽各有所司，但职责往往相混，故多以“台谏”泛称之。 [3] 监察御史：御史台属员，正七品，掌纠察内外非违等事。宗端修：字平叔，汝州（今河南汝州）人。大定二十二年（1182）进士。承安元年（1196）任监察御史。《金史》有传。右拾遗：谏院属官，正七品。路铎：字宣叔，冀州（今河北冀州）人。大定二十五年（1185）进士，明昌三年（1192）任右拾遗。《金史》有传。翰林修撰：翰林院属官，分掌词命文字，从六品。赵秉文：字周臣，磁州滏阳（今河北磁县）人。大定二十五年进士。泰和二年（1202）迁翰林修撰。《金史》有传。承安四年谏立后时，赵秉文官正七品应奉翰林文字。 [4] 中使：宫中派出的使者，多指宦官。 [5]“国朝立后”二句：《金史·元妃李氏传》言，金代皇室与徒单、唐括、蒲察等部部长之家世为婚姻，皇后皆出于此。 [6] 彰国军：节镇名。《金史·地理志上》：“应州，下，彰国军节度使。”国，底本、张本、方本等皆作“德”，误。《金史·百官志三》载，诸节镇，节度使一员，从三品，掌本镇兵马之事，兼本州管内观察使事。彰德军在彰德府（治今河南安阳），与应州相去甚远，不能“兼”。此当后世刊刻不明地志误改，遗山不当出现如此常识性错误，《中州集》壬集第九《张平章万公》即言“以言事忤旨，除彰国军节度使”，取材于碑文的《金史·张万公传》亦同，据改。应州：治金城县（今山西应县）。观察使：职官名，掌兵甲财赋民俗等事。 [7] 大兴府：金府名，属中都路，治今北京市。 [8] 东平府：金府名，治今山东东平县。 [9] 河中府：金府名，治今山西永济市西。 [10] 济南：金府名，治今山东济南。 [11] 丁内艰：丁母忧。 [12] 卒哭：古代丧礼，百日祭后，止无时之哭，变为朝夕一哭，名为卒哭。 [13] 起复：官员丁忧期未满而应召任职之称。 [14] 超：升。资善大夫：文官品阶，正三品下。

直言极谏，忠勇可嘉！能如此认同女真政权，有容乃大；道不同不相为谋，无欲则刚！

主兵者言："比岁征伐[1]，多至败衄[2]。凡以军事所给之地不足自赡，至有不免饥寒者，所以无斗志。愿括民田之冒税者分给之[3]，则战自倍矣。"朝臣议已定，公独上章极谏其不可者五。大略以为：军旅之后，疮痍未复，百姓拊摩之不暇，何可重扰，一也；通检未久[4]，田有定籍[5]，括之必不能尽，适足以增猾吏之弊[6]，长告讦之风[7]，二也；浮费侈用，不可胜计，推之以养军，可敛不及民而足，无待于夺民之田，三也；兵士失于选择，强弱不别，而使之同田而共食，振厉者无以尽其力[8]，而疲劣者得以容其奸，四也；夺民而与军，得军心而失天下心，其祸有不胜言者，五也。必不得已，乞以冒地之已括者[9]，召民莳之[10]，以所入赡军，则军有坐获之利，而民无被夺之怨矣。不从，即以衰病不任职乞罢。

[注释]

[1] 比岁：近年。 [2] 败衄（nǜ）：战败。 [3] 括民田：丈

量农户田亩，检查漏交赋税的情况。冒税：指以多充少，偷税漏税。[4]通检：普遍调查核实人民的物力资财，以定赋役。[5]定籍：载于籍册的明确规定。《宋史·食货志上》："推排之法，不过以县统都，以都统保，选任才富公平者，订田亩税色，载之图册，使民有定产，产有定税，税有定籍而已。"[6]猾吏：奸猾的官吏。[7]告讦（jié）：责人过失或揭人阴私。[8]振厉：奋勉。[9]以：底本作"已"，二字通用。从《金史·张万公传》《金文最》以及张本等。冒地：指偷漏赋税的土地。[10]莳：耕种。

……大定之治，近古所未有，纪纲法度，备具周密。公在相位，谨奉行而重改作，得守文之体[1]，故能不动声气而天下阴受其赐。古所谓"日计不足，月计有余"者[2]，于兹见之。故尝论：公平生所言者不胜载，而系于废兴存亡者，有二事焉：一立后，二括田。立后难于从，而章宗从之；括田不难于从，而竟不听。其后，武夫悍卒倚国威以为重，山东、河朔上腴之田，民有耕之数世者，亦以冒占夺之。兵日益骄，民日益困，养成痈疽[3]，计日而溃。贞祐之乱，盗贼满野，向之倚国威以为重者，人视之以为血仇骨怨，必报而后已。一顾盼之顷，皆狼狈于锋镝之下[4]，虽赤子不能免。盖立后之事，在廷之臣皆以为不

关于山东农民起义因括田之仇屠杀女真人之状，本集卷二十八《临淄县令完颜公神道碑》云："仇拨地之酷，睚眦种人，期必杀而后已。若营垒、若散居、若侨寓托宿，群不逞閧起而攻之，寻踪捕影，不遗余力。不三二日，屠戮净尽，无复噍类。至于发掘坟墓，荡弃骸骨，在所悉然。"

可，独上以为可，故公之言易为力；括田之事，上下皆以为可，而公独以为不可，故难为功。以一言之不相入，其祸果有不可胜言者，是不独在公为遗恨，异世相望，亦当有太息而流涕者。呜呼！岂非天耶？铭曰（略）

“以一”七句：真是“英雄所见略同”。在文末表达自己的史识情怀，与《史记》列传中“太史公曰”的体例近似。

［注释］

[1] 守文：本谓遵循文王法度，后泛指遵循先王法度。 [2] 日计不足，月计有余：《后汉书·章帝纪》：“安静之吏，悃愊无华，日计不足，月计有余。”谓不汲汲以求升迁之官，就会诚朴而不浮华，办事按部就班而不急功近利、别出心裁，政绩不求短期奏效，久之乃大见成效。 [3] 痈疽：毒疮，比喻祸患。 [4] 锋镝：刀刃和箭镞。

［点评］

按“好退南渡二十年，乃还乡里，思卒前事”，文作于金亡后羁居山东时。刘祁《归潜志》“辨亡”条反思金亡原因，着重指出金廷“偏私族类”。遗山此文从金朝决策层的成分构成及决策的形成过程、影响予以揭示，切中要害。朝廷宰执多用种人，失士大夫心；括田得军心而失民心，这是金朝之所以亡的深层原因。合观张德辉对元世祖所问“金以儒亡”的应答，“金季乃所亲睹，宰执中虽用一二儒臣，余皆武弁世爵。及论军国大事，又不使预闻。大抵以儒进者三十之一，国之存亡，自有任其责者，儒何咎焉”（《元史·张德辉传》），可知遗山所持金朝宰执多用种人之说，是拆穿当时社会传言“金以儒亡”的利器，对元世祖尊重儒学、重用儒人产生积极效应。由此可见，此文不仅显示出遗山的史识，也有为蒙古提供史鉴的现实意义。在为文理念方面，此文继承了韩、欧发议论、托感慨、记大节、设对话的古文心法；对立后、括田二事的记述评说，文中多及之，有“六一风神”、草蛇灰线、一唱三叹之致。李祖陶谓其“起手能见其大，中间挨次顺叙去，而于两番建言处特着精神。结处复抽出作议论，神清体洁。此等文，何减欧公”，甚为中肯。

卷十七　碑文一篇

闲闲公墓铭[1]

文题：古人对长辈称之以号，有敬重意。碑文题称不称官衔不称字而称号，这是遗山在韩欧碑文心法上的一项突破。卷十六《王黄华墓碑》《寄庵先生墓碑》等皆如此，其意重在表彰墓主的人生志趣境界之所在，墓主《闲闲堂》诗“我处动静间”即表明其自号的来由。

“至于”三句：《归潜志》卷八：“金朝取士，止以词赋为重，故士人往往不暇读书为他文。……间有登第后始读书为文者，诸名士是也。”

唐文三变[2]，至五季[3]，衰陋极矣。由五季而为辽、宋，由辽、宋而为国朝，文之废兴可考也。宋有古文，有词赋，有明经[4]。柳、穆、欧、苏诸人[5]，斩伐俗学，力百而功倍，起天圣[6]，讫元祐[7]，而后唐文振。然似是而非，空虚而无用者，又复见于宣、政之季矣[8]。辽则以科举为儒学之极致，假贷剽窃，牵合补缀，视五季又下衰[9]，唐文奄奄如败北之气，没世不复[10]，亦无以议为也。国初，因辽、宋之旧，以词赋、经义取士，预此选者，选曹以为贵科[11]，荣路所在，人争走之。传注则金陵之余波[12]，声律则刘郑之末光[13]，固已占高爵而钓厚禄[14]，至于经为通儒[15]，文为名家[16]，良未暇也[17]。及翰林蔡公正甫[18]，出于大学、大丞相之世业[19]，接见宇文济阳、吴深州之风流[20]，唐宋文派，乃得正传。然后诸儒得而和之。盖自宋以后百年，辽以来三百年，若党承旨世杰、王内翰子端、周三司德卿、杨礼部之美、王延州从之、李右司之纯、雷御史希颜[21]，不可不谓之豪杰之士。若夫不溺于时俗，不汩于利禄[22]，慨然以道德、仁义、性命、祸福之学自任[23]，沉潜乎六经[24]，从容乎百家，幼而壮，壮而老，怡然涣然[25]，之死而后已者，惟我闲闲公一人。

本段：遗山重力撰写的碑文，往往开篇大发议论。本段议论梳理了唐宋古文发展史的兴废之迹，提出“经为通儒，文为名家”之双重衡量标准，重点强调碑主以儒学之道自任死生于斯的人生价值取向，可视为一段古文史、科举史、文派论、人生论、价值论。

［注释］

[1] 闲闲公：赵秉文（1159—1232），磁州滏阳（今河北磁县）人，字周臣，自号闲闲老人。累迁礼部尚书、翰林侍读学士，同修国史。与杨云翼同掌文柄。工诗文、草书。著述颇富，有《闲闲老人滏水文集》。《金史》有传。 [2] 唐文三变：《新唐书·文艺传上》“唐有天下三百年，文章无虑三变”，认为一变于初唐，二变于盛唐，三变于中唐。 [3] 五季：指后梁、后唐、后晋、后汉、后周五代。 [4] 明经：对儒家经典的研究阐发。 [5] 柳：柳开（947—1000），字仲涂，大名（今河北大名县）人。反对晚唐五代华靡文风，以为文当传古圣贤之道，为宋代倡导古文运动的先驱。穆：穆修（979—1032），字伯长，汶阳（今山东汶上县）人。不满五代宋初华靡文风，继承柳开，力尊韩、柳文，对北宋

古文运动有一定影响。欧：欧阳修（1007—1072），字永叔，庐陵（今江西吉安）人。北宋诗文复古革新运动的领袖。苏：苏轼（1037—1101），字子瞻，眉山（今四川眉山）人。是继欧阳修之后唐宋古文运动的领袖。 [6] 天圣：宋仁宗赵祯年号（1023—1032）。 [7] 元祐：宋哲宗赵煦年号（1086—1094）。 [8] 宣、政：宋徽宗赵佶年号政和（1111—1118）、宣和（1119—1125）的简称。 [9] 视：比较。 [10] 没世：终世。 [11] 选曹：指选拔进士的礼部和铨选官吏的吏部。 [12] 传注：解释经籍的文字。南朝梁刘勰《文心雕龙·论说》："释经则与传注参体。……传者转师，注者主解。"金陵：指王安石（1021—1086），北宋政治家、文学家，罢相后居金陵（今江苏南京）。王曾在神宗支持下实行变法，其中科举方面罢词赋及明经等科，以经义、策论试进士。《宋史·王安石传》载："初，安石训释《诗》《书》《周礼》，既成，颁之学官，天下号曰'新义'。……一时学者无敢不传习，主司纯用以取士，士莫得自名一说，先儒传注一切废不用，黜《春秋》之书，不使列于学官，至戏目为断烂朝报。" [13] 声律：指词赋的音韵格律。刘郑：疑指刘㧑和郑子聃。二人皆为金初词赋状元。刘祁《归潜志》卷八："金朝以律赋著名者曰孟宗献友之、赵枢子克；其主文有藻鉴多得人者曰张景仁御史、郑子聃侍读。……然其源出于吾高祖南山翁（刘㧑）。……（孟）因少年下第，发愤，辟一室，取翁赋，翦其八韵，类之帖壁间，坐卧讽咏深思，已而尽得其法。"由此可知，金初词赋试的声律要求及刘㧑对此的深远影响。 [14] 固：确实。 [15] 通儒：指通晓古今、学识渊博的儒者。 [16] 名家：有专长的著名人物。 [17] 良：长久。未暇：谓没有时间顾及。 [18] 蔡公正甫：蔡珪（？—1174），字正甫，真定（今河北正定县）人。天德三年（1151）进士。历翰林修撰、礼部郎中等。辩博德才，通文物考古，编类删定朝廷制度。《金史》《中州集》有传。 [19] 大学：蔡珪祖父蔡靖，曾任述古殿大学士。大丞相：蔡珪父蔡松年，仕金官至右丞相。世业：世代相传的学业。 [20] 宇文济阳：宇文虚中（1079—1146），成都华阳（今四川成都）人。建炎二年（1128）使金被留，天眷间累官翰林学士知制诰兼太常卿，封河内郡开国公。河内郡在今河南济水之阳，故称宇文济阳。有才艺，能诗，金人号为“国师”。《金史》《中州集》有传。吴深州：吴激（1090—1142），宋建州（今福建建瓯）人。靖康末使金，被留，任翰林待制。皇统二年（1142）出知深州（今河北深州），故称。《金史》《中州集》有传。 [21] 党承旨世杰：党怀英（1134—1211），字世杰，奉符（今山东泰安）人。大定十年（1170）进士，官至翰林学士承旨。在明昌间主盟文坛，赵秉文为之撰墓碑，有“文似欧公，诗如陶谢”语。《金史》《中州集》有传。王内翰子端：王庭筠（1151 或 1156—1202），字子端，自号黄华山主，又号雪溪，盖州熊岳（今辽宁盖州）人。大定十六年（1176）进士，任至翰林修撰。金中期著名诗人，又工书善画，山水墨竹享誉当世。《金史》有传。周三司德卿：周昂，字德卿，真定人。大定二十二年（1182）进士，拜监察御史，曾以边功召为三司官，后入翰林。《金史》有传。杨礼部之美：杨云翼（1170—1228），字之美，乐平（今山西昔阳县）人。明昌五年（1194）进士。官至翰林学士、礼部尚书、吏部尚书。与赵秉文皆有文名，时称“杨赵”。王延州从之：王若虚（1174—1243），字从之，藁城（今河北石家庄藁城区）人。承安二年（1197）进士，官至翰林直学士。李右司之纯：李纯甫（1177—1223），字之纯，号屏山，宏州襄阴（今河北阳原县）人。承安二年经义进士。曾三入翰林，连知贡举，仕至尚书省右司都事。雷御史希颜：雷渊（1184—1231），字希颜，应州浑源（今山西浑源县）人。崇庆二年（1213）进士及第，历仕东阿令等职。

正大间在汴京任翰林编修、监察御史等职。 [22] 汩（gǔ）：沉迷。底本作“汩”，讹。据《金文雅》、方本改。 [23] 道德、仁义：儒家所倡导的学说。韩愈《原道》：“博爱之谓仁，行而宜之之谓义，由是而之焉之谓道，足乎己而无待于外之谓德。”性命：古代哲学范畴，指万物的天赋和禀受。《易·乾》：“乾道变化，各正性命。”孔颖达疏：“性者，天生之质，若刚柔迟速之别；命者，人所禀受，若贵贱夭寿之属也。”宋明理学家专意研究性命之学，因以指理学。祸福：指招致灾殃与获得幸福以及二者之间倚伏转化的学问。 [24] 六经：指《易》《诗》《书》《春秋》《礼》《乐》六部儒家经典。 [25] 怡然涣然：指和颜悦色地学习，消除障碍疑虑，不断进步。

“公言时事三”至“一举而三者得矣”：继承韩欧碑文心法。一是抓大节，本集卷二十《资善大夫吏部尚书张公神道碑铭并引》亦载碑主建言迁都事，遗山认为这是“系于危急存亡者为甚切”的大事；二是直书其事不加评说的笔法，其赞同墓主远见卓识的看法自寓其中，不言可知。

……贞祐初[1]，公言时事三：一迁都，二导河，三封建[2]。大略谓：中国无古北之险[3]，则燕为近边，车驾幸山东为便；山东，天下富强处也，且有海道可通辽东，接上京[4]。宋有国时，河水常由曹、濮、开、滑、大名、东平、沧、景[5]，会独流入于海。今改而南由徐、邳[6]。水行处，下视堤北二三丈，有建瓴之便[7]。可使行视故堤，稍修筑之，河复故道，则山东、河南合。敌兵虽入，可阻以为固矣；三代封建[8]，外裔不能得中国之利。秦罢诸侯而郡县之，无虏祸而有不及备之祸[9]。喻如秦销锋镝[10]，令民间不得藏弓矢是也；堕名城[11]，令腹内州、军不置楼橹是也[12]。在承平日若无患，及其弊，则天下有土崩之势。秦之胜、广[13]，汉之张鲁[14]，唐之安、史[15]，皆是也。房琯因禄山之乱[16]，请出诸王，分置诸道。禄山闻之，曰："天下不可得矣！"今就不能复三代之故，亦宜分王子弟，置诸道节度，则是山东有大河之险，有维城之固[17]，而无燕近塞之忧，一举而三者得矣。明年，上书请为朝廷守残破一州。上以公宿儒[18]，当在左右，不宜补外，不许。四年，除翰林侍讲学士。明年，转侍读[19]。兴定中，拜礼部尚书兼前职，同修国史、知集贤院事[20]。又明年，知贡举[21]，坐为同官所累，夺一官，致仕[22]。有旨："以卿尝告老，今遂之也。"公家居，上所以礼遇公者不少衰。时遣中使问"卿精神何如往年"。不数日，复起为礼部尚书，兼官如故。入谢，上曰："卿春秋虽高，以文章故，须复用卿。"公亦以身受厚恩，无以自效，愿为天子开忠言，广圣虑。每进见，从容为上言："人主当俭勤，慎兵、刑，所以祈天永命者。"上嘉纳焉。今天子即位，公再以年乞身[23]，改翰林学士、修国史。公以上嗣德在初[24]，当日亲经史，以自裨益，进《无逸直解》《贞观政要》《申鉴》各一通[25]。开兴改元[26]，北兵由汉中道袭荆襄[27]，京师戒严。上命公为赦文，以布宣悔悟哀痛之意。公指事陈义[28]，辞情俱尽。城下之役[29]，国家所以感人心、作士气者，公与有力焉。时公已老，日以时事为忧，虽食息顷不能忘。每闻一事可便民，一士可擢用，大则奏章，小则为当路者言，殷勤郑重，不能自已。竟用是得疾，以夏五月十有二日，春秋七十有四，终于私第之正寝。时军国多故，赙祭不及[30]。大夫士相吊，闾阎细民亦知有邦国殄瘁之叹[31]。越二日，权殡开阳门外二百步[32]，有待也。

“时公已老”至“竟用是得疾”：公为大儒，对金朝的认同竟至“鞠躬尽瘁，死而后已”，可视为当时儒士的一面旗帜。

[注释]

[1] 贞祐：金宣宗年号（1213—1217）。 [2] 封建：封邦建国。古代帝王把爵位、土地分赐给亲戚或功臣，使之在该区域内建立邦国。 [3]“中国无古北之险”二句：谓古北口已失，金都邻近内长城边界。古北，古北口，内外长城交界的重要隘口，在北京密云区东北。清顾炎武《昌平山水记》：“唐庄宗取幽州，辽太祖取山南，金之破辽兵，败宋取燕京，皆由古北口。”金大安三年（1211）、至

宁元年（1213）中都两次被围，蒙古军皆取道古北口。故句如此言。［4］上京：金天眷元年（1138）以京师会宁府为上京，故址在今黑龙江哈尔滨阿城区南白城。［5］曹：州名，北周置，治左城县（今山东曹县西北），金大定八年（1168）移治乘氏县（今山东菏泽）。濮：州名，隋置，治鄄城县（今山东鄄城县北旧城）。开：州名，金皇统四年（1144）改澶州置，治濮阳县（今河南濮阳）。滑：州名，隋置，治白马县（今河南滑县东旧滑县）。大名：府名，五代后汉置，治今河北大名县东北。东平：府名，宋宣和元年（1119）改郓州置，治今山东东平。沧：州名，北魏置，治饶安县（今河北盐山县西南），唐移治清池县（今河北沧州市东南）。景：州名，唐置，治弓高县（今河北东光县西北），五代后梁移治东光县（今属河北省）。［6］徐：古州名，治今江苏徐州市。邳：州名，金贞祐三年（1215）改淮阳军置，治下邳县（今江苏睢宁县西北古邳镇东）。［7］建瓴：本《史记·高祖本纪》"譬犹居高屋之上建瓴水也"，形容居高临下难以阻挡的形势。［8］三代：指夏、商、周三朝。［9］虏祸：指北方游牧民族入侵。备：底本作"其"，据《金文雅》、张本等改。［10］"喻如秦销锋镝（dí）"二句：《史记·陈涉世家》引汉贾谊语："始皇……销锋鍉（一作镝），铸以为金人十二，以弱天下之民。"镝，箭头。［11］堕名城：毁坏坚城。［12］楼橹：古代军中用以瞭望、攻守的无顶盖的高台，建于地面或车、船之上。［13］胜、广：陈胜、吴广，秦末农民起义军领袖。［14］张鲁：东汉末年人，天师道教主，据汉中三十年，附者众。［15］安、史：安禄山、史思明，唐朝叛将。［16］"房琯因禄山之乱"以下三句：《旧唐书·房琯传》："琯昨于南朝为圣皇制置天下，乃以永王为江南节度，颍王为剑南节度，盛王为淮南节度。制云'命元子北略朔方，命诸王分守重镇'。且太子出为抚军，入曰监国，琯乃以枝庶悉领大藩，皇储反居边鄙。"房琯（697—763），字次律，河南（治今河南洛阳）人。天宝中，历宜昌等数郡太守，从玄宗逃至成都，为宰相。又与人送传国玺册命给肃宗，备言时势利害，大受肃宗重视。 [17] 维城：指分封宗室连城以卫国。 [18] 宿儒：修养有素的儒士。 [19] 侍读：翰林侍读学士，从三品。 [20] 知集贤院：《金史・百官志二》："集贤院，贞祐五年设。知集贤院，从四品。" [21] 知贡举：主持进士考试。 [22] 致仕：辞去官职或退休。 [23] 乞身：古代以作官为委身事君，故称请求辞职为乞身。 [24] 嗣德：继承美德。 [25]《无逸》:《尚书》篇名，记录了周公旦劝诫周成王之语。《贞观政要》：唐吴兢撰。记述唐太宗贞观年间的施政要领。《申鉴》：东汉荀悦撰，属儒家类著作，主张仁义教化。 [26] 开兴改元：金哀宗于正大九年正月改年号为开兴元年。 [27] 北兵：指蒙古军。汉中：指今陕西西南部汉中市所属地区。荆襄：指古荆州、襄州一带地区。荆州治今湖北荆州江陵县，襄州治今湖北襄樊汉水南襄阳旧城。 [28] 指事：叙述事物，阐明事理。陈义：陈述大义。 [29] 城下之役：指开兴元年（1232）三月金君臣军民同仇敌忾抗击蒙古兵围攻汴京，双方激战十六昼夜不克许和事。 [30] 赙祭：谓赠送财物以祭死者。 [31] 邦国殄（tiǎn）瘁（cuì）：用《诗・大雅・瞻卬》"人之云亡，邦国殄瘁"典，谓贤人奔亡，国家困窘。 [32] 权殡：临时置棺安葬。开阳门：汴京外城东门。

……所著《易丛说》十卷、《中庸说》一卷、《扬子发微》一卷、《太玄笺赞》六卷、《文中子类说》一卷、《南华略释》一卷、《列子补注》一卷、删集《论语》《孟子》解各一十卷[1]。生平文章号《滏水集》者，前后三十卷，《资暇录》

十五卷。公究观佛、老之说而皆极其指归[2]，尝著论，以为害于世者，其教耳。又，其徒乐从公游，公亦尝为之作文章，若碑志诗颂甚多。晚年录生平诗文，凡涉于二家者，不在也。大概公之文出于义理之学[3]，故长于辨折[4]，极所欲言而止，不以绳墨自拘[5]。七言长诗，笔势纵放，不拘一律；律诗壮丽，小诗精绝[6]，多以近体为之[7]；至五言，则沉郁顿挫似阮嗣宗[8]，真淳古淡似陶渊明[9]，以它文较之[10]，或不近也。字画则有魏、晋以来风调，而草书尤惊绝，殆天机所到[11]，非学能至。今宣徽舜卿使河湟[12]，夏人多问公及王子端起居状[13]。朝廷因以公报聘[14]，已而辍不行。其为当时所重如此。公之葬也，孤子似以好问公门下士，来速铭[15]。因考公平生，而窃有所叹焉。道之传，可一人而足；所以弘之，则非一人之功也[16]。唐昌黎公[17]，宋欧阳公，身为大儒，系道之废兴，亦有皇甫、张、曾、苏诸人辅翼之[18]，而后挟小辨者无异谈[19]。公至诚乐易[20]，与人交不立崖岸[21]。主盟吾道将四十年，未尝以大名自居。仕五朝[22]，

“道之传”至“诸人辅翼之”李祖陶：“结此，以见公独立孤撑，有主无辅，所以不得与韩欧并称。”

“窃有所叹焉”至段末：再发议论，与篇首遥相呼应，但各有侧重。前者近似于史传中的传赞，重在扬美；后者则侧重抒发世人贱本贵末、买椟还珠的感慨，着重强调道本文末的关系，突出全篇的主旨。李祖陶：“起结极力表章其学，上下数百年了如指掌，真大手笔。中间详叙宦迹，大约建白可取者居多。”

官六卿[23]，自奉如寒士，而不知富贵为何物。生河朔鞍马间[24]，不本于教育，不阶于讲习，绍圣学之绝业[25]，行世俗所背驰之域，乃无一人推尊之；此文章、字画，在公为余事，自以徒费日力者，人知贵之，而不知贵其道欤？桓谭有言[26]，凡人贱近贵远。亲见扬子云，故轻其书。若使更阅贤善，为所称道，其传世无疑。谭之言，今信矣。然则若公者，其亦有所待乎？（铭略）

[注释]

[1]《中庸》：《礼记》中的篇名。《扬子》：西汉扬雄撰，十卷。《太玄》：指扬雄所撰《太玄经》。《文中子》：十卷，隋末大儒王通撰。《南华》：唐代称《庄子》为《南华真经》。 [2] 指归：意旨的方向及归属。 [3] 义理之学：指宋理学。 [4] 辨折：辩驳。 [5] 绳墨：木工画直线用的工具，喻规矩、准则。 [6] 小诗：短诗。 [7] 近体：与古体诗相对而言，指唐代定型并大量出现的律诗与绝句。 [8] 沉郁顿挫：深沉蕴藉，抑扬有致。阮嗣宗：阮籍，字嗣宗，能诗善文，与嵇康齐名，为“竹林七贤”之一。 [9] 古淡：古朴平淡。 [10] 它文：其他人的诗作。古时分文章为文、笔两大类，有韵者为文，包括诗。 [11] 殆：乃。天机：天赋灵机。 [12] 宣徽舜卿：《金史・哀宗本纪下》载崔立兵变后，任宣徽使奥屯舜卿为尚书左丞。此人即正大二年（1225）出使西夏的奥敦良弼，《金史・哀宗本纪上》正大二年十月下载之。河湟：指黄河与湟水之间的西夏。湟水即西宁河，源出青海海晏县，

东南流经西宁、乐都，与大通河汇合，注入黄河。 [13] 夏：北宋仁宗时，党项贵族元昊所建，史称西夏，亦简称夏，建都兴庆（今宁夏银川东南）。王子端：王庭筠，字子端，金中期著名文学家。详见本集卷十六《王黄华墓碑》。 [14] 报聘：谓派使臣回访他国。《归潜志》卷九载赵秉文出使西夏至界上召返事。 [15] 速：请。 [16] 功：事业。 [17] 昌黎公：韩氏郡望为昌黎（今河北秦皇岛昌黎县），唐韩愈每以此自称，故后世以地望尊称韩昌黎。 [18] 皇甫：皇甫湜，元和年间进士，曾从韩愈学古文。张：张籍，中唐著名诗人、古文作家，与韩愈交密。曾：曾巩，少以文章见赏于欧阳修，为"唐宋八大家"之一。苏：苏轼。 [19] 小辨：在小事上辨别是非。 [20] 乐易：和乐平易。 [21] 崖岸：严肃高傲。 [22] 五朝：指世宗、章宗、卫绍王、宣宗、哀宗五朝。 [23] 六卿：隋唐后用以称吏、户、礼、兵、刑、工六部尚书。 [24] 河朔：黄河以北。 [25] 绍：承继。圣学：指儒学。绝业：中断之业。 [26]"桓谭有言"以下七句：《汉书·扬雄传》："时大司空王邑、纳言严尤闻雄死，谓桓谭曰：'子尝称扬雄书，岂能传于后世乎？'谭曰：'必传。顾君与谭不及见也。凡人贱近贵远，亲见扬子云禄位容貌不能动人，故轻其书。……扬子之书文义至深，而论不诡于圣人，若使遭遇时君，更阅贤知，为所称善，则必度越诸子矣。'"桓谭（前23—后50），字君山，东汉沛国相（今安徽濉溪县西北）人。官至议郎给事中。扬子云，扬雄（前53—后18），字子云，成都（今四川成都）人。西汉文学家、语言学家。

［点评］

天兴元年（1232）作。遗山与墓主在金末文坛上的地位及其传承关系如同欧阳修与苏轼，故碑文开端先发议论，将墓主置于唐宋辽金之历史长河中，以突出其"唐宋文派，乃得正传”的重要地位，其衡量尺度用“经为通儒，文为名家”双重标准，在文道关系中注入了新的时代内涵。其“通儒”之“通”，寓有通贯、通达、通变之义，主要指把握儒学中夷夏之辨、中国理念的实质，认同尊儒重教的金朝为中国，故而《中州集》甲集第一《蔡太常珪》中又称唐宋文派为国朝文派：“国初文士如宇文大学、蔡丞相、吴深州之等，不可不谓之豪杰之士，然皆宋儒，难以国朝文派论之，故断自正甫为正传之宗，党竹溪次之，礼部闲闲公又次之。”碑文记述墓主的仕履政绩，也表露出对金朝的认同态度，“中国无古北之险”之“中国”即指金朝。“以上嗣德在初，当日亲经史，以自裨益，进《无逸直解》《贞观政要》《申鉴》各一通”(《金史·赵秉文传》)，则是用夏变夷的进一步升华。“公已老，日以时事为忧，虽食息顷不能忘”(《中州集·礼部闲闲赵公秉文》)之鞠躬尽瘁死而后已的精神，是儒家忠君爱国理念在认同北族政权中的与时俱进。碑文后段侧重记述墓主“文为名家”的业绩、特色、渊源、成就，当然也包括“国朝文派”之胡汉双向交流、优势互补。

碑文将墓主视为由道而文、文道合一、互动互补的典范。因其得儒家之道，行践履之实，故能“不溺于时俗，不汩于利禄”“自奉如寒士，而不知富贵为何物”，专心致学，淡泊明志，宁静致远，且兼得宋代理学家的思辨之长，“文出于义理之学，故长于辨折，极所欲言而止，不以绳墨自拘”，从而在赦文中能“指事陈义，辞情俱尽”，取得“城下之役，国家所以感人心、作士气者，公与有力焉”之文道互动互补的感人效应。不过在道与文之本末联系的权重上，遗山还是更重前者的，文末“此文章、字画，在公为余事，自以徒费日力者，人知贵之，而不知贵其道欤”，与文首“慨然以道德、仁义、性命、祸福之学自任，沉潜乎六经，从容乎百家，幼而壮，壮而老，怡然涣然，之死而后已者，惟我闲闲公一人”呼应。这一道本文末的理念，正大元年（1224）所作《赠答刘御史云卿四首》（本集卷一）其二“但使本根在，枝叶复何云”表述得更明确，是根深蒂固的一贯主张。

此文是遗山接替赵秉文文坛领袖地位的重要节点，与徐世隆《遗山先生文集序》所言“金百年以来得文派之正而主盟一时者，大定、明昌则承旨党公，贞祐、正大则礼部赵公，北渡则遗山先生一人而已”，“遗山虽无位柄，亦自知天之所以畀付者为不轻，故力以斯文为己任”合观，知其“道之传，可一人而足；所以弘之，则非一人之功也”诸语，有理性的自省与责任的担当。是年底所作《壬辰十二月车驾东狩后即事五首》之“秋风不用吹华发，沧海横流要此身”，即是这种天降大任、勇于担当的明确表态。在中原政统真空之际，这一担当将文统、道统合而为一，此乃其不同于欧、苏之时代内涵所在。

文题：以字称同辈挚友，亦属韩愈《柳子厚墓志铭》、欧阳修《尹师鲁墓志铭》之题称心法。底本文题止称字，寄寓了作者对挚友的亲切无拘之情。《元文类》《金文最》及方本前冠“雷”字，当属后人所加，使亲近无拘之感荡然无存。

高廷玉才高志大，震耀士林，属中流砥柱式的人物，卫绍王却因其进士及第视为“出身不正”而排挤出朝，这是对近千年科举制优越性的否定。地方权奸敢于迫害高廷玉致死，而且株连许多文士“几有一网之祸”，也与此有关。“卒以高才”而死的悲剧在历史上频频上演，不止是那一时代的悲哀。

卷二十一　碑文一篇

希颜墓铭[1]

南渡以来[2]，天下称宏杰之士三人：曰高廷玉献臣、李纯甫之纯、雷渊希颜[3]。

献臣雅以奇节自负[4]，名士喜从之游，有“衣冠龙门”之目[5]。卫绍王时，公卿大臣多言献臣可任大事者。绍王方重吏员[6]，轻进士，至谓“高廷玉人材非不佳，恨其出身不正耳”。大安末，自左右司郎官出为河南府治中[7]，卒以高材，为尹所忌[8]，瘐死洛阳狱中[9]。

之纯以蓟州军事判官上书论天下事[10]，道陵奇之[11]，诏参淮上军，仍驿遣之[12]。泰和中，朝廷无事，士大夫以宴饮为常。之纯于朋会中，或坚坐深念[13]，咄咄嗟唶，若有旦夕忧者。或问之故，之纯曰：“中原以一部族待朔方兵[14]，然竟不知其牙帐所在[15]，吾见华人为所鱼肉去矣。”闻者讪笑之，曰：“四方承平余五六十年，百岁无狗吠之警，渠不以时自娱乐，乃妖言耶？”未几，北方兵动。之纯从军还，知大事已去，无复仕进意，荡然一放于酒，未尝一日不饮，亦未尝一饮不醉，谈笑此世若不足玩者。贞祐末，尝召为右司都事，已而摈不用。

希颜正大初拜监察御史。时主上新即大位，宵衣旰食[16]，思所以弘济艰难者为甚力。希颜以为天子富于春秋，有能致之资，乃拜章言五事，大略谓：精神为可养，初心为可保[17]；人君以进贤、退不肖为职，不宜妄费日力，以亲有司之事。上嘉纳焉。庚寅之冬[18]，朔方兵突入倒回谷[19]，势甚张。平章芮公逆击之[20]，突骑退走，填压溪谷间，不可胜算。乘势席卷，则当有谢玄淝水之胜[21]。诸将相异同，欲释勿追。奏至，廷议亦以为勿追便。希颜上书，以破朝臣孤注之论[22]，谓“机不可失，小胜不足保。天所予，不得不取”。引援深切，灼然易见。而主兵者沮之，策为不行。后京兆、凤翔报[23]：“北兵狼狈

本集卷八《癸巳四月二十九日出京》“塞外初捐宴赐金，当时南牧已骎骎。只知灞上真儿戏，谁谓神州遂陆沉”，揭示了金朝灭亡的由来。李纯甫对此早已见微知著，具有众人皆醉我独醒的远见卓识和先天下之忧而忧的情怀；然而空怀壮志，报国无门，遂致以酒浇愁而“摈不用”，这虽说没有直接迫害，也是朝政浑浑噩噩、昏暗麻木间接导致的结果。

金廷南渡后，朝臣苟且偷安，外将畏敌如虎。哀宗即位后年轻气盛，欲改旧状，雷渊上章所言精神为可养指此。然而长久痼疾根深蒂固，大厦将倾独木难撑，倒回谷之胜，雷渊的主张难敌诸将、朝臣之众论，致使金朝失去最后一次转机。朝政的萎靡不振以及军事的错失良机，彻底粉碎了遗山的兴国之梦，这归根于国家有栋梁之材而弃置不用，文中所言"独于希颜尤嗟惜之"指此。

末段批：总说分说再总说，收一唱三叹、回肠荡气之效。

而西，马多不暇入衔。数日后，知无追兵，乃聚而攻凤翔。"朝廷始悔之。至今以一日纵敌，为当国者之恨。

凡此三人者，行辈相及[24]，交甚欢，气质亦略相同。而希颜以名义自检[25]，强行而必致之，则与二子为绝异也。盖自近朝，士大夫始知有经济之学[26]。一时有重名者非不多，而独以献臣为称首。献臣之后，士论在之纯。纯之后，在希颜。希颜死，遂有"人物渺然"之叹。三人者，皆无所遇合，独于希颜尤嗟惜之云。

[注释]

[1] 希颜：雷渊（1186—1231），字希颜，浑源（今山西浑源县）人。至宁元年（1213）进士，官应奉翰林、监察御史、翰林修撰等，正大八年（1231）病卒。《金史》《中州集》有传。 [2] 南渡：指金宣宗贞祐二年（1214）由中都迁都汴京事。 [3] 高廷玉献臣：《中州集》戊集第五《高治中廷玉》载，廷玉字献臣，恩州（刘祁《归潜志》卷四谓其辽东人，按此，当指辽中京道之恩州，治今内蒙古赤峰市南）人。大定（1161—1189）末进士。章宗、卫绍王朝甚有时名。贞祐初，自左右司郎官出为河南府治中，瘐死狱中。李纯甫之纯：李纯甫，字之纯，宏州襄阴（今河北阳原）人。承安二年（1197）进士，入翰林，连知贡举，为金末文坛领袖。元光二年（1223）病卒。《金史》有传。参见前选《李屏山

挽章二首》。［4］雅：颇，甚。［5］衣冠龙门：享誉士大夫，众望所归者。典出《后汉书·李膺传》："膺独持风裁，以声名自高。士有被其容接者，名为登龙门。"［6］重吏员：指重视由胥吏、差役出身而非进士出身的官吏。［7］左右司：尚书省下属机构，吏、户、礼三部设左司，兵、刑、工三部设右司。郎官：指侍郎以下的郎中、员外郎，虽为五、六品，但位处机要。河南府：治今河南洛阳。治中：府属文官。［8］为尹所忌：《中州集》戊集第五《高治中廷玉》："与知府复兴屡以公事相可否。时都城受围，使驿阻绝。复兴为安抚副使，惧献臣谋己，乃以造逆讯之，献臣就逮。"［9］瘐死：囚犯在狱中因受刑、饥寒或疾病而死。［10］蓟州军事判官：正八品。蓟州，金州名，治今天津蓟州区。［11］道陵：指金章宗，因葬道陵，故称。［12］驿遣：用驿站马遣送。《金史·李纯甫传》："喜谈兵，慨然有经世心。章宗南征，两上疏策其胜负，上奇之，给送军中，后多如所料。"突出其运筹帷幄之中、决胜千里之外的才能。［13］坚坐：久坐。［14］中原以一部族待朔方兵：谓金廷对已统一蒙古高原的成吉思汗部队仍以一小部落视之。部族，《辽史·营卫志中》："部落曰部，氏族曰族。契丹故俗，分地而居，合族而处。"［15］牙帐：主帅所居的营帐。因前建牙旗，故名。［16］宵衣旰食：天不亮就穿衣起身，天黑了才吃饭。形容非常勤劳，多用以称颂帝王勤于政事。［17］初心：指金哀宗继位初力图中兴的决心。［18］庚寅：金正大七年（1230），岁次庚寅。［19］倒回谷：又作"蓝田谷"，在今陕西蓝田县东南。［20］平章芮公：完颜合达在金哀宗正大四年（1227）拜平章政事，封芮国公。见《金史》本传。［21］谢玄淝水之胜：指东晋大将谢玄渡淝水以少胜多乘胜追击大破前秦苻坚百万军事。［22］孤注：把所有的钱一次性投作赌注，企图最后获胜。比喻倾尽全力，冒险行事，以求侥幸成功。［23］京兆：金府名，治今陕西西安。凤翔：金府名，治今陕西宝鸡凤翔区。［24］行辈：辈分。［25］名义：名声与道义。自检：自我检点约束。［26］经济：通晓时务，经国济民。

第一段，按墓铭文体规例，简要概述其家世、仕履。

第二段，详写初仕东平不畏强暴，先层层渲染出场的环境，继正面描写登台的碑主，再转写众人的反映，环环紧扣。

略述遂平县任，只选惩治豪奸的政绩，从个性、能力、效果着笔。

写监察御史任，先概述榜掠大批赃吏之事迹与先声夺人豪滑逃遁之神威，继重写立杖杀死有余辜的兵痞，对碑主之嫉恶如仇大书特书。结言“坐是失官”，显示权贵豪滑上下勾结、刚正贤人蒙冤受屈，国将不国自在不言中，回扣到“为国哭斯人”的主旨。

希颜别字季默，浑源人。考讳思[1]，大定末，仕为同知北京路转运使事[2]。希颜，其暮子也。崇庆二年中黄裳榜进士乙科[3]，释褐泾州录事[4]，不赴。换东平府录事[5]，以劳绩，遥领东阿县令[6]。调徐州观察判官[7]，召为荆王府文学兼记室参军[8]，转应奉翰林文字、同知制诰兼国史院编修官[9]。考满，再任。俄拜监察御史[10]，以公事免。用宰相侯莘卿荐[11]，除太学博士[12]，还应奉，终于翰林修撰[13]。累官大中大夫[14]。娶侯氏。子男二人：公孙，八岁；宜翁，四岁。女二人：长嫁进士陈某，其幼在室。

初，希颜在东平。东平，河朔重兵处也。骄将悍卒，倚外寇为重，自行台以下[15]，皆务为摩拊之[16]。希颜莅官，所以自律者甚严，出入军中，偃然不为屈[17]，故颇有喧哗者。不数月，闾巷间家有希颜画像。虽大将，亦不敢以新进书生遇之。尝为户部高尚书唐卿所辟[18]，权遂平县事[19]。时年少气锐，击豪右，发奸伏，一县畏之，称为神明。及以御史巡行河南，得赃吏尤不法者，榜掠之，有至四五百者。道出遂平，百姓相传雷御史至，豪猾望风遁去[20]。蔡下一兵与权贵有连[21]，脱役遁田间，时以药毒杀民家马牛[22]，而以小直胁取之。希颜捕得，数以前后罪，立杖杀之。老幼聚观，万口称快，马为不得行。然亦坐是失官[23]。

希颜三岁丧父，七岁养于诸兄。年十四五，贫无以为资，乃以胄子入国学[24]，便能自树立如成人。不二十，游公卿间，太学诸人[25]，莫敢与之齿[26]。渡河后，学益博，文益奇，名益重。为人躯干雄伟，髯张口哆[27]，颜渥丹[28]，眼如望羊[29]。遇不平，则疾恶之气见于颜间，或嚼齿大骂不休。虽痛自摧折，猝亦不能变也[30]。食兼三四人，饮至数斗不乱，杯酒淋漓，谈谑间作。辞气纵横，如战国游士；歌谣慷慨，如关中豪杰；料事成败，如宿将；能得小人，根株窟穴[31]，如古能吏；其操心危[32]，虑患深，则又似夫所谓孤臣孽子者。平生慕孔融、田畴、陈

“辞气纵横”至“仍为余事耳”：李祖陶批：“极意摹写，文亦宏杰之至。”

元龙之为人[33]，而人亦以古人期之。故虽其文章号“一代不数人”，而在希颜，仍为余事耳。希颜年四十六，以八年辛卯八月二十有三日暴卒[34]。后二日，葬戴楼门外三王寺之西若干步[35]。好问与太原王仲泽哭之[36]，因谓仲泽言：“星殒有占[37]，山石崩有占，水断流有占。斯人已矣，瞻乌爰止[38]，不知于谁之屋耳？”其十月，北兵由汉中道袭荆、襄[39]，京师戒严。

“其十月”三句：李祖陶批：“以此作结尤妙！与前幅纵敌暗应。”

［注释］

[1] 考：对死去之父亲的称呼。讳：指已故尊长者之名。思：雷渊之父名思，字西仲，天德三年（1151）进士。仕至同知北京路转运使事，有《易解》行于世。《中州集》辛集第八有传。 [2] 北京：治今内蒙古宁城县西南大定府，位于金中都（今北京）之北，故称。转运使：官名，掌管一路财赋、粮食的运转输送。 [3] 崇庆：金卫绍王年号（1212—1213）。黄裳榜：《中州集》庚集第七《马编修天来》：“黄裳榜经义进士。”《金史·雷渊传》：“登至宁元年（即崇庆二年）词赋进士甲科。”按此，黄裳当为本科词赋状元。进士乙科：进士第二等。 [4] 释褐：脱去布衣，用指初仕。泾州：金节镇州，治今甘肃泾川县。录事：《金史·百官志三》：“诸府节镇录事司，录事一员，正八品。……掌同警巡使。” [5] 东平府：金府名，治今山东东平县。 [6] 遥领：谓仅担任职名，不亲往任职。东阿：今山东东阿县。 [7] 徐州：金州名，治今江苏徐州。（州）观察判官：正七品，掌纪纲、观察、众务等。 [8] 荆王：金

宣宗子完颜守纯封荆王。文学：《金史·百官志三》载，亲王府属官有文学二人，从七品，掌辅导礼仪，资广学问。记室参军：正八品，掌表笺书启之事。[9]应奉翰林文字：翰林院属官，从七品。同知制诰：翰林学士院衔名。《金史·百官志一》载，翰林学士承旨至翰林直学士，衔内带"知制诰"。[10]监察御史：御史台属官，正七品。掌弹劾不法官员事。[11]侯莘卿：侯挚，字莘卿，东阿人。明昌二年（1191）进士，入官慷慨有为，遇事敢言，又喜荐士，官至平章政事。[12]太学博士：国子监属官，正七品。掌教授考艺。[13]翰林修撰：翰林学士院官名，从六品。[14]大中大夫：《金史·百官志一》载，文官九品，从四品上曰大中大夫。两"大"字，底本均作"太"，据《金史》及方本等改。[15]行台：台省在外者称行台，代表中央的政军机构。[16]摩拊：安抚。[17]偃然不为屈：谓希颜坚守职责，不曲意逢迎。偃然，高傲貌。[18]户部高尚书唐卿：高夔，字唐卿，保州永平（今河北顺平县）人，曾与李特立、赵庭玉读书永平西山寺，誉称"三秀轩"（《续夷坚志》卷三）。贞祐南渡后历任户部员外郎、尚书、翰林学士等职。辟：荐举。[19]权：暂时代理。遂平：金县名，今河南遂平县。[20]豪猾：指强横狡猾不守法纪之人。[21]蔡：金州名，治今河南汝南县。[22]时：经常。[23]坐是：因此犯有过错。[24]以胄子入国学：《金史·选举志一》载，国学收五品以上官兄弟子孙年十五以上者入学。雷渊之父官同知北京路转运使事，故属此列。胄子，此指官宦子弟。国学，国子学的省称，国家在京都设立的学校，属国子监。[25]太学：国家设立于京城的最高学府。[26]齿：并列。[27]口哆（chǐ）：口张。[28]渥丹：润泽光艳的朱砂，多形容红润的面色。[29]望羊：亦作"望洋"，远视貌，仰视貌，气度不凡貌。汉班固《白虎通·圣人》："圣人皆有异表。……武王（姬发）望羊。"[30]猝：指仓促之间。 [31] 根株窟穴：意谓能深知罪犯隐情，根除老巢，一网打尽。 [32]“其操心危”以下三句：谓心存戒惧，担忧祸患，如孤立无援的远臣和贱妾所生的庶子之类不容于当政者但心怀忠诚的人。 [33] 孔融：东汉鲁人，官太中大夫。值汉室之乱，志在靖难，尝自谓：“坐上客恒满，尊中酒不空，吾无忧矣。”后被曹操所杀。田畴：东汉右北平人。好读书，善击剑。《中州集》己集第六王渥《送裕之还嵩山》诗末附雷渊题“古仙人辞”，谓田畴复所事刘虞之仇，却曹操之赏，衰俗波荡中，挺挺有烈丈夫语气。由此可见其所慕田畴之所在。陈元龙：陈登，字元龙，汉末建安中任广陵太守，志向远大，有威名。为人有豪气。遗山常以陈登喻雷渊，本集卷八《寄希颜二首》“楼上元龙先日豪”，即以陈登喻雷渊的豪士气概。 [34] 八年辛卯：金正大八年（1231），岁次辛卯。 [35] 戴楼门：汴京外城南门名，在正南门南薰门西侧，郝经《青城行》“戴楼门外是青城”句。 [36] 王仲泽：王渥，字仲泽，太原人。兴定二年（1218）进士。天兴元年（1232）殁于阵。《金史》《中州集》有传。 [37]“星殒有占”以下三句：谓星坠、山崩、河竭都有应验，这是重臣、贤人逝世的征兆。北周庾信《周大将军闻嘉公柳遐墓志》：“智士石坼（裂），贤人星陨。” [38]“瞻乌爰止”二句：语出《诗·小雅·正月》及《后汉书·郭太传》，喻乱世之民无所归依。 [39] 北兵由汉中道袭荆、襄：指蒙古军鉴于金军主力防守潼关，乃绕道汉中，由荆襄北上进攻汴京事。

铭文：突破铭诗简括质木的体征，将墓主的形象、性格刻画得栩栩如生，述倒回谷之战建言乘胜追击不果事，用夸张、象征、典故等多种文学手段叙事抒情，真挚感人。

铭曰：维季默父起营平[1]，弱龄飞骞振厥声[2]。备具文武任公卿[3]，百出其一世已惊。紫髯八尺倾汉庭[4]，前有赵、张耻自名。目中之敌无遁情[5]，太息流涕请进兵。掩聪不及驰迅霆，一日可复齐百城。天网四面开鲵鲸[6]，砥柱不救洪涛倾。望君佐王正邦经[7]，或当著言垂日星[8]，一偾不起谁使令[9]？如秦而帝宁勿生[10]，不然亦当蹈东溟。元精炯炯赋子形[11]，溘焉宁与一物并[12]？千年紫气郁上征[13]，知有龙剑留泉扃，何以验之石有铭！

［注释］

[1]季默：雷渊的别字。父：同“甫”，对有才德男子的美称。起：出身。营平：应指营州和平州，辽金时州名，治今河北昌黎县和卢龙县。雷渊父任同知北京路转运使事，治所大定府即唐营州地，疑用此代称。　[2]弱龄飞骞振厥声：指雷渊在国子学、太学名声出众、振兴其家声誉事。弱龄，弱冠之年，亦泛指青少年。　[3]“备具文武任公卿”二句：谓雷渊文武双全，具备担任重要朝臣的资质，其一生虽未尽其所能，但已名惊朝野。　[4]“紫髯八尺倾汉庭”二句：合观《希颜挽诗五首》“不作汉家贤傅去，空劳明主识萧生”，谓雷渊胜任汉家贤傅之重任，以御史惩治豪滑不法之徒是大材小用，以此出名，故以为耻。紫髯，突出雷渊相貌堂堂、器宇轩昂的特点。《希颜挽诗五首》有“紫髯落落照青春”句。赵、张，汉赵广汉与张敞的并称。二人都曾任京兆尹，威制豪强，治绩显著。《汉书·赵尹韩张二王传赞》：“吏民为之语曰：‘前有赵、张，后有三王。’”句指墓主抨击豪滑雷厉风行事。　[5]“目中之敌无遁情”以下四句：指雷渊上书极力主张倒回谷取胜后乘胜追击事。

掩聪不及驰迅霆，出《六韬·军势》：“疾雷不及掩耳，迅电不及瞑目。”一日可复齐百城，用战国时田单以火牛阵击败燕军后乘胜追击，迅速收复齐国失地七十余城之典。 [6]“天网四面开鲵鲸”二句：指金廷不用雷渊乘胜追击计，放虎归山，使敌重振旗鼓，围攻凤翔，终致金朝大势已去事。天网四面，《史记·殷本纪》：“见野张网四面，祝曰：‘自天下四方，皆入吾网。’汤曰：‘嘻，尽之矣！’乃去其三面。”比喻给战败的敌人留下一条生路。鲵鲸，见《岐阳三首》其一注[6]。砥柱不救洪涛倾，用“中流砥柱”典。 [7]邦经：国家的常法。 [8]或当著言垂日星：指墓主将经邦纬国的规划形成著作为当世遵循的才能。著，底本作“着”。据方本、《金文雅》《九金人集》改。 [9]偾：倒。 [10]“如秦而帝宁勿生”二句：谓墓主幸亏自然病亡于蒙古军来袭京师戒严前，不然亦会不忍强敌施暴而主动慷慨赴死的。《战国策·赵策三》：“鲁连曰：‘……彼秦者，弃礼义而上首功之国也。权使其士，虏使其民。彼则肆然而为帝，过而遂正于天下，则连有赴东海而死矣，吾不忍为之民也。’” [11]元精炯炯赋子形：汉王充《论衡·超奇》：“天禀元气，人受元精。”《后汉书·郎𫖮传》：“元精所生，王之佐臣。”元精，天地的精气。 [12]溘焉宁与一物并：谓雷渊怎能忽然而死，使其元精复散于天地元气之中。溘焉，指忽然而死。《魏书·徐遵明传》：“溘焉冥没。” [13]“千年紫气郁上征”二句：《晋书·张华传》载，张华见斗牛之间常有紫气，问雷焕，对曰宝剑之精，上彻于天。遂命焕为豫章丰城令，掘狱屋基，得龙泉、太阿二剑。泉扃，墓门。

［点评］

墓主卒于正大八年（1231）八月，文涉及其卒后两月事。按刘祁《归潜志》卷十有“追雷（渊）、赵（秉文）之殁，既葬而后，元裕之志之，其外表迄今皆阙也”语，文当是年作。

这篇墓铭可谓千古奇文。一奇，是为雷渊写的墓铭却首论三人卓荦不群的大节。在韩愈、欧阳修所作的碑铭中有首谈墓主大节者，而溢出墓主外涉及多人者大概绝无仅有。二奇，是一般墓铭多是墓主的家世、生平、仕履、业绩平铺直叙，遗山此文对传统墓铭所写的家世内容大大压缩，增加了大量的直接、间接描写及心理、肖像、性格描写等，对事件情节的描写还采用了设悬念、渲染环境、突出人物个性等小说笔法，使墓主的形象气概活灵活现、虎虎生威。这种艺术效果的追求在其《南冠录引》（卷三十七）中明确提出："前世功名之士，人有爱慕者，必问其形质颜貌、言语动作之状，史家亦往往为记之。"由此可见此文是遗山有意用司马迁等的史传笔法而为之的。三奇，是墓碑的结尾往往是依据墓主而措辞的，其叙事、议论、抒情不会脱离主人公。此文则不然，转写蒙古军避开金之潼关防线，由荆襄趁虚而入，预示了京师不保、国家将亡的军国大事，真是出乎预料之外。但这又合乎情理之中，因为这篇文章的主旨就是为国哭斯人，开头、结尾、中间皆着眼于此。

基于此，开篇对三人的评论皆从亡国成因的角度着眼，处处表现出史家的史识。如高献臣被府尹诬陷而死之因，刘祁是这样记载的："主帅温迪罕福兴，奸伪人也。公临事不少逊让，遂交恶。是时，北兵围燕都，事已迫，四方无勤王师。公独慨然有赴援意，屡以言激福兴。福兴惮之，因诬以有异志，辄收赴狱。"（《归潜志》卷四）这些"不少逊让""屡以言激"的性格方面因素，即使确有其事，也只停留在表层现象方面。遗山将此事放在卫绍王时期“重吏员，轻进士”这一广阔的社会背景中，用“卒以高材，为尹所忌”(《中州集》本传载其“与知府复兴屡以公事相可否”，可合观）概括其被诬陷致死的成因，则更为深刻中肯。再如李纯甫贞祐末事，《归潜志》卷一载“时丞相术虎高琪擅权，擢为左司都事。公审其必败，以母老辞去”，谓其主动辞职，动机是明哲保身。遗山“摈不用”，则将去官原因归结于权臣，这样更符合其经世之志的本性。至于雷渊惩治豪恶事，《归潜志》卷七先说“宣宗喜刑法，政尚威严。故南渡之在位者，多苛刻”，列出几位后又载“雷希颜为御史，至蔡州，缚奸豪，杖杀五百人，又号‘雷半千’”，结语谓“皆以酷闻”。这段史料被《金史·雷渊传》所取，贻害无穷。遗山谓惩处对象是“尤不法者”，人数是“四五百”而不是整整五百，尤其是惩治的方式程度是“榜掠”而不是“杖杀”。这二者性质不同，前者属执法严厉，后者则属执法过当，滥杀成性。至于对罪大恶极者的“杖杀”，当时谏官陈规就对雷渊以此丢官打抱不平：“一麾共惜延年去，三黜何伤柳季和。”(《中州集》己集第五陈规《送雷御史希颜罢官南归》）诗用颜延之被权贵排挤诋毁而离任与柳下惠“直道而事人，焉往而不三黜”(《论语·微子》）典，可知雷渊“坐是失官”的原因是得罪了权贵，如果雷渊真的将罪不至死的豪恶滥杀五百，以正直著名的陈规绝不会对雷如此同情惋惜。下选《赠镇南军节度使良佐碑》言“国家百余年，累圣相承，一以人命为重。凡杀人者之罪，虽在宗室，而与闾巷细民无二律。南渡以后，郡县吏以榜掠过差辄得罪去者相踵也”，以此普遍状况来看，雷渊属于“以榜掠过差辄得罪去者”，朝廷绝不可能任由其过度执法滥杀五百以致得罪权贵后才罢之，遗山所述事实比较符合实际，所持评价亦比较客观、公平。

在谋篇布局艺术造诣方面，李祖陶给予极高的评价：“起手以高、李伴讲，雷轰电掣，仍复折重主人。中间先撮叙官阶，然后略写宦迹，末复重为提起，绘出全身，起手所称‘宏杰’之义才备。一结，悲痛之至！铭语尤精警绝伦，慷慨读之，当与竹石俱碎。气脉阔大而章法简古，无限声情流溢纸上。先生此等文，在欧阳公《居士集》中，亦不能得，殆所谓愁苦之言易好，而欢愉之词难工也。彼哆口谓北宋以后无文者，曷不取先生集读之？”

卷二十三　碑文一篇

刘景玄墓铭[1]

紧扣名字之由来，扬抑呈马鞍形，错落有致。

景玄年十六七许时，其先人朝请君官四方[2]。景玄留学陵川，已能自树立如成人，老师宿学多称道之[3]，而朝请君独未知也。及罢官归，行视景玄所舍，见其架上书散乱无部帙[4]，意不怿[5]，因问："读书有后先，汝宁乱读耶？"漫取一书试之，则随问随答，无所忘失。朝请君始大惊，拊其背曰："及吾未老，当见汝耸壑昂霄时耳[6]！"乃名之昂霄，字景玄，别字季房。

惊人记忆，古今罕见；博览群书，重在用世。神态的摹写刻画尤精彩。

李祖陶："为文士作文，自以摹写其学术性情为重。妙在分为四层，由浅而深，至'好横策危坐''幅巾奋袂'云云，则其人之须眉亦活见矣。"

泰和中，予初识景玄于太原。人有为予言："是家读《广记》[7]，半月而初无所遗忘者。"予未之许也。杯酒间，戏取市人日历鳞杂米盐者[8]，约过目，则读之，已而果然。大率景玄之学，无所不窥。六经、百氏外，世谱、官制、地理与兵家所以成败者为最详。作为文章，渊绵致密[9]，视之若平易，而态度横生[10]，自有奇趣。他人极力追之，有不能到者。为人细瘦，似不能胜衣。好横策危坐[11]，掉头吟讽[12]，幅巾奋袖[13]，谈辞如云。人有发其端者，征难开示[14]，初不置虑。穷探源委，解析络脉[15]，漫者知所以统[16]，室者知所以通[17]，旁贯径出[18]，不可窥测。要之，不出天下之至理。四座耸听，噤不得语。故评者以为，承安、泰和以来，王汤臣论人物[19]，李之纯玄谈[20]，号为独步。景玄则兼众人之所独，愈叩而愈无穷。诗与文则或有之，其辨博则不知去古谈士为近远[21]。余者不论也。

其与人交也，不立崖岸[22]，洞见心肺，世间机械[23]，皆不知有之。河东梁仲经、浑源雷希颜、王官麻信之[24]，皆海内名士，交久而无间言[25]。人以此多之。至其善恶太明，黑白太分，则亦坐是而穷也[26]。初举进士，不中。以荫补官[27]，调监庆阳军器库[28]，非其好也。诸公期以明年荐试辞科[29]，而景玄病不起矣。正大乙酉夏[30]，予自京师来，哭其墓。太夫人谓好问

因爱憎分明、正直不阿的个性，致使怀才不遇、赍志以殁，可悲可叹！

言："吾儿有当世志，今郁郁以死矣！子与之游，最为知己，当为作铭，无使埋没也。"好问泣且拜曰："铭吾兄者，莫好问为宜。"乃作铭。景玄，陵川人，自言系出楚元王交[31]。祖讳溥，不仕。朝请君讳俞，第进士，官至管勾承发司。太夫人，上党宋氏，封彭城县君。妻，永宁李氏[32]。子男一人，名庸。女一人，尚幼。以元光二年六月十三日，春秋三十有八，终于永宁之寓居。权殡郭西南一里所。庸将以某年月日，举二世之柩，归葬陵川之先茔。铭曰：

铭诗从专心治学、自学成才、天赋与表现诸方面概括序所叙之事，抒发了天妒英才的沉痛之情，运用了夸张、比喻、对比等修辞手法，与墓主以文名世吻合，这亦属韩欧"文称其人"的心法。

深心而文[33]，泄人天和。声光一流[34]，有物禁诃。君起太行[35]，学自为家。元精当中[36]，散为雯华。有发其谈，泻江倾河。坦其正途，不涉诞夸。有喙三尺[37]，有书五车[38]。噤不得一本作"时"施，万古长嗟。望君天门[39]，奉璋峩峩。蓬蒿一丘，窘此涧阿。天如天如，命也奈何！

[注释]

[1] 刘景玄：刘昂霄（1186—1223），字景玄，陵川（今山西陵川县）人。《中州集》有传。刘，底本目录无此字。以字称

同辈挚友，亦属韩愈《柳子厚墓志铭》、欧阳修《尹师鲁墓志铭》之题称心法。合观《希颜墓铭》，疑“刘”字为后人所加。 [2] 先人朝请君：《中州集》庚集第七《刘昂霄》：“父俞，字彬叔，明昌二年进士，仕为承发司管勾。”朝请，文官品级，从五品上曰朝请大夫。 [3] 宿学：学识渊博、修养有素的学者。 [4] 部帙：书籍的部次卷帙。 [5] 怿：喜欢。底本作“择”，讹，据《金文最》及方本等改。 [6] 耸壑昂霄：高越溪谷，直入云霄。喻出人头地。 [7]《广记》：《太平广记》，五百卷，宋太平兴国年间李昉等编，是一部收录野史、小说等的大型类书。 [8] 日历：犹日记，按日记载每天所为之事。鳞杂米盐：错综细碎。 [9] 渊绵致密：深和周密。 [10] 态度：气势。 [11] 横策危坐：横拿书策，正身而坐。 [12] 掉头：摇头。 [13] 幅巾奋袖：头裹幅巾，挥动衣袖。 [14] 征难：提出疑难问题。开示：启示指明。 [15] 析：底本作“折”，讹，据《金文最》及方本改。 [16] 漫者知所以统：谓不着边际、杂乱无章的问题让人知道用以统属的关键。 [17] 窒者知所以通：谓堵塞难解的问题让人知道疏通解决的渠道。 [18] 旁贯径出：谓从旁征引，横向贯通，思路旁逸侧出，简洁明了。径，小路，近路。 [19] 王汤臣：王中立，字汤臣，岢岚（今山西岢岚县）人，属方外异人。《中州集》壬集第九《拟栩先生王中立》载：“屏山尝见先生商略前代人物，引先儒论议数十条在目前，如人人自相诘难，然后以己意断之，以为辨博中第一流人也。” [20] 李之纯：李纯甫，字之纯，宏州襄阴（今河北阳原县）人。金末文坛领袖，崇尚佛学。《中州集》《金史》有传。玄谈：本指汉魏以来以老庄之道和《周易》为依据而辨析名理的谈论，此指对佛、老深奥精微义理的谈论。 [21] 辨博：辨论时的旁征博引。古谈士：指战国时善于辩论游说各国的纵横家。 [22] 崖岸：山崖堤岸，比喻矜庄孤高。[23] 机械：指乖巧机灵、忌避世故等。[24] 梁仲经：《归潜志》卷五载，梁翰林询谊，字仲经父，绛州（今山西新绛县）人。任应奉翰林、上京留守判官等，宗室万奴叛，以节死。浑源雷希颜：见上文。王官麻信之：麻革，字信之，虞乡（今山西永济市东，其县有王官谷）人。知名文士，遗山癸巳上耶律中书书举荐名单中有之。[25] 间言：不满意的话。[26] 坐是：因犯此错。[27] 以荫补官：一种任官制度。金代父兄为官，子弟可不经考试直接出任无品级的小吏。[28] 庆阳：金府名，治今甘肃庆阳县。[29] 辞科：博学宏辞（亦称博学宏词）科，是选取特别优异之士的科目。[30] 正大乙酉：金正大二年（1225）岁次乙酉。[31] 楚元王交：楚元王刘交，字游，汉高祖刘邦之弟。[32] 永宁：金县名，今河南洛宁县。[33]“深心而文”二句：谓碑主专心致力于文，表达其自然和顺的性情。深心，专心。泄，发泄。天和，指自然和顺之理。《庄子·知北游》：“若正汝形，一汝视，天和将至。”成玄英疏：“汝形容端雅，勿为邪僻，视听纯一，勿多取境，自然和理归至汝身。”[34]“声光一流”二句：意谓上天吝啬，扼杀贤才。禁诃，呵喝制止。[35] 君起太行：谓碑主成名于太行山腰的陵川县。[36]“元精当中”二句：意谓碑主禀赋卓越，散发为奇丽之辞。元精，天地的精气。详见《希颜墓铭》铭文注 [11]。雯华，形成花纹的云彩。[37] 有喙三尺：《庄子·徐无鬼》：“丘（孔子）愿有喙三尺。”后用以形容能言善辩。[38] 有书五车：《庄子·天下》：“惠施多方，其书五车。”后用以形容人藏书多、读书多或著作多。[39]“望君天门”二句：谓原本期望碑主能身居朝廷，施展才华。《诗·大雅·棫朴》：“济济辟王，左右奉璋。奉璋峨峨，髦士攸宜。”宋苏辙《诗集传》：“半圭曰璋，诸臣所奉也。峨峨，盛壮也。髦，俊也。文王之朝，奉璋者皆士之俊也。”

［点评］

文作于正大二年（1225）六月遗山辞史馆职归嵩山后。本集卷三十七《张仲经诗集序》言："永宁有赵宜之、辛敬之、刘景玄，其人皆天下之选。"同卷《木庵诗集序》："三乡有辛敬之、赵宜之、刘景玄，予亦在焉。"可知遗山居三乡时与故友刘景玄交往之密切。为挚友撰碑，所记之事如罕见的记忆力也能令人尽信；肖像形态的传神写照，也能够想象到遗山撰文时脑海中故人历历如在目前的情形。碑文采取韩愈抓要事大跨度粗线条勾勒人物的方法，使碑主个性突出、形象鲜明，自己的追怀之情也融注其中。

卷二十五　碑文二篇

族祖处士墓铭[1]

题用“处士”二字概括墓主的人生取向与个性，并给予高度评价，提纲挈领，文眼所在。

一考不中即弃之如敝履，迥异于对功名汲汲以求屡败屡战者。终身力田，凸显其率性而为、恬淡自乐的处士性格。

叙送没、聚话、养生三事，刻画耿介、自省、诙谐之个性。“鼓腹”诸语尤传神！

公讳滋新，字仲美。弱冠就科举，一不中，即以力田为业。年五十有七终于家，距今天子开兴壬辰[2]，四十年矣。

初病革[3]，沐浴，具衣冠[4]。子婿郭生者就诸妇取一物，将奉公。公恶其非礼也，而切责之。其平生自处为可见乎[5]。为人寡言，言则微杂诙谐。所居韩严五社[6]，聚落千余家[7]。里中人日有聚话者，公时诣焉[8]。山夫谷民[9]，性既鄙朴[10]，语又无根蒂[11]。每及一事，则粗气叫吼[12]，攘臂纷竞，移时不罢[13]。公不能忍，必为解之。已而曰：“人言田舍翁不通晓[14]，果然。”其人惭而去。日久，惭者多，公至则稍又引去[15]，至无一人留语者。叹曰：“乡人恶我耶？我不复出矣。”乃敕其子之规、之矩[16]：“凡家之服食器用，必取诸左右而足。吾宁假人[17]，不能假于人也。”自是，人罕见其面。妇班氏，事公如事长。每问公：“今日欲何所食？”鼓腹良久，曰：“此腹欲何食乎[18]？此腹旦欲某食，午欲某食，晡欲某食。”家人如言而办。如是三十余年，乃终。

世衰道丧，是非好恶无有当其实。其处是非、好恶之间者，又不能以理自固，闻誉而喜，闻谤而怒，为一人所轩轾者多矣[19]，况一乡之人乎！故尝论公：不合于一乡，将不合于一邑；不合于一邑，将不合于一州；不合于一州，又将不合于天下四方。不合于天下四方，其耿耿自信者当犹一乡也，群众不能易其介[20]，一物不能屈其志，生而知所以养，殁而知所以顺，古之特立独行、轻世肆志、隐居放言之君子[21]，如是而止矣。殁而不书，族党之过。乃追为之铭。呜呼！此先君子之志[22]，吾敏之兄欲成之而不及者也[23]。铭曰：

志必于同[24]，同则诡随。且欲异焉，是谓

“世衰道丧”至“况一乡之人乎”李祖陶批：“入骨之论。”

“故尝论公”至“如是而止矣”李祖陶批：“伯夷叔齐，一家非之而不顾，一国非之而不顾，天下非之而不顾，此公有焉。而又多此生养殁顺一节，可谓幸已。”

此段议论十分精彩，凸显明辨是非、特立独行、耿介不屈之士的风神气骨。

"孰能"二句：先生自谓"若夫立心于毁誉失真之后而无所恤，横身于利害相磨之场而莫之避，以此而拟诸君，亦庶几有措足之地"（本集卷三十八《写真自赞》），看来这一性格与元氏家族有关。

铭文用参差不齐的字句表达感慨万端、跌宕不平之情，亦符合墓主放任不羁、我行我素之道。

自欺。理有固然[25]，荡如通逵。先之以司南，无容背驰。人取而已遗[26]，百从而一违。匪直里闾，世所骂讥。吾宁汩浊流之泥[27]？吾宁醊餔余之醨？吾宁反关[28]，乐我所知！来不为所招，去不为所麾。不屈之高[29]，无贵可几。孰能自信于毁誉失真之后，如是之不疑？

［注释］

[1]族祖：祖父的兄弟。处士：本指有才德而隐居不仕的人，后亦泛指未做过官的士人。 [2]开兴：金哀宗年号。壬辰（1232）正月改元开兴，四月又改元天兴。 [3]病革：病势危急。 [4]具：备办。 [5]乎：叹词，犹"啊"。 [6]韩严：村名，在忻州城南。社：先秦时二十五家为一社，元代五十家为一社（见《元史·食货志一》）。下句"千余家"应指千余人，按此，金代每社亦五十家。 [7]聚落：村落，人们聚居的地方。 [8]诣：前往。 [9]谷民：山谷之人。 [10]鄙朴：粗俗质朴。 [11]无根蒂：无依据。蒂，底本作"带"，形讹。《金文雅》作"蔕"，同"蒂"，据改。 [12]粗气：嗓门粗大。粗，底本作"鹿"，当原本"麄"之讹，据《金文雅》改。 [13]移时：超出一个时辰。古时以十二地支分配一天二十四小时。 [14]田舍翁：犹"庄稼汉"，有鄙视其无知意。 [15]稍：逐渐。引去：退避。 [16]之规：《中州集》癸集第十元德明《仙鸡诗序》有"明昌七年，仲规弟为此镇酒官"语，知之规时任繁峙县义兴镇酒官。 [17]假人：借给人。 [18]腹：底本作"复"，据《金文雅》改。 [19]轩轾：车前高后低叫轩，前低后高叫轾。引申为高低、轻重、优劣。 [20]介：孤傲特异，

不随流俗。 [21] 特立：谓有坚定的志向和操守。放言：指不谈世事。 [22] 先君子：旧时称自己或他人已去世的祖父。亦以自称已去世的父亲，此指遗山生父元德明。 [23] 敏之：元好古，字敏之，遗山之兄。本集卷二十五有《敏之兄墓铭》，《中州集》有传。 [24] “志必于同”以下四句：谓刻意附和他人之说，则会不顾是非而妄随人意。如刻意改变自己的认识观点，说违心的话，这叫自欺。 [25] “理有固然”以下四句：诚实不欺之理合乎世道人心，它像平坦的大道，圣人早以之教导世人，如若背驰，世所不容。 [26] “人取而己遗”以下四句：谓这种人取而我舍、人从而我违之特立独行的言行，不只会引起乡里的疏离，而且会招致天下人的骂讥。 [27] “吾宁汩浊流之泥”二句：谓我难道能屈志从俗、随波逐流吗？语本《楚辞·渔父》：“世人皆浊，何不淈其泥而扬其波？众人皆醉，何不餔其糟而歠其醨？”汩，搅浑。醊，饮。 [28] “吾宁反关”二句：谓我宁可躲在屋内反闭屋门，体味自己处世之道的乐趣。 [29] “不屈之高”二句：谓不屈己附人之高风亮节，世间再无可贵的东西可与它接近。

[点评]

天兴元年（1232）春在汴京时作。文紧扣题中“处士”，刻画碑主个性。叙事简洁传神，评议重点突出，高屋建瓴，入木三分。人的一生能够超越世俗所看重的功名利禄，超越入乡随俗、放低身段、迎合低俗粗野文化的乡愿观念，按照自己所认定的价值信念，特立独行，矢志不移，坚强不屈，活出个性，活出风骨，在芸芸众生中也算是出类拔萃者。遗山一生将价值取向锁定在有补于世方面，不畏艰险，不惧谤伤，不惜名节，敢冒天下之大不韪，这显然是接受了族祖这一文化基因，并将其发扬光大。

文题用“孝女”二字突出墓主的品性，为画龙点睛的传神之笔。

聂孝女墓铭

五台聂天骥元吉[1]，为尚书左右司员外郎[2]。壬辰之冬[3]，车驾东狩，元吉留汴梁。明年正月二十有三日[4]，崔立举兵反，杀二相省中。元吉被兵，创甚。女日夜悲泣，谒医者，疗之百方，至刲其股[5]，杂他肉以进，而元吉竟不可救。时京城围久，食且尽，闾巷间有嫁妻以易一饱者。重以喋血之变[6]，剽夺陵暴[7]，无复人纪[8]。女资孝弟[9]，读书知义理，思以大义自完。葬其父之明日，乃绝脰而死[10]。士大夫贤之，有为泣下者。女字舜英，年二十二，尝嫁为进士张伯豪妻。伯豪死，归父母家。

“至刲其股”：介子推侍奉晋文公即以此著名于史。

呜呼，壬辰之乱极矣！中国之大，百年之久，其亡也，死而可书者：权参知政事翰林学士承旨子政、右丞大用、御史大夫仲宁、户部尚书仲平、大理德辉、点检阿撒、郎中道远、省讲议

“死而可书者”至“十数人而已”：遗山此时已有以史自任的担当意识，且将碑志视为保存史料的重要载体，可惜上列名单中的碑文大多遗失。

仁卿、奉御忙哥、宰相子伯祥、宿直将军长乐妻明秀、参知政事伯阳之夫人与孝女[11]，十数人而已，且有妇人焉。夫一脉存，不可谓之绝；一目张，不可谓之乱；一夫有立志，不可谓之土崩。痛乎，风俗之移人也！孝女合葬张氏，墓在某所。铭曰：

“夫一脉存”六句：用短句长句铺张排比，气势汪洋恣肆，文风与司马迁近似。

嫛政之姊[12]，哭徇其季。千祀有传[13]，犹聂之世。嗟惟孝女[14]，之死自遂。死而有知，及父于隧。以子则孝，以妇则义[15]。以断则勇[16]，以守则智。于今之人，麟凤之瑞。莫靳者名[17]，天曰美器。不于士夫[18]，一女之畀。铭以表之，并志予愧。

“不于”二句：李祖陶批：“结穴在此，悲愤之极。”

铭文：与序文互补，重在赞美，先用聂姓典故类比，再用排比手法予以高度评价。末二句掺入自己的感慨，以贬低自己来赞美墓主，罕见！李祖陶尾批：“叙洁而论尤严，有《五代史》取王凝妻李氏之意。”

［注释］

[1] 聂天骥：字元吉，五台（今山西五台县）人。至宁元年（1213）进士，仕至右司员外郎。《金史》有传。　[2] 尚书左右司员外郎：尚书省属官，正六品。　[3]“壬辰之冬”二句：指天兴元年壬辰（1232）十二月金哀宗因汴京缺粮率军东出事。　[4]“明年正月二十有三日”以下三句：天兴二年正月，金哀宗东征失利，汴京西面元帅崔立因京城粮荒，人心慌乱，留守二执政唯知死守，遂发动兵变，入尚书省杀参知政事完颜奴申、枢密副使完颜习捏阿不等，以城降蒙古。事见《金史》完颜奴申、崔立等传及刘祁《归潜志》卷十一《录大梁事》。　[5] 刲（kuī）：割取。　[6] 喋血：《汉

书·文帝纪》："今已诛诸吕，新喋血京师。"颜师古注："如淳曰：'杀人流血滂沱为喋血。''喋'……本字当作'蹀'。'蹀'，谓履涉之耳。" [7] 剽夺陵暴：掳掠轻侮。 [8] 人纪：人之纲纪，道德规范。 [9] 孝弟：孝顺父母，敬爱兄长。 [10] 绝脰：断颈。 [11] 权参知政事翰林学士承旨子政：《金史·忠义传四》载，乌古孙仲端本名卜吉，字子正。承安二年（1197）策论进士。曾官权参知政事、翰林学士承旨。天兴二年（1233）正月崔立兵变前夕在汴京自缢。右丞大用：《金史·赤盏尉忻传》载，赤盏尉忻，字大用，上京（今黑龙江哈尔滨阿城区）人。明昌五年（1194）策论进士。正大元年（1224）拜尚书右丞。天兴二年正月崔立兵变后自缢。御史大夫仲宁：裴满阿虎带，字仲宁，女真进士，官御史大夫。崔立兵变之日，自缢于御史台。《金史·忠义传四》及之。户部尚书仲平：完颜珠颗，字仲平，女直进士，官户部尚书。崔立兵变次日自缢。《金史·忠义传四》及之。大理德辉：裴满德辉，《金史·忠义传四》及之。点检阿撒：完颜阿撒，官右副点检。《金史·忠义传四》及之。郎中道远：乌古孙奴申，字道远，仕至行省左右司郎中。崔立兵变之次日，自缢于御史台中。《金史》有传。省讲议仁卿：蒲察琦，字仁卿，世袭谋克，尚书省讲议所讲议。崔立兵变后自缢。《金史》有传。奉御忙哥：完颜忙哥，萧王之后，以功世袭谋克，收充奉御。崔立兵变后自缢。《金史·忠义传四》及之。宰相子伯祥：乌古论伯祥。《金史·列女传·乌古论氏》载"伯祥朝贵中声誉藉甚"，余不详。宿直将军长乐妻明秀：姓蒲察，夫完颜长乐，哀宗东狩时任总领，将兵扈从。崔立兵变，驱从官妻子于省中。明秀闻之，自缢。《金史》有传。参知政事伯阳之夫人：完颜素兰，字伯阳，正大七年（1230）权参知政事，行省京兆。天兴元年（1232）二月卒。其妻于崔立兵变后自缢。《金史》有传。本集卷二十七《漆水郡侯耶律公墓志铭》言为上说诸人"志其墓"，名单中多出"右司（聂）元吉”及与崔立事件无关的“中郎将良佐”“西帅杨沃衍”。 [12]“嫈（yīng）政之姊”二句：《史记·刺客列传》载聂政刺杀韩相侠累，恐被人认出连累亲属，乃自毁其面而死。其姊恐弟名埋没，乃明其名姓，噘死于弟旁。“政姊荣”裴骃《集解》：“一作‘嫈’。” [13]“千祀有传”二句：谓千年之后聂天骥父女死于忠孝，有传记名垂青史，他们的刚烈名节就像聂政及其姊一样震撼人心。祀，年。 [14]“嗟惟孝女”以下四句：谓聂孝女英勇赴死，遂从自己的心志，如死后有知，必定追随其父于地下。 [15]以妇则义：谓墓主在丈夫死后也恐乱世受辱而自杀，与夫合葬，做了应该做的事。 [16]“以断则勇”二句：就其果断而言，可谓勇敢；就其守节言，可谓明智。 [17]莫靳者名：谓不惜生命英勇就义的人声名昭彰。 [18]“不于士夫”二句：谓上天将此孝义勇智赋予孝女而未给那些苟且偷生的士大夫。畀，赐予。

［点评］

汴京西面元帅崔立兵变在天兴二年（1233）正月二十三，合观本集卷二十一《聂元吉墓志铭》所言“贼杀二相，兵及元吉。卧创二十许日，医言可治，公誓之以死”，知元吉及其女卒于二月间。时崔立以一介武夫得势，肆意横行，劫夺奸淫，无恶不作，且以城降蒙古，前景叵测。遗山此时撰文，将崔立兵变定性为反，认为中国已亡，感情激烈沉痛，遂以史自任，写下这篇不按碑志“十三事”常规平板叙述，加入大量议论感慨、深寓作者历史观人生观的奇文。

序文之叙事部分抓大节直书其事。墓主随父久居汴京，以其孝行推之当有多事可记，但作者只抓住最能显示墓主品性的大事作简洁的叙述，交代其“至刲其股”

的典型环境，揭示其“绝脰而死”的成因（《金史·聂孝女传》对此说得更明确：“自以年尚少艾，夫既亡，父又死非命，比为兵所污，何若从吾父于地下乎！”），但未加评论。铭诗中只对“绝脰而死”予以赞美，其实“至刲其股”远难于此，联系介子推为晋文公刲其股之事大有说头。由此可知，作者的着眼点在于死节，与对崔立兵变事件的定性及其连锁反应的记述相一致，皆服从于保存史料以待修史的需求。

作者的历史观更多寄寓于序文的议论感慨中：一是称金朝为“中国”，表明不分内外、不辨夏夷的中国观；二是将汴京沦陷视为金朝灭亡的一大标志性事件；三是将忠义、烈女视为为国修史的重要表彰对象；四是对“中国之大，百年之久，其亡也，死而可书者”“十数人而已”“痛乎，风俗之移人也”的感慨之多：崔立只是汴京西面元帅，其兵变时汴京的其他掌兵者皆作壁上观，任其为非作歹。何以至此？合观刘祁的一段话可管中窥豹：“南渡后，宣宗奖用胥吏，抑士大夫，凡有敢为、敢言者，多被斥逐。故一时在位者多委靡，惟求免罪，罟苟容。迨天兴之变，士大夫无一人死节者，岂非有以致之欤？”（《归潜志》卷七）以忠贞自励的士大夫在肆意妄为的朝政下尚且如此，武夫悍卒、一般平民在事变突然、国家土崩之际，就更不可能明辨义利挺身而出了。再联系前选张万公碑所言任人唯亲失士大夫心、括田失民心和雷渊碑所言摧折人才以及卷三十二《寿阳县学记》“风俗，国家之元气”之定位，便可理解这一感慨所寄寓的深广内蕴了。

铭诗在赞美墓主的殉节之外，还参入自己作为士大夫接受崔立任命为左右司员外郎之伪职而没有为国尽忠以死抗争的内疚，但在同时为墓主之父所作《聂元吉墓志铭》针对其“誓之以死”，却发出“予惜其有志于世，世亦望焉，而卒之无所成就也”的叹惜。在求志与殉节这一天平上，遗山的价值取向是向求志倾斜的，在两月前所作的《壬辰十二月车驾东狩后即事五首》中已有“秋风不用吹华发，沧海横流要此身”的明确表态。尽管他对未能殉节深感愧疚：“巢倾卵随覆，身在颜亦强。空悲龙髯绝，永负鱼腹葬。置锥良有余，终身志惩创。”（本集卷二《学东坡移居八首》）“不采西山薇，即当葬江鱼。”（同卷《看山》）但从《外家别业上梁文》中还是可以看出他以救世济民为重，符合《左传》成公十五年所谓“圣达节，次守节，下失节”的价值取向。当然此文亦表达了遗山此时的真情实感，也许在他看来，作为一个难以担当救世济民之重任的弱女子，在世乱无亲的人间地狱中生不如死，而且还有沦为驱口“却将沙漠换牛羊”的黯淡前景，能够以尽孝守贞自完，这算是较好的归宿了。

卷二十七　碑文一篇

赠镇南军节度使良佐碑[1]

天兴元年六月乙亥[2]，尚书左丞臣蹊上故御侮中郎将陈和尚死节事，且言："臣以使事至朔方[3]，有为臣言者：'中国百余年，唯养得一陈和尚耳！'乞褒赠如故事，以劝天下。"事闻，诏赠镇南军节度使。尚书省择文臣与相往来而知其生平者，为褒忠庙碑[4]。宰相以东曹掾、吏部主事臣某应诏[5]。臣尝考于朋友之际，汉李陵以力尽降匈奴，武帝族其家[6]，陇西士大夫至以李氏为愧[7]，而司马迁亦以陵故而下蚕室[8]。盖天伦之重[9]，美有以相成[10]，恶有以相及，所系之大如此。惟镇南之事壮矣！以圣朝承学之臣之多[11]，而猥用下臣概之[12]，古人所以为辱者[13]，臣与有荣焉，谨百拜稽首而论次之。

"尚书省"句：李祖陶批："从此生出首段议论。"

"为褒"句：《金史》本传："榛像褒忠庙，勒石纪其忠烈。"本集卷二十七《恒州刺史马君神道碑》载，马君在凤翔死节，诏赠恒州刺史，"立像褒忠庙，岁时致祭"。

"古人"二句：为下文君主之所以曲赦、墓主之所以报国张本。

[注释]

[1] 赠：授予死者官爵或荣誉称号。镇南军：金节镇名，治蔡州，今河南汝南县。节度使：掌本镇兵马事，从三品。良佐：完颜彝（1192—1232），字良佐，小名陈和尚，丰州（今内蒙古呼和浩特市东）人。金末名将。天兴元年（1232）正月兵败三峰山，被俘，不屈而死。《金史》有传。 [2]"天兴元年六月乙亥"二句：《金史·哀宗本纪上》载："（天兴元年三月）壬寅，尚书左丞李蹊送曹王出质。""（六月）乙亥，左丞李蹊送曹王与其子全俱还。"按此，李蹊在出使蒙古汗行帐时听到完颜彝死节事，回朝当日即奏请褒赠。然《金史·哀宗本纪上》载"（六月）己巳，诏赠御侮中郎将完颜陈和尚镇南军节度使"，知李蹊回朝前六天已有此诏，与碑文所记异。李蹊时任兵部尚书权尚书省左丞。中郎将，秦、汉时掌管宫中护卫、侍从各署的长官称中郎将，完颜彝职掌直隶枢密的忠孝军，故称。 [3] 朔方：北方，指蒙古汗行帐所在地。 [4] 褒忠庙：金廷为褒扬忠烈在汴京建立的庙宇。 [5] 东曹掾：分管吏、礼、户三部之左司的属吏。掾，底本作"椽"，讹。据《金文雅》、张本等改。吏部主事：吏部属吏，从七品。某：自称之辞，旧时谦虚的用法。 [6] 族：诛灭。 [7] 陇西：指陇山（陕西陇县西南，延伸至陕甘边境）以西地区。李陵为成纪（今甘肃静宁县西南）人，其祖父即汉代名将李广，为陇西望族。 [8] 蚕室：古代执行宫刑及受宫刑者所居之狱室。 [9] 天伦：指父子兄弟等天然的亲属关系。 [10]"美有以相成"二句：谓家族中有一人立功，家人亦能以荫庇出仕为官。有一人获罪，刑戮也连及家人。 [11] 承学：学习和继承师说。亦指学有渊源、造诣精深者。承，底本作"丞"，二者通用。从《金文雅》、张本、《全元文》等。 [12] 猥：谦词，犹"辱"。 [13]"古人所以为辱者"二句：司马迁为李陵力尽而降事辩解而受刑取辱，遗山以此类比为曾沦

为死刑犯的朋友作碑事，所谓荣辱就此而言。

按萧王诸孙曰乞哥者[1]，于国姓为疏属[2]。其上世以上京军戍天德[3]，因而家焉。泰和南征有功，授同知阶州军州事[4]。及阶州反为宋，战于嘉陵江之上，死之。是生镇南。镇南讳彝，字良佐，以小字陈和尚行。贞祐中，年二十余。北兵破丰州，执之而北。时从兄安平都尉鼎[5]，亦以力战没入北中。二人者，名为群从[6]，而义均同父。故镇南之母留丰州，而安平母事之。镇南居帐下岁余，托以省母，乞南还。北人以一卒监之。至丰，乃与安平杀监卒，夺十余马，奉太夫人而南。北军觉，合骑追之，得由他道以免。既而失马，载太夫人以鹿角车[7]，而兄弟共挽之。南渡河，朝廷官之，安平得以世爵为都统[8]，镇南试护卫，中选。宣宗知其材，未几转奉御[9]。安平行帅府事[10]，奏镇南自随，诏以提控从军[11]。安平敬贤下士，有古贤将之风，辟太原王渥仲泽为经历官[12]。仲泽文章论议，与雷渊、李献能相上下[13]，故镇南得师友之。天资高明，

“天资”句至“识者”句：道出墓主报国忠义的学养渊源。

雅好文史，自居侍卫日，已有秀才之目。至是授《孝经》《论语》《春秋左氏传》，尽通其义。军中无事，则窗下作牛毛细字，如寒苦一书生。仲泽爱其有可进之资，示之新安朱氏小学书[14]，使知践履之实[15]，识者知其非吴下阿蒙矣[16]。三年[17]，安平罢帅职，例为总领，屯方城[18]。军中有太和者，与镇防千户葛宜翁斗[19]，讼诉于镇南。镇南在其兄军中，一军之事皆与知之，非特于其部曲然。葛之事不直，即量笞之。葛素凶悍，耻以理屈受杖，竟郁郁以死。留语其妻，必报镇南。妻乃以侵官讼于朝[20]，且有挟私仇之愬[21]，积薪龙津桥之南[22]，约不得报则自焚。朝廷乃系镇南方城狱。国家百余年，累圣相承，一以人命为重。凡杀人者之罪，虽在宗室，而与闾巷细民无二律。南渡以后，郡县吏以榜掠过差辄得罪去者相踵也[23]。议者疑镇南狎于禁近之习[24]，倚兵阃以为重[25]，不能如奉法之吏，横恣之犯[26]，容或有之。使者承望风旨[27]，即当以大辟奏上[28]，久之不能决。镇南聚书狱中而读之，盖亦以死自处矣。

“（正大）三年”四句：《金史·完颜陈和尚传》作“正大二年”。按：本集卷三十八《良佐镜铭》“丙戌夏四月，予过汜南，良佐请铭其镜”、《遗山乐府》卷二《三奠子》一“上高城置酒”题序“同国器、良佐、仲泽置酒南阳故城”、《浣溪沙》一“百折清泉绕舍鸣”题序“方城仙翁山北水庄成，而良佐以事系狱，以此寄之”，知正大三年四月良佐在汜南，秋在南阳，秋末始入狱。完颜鼎“罢帅职，例为总领”，“镇商州”事，在正大二年。屯兵方城事应在正大三年，《金史》有误。

“国家百余年”至“得罪去者相踵也”李祖陶批：“申明定制好。为下赦镇南加倍出力。”

[注释]

[1] 萧王：完颜秉德与海陵王弑熙宗，被海陵王封为萧王。《金史》有传。诸孙：孙辈。 [2] 国姓：指皇族完颜氏。疏属：血缘关系疏远。 [3] 上京：金都名，治会宁，今黑龙江哈尔滨阿城区。天德：金军名，治丰州，今内蒙古呼和浩特市东。 [4] 阶州：宋州名，治今甘肃陇南武都区。 [5] 从兄安平都尉鼎：《金史·忠义传三》："斜烈名鼎，字国器，毕里海世袭猛安。年二十，以善战知名。自寿、泗元帅转安平都尉，镇商州。" [6] 群从：指堂兄弟。 [7] 鹿角车：兵车名。架戈、戟于车前，形同鹿角，故名。 [8] 都统：武官名，金初为路一级都统司长官，金末泛称拥兵五六千守城掠地者为都统。详见《金史·兵志》。 [9] 奉御：近侍局属员。 [10] 帅府：元帅府外派到驻地的官署，可自行招募幕僚。 [11] 提控：武官名。 [12] 王渥仲泽：王渥（1185—1232），字仲泽，太原（今山西太原）人。兴定二年（1218）进士。寿州防御使奥屯邦献、商州防御使完颜斜烈、武胜节度使移剌粘合爱其才，连辟三府经历官。天兴元年（1232）殁于阵。《金史》《中州集》有传。 [13] 雷渊：见前《希颜墓铭》。李献能：见前《四哀诗》。 [14] 新安朱氏：指南宋理学家朱熹。其原籍徽州婺源，梁陈时为新安郡，故其署款多称新安。小学书：汉代称文字学为小学，隋、唐以后为文字学、训诂学、音韵学之总称。此指朱熹注解的儒家经典。 [15] 践履之实：指将儒家三纲五常等做人的道理进行具体实践的方法步骤。 [16] 非吴下阿蒙：《三国志·吴书·吕蒙传》"结友而别"，裴松之注引晋虞溥《江表传》载，吕蒙任重职后听从孙权劝告始就学，笃志不倦，其所览见，旧儒不胜。后鲁肃代周瑜，与蒙言议，拍其背曰："吾谓大弟但有武略耳，至于今者，学识英博，非复吴下阿蒙。"后用作学业长进，今非昔比，刮目相看的典故。 [17]"三年"以下三句：《金史·兵

志》载，正大二年（1225），议选诸路精兵，直隶枢密，先设总领六员，分路拣阅，因相合并。每总领司率数万人。军势既张，乃易总领之名为都尉，班在随朝四品之列。必以先曾秉帅权者居是职。六人中有申、裕安平完颜斜烈。本集卷二十《资善大夫吏部尚书张公神道碑铭并引》："贞祐以后，武臣以战功往往至将帅。置员既多，而不相统摄。公建言，乞以都尉易将帅之号。上从其计，为置建威、折冲、宁远、安平等十都尉。" [18] 方城：金县名，今河南方城县。 [19] 镇防：军种名，属负责守卫的地方部队。千户：低级武官名。 [20] 侵官：超越权限而侵犯其他官员的职权。 [21] 愬（sù）：诽谤。 [22] 龙津桥：在汴京里城南门外蔡河上。 [23] 过差：过分，失度。 [24] 狎：习惯。禁近之习：指任职皇宫之人依仗皇威盛气凌人肆无忌惮的习惯。 [25] 阃（kǔn）：地方上将帅的官衙。 [26] 横恣：专横放肆。 [27] 使者：指朝廷外派调查完颜彝案的官员。承望风旨：指迎合上司的意图。 [28] 大辟：死刑。

安平病久而愈。明年，诏提兵而西，因朝京师。上怪其瘦，问："卿宁以方城狱未决故耶？卿第行[1]，吾今赦之矣！"明日，台谏复有言[2]。后数月，安平以物故闻，始驰赦之。有旨："有司奏汝以私忿杀人。私忿未必有，至于非所得笞而强之[3]，非故而何[4]？汝兄死矣，失吾一名将；今以汝兄故，曲法赦汝，计天下必有议我者。他日汝奋发立功名，国家有所赖，人始当以我为非

"今以汝兄故"六句李祖陶批："如此激发良佐，安得不死！"

“五年”二句：元陈桱《通鉴续编》载，金正大五年“三月，蒙古入金大昌原，完颜陈华善大败之”。

“先已沐浴”二句李祖陶批：“泣拜时主意已定。”

“六年”二句：《金史·哀宗本纪》《金史·完颜合达传》载其事于正大七年十月。

“八年”二句：亦属正大七年事。《希颜墓铭》：“庚寅之冬，朔方兵突入倒回谷，势甚张。平章芮公逆击之，突骑退走，填压溪谷间，不可胜算。”《元史·太宗纪》亦载是年十一月下“师攻潼关、蓝关不克”。

妄赦矣。”镇南泣且拜，悲动左右，竟不得以一言为之谢。乃以白衣领紫微军都统[5]，再迁忠孝军提控[6]。五年，北兵犯大昌原[7]，势甚张。平章芮国公问谁可为前锋者[8]，镇南出应命。先已沐浴易衣，若将就木然者[9]。擐甲上马[10]，不反顾。是日，以四百骑破胜兵八千[11]，乘胜逐北，营帐悉迁而西。三军之士为之振奋思战，有必前之勇。盖用兵以来二十年，始有此胜。奏功第一，手诏褒谕[12]，一日名动天下。忠孝一军皆回纥、乃满、羌、浑部落及中原人被掠、避罪而来归者[13]，骜狠陵突[14]，号难制之甚。镇南御之有方，俯首听命，弭耳帖伏，东而东，西而西，易若驱羊豕而逐狐兔。所过州邑，常例所给之外，一毫不犯。每战则先登陷阵，疾若风雨，诸军倚以为重。六年，有卫州之胜[15]；八年，有倒回谷之胜[16]。始自弛刑[17]，不四五迁为中郎将，官世袭[18]。于是四方内外，知方城之狱，圣天子所以定国是、结民心、厉士气以宏济于艰难者[19]，至矣！其当之也[20]，不以一人之私而废万世之法；其贷之也[21]，不以匹夫之细而伤天下之功[22]。不然，则生杀与夺[23]，廷尉平一言之顷而决[24]，何至历十有八月之久耶？陛下之所以御将，镇南之所以报国，君臣之间可以无愧千古矣！副枢密使蒲瓦无持重之略[25]，尝一日夜驰二百里而趣小利，诸将莫敢谏。镇南私为同列言：“副枢以大将而为剽劫之事，今日得生口三百[26]，明日得牛羊一二千，而士卒以喘死者不复计。国家所积，必为是家破除尽去矣！”人以告蒲瓦。蒲瓦一日置酒，手劝诸将。及镇南，蒲瓦曰：“汝尝短长我，又谓国家兵力当由我而尽，至以比刑人时德全[27]，诚有之以不？”镇南饮酒竟，徐曰：“有之。”蒲瓦见其无惧容，漫为好语云[28]：“有过当面论，无后言也！”元年[29]，钧州陷[30]。北军下城，即纵兵以防巷战者[31]。镇南避隐处，杀掠稍定，即出而自言：“我金国大将，欲见合按白事[32]。”北兵以数骑夹之，诣牙帐前[33]。问姓名，曰：“我忠孝军总领陈和尚。大昌原之胜亦我，卫州之胜亦我，倒回谷之胜亦我。死于乱军，则人将以我为负国家。今日明白死，天下必有知我者矣！”北人欲降之，斫

“于是四方内外”至“可以无愧千古矣”：李祖陶批：“绕转前文，筋摇脉动。”

“饮酒竟，徐曰：‘有之。’”李祖陶批：“好气度！”

“即出而自言”李祖陶批：“磊落光明。”

其胫，不为屈。胫折，画地大数[34]，语恶不可闻。豁口吻至两耳，噀血而呼，至死不绝。北人义之，有以马酒酹之者[35]，云：“好男子！他日再生，当令我得之。”时年四十一。（铭亡）

[注释]

[1]第行：犹行第，家族中同辈人的排行次第。 [2]台谏复有言：谓职掌纠察弹劾的官员对金哀宗赦免陈和尚的旨意又表示反对。台谏，唐宋时以专司纠弹的御史为台官，以职掌建言的给事中、谏议大夫等为谏官。两者虽各有所司，但职责往往相混，故多以“台谏”泛称之。 [3]至于非所得笞而强之：指碑主越权施刑事。 [4]故：故意。 [5]白衣：指受处分官员无官职功名的身份。 [6]忠孝军：由北边部族、河朔诸路归正人组成，至天兴初多达七千，直隶枢密院，月给三倍于他军。凡进征，忠孝居前，马军次之。 [7]大昌原：镇名，今甘肃宁县太昌原乡。 [8]平章芮国公：完颜合达，正大三年（1226）迁平凉行省，四年拜平章政事，封芮国公。见《金史》本传。 [9]就木：入棺。 [10]擐（huàn）：穿。 [11]胜兵：犹精兵。 [12]手诏褒谕：《金史·完颜彝传》：“手诏褒谕，授定远大将军、平凉府判官，世袭谋克。”《金史·哀宗本纪上》载此事于正大六年三月下。手诏，帝王亲手写的诏书。褒谕，褒奖晓谕。 [13]回纥：唐时北方民族及国名，后西迁，一部移居天山东端，即今新疆维吾尔及内迁的回族。乃满：亦作“乃蛮”，辽金时西北方少数民族部落，游牧于阿尔泰山与杭爱山之间。羌：古代西北少数民族名，主要分布于今甘肃、青海一带。浑：吐谷浑的省称，古鲜卑族的一支，本居辽东，后西迁至今

甘肃、青海间。[14]骜狠：倨傲狠戾。陵突：凌犯。[15]卫州：金州名，治今河南卫辉。金末置河平军，为卫护汴京的北面军事重镇。[16]倒回谷：又作蓝田谷，在今陕西蓝田县东南。[17]弛刑：解除枷锁的刑徒。[18]官世袭：指上述“世袭谋克”事。[19]国是：国策。[20]当：处断其罪。[21]贷：赦免。[22]匹夫之细：指葛宜翁之死。[23]与夺：指宽免与处决。[24]廷尉平：官名。亦称“廷平”“廷尉评”，掌平决刑狱事。[25]蒲瓦：《金史·完颜陈和尚传》作“移剌蒲阿”，《金史》有传。持重之略：担负重大任务的器局识见。[26]生口：被俘为奴的人。[27]时德全：应指时全，宣宗时以同签枢密院事侵南宋，兵败被诛。[28]漫：慢。[29]元年：天兴元年（1232）。[30]钧州：金州名，治今河南禹州。[31]纵兵：指放纵士兵杀掠。[32]合按：“可汗”的别译。[33]牙帐：将帅所居的营帐。前建牙旗，故名。[34]大数：大声责骂数落。[35]马湩：马奶酒。酹：祭奠。

[点评]

天兴元年（1232）六月，遗山在汴京任左司都事时奉朝命作。钧州被屠，完颜彝死节事至李蹊自蒙军回始得悉，敌方的评价，从侧面显示出碑主的奇伟气概，一代名将的形象呼之欲出。遗山与碑主相知较深，交谊较厚，奉命为这位曾有争议的人物撰碑，抓住人以为辱我以为荣之矛盾，深入梳理其所以辱的来龙去脉，紧扣君主之所以为国曲赦，用浓墨重彩高度赞颂其为报知遇之恩，奋不顾身、慷慨赴死之荣，从而取得君主贤明、臣子忠贞、作者歌功颂德深中肯綮、恰如其分而无为墓主曲为回护之一石三鸟的效应。

碑文超越平板叙事记功之常规，充分运用各种文学手段表现碑主的个性。“先已”四句用细节描写，将荷不杀之恩，抱赴死之心，冲锋陷阵、无所畏惧的心态和盘托出。叙三大胜仗，先详后略，点面结合，重心突出。又通过治军有方、不畏上司、壮烈就义等几个环节的描述，多角度展示碑主个性，收到立体化的艺术效果。对其励志儒学，则从文化方面揭示其忠贞报国的渊源。文章提纲挈领，主旨突出，因果联系，环环紧扣，评论高屋建瓴，入木三分，言辞慷慨激昂，壮色沉声，以黄钟巨响震撼人心，取得与碑主性格事迹相得益彰的良好效果。奇人、奇事、奇文以及金朝“一以人命为重”，“郡县吏以榜掠过差辄得罪去者相踵”之奇世交相辉映，可谓古来碑文宝库中的一块奇宝。

墓主有忠勇无畏、光明磊落的气概，遗山继承韩欧“文称其人”之心法，将此文写得大义凛然、壮怀激烈，有燕赵悲歌之气。李祖陶说：“此公磊磊落落，为金末一奇男子。其生平得力在读书。其锻炼他，使感奋处，在陷死罪而曲赦之。文层次写来，夹叙夹议，精神透露，凛凛如生，而起手应诏一段，比之司马迁之于李陵，尤妙！”

卷三十五　记一篇

清真观记

修武清真观在县北马坊[1]，全真诸人为丘尊师之所建者[2]。大定初，丘自东莱西入关[3]，隐于磻溪[4]，十数年不出，天下以为有道者。兴陵召[5]，赴关，取道山阳[6]，爱其风土之美，裴回久之[7]，且谓其徒言："在所道院[8]，武官为之冠[9]，滨都次之[10]，圣水又次之[11]。若辈得居于此，则与滨都、圣水相甲乙矣。"诸人乃乞地于乡豪马子安家而得之，积以岁月，庐舍乃具。舍旁近出大泉，溉千亩，稻塍莲荡[12]。东与苏门接[13]，茂林修竹，往往而在。太行诸峰，壁立千仞，云烟朝暮，使人顾揖不暇。考之地志，盖魏、晋诸贤之所乐而忘返处也[14]。大安初[15]，以恩例赐今名[16]。贞祐丙子[17]，丘命刘志敏来

追述建观成因，娓娓道来；描绘观周围自然、人文之美，令人神往；接叙观之兴废及请记的来龙去脉，亡国的隐隐之痛自寓其中。

居。刘，县人，丘高弟也，故聚徒至百人。兴定庚辰之兵[18]，观废。正大辛卯[19]，志敏之徒冷德明者复葺居之，今所食又千指矣[20]。岁甲午[21]，予自大梁羁管聊城[22]。德明之法兄弟房志起自覃怀来[23]，介于幕府诸君[24]，请予为记。房外朴而内敏，质直而尚义，有似夫墨名而儒实者[25]，因为次第之，并著予所感焉。

"自神州陆沉"二句：李祖陶批："轩然波起，笔力亦苍苍莽莽，极为古健。"

"尝试言之"至"而道存焉于其间"：视以儒治国为普世价值、永恒法则。

呜呼！自神州陆沉之祸之后[26]，生聚已久而未复其半[27]。蚩蚩之与居[28]，泯泯之与徒[29]，为之教者独全真道而已。尝试言之：圣人之忧天下后世深矣，百姓不可以逸居而无教，故为之立四民[30]，建三纲五常。士、农、工、贾各有业，父慈、子孝、兄友、弟敬、君臣严、夫妇顺，各有守。九官而有司徒[31]，仁义礼智、典章法度，与为士者共守之。天下之人，耕而食，蚕而衣，养生送死而无憾。粲然而有文，欢然而有恩。于圣人之教也，若饥者之必食，寒者之必衣。由身而家，由家而达之天下四方。由不可斯须离，至百世千世万世而不可变。其是之谓教，而道存焉于其间。《传》有之："天祐下民[32]，作之君，作之师。”道之行与否，皆归之天。今司徒之官与士之业废者将三十年[33]，寒者不必衣而饥者不必食，盖理有不可晓者，岂非天耶？如《经世》书所言[34]，皇极之数[35]，王伯而降[36]，至于为兵火、为血肉，阳九百六[37]，适当斯时。苻坚、石勒、大业、广明、五季之乱[38]，不如是之极也！人情甚不美，重为风俗所移，幸乱乐祸，勇斗嗜杀，其势不自相鱼肉，举六合而墟之，不止也。丘往赴龙庭之召[39]，亿兆之命，悬于“好生恶死”之一言。诚有之，则虽冯瀛王之对辽主不是过[40]。从是而后，黄冠之人十分天下之二[41]，声焰隆盛，鼓动海岳，虽凶暴鸷悍、甚愚无闻知之徒，皆与之俱化。衔锋茹毒[42]，迟回顾盼，若有物掣之而不得逞。父不能召其子，兄不能克其弟，礼义无以制其本，刑罚无以惩其末。所谓“全真”家者，乃能救之荡然大坏不收之后，杀心炽然如大火聚，力为扑灭之。呜呼，岂非天耶！六月十六日，前进士河东元某记。

“父不能召”十句：李祖陶批：“极力顿挫，妙不用虚字作转轴。”

末段：李祖陶评：“此先生忧世之言，归功于全真家，其痛深矣。”

[注释]

[1] 修武：金县名，今河南修武县。 [2] 全真：道教的一派。金王重阳创立。教旨以“澄心定意，包元守一，存神固气”为“真功”，“济贫拔苦，先人后己，与物无私”为“真行”。功行俱全，故名“全真”。丘尊师：丘处机，自号长春真人，今山东栖霞人，王重阳七大弟子之一。 [3] 东莱：指今山东半岛龙口、莱阳等市以东地区。入关：入潼关，进入关中。 [4] 磻（pán）溪：水名，在今陕西宝鸡市东南。 [5] 兴陵：金世宗葬兴陵，故用以代称。 [6] 山阳：金县名，治今河南修武县东北。 [7] 裴回：留恋徘徊。 [8] 在所：犹言所在地。 [9] 武官：武官灵虚观，在莱州（今山东莱州）武官村，刘处玄创建。 [10] 滨都：滨都太虚观，在今山东栖霞，丘处机建。 [11] 圣水：圣水垒，又称圣水宫，全真道创始人王重阳隐居修炼之所，在今山东乳山市东北小昆嵛山南端山谷中。 [12] 塍（chéng）：畦田。荡：浅水湖。 [13] 苏门：山名，在今河南辉县市西北。 [14] 魏、晋诸贤：指隐居于苏门山的孙登及山阳县一带的“竹林七贤”阮籍、嵇康等。 [15] 大安：金卫绍王年号（1209—1211）。 [16] 恩例：帝王为宣示恩德而颁布的条例。 [17] 贞祐丙子：金宣宗贞祐四年（1216），岁次丙子。 [18] 兴定庚辰：金宣宗兴定四年（1220），岁次庚辰。 [19] 正大辛卯：金哀宗正大八年（1231），岁次辛卯。 [20] 千指：即百人。 [21] 甲午：金哀宗天兴三年（1234），岁次甲午。 [22] 大梁：指汴京，今河南开封。羁管：拘禁管束。聊城：金县名，今山东聊城。 [23] 覃怀：古地名，金怀州，今河南沁阳。 [24] 幕府诸君：《甘水仙源录》卷九《怀州清真观记》云“介于幕府参佐祁文举、郎文炳、赵尚宾请予为记”。本集卷二有《郎文炳心远斋二首》，卷九有《别覃怀幕府诸君》。 [25] 墨名而儒实：外表质朴勤苦似墨家，内里谦逊仁义似儒家。 [26] 神

州陆沉：指黄河以北的中原沦陷。典出《世说新语·轻诋》，详见《癸巳四月二十九日出京》注[3]。 [27]生聚已久而未复其半：谓河朔大规模的杀戮停息已久，而人口尚未恢复到金朝繁盛时期的一半。《元史·世祖本纪一》载：“邢州有两答剌罕言于帝曰：‘邢，吾分地也。受封之初，民万余户，今日减月削，才五七百户耳。’”其户口锐减之状由此可见一斑。 [28]蚩蚩：敦厚无知貌。本集卷三十二《博州重修学记》：“蚩蚩之与居，伥伥之为徒。” [29]泯泯：昏乱貌。 [30]四民：士、农、工、商四种行业。 [31]九官：古代设置的九个官职。《汉书·刘向传》“臣闻舜命九官”，颜师古注：“《尚书》：禹作司空，弃后稷，契司徒，……凡九官也。”司徒：掌管国家的土地和人民的教化。 [32]“天祐下民”以下三句：出《书·泰誓》。遗山不言《经》而曰《传》，盖误记。祐，经文作“佑”，也当误记。 [33]今司徒之官与士之业废者将三十年：谓自金宣宗南渡以来，河朔沦陷，政府执掌的教育机构不存，士人无处可学，教育事业中断近三十年。司，底本作“师”，据上文及方本改。 [34]《经世》：宋邵雍著《皇极经世》的简称。 [35]皇极之数：邵雍《皇极经世》书始于帝尧，至后周显德年间，凡治乱兴亡皆以卦象推算其数。 [36]王伯而降：指夏、商、周之三王及春秋之五霸以来。 [37]阳九百六：指灾荒年景和厄运。道家称天厄为阳九，地亏为百六。 [38]苻坚：十六国时期前秦的皇帝。“苻”，底本作“符”。《晋书·载记十二·苻洪》：“时有说洪称尊号者，洪亦以谶文有‘艸付应王’，又其孙坚背有‘艸付’字，遂改姓苻氏。”遗山不应有此误，据张本等改。石勒：十六国时期后赵的建立者。大业：隋炀帝年号（605—618）。广明：唐僖宗年号（880—881）。五季：唐末五代之后梁、后唐、后晋、后汉、后周。 [39]“丘往赴龙庭之召”以下三句：指全真师丘处机应成吉思汗之召至西域，劝说其“好生恶杀”事，见《七真年谱》。龙庭，指成吉思汗大帐所在地。 [40] 冯瀛王：冯道，瀛州人，卒后追封瀛王。《新五代史·冯道传》载："耶律德光尝问道曰：'天下百姓如何救得？' 道为俳语以对曰：'此时佛出救不得，惟皇帝救得。' 人皆以谓契丹不夷灭中国之人者，赖道一言之善也。" 句指此。 [41] 黄冠：代指全真教道士。 [42] 衔锋茹毒：心藏杀机。

[点评]

甲午（1234）六月羁管聊城中作。时距金亡不到半年，作者尚处于深伤剧痛中，故在应求撰写的碑文中，借他人酒杯浇自己块垒，叙道观事部分不及一半，而用大半"著予所感"，笔法奇特，内蕴丰富，价值甚大。作者早年对全真教就有所了解，其南渡初之友孙伯英后来即入全真道，挚友辛愿《大金陕州修灵虚观记》所谓全真家"其逊让似儒，其勤苦似墨，其慈爱似佛"，遗山更是称赏备至、多次称引。他为道观、道士撰写了十五篇碑记，其中最为重要者首推本篇，除宗教史观外，大致有以下数端。

一是史学观。蒙古汗庭远在漠北，且迷信宗教，优待佛、道，视儒家如同医卜。在金廷南迁，河朔荡然无统，社会极度混乱之时，丘处机应成吉思汗访问"卫生"之道的邀请远赴西域，劝说其清心寡欲戒嗜杀，得到成吉思汗的首肯以及主持汉地事务之蒙古官员的支持，全真教迅速发展壮大，吸收了许多儒士，为延续农耕文明的风俗教化发挥了巨大作用。遗山虽以儒为本位，但在中原王朝中断、儒学式微之际，能够以事实为依据，真实记录了方外之士以救世济民为己任的丰功伟绩，充分肯定了他们的历史作用，表现出实事求是、通达宽容的史学观。再者，他认为这场史无前例的祸乱是天数，让全真教起衰救坏亦是天数。此天道观看似神秘，却也蕴含着由天道之变返归天道之常的必然性。

二是人生价值取向。文中所及冯道历仕后唐、后晋、后汉、后周及辽，任丞相二十多年，世称“不倒翁”，史书亦鄙之。遗山在此以救世活人为衡量标准，对冯道之进言辽主予以充分肯定，表现出民生至上的人生价值取向。

三是遗民感、时代感。文内连续标出大定初、大安初及“贞祐丙子”“兴定庚辰”“正大辛卯”之年号干支后，至金亡后辄不标年号只言“岁甲午”，与陶渊明自南朝宋代东晋后只言干支近似。文末更明确标出“前进士”之故国遗民的身份。因此，遗山直接反映真实的社会，引用真实的史料，不对新朝曲为回护，遂致有敏感之嫌。同时人李道谦所辑《甘水仙源录》卷九《怀州清真观记》收录本文时，将“《经世》书所言”以下至“不如是之极也”一段改为“元元之厄，适当斯时”，轻描淡写；对苻坚、石勒这些用来比较入主中原的少数民族，李书似觉有鄙视影射之嫌，故也略去。文中所言“丘往赴龙庭之召，亿兆之命，悬于‘好生恶死’之一言”，《甘水录》将“好生恶死”改为“治国保民”，后者直接源于李志常《长春真人西游记》。但“好生恶死”也并非无源之水，与《七真年谱》所载丘处机劝谏成吉思汗“好生恶杀”思致相似，只是着眼点不同而已。由此可见“治国保民”有罔顾事由、虚美当局之嫌，“好生恶死”则符合当时历史情境，富有时代感。

卷三十六　序引二篇

《杜诗学》引[1]

杜诗注，六七十家，发明隐奥，不可谓无功，至于凿空架虚，旁引曲证，鳞杂米盐[2]，反为芜累者亦多矣。要之，蜀人赵次公作《证误》[3]，所得颇多。托名于东坡者为最妄[4]。非托名者之过，传之者过也。

切尝谓子美之妙[5]，释氏所谓“学至于无学”者耳[6]。今观其诗，如元气淋漓[7]，随物赋形[8]；如三江五湖，合而为海，浩浩瀚瀚，无有涯涘[9]；如祥光庆云[10]，千变万化，不可名状。固学者之所以动心而骇目。及读之熟，求之深，含咀之久[11]，则九经、百氏、古人之精华所以膏润其笔端者[12]，犹可仿佛其余韵也[13]。夫金屑、丹砂、芝、术、参、桂[14]，识者例能指名

宋人从道德评判与美学评判推重杜甫，视为“诗圣”，从而出现了号称千家注杜诗的盛况。这段对此作了去芜取精的评定，《中州集》乙集第二《祝太常简》对杜注也有评说，可知重视杜诗的注释之学，是遗山此著的根基。

此段一谓杜诗成就达到极高地步；二谓杜诗兼收并蓄的内涵和随物赋形的特点；三谓杜甫“无学”之关键，兴会神到，取我所取；舍弃皮毛，融化精髓。

李祖陶批“及读之熟，求之深”四句：“如此，才是真善读书。”批“至于合而为剂”四句：“如此，才是真善用事。”批“但未知”三句：“如此，才是真善论文。”

之[15]。至于合而为剂，其君臣佐使之互用[16]，甘苦酸咸之相入，有不可复以金屑、丹砂、芝、参、术、桂而名之者矣。故谓杜诗为无一字无来处亦可也[17]，谓不从古人中来亦可也。前人论子美用故事[18]，有著盐水中之喻，固善矣。但未知九方皋之相马[19]，得天机于灭没存亡之间，物色牝牡，人所共知者为可略耳。

先东岩君有言[20]：近世唯山谷最知子美[21]，以为今人读杜诗，至谓草木虫鱼皆有比兴，如试世间商度隐语然者[22]，此最学者之病。山谷之不注杜诗[23]，试取《大雅堂记》读之，则知此公注杜诗已竟。可为知者道，难为俗人言也。乙酉之夏[24]，自京师还，闲居嵩山，因录先君子所教与闻之师友之间者为一书[25]，名曰《杜诗学》，子美之传志、年谱及唐以来论子美者在焉[26]。候儿子辈可与言，当以告之，而不敢以示人也。六月十一日，河南元某引。

交代遵从黄庭坚论杜之取向及此著体例框架。

总评：李祖陶："读古人书必如九方皋之相马，才是真正解人。彼凿空架虚、旁引曲证，皆物色牝牡骊黄，而不知天机之灭没者也。杜诗得此一引，大有廓清陷锐之功。"

［**注释**］

[1]《杜诗学》：《金史·元好问传》："所著文章、诗若干卷，《杜诗学》一卷。"明杨士奇《文渊阁书目》卷二："《杜诗学》，一部三

册。”叶盛《菉竹堂书目》亦及之，知此书至明代尚存。引：文体名，大体如序而稍简短。　[2] 鳞杂米盐：繁杂细碎。　[3] 赵次公：字彦才，蜀人，著《杜诗证误》，《九家集注杜诗》多引之。　[4] 托名于东坡者为最妄：陈振孙《直斋书录解题》卷十九《杜工部诗集注》言："世有称《东坡杜诗故事》者，随事造文，一一牵合，而皆不言其所自出，且其词气首末若出一口，盖妄人依托以欺乱流俗者。"　[5] 切：同"窃"，自谦之词，犹私自、私下。子美：杜甫之字。　[6] 释氏所谓"学至于无学"者：佛家在声闻乘四果中，前三果为有学，第四果阿罗汉为无学，属于最高层次。　[7] 元气：指天地间浮动的自然之气。　[8] 随物赋形：谓追踪客观事物本身的不同形态，给予形象生动的描绘。　[9] 涯涘（sì）：边际。　[10] 祥光庆云：喻色彩斑斓，炫人耳目。庆云，五色云，古人以为喜庆、吉祥之气，故称。　[11] 含咀：细嚼，喻深入领会。韩愈《劝学解》："含英咀华。"　[12] 九经：指《易》《诗》《书》《周礼》《仪礼》《礼记》《左传》《公羊传》《穀梁传》九部儒家经典著作。百氏：指诸子百家的著作。膏（gāo）润：灌注使之润泽。　[13] 犹可仿佛其余韵：意谓犹可约略领悟到杜诗得古人滋养的来龙去脉。　[14] 金屑、丹砂、芝、术、参、桂：皆中药名。　[15] 例：一概。　[16] 君臣佐使：中医配方依据病症，用药分主次，兼顾五脏六腑相生相克的关系，这种团队作用的建构称君臣佐使。　[17] 无一字无来处：语出黄庭坚《答洪驹父书》："老杜作诗，退之（韩愈）作文，无一字无来处。"　[18] "前人论子美用故事"二句：语出宋蔡絛《西清诗话》，以盐化于水中喻杜诗用典之无痕迹。　[19] "但未知九方皋之相马"以下四句：《列子·说符》载，秦穆公派九方皋相马，九方皋只关注马的内在气骨而忽略其毛色雌雄。伯乐赞道："皋之所观，天机也。得其精而忘其粗，在其内而忘其外；见其所见，不见其所不见；视其所视，而遗其所不视。"用此典喻杜甫"用故事"有犀利敏锐、洞见幽微的独到眼光，能由表入里、去粗取精，与其境界情怀互动互补，极具个性。牝（pìn）牡，雌雄（指鸟兽）。 [20] 东岩君：遗山生父元德明号东岩。 [21] 山谷：黄庭坚之号。 [22] 商度：商讨猜度。隐语：指不直接说本意而借别的词语来暗示的话，类似谜语。 [23] “山谷之不注杜诗”以下三句：黄庭坚《大雅堂石刻杜诗记》云：“子美诗妙处，乃在无意于文。夫无意而意已至，非广之以《国风》《雅》《颂》，深之以《离骚》《九歌》，安能咀嚼其意味，闯然入其门耶。……彼喜穿凿者，弃其大旨，取其发兴于所遇林泉人物、草木鱼虫，以为物物皆有所托，如世间商度隐语者，则子美之诗委地矣。” [24] 乙酉：金哀宗正大二年（1225），岁次乙酉。 [25] 先君子：指已逝先父元德明。 [26] 传志：传记。年谱：按年代编排谱主事文的书。

［点评］

文作于金哀宗正大二年。自中唐以来，学习研究杜诗渐成一门学问，然“杜诗学”之称则始于遗山。此书分三大块：第一，遗山父兄师友关于杜甫的言论；第二，有关杜甫生平思想的材料；第三，唐宋以来对杜甫及其诗的评说。它继承古来知人论诗的优秀传统，汇集唐宋金有关杜诗的资料，用独具的慧眼分析评判，去粗取精，堪称体大思精。可惜此书已佚，赖此文得以管中窥豹，故其价值不止于文中对杜诗的精彩评说。

杨叔能《小亨集》引[1]

贞祐南渡后[2]，诗学大行[3]，初亦未知适从。

金廷南渡，国势衰而诗文盛，究其成因，惺惺相惜，相互引荐，奖掖提携，极为重要。遗山慧眼识珠，积极引荐初不出名的志同道合者，使其得到文坛宿将异口同声的赞赏，在金末诗坛宗唐趋势的形成中功不可没。

溪南辛敬之、淄川杨叔能以唐人为指归[4]，敬之旧有声河南，叔能则未有知之者。兴定末[5]，叔能与予会于京师，遂见礼部闲闲公及杨吏部之美[6]。二公见其《幽怀久不写》及《甘罗庙》诗[7]，啧啧称叹，以为今世少见其比。及将往关中，张左相信甫、李右司之纯、冯内翰子骏[8]，皆以长诗赠别。闲闲作引，谓其诗学退之《此日足可惜》[9]，颇能似之，至比之“金膏、水碧[10]，物外自然奇宝；景星、丹凤[11]，承平不时见之嘉瑞”。叔能用是名重天下，今三十年。然其客于楚，于汉沔[12]，于燕、赵、魏、齐、鲁之间，行天下四方多矣，而其穷亦极矣！叔能天资澹泊，寡于言笑，俭素自守，诗文似其为人。其穷虽极，其以诗为业者不变也，其以唐人为指归者亦不变也。今年，其所撰《小亨集》成，其子复见予镇州[13]，以集引为请。予亦爱唐诗者，唯爱之笃而求之深，故似有所得，尝试妄论之。

［注释］

[1] 杨叔能：杨宏道，字叔能，淄川（今山东淄博）人。仕金任低级官吏，金亡之际仕南宋，后又北返。以诗名世。《小亨集》:

焦竑《经籍志》载《小亨集》十五卷，已佚。清人从《永乐大典》中辑佚，厘为诗五卷、文一卷。 [2]贞祐南渡：指贞祐二年（1214）金宣宗由中都迁汴事。 [3]诗学：作诗之学。刘祁《归潜志》卷八："明昌、承安间，作诗者尚尖新。……南渡后，文风一变，文多学奇古，诗多学风雅，由赵闲闲、李屏山倡之。……赵闲闲晚年诗多法唐人李杜诸公，然未尝语于人。已而麻知幾、李长源、元裕之辈鼎出，故后进作诗者争以唐人为法也。" [4]辛敬之：辛愿，字敬之，详见前选《存殁》。 [5]兴定：金宣宗年号（1217—1221）。 [6]闲闲公：赵秉文，号闲闲，曾任礼部尚书。杨吏部之美：杨云翼，字之美，曾任吏部尚书。 [7]《幽怀久不写》及《甘罗庙》：二诗现存。前者题作《幽怀久不写一首效韩子〈此日足可惜〉赠彦深》。 [8]张左相信甫：张行信，字信甫，哀宗时任尚书左丞。《中州集》有传。李右司之纯：李纯甫，字之纯，宣宗朝任右司都事。《中州集》有传。冯内翰子骏：冯延登，字子骏，曾任翰林学士。《中州集》有传。 [9]退之：韩愈字退之。 [10]"金膏、水碧"二句：《文选·江淹〈杂体诗·效王微"养疾"〉》："水碧验未黩，金膏灵讵缁。"李周翰注："水碧，水玉也。与金膏并仙药。"明杨慎《丹铅余录》："唐世诗人多用'金膏''水碧'字，但知为奇宝之属，莫究其出也。《穆天子传》：示汝黄金之膏。束晳曰：金膏可以续骨。……水碧，水玉也。《山海经》：耿山多水碧。"亦用以喻出类拔萃的诗作。朱熹《斋居感兴二十首》序云："余读陈子昂《感遇》诗，爱其词旨幽邃，音节豪宕，非当世词人所及。如丹砂、空青、金膏、水碧，虽近乏世用，而实物外难得自然之奇宝。" [11]景星：大星，瑞星，古谓现于有道之国。因以景星、丹凤喻美好的事物或杰出的人才。 [12]汉沔：指汉水流域之荆襄一带，杨叔能在金亡时逃往南宋，流寓于此。 [13]镇州：金真定府唐称镇州，治今河北正定县。

“知本焉尔矣”：李祖陶批：“笃论。”

诗与文，特言语之别称耳。有所记述之谓文，吟咏情性之谓诗，其为言语则一也。唐诗所以绝出于“三百篇”之后者[1]，知本焉尔矣！何谓本？诚是也[2]。古圣贤道德言语，布在方册者多矣[3]。且以“弗虑胡获，弗为胡成”“无有作好”“无有作恶”“朴虽小，天下莫敢臣”较之[4]，与“祈年孔夙，方社不莫”“敬共明神，宜无悔怒”何异[5]？但篇题句读不同而已[6]。故由心而诚，由诚而言，由言而诗也，三者相为一。情动于中而形于言，言发乎迩而见乎远。同声相应[7]，同气相求，虽小夫贱妇、孤臣孽子之感讽[8]，皆可以厚人伦、美教化，无它道也。故曰“不诚无物”[9]。夫惟不诚，故言无所主，心口别为二物，物我邈其千里。漠然而往，悠然而来，人之听之，若春风之过马耳[10]，其欲动天地、感神鬼，难矣！其是之谓本。唐人之诗，其知本乎？何温柔敦厚、蔼然仁义之言之多也！幽忧憔悴[11]，寒饥困惫，一寓于诗[12]，而其阨穷而不悯、遗佚而不怨者[13]，故在也。至于伤谗疾恶，不平之气不能自掩，责之愈深，其旨愈婉；怨之

“唐人之诗”至段末：李祖陶批：“必如此，才是真诗。予所以自谓于诗，无所得也。”

愈深，其辞愈缓。优柔餍饫[14]，使人涵泳于先王之泽[15]，情性之外，不知有文字。幸矣！学者之得唐人为指归也。

[注释]

[1]“三百篇”：即《诗经》。 [2]诚：真实不欺。 [3]方册：典籍。 [4]弗虑胡获，弗为胡成：语出《书·商书·太甲下》，意谓不用心怎能有收获，不做事怎能有成功。无有作好、无有作恶：语出《书·洪范》：“无有作好，遵王之道；无有作恶，遵王之路。”意谓遵循先王之道，不要有私自的好恶之心。朴虽小，天下莫敢臣：语出《道德经·第三十二章》（“敢”作“能”），意谓道之朴虽小，但天下无人敢像对臣一样奴役它。 [5]祈年孔夙，方社不莫：出《诗·大雅·云汉》，意谓我祈丰年甚早，祭四方与社也不晚。敬共明神，宜无悔怒：出《诗·大雅·云汉》（“共”作“恭”），意谓明神对我应没有恨怒。 [6]句读（dòu）：指文辞休止和停顿处。文辞语意已尽处为句，未尽而须停顿处为读。书面上用圈点表示，近似于句号和逗号。 [7]“同声相应”二句：语出《易·乾》，比喻同类事物互相感应聚合。 [8]孤臣孽子：孤立无助的远臣和贱妾所生的庶子，引申为不容于当政者但心怀忠诚的人。 [9]不诚无物：出《礼记·中庸》，意谓人无诚则事不成。 [10]春风之过马耳：李白《答王十二寒夜独酌有怀》：“世人闻此皆掉头，有如东风射马耳。”喻不入耳，不理解。此喻不相干，无所感动。 [11]幽忧：幽深的忧愁。 [12]诗：底本作“时”，讹。据四库本、《金文最》、方本改。 [13]阨穷而不悯、遗佚而不怨：语本《孟子·公孙丑上》，谓遭受苦难穷困而不忧郁，被朝廷弃置不用而不怨愤。 [14]优柔餍饫：宽厚满足。 [15]涵

“情性”二句：另见卷三十七《陶然集诗序》：“诗家圣处，不离文字，不在文字。唐贤所谓‘情性之外，不知有文字’云耳。”唐皎然《诗式·重意诗例》有“但见情性，不睹文字”语。先生将此视为“诗家圣处”，其“情”着眼于“真”，“性”则本于孟子的人性说，着眼于“善”。

末段：李祖陶评：“持论直穷本原，标出一‘诚’字，为诗家指南，才是明第一义谛，才可称正法眼藏。彼所称‘诗有别才’‘诗有别趣’及‘不着一字，尽得风流’者，皆捕风捉影之见，不足登大雅之堂者也。”

泳：沉浸。先王：贤明的君王。王，底本作“生”，讹。据四库本、《金文最》、方本改。

初予学诗，以十数条自警。……惟其守之不固，竟为有志者之所先。今日读所谓《小亨集》者，祇以增愧汗耳[1]。予既以如上语为集引，又申之以《种松》之诗[2]，因为复言：“归而语乃翁：吾老矣，自为瓠壶之日久矣[3]！非夫子，亦何以发予之狂言？”己酉秋八月初吉[4]，河东元某序。

［注释］

[1] 祇（zhī）：相当于“只”“适”“恰”。 [2]《种松》之诗：本集卷一有《种松》诗，但与此命意相去甚远。 [3] 瓠壶：用老熟的葫芦制成盛液体的大腹容器，喻虚有其表，大而无用。 [4] 己酉：蒙古海迷失后元年（1249），岁次己酉。初吉：阴历初一。

［点评］

蒙古海迷失后元年己酉八月在镇州作。以苏、黄为代表的宋诗在十三世纪的中国进入低潮，南北诗坛不约而同地由宋宗唐，但取向不一。南方以严羽为代表，超越功利，多从唯美的角度，推崇“不着一字，尽得风流”之神韵；北方以遗山为代表，强调温柔敦厚、有利教化的儒家诗教，这与北方文化的特点和乱世思治的现实需求密切相连。就诗学创作论言，则侧重解决诗歌史上由“诗言志”带来善而不真与“诗抒情”带来真而不善的问题，旨在提高作者修养。遗山所提之“诚”，本于其师赵秉文之“诚说”，既指真诚，也包括尽心知性、化育万物之善以及“责之愈深，其旨愈婉；怨之愈深，其辞愈缓”的中和之美。所谓“吟咏情性之谓诗”，指出诗歌的功能和作用，“情性之外，不知有文字”，则是遗山心目中“随心所欲而不逾矩”“不烦绳削而自合”的最高境界。

卷三十七　序引二篇

兴定庚辰太原贡士南京状元楼宴集题名引[1]

围绕国家科举取士的目的，紧扣荣辱观对比设论，收束紧凑，展放高阔。用顶针、重复等手法，短句、长句交替，回环往复，理直气壮，短小精悍，一气呵成。

李祖陶评："一气喷薄，老笔纷披。"

晋北号称多士[2]。太平文物繁盛时[3]，发策决科者[4]，率十分天下之二[5]，可谓富矣！丧乱以来，僵仆于原野，流离于道路，计其所存，百不能一。今年预秋赋者[6]，乃有百人焉。从是而往，所以荣吾晋者，在吾百人而已；为吾晋羞者，亦吾百人而已。然则为吾百人者，其何以自处耶？将侥幸一第，以苟活妻子耶？将靳固一命[7]，龊龊廉谨[8]，死心于米盐簿书之间[9]，以取美食大官耶？抑将为奇士，为名臣，慨然自拔于流俗，以千载自任也？使其欲为名臣、奇士，以千载自任，则百人之少亦未害。如曰不然，虽充赋之多至十分天下之九[10]，亦何贵乎十分天下之九哉！呜呼！往者已矣，来者未可期。所以荣辱吾晋者，既有任其责者矣。凡我同盟，其可不勉！

[**注释**]

[1] 兴定庚辰：金宣宗兴定四年（1220），岁次庚辰。南京：汴京（今河南开封）。宴集：宴饮集会。 [2] 晋北：指金河东北路，治太原府。 [3] 文物：文士。唐骆宾王《夕次旧吴》："文物俄迁谢，英灵有盛衰。" [4] 发策决科：科举考试，此指进士及第。 [5] 率：大概。 [6] 秋赋：此指秋季府试。金代府试在秋八月举行。 [7] 靳固：宝爱。 [8] 龊龊：谨小慎微貌。廉谨：廉洁谨慎。 [9] 米盐：喻繁杂琐碎。 [10] 充赋：犹凑数。被官吏荐举给朝廷的谦词。

[**点评**]

兴定四年遗山参加汴京府试时作。作者在大庭广众之下公开宣示参加举试的目的：在国家遭难急需人才之际，在小家与大家的抉择之间，要以时代需求为己任。这一旗帜鲜明、掷地有声的宗旨，也成为其后半生不忘初心的担当而贯穿终身。

送高雄飞序[1]

恒府[2]，天壤间大都会，在今为长乐宫之汤沐邑[3]，且乾龙潜跃之渊也[4]。自文统绍开[5]，忽必烈等新一代蒙古皇室自甲辰（1244）以来源源不断地向中原汉地征聘儒士，当时聚养亡金遗老新秀较多的有真定史天泽、东平严实、顺天张柔三万户府，成为为新朝建设输送人才的重要基地。其中史氏政治地位较高，又有帝母封地，真定庙学“移来河东万卷堂”（卷五《寿张复从道》），以亡金名士教授胄子，故从真定征聘的人才“视他郡国为尤多”。

俊造骈集[6]，七八年之间[7]，鹤书特征与凤尾诺之所招致，视他郡国为尤多。乃七月甲申，漕司从事河东高鸣雄飞被贤王之教[8]，当乘传北上[9]。声光四驰，欢动州里。佥谓高子春秋鼎盛，卓然以问学为业，真积力久[10]，故胸中之言多六经、百氏、《史》《汉》、陈、范之书[11]，司马氏、范氏《通鉴》《唐鉴》之学[12]，六朝、唐以来之篇什[13]，驰骋上下，累百数万言，往往见于成诵。文章翰墨，宜在茂异之科[14]。古所谓立谈可以致双璧[15]，一日可以至九迁者[16]，在此行矣。

［注释］

[1] 高雄飞：高鸣（1208—1274），字雄飞，岢岚（今山西岢岚县）人。汴京沦陷后，寓居真定。蒙古宪宗二年壬子（1252）秋，诸王旭烈兀将征西域，召之。鸣为王陈西征二十余策，被荐为彰德路总管，官至礼部尚书。《元史》有传。 [2] 恒府：恒州，北周宣政元年析定州置，治真定（今河北正定县）。蒙古时期置真定路，为史天泽万户府所在地。 [3] 长乐宫：元马端临《文献通考·内侍省》：“帝母称长乐宫。”此指忽必烈之母。汤沐邑：皇后、公主等收取赋税的私邑。 [4] 乾龙潜跃之渊：语本《易·乾》“初九，潜龙勿用。……九四，或跃在渊”，乾龙喻帝王。拖雷作为守灶之子，继承了成吉思汗的绝大部分军功贵族，势力远大于太宗窝阔台。岁辛亥（1251），在拖雷妻的运筹帷幄下，蒙哥接汗

位，命其弟忽必烈主管漠南汉地，故遗山将拖雷系的封地视为帝王潜跃之地。 [5] 文统绍开：指重视文治、征召文士的传统开始承续。 [6] 俊造骈集：才智杰出之士聚集（于真定）。 [7] “七八年之间”二句：《元史·世祖本纪一》：“岁甲辰（1244），帝在潜邸，思大有为于天下，延藩府旧臣及四方文学之士，问以治道。”苏天爵《元朝名臣事略》卷十二《内翰王文康公（鹗）》：“上之在潜邸也……甲辰，遣故平章政事赵璧、今礼部尚书许国桢，首聘公于保州，从人望也。”鹤书，书体名，也叫鹤头书，古时用于招贤纳士的诏书，亦借指征聘的诏书。凤尾诺，古代帝王批示笺奏，表示认可，则署“诺”字。字尾形如凤尾，因以得名。 [8] 漕司从事河东高鸣雄飞被贤王之教：《元史·高鸣传》：“诸王旭烈兀将征西域，闻其贤，遣使者三辈召之。”漕司，亦称“漕运司”，管理催征税赋、出纳钱粮、办理上供以及漕运等事的官署或官员。 [9] 传：驿站的车马。 [10] 真积力久：认真积累，用力长久。语出《荀子·劝学》：“真积力久则入，学至乎没而后止也。” [11] 陈：晋陈寿，著《三国志》。范：南朝宋范晔，著《后汉书》。 [12] 司马氏：宋司马光，著《资治通鉴》。范：宋范祖禹，著《唐鉴》。 [13] 六朝：有南六朝、北六朝之说，此指魏、晋、南北朝、隋。篇什：指诗。《诗经》中雅、颂以十篇为一卷，故称诗篇为“什”。 [14] 茂异：才德出众。科：品类。 [15] 立谈可以致双璧：《史记·平原君虞卿列传》：“（虞卿）说赵孝成王，一见，赐黄金百镒，白璧一双。”唐王维《田园乐》有“立谈赐璧一双”句。立谈，站着谈话。喻时间短暂。璧，玉器名，古代用作聘礼。《荀子·大略》：“聘人以珪，问士以璧。” [16] 一日可以至九迁：汉焦赣《易林·履·节》：“安上宜官，一日九迁。”原注：“汉车千秋一日九迁其官。”

高，晋产也。仆以犬马之齿之故，谬为之一

言。天家包举六合[1]，臣属万国，立武事以兼文备，由草创而为润色[2]。延见故老，网罗豪隽，必当考古昔之理乱[3]，论治道之先后，察生民之休戚[4]，观风俗之嬺恶[5]，以成长治之业，以建久安之势。金城千里[6]，太山而四维之，顾岂汲汲于文章翰墨之用[7]，縻羔雁而敝玄纁乎？且夫人臣以纳忠为难[8]，人君以宽听尽下为尤难。盖义则古今之体同[9]，而情则天渊之路绝。逢、干之游未远[10]，伊、管之辨易穷[11]。谀臣嫉立仗之鸣[12]，说家惧婴鳞之怒[13]。况乎裹粮三月[14]，被发九阍[15]，事重而言轻，威尊而命贱，虽复愤泉秋沸，冤霜天零[16]，思欲片辞自明，胡可得已？乃今首登瀛之选[17]，接曳裾之游[18]。使者牵车，太官掴酒[19]。主好善而忘世[20]，士见义而得为。陆太中之《诗》《书》[21]，叔孙奉常之典礼[22]，贾长沙之经济[23]，魏相国之谋谟[24]，有怀不摅[25]，生才奚用？是则为吾高子者，亦岂轻负所学，弃以为双璧之甘饵、九迁之捷径乎？谚有之："见卵而求时夜[26]，谓之蚤计；椎牛飨客[27]，会其已食，谓之后期。"智无后期，

"智无后期"二句：由此可见遗山亲谒忽必烈之准确把握时机的心态。

李祖陶批："何等简当！"

亦无蚤计，行矣吾子，今正是时。请赋《南山有台》[28]，劝为之驾云。壬子秋二十有七日[29]，新兴元某引。

“劝为之驾”：李祖陶批：“先生不仕于元，而为他人劝驾，何也？”

本段：先生称赞杜诗“切尝谓子美之妙，释氏所谓‘学至于无学’者耳。今观其诗，如元气淋漓，随物赋形；如三江五湖，合而为海，浩浩瀚瀚，无有涯涘。……九经、百氏、古人之精华所以膏润其笔端者，犹可仿佛其余韵也”（前选《〈杜诗学〉引》），此段亦可作如是观。文几句句有来历，其学养之丰令人瞠目结舌，然在激情四射、文采飞扬中驱使，与宋人为炫耀学问而“掉书袋”有本质区别。李祖陶所评“语虽连骈，然却自苍苍莽莽，不落宋调”即就此而言。

［注释］

[1] 天家：天子之家。遗山认同朝代更迭有天数的神秘历史观，认为蒙古新朝受命于天（本集卷三十二《令旨重修真定庙学记》有“洪惟大朝，受天景命，薄海内外，罔不臣属”语），故称。 [2] 由草创而为润色：本《汉书·终军传》：“夫天命初定，万事草创，及臻六合同风，九州共贯，必待明圣润色，祖业传于无穷。”草创，初步创立。润色，修饰加工使有光彩。 [3] 理乱：治与乱。 [4] 休戚：喜乐与忧愁，亦泛指有利的和不利的遭遇。 [5] 媺（měi）：同“美”。 [6]“金城千里”二句：用以比喻长治久安的国势。金城千里，谓辽阔的国土坚城环绕，险固可靠。四维，四面连接维护。 [7]“顾岂汲汲于文章翰墨之用”二句：谓蒙古花费礼品郑重征聘文士，不会局限于舞文弄墨的案头文书之事，而重在其治国方略。縻，通“靡”，耗散。羔雁，小羊和雁，古代用为卿、大夫的贽礼，亦用作征召、婚聘、晋谒的礼物。敝，舍弃。玄纁（xūn），黑色和浅红色的布帛，帝王用作延聘贤士的礼品。《后汉书·逸民列传·韩康》：“桓帝乃备玄纁之礼，以安车聘之。” [8] 纳忠：效忠。 [9]“盖义则古今之体同”二句：谓君臣一体、休戚与共之义始终未变，而君对臣劝谏的处置则有天渊之别。古以元首股肱喻君臣一体。 [10] 逢、干：夏关龙逢和商比干，二人皆以忠言直谏被杀。 [11] 伊、管之辨：《汉书·邹阳传》：“蒙尧舜之术，挟伊、管之辩。”伊、管指商伊尹和春秋时齐国的管仲，二人均为贤相，皆有著述。伊尹作《伊训》以教导太甲，

或谓太甲复位后杀伊尹。管仲相齐，九合诸侯，一匡天下，被尊为仲父。卒后所著《管子》成为齐国治政的纲领性文献。“伊、管之辨”当指此。 [12] 谀臣嫉立仗之鸣：《新唐书·奸臣传上·李林甫》：“林甫居相位凡十九年，固宠市权，蔽欺天子耳目，谏官皆持禄养资，无敢正言者。补阙杜琎再上书言政事，斥为下邽令。因以语动其余曰：‘明主在上，群臣将顺不暇，亦何所论？君等独不见立仗马乎？终日无声，而饫三品刍豆；一鸣，则黜之矣。后虽欲不鸣，得乎？’由是谏诤路绝。”后以“立仗马”喻官员之尸位者。 [13] 说家惧婴鳞之怒：《韩非子·说难》：“夫龙之为虫也，柔可狎而骑也；然其喉下有逆鳞径尺，若人有婴之者，则必杀人。人主亦有逆鳞，说者能无婴人主之逆鳞则几矣。” [14] 裹粮：携带熟食干粮，以备出征或远行。 [15] 九阍：九天之门，喻朝廷。 [16] 愤泉秋沸，冤霜夭零：本庾信《哀江南赋》。愤泉秋沸，清吴兆宜《庾开府集笺注》言这种自然异象是“兴兵战斗，百姓悲怨叹息，气逆之所致”。冤霜夭零，倪璠《庚子山集》注引《淮南子》：“邹衍尽忠于燕惠王，惠王信谮而系之。邹子仰天而哭，正夏而天为之降霜。”夭，四库本、《金文最》、张本、姚本、《全元文》据《哀江南赋》改作“夏”，此当遗山误记。 [17] 登瀛之选：唐太宗为天策上将军时，置文学馆，以房玄龄、杜如晦等十八人为学士，讨论典籍，商略政事。时人倾慕，称入馆者为“登瀛洲”。 [18] 曳裙之游：《汉书·邹阳传》：“饰固陋之心，则何王之门不可曳长裾乎？”裾，长服的大襟，士大夫权贵所服。故李祖陶《元遗山文选》及方本据此改为“裾”。 [19] 太官：掌皇帝膳食及燕享之事的官。挏（dòng）酒：取马乳装皮囊中捽击制酒。《汉书·礼乐志》：“给大官挏马酒。”颜师古注：“马酪味如酒，而饮之亦可醉，故呼马酒也。” [20] 忘世：忘却尊卑之世情。世，四库本、李祖陶《元遗山文选》及方本改作“势”。 [21] 陆太中之

《诗》《书》:《汉书·陆贾传》:“贾时时前说称《诗》《书》。高帝骂之曰:‘乃公居马上得之,安事《诗》《书》!’贾曰:‘马上得之,宁可以马上治乎?且汤、武逆取而以顺守之,文武并用,长久之术也。……’高帝不怿,有惭色,谓贾曰:‘试为我著秦所以失天下,吾所以得之者,及古成败之国。’贾凡著十二篇。每奏一篇,高帝未尝不称善。左右呼万岁,称其书曰《新语》。”陆太中,西汉陆贾拜太中大夫,故称。 [22] 叔孙奉常:西汉叔孙通拜奉常,故称。《汉书·叔孙通传》载,汉朝初立,叔孙通与儒生共立朝仪。下文“典礼”指此。 [23] 贾长沙:西汉贾谊曾任长沙王太傅,故称。经济:指治国的才干。 [24] 魏相国:西汉魏相曾任丞相,故称。谋谟:谋划。 [25] 摅:施展。 [26]“见卵而求时夜”二句:《庄子·齐物论》:“且汝亦大早计,见卵而求时夜。”郭象注:“见卵而责司晨之功。”卵,底本作“卯”,形讹,据《金文雅》、李祖陶《元遗山文选》等改。蚤计,过早盘算期求。 [27]“椎牛飨客”以下三句:宋晁补之《鸡肋集》卷三十四《治通小序》:“夕而亨牛,牛乃飨客。会其已食,谓之失时。” [28]《南山有台》:《诗·小雅》篇名。毛《诗》序:“《南山有台》,乐得贤也。” [29] 壬子:蒙古宪宗二年(1252),岁次壬子。

[点评]

这篇送小辈新秀出仕新朝之序写得文采飞扬,作者喜不自胜的激动溢于言表,以致有李祖陶之问。这是一个众所疑惑的议题,事关遗山的志向操守,有必要着重解说。

金亡前夕,遗山就毅然担负起延续儒家道统的重任,密切关注蒙古当局中主张以汉治汉的重要人物,主动上书耶律楚材请求拯救中原儒士,为将来储蓄治具。耶律楚材礼乐中原的事业被迫中断后，他又以敏锐深邃的目光，物色到“思大有为于天下，延藩府旧臣及四方文学之士，问以治道”的忽必烈，先遣好友张德辉至漠北谒见，以坚定其以儒治国的信心，继而在忽必烈主管汉地后，亲自与张氏至金莲川谒见，奉之为“儒教大宗师”。月余后高氏奉召北上，这是遗山实现其宏图伟业的有机组成部分，怎能不拍手称贺！他继承先儒以文化定夏夷、用夏变夷、邦有道则仕的理念，以经世济民为真儒，在蒙古高层出现敢于突破旧制勇于求治的改革者时，遂主动争取，积极辅佐，况且高鸣未仕金，不存在气节的非议，故对其学而优则仕的人生价值取向予以充分肯定和热烈赞扬。

至于遗山自己之不仕，主要是受一臣不事二主之政治伦理的羁绊。其以遗民身份参与新朝建设，此乃赵翼《题遗山集》所言“无官未害餐周粟”，是两全其美之策。当然这还不是盖棺的定论。同为封龙山三老的挚友李治言“主上（忽必烈）向居藩邸，挹君盛誉，一见遽以处之太史氏。不数岁，神圣御天，文治猬兴，稽古建官，百度修举，其于西堂东观金华延阁之选，尤所注意者，曷尝不设燎以待之而侧席以求之哉？向使遗山不死，则登銮坡、掌纶诰、称内相久矣，奈何遇千载而心违，际昌辰而身往，此非君遗恨也耶”（《遗山先生文集序》），以此推断，假如忽必烈登基后遗山仍健在，幸遇不惧东西路诸王的反对、敢于突破成吉思汗大扎撒束缚的英明君主，极有可能参与“以国朝之成法，援唐宋之典故，参辽金之遗制，设官分职，立政安民，成一王法”

（郝经《立政议》）这一亘古未有之基业的建设。以此前在紧要关头上书耶律中书求大志而不拘小节的行迹推之，遗山也会珍惜这一为道而仕的君臣际遇，在这全新的历史大舞台上全力以赴大显身手的。

卷三十八　赞一篇

写真自赞[1]　嵩山中作

先与挚友比较长短，后用长句将自己的优势特色托出，势如图穷匕见，语气斩钉截铁，掷地有声。李祖陶谓末四句“语意如陈同甫（南宋陈亮字同甫）自许之言”，“自知之谓明，意虽谦而实傲”。

短小精悍[2]，大有孟浪[3]。勃窣盘跚[4]，稍自振厉[5]。豪爽不足以为德秀之兄[6]，萧散不足以为元卿之弟[7]。至于钦叔之雅重、希颜之高气、京甫之缊藉、仲泽之明锐[8]，人岂不自知？盖天禀有限，不可以强而至。若夫立心于毁誉失真之后而无所恤，横身于利害相磨之场而莫之避，以此而拟诸君，亦庶几有措足之地[9]。

［注释］

[1] 写真：描绘真容的画像。　[2] 精悍：精强勇猛。　[3] 孟浪：疏阔草率。　[4] 勃窣（sū）盘跚：匍匐而上貌，形容其砥砺前行，不折不挠。　[5] 振厉：振奋激励。　[6] 德秀：田紫芝，字德秀，沧州（今河北沧州）人。少孤，养于外家定襄赵氏，多居忻州，文采与王万钟齐名。本集卷七《綦威卿毅挽词》“知己与王田”即指此二人。田为人疏俊豪爽，本集卷一《后饮酒五

首》其四有“紫芝虽我友，痛饮真吾师。一饮三百杯，谈笑成歌诗”句。 [7] 元卿：王万钟，字元卿，秀容（今山西忻州忻府区）人。少有逸才，读书有先后，不欲速成。诗文闲适，潇洒无尘土气，似其为人。 [8] 钦叔：李献能，字钦叔。希颜：雷渊，字希颜。京甫：冀禹锡，字京甫。缊：通“蕴”。仲泽：王渥，字仲泽。四人皆先生密友，见前选《四哀诗》《希颜墓铭》。 [9] 庶几：或许。措足：立足容身。

［点评］

文作于家居嵩山时（1218—1226）。遗山一生得名虽多，受谤亦不少。早年进士及第引发谤议，致使不就吏部选官，本文所言“毁誉失真”云云，当与此有关。是则其矢志不移、勇往直前、坚韧不拔、坚强不息的性格在早年业已定型，这是他成就一生伟业、成为一代伟人的先决条件。前选《族祖处士墓铭》对“毁誉失真”感慨颇多，可合观。

卷三十九　书二篇说一篇

癸巳岁寄中书耶律公书[1]

姚从吾《元好问癸巳上耶律楚材书的历史意义与书中五十四人行事考》："一时众望所归的社会贤达元好问氏，不忍绵延千年以来传统文化的中绝，挺身而出，有所主张。他本人发于自觉的爱国行动，是先从抢救中原的知识分子下手，进而企图对于这一浩劫的降临，就个人心思能力所及很具体的尽力加以挽救。……这一封书，是儒家大同文化在东亚昌盛绵延的一种重要文献，无论就内容所含的哲理说，或者是就这五十四人后日所表现的事业与影响说，都是值得加以重视与表扬的。"

自称"门下士"，为救儒士，放低身段逢迎巴结，谦恭之至。

四月二十有二日，门下士太原元某谨斋沐献书中书相公阁下[2]。《易》有之："天造草昧"[3]，"君子以经纶"[4]。伏惟阁下辅佐王室，奄有四方，当天造草昧之时，极君子经纶之道，凡所以经造功业，考定制度者，本末次第，宜有成策，非门下贱士所敢与闻。独有一事系斯文为甚重，故不得不为阁下言之。

自汉、唐以来，言良相者，在汉则有萧、曹、丙、魏[5]，在唐则有房、杜、姚、宋[6]。数公者固有致太平之功，而当时百执事之人毗助赞益者亦不为不多[7]。传记具在，盖可考也。夫天下大器，非一人之力可举。而国家所以成就人材者，亦非一日之事也。从古以来，士之有立于世，必藉学校教育、父兄渊源、师友之讲习，三者备而后可。喻如修明堂、总章[8]，必得楩楠豫章、节目磥砢、万牛挽致之材[9]，预为储蓄数十年之间，乃能备一旦之用。非若起寻丈之屋，榑栌椳楔、楹杙甍桷[10]，杂出于榆柳槐柏，可以朝求而暮足也。

以“起寻丈之屋”和“修明堂、总章”对照，与汉王褒《四子讲德论》所说“大厦之材，非一丘之木；太平之功，非一人之略也”之理路大致相同。治世需大量人才，而成就人才不易，“学校教育、父兄渊源、师友之讲习，三者备而后可”，有待数代积累储备，此段宏论真是治世的至理名言！千百年来养士之制时断时续，遗山对此感受深切。

[注释]

[1] 癸巳岁：当后来所加，方本作“寄中书耶律公书”，小字注“癸巳”。金哀宗天兴二年（1233），岁次癸巳。中书耶律公：耶律楚材，字晋卿，辽太祖长子东丹王突欲八世孙。早年仕金为中都左右司员外郎。中都沦陷后仕蒙古，从成吉思汗西征。窝阔台即位，任掌汉文字的必阇赤长，辅相之臣。太宗三年（1231）南征驻跸云中时，仿照中原官称，称中书令，癸巳四月至汴京主持降城事。 [2] 门下士：犹门生。斋沐：斋戒沐浴，以示庄敬。阁（hé）下：对尊贵者的敬称。 [3] 天造草昧：语出《易·屯》，原指天地初开时的混沌状态，喻指国家创始时期。 [4] 君子以经纶：语出《易·屯》，经纶原指整理丝绪和编丝成绳，引申为筹划治理国家大事。 [5] 萧、曹、丙、魏：萧何、曹参、丙吉、魏相。《汉书·魏相丙吉传赞》：“近观汉相，高祖开基，萧、曹为冠；孝、宣中兴，丙、魏有声。” [6] 房、杜、姚、宋：房玄龄、杜如晦、姚崇、宋璟。唐白居易《除裴垍中书侍郎同平章事制》：“在太宗时，实有房、杜赞贞观之业；在玄宗时，实有姚、宋辅开元之化。” [7] 毗（pí）助：辅助。 [8] 明堂：古代帝王彰宣政教的大殿。总章：古代天子明堂之西向室，取西方总成万物而章明之

之意。 [9] 梗楠豫章：黄梗木、楠木、枕木（又名钓樟，乌樟）、樟木的并称。皆大木，乃栋梁之材。节目：树木枝干交接处坚硬而纹理纽结不顺的部分。磥砢（lěi kē）：形容树木多节。万牛挽致之材：言栋梁材重如丘山，需万牛挽运。《世说新语·赏誉》："庾子嵩目和峤：'森森如千丈松，虽磊砢有节目，施之大厦，有栋梁之用。'"杜甫《古柏行》："大厦如倾要梁栋，万牛回首丘山重。" [10] 欂栌（bó lú）：柱上承托栋梁的方形短木。椳（wēi）：承托门轴的门臼。楔：门两边的木柱。楹：厅堂的前柱。杙（yì）：木桩。甍（méng）：屋梁。桷（jué）：方形的椽。

仓促间推荐金朝五十四位优秀人士，分前辈、同辈、晚辈，视域宽广，罗列在金人物无多遗漏，足见遗山平日之留心爱护人才，不愧为文坛领袖！

窃见南中大夫士归河朔者[1]，在所有之。圣者之后如衍圣孔公[2]；耆旧如冯内翰叔献、梁都运斗南、高户部唐卿、王延州从之[3]；时辈如平阳王状元纲[4]，东明王状元鹗[5]，滨人王赍[6]，临淄人李浩[7]，秦人张徽、杨焕然、李庭训[8]，河中李献卿[9]，武安乐夔[10]，固安李天翼[11]，沛县刘汝翼[12]，齐人谢良弼[13]，郑人吕大鹏[14]，山西魏璠[15]，泽人李恒简、李禹翼[16]，燕人张圣俞[17]，太原张纬、李谦、冀致君、张耀卿、高鸣[18]，孟津李蔚[19]，真定李冶[20]，相人胡德珪[21]，易州敬铉[22]，云中李微[23]，中山杨果[24]，东平李彦[25]，西华徐世隆[26]，济阳张辅之[27]，燕人曹居一、王铸[28]，浑源刘祁及其弟郁、李仝[29]，平定贾庭扬、杨恕[30]，济南杜仁杰[31]，洺水张仲经[32]，虞乡麻革[33]，东明商挺[34]，渔阳赵著[35]，平阳赵维道[36]，汝南杨鸿[37]，河中张肃[38]，河朔勾龙瀛[39]，东胜程思温及其从弟思忠[40]。凡此诸人，虽其学业操行参差不齐，要之皆天民之秀，有用于世者也。百年以来，教育讲习非不至，而其所成就者无几。丧乱以来，三四十人而止矣。夫生之难，成之又难。乃今不死于兵，不死于寒饿，造物者挈而授之维新之朝[41]，其亦有意乎？无意乎？

诚以阁下之力，使脱指使之辱，息奔走之役，聚养之，分处之，学馆之奉不必尽具，馆粥足以糊口[42]，布絮足以蔽体，无甚大费，然施之诸家，固以骨而肉之矣[43]。他日阁下求百执事之人，随左右而取之，衣冠礼乐、纪纲文章，尽在于是，将不能少助阁下萧、曹、丙、魏、房、杜、姚、宋之功乎？假而不为世用，此诸人者可以立言，可以立节，不能泯泯默默，以与草木同腐。其所以报阁下终始生成之赐者，宜如何哉？阁下主盟

“诚以”十一句：苏天爵《元朝名臣事略·中书耶律文正王》：“奏选工匠、儒、释、道、医、卜之流，散居河北，官为给赡。”

王国维《耶律文正公年谱·余记》：“此数十人中，皆蒙古之驱口也。不但求免为民，而必求‘聚养之，分处之’者，则金亡之后，河朔为墟，即使免驱为良，亦无所得食，终必饿死故也。”

“阁下”句：耶律楚材《和武川严亚之见寄》有“衣冠异域真余志，礼乐中原乃我荣”句。

“冒渎”二句：《外家别业上梁文》有“爰自上书宰相，所谓试微躯于万仞不测之渊”之语，可知其上书时诚惶诚恐的心态。

期盼双方合作，救护儒士，储蓄人才，以儒治国，再现汉唐那样人才济济的盛世。

吾道，且乐得贤才而教育之。一言之利，一引手之劳，宜不为诸生惜也。冒渎台严[44]，不胜惶恐之至[45]。某再拜。

[注释]

[1]“窃见南中大夫士归河朔者”二句：汴京沦陷后，金朝大夫士被驱为奴散归河朔者处处有之，缺乏有组织的关照。在所，所在，到处。 [2]圣者：指孔子。衍圣孔公：孔元措，字梦德，曲阜（今山东曲阜）人，孔子五十一代孙，金章宗明昌元年（1190）袭封衍圣公。蒙古时期续任此职，曾为训练乐队。《金史》有传。 [3]耆旧：年高望重的人。冯内翰叔献：冯璧，字叔献，号松庵，大定（今内蒙古宁城县西南）人。仕金曾任翰林修撰，河南破，北归。晚年居真定（今河北正定县）。《金史》《中州集》有传。本集卷十九有《内翰冯公神道碑铭》。梁都运斗南：梁陟，字斗南，良乡（今属北京）人。金明昌年间进士，历官南京都转运使同知。汴京陷，耶律楚材委以燕京编修所长官。后终老于家。高户部唐卿：高夔，字唐卿，保州永平（今河北顺平县）人。仕金曾官户部尚书。汴京陷，北归，终老于家。《归潜志》卷五载其事。王延州从之：王若虚，字从之，藁城（今河北石家庄藁城区）人。承安二年（1197）经义甲科，曾官延州刺史。金亡，北归。《金史》《中州集》有传，本集卷十九有《内翰王公墓表》。 [4]王状元纲：王纲，字振之，平阳（今山西临汾）人。大安元年（1209）词赋状元，仕金为翰林修撰。《续夷坚志》卷四《平阳贡院鹤》及之。所著有《忠孝歌》行世，今存《重修通玄观记》石碑。 [5]王状元鹗：王鹗，字百一，曹州东明（今河南开封市东）人。正大元年（1224）词赋状元，官至左右司郎中。蔡州陷，张柔迎归保州。忽必烈礼聘之，

仕元官翰林学士承旨。《元史》有传。 [6] 王贲：其人不详。 [7] 李浩：临淄（今山东淄博）人，刘汝翼弟子，进士。见本集卷二十二《大中大夫刘公（汝翼）墓碑》。 [8] 张徽：字君美，武功（今陕西武功县）人。金亡，至山东冠氏赵天锡处。后应杨奂辟至河南路课税所助其条划。本集卷三《送张君美往南中》及之。杨焕然：杨奂，字焕然，乾州奉天（今陕西乾县）人。河南下，微服北渡，冠氏帅赵天锡迎致之。戊戌试，两中赋、论第一，任河南路课税所长官兼廉访使。《元史》有传。本集卷二十三有《故河南路课税所长官兼廉访使杨公神道之碑》。李庭训：李过庭，字庭训，武亭（今陕西武功县）人。贞祐二年（1214）进士，官至昌武军节度副使。蒙古乃马真后元年（1242）卒。《中州集》有传。 [9] 李献卿：字钦止，号定斋，河中（今山西永济市西）人。泰和三年（1203）进士，曾官盐部郎中。河南破，被羁管云州。本集卷二十五《赞皇郡太君墓铭》及之。 [10] 乐夔：字舜咨，武安（今河北武安县）人。曾任金中京副留守。金亡北归，入张柔幕府。《金史·元好问传》："乃言于张，愿为撰述，既而为乐夔所沮而止。"即此人。本集卷九有《赠答乐丈舜咨》诗，卷十《感寓》有"南杨北李闲中老，乐丈张兄病且贫"句，知二人交谊甚厚。 [11] 李天翼：字辅之，固安（今河北固安县）人。贞祐二年（1214）进士，官至右警巡使。汴京陷，居聊城，辟济南漕司从事，以非命死。《中州集》有传。 [12] 刘汝翼：字舜卿，淄州邹平（今山东邹平县）人。贞祐四年（1216）经义第一人，官至户部员外郎。汴京陷，耶律楚材以朝旨理索北归。先居真定，史天泽辟为幕府行部郎中，仕蒙古官至六部侍郎。宪宗二年（1252）卒。本集卷二十二有《大中大夫刘公墓碑》。 [13] 谢良弼：济南人。己酉（1249）岁为李灏所撰《王宏墓碑铭》篆额，自署前进士。 [14] 吕大鹏：字鹏举，密县（今河南新密）人。能诗，《中州集》有传。 [15] 魏璠：字邦彦，号玉峰，浑源（今山西浑源县）人。贞祐三年（1215）进士，官至翰林修撰。金亡北归。庚戌岁，忽必烈征至和林，以疾卒，年七十。《元史·魏初传》附及之。　[16] 李恒简：泽州（今山西晋城）人。李禹翼：泽州（今山西晋城）人。《金史·哀宗本纪》载崔立兵变后，"开封判官李禹翼弃官去"。　[17] 张圣俞：张德谦，字圣予（遗山其他诗文中亦作"圣与""圣俞""胜与"），号新轩。大兴（今北京市）人。河南破，寓居东平，以词名世。本集卷三十六《新轩乐府引》即为其词集而作。　[18] 张纬：字纬文，号愚斋，太原阳曲（今山西太原）人。北渡后居燕京。本集卷十七《朝列大夫同知河间府事张公墓表》等及之。李谦：字进之，太谷（今山西晋中太谷区）人。北渡后任真定府学教官。本集卷三十二《令旨重修真定庙学记》等及之。冀致君：太原人，曾校补《产育保庆集》。与真定幕府参谋隰州人周德甫交密。张耀卿：张德辉，字耀卿，号颐斋，交城（今山西交城县）人。金时见赏于赵秉文等。金亡北渡，任真定史天泽幕府经历官。忽必烈征至和林，多有建言。壬子，与遗山觐见忽必烈，奉其为"儒教大宗师"，请蠲免儒户兵赋。《元史》有传，《元朝名臣事略》详载其事。高鸣：字雄飞，岢岚（今山西岢岚县）人。北渡后居真定。仕蒙古官至礼部尚书。《元史》有传。参见前选《送高雄飞序》。　[19] 李蔚：《续夷坚志》卷四《相字》"尝与同舍生孟津李蔚庆之论及此"即此人，其所撰《大朝故讲师李君墓志铭》自署"选授怀孟路提学官"，属世祖忽必烈中统初事。　[20] 李冶：本名治，后避唐高宗李治讳改为冶，字仁卿，号敬斋，真定栾城（今河北石家庄栾城区）人。金正大七年（1230）进士，曾任高陵县主簿等职。河南陷，流落忻、崞（今山西原平）间。后居元氏（今河北元氏县）封龙山，与遗山、张德辉合称"龙山三老"。曾应忽必烈征召。《元史》有传，《元朝名臣事略》详载其事。　[21] 胡德珪：武安（今河北武安县）人。正大四年（1227）

进士，任富平县主簿。金亡北归，任彰德府从事。本集卷十七《朝散大夫同知东平府事胡公神道碑》即为其父胡景崧而作。 [22] 敬铉：字鼎臣，易州（今河北易县）人。金兴定五年（1221）进士，曾任白水令等职。金亡北渡，返乡隐居。后仕蒙古为中都提举学校。有《春秋备忘》行世。 [23] 李微：字正微，号九山居士，云中（今山西大同）人。癸巳十月曾为耶律楚材《湛然居士集》作序，比楚材为诸葛亮、范仲淹。 [24] 杨果：字正卿，号西庵，祁州蒲阴（今河北安国县）人。正大元年（1224）进士，曾任偃师县令等职。金亡，杨奂任河南课税所长官，辟果为经历官，继任史天泽幕府参议。仕蒙古官至参知政事。《元史》有传，《元朝名臣事略》详载其事。 [25] 李彦：李昶，曾一度改名为彦，字士都，东平（今山东东平县）人。兴定二年（1218）进士，任漕运提举等职。河南陷，扶亲归里。东平万户严实辟为都事、行军万户府知事，仕蒙古官至吏、礼二部尚书。《元史》有传。 [26] 徐世隆：字威卿，陈州西华（今河南西华县）人。正大四年（1227）进士，辟为县令，辞而务学。东平万户严实招为幕府书记，仕蒙古官至吏部尚书。《元史》有传，《元朝名臣事略》详载其事。 [27] 张辅之：济阳（今河南兰考县东北）人，名鼎，号澹然，正大七年（1230）词赋进士，历省掾、郡倅，金亡后被行台辟为郎中，有文集行于世。见张子翰《西岩集》卷十四《张澹然先生文集序》。 [28] 曹居一：字通甫，号南湖散人。金末进士，仕元为行台员外郎。与王郁、刘祁、雷渊、李献能等友善。曾撰《李伯渊奇节传》，述李刺杀叛臣崔立始末。元鲜于枢《困学斋杂录》、王恽《碑阴先友记》记其事。本集卷三十九有《曹子归葬疏》。王铸：金末名士，受知于完颜璹、赵秉文等，与遗山均为奇士王郁游从最久者，见《归潜志》卷三“王郁”条。 [29] 刘祁：字京叔，浑源（今山西浑源县）人。金末太学生，受知于赵秉文、李纯甫等。汴京陷，北归。戊戌试，魁西京，选充考试官，后从征南行台拈合至相下。著有《归潜志》。《金史·刘从益传》附其事。郁：刘郁，字文季，与其兄刘祁皆金末名士。汴京陷，北归。仕蒙古官监察御史等职。李仝：字稚川，宏州襄阴（今河北阳原县）人。金末文坛领袖李纯甫之子，与王郁、杜仁杰等友善。 [30] 贾庭扬：字升之，平定（今山西平定县）人，正大四年（1227）经义状元。金末大儒杨云翼之婿。汴京陷，由张柔护送北归。杨恕：字诚之，平定乐平（今山西昔阳县）人。杨云翼次子，正大四年经义科进士。中统元年（1260）与刘郁等同时被召见，官至翰林待制。 [31] 杜仁杰：字仲梁，济南长清（今山东济南长清区）人，以诗名世。正大中从遗山至内乡，金亡北归，屡征不起。有《善夫先生集》行世。 [32] 张仲经：张澄，字之纯，别字仲经，洺水（今河北邯郸永年区）人。客居永宁时与遗山交，后从遗山至内乡，金亡居东平。严实待以师宾礼，授馆长清，参与幕府军事，为参议。有《橘轩集》行世。《中州集》有传。 [33] 麻革：字信之，虞乡（今山西永济市东）人。金末太学生，以诗名世。正大中从遗山至内乡，金亡后教授平阳，为河汾诸老之一。 [34] 商挺：字孟卿，东明（今河南开封市东）人，金末名臣商衡之子。金亡北渡，东平万户严实聘为诸子师，仕元官拜参知政事。《元史》有传，《元朝名臣事略》详载其事。 [35] 赵著：字光祖，人称虎岩先生，渔阳（今天津蓟州区）人。金亡，耶律楚材于燕京置编修所，召梁陟为长官，王万庆、赵著副之。与梁、王直译九经，进讲东宫，以兴文治。尝为耶律铸《双溪醉隐集》作序。事见《元史·耶律楚材传》等。 [36]赵维道：名观，赵文昌之子，曾从事史院，见《中州集》辛集第八《赵盐部文昌》。 [37] 杨鸿：此即本集卷三十七《陶然集诗序》之“汝海杨飞卿”，亦名鹏、云鹏。《遗山乐府》卷四《太常引》（十年流水共行云）词序：“东原上清宫，同杨飞卿夜话汝梁旧游，追怀钦叔内翰。飞卿名鸿，有诗名东州。”杨氏金末任详议官。金亡居东平，遗山《曲阜题名》及之。所著《陶然集》，明代尚存，叶盛《菉竹堂书目》著录。 [38] 张肃：字子敬，河中（今山西永济市西）人。李治侄婿，金末名士。金亡，仕蒙古任行省郎中、提刑等职。事见王恽《挽张子敬提刑》诗并注及李治《敬斋古今黈》。本集卷一《颍亭留别》有“同李治仁卿、张肃子敬、王元亮子正分韵得画字”语。 [39] 勾龙瀛：字英孺，以诗名世。金亡居东平，与遗山过从甚密。王恽《碑阴先友记》略载其事。 [40] 程思温：字端甫，东胜（今内蒙古鄂尔多斯东胜区）人。程震之子，遗山长女真之婿。金亡北渡，居南宫。思忠：思温从弟程思忠，有文名。 [41] 维新：更新。 [42] 饘（zhān）粥：稠粥。 [43] 固以骨而肉之：以骨肉相连的亲密关系喻耶律楚材对士大夫雪中送炭式的保护和照顾。以，通“已”。 [44] 冒渎：冒犯亵渎，谦词。台严：称呼对方的敬辞。 [45] 惶恐：谦恭用语，类似臣向君上奏书中“诚惶诚恐”。

［点评］

天兴二年（1233）四月蒙古军即将进入汴京大肆掳掠前夕上此书。蒙古在横扫亚欧后灭金，中原农耕文明对他们的吸引力远不及清之初，甚而尚有变中原大地为牧场之想。在中原农耕与传统制度濒临中断之际，元氏主动上书蒙古革新势力代表人物耶律楚材，恳请中原杰出文士免受奴役之苦，为以后恢复汉唐盛世储蓄治具，在蒙古入主中原、实行汉法中发挥了重要作用。这些人在太宗窝阔台时，由耶律楚材援引参政较为重要的有孔元措、杨奂、杨果、刘祁、刘郁、梁斗南、赵著等十几位；在忽必烈时期直接间接参与安定中原、统一中国的有二十多位。张德辉、李冶与元好问合称“封龙三老”，在忽必烈决定尊崇儒教、以汉治汉的治国方略中发挥了重要作用；王鹗、高鸣、李谦、李昶是翰林学士侍从之臣，能言敢谏，对恢复汉法、施行汉制贡献甚多；商挺、徐世隆是近臣，参与军事要政，对挫败守旧势力阿里不哥的夺权斗争起到了关键作用，在定朝仪、兴文治方面贡献亦大。这些人大多都有著作，具有不朽的价值。由此可见这份书信的重要意义。它标志着在中原政统出现空档的情况下，文坛领袖元好问率先意识到时代赋予儒者延续中原文化传统的历史使命，主动引领士流与志同道合的蒙古权贵合作，以促进蒙古入主中原以汉制汉的历史发展进程。这是一个关键节点，以此发端，亡金士大夫顺理成章地与新朝权贵合作，以救世济民为“真儒”亦成为北方主流士人的人生价值取向。

答聪上人书[1]

某顿首启[2]：四月末，自太原来镇州[3]，得春后手书，副以《宝刀》新什[4]。反复熟读，且喜且叹，又愧衰谬，无以称副好贤乐善之心耳[5]。仆自贞祐甲戌南渡河时[6]，犬马之齿二十有五，遂登杨、赵之门[7]。所与交如辛敬之、雷希颜、王仲泽、李钦叔、麻知幾诸人[8]，其材量文雅，皆天下之选。仆自以起寒乡小邑，未尝接先生长者余论[9]，内省缺然，故痛自鞭策，以攀逸驾。后学时文[10]，五七年之后，颇有所省。进而学古诗，一言半辞，传在人口，遂以为专门之业，今四十年矣。见之之多，积之之久，挥毫落笔，自铸伟词以惊动海内则未能，至于量体裁、审音节、权利病、证真赝，考古今诗人之变，有戆直而无姑息[11]，虽古人复生，未敢多让。常记平生知己，如辛敬之、李钦用、李长源辈数人[12]，每示之一篇，便能得人致力处。自诸贤凋丧，将谓无复真赏，乃今得方外三四友如上人者[13]，其自幸宜如何哉！上人天资高，内学富，其笔势纵横，固已出时人畦畛之外[14]，唯前辈诸公论议，或未饱闻而餍道之耳。古人有言[15]：不见异人，必得异书。可为万世学者指南，可终身守之。此仆平生所得者，敢以相告。《锦机》已成[16]，第无人写洁本[17]。年间得断手，即当相付，亦倚公等成此志耳。人行遽[18]，书不尽言。时暑，万万以道自护。不宣[19]。

“至于量体裁”至“未敢多让”：李祖陶批：“自负如此，不愧，不愧！”

“常记平生知己”四句：《中州集》癸集第十将此三人列为“三知己”。《辛愿》小传谓其“每读刘、赵、雷、李、张、杜、王、麻诸人之诗，必为之探源委，发凡例，解络脉，审音节，辨清浊，权轻重”，这自然也包括对自己诗作的评判。本集卷八《寄辛老子》“百钱卜肆成都市，万古诗坛子美家。后日从翁问奇字，可能逋客待侯芭”及前选《存殁》“袖中诗卷欲谁亲”，皆就得益于诗友而言。

《锦机》五句：刘秉忠《再读遗山诗》“蜀锦丝头从此细”句后自注：“遗山见愚狂作，尝语世昌曰：‘他日自细去。’既而赐到《锦机》，故此及之也。”（《永乐大典》中华书局影印本第十册引《刘文贞公集》）

[注释]

[1] 聪上人：刘秉忠（1216—1274），初名侃，字仲晦，邢州（今河北邢台）人。先为吏，入全真道，后出家为僧，法名子聪，号藏春散人。1242年忽必烈在潜邸，召北方禅宗临济宗领袖海云禅师，海云邀秉忠同行，应对称旨，屡承顾问。海迷失后二年（1250），他向忽必烈上万言策，提出“以马上取天下，不可以马上治”，主张改革当时弊政，定百官爵禄，减赋税差役，劝农桑，兴学校等。宪宗三年（1253），从忽必烈征云南，谏止因杀使者而屠城的旨令。曾奉命建上都、大都，营造宗庙宫室，奏建国号。至元元年（1264），忽必烈命子聪还俗，复刘氏姓，赐名秉忠。有《藏春集》诗五卷行世。《元史》有传，《元朝名臣事略》详载其事。刘秉忠素仰遗山，有《读遗山诗十首》推崇备至。上人，对和尚的尊称。 [2] 某：自称之词，表示谦虚。顿首：磕头，书信用语，表示致敬。 [3] 镇州：金真定府唐时称镇州，治今河北正定县。遗山晚年移居获鹿（今河北石家庄鹿泉区），故常在镇州。 [4] 新什：新诗作。 [5] 称副：相符。 [6] 贞祐甲戌：金宣宗贞祐二年（1214），岁次甲戌。 [7] 杨、赵：金末文坛领袖杨云翼、赵秉文的并称。 [8] 辛敬之：辛愿，字敬之，详见《存殁》诗。雷希颜：雷渊，字希颜，详见《希颜墓铭》。王仲泽：王渥，字仲泽，太原（今山西太原）人，兴定二年（1218）进士。曾任寿州、商州、武胜军经历官。李钦叔：李献能，字钦叔，详见前选《四哀诗》。麻知幾：麻九畴，字知幾，《金史》谓易州（今河北易县）人。金末著名诗人。 [9] 余论：指未正式书载之言谈语论。 [10] 时文：指当时流行的近体律绝诗。古时文包括有韵的诗文，故称。 [11] 戇（zhuàng）直：憨厚刚直。 [12] 李钦用：名献甫，河中（今山西永济市西）人。兴定五年（1221）进士，官至镇南军节度副使。有《天倪集》。《中州集》有传。李长

源：李汾，字长源，详见《女几山避兵送李长源归关中》。［13］方外：世外，后指僧、道。遗山对方外诗友英上人的造诣评价甚高，见卷三十七《木庵诗集序》。［14］畦畛：田间道路，引申为界限、领域。［15］“古人有言”以下三句：宋王应麟《玉海》卷六十二“汉《论衡》”条：“充作《论衡》，中土未有传者。蔡邕入吴始得之，常秘玩，以为谈助。其后王朗为会稽太守，又得其书。及还许下，时人称其才进。或曰：‘不见异人，当得异书。’问之，果以《论衡》之益。由是遂见传焉。”［16］《锦机》：本集卷三十六《锦机引》：“文章，天下之难事，其法度杂见于百家之书，学者不遍考之，则无以知古人之渊源。……兴定丁丑，闲居汜南，始集前人议论为一编，以便观览。……世之巧女，文绣妙一世，如（底本作“误”。据《文断》引《诗文自警》改）欲织锦，必得锦机，乃能成锦。因以《锦机》名之。”由此可见，遗山二十八岁时已着手搜集编撰此书，至六十六岁始完善，可惜后世失传。郝经《遗山先生墓铭》：“为《杜诗学》《东坡诗雅》《锦机》《诗文自警》等集，指授学者。”明黄虞稷《千顷堂书目》卷三十二“文史类”著录云：“《锦机》一卷。”以此观之，当时刘秉忠不负所托，使是书付梓问世，至明代尚存。［17］第：只是。洁本：誊清本。［18］遽：匆忙。［19］不宣：不一一细说。

［点评］

按“犬马之齿二十有五”“今四十年矣”诸语，文当作于遗山六十五岁前后。考《元朝名臣事略》，刘秉忠癸丑从征大理，甲寅从征云南，万里之外，戎马倥偬，不当有寄书事，故当在蒙古宪宗五年乙卯（1255）在真定作。北方禅宗临济宗领袖海云禅师，早年就得到成吉思汗的重视。蒙古太宗七年乙未（1235）括中原户口，官府“欲印识人臂”，海云向掌管汉地事务的蒙古大断事官忽秃忽进言，阻止了这种将人当作牛马看待的做法。后来他又向忽必烈建议“宜求天下大贤硕儒，问以古今治乱兴亡之事”，并推荐了弟子刘秉忠。刘秉忠既是文坛新秀又是政坛新星，遗山对这位志同道合的忘年交是诱导与期望并存。此信介绍了自己经“师友讲习”，从而达到“虽古人复生，未敢多让”的成长历程，着重强调取诸时代而反哺时代的历史使命。郝经《祭遗山先生文》“收有金百年之元气，著衣冠一代之典刑”，徐世隆《遗山先生文集序》“尝评金百年以来得文派之正而主盟一时者，大定、明昌，则承旨党公；贞祐、正大，则礼部赵公；北渡，则遗山先生一人而已。自中州斫丧，文气奄奄几绝，起衰救坏，众望在遗山。……故所在士子从之如市然，号为泛爱。至于品题人物，商订古今，则丝毫不少贷，必归之公是而后已。是以学者知所指归，作为诗文，皆有法度可观，文体粹然为之一变”，对遗山作为一代伟人是如何取诸时代又反哺时代的予以精辟阐述。李祖陶谓：“一代之文，必有一人为之宗主。唐有韩（愈），宋有欧（阳修），元有虞（集），皆能陶铸群贤，量体裁而权利病，使文体悉轨于正。下此，则党同伐异，门户分而是非淆矣！‘有戆直而无姑息’，先生所以为一代宗主。”从遗山“得文派之正而主盟一时”的角度看，此信不限于诗作技巧方面，言外之意还应包括文以载道这一文派正脉的核心价值取向。

射　说[1]

晋侯觞客于柳溪，命其子婿驰射。婿，佳少年也，跨蹑柳行中[2]，胜气轩然舞于颜间[3]。万首聚观，若果能命中而又搏取之者[4]。已而，乐作，一射而矢堕，再而贯马耳之左。马负痛而轶[5]，人与弓矢俱坠。左右奔救，虽支体不废而内若有损焉。

叙事先扬后抑，一而再，再而三，情节简明紧凑，令人目不暇接。

晋侯不乐，谢客。客有自下座进者，曰："射，技也，而有道焉。不得于心而至焉者，无有也。何谓得之于心？马也，弓矢也，身也，的也，四者相为一。的虽虱之微[6]，将若车轮焉，求为不中，不可得也。不得于心则不然。身一，马一，弓矢一，而的又为一。身不暇骑，骑不暇彀[7]，彀不暇的，以是求中于奔驶之下，其不碎首折支也幸矣[8]！何中之望哉？走非有得于射也[9]，顾尝学焉，敢请外厩之下驷[10]，以卒贤主人之欢，何如？"晋侯不许，顾谓所私曰[11]："一马百金，一放足百里[12]。衔策在汝手[13]，吾安所追汝矣！"竟罢酒。

说理正说、反说，层层深入，简要透彻。晋侯以小人之心度君子之腹，可叹可悲！

概括总结，入木三分；由此类推，寓意无穷。

元子闻之，曰："天下事可见矣！为之者无所知，知之者无以为。一以之败，一以之废。是可叹也！"作《射说》。

[注释]

[1] 射：射柳竞技，辽、金旧俗。《金史·礼志八》："射柳、击球之戏，亦辽俗也，金因尚之。凡重五日拜天礼毕，插柳球场为两行，当射者以尊卑序，各以帕识其枝，去地约数寸，削其皮而白之，先以一人驰马前导，后驰马以无羽横镞箭射之。……每射必伐鼓以助其气。"说：文体名，一种用来阐述某种道理和主张的文章。 [2] 跨躡：跨马轻步徐行。 [3] 轩然：高昂貌。舞：形容胜气飞动张扬。 [4] 命中而又搏取之：《金史·礼志八》："射柳，……既断柳，又以手接而驰去者为上，断而不能接去者次之；或断其青处，及中而不能断与不能中者为负。"句指"为上"者。搏，夺。之，指射中的柳枝。 [5] 轶：通"逸"，奔逃。 [6]"的虱虱之微"二句：《列子·汤问》载，纪昌从飞卫学射，飞卫告诉他：学视，可视小如大，视微如著。"昌以牦悬虱于牖，南面而望之。旬日之间，浸大也。三年之后，如车轮焉。" [7] 彀（gòu）：张满弓弩。 [8] 支：通"肢"，人的手足。底本作"交"，形讹。据四库本、《金文最》、方本改。 [9] 走：自称的谦词，犹言"仆"。 [10] 外厩：厩，养马场。古代王侯将最宝贵的马置于内厩精心饲养，稍次的马在别处另外安置，故称。下驷：下等马。 [11] 顾谓所私：扭头对旁边亲近的人说。 [12] 放足：放开脚步（奔跑）。 [13] 衔：马嚼子。

［点评］

文当金亡后作，由近及远，以小见大，寓意遥深，晋侯当属虚拟的女真世袭贵族人物。女真王朝偏私族类，用人唯亲不唯贤，在紧要职位上多无能鼠辈。尤其是南渡后，朝臣不思进取，苟且偷安；将帅屡战屡败，畏敌如虎。赵元《修城去》就此曾大声疾呼“得一李勣贤长城，莫道世间无李勣”。《归潜志》卷六言：“南渡之后，为将帅者多出于世家，皆膏粱乳臭子。”遗山此文盖就此生发感慨，寄寓了对故国之所以沦丧的扼腕叹息、感伤悲凉。

元好问词

卷上　二十三首

水调歌头

少室玉华谷月夕[1]，与希颜、钦叔饮[2]，醉中赋此。玉华诗老，宋洛阳耆英刘几伯寿也[3]。刘有二侍妾，名萱草、芳草，吹铁笛骑牛山间，玉华亭榭遗址在焉[4]。金堂、玉室，嵩山事。石城、琼壁，少室山三十六峰之名也。

山家酿初熟[5]，取醉不论钱[6]。清溪留饮三日，鱼鸟亦欣然。见说玉华诗老，袖有忘忧萱草[7]，牛背稳于船[8]。铁笛久埋没，雅曲竟谁传[9]？

坐苍苔，攲乱石[10]，耿不眠[11]。长松夜半悲啸，笙鹤下遥天[12]。天上金堂玉室[13]，地下

词序叙事简要交待地、时、人、事，注典故出处较详，点明所抒情怀的取向。

上片：由民风纯朴、景物清美到怀古幽情络绎而来。《遗山乐府》卷五《浣溪沙》："为爱刘郎驻玉华，暗将心事许烟霞。石田茅屋老生涯。　铁笛不须从二草，头巾长拟挂三花，他年人说漫郎家。"对刘几的幸福生活有所取舍。

下片："耿不眠"，时贤多引《诗·邶风·柏舟》"耿耿不寐，如有隐忧"，释"耿"为"烦躁不安貌"，与词中一片欢欣的情境不和谐。"不眠"，《宛委别藏》本、张本等作"无眠"，意在强调月光如昼心情激动中的不想睡，与前者及出典所指想睡却睡不着相较，佳甚！

石城琼壁[14]，别有一山川[15]。把酒问明月[16]，今夕是何年？

［注释］

[1] 少室：即少室山。戴延之《西征记》："嵩山东曰太室，西曰少室，相去十七里。嵩，其总名也。谓之室者，以其下各有石室焉。"玉华谷：山谷名，少室山玉华峰下。月夕：月夜。合观《中州集》已集第六王渥《送裕之还嵩山》诗下附录雷渊所记"兴定庚辰六月望，予与河南元好问、赵郡李献能同游玉华谷"，知此指兴定四年（1220）六月十五的月夜。　[2] 希颜：雷渊，字希颜，时闲居嵩山。钦叔：李献能，字钦叔，时任应奉翰林文字。　[3] 刘几：字伯寿，北宋洛阳人。文彦博留守洛阳，集士大夫老而贤者于富弼府第，人称洛阳耆英会，刘即其一。刘官至秘书监，去官后筑室嵩山玉华峰下，号玉华庵主。有妾名萱草、芳草，皆秀丽善音律。刘出入，乘牛吹铁笛，二草以蕲笛（蕲竹做的笛）和之，声满山谷。　[4] 玉华亭榭：刘几建于玉华峰下的台亭。　[5] 酿：造酒，此指所酿之酒。　[6] 不论钱：不计较给钱多少。　[7] 袖有忘忧萱草：谓刘几外游，有二娇妾吹奏佐欢，乐而忘忧。袖有，悄悄珍藏。忘忧萱草，萱草又名忘忧草，俗名金针菜。　[8] 牛背稳于船：苏轼《书晁说之〈考牧图〉后》："川平牛背稳，如驾百斛舟。"　[9] 雅曲：高雅的乐曲。　[10] 攲（qī）：斜靠貌。　[11] 耿：光明貌。　[12] 笙鹤下遥天：汉刘向《列仙传·王子乔》载：周灵王太子晋好吹笙作凤凰鸣，游伊、洛之间，被道士浮丘公引上嵩山。三十年后，告寻者："告我家，七月七日待我于缑氏山巅。"至时果乘白鹤驻山头，数日而去。可合观下选《水调歌头》（石坛洗秋露）之"缑山七月笙鹤，曾此上宾天"

及唐宋之问《缑山庙》“王子宾仙去，飘飖笙鹤飞”。 [13] 金堂玉室：传说中仙人的住处。《晋书·许迈传》：“自山阴南至临安，多有金堂玉室，仙人芝草。”按词序所言，嵩山有此传说，且与石城、琼壁有关连。 [14] 石城琼壁：少室山中的石城峰与琼壁峰。 [15] 别有一山川：谓嵩山别有洞天，是个隐逸成仙的好地方。 [16]“把酒问明月”二句：用苏轼《水调歌头》“明月几时有，把酒问青天。不知天上宫阙，今夕是何年”句意。今夕，今夜。

［点评］

兴定四年（1220）六月十五，词人与好友雷渊、李钦叔同游玉华谷，月夜“醉中赋”此词。本集卷十一有《同希颜钦叔玉华谷分韵得“军华”二字二首》《同希颜钦叔玉华谷还会善寺即事二首》，《遗山乐府》卷一《水调歌头》（云山有宫阙）写“游玉华谷回，过少姨庙，壁间得古仙词”事，《中州集》己集第六雷渊有《玉华山中同裕之分韵送钦叔得“归”字》、李钦叔有《玉华谷同希颜裕之分韵得“秋”字》，王渥《送裕之还嵩山》引录古仙人辞及雷渊题跋与李纯甫评语，由此可见遗山此时的高昂兴致。此词通过记述词人的所见、所闻、所想、所感，赞美嵩山的自然景观与人文景观，表达了自己欲隐逸于此的人生取向。上片从盛赞山民厚道大方入手，进而以我观物，延及清溪、鱼鸟，认为它们也像山民一样喜欢自己。“雅曲竟谁传”，有遥继前贤、舍我其谁之意。下片扣词序写月夕醉酒，词人激情澎湃，半夜不睡，坐草靠石，放浪形骸。在此兴致情境中，他竟然将悲啸的松涛声，也转换成王子乔骑鹤吹笙作凤鸣自天而降的仙乐，遂视嵩山为别有洞天的隐逸胜境。词末化用苏轼名句，极写陶醉忘情之怀，醉态十足。全词写景抒情，笔墨纵放，酣畅淋漓，词人的豪放性格跃然纸上。

水调歌头

与李长源游龙门[1]

滩声荡高壁[2]，秋气静云林[3]。回头洛阳城阙，尘土一何深[4]。前日神光牛背[5]，今日春风马耳[6]，因见古人心。一笑青山底[7]，未受二毛侵。

问龙门，何所似？似山阴[8]。平生梦想佳处[9]，留眼更登临[10]。我有一卮芳酒[11]，唤取山花山鸟[12]，伴我醉时吟。何必丝与竹[13]，山水有清音。

“一笑”二句：温仁甫《山右石刻丛编》卷二十九《元裕之题名》：“于此可见贤人之心，不以利名拘其身，仁智乐其乐也。”

“我有”三句：多么浪漫！与前选《天涯山》“酒船何时朝复暮，倒卷滹沱浣尘土。唤起山灵挝石鼓，汉女湘妃出歌舞”兴致相近。

“何必”二句：本集卷十一《论诗三十首》之十七：“浪翁水乐无宫徵，自是云山韶頀音。”

［注释］

[1] 李长源：即李汾。龙门：即伊阙，在河南洛阳市南二十里，西山（龙门山）和东山（香山）隔伊河夹峙如门，故称。 [2] 滩声：龙门山八节滩原有九峭石耸立，经白居易倡议开凿，始通舟楫。因河底不平，波浪汹涌，水声在峡谷中回荡，很壮观。遗山《龙门杂诗》（卷一）有“滩声激悲壮”句。 [3] 云林：高山树林。 [4] 尘土：人群车马来往扬起的尘雾，兼指尘世凡人追求名利。一何：多

么。 [5] 神光牛背：《世说新语·雅量》载，晋人王衍雅咏玄虚，不论世事，曾被族人用菜肴泼面，他却不以为意，乘牛车而去。在车上，他揽镜自照，与人云："汝看我眼光，乃出牛背上。"后用作不介意俗事之典。 [6] 今日春风马耳：谓今日登临山水的雅怀高致，亦不是凡夫俗子所能理解的。春风马耳，李白《答王十二寒夜独酌有怀》："世人闻此皆掉头，有如东风射马耳。"苏轼《和何长官六言次韵五首》："青山自是绝色，无人谁与为容。说向市朝公子，何殊马耳东风。" [7] "一笑青山底"二句：谓放浪山水，怡然自得，白发不生。二毛，头发苍白。 [8] 山阴：地名，即今浙江绍兴，其西南郊沿途一带水光山色甚美。王羲之《兰亭集序》："此地有崇山峻岭，茂林修竹，又有清流激湍，映带左右。" [9] 佳处：指龙门。 [10] 留眼更登临：本杜甫《渝州候严六侍御不到先下峡》："船经一柱观，留眼共登临。"句谓留存激赏之眼以待今后与友再次登临。留眼，停留目光。 [11] 卮（zhī）：酒器，容量四升。 [12] 唤取：叫来。 [13]"何必丝与竹"二句：晋左思《招隐二首》："非必丝与竹，山水有清音。"丝，弦乐器。竹，管乐器。清音，清越的天籁之音。

［点评］

贞祐四年（1216），遗山南渡避乱三乡，秋冬与李汾交游，见卷三《女几山避兵送李长源归关中》，词亦作于此时。词写景似蜻蜓点水，侧重即景抒情以表达其思想情趣。上片首二句紧扣词题直叙所见所闻，随即将山水与尘世对照、前日与今日联系，登临之事遂成为其舍舟登岸升华人生境界的敲门砖。下片前五句遥接"滩声"二句，近承"因见古人心"，联想王羲之父子"在山阴道上行，如在镜中游"的情形，抒发见贤思齐的情怀。"我有”三句，突发奇想，指使花鸟以佐醉吟之欢，将乐事推向极致，真是神来之笔。词人的思绪由龙门到山阴，由过去到现在，将陶醉山林之情抒发得慷慨淋漓。末二句先否定再肯定，其用意即远祖元结《欸乃曲》“停桡静听曲中意，好是云山韶頀音”。这首记游词顺叙中有插叙，豪放中有沉郁，气势跌宕起伏，思致摇曳多姿，继承苏辛而有所发展。

水调歌头

上片：围绕王子乔故事，思绪由今及古，往复回环；视野由近及远，以点概面。“为问”三句，奇思异想，无理而妙！

下片：遗山号令仙人，进入杜甫《醉时歌》“忘形到尔汝，痛饮真吾师”之境。其醉眼之态、僵舌之语，可以想见；碧落为台，明月为灯，放开撒欢，舞姿拙笨，如此“发酒疯”，可爱！

缑山夜饮[1]

石坛洗秋露[2]，乔木拥苍烟[3]。缑山七月笙鹤[4]，曾此上宾天。为问云间嵩少[5]，老眼无穷今古，大药几人传[6]？宇宙一丘土[7]，城郭又千年。

一襟风，一片月，酒尊前。王乔为汝轰饮[8]，留看醉时颠。杳杳白云青嶂[9]，荡荡银河碧落，长袖得回旋。举手谢浮世[10]，我是饮中仙[11]。

[注释]

[1] 缑（gōu）山：亦名缑氏山，传东周灵王妻缑氏出生于此，故名。在河南偃师市南，下有通登封市的大道。 [2] 石坛：石筑

的高台。宋乐史《太平寰宇记》卷五《河南道五》“缑氏”条：“王子乔坛，在缑氏县东南。”合观“缑山”二句，此“石坛”即王子乔坛。 [3] 乔木：高大的树木。 [4]“缑山七月笙鹤”二句：指王子乔七月七日在缑氏山头乘白鹤升天事。典出刘向《列仙传·王子乔》，详见前选《水调歌头》（山家酿初熟）注 [12]。上宾天，到天上作客。宋之问《缑山庙》：“王子宾仙去，飘飖笙鹤飞。” [5] 嵩少：嵩山。 [6] 大药：道家的金丹。朱本作“夜乐”，合观本集卷八《十月》“大药谁传轩后鼎，习仙虚筑汉宫台”，据《百家词》、张、方诸本改。 [7]“宇宙一丘土”二句：用丁令威成仙归乡所见典，详见前选《癸巳四月二十九日出京》注 [4]。丘土，坟墓。 [8]“王乔为汝轰饮”二句：谓自己要为王子乔大叫痛饮，并盛情相留，让他观看自己大醉后的癫狂。王乔，指仙人王子乔。汝，复指王子乔，以“汝”称之有亲昵意味。下选《水调歌头》（长安夏秋雨）之“先生闭户轰饮”即以先生自谓。 [9]“杳杳白云青嶂”以下三句：《史记·长沙定王世家》裴骃《集解》引应劭语：汉景帝时，诸王来朝，奉命歌舞。长沙王只是微微抬手。景帝问其故，答曰：“臣国小地狭，不足回旋。”此反用其意，谓自己要以深远的青山白云与高阔的天空为舞台，甩开长袖尽情回旋起舞。碧落，道家称天界为碧落。白居易《长恨歌》：“上穷碧落下黄泉，两处茫茫皆不见。” [10] 浮世：浮华的尘世。 [11] 饮中仙：杜甫《饮中八仙歌》：“李白一斗诗百篇，长安市上酒家眠。天子呼来不上船，自称臣是酒中仙。”

[点评]

元光二年（1223），遗山与在嵩山寓居的冯璧、雷渊游缑山，作《缑山置酒》诗（卷一），词亦此时作。上片紧扣词序描述登临怀古，遐想王子乔在此地吹笙骑鹤上天成仙事，设问历史的见证人“嵩少”，自古及今有几人

“先生”二句：词人不仅好痛饮，而且好聚友欢闹叫阵的轰饮，北人的个性鲜明。

“惭愧”五句：“惭愧”，就友人长久不息的亲爱及过头失当的宽容而言。这种先点明领起再反复渲染，与柳永《雨霖铃》之“念去去、千里烟波，暮霭沉沉楚天阔”相似。词人将这种“点染法”用得炉火纯青，以“狂夫”领起后二句，亦可作如是观。点染之间无他语相隔，一果众因如雁阵引行，结构紧密，语气酣畅。

末二句回扣词序及上片，按照友人情谊的逻辑联系，由从前、现在推及延展到以后，言虽尽而意绵长。前选《四哀诗·李钦叔》有“交朋无我与君深”句。

能像他那样学道成仙，联想到“有鸟有鸟丁令威，去家千年今始归。城郭如故人非昔，何不学仙冢累累”的劝说，感慨人生短促，无所成就就匆匆进入坟墓，流露出金末乱世人生莫测需及时行乐的心理。下片紧扣词序“夜饮”，在把酒临风、对月畅饮的情境中，词人索性邀请王子乔对饮，恳请他留看自己在酩酊大醉后，以白云青山、银河碧落为舞台，舒展长袖回旋起舞的狂态，描述了无拘无束、快乐不已的酒中仙境界，展示出狂放不羁、向往自由、超脱尘世之张扬的个性。

水调歌头

与钦叔饮[1]，时予以同州录事判官入馆[2]，故有“判司”之语[3]。

长安夏秋雨[4]，泥潦满街衢[5]。先生闭户轰饮[6]，邻屋厌歌呼。惭愧君家兄弟[7]，半世相亲相爱，知我是狂夫[8]。礼法略苛细[9]，言语任乖疏[10]。

判司官，一囊米[11]，五车书[12]。骑驴冠盖丛里[13]，鞍马避僮奴[14]。只有平生亲旧[15]，欢笑穷年竟日[16]，未必古人如[17]。酒贱可频置[18]，时为过吾庐。

[注释]

[1] 钦叔：李献能之字。详见《水调歌头》（山家酿初熟）注[2]及“点评”。 [2] 时予以同州录事判官入馆：词人正大元年（1224）入国史馆任编修官，正八品。予，张本作“李”，讹。《宛委别藏》本亦作“予”。同州，金节镇州，治今陕西大荔县。录事判官，州属官。 [3] 判司：官名，节度使、州郡长官的僚属，分掌批判文牍事务。白居易《自吟拙什因有所怀》：“谪向江陵府，三年作判司。” [4] 长安：此代指金都汴京。 [5] 泥潦：雨后洼地的积水。衢：四通八达的要道。 [6] 先生：词人自称。参见前选《读书山雪中》“先生醉袖挽春回”。轰饮：欢叫狂饮。 [7] 君家兄弟：指李钦叔及其从兄弟李献诚、李献甫。后二李与遗山同年进士，《中州集》癸集第十将献甫列为“三知己”之一。 [8] 狂夫：率性而为、不被世俗理念所拘之人。杜甫《狂夫》：“欲填沟壑惟疏放，自笑狂夫老更狂。” [9] 略：省简。苛细：烦琐苛刻的细节。 [10] 任：放任。乖疏：乖戾粗疏。 [11] 一囊米：强调俸禄微薄可怜。典出《汉书·东方朔传》：“朱儒长三尺余，奉一囊粟，钱二百四十；臣朔长九尺余，亦奉一囊粟，钱二百四十。”囊，盛物的袋子。 [12] 五车书：《庄子·天下》：“惠施多方，其书五车。”词用此典，既指藏书丰富，也指学识渊博。 [13] 骑驴：形容官职低微，生计寒酸。杜甫《奉赠韦左丞丈二十二韵》：“骑驴十三载，旅食京华春。”冠盖：高冠华盖，指高官的服饰和车乘。杜甫《梦李白》之二：“冠盖满京华，斯人独憔悴。” [14] 鞍马避僮奴：躲避骑马的家僮、奴仆。 [15] 亲旧：亲戚故旧，此指老友李氏兄弟。 [16] 穷年竟日：一年到头，日日如此。 [17] 未必古人如：谓李氏兄弟交友唯求志同道合，不嫌贫爱富，这种高谊古人也难及。前选《别李周卿三首》“古交松柏心，今交桃李颜”即指此。 [18] “酒贱可频置”二句：酒价低廉时，期待你们频频购置，常来我这里共饮同欢。

下片：官微俸薄与才富五车对比，儒士骑驴与鞍马僮奴对比，“只有平生亲旧”与“未必古人如”的对比，无限悲慨尽寓其间。

［点评］

这首词作于正大元年（1224）夏秋之交入职国史院编修之初。是年五月，遗山赴试专待非常之士的博学宏词科合格，以同州录事判官的品级为国史院编修官。金制宏词合格后上等迁两官，次等迁一官。进士及第出任一般为从八品，国史院编修官及同州录事判官为正八品，可知遗山仅迁一级，宏词科试为次等，这与其试卷被人极口称颂（本集卷三十八《赵闲闲真赞二首》："正大甲申，诸公贡某词科。公……一日坐礼曹，钦叔从外至，诵某《秦王破窦建德降王世充露布》，公颇为耸动，顾坐客陈司谏正叔言：'人言我党元子，诚党之邪？'"）的情形形成反差。由此看来，词序专门提及此事，有其对此名实不符及深层原因的激愤。此词为其与知己好友对饮后作，愤愤不平之悲，知音难遇之乐，推心置腹之言，尽情诉说，一吐为快。上片由环境描写、事态描写、心理描写层层深入，老天下雨交通不便，像是特意给他们这些上班族放假，酒友欢聚轰饮高歌、罔顾四邻厌烦。这种狂放不羁之乐本之于朋友间的深厚情谊，尤其是朋友知己之狂，一味付出、容忍，自觉惭愧有加。下片先抒写怀才不遇、官微俸薄的悲慨，再与京都只重富贵权势、"一钱不值是儒冠"的世态炎凉对比，盛赞李氏兄弟多年来对自己一如既往、不因书生无能而变化的古道心肠，最后叮咛友人继续发扬风格，常常携酒前来与自己同饮，把"不厌求索"之"好意思"性格描述得活灵活现，由旁衬友人的配角变为光彩照人的主角熠熠生辉。

水调歌头

赋德新王丈玉溪[1]，溪在嵩前费庄[2]，两山绝胜处也[3]。

空濛玉华晓[4]，潇洒石淙秋。嵩高大有佳处，元在玉溪头。翠壁丹崖千丈，古木寒藤两岸，村落带林丘[5]。今日好风色[6]，可以放吾舟。

百年来[7]，算惟有，此翁游。山川邂逅佳客[8]，猿鸟亦相留。父老鸡豚乡社[9]，儿女篮舆竹几[10]，来往亦风流[11]。万事已华发[12]，吾道付沧洲[13]。

“空濛”二句：句式近似唐权德舆《和李大夫西山祈雨》“潇洒四冥合，空濛万顷连”，主谓倒置，侧重强调其景色胜处。这种通过倒装以侧重强调的笔法，在遗山词中达到炉火纯青的境地。如《鹧鸪天》（姚宋光明到此家）“新生黄雀君休笑，占了春光却被他。”

下片：所抒怀抱可合观《玉溪》：“邂逅诗翁得胜游，烟霞直欲尽嵩丘。玉溪如此不一到，今日旷然消百忧。……酒材已办须君酿，要及西风入钓舟。”《示崔雷诗社诸人》：“游从肯结鸡豚社，便约岁时相往来。”

［注释］

[1] 德新王丈：王丈，名革，字德新，临潢（今内蒙古巴林左旗东南，因临潢水而得名，辽为上京临潢府治）人。以荫补官，管库三十余年。诗风尖新。《中州集》庚集第七《王主簿革》言革屡举不第，正大中以六赋廷试赐出身。为人有蕴藉，善谈笑，“交游满天下，独许钦叔与予为莫逆云”。丈，对老者的尊称。玉溪：源出河南登封市东四十里处石羊关，因水色如玉而名。 [2] 嵩前：嵩山东南面附近。费庄：宋镇名。《元丰九域志》：“登封。……颍阳、曲河、费庄三镇。”金废。 [3] 两山绝胜处也：嵩山太室山与少室山间景色最佳之地。明傅梅《嵩书》卷二《溪类》：“玉溪，在太室东南石羊关外，颍水之支派也。《兰亭序》所云‘崇山峻岭，

茂林修竹，清流急湍’，此地无不有焉。岸边有钓台，岩畔有石室，盖境之绝胜者。” [4]“空濛玉华晓”以下四句：谓嵩山中玉溪的景色最佳，玉华、石淙也难及。空濛，混濛迷茫。玉华，少室山峰、谷名，详见前选《水调歌头》（山家酿初熟）注 [1]。潇洒，飞泉洒落貌。合观唐狄仁杰《奉和圣制夏日游石淙山》“飞泉洒液恒疑雨，密树含凉镇似秋”，知本集卷九《玉溪》“林影苍茫开霁晓，岸容潇洒带新秋”，即以“潇洒”概括貌似落雨之景观。石淙，山涧名，在今登封市东南三十五里处嵩山玉女台下。两岸石壁高耸，险峻如削，怪石嶙峋，多洞穴，水击石响，淙淙有声，故名。武则天曾与群臣会饮于此，赋诗刻石。嵩高，嵩山的别称。元，同“原”。 [5] 带：连接。 [6] 好风色：天气好，风光美。 [7]“百年来”以下三句：谓屈指盘算，此生只有到玉溪与王丈畅游最为惬意。 [8] 邂逅（xiè hòu）：不期而遇。佳客：词人自谓。 [9] 鸡豚乡社：社日（立春和立秋后第五个戊日）祭祀土地神后乡人聚餐的交谊活动。韩愈《南溪始泛三首》：“愿为同社人，鸡豚燕春秋。” [10] 篮舆：竹轿。《晋书·隐逸传·陶潜》载，潜有脚疾，向乘篮舆，王弘乃令一门生二儿舆之至州。《晋书·孝友传·孙晷》：“父难于风波，每行乘篮舆，晷躬自扶侍。”竹几：竹制小桌，亦称竹姬、竹夫人。世传孝者侍父外出，带竹几以便坐靠。 [11] 来往亦风流：杜甫《寄赞上人》：“与子成二老，来往亦风流。”风流，潇洒俊逸的风范气度。 [12] 万事已华发：谓头发已半白，不再胸怀壮志了。华发，头发变成黑白相杂。 [13] 沧洲：水边之地，古称隐者所居。南朝齐谢朓《之宣城郡出新林浦向板桥》：“既欢怀禄情，复协沧洲趣。”

［点评］

词作于与王革初交时。本集卷十四《和德新丈》“二年老眼暗兵尘，今日逢君喜事新。结伴还乡有成约，不应先作北归人"，"二年"指丙子（1216）南渡后二年。词应作于作者二十九岁自三乡移居嵩山之初，其情怀应与"卖剑买牛真得计，腰金骑鹤恐非才"（卷九《示崔雷诗社诸人》）、"有子罢读书，求种山间田"（赵元《书怀继元弟裕之韵》）之舍仕期隐合观。上片描绘玉溪的秋景风光，先以玉华、石淙陪衬，再用嵩高铺垫，再加一"元"字表示此前不了解现在才发现之辞，势如图穷匕见，使主角"千呼万唤始出来，犹抱琵琶半遮面"。"翠壁"三句，对玉溪的山水作了高低远近、色彩鲜明的立体描绘，大笔挥洒、用墨如泼，对预设的悬念给予完美的答复。下片抒怀，亦围绕人生志趣层层铺设。过片三句紧接"放吾舟"之漂游，通过纵向的今夕对比，以彰显"邂逅诗翁得胜游"的畅快欣慰。下二句转向环境描写，用拟人笔法，谓山溪热情待客、猿鸟盛情款留，将盛情难却之意寓于字里行间。"父老"三句进而展望将来，畅想乡社聚餐、来往风流的隐逸生涯，沉浸于古朴民风的诗情画意中。这些同游之欢、山水之乐、山民之风、闲适之趣等种种因素形成合力，也促使词人对其企隐人生的抉择。当然起决定性的原因还是举试屡败、仕途坎坷，"万事已华发"言简义丰，位于词的结穴处，有曲终余音绕梁之效。

水调歌头

赋三门津[1]

黄河九天上[2]，人鬼瞰重关[3]。长风怒卷高浪[4]，飞洒日光寒。峻似吕梁千仞[5]，壮似钱塘八月[6]，直下洗尘寰[7]。万象入横溃[8]，依旧一峰闲[9]。

仰危巢[10]，双鹄过，杳难攀。人间此险何用[11]？万古祕神奸。不用然犀下照[12]，未必佽飞强射，有力障狂澜[13]。唤取骑鲸客[14]，挝鼓过银山[15]。

“长风“二句，气势雄壮，胜于苏轼《念奴娇·赤壁怀古》“乱石穿空，惊涛拍岸，卷起千堆雪”。

“不用”三句，自信、自负、强悍、豪迈之气概跃然纸上。

结尾二句，想象不凡，境界瑰奇，寄寓了词人与志士仁人共济时艰的宏伟抱负。况氏所言“不露筋骨”，即指这种寓我于物、我中有物。

[注释]

[1] 三门：即三门峡，黄河中游著名峡谷之一，地处山西平陆县与河南三门峡市之间，由三座小山形成，北为人门，中为神门，南为鬼门。津：渡口。《金史·百官志三》：“提举三门、集津南北岸，正六品。南迁后置。”《金史·地理志中》：“湖城”下载：“镇二：三门、集津。” [2] 黄河九天上：李白《将进酒》：“君不见黄河之水天上来，奔流到海不复回。”九天，极言其高。 [3] 瞰（kàn）：俯视。重（zhòng）关：险要的关隘。 [4] 长风：沿两山间远道而来的风。 [5] 吕梁：山名，在山西西部黄河与汾河之间。 [6] 钱塘八月：浙江下游称钱塘江，入海处呈喇叭状，海潮倒灌，八月潮尤壮观：“玉城雪岭，际天而来，大声如雷霆，震撼激射，吞天沃日，势极雄豪。”（宋周密《武林旧事》） [7] 寰：

广大的地域。 [8] 横溃：横流泛滥成灾。 [9] 一峰：指砥柱山，在黄河中，称“中流砥柱”。 [10]“仰危巢”以下三句：用苏轼《后赤壁赋》“攀栖鹘之危巢”句意。危，高。巢在悬崖上，故云。鹄（hú），天鹅。杳，高远貌。 [11]“人间此险何用”二句：谓自古以来砥柱山就是用来镇锁神怪奸邪之物的。李公佐《古岳渎经》载夏禹锁禁淮涡水神无支祁于龟山脚下。祕（mì），闭。见《文选·谢灵运〈入彭蠡湖口〉》“灵物吝珍怪，异人祕精魂”李善注。 [12]“不用然犀下照”二句：反用苏轼《八月十五看潮》“安得夫差水犀手，三千强弩射潮低”诗意，谓不用像温峤那样用燃犀来察看水怪，也不必像佽飞那样用强弩来射击水怪。然犀下照，《晋书·温峤传》载：峤至牛渚矶，水深不可测。人云其下多怪物，峤燃犀角而照之，须臾见水底动物，奇形异状。佽（cì）飞，《吕氏春秋·知分》载：佽飞是楚国勇士。一次渡江，有两蛟龙绕舟，佽飞跳入江中杀蛟，使船上人脱险。汉代将掌管弋射鸟兽的官署及射士名为佽飞。 [13] 障：阻挡，平息。 [14] 骑鲸客：驾驭大鲸鱼遨游海上的壮士，喻盖世英雄。李白自署为“海上骑鲸客”。 [15] 挝（zhuā）：擂。银山：形容大浪。

[点评]

词作于贞祐四年（1216）夏遗山避乱南渡路经三门峡时（本集卷三《虞坂行》诗序“丙子夏五月将南渡河，道出虞坂，有感而作”）。

这首词因物兴感，寓我于物，有时代气息与词人情怀。黄河既是中华文明的摇篮，也给下游人民带来无数次灾难。避乱南渡的词人看到惊险的三门峡中黄河奔涌咆哮，巨浪连天，既有“峻似”“壮似”之赞美，但更多的是因黄患泛滥引起的联想，即对蒙古大军南下视如洪水猛兽以及对其的惊怖仇视。贞祐二年（1214）屠忻州，“倾城十万户，屠灭无移时”。词人侥幸逃脱，仍有“冥鸿正恐罣疑网，脱兔不忘投茂林”的余悸。本集卷八《岐阳三首》之“偃蹇鲸鲵人海涸”就是对此空前浩劫的形象概括。由此可知本词“瞰”“怒”“洗尘寰”“入横溃”所寓的时代内涵，它将黄河拟化为穷凶极恶摄人心魄的洪水猛兽，比南宋张元干《贺新郎》（梦绕神州路）之“底事昆仑倾砥柱，九地黄流乱注”更令人惊惧。

“万象”二句，是此词意脉转换的枢纽。范宁《穀梁传序》载，孔子睹沧海之横流，乃喟然而叹曰：“文王既没，文不在兹乎！”以沧海横流比喻时势动乱不安。以此反观，前面一切景语皆情语，上文的层层铺陈渲染，亦旨在反衬砥柱山屹然挺立、坚定不移的伟姿。古以“中流砥柱”比喻坚强而能起支柱作用的人和集体。遗山也常用来指金朝的重要人物。本集卷十《赠冯内翰二首并序》：“横流方靡，而砥柱不移。”卷二十一《希颜墓铭》：“天网四面开鲵鲸，砥柱不救洪涛倾。”在词人看来，祸水的根源是兴风作浪的水怪，砥柱山就是用来镇压妖孽阻止洪灾的。在国家多难之际，年轻的词人以中流砥柱自喻，欲与奇伟之士共同平定祸乱，这种乐观自信豪气十足的雄伟抱负，可与同时所作《并州少年行》（卷六）之“北风动地起，天际浮云多。登高一长啸，六龙忽蹉跎。我欲横江斗蛟鼍，万弩迸射阳侯波”合观。

这首山水词是遗山早期豪放词的代表作，可与苏轼的《念奴娇·赤壁怀古》媲美，况周颐对此给予很高的评价："《水调歌头·赋三门津》'黄河九天上'云云，何尝不崎崛排奡。坡公之所不可及者，尤能于此等处不露筋骨耳。……知人论世，以谓遗山即金之坡公，何遽有愧色耶？"

水调歌头

史馆夜直[1]

形神自相语[2]，咄诺汝来前。天公生汝何意[3]，宁独有畸偏？万事粗疏潦倒[4]，半世栖迟零落[5]，甘受众人怜[6]。许汜卧床下[7]，赵壹倚门边[8]。

五车书[9]，都不博，一囊钱。长安自古岐路[10]，难似上青天。鸡黍年年乡社[11]，桃李家家春酒，平地有神仙。归去不归去[12]，鼻孔欲谁穿？

上片：结构如俄罗斯的套娃，"宁独"句套"万事"五句，"甘受"句套"许汜"二句。用典亦如前选《〈杜诗学〉引》所言九方皋相马，"视其所视，而遗其所不视"，唯选许汜受陈登鄙视而卧下床之意，而剔除许汜"求田问舍"之猥琐内蕴。

"五车"三句：沿用"赵壹"典，前者明说，着眼于句面意；后者暗用其正意，添枝换叶。

［注释］

[1] 史馆夜直：在国史院任职值夜班。　[2]"形神自相语"二句：陶渊明《形影神》诗小序："贵贱贤愚，莫不营营以惜生，斯甚惑焉。故极陈形影之苦，言神辨自然以释之。"词借其体，用自己的心灵与形体约谈。咄（duō）诺，呼唤与应诺。　[3]"天公生汝何意"二句：谓上天生你出于何心？唯独赋予你偏斜不正

的命运？畸，偏。见《荀子·天论》“道之所善，中则可从，畸则不可为”杨倞注。《宛委别藏》、张本作“奇（jī）”，指命不好。 [4] 粗疏潦倒：放任散漫，不精于世务。语出嵇康《与山巨源绝交书》：“足下旧知吾潦倒粗疏，不切事情。” [5] 栖迟零落：漂泊失意。李贺《致酒行》：“零落栖迟一杯酒，主人奉觞客长寿。” [6] 伶：可怜，歧视，冷遇。 [7] 许汜卧床下：谓落魄漂泊，受人鄙视。典出《三国志·魏书·陈登传》，详见前选《横波亭》注 [3]。 [8] 赵壹倚门边：后汉赵壹《刺世嫉邪赋》有“伊优北堂上，抗髒倚门边”句，谓谄媚逢迎的小人得到亲近，饱学刚直之士被排斥疏远。此用“倚门边”的句面意，喻非亲近亲热关系而自动靠边站立旁观之情状。 [9]“五车书”以下三句：本赵壹《刺世疾邪赋》：“文籍虽满腹，不如一囊钱。”谓凭才能升职远不及送钱买官管用。五车书，学富五车。 [10]“长安自古歧路”二句：李白《行路难》：“行路难，行路难，多歧路，今安在。”《蜀道难》：“蜀道之难，难于上青天。”歧路，岔路。此指单凭才能升官之外的种种渠道、手段。 [11]“鸡黍年年乡社”以下三句：谓乡下年年春社时，家家杀鸡做糕，拿出新酿的春酒，在桃红李白中放情欢乐，犹如平地行走不受天庭管束的神仙。乡社，农村社日的简称，词中指春社。春酒，冬季酿制，及春而成，故称。唐王驾《社日》：“桑柘影斜春社散，家家扶得醉人归。” [12]“归去不归去”二句：意谓归隐还是做官，由谁来决定呢？穿鼻，牛鼻上穿穴，以环贯之。喻听命于人。《梁书·武帝本纪》：“徐孝嗣才非柱石，听人穿鼻。”欲，张本作“有”，较佳。

[点评]

遗山自正大元年（1224）夏秋间入职史馆初，仕隐纠结就成为常态。卷八《帝城二首》题注：“史院夜直作。”

诗有“半夜商声入寥廓，北风黄鹄起归心”。按其次年夏六月辞官归嵩山之行迹，知诗词皆作于正大元年秋。全词以神代表隐逸，对以形为代表的仕宦作长篇训斥，其主旨即陶渊明《归去来兮辞》之“既自以心为形役”,“曷不委心任去留”，故以议论为主，说理层层深入，犹如一幅开释心理纠结的连环漫画。词人反思其坎坷的人生，先将成因归结于天公赋予自己的畸形命数，进而追思其不精于世务，在于其我行我素，不愿屈从世俗、投机钻营的个性，遂导致“栖迟零落”“受众人怜”的凄惨境地。过片继用赵壹典，但用意由自责转向尘世，痛斥非正当途径升迁的肮脏行径，抒发了有才志士对不分贤愚黑白颠倒之社会现状的愤懑（前选同调“长安夏秋雨”[点评]中言及个中成因）。下四句继而对古往今来官场黑暗的概括总结，将来仕途黯淡势难逆转的预料亦寓于其中，再对比隐居前嵩山时乡社鸡黍、桃李春酒的快乐生涯，取舍之答案自在其中。末二句回应首句，是神在分析是非指明取向的基础上对形发出的谆谆告诫。

水调歌头

汜水故城登眺[1]

牛羊散平楚[2]，落日汉家营[3]。龙拏虎掷何处[4]？野蔓罥荒城[5]。遥想朱旗回指[6]，万里

首四句：扣词题写登临所见，由今及古。《楚汉战处》：“虎掷龙拏不两存，当年曾此赌乾坤。”

“天地”二句：参见《楚汉战处》：“一时豪杰皆行阵，万古河山自壁门。”“原野犹应厌膏血，风云长遣动心魂。”李钦叔《荥阳古城登览寄裕之》：“关河落日岁云暮，草木临风气未平。”

“一千年”五句：暗用《论语·子罕》“子在川上曰：‘逝者如斯夫！不舍昼夜。’”及苏轼《念奴娇·赤壁怀古》“大江东去，浪淘尽、千古风流人物”典。《中州集》己集第六李钦叔《荥阳古城登览寄裕之》：“虎掷龙拏王伯事，天荒地老古今情。”

风云奔走，惨淡五年兵。天地入鞭箠[7]，毛发懔威灵。

一千年[8]，成皋路，几人经。长河浩浩东注[9]，不尽古今情。谁谓麻池小竖[10]，偶解东门长啸，取次论韩彭。慷慨一樽酒，胸次若为平[11]？

［注释］

[1] 汜水：春秋郑时称虎牢邑，战国韩称成皋邑，秦置成皋县，隋改为汜水，治今河南荥阳汜水镇西。因源出巩义的汜水北入黄河流经镇西，故称。　[2] 平楚：楚，丛木。登高远望，树梢齐平，故称。　[3] 汉家营：刘邦的军营，当年刘邦驻守成皋。　[4] 龙拏虎掷：龙争虎斗。拏，牵扯。掷，跳跃。　[5] 罥（juàn）：缠绕。　[6]“遥想朱旗回指”以下三句：刘邦自秦二世三年入秦，与项羽屡败屡战。高祖四年（前 203）成皋之战，汉军重创楚军。项羽自知难以持久抗衡，与汉约定以鸿沟为界中分天下。刘邦乘项羽撤兵不备之际，回师东下，终成垓下合围之势，遂灭楚。汉楚争战，前后共五年。朱旗，红旗，多指将帅指挥所用的令旗。风云，比喻大部队运动争战、局势变化动荡。惨淡，形容战争导致天昏地暗的愁惨气氛。　[7]“天地入鞭箠（chuí）”二句：形容战争创伤遍地，当年战祸的惨烈至今想起仍毛发悚然。楚汉相争时，楚将曹咎等战败自刎于此。鞭箠，鞭打。　[8]“一千年”以下三句：成皋路是郑州等地西入洛阳的交通要道，自楚汉战争以来此路多次发生战争，吕布拒关东诸侯讨董卓、岳飞败金兵于此。　[9]“长河浩浩东注”二句：汜水流经汜水故城西向东北注入黄河，以流水不停喻历代战争不断。　[10]“谁谓麻池小竖”以下三句：意谓不料石勒偶尔能懂

点长啸，便狂妄自大，随便自比韩、彭。谓，意料。北齐颜之推《颜氏家训·勉学》：“不谓玄成如此学也。”麻池小竖，指后赵开国皇帝匈奴别支羯族石勒。《晋书·石勒载记》载：“初，勒与李阳邻居，岁常争麻池，迭相殴击。”小竖，小奴。石勒幼年曾被卖为奴，故称。东门长啸，《晋书·石勒载记》载：石勒“年十四，随邑人行贩洛阳，倚啸上东门。王衍见而异之，顾谓左右曰：‘向者胡雏，吾观其声视有奇志，恐将为天下之患。’驰遣收之，会勒已去”。长啸，人撮口发出长而尖的口哨声。取次论韩彭，随意评论韩信、彭越。《晋书·石勒载记》：石勒自谓“朕若逢高皇（刘邦），当北面而事之，与韩、彭竞鞭而争先耳”。韩信，刘邦的大将，封为楚王。彭越，佐刘邦，功勋卓著，封为梁王。 [11] 胸次：胸怀。若为：如何。

[点评]

本集卷一《送钦叔内翰并寄刘达卿郎中、白文举编修五首》有“六月渡孟津，十月行汜水”及“君年始三十”语，李钦叔小遗山两岁，知诗作于兴定五年（1221）。卷四《鸿沟同钦叔赋》、卷八《楚汉战处·同钦叔赋》及此词也作于此次同游时。上片写登临汜水故城，凭吊楚汉相争的联想，充分肯定了刘邦结束鏖战灭楚建汉的功业，亦包括君臣风云际会共创伟业的胸怀气魄。下片笔触顺延至楚汉以来千年，特别提及石勒，从“谁谓”“偶解”“取次”之用词口气及《楚汉战处》之“拟唤狂生与细论”看，遗山对石勒之语及阮籍“时无英雄，使竖子成名”（《晋书·阮籍传》）之说是不认可的。合观《鸿沟同钦叔赋》“刘郎著手乾坤了，未害与渠分九州”“雌雄自决已无策，尺寸必争唯上流”，遗山没有从恪守以鸿沟为界的契约着眼，而是以结束鏖战惨祸使百姓安宁的民本利益为重，肯定刘邦君臣以天下为念之英雄伟业。联系贞祐忻州屠城之祸，遗山希冀类似刘邦君臣的英雄出世之意亦寓其中。前选《内相杨文献公哀挽三章效白少傅体》所及杨云翼劝谏金宣宗效刘邦“以天下为度”即下年事。

摸鱼儿

乙丑岁赴试并州[1]，道逢捕雁者，云：“今旦获一雁，杀之矣。其脱网者悲鸣不能去，竟自投于地而死。”予因买得之，葬之汾水之上，累石为识[2]，号曰“雁丘”[3]。时同行者多为赋诗，予亦有《雁丘辞》。旧所作无宫商[4]，今改定之。

问世间、情是何物[5]，直教生死相许[6]？天南地北双飞客，老翅几回寒暑？欢乐趣，离别苦，是中更有痴儿女[7]。君应有语[8]：渺万里层云，千山暮景，只影为谁去？

横汾路[9]，寂寞当年箫鼓。荒烟依旧平楚。招魂楚些何嗟及[10]，山鬼自啼风雨。天也妒[11]，未信与、莺儿燕子俱黄土。千秋万古，为留待骚

“问世间”二句，遗山诗对小说有影响，如《金瓶梅》第七十一回“恨杀寒鸡不肯鸣”即用其成句（本集卷八《秋夕》），但远不及此词对后世影响广大。词人好问善问，明祝灏《野史遗亭》“妙绝中州新乐府，兴来高唱有谁听”，多就此而言。

“天南”二句，再次设问，放眼于巨大的时空中，从陪伴多久探究其殉情根由。

“横汾路”五句：基于《楚辞·招魂》之夸大他方险恶的思路，旨在强调雁魂南飞及归来后的凄苦（忻州葬俗新坟顶插引魂幡）。

“天也妒”二句，认为为情而死必将流芳千古，这是对其生死观、爱情观的高度肯定。

人[12]，狂歌痛饮，来访雁丘处。

末四句，点出垒筑雁丘的用意。下片前低沉，后高昂，“狂歌痛饮”极显遗山个性。

［注释］

[1] 乙丑岁：金章宗泰和五年（1205），岁次乙丑。赴试并州：《金史·选举志》载：金代科举之制，由乡至府，由府至省及殿廷，凡四试。明昌元年（1190）罢免乡试。府试试期在秋八月。府试处所承安四年（1199）增太原，共为十处。 [2] 识（zhì）：标志。 [3] 雁丘：［嘉庆］《大清一统志》：雁丘“在阳曲县西汾水旁。金元好问赴府试。……累土为丘，作《雁丘词》”。 [4] 无宫商：不协音律。按《遗山自题乐府引》（姚本卷四十二），词人四十五岁时曾将其词汇为一编，名为《遗山新乐府》，下句“今改定之”当在此时。此词异文甚多，“千山暮景”有作“千山暮雪”者。同调“笑青山不解留客”作于元光间，有“萧萧暮景千山雪”句，由此可知改动痕迹。 [5] 问：底本及《宛委别藏》本作“恨”，据张本、方本、《九金人集》及《御选历代诗余》《词综》改。世：底本、方本、《九金人集》《宛委别藏》本作“人”，据《御选历代诗余》《词综》酌改。 [6] 直教：竟使。 [7] 是中更有痴儿女：谓这雁群中更有痴迷于儿女情长以致殉情的。 [8]“君应有语”以下四句：（殉情的大雁）你应这样说：白日万里长途，层云迷漫；黑夜千山暮景，处处凄凉，形单影只为谁奔波呢？ [9]“横汾路”以下三句：联想汉武帝《秋风辞》“泛楼船兮济汾河，横中流兮扬素波。箫鼓鸣兮发棹歌”，对比渲染雁丘周围环境气氛的寂寞冷落荒凉。平楚，远望树梢齐平貌。 [10]“招魂楚些（suò）何嗟及”二句：述葬雁后为雁招魂的感伤及想象雁魂在荒山中的凄苦。招魂楚些，《楚辞·招魂》句尾皆有“些”字。何嗟及，（悲叹）无济于事。山鬼，《楚辞·九歌·山鬼》篇指山神，此指雁魂。 [11] 天也妒：宋周格非《绿头鸭》（陇头泉）：“月不长圆，云多轻散，天应偏妒有情人。” [12] 骚人：诗人。

［点评］

此词经作者后来改订，遂引发时人知重。先有李治、杨果和作，后有张炎、韦居安等评说称引，可知在元代已传播于大江南北。至清代经朱彝尊《词综》、康熙《御选历代诗余》等权威选本宣扬，在词学界视为经典之作。又经金庸小说《神雕侠侣》重视，港台电视剧选为歌词，如今几乎家喻户晓，有人因词而知名之效，这主要得力于首二句，它既是对人世生死取向的深层灵魂拷问，也是对“生命诚可贵，爱情价更高”价值理念的奋力高扬，故特别有必要对首三字异文的取舍细加申述。

“问世间”，一卷本、三卷本作“恨人间”，四卷本作“问人间”（五卷本《宛委别藏》本作“恨”，张家鼐南塘本作“问”，姚奠中、李正民增订本据《全金元词》改“问”为“恨”）。酌改理由有三：一是下述“老翅几回寒暑”问的就是大雁。“君应有语”四句指殉情的大雁对词人的答话，故前二句显然是问句，应作“问”而非“恨”。二是下选同属早期且被誉为双璧的《双蕖怨》词，首二句也作“问莲根、有丝多少，莲心知为谁苦”。宋人张炎《词源》“《双莲》《雁丘》等，妙在模写情态，立意高远”，指的就是在艺术思维上将动物、植物拟人化进而设问对答，以我观物，融我于物。可知二词的思维模式如同一辙，首字应为“问”。三是词序已将大雁殉情的凄惨事迹交待清楚，怜悯惋惜之情酝酿得满满的，“问世间”就像火山喷发，词人的满腔疼爱感伤喷涌而出，有大堤溃决汹涌澎湃一泻千里之势，如作“恨”则是将满腔激情咽回肚里，然后像剥茧抽丝一样娓娓道来，在艺术爆发力上大打折扣。至于“世”与“人”的是非，发“问”者是词人，被问者是大雁，“世间”包括雁，若作“人间”就是问人而非问雁了。再者咏物贵在物中有我，我中有物，不即不离，如作“人”则是离物，直接写人，失去言在此而意在彼、言有尽而意无穷的艺术效果。明眼人一看便知，遗山不会有此失误。

此词之所以被视为名篇的原因——熔豪放婉约为一炉。张炎谓“元遗山极称稼轩词。及观遗山词，深于用事，精于炼句，风流蕴藉处，不减周（邦彦）、秦（观），如《双莲》《雁丘》等”，将此词视为婉约派名作。朱小岑《论词绝句》“儿女痴情迥不侔，风云气概属辛、刘。遗山合有出蓝誉，寂寞横汾赋《雁丘》”（见况周颐《蕙风词话补编》卷三），认为此词虽为悲摧凄婉的爱情题材，但其主流基调属豪放而非婉约。程千帆《对于金代元好问的一二理解》谓“两宋词人各有偏长，或以婉约为能，或以豪放见胜。而元好问不仅在前辈的诱导下，俱备了这两种风格，而且善于将它们熔铸一炉，使其作品的刚柔兼济之妙，较之辛词带有更大的普遍性”（《文史哲》1957年第6期）。词在开篇积情崩涌的奇问与篇末高扬的评价、雄豪的抒怀之情区间，用和缓语气接二连三地追寻大雁殉情的原因，体贴入微设想其心理，“渺万里”三句，模拟死雁之口，凄惨自白其“宁同万死碎绮翼，不忍云间两分张”的原因，把缠绵凄恻的情事说得斩钉截铁、义无返顾，有儒家志士仁人求仁得仁、如愿以偿的气概，表述意态则寓情于景，有凄婉蕴藉之致。由此可见程千帆所言深中肯綮，此词将婉约与豪放交叉错综熔为一炉，在遗山词中属可遇不可求的神品逸品，这又与遗山好奇的个性有关。

《续夷坚志》卷二《贞鸡》:“房皞希白宰卢氏时，客至，烹一鸡。其雌绕舍悲鸣，三日不饮啄而死。文士多为诗文。予号之为‘贞鸡’。”《中州集》戊集第五庞铸《田器之燕子图》诗序载，田器之在塞外曾对住在其屋檐的双燕多为关照。秋别时作诗藏蜡丸中系于燕足。后八年田调官潞州，此燕复来，其足蜡丸仍在。田遂让庞铸画燕子图，求诸公赋诗。诗末附杨云翼、张巨济、李纯甫、王大用、李钦叔诗及未录诗的赵秉文等七人。本集卷十三《益都宣抚田侯器之燕子图诗传本……》及卷十四《贞燕二首》也及之，由此可见当时文士群体的好奇趣尚及对殉情、重情的爱怜敬重。林从龙等《遗山诗词注析》谓此词“表面写雁，实则悲人，借题发挥，为天下痴情儿女痛哭”，有将悲悯情怀从“世间”缩小到“人间”之失。

摸鱼儿

泰和中[1]，大名民家小儿女[2]，有以私情不如意赴水者[3]，官为踪迹之[4]，无见也。其后踏藕者得二尸水中[5]，衣服仍可验，其事乃白[6]。是岁，此陂荷花开[7]，无不并蒂者。沁水梁国用，时为录事判官，为李用章内翰言如此[8]。此曲以乐府《双蕖怨》命篇[9]。“咀五色之灵芝，香生九窍[10]；咽三清之瑞露[11]，春动七情[12]。”韩偓《香奁集》中自叙语[13]。

问莲根、有丝多少[14]？莲心知为谁苦[15]？双花脉脉娇相向[16]，只是旧家儿女！天已许[17]，甚不教、白头生死鸳鸯浦？夕阳无语，算谢客烟中[18]，湘妃江上，未是断肠处。

香奁梦[19]，好在灵芝瑞露。人间俯仰今古[20]。海枯石烂情缘在[21]，幽恨不埋黄土。相思树[22]，流年度，无端又被西风误。兰舟少住[23]，怕载酒重来，红衣半落[24]，狼藉卧风雨[25]。

“问莲”二句，移情于莲，连设两问，与《雁丘》词同致，屡试不爽。谐音双关，有南朝民歌风调。

“双花”二句，把并蒂莲视为殉情男女的化身，将物态人事合二为一，词人褒贬是非立足于此。

“天已许”句，基于汉代以来兴起天人感应之说。此词本事与关汉卿《窦娥冤》六月雪殊途同归。

“相思树”三句，由古及今，将几千年来迫害婚姻爱情的作孽者钉在历史的耻辱柱上。

“兰舟”四句，寄寓了词人珍重留恋之情。许昂霄《词综偶评》：“绵至之思，一往而深，读之令人低回欲绝”。

[注释]

[1] 泰和：金章宗年号（1201—1208）。 [2] 大名：金路府名，治今河北大名县。 [3] 私情：私定终身的男女爱情。 [4] 踪迹：按行踪影迹追查。 [5] 踏藕：收获藕时，人入水中用脚掌踩去藕周围烂泥并把它挑出，谓之“踏藕”。 [6] 白：清楚。 [7] 陂（bēi）：池塘。 [8] 李用章内翰：李俊民（1176—1260），字用章，自号鹤鸣老人，晋城（今山西晋城）人。金承安五年（1200）经义进士第一，任应奉翰林文字。贞祐中，任沁水令。后弃官教授乡里，避乱南渡，隐居嵩山等地。 [9] 双蕖：并蒂荷花。怨：乐府诗题之一，以此命题，内容多涉怨恨或不如意事，其音哀怨。 [10] 九窍：面部七窍及大小便处。指代全身。 [11] 三清：道教指玉清、太清、上清，是神仙居住的仙境。“清”，凌云翰本、《宛委别藏》本、张本、方本等作“危”，韩偓《香奁》自序亦作“危”。“三危”有出处。《山海经·西山经》：“三危之山，三青鸟居之。”卷十一《杏花杂诗十三

首》尾注："韩偓：'咽三清之瑞露，春动七情；咀五色之灵芝，香生九窍。'" 按此，"清" 符合元作原貌，或词人所见韩偓《香奁》作 "清"，或属误记。凌本等据所见韩本改作 "危"，不妥。 [12] 七情：喜怒哀惧爱恶欲，此指各种感情。卷五《南冠行》有 "香生春动一诗成，瑞露灵芝满窗户" 句。 [13] 韩偓（wò）：晚唐诗人，其诗多写艳情，辞藻绮丽，时称香奁（lián）体。世传《香奁集》，乃和凝所作，假托韩偓。 [14] 丝：谐音 "思"。以藕丝相连象征男女情思绵绵。 [15] 莲心知为谁苦：谓莲心的苦涩是因为这对男女爱情之不幸产生的。莲心，谐音 "怜心"，即爱心。辛弃疾《卜算子・为人赋荷花》："根底藕丝长，花里莲心苦。" [16] "双花" 二句：谓并蒂荷花姿色娇嫩，两两相对，含情凝视，它们就是殉情男女的化身。 [17] "天已许" 二句：谓既然老天也默认许可殉情男女的私情，把他们化身为并蒂莲，那为什么人间就不能允许他们像鸳鸯那样在自己的小天地里自由匹配、朝夕相处、白头到老呢！ [18] "算谢客烟中" 以下三句：数算忧伤悲怨之所，谢灵运诗中感伤的烟景和娥皇、女英洒泪的湘江，与此荷塘相比，都不能算是痛断肝肠之处了。谢客，谢灵运幼时寄养于僧舍，故小字客儿。其《还旧园作见颜范二中书》"何意冲飙激，烈火纵炎烟" "长与欢爱别，永绝平生缘"，写因外界阻力导致与所爱永别的剧痛。湘妃，尧女娥皇、女英嫁舜为妃，舜死后二人没于湘江，为湘水神，人称湘妃。 [19] "香奁梦" 二句：用词序所及韩偓艳情诗句，赞美青年男女为爱殉情纯洁无瑕的品行，谓此属香奁体即艳情诗的精髓所在、理想境地。明汤显祖《牡丹亭・题词》所言 "情不知所起，一往而深。生者可以死，死可以生。生而不可与死，死而不可复生者，皆非情之至也"，与此类似。 [20] 人间俯仰今古：谓那对人生短暂的痴情男女瞬间已为陈迹。苏轼《西江月・重九》有 "俯仰人间今古"。俯仰，低头和抬头，喻时间短暂。 [21] "海枯石烂情缘在" 二句：谓他们为爱情而献身的人生理念不会随世磨灭，对毁灭爱情的造孽者敢于抗争的精神也不会埋没九泉。幽恨，深藏于心底的怨恨。 [22]“相思树”以下三句：谓千百年来，相思树及《孔雀东南飞》刘兰芝等的悲剧不断重演。相思树，干宝《搜神记》载：宋康王舍人韩凭妻何氏美，康王夺之。凭愤而自杀，何氏亦投台而死。康王使里人分别埋葬，令其相望。两墓生大梓树，相向靠拢，根交于下，枝交于上。又有鸳鸯，雌雄各一，交颈悲鸣。宋人哀之，称为“相思树”。流年，光阴似流水逝去，故称。无端，无缘无故。西风，喻指扼杀爱情的邪恶势力、封建礼教。宋贺铸《踏莎行》（杨柳回塘）：“当年不肯嫁春风，无端却被西风误。” [23]兰舟：木兰舟，小舟的美称。少住：暂留。 [24]红衣：指荷花。 [25]狼藉：零落散乱。风：张本等作“秋”。

［点评］

李俊民《鹤鸣老人集》卷三《一字百题》诗序谓乙亥（1215）秋避乱南渡，其侄时任河南府福昌县主簿，迎请侨居厅事之东斋。遗山丙子（1216）南渡居福昌县三乡镇，见李俊民转述词序所言事，遂以传奇笔法记载这一哀婉凄恻的传说，将并蒂莲视为殉情男女的化身，藕丝绵绵，象征着他们缠绵的爱情；莲心苦涩，寄寓了他们遭际的悲惨。人世间最真切、最强烈、最纯洁、最高尚的情感就是爱情，没有爱情的婚姻是不幸福的婚姻。然而几千年来的封建礼教却对此漠不关心，其所重视的是“不孝有三，无后为大”，把婚姻视为传宗接代、宗族绵延的工具，因而重视门当户对，孝顺和睦，规定“父母之命，媒妁之言”，视儿女私定终身为出格越轨、轻佻不正当、有伤风化的行为。尤其是对超越贫富贵贱以爱情为重的儿女私情坚决不认可，致使千百年来有无数殉情悲剧屡屡上演。遗山此词不仅表达了对青年男女私定终身之合理性的认可及其悲壮殉情的同情，而且把“是岁，此陂荷花开，无不并蒂者”视为“天已许”，这是《书·泰誓》“民之所欲，天必从之”“天视自我民视，天听自我民听”理念之与时俱进，在人生哲学层面达到了那一时代所能达到的高度。这种对有违“父母之命，媒妁之言”礼教的肯定，是对千百年来封建家长从天理人情两方面扼杀自由相爱的痛斥鞭挞，它超越了汉乐府《孔雀东南飞》刘兰芝反抗礼教之范围，否定了唐白居易《井底引银瓶》“止淫奔”、元稹《莺莺传》“善补过”之陈旧的封建理念，与同时的董解元《西厢记诸宫调》相呼应，这在前代的诗文史上是无先例的。

木兰花慢

上片：盛衰对比，层层铺叙渲染，以“怅”领起三句，“旧家”领起四句，点染法炉火纯青。

下片：用典如盐入水中，浑化无迹，妙然天成。“渺天际”三句，烟水迷离，怀旧念远的景致近似李白“孤帆远影碧空尽，惟见长江天际流”。

拥都门冠盖[1]，瑶圃秀，转春晖。怅华屋生存[2]，丘山零落，事往人非。追维[3]，旧家谁在？但千年、辽鹤去还归。系马凤凰楼柱，倚弓玉女窗扉。

江头花落乱莺飞[4]，南望重依依。渺天际归舟[5]，云间汀树，水绕山围。相期[6]，更当何处？算古来、相接眼中稀[7]。寄与兰成新赋[8]，也应为我沾衣。

［注释］

[1]“拥都门冠盖”以下三句：回忆当年汴京城门官员车盖云集、园囿湖山草木葱郁、春日阳光明媚流转的盛况。 [2]“帐华屋生存”二句：典出曹植《箜篌引》：“生存华屋处，零落归山丘。”感叹盛衰之变。 [3]“追维”以下五句：重返故地，路经旧日高门大户，楼柱拴着战马，闺窗放着弓箭，繁华祥和气息荡然无存。追维，追忆，回想。刘祁《归潜志》卷十三《游西山记》：“其舍盖余儿时从大父避乱所居。追维旧事，为之恻怆。”底本作“追随”，张、方诸本空缺，据《宛委别藏》本改。旧家，犹世家。但千年、辽鹤去还归，用辽东人丁令威成仙后化鹤归乡典，见《癸巳四月二十九日出京》注。系马凤凰楼柱，倚弓玉女窗扉，出庾信《哀江南赋》。 [4]江头花落乱莺飞：南朝梁丘迟《与陈伯之书》：“暮春三月，江南草长；杂花生树，群莺乱飞。” [5]“渺天际归舟”以下三句：用南朝齐谢朓《之宣城郡出新林浦向板桥》“天际识归舟，云中辨江树”及唐刘禹锡《石头城》“山围故国周遭在，潮打空城寂寞回”诗意，写离别故都时的留恋之情。归舟，回汴京的船。 [6]相期：相约将来会聚的日期。 [7]算古来、相接眼中稀：语出李白《金陵城西楼月下吟》：“月下沉吟久不归，古来相接眼中稀。”言自古以来离多聚少。 [8]兰成：庾信小字兰成，是南朝梁著名文学家。出使西魏被留，作《哀江南赋》写怀念故国之悲。遗山之身份情怀与庾信相近，故将此词视为兰成新赋。句中所寄之在汴友人当指河南路课税所长官杨奂及其属官杨果等。

［点评］

词当作于蒙古乃马真后四年（1245）春末自汴京北归时。上片写词人自癸巳（1233）四月离汴后首次重返故都的观感：往日所熟悉的都门繁华、园囿景致都成为过眼云烟，沧桑之变使人有隔世之感。下片写离汴之情：北归的词人在暮春花落的惆怅中虽渐行渐远，但仍时时回望故都，依依不舍，以致“天际归舟，云间汀树”，极尽视野。词末言与友人赠别，以词代笺，点出词的主旨。“系马”二句视觉冲突感极其强烈，通过形象极不协调的对照，以点代面，集中概括出游牧民族入主中原后鸠占鹊巢之悲伤，其用典思致如同前选《淮右》“细水浮花归别涧，断云含雨入孤村。空余韩偓伤时语，留与累臣一断魂”，先借用庾信《哀江南赋》两句，而后于词末点出“兰成新赋”。况周颐谓“元遗山以丝竹中年，遭遇国变。……神州陆沉之痛，铜驼荆棘之伤，往往寄托于词”（《蕙风词话》卷三），此词在其中尤其引人瞩目。缪钺谓此词“浑融深酝，哀怨苍凉，颇有纳兰性德论词时所向往的‘烟水迷离之致’，读起来使人有凄惘之感，如闻呜咽之音，可谓是词中的《哀江南赋》”（《论元好问词》）。

木兰花慢

游三台二首[1]

一

拥岧岧双阙[2]，龙虎气，郁峥嵘。想暮雨珠帘[3]，秋香桂树，指顾台城。台城[4]，为谁西望？但哀弦、凄断似平生。只道江山如画[5]，争教天地无情。

首三句：开篇与杜甫《登岳阳楼》“昔闻洞庭水，今上岳阳楼”之娓娓道来不同，有虎头突兀之势。抓住三台高峻密集的重要特点浓笔点染，虚处传神，强调宏伟壮丽的皇家气派。

“为谁”二句：融通古今物我，悲绪直撞心扉，可与《癸巳五月三日北渡三首》之“红粉哭随回鹘马，为谁一步一回头”合观，有唐王昌龄“烽火城西百尺楼，黄昏独坐海风秋。更吹羌笛《关山月》，无那金闺万里愁”之情境。

风云奔走十年兵[6]，惨淡入经营。问对酒当歌[7]，曹侯墓上，何用虚名？青青[8]，故都乔木，怅西陵，遗恨几时平？安得参军健笔[9]，为君重赋芜城。

［注释］

[1] 三台：魏武帝曹操在邺都（故址在今河北临漳县西南邺城镇）宫殿西铜雀园建，中名铜雀台，南名金虎台，北名冰井台，相距各六十步，“因城为基，巍然崇举，其高若山”（《通鉴地理通释》）。历十六国后赵、前燕及东魏、北齐，每加修整，甚于曹操初创之时。 [2]“拥岧岧双阙”以下三句：谓三台高峻宏伟，簇簇拥拥，有皇家富丽堂皇之气象。岧岧，高耸貌。张本作“岩岩”。前者多用状楼高，后者多用状山高。阙，宫门前两边城墙上供瞭望的楼。龙虎气，帝王气象。《史记·项羽本纪》载：范增与项羽言，刘邦入关，志不在小，“吾令人望其气，皆为龙虎，成五采，此天子气也”。郁峥嵘，盛壮高峻貌。左思《魏都赋》：“三台列峙以峥嵘。” [3]“想暮雨珠帘”以下三句：遥想三台宫室繁多层叠豪华的壮丽景观，指点其故址遗存。左思《魏都赋》李善注，三台各有屋一百多间。暮雨珠帘，王勃《滕王阁诗》：“画栋朝飞南浦云，珠帘暮卷西山雨。”秋香桂树，李贺《金铜仙人辞汉歌》：“画栏桂树悬秋香，三十六宫土花碧。”指顾，手指目视。台城，晋宋间称朝廷禁省为台，所以禁城也称台城。 [4]“台城”以下三句：宋郭茂倩《乐府诗集》卷三十《平调曲·铜雀台》引《邺都故事》：“魏武帝遗命诸子曰：‘吾死之后，葬于邺之西岗上。……妾与伎人，皆著铜雀台。……每月朝十五，辄向帐前作伎。汝等时登台，望吾西陵墓田。’”平生，老交情。 [5]“只道江

山如画”二句：意谓只以为三台依旧如画，不想转瞬即荡然无存，痛感天地翻覆无情。　[6]“风云奔走十年兵”二句：谓曹操以邺都为基地，多年四处征伐，为统一天下殚精竭虑。风云，喻汉末局势及其变化。　[7]“问对酒当歌”以下三句：曹操一生劳累，最终同为无知死骨，取得虚名又有何用。对酒当歌，曹操《短歌行》“对酒当歌，人生几何。譬如朝露，去日苦多。……周公吐哺，天下归心”，言人生短暂，须惜时奋勉，要自比周公之勤政。曹侯墓上，曹操《让县自明本志令》：“欲望封侯作征西将军，然后题墓道言‘汉故征西将军曹侯之墓’，此其志也！”此语另见《三国志·魏书·武帝纪》建安十五年“作铜雀台”裴松之注引《魏武故事》。　[8]“青青”以下四句：谓三台及曹墓荒芜，遗址上长满绿色的庄稼、野草，此暗用“黍离麦秀”之典，抒发盛衰无常之悲，感叹遗恨几时才能平息。故都乔木，古时都城四周植树，乔木指高树。西陵，指邺都之西的曹操墓。　[9]“安得参军健笔”二句：言怎么才能获得鲍照那样善于抒情的才思，为曹操铺写三台荒芜之悲。南朝宋鲍照曾任临海王刘子顼前军参军，其《芜城赋》写广陵兵燹后的荒芜景象。

“黄星”三句：况周颐《蕙风词话》卷三：“填词，景中有情，此难以言传也。元遗山《木兰花慢》云……平野春青，只是幽静芳倩，却有难状之情，令人低徊欲绝。善读者约略身入景中，便知其妙。”

二

渺漳流东下[1]，流不尽，古今情。记海上三山[2]，云中双阙，当日南城。黄星[3]，几年飞去，淡春阴、平野草青青。冰井犹残石甃[4]，露盘已失金茎。

风流千古短歌行[5]，慷慨缺壶声。想釃酒临江[6]，赋诗鞍马，词气纵横。飘零[7]，旧家王粲，似南飞、乌鹊月三更。笑煞西园赋客[8]，壮怀无复平生。

词末二句："语带自嘲，抚今思昔，而寄慨苍茫。"（夏承焘等《金元明清词选》）

［注释］

[1] 漳流：漳河，上源有二。清漳出山西平定县，浊漳出山西长子县，会于河南林州，流经临漳县境，至河北大名县入卫河。 [2]"记海上三山"以下三句：言邺都当时建筑宏丽，巍峨壮观。海上三山，传说中海上有蓬莱、方丈、瀛洲三山，此借指"其高若山"之三台。云中双阙，当日南城，陆翙《邺中记》载，邺宫南门西凤阳门，高二十五丈，又安金凤凰二于楼上，举头一丈六尺，未到邺城七八里，即遥见此门。南城，合观曹植《铜雀台赋》"连飞阁乎西城"句，应指邺都南面城区。 [3] 黄星：祥瑞之星，此指曹操。《三国志·魏书·武帝纪》："初，桓帝时有黄星见于楚、宋之分。辽东殷馗善天文，言后五十岁当有真人起于梁、沛之间，其锋不可当。" [4]"冰井犹残石甃（zhòu）"二句：言三台地下残留遗迹，地面已荡然无存。冰井，三台之北台。《水经注·浊漳水》："冰井台亦高八丈，有屋百四十五间，上有冰室，室有数井，井深十五丈。"石甃，用石砌的井壁。露盘已失金茎，李贺《金铜仙人辞汉歌·序》："魏明帝青龙元年八月，诏宫官牵车西取汉孝武帝捧露盘仙人，欲立置前殿。"金茎，承露盘的铜柱。 [5]"风流千古短歌行"二句：言曹操以《短歌行》"对酒当歌"为代表的诗歌慷慨多气，风行流传，成为千古名篇。缺壶声，《晋书·王敦传》："每酒后辄咏魏武帝乐府歌曰：'老骥伏枥，志在千里。烈士暮年，壮心不已。'以如意打唾壶为节，壶边尽缺。"本集《论诗三十首》："邺下风流在晋多，壮怀犹见缺壶歌。" [6]"想酾（shī）酒临江"以下三句：苏轼《前赤壁赋》："（曹操）酾酒临江，横槊赋诗，固一世之雄也。"酾酒，斟酒。 [7]"飘零"以下三句：以王粲自

况，言其四处漂泊。卷三十九《答大用万户第一书》有“东原（东平）留宿几半岁之久”语。旧家，从前，依旧。王粲，东汉末年人，避董卓之乱，自长安往荆州依附刘表，后归曹操，为“建安七子”之一。其《登楼赋》：“虽信美而非吾土兮，曾何足以少留。”抒发了流落他乡之悲。遗山常以王粲自比。《木兰花慢》（流年春梦过）有“只问寒沙过雁，几番王粲登楼”语。似南飞、乌鹊月三更，用曹操《短歌行》“月明星稀，乌鹊南飞。绕树三匝，何枝可依”诗意。 [8]“笑煞西园赋客”二句：言从前年轻气盛，壮志满怀。如今年老体衰，壮怀不再。西园赋客，邺都西园，即铜雀园，曹氏兄弟及建安诸子常游于此。曹丕《芙蓉池作》：“乘辇夜行游，逍遥步西园。”词人曾游汴京之西园，作《西园》诗，遂用此典以自谓。

［点评］

蒙古宪宗三年（1253）三月，遗山自东平北返，“孙德谦、张梦符津送至魏京”（卷三十九《答大用万户第一书》），组词及《浣溪沙·三台送客作离合体》应作于此时。汴京沉沦至此已二十年，巢倾卵覆的深伤剧痛，既像碑刻上字迹一样随着时间的推移逐渐漫漶，亦像树干上的刀痕随着年轮的增长逐渐内陷，“其天怀所感激，偶遇一物焉而伸之；其孤愤所郁结，偶遇一事焉而发之”。“游三台二首”，怀古伤今，寓有很深长的身世之感，虽迷茫不清，但苍凉浓郁，侧重点亦有所不同。

第一首侧重写西望之感想。上片前六句由“拥”“想”领起，景象由大到小，由远到近，由外到内，层层铺叙，渲染三台的昔日盛况。“台城”三句用顶针手法，由状物转入述事，追想当年妃嫔乐伎在铜雀台上西望曹操墓弹奏，弦声呜咽凄哀时断时续，思恋故君如泣如诉，情怀缠绵凄婉。后二句用“只道”“争教”呼应对照，从西陵中曹操的角度着笔，寓有纷繁迷茫的悲慨。下片由事论人，对曹操深知人生短暂、终归空无，却四处征战、殚精竭虑、谋求功名的矛盾言行表示不解，设想曹操地下有知，看到如今故宫禾黍也会满怀遗恨。末二句点明作词缘由，总结概括怀古伤今的指向。

第二首写南望漳河时所引发的情怀。上片从大处落笔，词人由漳流联想到历史长河，悬想当初邺都宫殿的巍峨壮观，目睹今日平野草青，盛况荡然无存，思绪在今古时空中往复徘徊，在盛衰对比中寓感慨，感叹英雄离世的时间之短和变化之大。下片对曹操的诗作作出高度评价，“风流千古”与黍离麦秀对比，充分肯定了立言的不朽价值。“想酾酒”三句进而推想曹诗的创作环境，强调创作主体慷慨情怀的纵横挥洒。“飘零”三句由怀人转入伤己，将曹操与自己比观，同是诗人，曹操当年是何等踌躇满志，风流潇洒，而自己早年“生平王粲，而今憔悴登楼，江山信美非吾土”（《石州慢·赴召史馆》）的生涯仍未改观，依旧漂泊他乡孤苦无依。末二句设想建安诗人群体嘲笑自己，故国孤臣心如死灰的无限感伤尽在言外。

水龙吟

从商帅国器猎于南阳[1]，同仲泽、鼎玉赋此[2]。

少年射虎名豪[3]，等闲赤羽千夫膳[4]。金铃星流电转：追踪马队疾驰的动态远景，“星流”状直线匀速移动，由近而远、由有而无的轨迹；“电转”状马队在曲折路途中形似闪电，曲折延伸、绰约多姿。骑兵之骨劲气悍、精神抖擞的神风远韵毕现。

末三句：曲终高调推出主旨，可与陆游《晓出遇猎徒有作》“狐兔草间何足问，合留长箭射天狼”及苏轼《江城子·密州出猎》“会挽雕弓如满月，西北望，射天狼”合观。

锦领[5]，平原千骑，星流电转[6]。路断飞潜[7]，雾随腾沸，长围高卷[8]。看川空谷静[9]，旌旗动色，得意似，平生战[10]。

城月迢迢鼓角[11]，夜如何，军中高宴。江淮草木[12]，中原狐兔，先声自远。盖世韩彭[13]，可能只办，寻常鹰犬。问元戎早晚[14]，鸣鞭径去[15]，解天山箭[16]。

［注释］

[1] 商帅国器：完颜鼎，字国器，正大二年（1225）自寿、泗元帅转安平都尉镇商州（今陕西商洛商州区）。三年屯兵方城（今河南方城县）。《金史·完颜彝传》谓正大二年事，误，见前选《赠镇南军节度使良佐碑》旁批。南阳：金县名，治今河南南阳。　[2] 仲泽：王渥，字仲泽，太原人，兴定二年（1218）进士，时为商帅幕府经略官。鼎玉：王铉，字鼎玉，燕（今河北北部）人，与遗山同年进士，时也任职商帅幕府。　[3] 少年射虎名豪：完颜鼎系女真世袭猛安，年二十，以善战知名，又曾镇商州，故用西汉李广射虎蓝田南山之神威类比。《中州乐府》王渥《水龙吟·从商帅国器猎，同裕之赋》“惯曾射虎南山下”亦如此。　[4] 等闲：指轻而易举。赤羽千夫膳：杜甫《故武卫将军挽词》：“赤羽千夫膳，黄河十月冰。”《杜诗镜诠》引朱珪注：“赤羽之下，会食千夫。”把赤羽解作旗帜。一说赤羽指箭，言箭不虚发，发得兽，可供千人之食。此取后说。　[5] 金铃锦领：指马匹的装饰和兵士的衣着之精美。　[6] 星流电转：形容猎骑快速如流星闪电。　[7] 飞潜：指飞禽走兽。　[8] 长围：打猎时巨大的包围圈。卷：《宛委别藏》本、

张本等作“掩”，用指降维射击的势态，于意较佳。[9] 川空谷静：指围场的野兽被清洗一空。[10] 平生：平素。[11] 迢迢：高远貌。[12]“江淮草木”以下三句：喻指南宋等敌闻商帅声威而远遁。江淮草木，《旧唐书·张万福传》载，万福骁勇善战。淄青节度使李正己叛乱，将断江淮粮道，“德宗以万福为濠州刺史，召见谓曰：‘先帝改卿名“正”者，所以褒卿也。朕以为江淮草木，亦知卿威名，若从先帝所改，恐贼不知是卿也。’复赐名万福。……淄青兵马倚岸睥睨不敢动”。后用作称颂猛将的典故。中原狐兔，宋王安石《秦始皇》：“天方猎中原，狐兔在所憎。”张元干《贺新郎》（梦绕神州路）：“底事昆仑倾砥柱，九地黄流乱注，聚万落千村狐兔。”先声，兵家指先张扬声势以威慑敌人。[13]“盖世韩彭”以下三句：功名盖世的韩信、彭越，也只类似被人驱使的鹰犬。[14] 元戎：主帅。早晚：何日。[15] 鸣鞭：挥鞭。挥鞭策马，动则有声，故称。[16] 解天山箭：言商帅能够在西北前线抗击蒙古军取得薛仁贵一样的功绩。王渥《水龙吟·从商帅国器猎，同裕之赋》“咸阳道左，拜西还驾”亦言及用兵西方凯旋事。解，能，得。天山箭，《新唐书·薛仁贵传》载，薛仁贵与天山九姓突厥战，发三矢，杀三人，使其退兵，故有“将军三箭定天山”之誉。

[点评]

正大三年（1226）遗山曾应征入完颜鼎幕府，词作于是年秋（王渥和词有“短衣匹马清秋”句）。完颜鼎于正大二年被选任统率精兵直隶枢密的安平都尉，是金末著名将帅。词上片紧扣“围猎”，由点到面。先写主帅技高胆大，连用两典，再加“少年”“等闲”，步步衬托其神威。次写从猎部队，从装备精良、从兵数众、行动迅猛三方面，侧面烘托主帅备受上下倚重的人气。“路断”七句，重点描写壮观的围猎场面：所经之路，飞禽走兽皆已绝迹；马蹄飞奔，尘土飞扬如沸；“长”状围猎圈之大，“高”状骑兵俯射来势之雄。继四句纯用侧面描写衬托，以“看”字领起，句式短促，气势酣畅，浓墨重彩，神思飞扬。下片由军中夜宴联想到边防。词人认为南宋不足为患，当前最凶险的敌人是蒙古，希望商帅像初唐“三箭定天山”的薛仁贵那样能解除西北边患。这是全词的重心主旨所在，前面所写主帅神威、将士用命、围猎场面及盖世韩彭，都是陪衬。值得深思的是，遗山为何将楚汉之争中功勋卓著、裂地分王的韩信、彭越视为“寻常鹰犬”？又为何特别看重薛仁贵“将军三箭定天山，壮士长歌入汉关”的功绩？金宣宗时不能北御蒙古而屡屡取偿于南宋，杨云翼劝谏“两淮生灵皆陛下赤子”“以天下为度者，不如是也”，遗山认为“征南谏书无多语，大度高皇有至仁”（前选《内相杨文献公哀挽三章效白少傅体》）。哀宗继位后扭转了这一策略，在正大二、三年相继与西夏、南宋修好，集中兵力抗击蒙古。《金史·完颜彝传》载完颜鼎“落帅职，例为总领，屯方城”，“时在病”，明年“病愈，诏提兵而西”，盖哀宗在商帅屯兵方城时已有调遣其军北拒蒙古之意。联系这些史实，可知“解天山箭”的完颜鼎之高于“鹰犬”韩、彭处，在于他能充分得到君主的信任委以重任，获取精兵强将、快马劲弓之优质资源配置，摆脱了“狡兔死，走狗烹”之被利用被猜忌的可悲境遇，而明辨主次敌友的雄才大略及不可欺软怕硬之正义是非，正是君臣形成共识同仇敌忾的思想基础。全词气势豪迈，景象壮阔，可与苏轼《江城子·密州出猎》媲美，所表现以女真政权为正统的爱国观与苏、陆同中有异。

最高楼

商於鲁县北山[1]

商於路，山远客来稀，鸡犬静柴扉。东家劝饮姜芽脆[2]，西家留宿芋魁肥[3]。觉重来[4]，猿与鹤，总忘机。

问华屋、高赀谁不恋[5]？问美食、大官谁不羡？风浪里[6]，竟安归[7]？云山既不求吾是[8]，林泉又不责吾非。任年年[9]，藜藿饭[10]，芰荷衣[11]。

上片：空谷足音，热情招待稀客，自属情理中事。上古纯朴民风，往往保留在深山老林里。

下片：排比张扬，有天风海雨之势。“芰荷衣”，用典以旧瓶装新酒，为我所用，气势汪洋。

[注释]

[1] 商於（wū）：古地名，在陕西商南县至河南西南一带。此指今河南鲁山县（金时隶汝州）北山之商於。遗山远祖元结父辈已定居于此。其《五规·心规》：“元子病游世，归于商於山中。” [2] 劝：底本及张本等作“欢”，《宛委别藏》本作“劝”，从二句互文对偶的角度看，较佳，据改。姜芽：生姜初长出的嫩芽。 [3] 芋魁：大芋头。芋为多年生草本植物，块茎椭圆形或卵形，含淀粉多，供食用。 [4] “觉重来”以下三句：《列子·黄帝》：“海上之人有好沤鸟者，每旦之海上，从沤鸟游，沤鸟之至者百住而不止。其父曰：‘吾闻沤鸟皆从汝游，汝取来，吾玩之。’明日之海上，沤鸟舞而不下也。”借用此典，言再次来到此地，感觉到

亲近自己的鹤猿禽兽毫无防害之心。忘机，忘却机巧诡诈。 [5]高赀（zī）：高俸禄。赀，同“资”。 [6]风浪：喻艰险的处境。 [7]竟安归：最终怎能全身而退？ [8]“云山既不求吾是”二句：唐元结《处规》：“云山幸不求吾是，林泉又不责吾非，熙然能自全，顺时而老，可矣！” [9]任：放任，任凭。 [10]藜藿（lí huò）饭：指粗食淡菜。杜甫《甘林》：“试问甘藜藿，未肯羡轻肥。”藜，草本植物，嫩叶可食。藿，豆叶。 [11]芰（jì）荷衣：出屈原《离骚》：“制芰荷以为衣兮，集芙蓉以为裳。”原以用菱叶、荷叶缝制的衣服喻修德之美，此代指简朴的衣服。

[点评]

本集卷八《寄希颜二首》其一云：“僵卧嵩丘七见春，商於归计一廛新。悠悠华屋高赀意，兀兀田夫野老身。动色云山如有喜，忘机鸥鸟亦相亲。粗疏潦倒今如此，楼上元龙莫笑人。”其“商於归计”“华屋高赀”“忘机鸥鸟”的用典、旨趣等皆与本词吻合，词题及“云山”二句，皆与元结出仕碰壁归隐商於有关，二作作年相近。卷三十七《送秦中诸人引》：“今夫世俗惬意事，如美食、大官、高赀、华屋，皆众人所必争，而造物者之所甚靳，有不可得者；若夫闲居之乐，淡乎其无味，漠乎其无所得，盖自放于方之外者之所贪，人何所争，而造物者亦何靳邪。”亦与本词下片尽合，文有“予以家在嵩前”语。按此，词当作于家居嵩山时。前选《饮酒五首》题注云：“襄城作。”此营耕地与鲁县北山邻近，此词应作于辞史馆职回嵩山后的正大二三年间。上片叙事，以自我为线索，移步换形，由外而内，逐渐深入，描述所见所闻所感所思，表达了对此地民风的倾心喜爱。插叙“觉重来”，使昔景与今景叠映，再用“总”字关合概括，加深对纯朴亲和绝无机巧之民情风俗的钟爱。下片抒情，通过感慨万端的连问、仕隐利害的对比，在激昂的情怀中展示其人生方向的取舍。这一内在的张力，仍基于其功名心，归隐只是不得已而求其次的无奈选择，所以与陶渊明归隐之心气平淡冲和不同，此所谓大隐与小隐、“好出家”与“歹出家”之别。正因如此，此词有“气王神行，平芜一望时，常得峰峦高插、涛澜动地之概”（沈德潜评遗山七古语），呈现出隐逸诗词中意境深远的优美与情调激越壮美合为一体的奇特景观。

玉漏迟

壬辰围城中有怀淅江别业[1]，为钦用弟赋[2]。

淅江归路杳[3]，西南仰羡，投林高鸟。升斗微官，世累苦相萦绕[4]。不入麒麟画里[5]，又不与、巢由同调[6]。时自笑，虚名负我[7]，平生吟啸。

扰扰马足车尘[8]，被岁月无情，暗销年少。钟鼎山林[9]，一事几时曾了？四壁秋虫夜语[10]，更一点、残灯斜照。青镜晓，白发又添多少？

“淅江”三句：杜甫《独坐》：“仰羡黄昏鸟，投林羽翮轻。”

“秋虫夜语”：唐卢照邻《悲夫》：“听春鸟于春朝，闻秋虫于秋夜。”前选卷八《内乡县斋书事》有“饥鼠绕床如欲语，惊乌啼月不堪闻”语。

“残灯斜照”：夜深难眠、隙风吹灯、孤寂凄清之状尽寓其中。

总批：陈廷焯《词则》：笔致俊快！“钟鼎”二句与上“麒麟”二语意复。

[注释]

[1] 壬辰围城：天兴元年（1232），岁次壬辰。这年三月，蒙

古大军围攻金都汴京不克，转攻周围州县。至次年正月崔立兵变以汴京降，历十月。时遗山任尚书省掾，在围城中。淅江别业：按卷一《新斋赋》“予既罢内乡，出居县东南白鹿原，结茅菊水之上”及卷二《学东坡移居八首》其五“新斋淅江曲，山水穷放浪”，此指词人丁母忧后移居长寿山村之所，为正居而非别业。卷十一《自镇平暂往秋林道中寄家》《自邓州幕府暂归秋林》等作，以秋林为别业、长寿山村为正居之别甚明。然秋林在内乡北山，临湍水而非淅水，而卷八《怀秋林别业》“茅屋萧萧淅水滨”“二顷田园入梦频”，将二者混为一谈。此诗亦围城中作，疑诗题中之“秋林别业”即词题之“淅江别业”。　[2] 为钦用弟赋：底本无此句，据《宛委别藏》本、张穆本等补。钦用，与词人同年及第，列为“三知己”。《中州集》癸集第十《李户部献甫》：“壬辰之兵，奏充行六部员外郎，守备之策，时相倚任之。”　[3]“淅江归路杳”以下三句：内乡秋林在汴京西南，词人当初欲终老于此，《临江仙》（夏馆秋林山水窟）“父老书来招我隐，临流已盖茅堂。白头兄弟共商量，山田寻二顷，他日作桐乡”，“青山不能隐，俯首入羁鞅”（《学东坡移居八首》其五）亦就此而言。杳，遥远渺茫。　[4] 世累：功名利禄等世俗人事的牵挂拖累。　[5] 麒麟画：汉宣帝命画功臣像于未央宫麒麟阁中，后为建功立业流芳百世的典故。　[6] 又不与、巢由同调：谓未能与巢、由一样隐居不出。巢由，指尧时隐士巢父、许由。　[7]“虚名负我”二句：谓自己平生喜爱闲散吟咏，竟然被仕途虚名所贻误。吟啸，高声吟咏。　[8] 扰扰：纷乱貌。马足车尘：借指在京为官，卷八《围城病中文举相过》有“扰扰长衢日往回”句。　[9] 钟鼎山林：代指仕宦与隐居之两种人生取向的纠结。钟鼎，古青铜器的通称，多有记事表功文字。《旧唐书·长孙无忌传》：“既勒铭于钟鼎，又图形于丹青。”　[10] 四壁秋虫夜语：用司马相如“家徒四壁”典，写家境窘况，《怀秋林别业》有“空墙无穴鼠嫌贫”句，《围城病中文举相过》有“生涯若被旁人问，但说经年鼠不来”句。

［点评］

按“秋虫夜语”，词作于天兴元年秋。词人在即将国破家亡之际，向知己密友一吐苦衷。与《雨后丹凤门登眺》“劫火有时归变灭，神嵩何计得飞来”之救亡图存、《壬辰十二月车驾东狩后即事五首》“秋风不用吹华发，沧海横流要此身”之勇担重任等多侧重国事的诗作不同，词多议论，直抒情怀，只言身事家事，倾吐平生苦衷，笔触进入感情世界的深处，反映了特定时间、地点、事件下特殊的心绪轨迹。词人身居围城，历经凶险。前选《喜李彦深过聊城》有“围城十月鬼为邻”句，既包括战祸，也包括饥饿、疫疾。前选《学东坡移居八首》其四有“壬辰困重围，金粟论升勺”，卷三十七《李氏脾胃论序》言壬辰围城病殁者近百万人。由此可知词人此时对于自由的渴望、求生的欲望之强烈，所以他特别怀念往日隐居淅江别业的闲逸生涯。词开篇三句，紧扣词序，抒写“鸟倦飞而知还”之情怀，“归路杳”不仅限于空间距离，还有“突骑连营鸟不飞”（《岐阳三首》）之人为因素，因而只能“仰羡”“投林高鸟”。继而追思咎由自取的原因，直接的“世累”是“尘埃长路仍回首，升斗微官亦强颜”（《出山》）。词人进而掂量“升斗微官”之不值，与“动可以周万物而济天下，静可以崇高节而抗浮云”（卷一《新斋赋》）之夙愿相较，可谓鸡飞蛋打，故有“时自笑”三句之自嘲后悔。下片感慨身处险地，家徒四壁，仕隐出处，进退维谷，未老先衰，白发顿增。

前三句言整日仕途奔波，但前景不容乐观，峥嵘岁月促使老化进程。继二句感叹仕隐得失、悔恨交织之纠缠难解。“四壁”句着眼于城中粮荒生计窘迫，末二句化用李白《秋浦歌》“白发三千丈，缘愁似个长。不知明镜里，何处得秋霜”，悬想万般熬煎对身心的摧残，早生白发，未老先衰。《围城病中文举相过》有“潘岳镜中浑白发”语，用潘岳《秋兴赋序》“譬犹池鱼笼鸟，有江湖山薮之思”“始见二毛”典，可知结穴二句有照应开头关合全词仕隐出处之用。

上片：在传统的悲秋情怀中融入中年易感的心灵与盛衰兴亡的世事，物我互动互补，内蕴浑厚，更觉浓重苍凉。“秋也老”，比李贺“天若有情天亦老”更为奇警。“算”“惟有”将解脱悲伤的种种途径及其选择之思索和盘托出，大刀阔斧中寓精雕细琢。

下片：前六句用短促句式抒胸中块垒，想象奇特，气度豪迈，天地一我、古今一我的形象巍然独立。后四句言舍仕归山的选择，想象词人决意归山行走其路的情形，风致与李清照《凤凰台上忆吹箫》“休休，这回去也，千万遍《阳关》，也则难留”近似。

满江红

内乡作

老树荒台，秋兴动[1]，悠然独酌[2]。秋也老，江山憔悴，鬓华先觉[3]。人到中年原易感[4]，眼看华屋归零落[5]。算世间，惟有醉乡民[6]，平生乐。

凌浩荡[7]，观寥廓[8]。月为烛，云为幄[9]。尽百川都酿[10]，不供杯杓。身外虚名将底用[11]，古来已错今尤错。唤野猿、山鸟一时歌[12]，休休莫。

［注释］

[1] 秋兴：因秋季凋零而兴发的悲凉情怀。 [2] 悠然：忧伤貌。宋梅尧臣《朔风寄永叔》：“悠然伤我心，历乱非可拟。” [3] 鬓华：

花白的鬓发。 [4] 人到中年原易感：《晋书·王羲之传》：“谢安尝谓羲之曰：‘中年以来，伤于哀乐。’” 后用作人到中年特易感伤之典，前选《别程女》有“中年尤觉感悲欢”。 [5] 眼看华屋归零落：语出曹植《箜篌引》“生存华屋处，零落归山丘”，寓国家将亡之意。 [6] 醉乡：指醉酒后神志不清的境界。唐王绩《醉乡记》：“阮嗣宗、陶渊明等十数人，并游于醉乡。”白居易《醉吟先生传》：“性嗜酒，……陶陶然，昏昏然，不知老之将至。” [7] 浩荡：指像波涛起伏的山脉。 [8] 寥廓：高远空旷的天空。 [9] 幄（wò）：帐幕。 [10] “尽百川都酿”二句：谓即使将所有河水都酿成酒，也不够豪饮。用“沈酿川”典，详见前选《饮酒五首》其二注 [6]。杓（sháo），勺子。 [11] “身外虚名将底用”二句：陶渊明《归去来兮辞》：“归去来兮，田园将芜，胡不归。……实迷途其未远，觉今是而昨非。” [12] “唤野猿、山鸟一时歌”二句：旧题宋尤袤《全唐诗话·司空图》：“图愤愤谢病复归中条，与人书疏，不名官位，但称知非子。……结茅屋命曰休休亭。”其《休休亭》诗有“休休莫莫，伎两虽多性灵恶，赖是长教闲处著”语。暗用此典，谓叫来猿鸟一起歌唱司空图《休休亭》诗，有决意舍仕归山永不回头之意。

［点评］

词应作于正大四年（1227）深秋任内乡县令时，次年十月已丁母忧出居长寿新居，尽孝床前，营葬丧后，无暇为此。是年蒙古军主力西征回师，灭西夏，秋七月，自凤翔攻西安，关中大震，金国危在旦夕。味“江山憔悴”“华屋零落”诸语，词有预感危亡之意。上片由眼前景物引发悲秋之感，以酒解愁愁更愁，遂按捺不住一一数说悲伤情怀。宋玉《九辩》“悲哉秋之为气也，萧瑟兮草木摇落而变衰”，后世推为悲秋之祖，杜甫《咏怀古迹五首》有“摇落深知宋玉悲”。“老树荒台”，在自然气象的基础上又加入人文物象，前选《出都二首》之“老树遗台秋更悲”，即将这种重叠悲伤明确说出。潘岳有《秋兴赋》，序有“三十有二，始见二毛”语，合观“秋兴动”“鬓华先觉”，六句暗用此典。下面“人到中年”之脆弱、“华屋”“零落”之沉重，从个人心境到时势国情层层展开，悲凉之感重重逼人。“算世间”三句又从反面着笔，与“悠然独酌”呼应，倍觉沉痛。下片前六句从如何摆脱悲感着墨，用极度夸张之语，谓其唯有放浪山水，沉醉酒间，才能消解预感国亡又无可奈何之情。末四句暗用司空图典，谓叫来猿鸟，一起同唱《休休亭》诗，以表现舍仕归山、永不回头之决心及禽兽欣然为友作伴之快慰。全词以议论为主，上片正面写悲，下片以欢衬悲，幕天席地，给人以天风海雨之感。

满江红

内乡半山亭[1]，浮休居士张芸叟洼尊石刻在焉[2]。

上片：略去半山亭山水胜概、茂林修竹的自然景观，专注其人文情怀，思路飘逸，想象丰富。

江上洼尊[3]，人道有、浮休遗迹。尊俎地[4]，江山如画，百年岑寂[5]。白鹤重来城郭在[6]，山花山鸟浑相识[7]。便与君、载酒半山亭[8]，追畤昔[9]。

人易老，时难得。欢未减，悲还及。身前与身后，杳无终极。一笑何须留故事，千年谁复知今日。拌醉来[10]，横卧陇头云[11]，林间石。

下片：从人生哲学的高度，把向有争议的“及时行乐”命题，说得如此义无返顾、甘之如饴，激情满怀，格调豪爽，放荡不羁，极显元氏个性风采。末三句之纵情狂饮的大醉情形尤可爱。陆游《新筑山亭戏作》亦有“酒酣独卧林间石”句，真是“心有灵犀一点通”。

［注释］

[1] 半山亭：在金内乡县城西淅江边，北宋诗人张舜民建。 [2] 浮休居士张芸叟：张舜民，字芸叟，自号浮休居士。仕宋官至吏部侍郎，属元祐党人，刚直敢言，屡经罢黜。《宋史》有传。洼尊石刻：清宝鼎望等［康熙］《内乡县志·舆地》：“洼尊石，在半山亭，有流觞曲水之形。县治未徙时，春日士人多游其上。今石上有宋浮休居士张舜民刻铭，曰：‘天开地成，禹析娲并。’第二行剥落，不可识。第三行曰：‘可盈不可倾，倍以醉，忌乎照，尚谨尔形。’” [3] 江：指淅江，源出河南卢氏县界，南流经金内乡县入丹江。 [4] 尊俎：盛酒肉的器具。半山亭有洼尊，故称。 [5] 岑（cén）寂：冷清寂寞。 [6] 白鹤重来城郭在：用丁令威成仙后化鹤归故里的典故，喻张舜民魂返旧地。 [7] 浑：全，还。 [8] 君：指张舜民仙化成的白鹤。 [9] 畴昔：往日。 [10] 拌：豁出，拼。宋吴潜《满江红·怀李安》：“邂逅聊拚花底醉，迟留莫管城头角。” [11] 陇头云：苏轼《行香子·冬思》：“别来相忆，知有何人？有湖中月，江边柳，陇头云。”陇，山阜。

［点评］

半山亭属内乡名胜，又紧邻县城，遗山正大四年（1227）任内乡令后常来此地，本集卷三《半山亭招仲梁饮》“孤城郁郁山四周，外人乍到如累囚”，即是年接待来访友人事（参见卷三十七《张仲经诗集序》），味词“人道有”，属初游之作。此词围绕“洼尊”展开，树立一个携酒登临、尽情豪饮、横卧山亭的内乡名宦形象，有阮籍赴任步兵校尉之风味。《大清一统志》谓此处“金元好问有乐府”，今新加有关元好问的建筑甚多，所谓“境因人胜”，此词理应重视。上片先写追寻遗踪，凭吊古迹。“江山”二句暗用苏轼《念奴娇·赤壁怀古》“江山如画，一时多少豪杰”，有物是而人非之慨。“白鹤”四句进而悬想张氏魂返故地，花鸟欢迎，自己也参与其中，共饮同游，畅谈昔日盛事，真是奇思妙想。下片写对人生的终极关注，把人生短暂、良辰美景难得的陈旧理念，放在以自身为基点向前后无限延伸的巨大时空中来考究，认为自己无须像辛弃疾“了却君王天下事，赢得生前身后名”（《破阵子·醉里挑灯看剑》）那样刻意追求名垂青史，也不必像张氏那样建亭刻石，留名后世，只愿徜徉山林，畅饮酣醉，有陈子昂“前不见古人，后不见来者”之岿然独立的气度。

满江红

上片：以昔日隐逸衬托今日赴任，有韩愈《听颖师弹琴》“昵昵儿女语，恩怨相尔汝。划然变轩昂，勇士赴敌场”之致。

送希颜之官徐州[1]

元鼎诗仙[2]，知音少，喜君留迹。还有恨[3]，故山飞去，石城、琼壁。万里征西天有意[4]，四方问舍今何日[5]。便金虬、飞驭解移文[6]，知无及。

淮海地[7]，云雷夕。自不负，髯如戟[8]。望幕中谈笑，隐然勍敌[9]。此老何堪丞掾事[10]，佳时但要江山笔[11]。向楚王、台上酒酣时[12]，须相忆。

“淮海”四句：可与《秋望赋》“非云雷之一举，将草木之偕零”合观。遗山诗词中多用“髯”凸显雷渊个性才能，如“堂堂髯御史”（《九日读书山……》）、“近得髯参信”（《闻希颜得英府记室》）、“紫髯落落照青春”（《希颜挽诗》）、“独恨少髯参”（《临江仙·孟津河山亭》），其传神写照，得力于顾恺之为裴楷画像之“颊上加三毛”。

［注释］

[1] 送希颜之官徐州：指雷渊至徐州移剌粘合帅府任观察判官事。刘祁《归潜志》卷一“雷渊”条谓其“迁东阿令，授徐州观察判官”。徐州，今江苏徐州，古称彭城。移剌粘合曾筑营少室，雷渊亦隐居于此，故有“初帅彭城，雷希颜在幕”（《归潜志》卷六“移剌粘合”条）之举。 [2]“元鼎诗仙”以下三句：《水调歌头》（云山有宫阙）词序载：庚辰（1220）六月，词人与雷渊、李钦叔游嵩山少姨庙，发现墙壁有古仙词，其中有“元鼎以来虚昆丘”句，末题“知音者无惜留迹”。雷渊有题记，并录之。元鼎，汉武帝年号（前116—前111）。 [3]“还有恨”以下三句：用南朝齐孔稚珪《北山移文》典。孔文用拟人化手法，以北山为主人公，讽刺周颙隐而复出事。遗山与雷渊曾同隐嵩山，故称之为“故山”。石城、琼壁，少室山的两座山峰，见《水调歌头》（山家酿初熟）词序。 [4] 万里征西天有意：《后汉书·班超传》：“尝辍业投笔叹曰：‘大丈夫无它志略，犹当效傅介子、张骞立功异域，以取封侯，安能久事笔研间乎！’”清黄遵宪《过安南西贡有感》：“班超投笔气如山，万里封侯出玉关。”合观本集卷六《并州少年行》“人生只作张骞、傅介子，远胜僵死空山阿”，句用班超投笔从戎典，谓雷渊赴任徐州帅府效力边疆将大显身手是苍天之意。 [5] 问舍：典出《三国志·魏书·陈登传》，指许

汜置屋买田事，详见前选《横波亭》注 [3]。本集卷八《寄希颜二首·希颜在徐州幕时作》之“楼上元龙莫笑人”“楼上元龙先日豪”，亦以陈登比雷渊，句谓雷渊“平生慕孔融、田畴、陈元龙之为人”(《希颜墓铭》)，如今国家形势危急，也绝不会只为自己的生计打算。 [6]“便金虬、飞驭解移文”二句：本古仙词“醉飞星驭鞭金虬”语，谓雷渊决意出山，即使是少室山灵乘金龙飞车欲撤回像《北山移文》那样抱怨友人离开的移文也来不及了。解，解除。移文，古代文体之一，旨在宣述自身旨意，晓谕对方。 [7]“淮海地”二句：谓徐州是抗击南宋的军事重镇，英雄有用武之地，是大显身手之时。云雷，《易·屯》卦象为云雷聚，象征世事变乱、君子创业之时。 [8] 髯如戟（jǐ)：称誉雷渊之豪杰形象的特点。《希颜墓铭》谓其“为人躯干雄伟，髯张口哆，颜渥丹，眼如望羊”。 [9] 隐然勍（qíng）敌：典出北齐颜之推《颜氏家训·慕贤》：“(张延隽）匡维主将，镇抚疆场，储积器用，爱活黎民，隐若敌国矣。”隐，威重貌。然，《宛委别藏》本、张本等作“如”。勍敌，强劲的对手。二句谓雷渊与幕府诸君谈论，才略旗鼓相当。 [10] 此老何堪丞掾（yuàn）事：典出《后汉书·马援传》：“此丞掾之任，何足相烦。”丞掾，负责书簿的文吏。 [11] 江山笔：得江山之助的笔力。《新唐书·张说传》：“为文属思精壮，长于碑志，世所不逮。既谪岳州，而诗益凄婉，人谓得江山助云。” [12] 向：如果。楚王台：项羽筑戏马台，故址在今江苏徐州市内，见《文选·谢宣远〈九日从宋公戏马台集送孔令诗〉》李善注引萧子显《齐书》。宋苏轼《次韵吕梁重屯田》：“待君笔力追灵运，莫负南台九日期。”王文诰辑注：“缜曰：‘刘裕为宋公，在彭城，九月九日，出游戏马台，送孔靖辞位归乡。谢灵运、宣远等，并从作诗。’”

［点评］

金宣宗兴定四年（1220）夏六月，遗山与雷渊游嵩山玉华谷。秋雷渊赴任徐州移剌瑗幕府观察判官，遗山作此词赠别。是年八月，词人到汴京府试，谓其举试出仕的人生价值取向是“为奇士，为名臣，慨然自拔于流俗，以千载自任”（前选《兴定庚辰太原贡士南京状元楼宴集题名引》），所以在送别享有“宏杰之士”盛誉的友人赴任帅府时，自然会乐见其行，以慷慨之气壮其行色。上片前三句与后三句互文，谓元鼎诗仙喜雷渊留题，少室山峰恨雷渊离去，在反复低回中，委婉寄寓惜别深情。继而口气突变，从友人主观抱负与世事客观需求两方面着笔，转写对其赴任帅府的赞赏之情，“便金虬”二句言友人赴任时迫不及待、义无返顾的情态，回应“元鼎诗仙”“故山飞去”，寓惜别、赠别之旨于兴会飙举、神采飞扬的想象中，有豪爽诙谐之致。下片直承不转，一路高歌。先设立舞台，次渲染背景，再推出主角。刻画人物由外部到内部，由性格到才能。肖像描写紧抓重要特征，用点染法凸显其刚直威重。关于谈笑、诗笔的描述，可与《希颜墓铭》“杯酒淋漓，谈谑间作。辞气纵横，如战国游士；歌谣慷慨，如关中豪杰”合观。末二句由现在推及将来，再回扣全词，以景结情，余味无穷，气定神闲。

遗山向来对“风云气少，儿女情多”的情调不满，此词与传统送别诗词流于感伤有别，在依依不舍中有沉雄豪迈之气，将风云气多与友人情深完美和谐地融为一体。

满江红

上片：写酒醒后的所见所闻所感。痛失爱妻，瘫软无力，在冷清寂寞的环境中，凄风苦雨交侵，物是人非的悲凉酸楚更使词人肝肠寸断。

下片：由室内转写室外，一切景语皆为情语，永别的怅恨与阔大的意境融为一体。末四句直抒情怀，悲伤欲绝。

一枕余酲[1]，厌厌共[2]，相思无力。人语定，小窗风雨，暮寒岑寂。绣被留欢香未减，锦书封泪红犹湿[3]。问寸肠，能著几多愁[4]，朝还夕。

春草远[5]，春江碧。云暗淡，花狼藉。更柳绵闲飏[6]，柳丝谁织[7]。入梦终疑神女赋[8]，写情除有文星笔[9]。恨伯劳东去燕西归[10]，空相忆。

［注释］

[1] 酲（chéng）：酒醉后神志不清。 [2] 厌厌：精神不振貌。共：极，甚。 [3] 锦书：《晋书·窦滔妻苏氏传》载，苏氏思夫，织回文诗于锦以寄，后称妻寄夫之书信为锦书。封：覆盖。红犹湿：晋王嘉《拾遗记·魏》载，文帝所爱美人薛灵芸闻别父母，嘘唏累日，泪下沾衣。至升车就路之时，以玉唾壶承泪，壶则红色。及至京师，壶中泪凝如血。后以红泪称美人泪。 [4] 著：承载。 [5]“春草远”二句：言愁思与日俱增，绵邈无尽。江淹《别赋》：“春草碧色，春水绿波。送君南浦，伤如之何？”江，《百家词》本作“红”。 [6] 柳绵闲飏：其意象与伤别有连。如杜甫《送路六侍御入朝》：“不分桃花红似锦，生憎柳絮白于绵。” [7] 柳丝谁织：《诗·小雅·采薇》：“昔我往矣，杨柳依依。”谁，《百家词》本、朱彝尊《词综》、张本等作“难”。 [8] 神女赋：指宋玉写楚怀王梦中与巫山神女相会之《高唐赋》。 [9] 文星：文昌星，诗词中多用以称誉文士才子。唐郑谷《读李白集》：

“何事文星与酒星，一时钟在李先生。”元宋无《杜工部祠》：“诗史孤忠在，文星万古沉。”星，张本、方本、姚本等作“通”。按：底本、《百家词》本、《宛委别藏》本皆作“星”，知原本如此。但如此修改于意更胜。南朝梁江淹，字文通，“少以文章显。……尝宿于冶亭，梦一丈夫自称郭璞，谓淹曰：‘吾有笔在卿处多年，可以见还。’淹乃探怀中得五色笔一以授之。尔后为诗，绝无美句”（《南史·江淹传》）。后以“五色笔”喻文才，其《别赋》是善写离愁别恨的名篇。五代张泌《惆怅吟》有“江淹彩笔空留恨”句，宋贺铸《青玉案》（凌波不过横塘路）有“彩笔新题断肠句”句。 [10] 恨伯劳东去燕西归：梁萧衍《东飞伯劳歌》：“东飞伯劳西飞燕，黄姑织女时相见。”后以“伯劳飞燕”指离别的亲人朋友。此指亡妻。归，《百家词》本、《宛委别藏》本、朱彝尊《词综》、张本等作“飞”。

[点评]

这是一首悼亡词，当正大八年（1231）妻亡后不久作。张氏为户部尚书张林卿之女，大户人家，知书识礼，才貌俱佳，约遗山十八九时成婚，生长女真、次女严、三女秀及长子千，含辛茹苦，颠沛流离。遗山对这位结发之妻明确记述之处极少，其伉俪情深半道失妻之痛，多见于悼亡词。《满江红》（枕上吴山）有“宫眉修碧”“画图相识”“锦树吹残蝴蝶老，冰绡翦破鸳鸯只”语，《三奠子·离南阳后作》有“连环玉，回文锦，两缠绵”语，《踏莎行》（微步生尘）有“东风正有去年花，柔条去作谁家柳”语，皆可与本词“锦书”“泪红”“柳绵”“柳丝”合观。本词的出处意象多有来历，如前三句本杜甫《曲江二首》“且看欲尽花经眼，莫厌伤多酒入唇”；继三句本李清照《声声慢》(寻寻觅觅)“守着窗儿，独自怎生得黑。梧桐更兼细雨，到黄昏，点点滴滴”；“问寸肠”三句本李煜《虞美人》(春花秋月)“问君能有几多愁，恰似一江春水向东流”；“春草”六句本杜甫《哀江头》“人生有情泪沾臆，江草江花岂终极”及贺铸《青玉案》(凌波不过横塘路)“试问闲愁都几许，一川烟草，满城飞絮，梅子黄时雨”。

这首悼亡词，情调凄婉，往复低回，呜咽凄恻，缠绵至极，真是“男儿有泪不轻弹，只因未到伤心处”。遗山词宗苏、辛，风尚豪放，至婉约之作，情韵亦“不减周(邦彦)秦(观)”，此词足资参证。

永遇乐

词序：梦中获神来之句，醒来扩展成篇，如一气呵成，天风海雨，酣畅淋漓，真词人之能事。

“留滞”三句：可合观前选《梦归》：“长安佳丽地，游子自枯槁。”“衡门眼中见，归意满秋草。”

梦中有以王正之乐府相示者[1]，予但记其末云：“莫嫌满镜，星星白发，中有利名千丈。待明朝，有酒如川，自歌自放。”然正之未尝有此作也。明日以示友人，希颜、钦叔谓可作《永遇乐》补成之。因为赋此。二公亦曾同作。

绝壁孤云[2]，冷泉高竹，茅舍相望。留滞三年[3]，相思千里，归梦风烟上。天公老大，依然儿戏，困我世间羁鞅[4]。此身似、扁舟一叶[5]，浩浩拍天风浪。

中台黄散[6]，官仓红腐，换得尘容俗状。枕上哦诗，梦中得句，笑了还惆怅。可怜满镜，星星白发，中有利名千丈。问何时，有酒如川[7]，自歌自放[8]。

［注释］

[1] 王正之：王特起，字正之，代州崞县（今山西原平）人。泰和三年（1203）进士甲科，智识精深，好学善议论。长于辞赋，出入经史。《中州集》己集第五有传。乐府：词。 [2]“绝壁孤云”以下三句：描述词人在嵩山隐居之所的环境及心境。孤云，单独漂浮的云片，常喻隐居闲散之人。唐刘长卿《送方外上人》：“孤云将野鹤，岂向人间住。” [3] 留滞三年：词人元光二年（1223）曾赴汴京拟试博学宏词科，至正大二年（1225）辞史馆编修前，在京城已滞留三年。 [4] 羁鞅：马笼头，引申为束缚。白居易《送毛仙翁》：“孰能脱羁鞅，尽遭名利牵。” [5] 此身似、扁舟一叶：喻身在风波险恶的宦海中浮荡。苏轼《自题金山画像》：“心似已灰之木，身如不系之舟。” [6]“中台黄散”以下三句：意近似唐岑参《因假归白阁西草堂》“误徇一微官，还山愧尘容”。中台，尚书省。黄散，晋以后黄门侍郎与散骑常侍共掌尚书事，合称“黄散”。官仓红腐，《汉书·贾捐之传》：“至孝武皇帝元狩六年，太仓之粟红腐而不可食。”此指官俸。尘容俗状，尘世庸俗的情态。孔稚珪《北山移文》：“焚芰制而裂荷衣，抗尘容而走俗状。” [7] 有酒如川：用沈酿川典，详见前选《饮酒五首》其二注 [6]。 [8] 自放：自我放任。

［点评］

词写身在仕途的苦闷，按希颜、钦叔同在汴京的境况及“留滞三年”语，当正大二年（1225）初在汴京时作。遗山在国史院时对仕隐纠结不已，所作诗词大多表达了回归嵩山的渴望之情，日有所思夜有所梦，这就是本词因梦而成的原因。上片前六句描述家居嵩山的环境之美，以及滞留汴京对隐居生活的思念。后六句抒发宦海浮沉、不能自主的感慨，自嘲为了一点可怜的薄俸，像头上箍了马辔头一样任人摆布，身如一叶扁舟在风吹浪打中漂荡。下片进而考量仕途名利对身心的煎熬和本我的异化，反思梦中之所以得句的原因，解剖“星星白发，中有利名千丈”的懊恼可笑，点明对超脱旷放生活的向往。词对仕隐生活作了多重对比，并通过巧妙的比喻和极度的夸张，把恶此尚彼的感情做多层面的展示，辞气酣畅豪放而有一波三折之致，末六句套用梦中语，尤妙。

声声慢

内乡淅江上作

林间鸡犬，江上村墟，扁舟处处经过。袖里新诗，买断古木苍波[1]。山中一花一草，也留教、老子婆娑[2]。任人笑[3]，甚风云气少，儿女情多。

不待求田问舍[4]，被朝吟暮醉、惯得蹉跎[5]。

前三句：“林间见鸡犬，直拟是仙家”（《少室南原》），“归路踏明月，醉袖风翩翩。父老遮我留，谓我欲登仙”（《九日读书山……》），真是“青山元有地行仙”（《壬辰十二月车驾东狩后即事五首》）啊！

“山中”二句：合观卷十一《杏花杂诗十三首》“长年自笑情缘在，犹要春风慰眼前”“红妆翠盖惜风流，春动香生不自由”，可以想见遗山钟爱花草、情不自禁的“婆娑”情态。

百尺高楼[6]，更问平地如何？朝来斜风细雨[7]，喜红尘、不到渔蓑。一尊酒[8]，唤元龙、来听浩歌。

下片："求田问舍""百尺高楼""平地""元龙"合用一典，从不同维度反用、活用，奇思妙想，奇谈怪论，戏谑诙谐，真是"嬉笑怒骂，皆成文章"！末二句意味深长，可视为"遗山风神"。

［注释］

[1] 买断：独占，占尽。 [2] 老子：老夫，词人自指。婆娑：盘旋流连貌。 [3] "任人笑"以下三句：任人嘲笑自己缺乏英雄豪气、多儿女柔情。南朝梁钟嵘《诗品》批评西晋张华诗"犹恨其儿女情多，风云气少"，遗山"风云若恨张华少，温李新声奈尔何"（《论诗三十首》之三）也持此理念，如今一改常态，自相矛盾，易招人嘲笑。 [4] 不待：不想，用不着。求田问舍：购房买地。 [5] 被朝吟暮醉、惯得蹉跎：唐吕岩《七言》："醍醐一盏诗一篇，暮醉朝吟不记年。"蹉跎，随性而为，懒散自由。 [6]"百尺高楼"二句：谓有志无志差别不大。用刘备批评许汜典，以百尺高楼喻志向远大，详见《横波亭》诗注[3]。 [7]"朝来斜风细雨"二句：指不受世俗凡务影响的隐逸生涯。唐张志和《渔歌子》："青箬笠，绿蓑衣，斜风细雨不须归。" [8]"一尊酒"二句：谓备酒特请以有无志向论高下的陈登，来聆听自己高歌放怀山水的诗词，看他是否还会固执己见吧。元龙，陈登之字。

［点评］

纵观遗山一生，为官内乡是其最欣慰之职，畅游山水是其最快活之时，晚年对此多有回忆，且最为怀念："我在正大初，作吏淅江边。山城官事少，日放淅江船。""一别半山亭，回头余十年。江山不可越，目断西南天。”（《九日读书山……》）此词剪辑记录了当时快活情境的精彩瞬间。上片铺叙尽情遍览浙江山水草木的行迹，强调一味赋诗歌咏其优美风光之雅事，并从反面着笔，通过我行我素、任人嘲笑的表态，以示陶醉美好风光的执迷不悔。下片抒怀，反用陈登典故，言其既不像许汜那样营置家产，也不像刘备、陈登那样胸怀大志，只愿隐逸山水，酣醉高歌，脱弃世俗，还要备酒请陈登来看自己放荡不羁的狂态，表现出欲与儒家用世观念分庭抗礼的旷放心态。

卷中　十五首

洞仙歌

黄尘鬓发[1]，六月长安道。羞向清溪照枯槁[2]。似山中远志[3]，漫出山来，成个甚？只是人间小草。

升平十二策[4]，丞相封侯[5]，说与高人应笑倒。对清风明月，展放眉头，长恁地[6]，大醉高歌也好。待都把、功名付时流[7]，只求个、天公放教空老[8]。

前三句：本集卷二《李道人嵩阳归隐图》有“愧我出山来，京尘满山衣”句。

“似山”四句：前人所谓“用典如盐著水中”，即使不知出处也无妨大碍，即此之谓也。在原典基础上加“漫”“成个甚”“只是”，极力自嘲自抑，更属能事。“小草不妨怀远志，芳兰谁为发幽妍”（卷八《春日半山亭游眺》）则旧瓶装新酒，表达身虽为官而心存隐逸的志趣，用典进入化境。

“升平”三句：其出处理念，可合观卷二《放言》：“古来帝王师，或从赤松游。大笑人间世，起灭真浮沤。曾是万户封，不恃一掉头。有来且当避，未至吾何求。”

［注释］

[1]“黄尘鬓发”二句：前选《〈杜诗学〉引》云：“乙酉之夏，自京师还，闲居嵩山。”二句指此。长安，代指汴京。　[2] 羞向清溪照枯槁：句意同唐岑参《因假归白阁西草堂》：“误徇一微官，还山愧尘容。”《战国策·秦策一》载苏秦说秦王不成而归，形容枯槁。枯槁，形容面色黑瘦憔悴。　[3]“似山中远志”以下四句：《世说新语·排调》载：东晋谢安起初有隐居东山之志，后被桓温屡邀，出为司马。有人送桓温药草，中有远志。桓取以问谢：“此药又名‘小草’，何

末六句：其预设隐逸生涯的思路，与《人月圆》（重冈已隔红尘断）“十年种木，一年种谷，都付儿童。老夫唯有，醒来明月，醉后清风”相似。

“清风明月”句：《南史·谢譓传》：“入吾室者，但有清风；对吾饮者，唯当明月。”

一物而有二称？”郝隆在旁应声而答：“此甚易解：处则为远志，出则为小草。”谢甚有愧色。辛弃疾《洞仙歌》（旧交贫贱）：“看匆匆哂笑，争出山来，凭谁问，小草何如远志。”此用以感叹移居嵩山后隐而复出，壮志难伸，碌碌无为。远志，草名，根可入药，苗叶名小草。后以小草喻心怀大志而怀才不遇的仕履。漫，空，徒然。 [4] 升平十二策：隋龙门人王通有济苍生之心，西游长安见隋文帝，奏太平十二策（唐杜淹《文中子世家》）。升平，太平。 [5] 丞相封侯：《三国志·吴书·顾雍传》：“累迁大理奉常，领尚书令，封阳遂乡侯。拜侯还寺，而家人不知。” [6] 恁（rèn）地：如此。 [7] 待：打算。时流：时人。 [8] 放教：使，让。空老：悠闲地衰老。

［点评］

遗山在史馆抑郁不舒，仕隐矛盾一直纠结于心，正大二年（1225）夏，终于以侍奉老母为由请长假，辞史馆职自汴京归嵩山，途中作此词。本集卷一《出京·史院得告归嵩山侍下》：“从宦非所堪，长告欣得请。驱马出国门，白日触隆景。”“尘泥久相涴，梦寐见清颍。”可合观。上片前三句叙事，交待时间、地点，并从人物的外状延伸到内心，写失意归来、身心憔悴、羞愧不已的情状。次四句述怀，表达对隐居不终、出仕无成的后悔，借用典故，巧用比喻，述诸形象，典雅曲折。下片写人生道路的抉择。前三句否定了历代士人心仪的人生最高追求，作为一介书生，凭借才学一日九迁，朝士暮相，一人之下万人之上，此乃最为理想之事，但古来高士如范蠡、张良等，尚对之嗤之以鼻，弃之如敝履，至于那些备受冷遇的升斗微官，又何恋之有！如此彻底否定，遂使“对清”三句所推出的企隐理念，得以顺理成章地确立，更何况在词人的心目中，隐居生涯具有诗情画意，令人称心如意。结处将兼济天下、功成名就的时代重任付与时贤，自己欲与草木同腐，只求上天饶恕放手不管。词人最终将解决仕隐纠结的抉择权托付外界，说明他对仕途的难舍无奈之情仍充溢其中，心魔不除，外魔丛生，矛盾纠结将永无宁日。

江城子

醉来长袖舞鸡鸣[1]，短歌行[2]，壮心惊。西北神州[3]，依旧一新亭。三十六峰长剑在[4]，星斗气，郁峥嵘。

古来豪侠数幽并[5]。鬓星星[6]，竟何成？他日封侯[7]，编简为谁青？一掬钓鱼坛上泪[8]，风浩浩，雨冥冥。钓坛，见《严光传》。

“短歌”二句：《论诗三十首》之三：“邺下风流在晋多，壮怀犹见缺壶歌。”

“三十”三句：可合观《岐阳三首》“三十六峰长剑在，倚天仙掌惜空闲”。

下片：高自期许如此，宜获“魏帝儿孙气似龙”“元氏从来多慷慷，并门自古出英雄”（耶律楚材《和太原元大举韵》）、“挟幽并之气，高视一世”（郝经《遗山先生墓铭》）之誉。

［注释］

[1] 舞鸡鸣：用祖逖有志恢复中原闻鸡起舞典，事见《晋书·祖逖传》。　[2]“短歌行”二句：曹操《短歌行》“对酒当歌，人生几何”“慨当以慷，忧思难忘”，《步出夏门行》“老骥伏枥，志在千里。烈士暮年，壮心不已”等，抒发了人生短暂、惜时励志的情怀。《晋书·王敦传》载，王敦志向远大，每酒后辄咏魏武帝乐府歌曰：“老骥伏枥，志在千里。烈士暮年，壮心不已。”以如意击唾壶为节，壶边尽缺。合观前选《木兰花慢·游三台》“风流千古短歌行，慷慨缺

壶声”，二句非限指《短歌行》。 [3]“西北神州”二句：典出《世说新语·言语》，见前选《秋望赋》“邈神州于西北，怳风景于新亭”注。 [4]“三十六峰长剑在”以下三句：以三十六峰剑气升腾聚积天空浓郁异常象，喻中州豪杰壮怀激烈，气冲霄汉。前选《横波亭》有“倚剑长歌一杯酒，浮云西北是神州”句。三十六峰，嵩山少室山脉有三十六峰，险峻挺拔，形状似剑。星斗气，剑气。《晋书·张华传》载：东南上空斗牛星座间常有紫气。张华有疑，雷焕言此因“宝剑之精上彻于天”。后雷焕任丰城令，掘狱屋地基，得龙泉、太阿二宝剑，斗牛间气不复见。 [5]古来豪侠数幽并：欧阳修《送薛水部通判并州》：“自古幽并重豪侠，只应行乐费黄金。”幽并，古代幽州、并州，在今山西、河北一带，其地民风尚武，豪杰辈出，“全晋之时固已患其僄悍，而武灵王益厉之，其谣俗犹有赵之风也”，“（燕）大与赵、代俗相类，而民雕捍少虑”（《史记·货殖列传》）。唐韦应物《送崔押衙相州》：“礼乐儒家子，英豪燕赵风。” [6]“鬓星星”二句：言自己属幽并之一员，两鬓已生零星白发而志愿一无所成。 [7]“他日封侯”二句：谓将来国家收复失地，建功立业封侯拜相以名垂青史者会是何人。杜甫《故武卫将军挽词》：“封侯意疏阔，编简为谁青。”编简，史册。古代用竹木简书写文字，以绳串编成册，故称。青，用简写史，为防虫蠹，刮平简面后再用火烤，谓之“杀青”或“汗青”，故亦将写好的简册称“杀青”或“汗青”。 [8]钓鱼坛：此当指方城堵水之阳的钓台。可合观《念奴娇》（严陵台畔）。

［点评］

这是一首壮志难酬的悲歌。词有“三十六峰”及“钓鱼坛”句，当词人闲居嵩山（1218—1226）时作。与前选《秋望赋》之“邈神州于西北，怳风景于新亭”“豫州之土，复于慷慨击楫之誓；西域之侯，起于穷悴佣书之笔”“整六翮而睨层霄，亦庶几乎鸷禽之一击”合观，二作在用典及情怀抱负方面相近，词亦当正大元年(1224)金哀宗继位后作。上片首句用祖逖事典，除寓爱国志士及时奋发闻鸡起舞之意外，在显要醒目的位置加入“醉来长袖舞”之壮志难酬、以酒浇胸中块垒的意蕴，此为全词之主脑。“西北神州”以下五句本辛弃疾《水龙吟》(渡江天马南来)“长安父老，新亭风景，可怜依旧。夷甫诸人，神州沉陆，几曾回首”及《水龙吟·过南剑双溪楼》之“举头西北浮云，倚天万里须长剑”而来，下片之豪侠有家难归、慷慨悲歌、虚度岁月、青史无名的激烈壮怀皆顺此而来。末二句用严光典，但绝非称誉隐士，加“一掬”“泪”，寓有不想隐而又不得不隐、心有委屈更与谁人说之悲凉寂寞情怀。词人此刻的心境，亦绝非像严光那样平静。末二句以景结情，象喻心潮起伏、四顾茫然、无所着落，言近旨远，余味无穷。

江城子

寄德新丈[1]

春风花柳日相催[2]，浙江梅，腊前开。开遍山桃，恰到野酴醿。商岭东来三百里[3]，红作阵，绿成堆。

半山亭下钓鱼台[4]，拂层崖，坐苍苔。林影湖光，佳处两三杯。恨杀玉溪王老子[5]，忙个

“半山”五句：所言美景、乐事，可与《张仲经诗集序》合观：“行斋之南有菊水，湍流喷薄，景气古澹，阳崖回抱，绿莎盈尺。腊月，红梅盛开，诸公藉草而坐，嘉肴旨酒，啸咏弥日。”

末三句：用调侃的口气，随便诙谐，表达了对这位忘年交的亲密深情。

总批：谢灵运《拟魏太子邺中集诗序》："天下良辰、美景、赏心、乐事，四者难并。"词人欲使"四者难并"之事兼备，重视邀请志同道合的诗友："麻信之、杜仲梁、张仲经，正大中同隐内乡山中，以作诗为业，人谓东南之美，尽在是矣。"（卷三十九《麻杜张诸人诗评》）

甚？不同来[6]？

[注释]

[1] 德新丈：王革，字德新，居嵩山玉溪，与遗山为忘年交，见前选《水调歌头》(空濛玉华晓)。 [2]"春风花柳日相催"以下五句：旧题王逵《蠡海集·气候类》："析而言之，一月二气六候，自小寒至谷雨，凡四月八气二十四候。每候五日，以一花之风信应之。……小寒之一候梅花，……惊蛰一候桃花，……谷雨一候牡丹，二候酴醾。"酴醾（tú mí），花白，其香清远。 [3] 商岭：商山，在内乡西，西起陕西商县东。 [4] 半山亭：在金内乡县城西侧。 [5] 恨杀：遗憾至极。玉溪：在嵩山太室东南。 [6] 不同来：词人官内乡后，许多诗友前来。本集卷三十七《张仲经诗集序》："及余官西南，仲经偕杜仲梁、麻信之、高信卿、康仲宁挈家就余内乡。"即就此而言之。

[点评]

遗山正大四年（1227）官内乡时作此词，可视为特招故友来访的邀请函。内乡与南京、镇江在同一纬度，属北亚热带湿润气候，高山大川纵横，花木种类繁盛，北国词人初到此地，自感惊奇，满怀喜悦。上片写淅江两岸山岭的植被美景，先从历时的角度描述自冬梅以来依次绽放的情形，又从共时的角度展示商岭三百里锦绣成堆的盛况，赞美之情充溢于字里行间。下片写自己淅江垂钓、畅游山林和赏心悦目、开怀畅饮的情形。末三句回扣词题，点明主旨，始知前之美景、乐事缘此而发，皆为盛情相邀作铺垫，结穴收束有力，气定神闲。

江城子

送人归旧居[1]

草堂潇洒淅江头[2]。傍林丘，买扁舟。隔岸红尘[3]，无路近沙鸥。枕上有书尊有酒[4]，身外事，更何求？

暮云归鸟仲宣楼[5]。敝貂裘[6]，为谁留？千古书生，那得尽封侯！好在半山亭下路[7]，闻未老，去来休[8]。

首句：点明友人所居的形状方位，加“潇洒”二字，为全词奠定基调。

“暮云”三句：王粲《登楼赋》：“虽信美而非吾土兮，曾何足以少留。”“人情同于怀土兮，岂穷达而异心。”

[注释]

[1]送人归旧居：底本无，据《宛委别藏》本及张本等补。 [2]潇洒：简朴恬静貌。淅江头：淅江上游，在内乡西北。 [3]“隔岸红尘”二句：言与世俗红尘隔绝。沙鸥，水鸟名，喻自由自在的隐士。 [4]“枕上有书尊有酒”以下三句：杜甫《绝句漫兴九首》：“莫思身外无穷事，且尽生前有限杯。” [5]暮云归鸟：陶渊明《饮酒》：“山气日夕佳，飞鸟相与还。”仲宣楼：王粲，字仲宣，“建安七子”之一。避董卓之乱，投靠刘表。曾作《登楼赋》，表达对家乡的怀念和怀才不遇的感慨。此指友人出山求官之新居（与词序“旧居”相对而言）。 [6]敝貂裘：《战国策·秦策一》：“（苏秦）说秦王，书十上而说不行，黑貂之裘敝，黄金百斤尽，资用乏绝，去秦而归。” [7]好在：表示具有某种有利条件或情况。半山亭：在金内乡县城西。 [8]去来：往来。休：语气助词。

［点评］

这首赠别词为遗山官内乡时作。词人与这位失意友人言别，以己之心度人之腹，安慰之语皆从性喜隐逸、不以成败论英雄的角度出发。上片为友人设计了归后隐逸山水、超尘脱俗、以书酒自娱的高雅生活，使其有塞翁失马之慰。下片以古人王粲、苏秦类比，对友人的才华及舍我即藏的耿介人格表示肯定，对其有才难施的遭际表示理解，并劝慰友人放眼古今以淡化消解失意之悲。末三句叮嘱友人好在身未衰老，要经常来看我，写惜别而出语豪爽，情深意切而无缠绵悱恻之感。

上片：将不同时代、不同人生取向的代表性人物召集一处，互争是非，想象奇特！

"醉乡"四句：合观前选《饮酒五首》"独余醉乡地，中有羲皇淳"，便知词人如何"发酵"。这除充入新内容及赋"物"以"忘"之移情外，将纵向的上古时代与横向的空间距离交错比观，奇妙罕见，此属诗家之看家能事，尤其值得关注。

末三句：醉人醉语，大大咧咧，豪爽可爱！

江城子

嵩山中作

众人皆醉屈原醒[1]。笑刘伶，酒为名。不道刘伶[2]，久已笑螟蛉。死葬糟丘殊不恶[3]，缘底事[4]，赴清泠？

醉乡千古一升平[5]，物忘情，我忘形，相去羲皇、不到一牛鸣[6]。若见三闾凭寄语[7]，尊有酒，可同倾。

［注释］

[1]"众人皆醉屈原醒"以下三句：谓屈原对清浊醒醉褒贬分明，

嘲笑刘伶嗜酒任性，不改故我。众人皆醉屈原醒，《楚辞·渔父》:“屈原曰：‘举世皆浊我独清，众人皆醉我独醒，是以见放。’”刘伶，西晋人，“竹林七贤”之一。放情肆志，性尤嗜酒。酒为名，刘伶妻因伶饮酒过度，劝阻。伶曰：“天生刘伶，以酒为名。一饮一石，五斗解酲。妇人之言，慎不可听。” [2]“不道刘伶”二句：谓不料刘伶在沉醉中齐万物，等是非，笑豪士与幼儿一样。刘伶《酒德颂》:“兀然而醉，恍尔而醒。静听不闻雷霆之声，熟视不睹泰山之形。不觉寒暑之切肌，利欲之感情。俯观万物，扰扰焉若江、汉之载浮萍；二豪侍侧焉，如蜾蠃之与螟蛉。”(《晋书·刘伶传》)螟蛉，桑上小青虫。细腰蜂蜾蠃常捕捉它作为幼虫的食物，古人误认为抱养它作子。矣，底本、《百家词》本、《宛委别藏》本同，张本、方本、姚本作“已”。二字用于句末相当于“了”之语气词时通用。此句语序应为“笑螟蛉久矣”。 [3]死葬糟丘：刘伶常乘鹿车，携一壶酒，使人荷锸随之，曰：“死便埋我。”糟丘，酒糟堆积如山丘。殊不恶：也不坏。 [4]“缘底事”二句：指屈原投江事。清泠(líng)，水名。《庄子·让王》:“(北人无择)因自投清泠之渊。” [5]“醉乡千古一升平”以下三句：谓酣醉之中没有战乱忧虑、没有名利诱惑、没有礼教世俗的约束，进入物我两忘、真诚淳朴的境界。唐王绩《醉乡记》:“阮嗣宗、陶渊明等十数人并游于醉乡。”物忘情，我忘形，二句互文，指进入醉乡后物我两忘、超然脱俗的境界。《庄子·让王》:“故养志者忘形，养形者忘利，致道者忘心矣。”前蜀韦庄《对酒》:“何用岩栖隐姓名，一壶春酎可忘形。” [6]相去羲皇、不到一牛鸣：言醉中境界与上古羲皇时代的淳朴相近。牛鸣，指牛叫声所能闻及的范围。 [7]三闾：屈原曾任掌楚国宗室三族的三闾大夫，故称。凭：请求，烦劳。

[点评]

此词借酒抒情，与前后《饮酒五首》相近，当亦正大二年（1225）辞史馆职归隐嵩山后作。词以饮酒为议题，使人生观念截然不同的屈原与刘伶对话。屈原明辨清浊，执着不移，嘲笑刘伶纵情嗜酒，醉生梦死，浑沌万物。刘伶宁愿死于饮酒，对屈原独清独醒悲愤填膺不能自拔投身江水也不认可。词人则认为在醉乡中可以忘却战乱，泯灭物我，进入上古时代的质朴境界，故请刘伶捎话给屈原，与自己同饮共醉。此词表现手法很特殊，纯以议论为词，把不同时代的人召集在一起，不管迟早生死，伟人凡人相提并论，喜笑戏谑，幽默滑稽，塑造了一个醉人醉语的形象。

江城子

上片：先扬后跌，重笔书写今昔哀乐对比之悲，有出家人万念成灰、人生如梦之想。

下片：仰望浩瀚深邃的湛蓝夜空，对月升月落之不以人的意志为转移的自然规律如此乞求、埋怨，真是无奈至极，想入非非，无理而妙。

二更轰饮四更回[1]。宴繁台[2]，尽邹枚[3]。谁念梁园、回首便成灰[4]。今古废兴浑一梦[5]。凭底物[6]，寄悲哀。

青天荡荡镜奁开[7]，月光来[8]，且徘徊，何用东生、西没苦相催。世事悠悠吾老矣[9]，歌一曲，尽余杯。

［注释］

[1] 轰饮：群聚放纵，喧闹狂饮。 [2] 繁台：在今河南开封市东南二里许。《元丰九域志》："本梁孝王吹台（相传为春秋时师旷吹台，梁孝王增筑曰平台），其后有繁姓居其侧，里人乃以

姓呼之。” [3] 邹枚：邹阳、枚乘，汉武帝时梁孝王宾客，皆有文名。 [4] 梁园：梁孝王游赏之所，此代指汴京。 [5] 浑：全，简直。 [6] 底物：何物。 [7] 青天荡荡镜奁（lián）开：以圆镜喻月升前的青空。镜奁，镜匣。 [8] “月光来”以下三句：希望月亮徘徊不前，不要运转不停催人衰老。 [9] 悠悠：无穷尽。

［点评］

按词中回忆昔日在汴京吹台与文友聚饮的乐事，合观《九日读书山……》之七“往年在南都，闲闲主文衡。九日登吹台，追随尽名卿。酒酣公赋诗，挥洒笔不停。蛟龙起庭户，破壁春雷轰。堂堂髯御史，痛饮益精明。亦有李与王，玉树含秋清。我时最后来，四座颇为倾”，当作于金亡后。上片前三句叙事，大略交待时间、事件、地点、人物，叙述逻辑先果后因，在鲜明位置突出强调夜饮的起落时段，显示“轰饮”时久、尽兴始归的欢乐情形。继而层层渲染，将名士雅集的盛事推向高潮。“谁念”五句，对比如今故都丘墟，深感兴亡如梦，悲哀无法排遣消解，其沉痛与李后主“流水落花春去也，天上人间”近似。下片由景生情兴感，暗承“凭底物，寄悲哀”，寄情明月，期盼相伴，然夜残月落，孤独又来，故词人有“何用东生、西没苦相催”的哀怨。结穴处关合世事、身事，感叹盛衰兴亡的变迁永无尽期、岁月流逝如催、自身年老力衰无能为力，唯有浩歌一曲，且尽余杯。“余”字暗示了前此词人邀月饮酒、唱歌、跳舞持续终夕的情形，这一象外之象，与李白《月下独酌》“花间一壶酒，独酌无相亲。举杯邀明月，对影成三人”“我歌月徘徊，我舞影零乱。醒时同交欢，醉后各分散”情境相似，承载着词人在孤独寂寞中想方设法的排遣挣扎。

江城子

梦德新丈，因及钦叔旧游。河山亭[1]，在孟津。

上片：古人所说良辰美景赏心乐事难并之四乐，河山亭之游兼有之，故遗山诗词中多次忆及。

下片：王革此时年不过六十，词人何以如此挂念其“健否”，以致“潸然”？除交谊情深外，恐与生计困窘再加时艰有关。

河山亭上酒如川[2]。玉堂仙[3]，重留连。犹恨春风、桃李负芳年[4]。长记莺啼花落处[5]，歌扇后[6]，舞衫前。

旧游风月梦相牵。路三千，去无缘。灭没飞鸿，一线入秋烟。白发故人今健否[7]？西北望，一潸然[8]！

［注释］

[1]“河山亭”二句：底本缺，《宛委别藏》本、张本等空缺“孟津”二字。《临江仙》（试上古城城上望）题序云：“孟津河山亭同钦叔赋。”《婆罗门引》（短衣匹马）题序云：“过孟津河山亭故基。”据补。孟津，金县名，治今河南洛阳孟津区东之古孟津渡。元光元年（1222）春，遗山与王革、李钦叔等在孟津河山亭聚饮。 [2] 酒如川：喻指开怀畅饮，酒流不歇的情形。王安石《和王微之登高斋三首》诗：“剩留官屋贮酒母，取醉不竭当如淮。” [3]“玉堂仙”二句：谓王革陶醉于自己与李钦叔的盛情款待中，滞留不返。玉堂仙，翰林学士的雅号。李钦叔时供职翰林院（汉称玉堂署），故称。本集卷三

《闻钦叔在华下》有“翰林仙人诗酒豪”句。留连，挽留。《中州集》庚集第七《王主簿革》载：“德新交游满天下，独许钦叔与予为莫逆云。” [4] 犹恨春风、桃李负芳年：惜春之辞，埋怨春风桃李疾速而去，辜负一年之中最为期待的盼春年华。《寄王丈德新二首》忆此游有“岸花何处在，空忆棹歌声”句。“犹”，《宛委别藏》本、张本等作“尤”。 [5] 长记莺啼花落处：此游遗山长记在心，屡屡忆及。《寄王丈德新二首》有“兴来谁共醉，事往独含情”句。 [6]“歌扇后”二句：用互文手法描述狂舞欢歌之态。 [7] 白发故人：指李钦叔。本集卷一《送钦叔内翰并寄刘达卿郎中、白文举编修五首》谓其“君年始三十，白发成一翁”。 [8] 潸（shān）然：流泪的样子。

［点评］

《金文最》卷四十二录李钦叔《重修玄武殿碑》：“河中控秦扼晋，……戊子秋，元帅夹谷公奉命来镇是邦，……命献能载其事。”合观《归潜志》“李钦叔”条“正大末，授河中帅府经历官”，戊子（正大五年）秋钦叔充河中府（治今山西省永济市）经历官，故词有“路三千”“一线入秋烟”“西北望”诸语，当钦叔赴任河中之初时在内乡作。上片忆旧，写李钦叔慷慨解囊盛情款待王革及二人尽情豪饮的情形。本集卷七《寄王丈德新二首》之“清汝风华地，平生记此游。酒能千日醉，春必万金酬”，记述了王革的诗酒豪兴。“犹恨春风、桃李负芳年”，又似乎暗用黄庭坚《寄黄几复》“桃李春风一杯酒”，是则与王革屡举不第，六赴廷试始赐出身的坎坷经历有关。下片遥接词序，点明由梦兴感，承上启下，怀念远在河中的李钦叔。“路三千”是实说，有虚张成份；“去无缘”含糊其辞，个中因由待推测。河中属战略要地，蒙金反复争夺，战火随时可及，故遗山关怀密友初临战地之安全，此所谓以实衬虚。“灭没”二句暗用鸿雁传书典，有鸿雁虽来音讯难通意，是神来之笔。末三句推出全词主旨，融心理描写、肖像刻画为一体，全神贯注，塑造出怀人望远的立体雕像，近似于李白《黄鹤楼送孟浩然之广陵》“孤帆远影碧空尽，惟见长江天际流”。

江城子

观　别

旗亭谁唱渭城诗[1]？酒盈卮[2]，两相思。万古垂杨[3]，都是折残枝。旧见青山青似染，缘底事[4]，淡无姿？

情缘不到木肠儿[5]。鬓成丝[6]，更须辞。只恨芙蓉[7]，秋露冷胭脂。为问世间离别泪，何日是、滴休时？

“旧见”三句：模写别者心理，情思缠绵深至，造语动宕流走，气势激昂澎湃，刘熙载谓遗山词“疏快之中，自饶深婉”，凡此足以当之。

“情缘”三句：《定风波》(白发相看老弟兄)：“至竟交情何处好，向道，不如行路本无情。”

[注释]

[1] 旗亭：酒楼。渭城诗：指王维《送元二使安西》：“渭城朝雨浥轻尘，客舍青青柳色新。劝君更进一杯酒，西出阳关无故人。” [2] 卮（zhī）：大酒杯。 [3]“万古垂杨”二句：《三辅黄图·桥》载：“霸桥在长安东，跨水作桥，汉人送客至此桥，折柳赠别。”柳，谐音“留”。垂杨，即垂柳，古诗词中杨柳通用。 [4] 缘底事：因何事。 [5] 情缘不到木肠儿：刘义庆《世说新语·伤逝》：“圣人忘情，最下不及情，情之所钟，正在我辈。”情缘，男女间

的情爱缘分。木肠儿，心肠似木石不易动情的人。 [6]鬓成丝：言多情早生华发，别者的悲伤与自己无关更推辞而不可介入。丝，白发。 [7]“只恨芙蓉”二句：谓女子伤别泪流满面，痕迹像莲花胭脂被秋露冲洗，有恨自己不能不动情伤身之言外意。

[点评]

这是一首因观看一对恋人别离而生发强烈同情感的词作，当作于早年。《太常引》(渚莲寂寞倚秋烟)词序言：“予年廿许时，自秦州侍下还太原。路出绛阳，适郡人为观察判官祖道道傍。少年有与红袖泣别者。少焉，车马相及，知其为观察之孙振之也。所别即琴姬阿莲。予尝以诗道其事。”阿莲与词“芙蓉”句合，疑“以诗道其事”即指此词。是则词作于遗山二十一岁(1210)自甘肃陇城扶嗣父元格灵柩归乡时。上片写别者情境：旗亭，离别之地；《渭城》，离别之歌；垂杨，赠别之物。在离人凄迷的眼中，万古垂杨皆被折残，往昔所见的青山也黯然失色。下片由人及己，写观别之感：尽管事不关己，且自认迟钝无深情锐感，理智上亦欲防患于未然，极力排拒不愿介入，但看到美女悲惨欲绝、泪流满面的情形，仍然不能控制自己怜香惜玉之心，于是情不自禁地为天下之多情、痴情者振臂高呼，大有杜甫“安得广厦千万间，大庇天下寒士俱欢颜，风雨不动安如山”的仁者情怀。此词多问句，将悲惨凄恻的离别之情写得荡气回肠，慷慨激越。况周颐《蕙风词话》卷三：“遗山词佳句夥矣！……《观别》云‘万古垂杨，都是折残枝’，又云‘为问世间离别泪，何日是、滴休时’。”

江梅引

序："某郎"的年龄、籍贯、行迹多与白华合。白华为隩州（今山西河曲县）人，长遗山两岁，才华横溢，早年从兄官陕西，贞祐中及第，在朝为官（参见本集《南阳县太君墓志铭》《善人白公墓表》）。"尝见郎墙头"，与白居易《井底引银瓶》"妾弄青梅凭短墙，君骑白马傍垂杨。墙头马上遥相顾，一见知君即断肠"及白朴《墙头马上》剧作有连。河曲县西黄河中有娘娘滩，出土有巨型柱底石，瓦当上有"万岁富贵"字，考古学者推测为北魏离宫，"河中潬"或指此。"杨白华"即影射白华。

泰和中[1]，西州士人家女阿金，姿色绝妙。其家欲得佳婿，使女自择。同郡某郎独华腴[2]，且以文采风流自名。女欲得之，尝见郎墙头，数语而去。他日又约于城南，郎以事不果来。其后从兄官陕右。女家不能待，乃许他姓。女郁郁不自聊[3]，竟用是得疾[4]，去大归二三日而死[5]。又数年，郎仕，驰驿过家[6]。先通殷勤者持冥钱告女墓[7]，云："郎今年归，女知之耶？"闻者悲之。此州有元魏离宫[8]，在河中潬[9]。士人月夜踏歌和云："魏拔来[10]，野花开。"故予作《金娘怨》[11]，用杨白花故事。词云："含情出户娇无力[12]，拾得杨花泪沾臆。春去秋来双燕子，愿衔杨花入窠里。"郎，中朝贵游[13]，不欲斥其名[14]，借古语道之。读者当以意晓云。"骨化形销[15]，丹诚不灭；因风委露，犹托清尘"，是崔娘书词[16]，事见元相国传奇[17]。

墙头红杏粉光匀[18]，宋东邻，见郎频。肠断城南[19]，消息未全真[20]。拾得杨花双泪落[21]，江水阔，年年燕语新。

见说金娘埋恨处[22]，蒺藜沙草不知春。离魂一只鸳鸯去[23]，寂寞谁亲？惟有因风委露托清尘[24]。月下哀歌宫殿古[25]，暮云合，遥山入翠颦[26]。

首句：黄庭坚《次韵赏梅》："安知宋玉在邻墙，笑立春晴照粉光。"叶绍翁《游园不值》："春色满园关不住，一枝红杏出墙来。"

"见说"二句：精灵不灭，化为他物，思致同《摸鱼儿》（问莲根）之"双花脉脉娇相向，只是旧家儿女"。

[注释]

[1]泰和：金章宗年号（1201—1208）。 [2]独华腴（yú）：容貌、衣装特别美丽。 [3]不自聊：百无聊赖，无所寄托。 [4]用是：因此。 [5]大归：出嫁。 [6]驰驿：骑着官府驿站提供的马。 [7]先通殷勤者持冥钱告女墓：言先前为阿金联络的侍女到墓地告诉主人。先通殷勤者，《史记·司马相如列传》："相如乃使人重赐文君侍者，通殷勤。"按此，阿金的侍女曾为小姐联络。 [8]元魏：北魏孝文帝改拓跋姓为元，所以北魏又称元魏。离宫：古代皇帝在正式宫殿外别筑以便游处的宫室。 [9]潭（tān）：水中沙滩。 [10]"魏拔来"二句：《乐府诗集》卷七十三《杨白花》序载，北魏胡太后和杨白花私通。白花惧祸南奔梁朝，改名杨华。胡太后思念他，作《杨白花歌》辞，使宫人昼夜连臂踏足歌之，声甚凄婉。魏拔，北魏皇族拓跋氏。 [11]金娘：指阿金。娘，指青年妇女。怨：古乐府诗体之一，多悲伤埋怨之辞。 [12]"含情出户娇无力"以下四句：本《杨白花》。娇，原作"脚"。春去秋来，原作"秋去春还"。 [13]中朝贵游：亲近皇帝的侍臣。 [14]"不欲斥其名"二句：不直指他的名字，借古语中的"杨白花"影射之。 [15]"骨化形销"以下四句：意谓我即使身亡，赤诚之心亦不会泯灭。它会顺风随露，紧跟在你脚后。犹托清尘，本意是还要在你的身边，客气地说，是和你脚下的尘土在一起。清尘，对人的敬辞。尘指人脚下的尘土。 [16]崔娘书词：崔莺莺答复张生的话。 [17]元相国传奇：唐元稹《莺莺传》。唐人的文言小说称"传奇"。 [18]"墙头红杏粉光匀"以下三句：宋玉《登徒子好色赋》："臣里之美者，莫若臣东家之子。……然此女登墙窥臣三年，至今未许也。"用此典言阿金美而多情及"尝见郎墙头"事。 [19]肠

断城南：言阿金苦待于城南，因郎失信而悲伤欲绝。[20]消息未全真：状阿金听到某郎爽约及从兄宦陕右诸事的信息后，宁信其无不信其有的心理揣测。[21]“拾得杨花双泪落”以下三句：本《杨白花歌》辞“拾得杨花泪沾臆。秋去春还双燕子，愿衔杨花入窠里”，言郎绝情外出、一去不返，以及阿金伤心流泪、望眼欲穿、一等再等的情形。[22]“见说金娘埋恨处”二句：汉刘向《说苑·复恩》：“夫树桃李者，夏得休息，秋得食矣；树蒺藜者，夏不得休息，秋得其刺矣。”南唐李煜《清平乐》（别来春半）：“离恨恰如春草，更行更远还生。”句谓金娘坟上蔓生着恶草蒺藜，其离恨如春草漫延无际。“蒺藜沙草不知春”，朱本作“蒺藜沙，草不尽”。合观《遗山乐府》卷四《鹊桥仙》（槐根梦觉）“蒺藜沙上野花开，也算却、春风一度”，知有草无花与“不知春”及“埋恨处”有主观的因果联系，故据四、五卷本改。[23]“离魂一只鸳鸯去”二句：谓金娘没有倩女幸运，离身的魂灵无夫君相伴，犹如孤独的鸳鸯寂寞无亲。唐陈玄祐《离魂记》传奇载，倩女已许亲表兄王宙，后其父改许他人，宙愤离，倩女的灵魂离身随宙五年。[24]惟有因风委露托清尘：用崔莺莺对张生的表白，比喻金娘对郎的一往痴情。[25]月下哀歌：指词序所言“士人月夜踏歌”事。[26]遥山入翠颦：言远山也像美人愁眉苦脸翠眉紧锁。

［点评］

这首词与《雁丘》《双蕖》情辞相近，当亦年轻时作。不同之处是前二者的爱情悲剧皆由外力所致，而此词则由当事者男方的失信而引起，女方的结局亦更为悲凉。这不再是一个反封建礼教的问题，而是延伸到人性道德层次，故而遗山于此词序言更长，语气更凄婉，对不幸者的遭遇更同情。上片前三句写阿金幽会，侧重描述其见郎时的精心打扮、春心荡漾、主动积极、兴奋欢快，欲跌先扬，为下面的悲情奠定了深厚的基础。继写其苦待，以“断肠”领起，用点染法层层刻画其失落之悲，“拾得”三句，由杨花联想到杨白花，因物兴感，境随情出，有温庭筠《梦江南》“梳洗罢，独倚望江楼。过尽千帆皆不是，斜晖脉脉水悠悠，肠断白蘋洲”之致。下片继写其身葬荒野仍痴情不改，孤魂寂寞，犹愿追寻所爱，跟随脚后，不计前嫌，一往情深，缠绵悱恻，令人同情。末三句侧面描写，以景结情，物我融为一体，意境深远。此词间接鞭挞了某郎以他事为重失信爽约的薄情绝情，这或许对白朴《墙头马上》杂剧将人格置于爱情之上的主旨有所启示。

临江仙

自洛阳往孟津[1]，道中作

今古北邙山下路[2]，黄尘老尽英雄[3]。人生长恨水长东[4]。幽怀谁共语[5]？远目送归鸿。

盖世功名将底用[6]？从前错怨天公。浩歌一曲酒千钟[7]。男儿行处是[8]，未要论穷通[9]。

[注释]

[1]孟津：金县名，治今河南洛阳孟津区东之古孟津渡。 [2]北邙山：在河南洛阳市东北，邙山东段，接孟津区地界。 [3]黄

首三句：与苏轼《念奴娇·赤壁怀古》“大江东去，浪淘尽、千古风流人物”异曲同工，“老尽”二字尤奇警。

“从前”句：前选《永遇乐》(绝壁孤云)：“天公老大，依然儿戏，困我世间羁靮。”《临江仙·孟津河山亭同钦叔赋》：“造化戏人儿女剧，狙公暮四朝三。”

总批：词题之主旨、词句之构象，皆可与金高仲常《梅花引·将进酒》“城下路，凄风露，今人犁田昔人墓”“黄埃赤日长安道，倦客无浆马无草。开函关，闭函关，千古如何、不见一人闲”合观。

尘老尽英雄：谓有多少英雄志士为博取功名往复奔波衰老凋谢于此。唐张元宗《望终南山》："红尘白日长安路，马足车轮不暂闲。"黄尘，路途扬尘，兼喻尘世名利。亦可指黄泉。　[4] 人生长恨水长东：本李煜《乌夜啼》："胭脂泪，相留醉，几时重？自是人生长恨水长东。"谓人生代代相续的憾恨如东流的江河永不停息。　[5]"幽怀谁共语"二句：深藏于内心的情怀无人可倾诉，只好寄情于归去的鸿雁。远目送归鸿，用嵇康《赠秀才入军》"目送归鸿，手挥五弦"诗意。　[6] 将底用：取之何用。　[7] 浩歌：放声歌唱。钟：同"盅"。　[8] 男儿行处是：本杜甫《寄彭州高三十五使君适虢州岑二十七长史参三十韵》："男儿行处是，客子斗身强。"谓男儿应随遇而安。行处，随处。　[9] 未要论穷通：李白《五月东鲁行答汶上君》："下愚忽壮士，未足论穷通。"穷通，穷困与显达。《庄子·让王》："古之得道者，穷亦乐，通亦乐，所乐非穷通也。"

[点评]

兴定五年（1221）遗山中进士后，因受到议论诽谤，没有参与吏部选官，四处漫游。元光元年（1222）春，他在孟津作《临江仙·孟津河山亭同钦叔赋因寄希颜兄》《木兰花慢·孟津官舍寄钦若钦用昆仲并长安故人》《浣溪沙·宿孟津官舍》等，辛愿有《临江仙·河山亭留别钦叔裕之》，词当作于此时。北邙山紧邻古都洛阳，古人为博取功名多往来于此，且路旁多公卿陵墓。词人路经此地，胸中的郁积被眼中景物触引，遂产生深沉的感慨。上片紧扣词序写道中观感，由物及人，由今及古，想象历来英雄豪杰奔忙一世同归墓穴的人生归宿，接连引用前人诗词语句，抒发内心深处无可告语的怅惘。下片回心转意，旨在消解感伤，遂寻理觅据。盖世功名又有何用，黄泉路上，贵贱同归，看透功名，看透人生，“有来且当避，未至吾何求”（卷二《放言》），将自己的仕途坎坷、怀才不遇置于这一层面来思量，改弦易辙，旷达超脱，随遇而安，才是正路，故应猛饮高歌，活在当下，在短暂人生中任性尽兴，放飞自我。然而词人的儒家用世心极强，他虽然对扰乱其人生的“盖世功名”从哲学的终极层面予以否定，但在如何安时处顺上未及苏轼，貌似旷达却积愤未平，只是暂时麻醉而已，所以说词中的主人公是一个内怀沉郁而出语壮浪、充满内张力的立体形象。

临江仙

醉眼纷纷桃李过，雄蜂雌蝶同时。一生心事杏花诗。小桥春寂寞[1]，风雨鬓成丝。

天上鸾胶寻不得[2]，直教吹散胭脂[3]。月明千里少姨祠[4]，山中开较晚，应有背阴枝。

“小桥南北梦幽寻，残醉瞢腾不易禁。一树杏花春寂寞，恶风吹折五更心”，此予二十年前嵩山中诗也。

“一生”句：《续夷坚志》卷三：“先人宰陵川，泰和甲子元夕，县学烧灯，有以杏棣棠枯枝为剪彩花者。灯罢，家僮乞之，供于县署佛屋中。四月上七日，先夫人焚诵次，乃见杏棠皆作花，真赝相间。先人会宾示之，以为文字之祥，为赋《瑞花诗》。予年始十五矣。”此应为遗山一生特爱杏花的重要原因之一。

“山中”二句：卷十一《山中晚春》：“山花发较晚，今年两见春。”

［注释］

[1]“小桥春寂寞”二句：囊括自注“嵩山中诗”意，谓小桥

边一树杏花在风雨中凋谢，词人难过得鬓发已白。　[2] 鸾胶：黏性极强的胶。详见前选《杏花落后分韵得归字》诗注。　[3] 直教：竟使。胭脂：一种红色的化妆品，比喻指杏花。　[4] 少姨祠：祀大禹妻涂山氏之妹，在嵩山少室。

［点评］

词末自注诗，见卷十一《杏花杂诗十三首》其七。味词末三句，知此词作于晚年返乡后。遗山一生酷爱杏花，多有诗词歌咏，但在此词中别具一番情致，是遗民心态无意争春、孤芳自赏、甘于孤寂、饱经摧残、不改故我形象的反映。

“冰壶”二句：前承苏轼《出颍口，初见淮山，是日至寿州》“长淮忽迷天远近，青山久与船低昂”，后启元马致远《青衫泪》第三折“正夕阳天阔暮江迷，倚晴空楚山叠翠，冰壶天上下，云锦树高低”。此类承前启后者，如卷八《秋夕》“恨杀寒鸡不肯鸣”，出陶渊明《怨诗楚调》“造夕思鸡鸣，及晨愿乌迁”，《金瓶梅》第七十一回“凄凉睡到无聊处，恨杀寒鸡不肯鸣”即用其成句，由此可知遗山诗词对戏曲、小说的影响。

临江仙

内乡寄嵩前故人

昨夜半山亭下醉，洼尊今日留题[1]。放船直到淅江西[2]。冰壶天上下[3]，云锦树高低。

世上红尘争白日[4]，山中太古熙熙[5]。外人初到故应迷。桃花三百里[6]，浑是武陵溪。

［注释］

[1] 洼尊今日留题：《大清一统志》载半山亭洼尊“金元好问有乐府”。　[2] 淅江：源出河南卢氏县熊耳山，经金内乡西

北。 [3]“冰壶天上下”二句：写船上观感：水天一色如清澈的冰壶忽上忽下；两岸花树如艳丽的彩霞时高时低。冰壶，盛冰的玉壶，此喻冰清玉洁之境。 [4]世上红尘争白日：喻世人追名逐利，竞争激烈。 [5]山中太古熙熙：谓与世隔绝的深山中，民风淳朴如远古时代那样和乐。熙熙，温和欢乐貌。 [6]“桃花三百里”二句：陶渊明《桃花源记》载晋太元中武陵人沿两岸桃花盛开的溪水捕鱼，进入与世隔绝的桃花源，发现那里民风和乐。用此典概括词人对淅江两岸自然风光和居民风俗的感受。浑，简直。

“外人”三句：嵩前故人多尚隐逸，用桃花源典类比，以风景人情为诱饵，彰显隐士向往之胜境，兼寓“避秦时乱”“不知有汉，无论魏、晋”之时代意蕴，以此“迷”之，哪能不心动情摇！

[点评]

遗山移居嵩山近十年，与在此隐居的诗友交谊甚厚，正大四年（1227）春赴任内乡时，崔遵等有诗赠别，在内乡任时张仲升有《寄人宰县》诗，故以此词代笺，函告内乡山水之美及其游玩之乐，间接表达了邀请诗友来访之情。卷八《春日半山亭游眺》有“日照春山花满烟，独携尊酒此江边”“千年石壁留诗在，会有骚人一慨然”，与此词所言之季节、地点及醉酒、留题诸事合，皆当次年春作。词承诗作，续写夜醉半山亭、留题洼尊后仍游兴不减，乘船直到淅江源头的观感，“昨夜”“今日”连贯而下，“天上下”“树高低”扑面而来，笔势纵放，辞气酣畅，流露出夜以继日、诗酒风流、尽情任性的狂放之情。下片转写人文风情，先与外界对比，以衬托山中的淳朴民风，末三句进而侧面映衬、重笔渲染，以世外桃源这一金字招牌回应词题中的“嵩前故人”，其盛情相邀观光体验的主旨寓于其中。

临江仙

夏馆秋林[1]，在内乡北山

上片：对比山家与官场、现实与梦境，衬托有力。

下片：以循吏为榜样，视部民为兄弟，可敬可爱！

夏馆秋林山水窟[2]，家家林影湖光。三年间为一官忙。簿书愁里过[3]，笋蕨梦中香[4]。

父老书来招我隐，临流已盖茅堂。白头兄弟共论量[5]，山田寻二顷，他日作桐乡[6]。

[注释]

[1] 夏馆秋林：[嘉庆]《大清一统志》谓秋林夏馆山在今河南内乡县北一百五十里，“泉石甚胜，湍水出焉”。三国时魏将夏侯惇曾在此屯兵设馆，以图荆州，故名夏馆。底本无此四字及“在”，《宛委别藏》本、张本“馆”作“节”，据方本等补改。 [2] 山水窟：山水佳胜之处。苏轼《将之湖州戏赠莘老》：“余杭自是山水窟，仄闻吴兴更清绝。” [3] 簿书：官署文书，此指政务。 [4] 笋蕨：山中野菜。笋，竹的嫩芽。蕨，多年生草本植物，嫩叶可食，茎多淀粉。 [5] 论量：商量。 [6] 他日作桐乡：言承蒙乡民爱戴，我将来也要葬于此地。桐乡，《汉书·循吏传·朱邑》载，朱曾任桐乡吏，廉平不苛，吏民爱敬。临终遗嘱：“葬我桐乡。后世子孙奉尝我，不如桐乡民。”

[点评]

词当正大五年（1228）离内乡任之前作，起因于“父老书来”。上片追思夏馆秋林自然、人文的美好，并与繁重烦愁的县官工作对比，表达了对此地的神往，以衬托获悉父老招隐之欣慰。下片正面描述来书内容，充满诗情画意，称心如意溢于言表。对父老“临流已盖茅堂”，词人不仅未表感激之辞，还得寸进尺，又想到买地，且有埋葬于此之愿，其所以如此不客气，乃基于“白头兄弟”毫不见外的亲密关系。后来遗山也确实在此购置山田，建立别业，卷八《怀秋林别业》有“二顷田园入梦频”句，卷十一《自镇平暂往秋林道中寄家》、同卷《自邓州幕府暂归秋林》皆指此。卷九《为邓人作诗》“眼明还似故乡归”，将内乡视为故乡，这与“白头兄弟”之官民情谊密切相关。

江月晃重山

初到嵩山时作

塞上秋风鼓角，城头落日旌旗。少年鞍马适相宜。从军乐，莫问所从谁。

候骑才通蓟北[1]，先声已动辽西[2]。归期犹及柳依依[3]。春闺月[4]，红袖不须啼。

首二句：唐戴叔伦《送耿十三漳复往辽海》：“旌旗愁落日，鼓角壮悲风。”

“从军”二句：三国魏王粲《从军诗》：“从军有苦乐，但问所从谁。”

［注释］

[1] 候骑（jì）：侦察骑兵。蓟（jì）北：泛指边塞地区。蓟，古地名，战国时燕都，故地在今北京市西南。 [2] 先声：事先发

出的令敌胆怯的声威。辽西：辽河以西，今辽宁省中部。 [3] 归期犹及柳依依：谓归期可待，就在明年春天。柳依依，《诗·小雅·采薇》："昔我往矣，杨柳依依。" [4] "春闺月"二句：意谓闺中少妇没必要在月下思夫啼哭。春闺，女子的闺房。亦指闺中的思妇。唐陈陶《陇西行》："可怜无定河边骨，犹是春闺梦里人。"

［点评］

兴定二年（1218）初到嵩山时作。此词每段上三句为《西江月》体，下二句为《小重山》体，《词律》谓其"用《西江月》《小重山》串合，故名《江月晃重山》"。词以边塞军旅为背景，塑造了一位跨马出征的青年勇将。与传统中征夫怨妇之哀伤不同，这位勇士以从军建功为乐，其威武必胜的信念将壮志豪情与儿女爱情和谐统一，情调高昂乐观。起笔描绘塞上秋景，化用范仲淹《渔家傲》"塞下秋来风景异""四面边声连角起"，变悲凉气氛为雄浑境界。接着在广阔背景中特写人物，从外在之年轻艺高的动态描写，到内部之自信乐观的心理刻画，以表现其为国立功的志气情怀。下片前三句进而侧面描述，层层衬垫，以"才通"与"已动"勾连呼应，凸显部队声威震惊边塞，大军未到敌已胆寒。基于此，由已然推未然，遂有胜券在握、秋后出征来春即凯旋之预计。末二句以"红袖不须啼"劝告爱妻，其潜台词可合观唐王昌龄《青楼曲二首》其一："白马金鞍随武皇，旌旗十万宿长杨。楼头少妇鸣筝坐，遥见飞尘入建章。"

踏莎行

微步生尘[1]，残妆晕酒[2]，朱门如海空回首[3]！东风正有去年花，柔条去作谁家柳[4]？

细雨春寒[5]，青灯夜久，孤衾未暖还分手[6]。梦中见也不多时[7]，怎生望得长相守？

“东风”二句：唐李商隐《忆梅》：“寒梅最堪恨，长作去年花。”

“梦中”二句：宋晏几道《阮郎归》：“梦魂纵有也成虚，那堪和梦无。”

[注释]

[1] 微步生尘：用曹植《洛神赋》“凌波微步，罗袜生尘”句，写亡妻的步履轻盈。 [2] 残妆晕酒：写梦中亡妻告别时以酒解愁、云鬟不整、脂粉不匀的凄楚情态。晕酒，酒后脸面红晕。 [3] 朱门如海：唐范摅《云溪友议》卷一《襄阳杰》载：唐崔郊寓居汉上，其姑有婢甚美，与郊相爱。其姑鬻婢于连帅，郊思慕不已。后婢因寒食偶出，路遇崔郊，黯然泣下。郊作《赠去婢》：“公子王孙逐后尘，绿珠垂泪滴罗巾。侯门一入深似海，从此萧郎是路人。” [4] 柔条去作谁家柳：唐许尧佐《柳氏传》载，天宝中，书生韩翃与所爱柳氏失散。柳氏剪发毁容，寄迹法灵寺。乱平，翃遣使求柳氏，赠诗曰：“章台柳，章台柳，昔日青青今在否？纵使长条似旧垂，亦应攀折他人手。” [5] 细雨春寒：用南唐李璟《摊破浣溪沙》“细雨梦回鸡塞远，小楼吹彻玉笙寒”词意，写梦醒后的凄凉境况。 [6] 孤衾未暖还分手：可合观《三奠子·离南阳后作》：“闲衾香易冷，孤枕梦难圆。” [7] 梦中见也不多时：苏轼《次韵蒋颖叔》：“枕中春梦不多时。”

[点评]

这也是一首悼亡词。张氏卒于正大八年（1231）春，味“东风”二句有物是人非之感，词当作于天兴元年（1232）春。上片写梦境中亡妻告别的情态，下片写梦醒后的凄凉孤寂和对好梦不长的遗憾。所塑造的亡妻形象与秦观《鹊桥仙》“柔情似水，佳期如梦，忍顾鹊桥归路”的织女形象异曲同工，而凄恻过之。

卷下　十九首

鹧鸪天

零落栖迟感兴多[1]，酒杯直欲卷银河。人间清镜悲华发[2]，世外仙棋烂斧柯。

长袖舞，抗音歌[3]，月明人影两婆娑。醉来知被旁人笑[4]，无奈风情未减何[5]。

［注释］

[1] 零落栖迟：漂泊失意。　[2]“人间清镜悲华发”二句：言人生易老与世事易变。人间清镜悲华发，李白《将进酒》：“高堂明镜悲白发，朝如青丝暮成雪。”世外仙棋烂斧柯，南朝梁任昉《述异记》载：晋王质入山伐木，见童子数人弈棋而歌，因置斧听之。不久童子催归，质视斧柄已烂尽。既归，去家已数十年，亲故殆尽。斧柯，斧柄。　[3] 抗音：高声。　[4] 醉来：醉了的时候。　[5] 风情：指任性而发的风骚情怀逸兴。

［点评］

词当作于早年未仕时。上片首句抒怀，次句叙事，

首句：李贺《致酒行》：“零落栖迟一杯酒，主人奉觞客长寿。”

“人间”句：唐刘长卿《酬滁州李十六使君见赠》：“满镜悲华发，空山寄此身。”

“长袖”二句：晋潘岳《闲居赋》：“顿足起舞，抗音高歌。”

“月明”句：李白《月下独酌》：“举杯邀明月，对影成三人。”“我歌月徘徊，我舞影零乱。”

“无奈”句：陆游《雪晴》：“老来莫道风情减，忆向烟芜信马行。”

二者互为因果：因避乱他乡，飘零落拓，悲酸之处甚多，故需以酒浇胸中块垒；然而“举杯消愁愁更愁”，必须狂饮大醉，故需有银河浪卷之酒。下“人间”二句承首句，抒人生易老、世事易变之悲；“长袖”三句承次句，状月下对影、盘旋起舞之态。末二句欲扬先抑，以酒徒狂放之事衬托我行我素之情，关合全词，塑造出一个不拘世俗、傲世放纵的抒情主人翁形象。

鹧鸪天

孟津作

总道忘忧有杜康[1]，酒逢欢处更难忘[2]。桃红李白春千树[3]，古是今非笑一场[4]。

歌浩荡[5]，墨淋浪[6]，银钗缟袂满邻墙[7]。百年得意都能几[8]？乞与儿曹说醉狂[9]。

“桃红”二句：妙对！上下相对，寓意有因果联系，属流水对；句中对，出句属正对，对句属反对。

“百年”二句：李白《将进酒》：“人生得意须尽欢，莫使金樽空对月。”

［注释］

[1] 总道忘忧有杜康：曹操《短歌行》：“何以解忧，惟有杜康。”杜康，相传为古代最初造酒的人，故用作酒的代称。 [2] 酒逢欢处更难忘：李白《宣州谢朓楼饯别校书叔云》：“抽刀断水水更流，举杯消愁愁更愁。” [3] 桃红李白春千树：寓意难以确知，但对理解此词至关重要。合观其《鹧鸪天》“白白红红小树花，春风满意与铅华。烟霄自属千金马，月旦真成两部蛙”，联系此词写作背景，当以桃李

争奇斗艳喻争名夺利者如愿以偿、春风得意的世态。 [4] 古是今非笑一场：对劝勉世人以古圣贤为准则之说教嗤之以鼻，意近陶渊明《归去来兮辞》“实迷途其未远，觉今是而昨非”。 [5] 歌浩荡：放开嗓门壮声高歌。 [6] 墨淋浪：苏轼《和张子野见寄三绝句》：“狂吟跌宕无风雅，醉墨淋浪不整齐。”淋浪，浓墨流淌貌。 [7] 银钗缟袂（gǎo mèi）满邻墙：发插银钗、身穿白衣的妙龄女郎们爬满了四周邻墙。暗用宋玉墙东典，见前选《江梅引（墙头红杏粉光匀）》注 [18]。缟袂，白衣。 [8] 百年：指人的一生。得意：有兴致、发酒疯的时候。 [9] 乞（qǐ）与：给予。陆游《江渎池纳凉》：“天公作意怜羁客，乞与今年一夏凉。”儿曹：儿辈。

［点评］

按题序，这首词也作于元光元年（1222）。本集卷三十八《赵闲闲真赞》：“兴定初，某始以诗文见故礼部闲闲公。公若以为可教，为延誉诸公间。又五年，乃得以科第出公之门。公又谓当有所成就也，力为挽之。奖借过称，旁有不平者。宰相师仲安班列中倡言，谓公与杨礼部之美、雷御史希颜、李内翰钦叔为元氏党人。”“登兴定五年进士第，不就选。往来箕、颍间数年而大放厥词”（《遗山先生墓铭》）的愤慨不仕之举盖基于此。此词描绘出两幅生动感人的图画。上片，词中主人公为忘忧而饮酒，酒酣耳热时忧愤更为炽烈，遂对桃李斗艳争春有“新生黄雀君休笑，占了春光却被他”（《鹧鸪天·读李崖州诗，有感“何处新生黄雀儿，飞来直上最高枝。侧头撼脑南园里，将谓春光总属伊”》）之联想，对古来以功名成就定得失的评论标尺嗤之以鼻，睥睨古今，卓然不群。下片，词中主人公一面放声高唱，一面泼墨挥洒，招来了众多邻居妇女在墙头上围观。他索性借助酒兴，佯狂玩世，随心所欲，无所顾忌，任凭她们评头论足。词通过行事的描写和心理的刻画，塑造了一个醉人醉语、雄肆狂放的形象，把郁积的愤懑倾泻得酣畅淋漓。

鹧鸪天

与钦叔、京甫市饮[1]

“雨前”二句：对偶工巧。

楼上歌呼倒接䍦[2]，楼前分手却相携。雨前雨后花枝减，州北州南酒价低。

怜木雁[3]，笑醯鸡[4]，鹤长凫短几时齐[5]？醒来门外三竿日[6]，卧听春泥过马蹄。

末二句：苏轼《溪阴堂》：“酒醒门外三竿日，卧看溪南十亩阴。”

［注释］

[1] 京甫：冀禹锡，字京甫（亦作“父”），龙山（今辽宁建昌县北）人，崇庆二年（1213）进士。调沈丘簿，被诬坐废十年。天兴二年（1233）在左右司都事兼应奉翰林文字任上兵变遇害。正大初在汴京，与李钦叔、雷渊、王渥等“相得甚欢。升堂拜亲，有昆弟之义。而不肖徒以文字之故，得幸诸公间”。见《中州集》庚集第七本传。 [2] 倒接䍦（lí）：《世说新语·任诞》载，山简放任狂诞，常酩酊大醉。时人歌曰：“山公时一醉，径造高

阳池。日莫倒载归，茗艼无所知。复能乘骏马，倒著白接䍦。举手问葛彊，何如并州儿。”句用此典，形容纵酒任情放荡不羁之态。接䍦，头巾。 [3] 木雁：《庄子·山木》：山中大木以有用而被伐，不材者以无用而得免；又主人享客杀所蓄之雁，不能鸣者以无用而见杀，能鸣者以有用而获全。弟子问庄子何以自处？庄子笑曰：“周将处乎材与不材之间。”后以木雁比喻善处于材与不材之间，以全生远祸。 [4] 醯（xī）鸡：小虫名，似蚋，喜乱飞。《庄子·田子方》：“丘之于道也，其犹醯鸡与？”喻见识短浅，昧于闻道。 [5] 鹤长凫（fú）短：《庄子·骈拇》：“凫胫虽短，续之则忧；鹤胫虽长，断之则悲。”谓鹤长凫短，天生自然，不可人为损益。 [6] 三竿日：形容太阳升得很高，时将近午。

[**点评**]

本集卷五《南冠行》：“梁园三月花如雾，临锦芳华朝复暮。阿京风调阿钦才，晕碧裁红须小杜。”“阿京”指京甫，“阿钦”指钦叔，“小杜”指杜仁杰。词当正大二年（1225）春与李钦叔、冀京父在汴京游从时作。上片写在市井酒楼买酒畅饮及其任性乖张的醉态：正当雨打花落、春光锐减的伤春季节，又值春酒上市，酒价低廉，词人与众友群聚豪饮，高歌狂呼，倒系头巾；楼下分别之际，他们相互携手勾肩搭背恋恋不舍。这种不拘礼节、不惧非议的行为，是遗山豪爽放纵性格的展示。下片前三句连用《庄子》典故，感慨官场用人随意取舍，良莠不齐，有才者横遭摧折，无才者得意忘形，自觉仕宦非宜，应全身远祸，顺遂性情。末二句预想酒醒后的情形，把大醉酣睡自然醒、大彻大悟、迷途知返、别无牵挂的惬意人生描述得绘声绘色，近似于《三国演义》孔明“大梦谁先觉，平生我自知。草堂春睡足，窗外日迟迟”的隐者生涯。

鹧鸪天

拍塞车箱满载书[1]，梁鸿元与世相疏[2]。只缘携手成归计[3]，不恨埋头屈壮图[4]。

苍玉研[5]，古铜壶，坐看儿辈了耕锄。年年此日如川酒[6]，千尺青松尽未枯[7]。

“不恨”句：唐孟浩然《家园卧疾毕太祝曜见寻》：“壮图哀未立，斑白恨吾衰。”

［注释］

[1] 拍塞：填塞。　[2] 梁鸿：后汉扶风平陵（今陕西咸阳）人，字伯鸾，家贫好学，性格耿介，不入仕途。与孟光婚后，隐居霸陵山中，以耕织为业（《后汉书·梁鸿传》）。词借以自况。　[3] 只缘携手成归计：梁鸿过东都洛阳，作《五噫歌》。章帝求之，梁鸿夫妇遂改名更姓，携手隐居于齐鲁间。句用此典，言与妻小归隐乡里。只缘，只为。成，《宛委别藏》本、张本等作“寻”。　[4] 不恨埋头屈壮图：杜甫《别苏徯》：“他日怜才命，居然屈壮图。”壮图，建功立业的规划抱负。　[5]“苍玉研”二句：言在笔墨中打发时光。研，通“砚”。铜壶，指古计时的刻漏。　[6] 如川酒：酒多如河。典见前选《饮酒五首》其二注 [6]。　[7] 青松：喻经寒不变的气节。

［点评］

词当蒙古太宗十一年（1239）冬携家归乡初作。在知天命之年，词人对自身的性格命运及朝代鼎革后如何安时处顺已有到位的认知，认为隐伏乡里自适自得的生活乐趣，会熨平昔日的怀才不遇、壮志难酬之悲。上片用梁鸿携妻隐居故事，表明自己原本与世不合，如今只愿携家归隐乡里，对割舍昔日志愿毫不悔恨，不再为壮志难酬而叹喟。下片设想隐居乡里的生涯蓝图，计划以诗酒自娱，坐看儿辈耕作，在悠闲中了却余生，保持遗民气节。然末二句充满以酒浇愁、愤懑冷对的郁勃之气，看来词人欲以闲乐消磨时光取代“壮图”难以奏效，其为人近似杜甫而不似陶渊明，其词境词风亦难以平和平淡。

鹧鸪天

华表归来老令威[1]，头皮留在姓名非[2]。旧时逆旅黄粱饭[3]，今日田家白板扉[4]。

沽酒市，钓鱼矶[5]，爱闲真与世相违。墓头不要征西字[6]，元是中原一布衣[7]。

“今日”句：王维《田家》：“雀乳青苔井，鸡鸣白板扉。”

“爱闲”句：杜甫《曲江对酒》：“懒朝真与世相违。”

“墓头”二句：前选《为邓人作诗》：“题诗未要题名字，今是中原一布衣。”

［注释］

[1] 华表归来老令威：用丁令威成仙化鹤归乡典（详见《癸巳

四月二十九日出京》诗注[4]），言晚年归乡之感。 [2]头皮留在姓名非：谓侥幸劫后余生，小命虽保但所属身份称呼与前不同了。宋真宗访天下隐士，得杞人杨朴。其妻赠诗：“今日捉将官里去，这回断送老头皮。”（苏轼《东坡志林》）头皮，脑壳。 [3]旧时逆旅黄粱饭：言从前离乡时一心想通过举试出仕，雄心勃勃。逆旅，客舍。黄粱饭，即黄粱梦。唐沈既济《枕中记》载：卢生在邯郸旅店中，遇道士吕翁送枕，睡梦中建功立业，享尽荣华富贵，醒来时，店主做的黄粱饭还未熟。 [4]田家：庄户人家。白板扉（fēi）：木板门扇无油漆，形容农舍简陋。 [5]钓鱼矶：古代著名隐者姜子牙、严子陵都留有钓鱼矶遗迹。矶，水边突出的岩石或沙滩。 [6]墓头不要征西字：曹操《让县自明本志令》：“欲望封侯作征西将军，然后题墓道言‘汉故征西将军曹侯之墓’，此其志也。” [7]元：通“原”。布衣：平民百姓。

［点评］

蒙古太宗十一年（1239）携家归里之初作。词人面对物是人非之变，思前想后，心潮起伏，感慨万千。上片写今昔比照之感，下片写今后的打算与愿望，遗民之悲历历如见。词人曾嘱咐其弟子：“某身死之日，不愿有碑志也，墓头树三尺石，书曰‘诗人元遗山之墓’，足矣。”看来此想由来已久，归乡初即已萌发矣。

鹧鸪天

只近浮名不近情[1]，且看不饮更何成。三杯渐觉纷华远[2]，一斗都浇块垒平[3]。

醒复醉[4]，醉还醒，灵均憔悴可怜生[5]。《离骚》读杀浑无味[6]，好个诗家阮步兵[7]。

[注释]

[1] 只近浮名不近情：陶渊明《饮酒》："道丧向千载，人人惜其情。有酒不肯饮，但顾世间名。" 浮名，虚浮之名，指身外的功名利禄。情，性情，自身的需求欲望。 [2] 纷华：繁华。《史记·礼书》言，子夏是孔门高弟，犹云"出见纷华盛丽而说，入闻夫子之道而乐，二者心战，未能自决"。远：底本作"近"，讹。据《百家词》、《宛委别藏》本、张本等改。 [3] 块垒：比喻郁积在心中的气愤或愁闷。《世说新语·任诞》载王大语："阮籍胸中垒块，故须酒浇之。" [4]"醒复醉"二句：《晋书·阮籍传》载，阮籍以天下多故，不与世事，酣饮为常，尝"醉六十日"。 [5] 灵均：屈原之字。生：语助词，无义。《楚辞·渔父》言屈原既放，游于江潭，行吟泽畔。颜色憔悴，形容枯槁。自谓其故曰："举世皆浊我独清，众人皆醉我独醒。" [6]《离骚》：诗篇名，屈原的代表作。杀：极甚之词。"读杀"犹"读烂"。浑：全。 [7] 阮步兵：阮籍嗜酒，闻步兵厨善酿，乃贮酒三百斛，求为步兵校尉（《世说新语·任诞》），故称。

[点评]

词因酒遣恨，纯以议论的口吻出之。上片将浮名与性情作对比取舍，否定急功近利的世俗观，肯定了开怀畅饮恢复本真的人生价值取向，其意与前选《饮酒五首》"去古日已远，百伪无一真。独余醉乡地，中有羲皇淳"

"醒复醉"二句：苏轼《渔父四首》："酒醒还醉醉还醒。"

"灵均"句：可与前选《江城子》（众人皆醉屈原醒）合观。

末句：遗山嗜饮能啸，性喜阮籍，深知其醉翁之意，有"老阮不狂谁会得"（《论诗三十首》）语。诗友亦以阮籍比之。雷渊《九日登少室绝顶同裕之分韵得萝字》："归途眷老阮。"李钦叔《荥阳古城登览寄裕之》："为唤穷途阮步兵。"辛愿《寄裕之》："青云一别阮家郎。"

及《后饮酒五首》“比得酒中趣，日与杯杓俱”“当其得意时，万物寄一壶”类似，语言更浅近质实。下片又将屈原因独醒而憔悴与阮籍以嗜酒而傲世比较，故作惊世骇俗之论，这是其怀才不遇、壮志难酬之坎坷人生的自嘲自谑，故意狂妄、玩世不恭之悲，令人唏嘘。

鹧鸪天

枕上清风午梦残[1]，华胥东望海漫漫。湖山似要闲身管，花柳难将病眼看。

三径在[2]，一枝安[3]，小斋容膝有余宽[4]。鹿裘孤坐千峰雪[5]，耐与青松老岁寒[6]。

“湖山”句：辛弃疾《西江月·示儿曹，以家事付之》：“乃翁依旧管些儿，管竹管山管水。”

“花柳”句：白居易《曲江亭晚望》：“诗成暗著闲心记，山好遥偷病眼看。”

“一枝安”：杜甫《宿府》：“已忍伶俜十年事，强移栖息一枝安。”

[注释]

[1]“枕上清风午梦残”二句：《列子·黄帝》：黄帝昼寝，梦游于华胥氏之国，距齐国几千万里。其国无帅长，民无嗜欲，自然而已。句用此典，言追思遥不可及的美好梦境。 [2] 三径在：言可供隐居之所仍在。陶渊明《归去来兮辞》：“三径就荒，松菊犹存。” [3] 一枝安：比喻栖身于极小的地方。《庄子·逍遥游》：“鹪鹩巢于深林，不过一枝；偃鼠饮河，不过满腹。” [4] 小斋容膝有余宽：言住所虽小，但很满足。容膝，仅够一人起坐。陶渊明《归去来兮辞》：“倚南窗以寄傲，审容膝之易安。” [5] 鹿裘：粗劣的皮袄。 [6] 耐：宁，愿。青松老岁寒：《论语·子罕》：“子曰：‘岁寒，然后知松柏之后凋也。’”

[点评]

晚年返乡在家闲居时作。首二句写对午梦的回味留恋，其梦境为何，不难从下二句明表唯愿遁迹山水、懒看花柳争春的心迹中体味。下片前三句述故园虽荒犹在、居室虽小而安的知足感，这是历经九死一生之浩劫，晚年得归故乡“随分齑盐万事休”（前选卷八《梦归》）心态的反映。末二句结穴处是重笔描绘的词眼所在，意境近似柳宗元《江雪》“千山鸟飞绝，万径人踪灭。孤舟蓑笠翁，独钓寒江雪”，但更重视人物形象的塑造，通过“鹿裘孤坐”的肖像描写、眼中“千峰雪”之环境景物描写、心中“青松老岁寒”之象征意象描写，再加“耐与”表示选择的心理描写，使作品主人公的形象更丰满、伟岸、冷峻、奇崛，有孤坐昆仑绝顶、俯视大千世界、巍然屹立之气度。这是“遗山诗境更高寒”（卷十四《雪谷早行图二章》）的力证，它为我国古典文学的艺术长廊中增添了一尊凝视高远、严正刚强、棱角分明的巨石深雕。

鹧鸪天

偃蹇苍山卧北冈[1]，郑庄场圃入微茫[2]。即看花树三春满[3]，旧数松风六月凉。

蔬近井[4]，蜜分房，茅斋坚坐有藜床[5]。傍人错比扬雄宅[6]，笑杀韩家昼锦堂[7]。

“傍人”句：杜甫《堂成》：“旁人错比扬雄宅，懒惰无心作《解嘲》。”

[注释]

[1] 偃蹇：高耸盘曲貌。 [2] 场圃：麦场、园圃。 [3]“即看花树三春满”二句：谓眼前三春花树五彩缤纷，令人眼花缭乱；心中旧日的六月松风沁人心脾，让人回味无穷。三春，农历将春季三个月分称孟春、仲春、季春，合称三春。 [4]“蔬近井”二句：言菜地近有水井，汲灌便利；蜜蜂繁殖很快，又要分窝。 [5] 坚坐：久坐。藜（lí）床：藜制之榻。用庾信《小园赋》“管宁藜床，虽穿而可坐”，表示自己坚守清贫。 [6] 扬雄宅：西汉文人扬雄闭户著书，门庭冷清。卢照邻《长安古意》：“寂寂寥寥扬子居，年年岁岁一床书。” [7] 昼锦堂：北宋宰相韩琦致仕归里，建豪华住宅，取项羽“富贵不归故乡，如衣绣夜行，谁知之者”之意，名为昼锦堂。

[点评]

词写田园风光与隐逸情趣，当闲居嵩山时作。全词侧重描述居所的状况与周围环境，画面背景由远到近，由大到小，由外到内，皆由画面中主人公的视觉感觉听觉味觉而来，一切景语皆为情语。末二句由物质环境到人物心境，用“错比”“笑杀”双重否定给自己的居处定性，它既不同于扬雄宅的冷落，更不同于昼锦堂的豪华，这一令人惬意的胜境，内载其简朴中有华美、辛勤中有快乐的价值取向。词人在宁静中求洒脱，用淡墨扫出一幅简约的水墨画，着力描述身寓其中的画意诗情，富有平淡深远的风神气韵，反映了作者词风的另一方面，可与前选《少室南原》诗合观。

鹧鸪天

薄命妾辞三首[1]

其　一

复幕重帘十二楼[2]，而今尘土是西州[3]。香云已失金钿翠[4]，小景犹残画扇秋[5]。

天也老[6]，水空流[7]，春山供得几多愁[8]。桃花一簇开无主[9]，尽著风吹雨打休。

“小景”句：汉班婕妤《扇诗》：“常恐秋节至，凉飙夺炎热。弃捐箧笥中，恩情中道绝。”杜甫《伤秋》：“高秋收画扇，久客掩荆扉。”

“水空流”：前选《太原》诗有“乱后清汾空自流”，下选《人月圆》（玄都观里桃千树）词有“花落水空流”，可合观。

［**注释**］

[1] 薄命妾：即妾薄命，乐府杂曲歌辞名。曲名本于《汉书·外戚传》孝成许皇后疏“妾薄命，端遇竟宁前”句。曹植、梁简文帝、李白等都有以《妾薄命》为题的乐府，伤王嫱远聘、卢姬嫁迟，表达生离死别、远聘晚嫁、失宠遭遣之感。　[2] 复幕重帘十二楼：谓女子原居皇城深宫，帘幕重重，富丽堂皇。十二楼，《史记·孝武本纪》：“方士有言：黄帝时为五城十二楼，以候神人于执期。”裴骃《集解》引应劭曰：“昆仑玄圃五城十二楼，此仙人之所常居也。”后亦借指皇宫。王昌龄《放歌行》：“南渡洛阳津，西望十二楼。明堂坐天子，月朔朝诸侯。”　[3] 而今尘土是西州：谓如今被掳掠到尘土扑面的西北塞外。西州，唐代有西州郡，在今新疆吐鲁番。　[4] 香云：指女子的美发。金钿（diàn）翠：镶着金花翠玉的首饰。　[5] 小景犹残画扇秋：言画有小景业已残破的秋扇仍然保存着。小景，指小幅山水风物画。　[6] 天也老：用李贺《金铜仙人辞汉歌》“天若有情天亦老”句意，言此情此景连苍天也为之感伤衰老。　[7] 水空流：活用杜甫

《春望》"国破山河在"句意，寓物是人非之悲。 [8] 春山供得几多愁：本李商隐《代赠二首》其二"总把春山扫眉黛，不知供得几多愁"及辛弃疾《水龙吟》（楚天千里清秋）"遥岑远目，献愁供恨，玉簪螺髻"，言美女紧锁黛眉，献愁供恨，像春山一样起伏绵延，无穷无尽。春山，春日山色黛青，因喻指妇女姣好的眉毛。 [9]"桃花一簇开无主"二句：以桃花喻女主人公，言其处境孤独无主，任凭他人摧残，直至败落无存。桃花一簇开无主，杜甫《江畔独步寻花》："桃花一簇开无主，可爱深红爱浅红。"尽著，任由。休，罢。

其　二

首二句：苏轼《薄命佳人》有"自古佳人多命薄"句。老天为何如此相反相成，将钟爱与遗弃集于一身？这是一个值得深思的重要议题。

颜色如花画不成[1]，命如叶薄可怜生[2]。浮萍自合无根蒂[3]，杨柳谁教管送迎[4]？

云聚散[5]，月亏盈，海枯石烂古今情。鸳鸯只影江南岸[6]，肠断枯荷夜雨声。

［注释］

[1] 颜色如花画不成：王安石《明妃曲》："意态由来画不成，当时枉杀毛延寿。" [2] 命如叶薄可怜生：白居易《陵园妾》："陵园妾，颜色如花命如叶。命如叶薄将奈何？" [3] 浮萍自合无根蒂：喻女子无以自立，只能嫁人，人生才有所依凭。浮萍，水草名，无根，随水漂浮。 [4] 杨柳谁教管送迎：言是谁教女子像杨柳一样担负起供人攀折送迎之责呢？刘禹锡《杨柳枝》："长安陌上无穷树，唯有垂杨管别离。"李商隐《杨柳枝》："为报行人休尽折，半留相送半迎归。" [5]"云聚散"二句：喻盛衰兴亡、悲欢离合、世事之沧桑巨变。 [6]"鸳鸯只影江南岸"二句：设想爱

侣远在南方的孤苦情形，或许与金哀宗出奔归德、蔡州有关。本集卷六《西楼曲》："海枯石烂两鸳鸯，只合双飞便双死。"李商隐《宿骆氏亭寄怀崔雍崔衮》："秋阴不散霜飞晚，留得枯荷听雨声。"

其　三

一日春光一日深[1]，眼看芳树绿成荫。娉婷卢女娇无奈[2]，流落秋娘瘦不禁[3]。

霜塞阔[4]，海烟沉，燕鸿何地更相寻？早教会得琴心了[5]，辞尽长门买赋金。

上片：卷九《杏花二首》"画眉卢女娇无奈，龋齿孙娘笑不成"，以人喻花，此词前二句以花喻人，后二句则喻体本体浑融一体了。

"霜塞"三句：《汉书·西域传下·乌孙国》："公主（江都王建女细君）悲愁，自为作歌曰：'……居常土思兮心内伤，愿为黄鹄兮归故乡。'"词有此意味，而意境更深折，痛彻心扉。

[注释]

[1]"一日春光一日深"二句：以芳树成荫喻女子花容衰落。　[2]娉婷：美好貌。卢女：《乐府诗集》有《卢女曲》。《乐府题解》谓卢女是魏武帝时宫人。七岁入宫，善鼓琴，至明帝崩后出嫁。娇无奈：柔嫩娇媚，怜爱无比。　[3]流落秋娘：唐时金陵杜秋娘，先被籍没入宫，后又因罪放归故里，穷老以终。杜牧《杜秋娘诗》序详载其事，后用指年老色衰者之典。瘦不禁：体瘦弱不禁风。　[4]"霜塞阔"以下三句：燕为夏候鸟，鸿为冬候鸟。在长江一带，鸿秋来春去，燕秋去春来，因多以喻相距之远，相见之难。本集卷六《春风来》："春风去后瑶草歇，来鸿去燕遥相望。鸳鸯不得双，燕鸿天一方。"　[5]"早教会得琴心了"二句：为追悔之辞，言自己早年若能像卓文君那样领会到琴心，就可以追随所爱，不用想方设法入宫求宠固宠以致今日之祸了。会得琴心，《史记·司马相如列传》载，相如爱卓文君，席间弹奏《凤求凰》，以琴声传达心意，卓文君私奔，二人结为夫妻。辞，底

本作“醉”，据《百家词》、《宛委别藏》本及张本等改。长门买赋，司马相如《长门赋·序》言，陈皇后失宠于汉武帝，别居长门宫，使人奉黄金百斤，让相如作《长门赋》，以期感悟武帝而复得宠幸。

[点评]

天兴二年（1233）四月两宫北迁，遗山感伤其事，诗《俳体雪香亭杂咏十五首》有“琵琶心事曲中论，曾笑明妃负汉恩。明日天山山下路，不须回首望都门”“罗绮深宫二十年，更持桃李向谁妍”，合观《江城子》（河堤烟树渺云沙）、《玉楼春》（惊沙猎猎风成阵），组词亦当此时作。它以“薄命妾”为题，从第一人称的角度描写一个北迁的宫妃，用内心独白的方式倾诉其内心的悲伤，寄寓了故国灭亡、巢倾卵覆之感。

第一首侧重写宫妃在北迁途中的感伤。她昔日身居深宫高阁，发有金钿玉钗，如今被掳掠塞外，胡尘扑面，值钱之物被抢劫一空，唯余秋扇可引发离弃的悲伤。在她眼中，天地愁惨，山河变色，春山亦献愁供恨，脆弱的自己也像一簇孤独无主的桃花，任凭风雨摧残而无可奈何。第二首言其身处北地的凄苦情形。上片紧承上首末二句喻意，在“颜色如花”之后加“画不成”，“命如叶薄”后加“可怜生”，进而将红颜命薄这一习见之辞高扬深抑，使其不平之气更加强烈，收到荡气回肠的新奇效果。后二句继用博喻手法，写女性依附男人无法自立之悲，沦为战利品供人送迎佐欢之惨，层层深入地描述这一红颜命薄的普遍性及特殊性。下片写时光推移世事巨变与怀恋所爱一往情深，以不变之钟情反衬“这人折了那人攀”的杨柳之悲，末二句设想对方孤苦，更为沉痛。第三首写久在塞外眼看香消玉损的揪心与悔恨。上片设喻由自然界转入人事，通过对比，强调花容月貌的摧折之速，感叹昔今荣辱身世的反差之大。下片前三句抒发山海阻隔相距遥远再难相见的悲哀，且暗用苏武鸿雁传书典，将眼中景与心中景叠映，穷神尽相地刻画出女主人公身居霜寒早临的塞外遥望故土的形象，以及瀚海云烟低垂，渺茫难见，连南归的鸿雁亦无处可寻的失落心理。末二句反思祸由，设想如不入宫就无今日之灾，痛惜早知今日，何必当初，追悔莫及。三词有时间、空间、心理的逻辑关系，同中有异，各有侧重，从多方面多角度展示抒情女主人公的内心世界，使其形象的刻画更为立体丰满。

况周颐《蕙风词话》谓“元遗山以丝竹中年遭遇国变，……神州陆沉之痛，铜驼荆棘之伤，往往寄托于词。《鹧鸪天》三十七阕，泰半晚年手笔。……《薄命妾辞》诸作，蕃艳其外，醇至其内，极往复低徊，掩抑零乱之致。而其苦衷之万不得已，大都流露于不自知。此等词宋名家如辛稼轩固尝有之，而犹不能若是其多也”。此说有曲解拔高之嫌。遗山兴发感动、描述宫女的凄凉悲剧时，确实饱含着自身遭际的巢倾卵覆之悲，但若说借男女爱情以喻其君臣大义，类似屈原《离骚》以香草美人象征寄托之自喻，则似嫌穿凿。

人月圆

卜居外家东园[1]

重冈已隔红尘断[2]，村落更年丰。移居要就，窗中远岫[3]，舍后长松。

十年种木[4]，一年种谷，都付儿童。老夫唯有，醒来明月，醉后清风。

首二句：合观前选《雁门道中书所见》“去年夏秋旱，七月黍穗吐。一昔营幕来，天明但平土”，可知“村落更年丰”之深意。

舍后长松：可与前选《人日有怀愚斋张兄纬文》“涧底孤松二千尺，殷勤留看岁寒枝”及《鹧鸪天》（枕上清风午梦残）“耐与青松老岁寒”合观。

“醒来”二句：《南史·谢譓传》：“入吾室者，但有清风；对吾饮者，唯当明月。”

［注释］

[1] 卜居：择地定居。外家：遗山生母王氏是定襄人，嗣母张氏是阳曲人，词中外家指后者。 [2] 重冈：重叠的山冈。红尘：车马扬起的飞尘，兼指繁华闹市名利场。 [3] 岫：峰峦。 [4]“十年种木”二句：《管子·权修》：“一年之计，莫如树谷；十年之计，莫如树木。”《史记·货殖列传》：“居之一岁，种之以谷；十岁，树之以木。”

［点评］

蒙古太宗九年（1237），词人先只身返乡安置迁家事宜，因家乡房屋已为灰烬，外家房屋尚存四壁，稍加修整即可居住，故有此举。本集卷四十《外家别业上梁文》：“怀先人之敝卢，可怜焦土；眷外家之宅相，更愧前途。”“占松声之一丘，近桃花之三洞。东墙西壁，无补坼之劳；上雨旁风，有闭藏之固。”词上片写择居于此的缘由，谓偏远的山村不仅断绝红尘干扰，而且远离交通要道，庄稼免遭行军践踏，收成更多些。后三句除实写风景之美外，远岫和长松皆是固守气节坚定不移的喻象，此可与前选《太原》“南渡衣冠几人在，西山薇蕨此生休”合观。下片写晚年生计的打算，表达了像谢譓那样门无杂宾、享受独醉、逍遥残生的情怀，可与前选《鹧鸪天》(拍塞车箱满载书)之“苍玉研，古铜壶，坐看儿辈了耕锄。年年此日如川酒，千尺青松尽未枯”及《沁园春》(再见新正)“闲身在，看薄批明月，细切清风”合观。

人月圆

玄都观里桃千树[1]，花落水空流[2]。凭君莫问[3]，清泾浊渭，去马来牛。

谢公扶病[4]，羊昙挥涕，一醉都休。古今几度，生存华屋，零落山丘。

首二句：以象寓意，陡起陡落，寄慨万千。可与前选《太原》“古来全晋非无策，乱后清汾空自流”合观。

“凭君”三句：设对话，省略前因，象外有象。旧瓶装新酒，颠倒“浊泾清渭”为“清泾浊渭”，大有深意。

下片：剪裁原典，为我所用。“谢公”二句，可与为国哭斯人的《闲闲公墓铭》《希颜墓铭》合观。

[注释]

[1] 玄都观里桃千树：刘禹锡《戏赠看花诸君子》：“玄都观里桃千树，尽是刘郎去后栽。”合观本集卷十《玄都观桃花》“前度刘郎复阮郎，玄都观里醉红芳”“一杯吸尽东风了，明日新诗满晋阳”，此“玄都观”非刘诗之长安玄都观，乃泛指道观。联系《留赠丹阳王炼师三章》(卷十四)其二“烂醉玄都有旧期，百年人事不胜悲。桃花一簇开无主，留著东风与兔葵”，二者用典、意象、情怀皆合，词之“玄都观”当指丹阳观，再据《甲辰秋留别丹阳》(卷十)“疏疏衰柳映金沟，祖道都门复此留”“后夜相思渺何许，西山西畔是并州”，应指燕京王炼师所在之丹阳

观。 [2] 花落水空流：南唐李煜《浪淘沙令》："流水落花春去也，天上人间。" [3]"凭君莫问"以下三句：言世事兴衰无常，不必穷究。凭，请。清泾浊渭，去马来牛，杜甫《秋雨叹三首》其二："去马来牛不复辨，浊泾清渭何当分？" [4]"谢公扶病"以下六句：谢安有隐居东山之志，为顾念苍生而起，晚年出镇新城，拟"经略粗定，自江道还东。雅志未就，遂遇疾笃"，乘舆入西州门，寻薨。其甥羊昙素为安所爱重，特感伤，行不由西州路。曾因大醉，不觉至西州门，悲感不已。以马策扣扉，诵曹子建诗曰："生存华屋处，零落归山丘。"恸哭而去（《晋书·谢安传》）。扶病，以拐杖支撑病体，带病工作。生存华屋，零落山丘，见曹植《箜篌引》。

［点评］

按注[1]，词应甲辰（1244）秋在燕京作。据《留赠丹阳王炼师三章》其三"敝尽貂裘白发新，京华旅食记前身"，王炼师应为亡金士大夫之流落于燕京道观者。王鹗《玄门掌教大宗师真常真人（李志常）道行碑铭》："时河南新附，士大夫之流寓于燕者，往往窜名道籍。"词写故国沦丧之悲，与金初吴激的伤亡名作《人月圆·宴北人张侍御家有感》同调，且亦多用前人语典、事典，有效仿或一比高下之意味，现录其词于下以比观："南朝千古伤心事，犹唱后庭花。旧时王谢，堂前燕子，飞向谁家？ 恍然一梦，仙肌胜雪，宫髻堆鸦。江州司马，青衫泪湿，同是天涯。"吴激由宋入金，席间知佐酒侍儿为故国宫女，遂兴巢倾卵覆的沧桑之悲，用秦淮商女、王谢旧燕及"同是天涯沦落人"等典故抒怀，挥洒自如，语如己出。遗山对此推崇备至，认为“南朝千古伤心事”等篇，“自当为国朝第一手”(《中州集》甲集第一《吴学士激》)，又值故国丘墟，心境近似，遂亦效仿吴作借他人之酒杯浇自己之块垒。上片首二句借用刘禹锡诗、李煜词句，用象喻手法写故国兴亡，先扬后抑，语气沉痛。“清泾”二句本杜甫诗句而夺胎换骨，在实写雨水迷茫景象之旧瓶中，装入象喻世事迷茫莫辨之新酒，前加“凭君莫问”，此“君”应属前选《出都二首》“汉宫曾动伯鸾歌，事去英雄不奈何”“历历兴亡败局棋，登临疑梦复疑非”的执拗追寻亡国成因的诗中主人公，三句言词中主人公向诗中主人公求告，是无可奈何地接受现实而不愿再无休止追问以致自我哀损的英雄喟叹。下片剪辑组合羊昙感伤谢安亡故事，古为今用，“一醉都休”遥承“凭君莫问”，表示寻得排除痛失故国、亲旧之悲的麻醉良方，“古今几度”，进而将横向、纵向贯通，以历代王朝盛衰更迭、往复循环的历史规律，来消解当代时事对心理的创伤，有草蛇灰线之妙，曲终余音之致。二作相较，吴词用典并非如刘祁所云“思致含蓄甚远，不露圭角”(《归潜志》卷八)，所用杜牧、刘禹锡、白居易诗，皆唐诗名句，且用意直切，只是工于剪裁衔接；元词则借用形象，移花接木，添枝加叶，寓意微茫，且在意象系列中细针密线，还有象外之象，更耐人寻味。吴词情调凄婉，如泣如诉，幽咽欲绝；元词则摧刚为柔，寓壮色沉声于凄婉中，豪而能郁，意境深厚，风格雄放。当然二者各有千秋，此不赘述。

朝中措

卢沟河上度旃车[1]，行路看宫娃[2]。古殿吴时花草[3]，奚琴塞外风沙[4]。

天荒地老[5]，池台何处，罗绮谁家[6]？梦里数行灯火，皇州依旧繁华[7]。

上片：与吴激《人月圆·宴北人张侍御家有感》感伤故国宫女沦为佐酒侍儿近似，境象包蕴甚丰，更觉悲凉。

末二句：可与前选《卫州感事》“劫前宝地三千界，梦里琼枝十二楼”合观。

[注释]

[1] 卢沟河上：指卢沟桥上，桥在今北京丰台区卢沟桥街道，跨永定河，金章宗明昌三年（1192）建成，名广利桥。元改今名。卢沟河，今北京市和河北省境内永定河的古称。因河水色黑，故也称芦沟河、黑水河。卢，意即“黑”。旃（zhān）车：用毛毡做围棚的车。　[2] 宫娃：宫女。　[3] 古殿吴时花草：用李白《登金陵凤凰台歌》“吴宫花草埋幽径，晋代衣冠成古丘”诗意。　[4] 奚（xī）琴塞外风沙：欧阳修《试院闻奚琴作》：“奚琴本出奚人乐，奚虏弹之双泪落。”奚琴，弦索乐器，来自奚族（辽时居契丹部南古北口北）。此代指胡乐。　[5] 天荒地老：极言历时久远。三句可合观《俳体雪香亭杂咏十五首》之十五：“暮云楼阁古今情，地老天荒恨未平。”　[6] 罗绮：代指衣着华丽的女子。　[7] 皇州：指金都燕京。

[点评]

这首词当作于乃马真后二年（1243）自燕都南归路经卢沟桥时。卢沟桥为华北最长的古代石拱桥，工程浩大，雕饰精美，是金代鼎盛时期的杰作。卢沟河在金大定中导入京城北入壕，东至通州，北入潞水（今白河），欲通漕运，是金都兴盛繁荣的见证者。词人二十岁时曾来燕京（本集卷三十四《两山行记》:“予年二十许时，自燕都试。”)。今故地重游，选择这一最能引发“物是人非事事休，欲语泪先流”的地点怀昔伤今，真切沉痛地表现了故国沧桑之悲。上片写其再经此地时的所见所闻，侧重描述亡金宫女流落街头、宫殿遗墟花草荒芜、塞外胡乐忧伤苍凉，在眼中景与心中景的叠映中，寓有故国沉沦、黍离麦秀、胡化风行之叹。下片写所感所思，词人由废都遗墟追想昔日的亭台池阁遗址、达官贵人妻女之所在，以“天荒地老”夸张描述短短三十年间的沧桑巨变，有触目惊心之痛。末二句用脱口而出的日常用语，抒写故国遗民的内心情景，“梦里”与“依旧”勾连呼应，以乐景反衬哀情，意味深长，更觉苍凉。

清平乐

泰山上作

江山残照，落落舒清眺[1]。涧壑风来号万窍，尽入长松悲啸。

井蛙瀚海云涛[2]，醯鸡日远天高。醉眼千峰顶上[3]，世间多少秋毫。

上片：以我观物，“残照”“落落”“号”“悲啸”之所见所闻，皆为遗民情怀之产物。

下片：同时所作《游泰山》(卷五)云:“鸡鸣登日观，四望无氛霾。六龙出扶桑，翻动青霞堆。”“孤云拂层崖，青壁落落云间开。”可合观。

[注释]

[1] 落落舒清眺：杜甫《次空灵岸》:“沄沄逆素浪，落落展清眺。”落落，孤独貌。舒清眺，放眼远望。 [2]“井蛙瀚海云

涛”二句：借井蛙临海、醯鸡见天，形容词人大开眼界的神奇之感。井蛙瀚海云涛，《庄子·秋水》：“井蛙不可以语于海者，拘于虚也。”醯（xī）鸡，醋瓮中的小飞虫。《庄子·田子方》：“丘（孔子）之于道也，其犹醯鸡与？微夫子（老聃）之发吾覆也，吾不知天地之大全也。” [3]“醉眼千峰顶上”二句：谓站在高耸于千峰之上的泰山顶，用醉眼俯视壮阔景象，世间事物细微如秋毫。

［点评］

蒙古太宗八年（1236）三月，冠氏帅赵天锡奉命至泰安，知遗山“宿尚游观”，拉之偕行，游泰山等地，词作于是时。上片写在泰山顶上的所见所闻，词人以我观物，以我取物，“残照”“落落”“号”“悲啸”，组成词境，高阔悲凉，寓有亡国遗民的悲凉情怀。下片言《孟子·尽心上》“登泰山而小天下”之感，谓眼前的瀚海云涛、日远天高，使自己顿生超越井蛙、醯鸡之小天地局限的感想。在雄奇壮阔的万千气象之前，词人瞬间由小我向大我升华，通过与井蛙、醯鸡的类比，塑造了一个独立云表、高视一世的词人形象，与《台山杂咏》之“太行直上犹千里，井底残山枉叫号”异曲同工，是遗山胸襟气度的再三外露。

清平乐

罢镇平归西山草堂[1]

垂杨小渡，处处归鞍驻。八十田翁良愧汝[2]，把酒千言万语。

细侯竹马相从[3]，笑渠奔走儿童[4]。十里村箫社鼓[5]，依然傀儡棚中[6]。

末句：以“傀儡”自嘲自谑，形象，滑稽！

总批：金杯银杯不如百姓的口碑，这是遗山为官价值取向的重点所在！内乡一带至今还纪念这位父母官，正在于此。

［注释］

[1]镇平：金县名，正大三年（1226）平定山东红袄军起义后设，在内乡县东。西山草堂：按《自镇平暂往秋林道中寄家》（卷十一）“风雨尘埃了半生，西山归去眼增明”，指内乡之秋林别业。 [2]良愧汝：很对不起你。汝，指田翁。 [3]细侯竹马相从：《后汉书·郭伋传》载：伋字细侯。到西河美稷（今山西汾阳县西北）巡视考察部属时，有儿童数百各骑竹马（儿童游戏时当马骑的竹竿）于道中迎接。 [4]笑渠奔走儿童：谓自己失笑田翁像儿童一样追随自己。渠，指八十田翁。 [5]村箫社鼓：民间鼓乐。 [6]依然傀儡棚中：谓卸任镇平后依旧转任他职，受人制约，不能自主。傀儡棚，表演木偶戏的场所。宋魏了翁《次韵李参政湖上杂咏录寄龙鹤坟庐》：“世有傀儡棚，帐幕深遮围。衣冠巧装饰，观者迷是非。”

［点评］

正大六年（1229）遗山代任镇平令（大德碑《遗山先生墓铭》“初筮仕，除镇平令。再转内乡，遂丁艰忧”之说有误，详考见狄《谱》正大六年下），次年春离任归内乡秋林时作此词。与下选《浣溪沙·史院得告归西山》之“西山归去一狂夫，皇家结网未曾疏”“文章自忖用时无，醉来聊为鼓咙胡”之辞官归嵩山的激愤不平不同，词人这次是被动罢官，不仅不伤感，反而流露出隐隐自负之感，这与被邓州帅移剌瑗征调有关。移剌瑗在嵩山少室建御营时即与词人结识，正大六年自中京留守移镇邓州（见赵秉文《邓州创建宣圣庙碑》）后，与担任镇平令的词人多有交往。本集卷八《被檄夜赴邓州幕府》作于正大七年春，句有“谁遣春官识姓名”，与此词隐隐自负之情是一致的。词写罢任归途中县民不分老幼沿路相送道别的情形，表达了词人看重百姓心碑口碑的欣慰之感，与称誉其嗣父元格离陵川任时“来时珥笔夸健讼，去日攀车余泪痕”（卷九《高平道中望陵川二首》）一脉相承。

浣溪沙

宿孟津官舍

一夜春寒满下厅，独眠人起候明星[1]。娟娟山月入疏棂[2]。

万古风云双短鬓[3]，百年身世几长亭[4]。浩歌聊且慰飘零[5]。

首句：柳宗元《离觞不醉至驿却寄相送诸公》：“荆州不遇高阳侣，一夜春寒满下厅。”

“娟娟”句：南朝宋鲍照《玩月城西门廨中诗》：“末映东北墀，娟娟似蛾眉。”“入”为句眼，写出山中之月升迟落早突然闯入窗户的境态与不眠人坐候的情态。

“万古”二句：工对，于意为流水对。若改“古”为“里”，将“风云”喻指时势变幻，孰胜?

[注释]

[1]明星：即启明星。先日而出，故名。《诗·郑风·女曰鸡鸣》：“子兴视夜，明星有烂。” [2]娟娟：清秀明媚貌。疏棂（líng）：稀疏的大窗格。 [3]万古风云双短鬓：言古来因壮志难酬而未老先衰者比比皆是。可合观前选《临江仙·自洛阳往孟津道中作》“今古北邙山下路，黄尘老尽英雄”。风云，《易·乾》：“云从龙，风从虎，圣人作而万物睹。”后以“风云”指君臣际遇及建功立业。本集卷六《解剑行》：“壮怀风云郁沉沉，惭愧漂母无千金。”短鬓，

鬓发因稀疏而短，形容衰老貌。 [4]百年身世几长亭：谓一生经历坎坷，四处漂泊。身世，指人的遭遇、经历。长亭，古时设在路旁的亭舍，十里一长亭，五里一短亭，供行人饯别休憩之用。 [5]浩歌聊且慰飘零：谓放声歌唱，姑且发泄漂泊之人的落魄情怀。

［**点评**］

这首词作于元光元年（1222）春在孟津时。上片叙事、状物、寓感。词人独住官舍，春寒料峭，彻夜难眠，起候明星，心绪烦乱，而细弯似蛾眉的下弦月偷窥窗格，撩人心神，更觉孤独凄凉。下片直接抒写人生感慨，间接说明上片所言不能成眠的原由。外敌入侵，国家山河破碎，个人漂泊流离，未老先衰，壮志难酬，这种人生悲剧自古以来多有之，不必怨天尤人，只好以高歌暂且宽解极度感伤之情。全词前半寓情于景，形象真切地表现出自己的深情锐感；后半即景抒情，用高度概括的放旷之语，表达了仕途奔波、穷愁潦倒的复杂心情，情景交融，意境浑厚，耐人寻味。

浣溪沙

史院得告归西山[1]

万顷风烟入酒壶[2]，西山归去一狂夫[3]，皇家结网未曾疏[4]。

情性本宜闲处著[5]，文章自忖用时无[6]，醉来聊为鼓咙胡[7]。

首二句：前选《永遇乐》有“相思千里，归梦风烟上”“问何时，有酒如川，自歌自放”，《洞仙歌》有“丞相封侯，说与高人应笑倒。对清风明月，展放眉头，长恁地，大醉高歌也好。待都把、功名付时流，只求个、天公放教空老”，可合观。

“皇家”句：怀才不遇，正话反说，狂夫悲慨，根由在此。

[注释]

[1] 得告：获得休假。《出京 · 史院得告归嵩山侍下》（卷一）：“从宦非所堪，长告欣得请。”西山：嵩山。因在汴京西，故称。 [2] 万顷风烟入酒壶：预想回归嵩山后饮酒游乐的惬意生活。 [3] 狂夫：杜甫《狂夫》：“欲填沟壑惟疏放，自笑狂夫老更狂。”此用其意，指欲与草木同腐、填尸沟壑、疏懒自放之人。 [4] 皇家结网未曾疏：唐陈陶《闲居杂兴》诗：“中原莫道无麟凤，自是皇家结网疏。”谓朝廷不重视搜罗人才，致使野有遗贤。此反用其意，言自己非贤才，并非皇家不重用。 [5] 情性本宜闲处著：唐司空图《题休休亭》：“伎俩虽多性灵恶，赖是长教闲处著。”闲处著，闲散处安置。 [6] 文章自忖（cǔn）用时无：宋胡仔《苕溪渔隐丛话前集》卷五十五引魏泰《东轩笔录》卷一：“（陶谷）久次旧人，意希大用……太祖笑曰：‘翰林草制，皆检前人旧本，改换词语，此乃俗所谓依样画葫芦耳，何宣力之有？’谷闻之，作诗书于玉堂之壁，曰：‘官职须由生处有，文章不管用时无。堪笑翰林陶学士，年年依样画葫芦。’”忖，揣度。 [7] 鼓咙胡：不敢公开言说，私下传语。此指作词自言自语以泄愤。《后汉书 · 五行志》载：“桓帝之初，天下童谣曰：‘小麦青青大麦枯，谁当获者妇与姑。丈人何在西击胡，吏买马，君具车，请为诸君鼓咙胡。’……‘请为诸君鼓咙胡’者，不敢公言，私咽语。”咙胡，喉咙。

[点评]

正大二年（1225）夏，遗山终于舍弃了抑郁不舒的史馆编修之职，以奉养老母为由，返回嵩山故居。在决意归隐之际，词人就何以如此作了一番自我鉴定，认为其性喜闲散，文才于时无补，并非朝廷抛弃贤能。其实这番自暴自弃只是表面文章，其骨子里却充满无法施展才能、实现抱负的遗恨。可参看卷五《送高信卿》“万事糊涂酒一壶，别时聊为鼓咙胡。中原麟凤今如此，莫道皇家结网疏”诗句。词“万顷”之大与“酒壶”之小对照，“情性”句从本人的个性着笔，“文章”句从所处的社会环境着笔，曲折而深沉。

浣溪沙

日射云间五色芝[1]，鸳鸯宫瓦碧参差[2]。西山晴雪入新诗。

焦土已经三月火[3]，残花犹发万年枝[4]。他年江令独来时[5]。往年宏辞[6]，御题有《西山晴雪》诗。

“焦土”二句：南唐李煜《梅花》：“失却烟花主，东君自不知。清香更何用，犹发去年枝。”

［注释］

[1] 日射云间五色芝：《宋史·韩琦传》：“琦风骨秀异，弱冠举进士，名在第二。方唱名，太史奏日下五色云见，左右皆贺。”句用此典，以五色芝状彩云，寓祥瑞得人之意。芝，灵芝，俗称瑞草。 [2] 鸳鸯宫瓦：指一仰一覆的瓦。《金史·地理上》“中都”下载宫殿皆用碧瓦。 [3] 三月火：《史记·项羽本纪》：“项羽引兵西屠咸阳，杀秦降王子婴，烧秦宫室，火三月不灭。收其货宝妇女而东。”句指汴京浩劫事。 [4] “残花”句：唐上官仪《咏雪应诏》：“幸因千里映，还绕万年枝。”万年枝，常绿乔木，因耐寒，亦名冬青。然冬青花期在五六月，此应指老树。 [5] 江令：南朝陈诗人江总，官至尚书令，陈亡入隋。此以江总乱后返家自

比重返汴京。前选《卫州感事二首》有“不知江令还家日，何似湘累去国时”语，可合观。 [6] 往年宏辞：指正大元年（1224）词人参加博学宏词试。

［点评］

蒙古乃马真后四年（1245）春末，遗山为三女阿秀迁葬事至汴京，词当是时作。上片回忆二十年前在皇宫赴试的情景，由五彩缤纷的祥云、壮丽辉煌的宫殿到英才荟萃、济济一堂的试场。金代为选拔超常人才特设博学宏词科，进士及第和官六品以下者，由外官荐之，方可参试。在赵秉文、杨云翼、雷渊等的荐引下（卷三十八《赵闲闲真赞二首》），遗山于正大元年（1224）应宏词科，作《秦王擒窦建德降王世充露布》《光武中兴颂》等程文，反映了金哀宗继位初锐意中兴的时代心理，这些都是当时词人应该联想到的。下片写历经战火浩劫后的故宫现状。金汴京皇宫并未像阿房宫那样经历三月火荡为灰烬（参见杨奂《汴故宫记》），只是荒废而已。“万年枝”亦可指年代悠久的大树，如唐韩偓《鹊》：“莫怪天涯栖不稳，托身须是万年枝。”若作如是观，它不仅与“三月火”对偶精工，而且可视为宫廷丘墟的见证。词人特别善于写乱后的悲惨景象，如《癸巳五月三日北渡三首》“只知河朔生灵尽，破屋疏烟却数家”，即以有衬无，更觉惨痛。词在此基础上又加“犹发”二字，以花树无情反衬人有情，生发出幽怨无穷的韵味。末句用典叙事抒情，关合上下片先扬后跌的兴亡盛衰之悲，有低回欲绝尽在不言中之致。

主要参考文献

遗山先生文集 《四部丛刊初编》影印明弘治戊午（1498）刊本

遗山先生诗集　明毛氏汲古阁刻《元人十种诗》本

金诗选 （清）顾奎光选 （清）陶玉禾评　清乾隆十六年（1751）刊本

元遗山诗集笺注 （清）施国祁笺注　清道光二年（1822）南浔蒋氏瑞松堂刻本

元遗山文选 （清）李祖陶选评　清道光二十五年（1845）刻本

广元遗山年谱 （清）李光廷撰　清同治五年（1866）刻本

金文雅 （清）庄仲方编　清光绪十七年（1891）重刊本

金文最 （清）张金吾编　清光绪二十一年（1895）重刊本

元遗山诗选 ［日］小松直之进评订　日本大正八年（1919）东京筑地活版制造所版

元遗山年谱汇纂　缪钺撰 《国风月刊》第七卷第五期 1935 年

金史　（元）脱脱等撰　中华书局 1975 年版

元史　（明）宋濂等撰　中华书局 1976 年版

宋金三家诗选　（清）沈德潜编　（清）赵翼手批　齐鲁书社 1983 年影印本

元史　韩儒林主编　中国大百科全书出版社 1985 年版

遗山乐府　赵兴勤等评注　中国广播电视出版社 1990 年版

全元文　李修生主编　江苏古籍出版社 1997 年版

中国古代十大词人精品全集·元好问卷　王树林选注　大连出版社 1998 年版

元好问年谱新编　狄宝心著　中国文联出版社 2000 年版

元好问词注析　姚奠中主编　山西古籍出版社 2001 年版

元好问全集　姚奠中主编　山西古籍出版社 2004 年版

遗山乐府校注　赵永源校注　凤凰出版社 2006 年版

元好问资料汇编　孔凡礼编　学苑出版社 2008 年版

元好问诗编年校注　狄宝心校注　中华书局 2011 年版

元好问文编年校注　狄宝心校注　中华书局 2012 年版

全金元词评注　刘锋焘等主编　西安出版社 2014 年版

中州集校注　张静校注　中华书局 2018 年版

《中华传统文化百部经典》已出版图书

书　名	解读人	出版时间
周易	余敦康	2017 年 9 月
尚书	钱宗武	2017 年 9 月
诗经（节选）	李　山	2017 年 9 月
论语	钱　逊	2017 年 9 月
孟子	梁　涛	2017 年 9 月
老子	王中江	2017 年 9 月
庄子	陈鼓应	2017 年 9 月
管子（节选）	孙中原	2017 年 9 月
孙子兵法	黄朴民	2017 年 9 月
史记（节选）	张大可	2017 年 9 月
传习录	吴　震	2018年11月
墨子（节选）	姜宝昌	2018年12月
韩非子（节选）	张　觉	2018年12月
左传（节选）	郭　丹	2018年12月
吕氏春秋（节选）	张双棣	2018年12月
荀子（节选）	廖名春	2019 年 6 月
楚辞	赵逵夫	2019 年 6 月
论衡（节选）	邵毅平	2019 年 6 月
史通（节选）	王嘉川	2019 年 6 月
贞观政要	谢保成	2019 年 6 月
战国策（节选）	何　晋	2019年12月
黄帝内经（节选）	柳长华	2019年12月
春秋繁露（节选）	周桂钿	2019年12月
九章算术	郭书春	2019年12月
齐民要术（节选）	惠富平	2019年12月
杜甫集（节选）	张忠纲	2019年12月
韩愈集（节选）	孙昌武	2019年12月
王安石集（节选）	刘成国	2019年12月
西厢记	张燕瑾	2019年12月

书　名	解读人	出版时间
聊斋志异（节选）	马瑞芳	2019 年 12 月
礼记（节选）	郭齐勇	2020 年 12 月
国语（节选）	沈长云	2020 年 12 月
抱朴子（节选）	张松辉	2020 年 12 月
陶渊明集	袁行霈	2020 年 12 月
坛经	洪修平	2020 年 12 月
李白集（节选）	郁贤皓	2020 年 12 月
柳宗元集（节选）	尹占华	2020 年 12 月
辛弃疾集（节选）	王兆鹏	2020 年 12 月
本草纲目（节选）	张瑞贤	2020 年 12 月
曲律	叶长海	2020 年 12 月
孝经	汪受宽	2021 年 6 月
淮南子（节选）	陈　静	2021 年 6 月
太平经（节选）	罗　炽	2021 年 6 月
曹操集	刘运好	2021 年 6 月
世说新语（节选）	王能宪	2021 年 6 月
欧阳修集（节选）	洪本健	2021 年 6 月
梦溪笔谈（节选）	张富祥	2021 年 6 月
牡丹亭	周育德	2021 年 6 月
日知录（节选）	黄　珅	2021 年 6 月
儒林外史（节选）	李汉秋	2021 年 6 月
商君书	蒋重跃	2022 年 6 月
新书	方向东	2022 年 6 月
伤寒论	刘力红	2022 年 6 月
水经注（节选）	李晓杰	2022 年 6 月
王维集（节选）	陈铁民	2022 年 6 月
元好问集（节选）	狄宝心	2022 年 6 月
赵氏孤儿	董上德	2022 年 6 月
王祯农书（节选）	孙显斌	2022 年 6 月
三国演义（节选）	关四平	2022 年 6 月
文史通义（节选）	陈其泰	2022 年 6 月

书　　名	解读人	出版时间
汉书（节选）	许殿才	2022 年 12 月
周易略例	王锦民	2022 年 12 月
后汉书（节选）	王承略	2022 年 12 月
通典（节选）	杜文玉	2022 年 12 月
资治通鉴（节选）	张国刚	2022 年 12 月
张载集（节选）	林乐昌	2022 年 12 月
苏轼集（节选）	周裕锴	2022 年 12 月
陆游集（节选）	欧明俊	2022 年 12 月
徐霞客游记（节选）	赵伯陶	2022 年 12 月
桃花扇	谢雍君	2022 年 12 月
法言	韩敬、梁涛	2023 年 12 月
颜氏家训	杨世文	2023 年 12 月
大唐西域记（节选）	王邦维	2023 年 12 月
法书要录（节选）　历代名画记	祝　帅	2023 年 12 月
耶律楚材集（节选）	刘　晓	2023 年 12 月
水浒传（节选）	黄　霖	2023 年 12 月
西游记（节选）	刘勇强	2023 年 12 月
乐律全书（节选）	李　玫	2023 年 12 月
读通鉴论（节选）	向燕南	2023 年 12 月
孟子字义疏证	徐道彬	2023 年 12 月
嵇康集	崔富章	2024 年 12 月
白居易集（节选）	陈才智	2024 年 12 月
李清照集（节选）	诸葛忆兵	2024 年 12 月
近思录	查洪德	2024 年 12 月
林则徐集	杨国桢	2024 年 12 月